Liselotte Holm

# Trälvirke

**Solibris
Publishers**

Första upplagan

Utgiven av Solibris Publishers; Lund, Sverige
solibris_publishers

ISBN 978-91-978383-6-8

# Prolog

Det finns ögonblick
som är alltings början och alltings slut.
Ögonblick
då ekot av alla andra ögonblick vaknar och dör
för att återuppstå i ett enda ögonblick av insikt.

Jag såg dem
och i ett enda ögonblick av insikt
föddes sanningen
i min dom över mig själv.

Det var så allting slutade.
Det var så allting började.
Med min sanning.

*Alla ansikten som strålade upp från skyltfönstren*
*ur trädens blad på nattens fönsterrutor.*
*Ansiktena i takets skuggor på natten.*
*Vad ville de mig?*
*Vad ville jag mig i alla ansikten*
*som löstes upp i verkligheten när jag var redo att ta emot*
*alla verkliga ansikten som löstes upp i fantasin*
*när jag var redo att ta emot,*
*att upplösas i verklighet,*
*att bli ett med en sanning som inte var min.*
*Redo att krypa in i en prick i ett synfält*
*i mitt öga.*

# Lagomhelvetet
## Måndag

SIGNALEN FRÅN YTTERVÄRLDEN fortplantade sig som en stöt genom min kropp, sprängde sönder mitt mörker och forcerade mina pupiller så att det fula grå dagsljuset kunde sippra in i mitt medvetande och väcka minnet av Max röst och hans avskedsord:

"Jag vill aldrig se dig mer!"

*Hade han ändrat sig?* Jag vacklade fram till dörren och öppnade den. Men det var inte Max som stod där. Det var hon. Brutalt verklig, som en plötslig uppenbarelse, attackerade hon mina sinnen.

Gia andades häftig som om hon hade sprungit till min studentkorridor. Som om hon fått så bråttom att besöka mig att hon hade struntat i byta om från trasiga jeans med rostfläckar och en urtvättad gråsvart sweatshirt, struntat i att borsta håret, struntat i att sminka över de mörka skuggorna under sina blå ögon. Så bråttom att hon inte ens brytt sig om att försöka dölja rivmärkena som lyste som misslyckade röda tatueringar, färska och svullna på kinderna.

Borta var hennes självsäkra utstrålning och den iögonenfallande elegans som hade gjort ett så outplånligt intryck på mig den där första gången jag såg henne i Max vardagsrum.

1

Men trots att hon inte hade ägnat någon tid åt sitt yttre var det som om just avsaknaden av smink, smycken och dyra märkeskläder lät mig skymta hennes sanna jag utan förkonstlad mask, och hon var så hänsynslöst vacker där hon stod framför mig, med sin råa, nervösa energi, andfådd, med rufsigt hår och flackande blick, att jag måste luta mig mot dörrkarmen och blunda för att inte förlora fotfästet.

"Kan jag komma in?"

Jag nickade bara eftersom jag själv var alltför nervös för att kunna svara.

"Maximilian har åkt till USA. Han hann inte kontakta dig."

Det räckte med att hon nämnde hans namn för att jag skulle jämra mig och för första gången klarade hon av att se ordentligt på mig:

"Hur mår du egentligen?" frågade hon.

Jag var tvungen att känna efter.

"Som en prins. Tror jag. Hur så?"

*"Prins Hamlet, han som låtsades vara galen för att dölja för sig själv att han var galen på riktigt"*, tänkte jag och när jag skrattade till kände jag någonting fuktigt blänka till på kinden och märkte till min förvåning att det var en tår.

Gia nuddade vid mig på sin väg in i rummet. Kontakten mellan våra kroppar fick min hud att jämra sig och förbruka den lilla rest av energi som jag fortfarande hade kvar. Men hon märkte ingenting. Hennes blick gled över de döda ting som föreställde funktioner i mitt liv; den slitna gröna fåtöljen och sängen med sitt orangebrunrandiga nylonöverkast; de väggfasta bokhyllorna med högar av kurslitteratur; den nakna krukväxten med sina svarta skelettgrenar i fönstret med utsikt över den mörka betongfasaden på nästa studentkorridorbunker; det fläckiga bordet med djupa repor i träfanéret; mina målade dukar som stod lutade mot garderoben; staffliet. Blicken fastnade på garderobernas läppstiftsgraffiti.

"Varför har du skrivit *Lagomhelvete* på garderobsdörren?"

*"Varför?"*

Det blev tyst i rummet. Jag förstod inte vad det var som hon inte förstod. Jag förstod plötsligt inte betydelsen av ordet *varför*. Plötsligt kändes det som om tystnaden mellan oss hade förbrukat allt syre i rummet och sugit ljuset ur alla färger så att Gia svävade som en mörk siluett framför mig.

"Herregud Lianne! Du är ju alldeles likblek! Men sätt dig ner! Vill du ha någonting att dricka?"

Hon öppnade sin stora slitna skinnhandväska som såg ut som en gammal doktorsväska och tog fram en vinflaska. Sedan slog hon sig ner på sängen och låtsades gunga lite på brädorna och skumgummit, som för att lura oss båda att den var mjuk och fjädrande.

Jag gled ner i fåtöljen och slöt ögonen och försökte minnas.

*"Var har jag varit de senaste dagarna? Vad har jag gjort? Vad har jag tänkt?"*

Jag kände ingen törst, ingen hunger, bara en diffus matthet.

Gia ryckte mig ur mina tankar med sitt: *"Lianne?"* och räckte över ett glas vin.

Min hand darrade och jag stirrade på den, som om den var ett främmande väsen som försökte tala om någonting för mig. Jag huttrade till. Det var plötsligt iskallt i rummet. Jag studerade vinets blodröda skiftningar i glaset. Glaset försvann när jag såg på det eftersom mina blickar trängde rakt igenom glashuden som bara var en illusion och inte fanns utan det blodröda vinet. Precis som jag själv var en illusion, som frusen, smält sand, och inte fanns utan mina målningar med sina blodröda oartikulerade vansinnesskrik, mina krossade frukter, mitt druvblod.

*"Lagom är pest?"* sa Gia. Hon pekade på orden som skrek till oss i fet röd läppstiftskrift från garderobsdörren. Det lät på henne som om hon krävde en förklaring. Jag fick gräva djupt i mitt mörker för att finna de rätta orden:

"Fram till i fredags trodde jag att verkligheten var *verklig*, som en tjock *väv*, liksom, och i den väven var jag en, en, liten *maska*, som *satt fast*, liksom, men jag gick sönder, blev trasig, och jag, *maskan,* lossnade från väven för väven gick sönder, och det blev ett stort hål, och jag upptäckte att jag hade haft fel, för verkligheten gömmer sig *bakom* väven; verkligheten är inte *väven*, verkligheten är *hålet*, och väven är bara ett *filter* mot verkligheten, för i den riktiga verkligheten finns bara lidande och *Lagomhelvetet* finns bara om man är blind, som ett skydd mot sanningen..."

När jag tystnade för att hämta luft passade hon på att fråga:

"Aha. Och Max var alltså ditt *Lagomhelvete?*"

Hon hade inte förstått någonting av det jag hade sagt.

"Max är inte som jag. Han är inte rädd för sanningen. Det är därför han drar till sig intressanta människor. Alla han känner är oerhört intressanta, på olika sätt."

"Jaså? Som *du*, då?" sa hon och skrattade till.

Hennes ord satte krokben för mina. De splittrades över golvet, i miljoner skärvor, i miljoner små fragment av miljoner små orkeslösa skrik, och kunde inte resa sig.

"Lianne? *Lianne?*"

Hon nuddade vid min arm. Min röst lät som en vindpust mot bladen i en bortslängd bok när jag mumlade:

"Jag vet att jag inte är intressant. Jag menar inte *mig!* Jag menar sådana som *du*, förstås!"

Jag såg upp från blodet i mitt glas; såg rakt in i hennes ögon. Hon flämtade till och hennes pupiller utvidgades; och jag mindes hur jag hade sett Max gå vilse i de där vackra ögonen och se på henne med en känsla jag inte visste fanns inom honom; och plötsligt kände jag hur mycket jag hatade Max, hatade henne, hatade mig själv och det gjorde så ont, så ont.

*"Är du kär i Max?"* kved jag.

Hon såg på mig med sina mörka ögon. Svarta pupiller sög in mig i ett glädjelöst leende, i en iskall hetta som brände svartare än mitt eget hat:

"Max förmedlade ett andrahandskontrakt. Det är allt", sa hon hårt.

Hon ryckte lite lätt på axlarna och jag kunde se på henne att hon inte berättade hela sanningen. När hon såg att jag inte trodde henne fortsatte hon i lättsam ton:

"Han som äger huset är bortrest. Det ligger lite avsides, i gamla industriområdet. På Bajonettvägen 5, om det säger dig något? Max kompis vill inte att huset ska stå obevakat så det är jättebillig hyra."

Jag drog efter andan. *"Ett helt hus? Bara för henne?"*

Hon måste ha läst mina tankar för hennes röst blev plötsligt hård:

"Och hur använder han dig, då? Mer än sexuellt?"

*"Varför ser hon på mig så där närgånget och sorgset? Så hungrigt. Som en vampyr?"* tänkte jag.

Glaset i min hand darrade till. Genomskinligt, som jag. Som min hud av glas. Mitt röda blod brände i mina kinder som sanningen i hennes ord.

4

Vi var tysta. Bara det röda heta blodet existerade.

"Blir du någonsin *arg?*" frågade hon till slut, med kvävd röst.

"*Arg?*"

Jag såg på de röda fläckarna på golvet.

"Jag har svårt att tro att du någonsin blir arg. Vad man än säger till dig eller gör mot dig!"

Jag förstod inte vad hon menade och hon förklarade inte vad hon menade, utan fortsatte att se på mig som om hon förväntade sig en reaktion.

Efter en stund suckade hon tungt och reste sig upp. Hon lyfte fram mina dukar som stod lutade mot garderoben och placerade dem på rad. Hon studerade dem närgånget. Drog fingret mot ytan. Det såg ut som om hon funderade över någonting. Någonting som hade med mig att göra. Jag blev rädd. Det var som om mina mest intima hemligheter bjöd ut sig för henne i sina mest patetiska kvinnliga former, som oartikulerade vansinnesskrik från missbildade spökkroppar utan substans. Gia visslade.

"Din konst är definitivt *inte* som du!" sa hon.

"Inte som ...*jag?*"

"Nej. Det första intrycket man får av dig är beige."

"Beige? Tycker du att jag är *beige?*"

Hon sneglade på mig. Ett leende försvann så snabbt över hennes ansikte att jag inte var säker på att jag uppfattat det.

"När man blandar alla färger blir de väl beige? Ren kamouflage. Eller har jag fel? Det blir kanske mörkgrått?"

"Kamouflage? För att jag inte ska synas, menar du?"

"För att det inte ska synas vem du är. *Vad* du är. Det syns bara här, bara i din konst."

Hennes finger nuddade vid min målning, nuddade vid kvinnobröstet med sina tunna rosa fågelvingar som lyfte sin drunknande kropp ur kransen av blå vattenfingrar.

"Vad är det som syns?"

"Hur många olika människor du är. Och ingen av dem är *beige.*"

"*Hon ser rakt igenom mig*", tänkte jag.

"Eller har jag kanske fel?" sa Gia och trummade med fingrarna på höften.

Det värkte till inom mig när jag iakttog henne: Hennes långa smala kropp med sina mjuka kurvor och hemligheter, det ljusa håret som attraherade allt ljus i rummet, hennes ansikte; ett ansikte bara, så alldagligt i vissa vinklar. Det gjorde ont i mig när jag såg på henne.

*"Hon väcker omedelbar kärlek. Varför? Vad är det som skiljer oss åt? Är det utsidan eller insidan? Eller är det valet av föräldrar? Eller är det samma sak?"*

Gia märkte inte hur närgånget jag studerade henne eftersom hon själv var så absorberad av mina målningar. Hon pekade på en detalj i en av de andra dukarna.

"Vad är det där som hänger runt kvinnans hals? Det ser ut som tunga vita stenar? Kvarnstenar? Eller överdimensionerade pärlor?"

"Det är potatisar. *"Ät potatisar! "Potatisar är billig mat. Fulla med näring."* Så sa min pappa första och sista gången i mitt liv jag bad honom om pengar."

Gia blåste ut luft i en ohörbar vissling:

"Och din mamma, vad sa hon för kloka saker, då?"

"Hon sa: *"Gör inte om mitt misstag, förstör inte ditt liv, bli inte med barn!"* Våra blickar kolliderade och hon grimaserade. Låtsades att hon hade svalt fel. Blinkade och ruskade på huvudet.

"Pissvin!" fräste hon.

Som om hon ville ge vinet skulden när jag såg på henne att det var jag som äcklade henne. Jag sympatiserade med hennes förakt. Jag kände självhatet stiga inom mig som en sur uppstötning när hon såg på mig; på fula, beiga Lianne med sin sjuka hjärna och sin armsvett och patetiska självömkan. Klart hon var äcklad av mig. Nästan lika mycket som jag själv.

"Vad hade du väntat dig?" frågade jag.

Hon såg på mig och drog efter andan. Det var tydligt att hon inte förstod vad jag menade eller vem jag syftade på eller varför jag såg så konstig ut. På botten av hennes ögon skymtade jag en stor smärta. Men kanske var det bara en återspegling av min egen smärta som jag tyckte mig se?

"Sluta plåga dig själv! Så Max älskade dig inte! Men snälla – det är väl inte hela världen? "

Hon såg på sitt vackra armbandsur och flämtade till.

"*Shit!* Nu *måste* jag gå. Jag har redan stannat för länge."

Hon såg på mig.

"Glöm honom, Lianne! Han kommer ändå aldrig tillbaka."

Hon försökte le, men var för nervös för att leendet skulle orka nå fram till hennes vackra blå ögon. Jag skrattade till. Ett ynkligt litet kvävt skratt.

"Jag *vet* att han inte kommer tillbaka! Han älskar ju *dig!*"

Hon stirrade på mig som om jag var galen.

"Men Lianne! Hörde du inte vad jag sa? Han har åkt till USA, *till Edie!* Hon har äntligen skilt sig så nu *slipper* du honom! Du borde *fira!*"

Så slet hon till sig sin handväska och rusade ut ur mitt rum.

När hon hade gått svalde jag resten av pissvinet i flaskan. Det smakade bittert, som blod och galla och självhat, och fick mina ögon att tåras. Magen drog ihop sig och jag kräktes upp det över handfatet. Ljusrött, utspätt med mina fräna safter, som mitt söndergråtna kött.

Sedan duschade jag. Det kliade i mig av olust, men det var en klåda som ingen tvål kunde tvätta bort; en klåda som satt djupare än mina naglar kunde nå.

*Jag visste att hon ljög.*

*Jag visste att hon skulle träffa honom.*

*Jag visste.*

De skulle nämna mitt namn, men bara i förbigående och med en lätt rysning följt av ett ofrivilligt skratt. Först skulle han beundra hennes skönhet och säga alla de rätta sakerna. Han skulle leka med en slinga av hennes långa ljusa hår; dra in doften i sina näsborrar; kyssa hennes mjuka läppar, länge, länge; mjukt men bestämt, pressa in sin sträva tunga i hennes lena mun, känna hur hennes kropp reagerade, mjuknade. Hans händer skulle känna sig fram över hennes kropp; utforska centimeter efter centimeter av mjuk, len hud, fukt, värme, hemligheter och hon skulle välkomna hans händer och fingrar.

Sedan skulle de älska i ett rum som badade i dagsljus eftersom han inte kunde se sig mätt på hennes ansikte och kropp ur olika vinklar. De skulle älska med varandra i en mjuk säng mellan rena lakan och han skulle kalla henne vackra namn, ett för varje kysst finger.

Han skulle inte ta henne hårt mot diskbänken eller på det hårda golvet. Inte kalla henne fula saker som gjorde henne ledsen och honom själv upphetsad. Alla hans sinnen skulle njuta av hur fullkomlig hon var, in i minsta tanke, minsta gest, minsta hudveck, och hur lycklig han var som fick göra det.

Allt det vackra som jag hade läst att den fysiska kärleken kan erbjuda, skulle hon, den vackraste av varelser, få uppleva med honom. Hans perfekta teknik skulle bevisa hur perfekt hon var till skillnad mot mig, Lianne som var så onormal att hon fick ont överallt efteråt, och alltid grät efteråt, ensam på hans smutsiga toalettgolv, med ljuset släckt och dörren låst, och vattnet rinnande, och med mitt svartrandiga, rödnästa ansikte dolt i en handduk så att ingen i universum kunde se eller höra mig och komma med flera expertutlåtanden.

Jag kände mig som ett sjukt djur i mina instinkters våld. Bilderna överföll mig med sin skärpa och med sin skönhet. Bilderna var så fula att jag ville dö. Bilderna var så vackra att jag ville dö. Jag var så motbjudande att jag ville dö. Hon var så vacker att jag ville dö.

Mina tankar drev mig mot avgrunden. Jag ville att det skulle gå fort för jag orkade inte med dessa bilder, denna skönhet, detta självförakt.

Så jag gav mig iväg.

*

Cykeln knirrade som om den protesterade över mitt upptåg, som om en enkel skrothög hade mer vett än jag. Järnet i cykeln jämrade sig i solidaritet med järnet i mitt blod för vi var ett, materien och jag; ett med farten som brände faran i ansiktet när jag cyklade mot min undergång.

Den svarta asfalten brann i mina inälvor, exploderade i mig, förvandlades till små ormar av sjuk, svart energi som krälade omkring i min mage. Jag kunde höra mitt hjärta vädja till mig som ett plågat djur som inte vill kämpa mer, som inte orkar mer *"Sluta Lianne, sluta!"*

Utanför mitt eget grå vakuum var världen vidunderligt vacker, iklädd sina nya gröna sommarkläder, inkapslad i sval, ljuv längtan, målad i sommarblå milda pasteller och förföriska dofter. Solen som smekte min panna med sina heta fingrar och försökte tränga igenom mitt hårda pannben för att tina upp mig och tillsammans med sommarvindarna förvandla vakuumet inuti mig till värme, till liv, till ljus, till längtan, men naturens krafter kämpade förgäves - förgäves, mot mitt självhat – för allt var redan för sent.

Allt som varit levande i mig; allt som varit jag; var nu stängt, var fult, var döende. Allt som återstod var ekon av mina tystade skrik, inkapslade i min stumma smärta, inför min stundande död och slutgiltiga utplåning.

Jag var omgiven av skönhet och dolda budskap om kärlek som jag inte kunde ta emot eftersom jag sökte min undergång i fulheten.

Jag cyklade med tårarna rinnande och fågelsången kvittrande i öronen, insvept i smärta, och insåg att Max hade haft rätt: Jag förstod ingenting.

Jag var ingenting.

Endast tomheten kunde absorbera giftet i min kropp, eftersom tomheten var det gift som var min kropp.

\*

Jag slog in portkoden till det rosa jugendhuset där Max bodde och smög upp för marmortrapporna till tredje våningen. För säkerhets skull lyssnade jag med örat mot ytterdörren, men kunde inte uppfatta några ljud inifrån hans lägenhet.

Snabbt fiskade jag upp min hemliga extranyckel ur fickan och låste upp dörren till Max stora bostadsrätt. Innanför dörren klev jag i en hög med dagstidningar, reklam och räkningar, och en inplastad datatidning och två inplastade medicinska tidskrifter som låg på parkettgolvet under brevinkastet.

En stund stod jag helt stilla med hjärtat bultande vilt i bröstkorgen, beredd på att få höra hans ursinniga röst och hårda steg närma sig på parkettgolvet, beredd på mer än en utskällning. Men ingenting hände och jag fortsatte till köket. Borta vid diskhon surrade två flugor över en stapel tallrikar med intorkade matrester och några misshandlade ölburkar, och lätt äcklad skyndade jag vidare. När jag försiktigt öppnade dörren till sovrummet och sneglade in blev jag stående, som bedövad.

Alla intryck som bombarderade mina sinnen – synen av de fläckiga lakanen i hans obäddade säng; den trasiga persiennen i fönstret; alla halvtomma kaffemuggar överallt; de smutsiga kalsongerna under sängen bland dammråttorna; och den unkna lukten av svett och öl och gamla sopor som låg tung över lägenheten – fick mig att minnas att det hade funnits en tid när jag hade kunna tänka kritiska tankar om honom.

Som en betingad reflex för att jag vågade tänka sådana rebelliska, respektlösa tankar om Maximilian Brådt – nu när han själv inte var där och personligen kunde bevisa hur sjuka mina tankar var och hur motbjudande och värdelös och sjuk *jag* var – valde jag att öka på mitt självförakt och bevisa hur rätt han hade genom att spela upp röstmeddelandena på hans hemliga mobil – den som han gömde undan från mig under bäddmadrassen. Att i smyg lyssna på hans meddelanden brukade kännas lika uppiggande som att köra upp nålar under naglarna. Påminna mig om att en av oss minsann hade vänner, beundrare, älskarinnor, inkomster och en livsuppgift.

Kort sagt; påminna mig om att en av oss hade ett existensberättigande.

Det första meddelandet var från en man och lät obegripligt i mina öron, som ett fylleskämt i en klubb för inbördes beundran, vilket förvånade mig eftersom det i Max klubb för inbördes beundran bara fanns plats för en enda medlem: *"Tjeeena Max, Tomten har lämnat verkstaden. Renarna behöver sina kartor. Tomten behöver tomtesäckar från Tomtefarmors källare. Kommer inte in genom skorsten. Potatisgrisar i vägen."*

Nästa meddelande kom från en kvinna med amerikansk accent: *"Hello, darling. It's Edie. My divorce is finalized. Give me a call."* Rösten tillhörde henne; Edie, Max ungdomskärlek i USA: den *Perfekta Kvinnan* som jag alltid blev jämförd med, och för ett ögonblick svartnade det för mina ögon.

Nästa röst tillhörde en man som talade i gåtor: *"Max, Sune här, vi ses under kanoten, du vet* NÄR, *du vet* VAR, *du vet* VARFÖR. *Så glöm inte* DU VET VAD!"

Och det sista meddelandet kom från en mörk, släpig och mycket självsäker mansröst: *"Maximilian! Gunnar Bracke här! En kär gammal vän till dig behövde luftombyte och kommer att höra av sig. Gör honom inte besviken."*

Plötsligt föll bitarna på plats och jag insåg var Max befann sig. Det var så uppenbart att jag skrattade till. Jag låste dörren till lägenheten bakom mig och trippade ner för marmortrapporna, ut i sommaren.

☙

# Blickfång

J AG KLEV UPP på min cykel igen. Giftet i min mage gjorde mig svimfärdig av självförakt.

*"Som en insekt dras jag till ljuset som ska utplåna mig för gott."*

Vilken annan dag som helst skulle jag ha cyklat fel. Nu cyklade jag rätt direkt, trots att jag bara hade hört henne nämna adressen en enda gång, och trots att huset låg i utkanten av staden, i närheten av en nedlagd fabrik, innesluten och dold bakom en skog av förvildade fruktträd.

Och där låg den och lurade, *råttfällan*, den sista anhalten för kroppar utan vidhängande identitet – förklädd till ett förfallet, gulmålat trähus i två våningar med vita knutar och en halvrutten bedagad charm. Framför huset och med däcken redan halvt begravda i det vildvuxna gräset som ett järtecken, skrek ett rostigt bilkadaver förgäves ut en sista symbolisk varning:

*"Besinna dig!"*

Jag slängde cykeln i ett dike, bakom några rostiga gifttunnor i en bädd av rölleka och vasst gräs. Sedan trängde jag fram till huset, genom en djungel av sega grenar, och krasande bråte. Jag ställde mig på tå och lutade mig mot ett fönster och försökte kika in. Det var alldeles för mörkt i rummet för att jag skulle kunna se någonting men jag uppfattade vibrationerna från människoröster i fönsterglaset. Jag fick svårt att andas igen. En sjuk svart energi pulserade i min kropp. Jag måste få se dem. Blodet bultade i mina öron så jag trodde jag skulle bli döv, men jag tvekade inte.

Ytterdörren var inte låst –*vilken råttfälla har lås?*– och dörren gled upp utan att ge något ljud ifrån sig. Jag steg in i en mörk och dammig korridor där resväskor stod utplacerade längs väggarna. När jag smög förbi badrummet trängde en stank av lut och klorin ut i dörrspringorna. Jag insåg att Gia hade börjat storstäda och laga mat inför Max besök, men blivit avbruten och just nu ägnade sig åt att betjäna honom istället. Eller så vad det han som ägnade sig åt att betjäna henne? Jag vet inte vilken tanke som gjorde mig mest sjuk. Doften av kaffe och matos låg kvävande tung över korridoren.

På båda sidor om mig stod dörrar på glänt och släppte in fläckar av dagsljus över den rödvita trasmattan. En av golvplankorna knarrade under mina fötter. Jag höll på att trilla in bland ytterkläderna i kapphyllan.

*"Hemfridsbrott: Ett annat namn för harakiri med kärleken som svärd."*
Gias röst trängde ut från ett rum längre ner i korridoren.
*"Skrattade hon? Grät hon?"*


Dörren stod på glänt och jag smög närmare, så försiktigt jag kunde. Benen darrade och jag var så rädd så jag mådde illa. Jag kikade in i rummet.

När mina ögon hade vant sig vid mörkret kunde jag urskilja en dubbelsäng. Två nakna människor klamrade sig fast vid varandra i en desperat omfamning. Den ena gestalten höll sina armar beskyddande runt den andras bortvända kropp, och hennes långa blonda hår täckte bådas ansikten. De drunknande utstötte kvävda snyftningar från de vita böljorna.

Jag stod i halvmörkret i dörröppningen utan att kunna röra mig.
Jag hade ju repeterat den här scenen så ofta i min fantasi de senaste timmarna att jag visste vad jag borde se, och vad jag borde höra och vad jag borde känna.

Men mina sinnen lydde mig inte.

Någon gav ifrån sig ett konstigt, djuriskt läte, som ett djur på slaktbänken, och djuret var jag, och jag pressade båda händerna framför min mun och mina ögon för att kväva min ångest, men det hjälpte inte, för ljudet fortsatte att strömma ur mig, sjukt och klibbigt, eftersom smärtan var så stark att jag inte kunde hålla kvar den inom mig, och nu flödade det ur mig, och jag höll tog ett steg bakåt och råkade riva ner en lampa som landade på golvet med en smäll och det blev alldeles tyst.

I nästa stund hade de båda kvinnorna satt sig upp i sängen. De stirrade på mig med skräckslagna ögon och stal skriket som skulle ha varit mitt skrik och använde det mot mig, fast det var jag som var mest chockad.

"En tjuv!" skrek den ena kvinnan med det kortklippta mörka håret.

"Vad gör du här?" skrek Gia.

"Var är han?" pep jag.

Det fladdrade till från sängens vita lakansvågor och i nästa stund hade den mörkhåriga kvinnan avverkat det korta avståndet mellan oss i två stora kliv. Hon slet tag om min ena arm och körde upp den så högt bakom min rygg att det knäckte till, samtidigt som hon låste min andra arm i ett stenhårt grepp runt magen.

"Känner du den här tjuven?" frågade hon Gia.

"Jag umgås inte med tjuvar", sa Gia.

Plötsligt var hon inte så rädd längre där hon satt i sängen och blängde föraktfullt på mig med rufsigt hår och naken överkropp.

"Jag är ingen tjuv! *Aj!*" skrek jag.

Gias sängkamrat tvingade upp min arm ett snäpp på smärttröskeln och jag skrek ännu högre den här gången.

"Snacka på! Vad vill du? Vad gör du här?"

"Jag trodde att han var här!" kved jag och stirrade dumt på sängen.

"*Åaaah?* Varför skulle *han* vara här?" stönade Gia och höjde sina knutna nävar mot taket.

"Men ni... Men du...Du… "

"*Vadå?*"

"Du är ju kär i honom!"

"*Vem* har sagt det? "

"Han!"

Gia drämde knytnävarna i madrassen och skrek rakt ut:

"*Sluta nu! Ge dig!* Bara för att *du* är blind och döv behöver inte jag vara det!"

Greppet runt mina armar hårdnade ytterligare. Gias långa sängkamrat var på god väg att bryta armen av mig samtidigt som hon pressade sina mjuka bröst och mage mot min rygg. Smärtan från min arm var så skarp att jag fick blodsmak i munnen.

Situationen hade utvecklat sig i en riktning jag aldrig hade kunnat förutse. Jag var säkrare än någonsin på att jag skulle dö här i Gias sovrum, men inte på grund av brustet hjärta som jag lite romantiskt hade föreställt mig, utan som en konsekvens av att mina lungor blivit perforerade av mina revben. Den nakna kvinnan bakom min rygg som ansträngde sig till det yttersta för att krama ihjäl mig flämtade, sammanbitet, rasande:

"Ska du inte presentera henne? Det verkar som om ni känner varandra!"

"Fråga henne vem hon är. Eller *vad* hon är!" sa Gia. "Om hon nu vet."

Hon halvlåg i sängen, lutad mot några kuddar och såg på mig som om jag var någonting obeskrivligt äckligt, slemmigt, vagt, stinkande avfall på två ben som hade kravlat upp ur någon underjordisk kloak, in i deras heliga sovrum. Den långa, mörka kvinnan med järnmusklerna, som jag antog var min blivande bödel skrek rakt in i mitt öra som om hon trodde att jag var döv, och jag gav henne maximalt fem minuter att få rätt i sitt antagande:

"Vem har skickat dig? Varför!"

"Ingen! Jag trodde att Maximilian var här."

Min röst lät som en förgråten femårings.

"Är det *han* som ligger bakom allt det här?" spottade hon ur sig.

"Ja, vem fan annars?" fnyste Gia.

Min plågoande försökte få en glimt av mitt ansikte. Hennes mörka lugg vispade till min kind och i nästa stund körde hon in armbågen i min mage. Jag kved till.

"Får jag presentera", sa Gia och viftade föraktfullt med armen: "Det här är Maximilian Brådhts lydiga nickedocka, tillika dörrmatta, spottkopp, slagpåse och madrass."

"Då vet du för mycket", sa kvinnan bakom min rygg.

Hon ryckte till om min arm så det vitnade för mina ögon.

*"För mycket?"* flämtade jag.

Tankarna fladdrade omkring i huvudet på mig som lösa blad.

"Okej! Berätta vad du vet!"

14

Nu lade hon sin ena arm runt min hals medan hon fortfarande höll fast min ena arm med den andra. Hon tryckte till över halsen och drog upp min arm igen. Det gjorde så ont så jag fick tårar i ögonen.

*"Om hon drar upp min arm bara en endaste liten millimeter till går den ur led! Men innan dess har hon väl kvävt mig, eller blåst ut min hjärna genom andra örat!"* Min hjärna arbetade på högvarv medan jag försökte vinna tid.

"Fram med det!"

"Vad är det du vill veta?" pressade jag fram med väsande Kalle Anka-röst.

"Vad du har sett!"

"Det var så mörkt. Jag har inte sett någonting! Ni sov, tror jag."

"Gör dig inte till!" sa hon. "Du vet vad jag talar om! Var har han gömt den?"

Hon tryckte till runt min hals med sin andra arm, så jag inte kunde andas.

"Du förföljer Gia. Du har fått en nyckel! Av honom!"

"Nej, jag svär! Här var olåst. Det är sant! "

De såg på varandra. Gia reste sig upp i sängen och kom emot oss, invirad i ett lakan. Hon var mörk under ögonen men hyn var rosig och rivmärkena på kinden täckta med fet salva. Hon frågade sin väninna:

"Låste du?"

"Nej, gjorde du?"

"Nej."

"Tur för dig att vi inte hade låst!" sa den vidriga väninnan till mig.

Där jag stod med en hård biceps pressad mot luftstrupen brydde jag mig inte om att fråga på vilket sätt det var tur för mig att de hade glömt att låsa ytterdörren. Framtiden fick utvisa.

Om det nu fanns någon framtid för mig?

Framtiden fick utvisa det med.

Amasonkvinnan bakom min rygg släppte taget runt min hals och min arm och jag segnade ner på golvet i en rosslande hög. De drog snabbt på sig kläderna som låg spridda runt i rummet. Sedan tog båda ett hårt tag om mina armar och knuffade mig genom korridoren. Flera gånger höll jag på att trilla.

\*

De öppnade en dörr som ledde ner i en källare. Källartrappan var lång och belysningen från gluggen i väggen var obefintlig. Det luktade ovädrad källare. *Surt. Unket.* Jag nös några gånger.

"Det här är ditt straff för att du spionerade på oss", sa den vidriga väninnan. "Du ska vara *jävligt* tacksam för att du kommer så lindrigt undan!"

Sedan låste de dörren, och där satt jag plötsligt, ensam i mörkret, på en smutsig källartrappa ner till underjorden, tillintetgjord av skam och självförakt.

Det rasslade till bland bråten på jordgolvet och jag såg en lång, grå, hårlös svans. Jag måste ha fått en chock som aktiverade generationers nedärvda råttskräck och blixtsnabba försvarsinstinkter i mina gener, för innan jag hann uppfatta vad som hände befann jag mig plötsligt på översta trappsteget igen, bultande på dörren och skrikande hysteriskt. Men ingen kom och öppnade. Det var tyst däruppe.

Det susade i mina öron av rädsla och svindel, men jag kunde inte längre se råttan någonstans. Jag hoppades att mitt skrik hade skrämt ner den i något avlopp för gott. Eller åtminstone så länge vi skulle dela tillhåll.

På ena väggen fanns ett litet fönster som släppte in vita ränder av dagsljus. Jag fick syn på en lös spjäla i trappräcket som jag slet loss, och beväpnad med denna råttklubba som jag bankade i golvet framför mig vågade jag korsa jordgolvet och gå fram till fönstret. Det satt för högt upp för att jag skulle kunna öppna det och krypa ut, men om jag bara hittade någonting att stå på så skulle det nog gå. Jag såg mig omkring bland cyklarna och gräsklipparen och färgpytsarna och de trasiga lerkrukorna och affischrullarna och de dammiga klädesplaggen och båtmotorn och dammsugaren och de tomma vinflaskorna och annat gammalt obeskrivbart bråte i källaren, och fick syn på ett teakskåp som var belamrat med apparater och prydnadssaker.

Jag lyfte ner den uråldriga radioapparaten, de fyra svartvita bröllopsfotona i svarta silverramar och de sju prispokaler i amatörboxning från skåpet. Sedan försökte jag fösa skåpet i riktning mot fönstergluggen, men det var så tungt att jag inte ens kunde rubba det. När jag kände på skåpsdörrarna var de låsta. Då tog jag sats och slängde mig med hela min tyngd mot kortsidan av skåpet. Men det enda som hände var att skåpet välte. Med ett öronbedövande brak och i ett moln av damm kraschade det mot radioapparaten och pokalerna och den gamla dammsugaren som stod på golvet, och med en sådan tyngd att ena kortsidan och en stor bit av bakstycket från skåpet lossnade från sina fästen.

Torr i munnen och med bultande hjärta betraktade jag förödelsen. Nu förstod jag varför skåpet hade varit så tungt. Två stora tunga knöliga säckar tittade upp genom träspillrorna i bakstycket. En av de fullpackade säckarna hade dessutom fastnat i en spik i en sprucken planka som gjort en lång reva i väven. När jag kände på säcken för att ta reda på vilka andra ovärderliga antikviteter jag hade lyckats förstöra under mitt korta besök, krasade det till och framför mina ögon rämnade säcken – sprack som buken i ett jäst kadaver och blottade sitt maginnehåll och jag trodde inte mina ögon. Säcken var full av sedelbuntar!

Jag hade aldrig någonsin sett så mycket pengar i mitt liv. Hjärtat började pumpa runt en känsla som var väldigt lik den svindel och andnöd jag hade känt de senaste dagarna – lik, men ändå så diamentralt annorlunda.

Jag tog upp en fet sedelbunt och bläddrade i den och tänkte på hur mycket lycka och frihet som bara kan köpas för pengar. Sedan lyfte jag ansiktet och kikade några meter bort, upp mot ljuset, upp mot den ultimata friheten med de oändliga möjligheterna.

En enda detalj i detta fängelse separerade mig från lyckan och friheten: Ett enda litet fönster två meter upp på väggen.

Ute på gården skrek Gia och hennes vidriga väninna till varandra. Det lät som om de släpade på tunga resväskor. Jag hörde hårda dunsar mot marken. Bildörrar som slog igen. Bakluckor som stängdes. Upprörda röster. Det lät som om de var arga på varandra. Efter en stund hörde jag steg som närmade sig källaren.

Mitt rymningsprojekt hade totalhavererat. En antik möbel hade fått rejäla skador, en radioapparat krossats, bröllopsfoton perforerats av glassplitter, och några boxningspokaler plattats till. Jag borstade av mig dammet, nös några gånger och bestämde mig för att inte tänka ut några fler briljanta planer på en stund.

Dörren slogs upp. Ficklampans ljus träffade mig rakt in i ögonen, som explosionen från de skarpa prismorna i en migränattack.

"Är du snäll nu?" skrek den vidriga väninnan. "Vi har en del spännande tortyrredskap också, bara så du vet, ditt perverterade jävla äckelpucko!"

Rent spontant såg jag mig omkring i källaren men insåg att det var mig och inte den svarta peståttan hon tilltalade.

"Vems är pengarna?" frågade jag.

"Pengar? Vilka pengar?"

"Kom ner och se själva", sa jag.

Hon hånskrattade.

"Jovisst! Så står du där med ett basebollträ i handen!"

"Strunta i det då! Men jag vill inte vara här nere längre för här finns fullt med aggressiva peståttor!"

"Skitsnack! Här finns inga råttor. Men speglar finns det gott om!"

Gia fnissade till.

"Här finns massor med råttor!" sa jag. "En av dem nafsade efter mig! Och jag skrek för att ni skulle släppa ut mig, men ni kom inte. Det var därför jag hoppade upp på byrån. För att inte bli uppäten! När byrån välte hittade jag pengarna."

De tvekade en stund och viskade någonting till varandra. Sedan sa den vidriga väninnan:

"Okej då, men för din egen skull – försök inte med några tricks! Ställ dig på nedersta trappsteget med händerna över huvudet!"

När jag hade gjort som de sa gick de motvilligt ner för trappan och fram till mig. De såg sig omkring på förödelsen i källaren och på sedelbuntarna som flutit ut från säcken i det demolerade skåpet och låg i högar på källargolvet, och sedan såg de på varandra. Men deras reaktion var raka motsatsen till min egen. De såg skräckslagna ut.

"Var kommer alla sedlarna ifrån?" undrade jag.

"En gammal släkting", sa den vidriga väninnan. "Mycket senil. Mycket rik. Gillar inte banker."

"Men ni hyr ju i andra hand av Max kompis?" sa jag.

"Hör du dåligt? Pengarna tillhör en gammal släkting."

"Det tror jag inte på."

"Det verkar vara ditt stora problem i livet! Du tror inte på vad folk säger till dig, och se var du har hamnat!" sa den vidriga väninnan.

Hennes ögon var som mörka springor av undertryckt hat. Hon andades häftigt och trummade hela tiden med knytnävarna mot sina jeans som om hon fick kämpa emot impulsen att flyga på mig igen och avsluta det hon hade påbörjat.

"Anledningen till varför vi inte hörde när du skrek var för att vi höll på att packa. Vi ska på en liten semesterresa. Och du ska följa med", sa Gia.

"Va? Är du inte klok?" skrek den vidriga väninnan.

"Lianne är så känslig och har så livlig fantasi och känner så många människor genom *honom*. Jag skulle inte få en sekunds lugn om vi lämnade henne kvar. Skulle du, Bim?"

Gia såg vädjande på den vidriga väninnan som tydligen hette Bim och det såg ut som om luften gick ur henne. Hon sjönk ihop.

"Nej, du har rätt", suckade hon.

Hon satte sig på huk bredvid säckarna och kontrollerade den ena sedelbunten efter den andra. Jag noterade att hennes händer darrade.

"*Helvetes helvete!*" mumlade hon för sig själv.


De ledde upp mig upp för källartrappan, in i ett mörkt vardagsrum där de pressade ner mig i en fåtölj och band mina armar och ben. Sedan band de en svart halsduk framför mina ögon.

"Så du inte kan spegla dig igen medan du väntar!" sa Bim. "Varje gång du speglar dig drabbas vi andra av sju års olycka."

"Vad väntar jag på?"

"Vi har inte packat färdigt", förtydligade Gia i ett försök att låta snäll.

"Vart ska ni åka på er semester?" undrade jag.

"Det får bli en liten överraskning", sa Gia. "Njut av musiken så länge!"

De skruvade upp musiken på högsta volym och lämnade rummet. Jag kände igen Igor Stravinskijs *"Våroffer"* – baletten där en ung flicka efter hedniska stamriter väljs ut för att offras till vårguden – och hoppades att valet av musik bara var en slump.

Men mitt plågade hjärta visste att det inte var så: *"Det är ett tecken!"*

*

På väg ut till bilen en halvtimme senare fick de leda mig eftersom ögonbindeln gjorde mig blind och repet runt benen tvingade mig att trippa. Bim öppnade bildörren och tryckte ner mitt huvud.

"Akta bilen! Vi vill inte ha fler bucklor."

Hon pressade ner mig i baksätet. Det tog en stund för henne att spänna fast bilbältet.

"Måste jag ha ögonbindel?"

"Ögonbindeln är för vår skull. Så vi ska slippa minnas dina skräckslagna ögon efteråt."

"*Efteråt?*" mumlade jag.

"När allt är över."

Hon lutade sig över mig, så nära att jag kunde känna hennes andedräkt mot min näsa och mun, och sa med allvarlig röst.

"Motorvägarna kan vara rena dödsfällorna. Det gäller att sätta sig i respekt! Gasen i botten och fingret i luften! Ingenting för känsliga ögon, *råttflicka!*"

Jag darrade till och hon skrattade överdrivet. Gia hyssjade, men det hördes på hennes röst att hon var road. Sedan slog bildörrarna igen, motorn startade på tredje försöket, och bilen började rulla iväg med motvilliga fräsanden.

*

Vägen var guppig och det verkade som om bilen kände och förmedlade intrycket av minsta sten som en överkänslig prinsessa på ärten gjord av plåt. Motorljudet var högt och bilen skramlade hotfullt som om hon inte ville vara med längre utan ville skrotas omgående för att nästa gång få återfödas som en liten läcker skär sportbil med perfekt fjädring och rätten att slippa känna varenda litet gupp på vägen i sin egen ömtåliga kropp. Precis som jag gjorde.

"Vart är vi på väg?" frågade jag.

"Är du helt borta? Varför tror du vi har satt på dig en ögonbindel? För att vi ska vara tvungna att beskriva vägen för dig?" sa Bim.

*"För att du är en sadist, så klart! En lat sadist. Du behöver inte ens anstränga dig!"* tänkte jag. *"Jag bara sitter här, med all min överskottsfantasi och sköter bestraffningen själv!"*

Av ljuden omkring mig att döma förstod jag att vi först körde genom stadstrafik och sedan på lugnare motorvägar med andra bilar som svischade förbi. Tunga fordon svepte förbi och luftdraget fick bilen att kastas åt sidan. Plötsligt skrek Gia till.

"Se upp!"

Bilen gjorde en så häftig sväng att det skrek i däcken men eftersom jag inte kunde se vad som hände och parera svängarna med mina bundna händer slog jag huvudet i sidorutan. Efteråt tömde Bim lungorna i en utdragen utandning:

"Du där bak! Var tacksam för att du slapp se *det!*"

"Jag kände det", sa jag. "Det räckte. Måste jag vara tacksam också?"

"Hoppas han har mobiltelefon!" sa Gia.

"Varför då? Rätt åt den jäveln."

"Sluta, Bim! Du behöver inte göra tecken! Det räckte väl med att han körde av vägen!"

Gia försökte låta arg men jag hörde hur hon pep av skratt i framsätet.

Efter en stund skruvade de upp volymen på radion och jag kände igen David Bowies röst. Jag lyssnade på texten och funderade på om jag borde kasta mig ur den här plåtkapseln innan jag försvann någonstans i intet som den övergivne astronauten i Bowies sång. Men hur skulle det gå till? Mina händer och fötter var bundna och jag kunde inte se någonting.

*"Vart är vi på väg? Vad tänker de göra med mig?"*

Jag tänkte på Scheherazade som under tusen och en natt berättade historier för den blodtörstige shejken som bara lät henne leva så länge hon roade honom. Genom att avbryta sina berättelser just när de var som mest spännande sköt hon upp sin egen avrättning en natt.

När jag insåg hur dåliga, för att inte säga obefintliga, mina egna överlevnadsodds var, gjorde jag en hastig rörelse och råkade stöta i huvudet igen och jämrade mig. Någon skruvade ner volymen.

"Vad är det *nu* då?" stönade Bim.

Min hjärna arbetade på högvarv och så klämde jag ur mig:

"Jag tänkte att ni kanske utsätter mig för något slags psykologiskt experiment. Det var därför jag skrek."

"Ha! Du är ett psykfall hela du!" fnyste Bim. "Ett psykologiskt *exkrement.*"

"Nej, vänta!" avbröt Gia. "Det här är intressant: Vad skulle det vara för experiment i så fall?"

"Ni, hm, kanske släpper av mig i en okänd vägkorsning, och, och testar hur lokalsinnet utvecklas hos en person som utsatts för stress. Jag har uselt lokalsinne. Blir säkert överkörd direkt."

"Nej, vi tänker inte släppa av dig. Oddsen att du ska bli överkörd är säkert inte mer än nittio, nittiofem procent", sa Bim.

Jag svarade inte. Bulan i huvudet började göra ont igen.

"Vi kanske bara testar hur länge du överlever om du inte pratar", fortsatte hon.

"Jaså, är det därför jag är *bunden* och har *ögonbindel?*"

Gia fnissade till.

"Jag varnar dig! Oddsen är till din nackdel! Jag har en specialtejp med mig, bara så du vet!" sa Bim kallt.

"Ingen fara! Jag älskar alternativ musik", sa jag sanningsenligt. Min röst lät kvävd, för det snurrade i mitt huvud, eftersom mitt hjärta höll på att knocka mig medvetslös med sina hårda slag.

Ingen av dem svarade men jag hörde hur Gia fnissade.

Hennes fnissanden kändes som balsam i min oroliga mage.

*Tusen och en natt.*

\*

*"Tiden är en motorväg man inte ser men känner i sin kropp."*

"Är du hungrig därbak?" frågade Gia.

"Nej. Ja. Kanske."

"Hon har ställt till med så mycket skit redan så vi borde låta henne svälta ihjäl", sa Bim.

"Jag har bett om ursäkt och försökt förklara. Jag var *förvirrad.* Var säker på att Max var hos Gia. Visste inte att ni två... Det var inte meningen."

"Försök inte!" avbröt Bim. "Du tror att vi är två idioter som går på vad som helst. Eller hur, Gia?"

Gia var tyst en stund innan hon svarade:

"Jag vet faktiskt inte vad jag ska tro längre. Faktiskt."

"Nej det märks." sa Bim irriterat. "Du tänker inte med hjärnan längre."

Bilen stannade och en av dem slog igen dörren och avlägsnade sig med hårda steg. Efter en stund hörde jag Gias röst:

"Du är mer störd än jag trodde, Lianne. Och det vill verkligen inte säga lite! Det där jag såg i ditt studentrum var så sjukt! Orden på väggarna, dina målningar. *Du!*"

"Störd? Hur då?"

"*Störd? Hur då?*" härmade hon. "Du har noll-koll på tillvaron, märker du inte det? Du verkar alltid gå omkring med någon slags osynlig ögonbindel och du låter din fantasi styra din verklighetsuppfattning."

Snabba steg närmade sig bilen och Bim steg in igen. Hela bilen gungade till när hon slog sig ner. Så uppfattade jag henne alldeles intill mig insvept i en äcklig fet lukt av kokt korv och senap.

"Här har du! *Ät!*"

Den flottiga korven stötte mot mina läppar och jag vände mig bort.

"Jag äter inte kött", fnyste och fräste jag. "Tack ändå, men, jag, nej tack."

"*Ät!*" skrek Bim.

Jag försökte vrida på ansiktet men hon höll det fast med sin ena hand medan hon pressade korven mot min mun. Det kändes som om jag skulle kvävas och jag försökte fäktas trots mina bundna armar.

"*Sluta!*" skrek jag.

"Lägg av, Bim! Det där är väl onödigt!" sa Gia.

"Varför försvarar du henne? Max lydiga slav förtjänar inget försvar."

"Vem vet vad hon kan inbilla sig med hennes uppskruvade fantasi!?"

Bim drog sig tillbaka in i framsätet igen. Det lät som om hon fnissade.

"Vadå inbilla sig? Att det är en *souvenir*?"

"*Psykologiskt exkrement,* menar du", sa Gia.

De skrattade en stund åt sitt interna skämt.

"Hallå där bak! Är du törstig?" hojtade Gia. "Källaren var dammig."

"Klart hon är törstig – som hon gick loss på inredningen!" sa Bim.

"Jo, jag är jättetörstig", sa jag.

Min röst lät som ett svagt eko av ett svagt eko av en döende astronauts sista suck någonstans ute i etern.

"Vänta lite!"

Efter en stund kände jag en plastmugg mot mina läppar och jag drack. Det smakade sött, som någon kolsyrad läskedryck, fast annorlunda, med en bitter bismak jag inte kunde identifiera. Sömnen kom smygande som ett snällt mjukt moln som drog in mig i sitt tyngdlösa rede och jag förlorade markkontakt.

*

# Ögonfröjd och snickarglädje
## Tisdag

**S**OLEN EXPLODERADE i mina ögon. Under några sekunder var jag förblindad av ljus. Jag kunde inte värja mig för alla dofter av sommarvarmt gräs och granskog och mark som trängde in i mina lungor och berusade mig, samtidigt som ljumma vindar smekte mina kinder och lekte med mitt hår och kläder och andades värme runt omkring mig. Allt medan fåglarna överröstade mina protester med sitt lyckokvitter.

När jag lyfte på huvudet igen och kisade mot solen, kunde jag urskilja ett litet falurött torp ett stycke längre bort upp på en slänt. Det stod där, ihopsjunket av ålder och vanvård, inramat av blommor och träd och buskar, med ett snedtak där det växte gräs och mossa, och med en pytteliten veranda där grånade sittbänkar inbjöd till filosofiska samtal om livet.

Torpet stod där, så gammalt och så stolt, i sitt rike av vildvuxna blommor och gräs, omgiven av mäktiga lövträd där solen lekte tittut bakom trädkronorna. Bilden var så sagoboksvacker att jag inte skulle ha blivit förvånad om en liten krokig gumma i huckle och käpp och förkläde, med en svart katt vid sin sida hade kikat ut genom dörren, omsprungen av två små gråklädda tomtebarn.

En nässelfjäril strök förbi mitt ben och bin surrade i gräset bland tusenskönor och maskrosor. Plötsligt överväldigades jag av en så stark frihetskänsla att jag också ville flyga. Jag slet av mig mina skor och borrade ner tårna i gräset. Sedan började jag springa ner för backen med armarna utsträckta, bort från bilen med sin lukt av bensin och bränt gummi och tvång. Bort från *dem*.

Grässtråna kittlade mina fötter innan de vek sig under min tyngd. Efter några meter var jag tvungen att hoppa jämfota över en sten och svinga mig från en gren i det kutryggiga äppelträdet mitt på gården.

Gia och Bim stod kvar vid bilen och såg efter mig med repen och ögonbindeln i sina händer. För första gången orkade jag inte bry mig om att de stirrade. En lyckokänsla som var så stor att jag inte kunde kontrollera den tog över min kropp.

*"Jag är fri!"*

Om jag inte hade varit så stel i kroppen hade jag säkert gjort en kullerbytta också. Istället nöjde jag mig med att lägga mig ner i det höga gräset och kisa upp mot den ljusblå sommarhimlen. Jag drog in dofterna i min näsa.

*"Sommaren är här. Och jag har tagit semester från mig själv."*

Plötsligt blev jag full i skratt för att jag inte hade dött därinne i Gias sovrum som jag hade planerat. Känslan överväldigade mig, kittlade mig, och jag var tvungen att rulla runt några varv i det höga gräset och gapskratta för att värja mig, för att inte explodera.

Jag borstade av mig och skuttade tillbaka till mina kidnappare som väntade vid stugan. Bim stod med händerna djupt nerkörda i sina byxfickor. Hon såg stint på mig med sina mörka, ogillande ögon, och skakade på huvudet utan att säga någonting, medan Gia skuggade ögonen med handen och log mot mig, som om min lilla föreställning hade roat henne.

Hon rotade fram en nyckel under en lös sten vid verandatrappan, viftade med den framför min näsa; *"ta-da!"*, och låste upp dörren. Det luktade unket och ovädrat. Vi hukade oss spontant när vi klev in i den trånga förstugan eftersom det var så lågt i tak. En fluga välkomnade oss högljutt sommarsurrande, så där som flugor förväntas göra i små torp på landet. Rosentapeten med gula fuktfläckar hade lossnat från väggen och hängde ner i stora prydliga lockar på vissa ställen.

Från förstugan kunde jag se in i ett litet kök med en gammal gjutjärnspis inbyggd i en murad vitkalkad eldstad. Vid det lilla köksfönstret stod ett bord med rödrutig duk, omgiven av fyra skavda röda pinnstolar. Två gulnade väggbonader påminde oss om att *"För Lata Svin Är Marken Alltid Frusen"* och *"Eget Beröm Luktar Illa"*. Rakt framför oss låg en sängkammare tapetserat med samma rosentapeter som förstugan. Två svarta järnsmidessängar med höga sänggavlar och färgglada lapptäcken stod på varsin sida om ett litet fönster med utsikt åt baksidans mörka granskog, och under fönstret stod en enkel, förmodligen hemmasnickrad bokhylla fylld med böcker och tidningar. En smutsig blårandig trasmatta täckte några meter av trägolvet. Framför rummets andra fönster med utsikt mot framsidan, stod ett uråldrigt symaskinsbord med en svart Husqvarna symaskin.

"De kan aldrig, aldrig spåra oss hit!" sa Gia och gav Bim en spontan kram.

"Vilka då?" sa jag.

"Våra andra stalkers", sa Bim.

Hennes blick över Gias axel var så full av hat att jag tog ett steg tillbaka.

Gia märkte ingenting utan brast ut i ett pärlande skratt och boxade Bim lätt på armen; *"My hero!"* varpå Bim lyste upp, slet sig loss, och inlevelsefullt spelade några ackord på sin luftgitarr.

Sedan slängde hon luftgitarren ifrån sig och drog Gia intill sig igen och valsade runt några varv på golvet så häftigt att de nästan trillade omkull när valsen övergick i dramatisk tango och de kolliderade med köksbordet.

Gia lyckades bryta sig loss från omfamningen med kroppen i en bakåtböjd båge och det långa ljusa håret några få decimeter från golvplankorna.

"Jag dör om jag inte får kaffe snart", flämtade hon.

Hon rotade fram en burk neskaffe från sin rymliga skinnväska och såg sig omkring i det lilla köket.

En trave vedträn och dagstidningar låg prydligt staplade under vedspisen.

Gia öppnade en av spisluckorna och började arrangera trästickor, tidningspapper och vedkubb i passande storlekar. Sedan försökte hon och Bim få fyr i elden. De tände den ena tändstickan efter den andra och blåste och fläktade på pyramiden och svor.

Eftersom jag började tröttna på Bims iskalla blickar valde jag att gå husesyn och inspektera det största rummet i lugn och ro.

Dammigt dagsljus silade ner genom vita spetsgardiner över pelarbordets virkade spetsduk och den enkla träsoffan, ner över golvets grå golvplankor. En pläd av färgglada virkade mormorsrutor hängde över karmen på en av de två bruna karmstolarna. Väggarna förskönades av inramade kopior av kända konstverk. Från den ena väggen blickade en vacker Che Guevara sammetsögt ner på mig och på väggen mittemot poserade en spansk tjurfäktare och en fransk Degas-ballerina, medan några fattiga svenska barn slogs för en grindslant. Men rummets i alla bemärkelser största prydnad var ett gammalt grönmålat klädskåp med handmålade blomsterbårder av klumpiga rosor som inringade namnen *Sune och Margareta 1867.*

Jag gick fram till Stringhyllan där inbundna böcker av Ivar Lo Johansson, Moa Martinsson, Wilhelm Moberg och Sigge Stark trängdes med pocket från Vita serien, western, politiska pamfletter och en trave gamla gulnade årgångar av Året Runt och Hemmets Veckotidning. Inklämd, längst ner i tidningstraven, låg en gammal tummad porrtidning. Medan Bim och Gia kämpade med att få fyr i vedspisen till sitt kaffe passade jag på att studera de svartvita nakenbilderna. Bleka, mulliga kvinnor med stelt lockigt hår och filmstjärneleenden poserade onaturligt på kala klipphällar, ibland med tårna lite djärvt plaskande i vattnet.

Jag lyfte upp tidningarna på den översta hyllan, och allra överst i högen med tidningar lade jag porrtidningen, för jag var nyfiken på deras reaktion.

*"Sexigt? Kvinnofientligt? Oglamoröst? Skitroligt?"*

En stund senare satt Gia, Bim och jag vid fönstret i köket och drack snabbkaffe ur spröda vita kaffekoppar med små rosor på. Det knastade och sprakade och smällde från elden i vedspisen, och doften av ved och kaffe värmde våra sinnen. Hettan från elden var sövande. En fluga surrade.

Jag slöt ögonen och sa högt vad jag trodde att jag bara tänkte:

"Det här kaffet är det godaste jag har druckit i mitt liv."

"Det är begravningskaffe. Det är därför det smakar så gott, *råttflicka*", sa Bim med djup, spöklik röst.

Koppen darrade till i min hand och den rödrutiga duken fick ännu en kaffefläck. Jag intalade mig att jag inte alls var rädd. Om min hand darrade okontrollerat berodde det bara på att jag var utsvulten och svag efter att ha legat bunden och drogad i baksätet på en skrotbil under en massa timmar utan att veta vilka planer mina kidnappare hade för min räkning.

"Begravningskaffe? På det viset!" sa jag och skrattade nervöst.

"Vi begraver vårt förflutna idag", sa Gia.

"Framtiden är död. Länge leve framtiden! *Hurra, hurra, hurra, hurra!*" sa Bim och lyfte sin kopp. Hon borrade sin blick så djupt in i min att jag var tvungen att se bort.

Jag såg in i de små fyrkantiga fönsterrutorna bakom de skira vita spetsgardinerna som var prickiga av fluglik. Glasens frusna sand var slagfält för den anonyma döden, den som inte syntes, den som inte berörde.

"*Vindöga. Att betrakta, eller genomskåda det som inte syns.*"

"*Fokuseringspunkter i vardagen.*"

"*Lagomhelvetet.*"

Bim satt bredbent på den röda pinnstolen. Hon fortsatte att iaktta mig under halvslutna ögonlock i kökets halvdunkel. Jag visste att om hon hade fått bestämma skulle jag upplösas i små atomer och försvinna ut ur hennes liv för alltid. Hatet i hennes blick kändes som smält frusen sand i mina lungor. Jag kände de svarta flugorna fladdra mot de vassa kanterna, förblöda, inkapslade i de tunga glasskärvorna som skar sönder mitt mellangärde. Jag kunde inte andas längre.

Min hand med kaffekoppen darrade så mycket att jag spillde kaffe igen, den här gången på golvet och var tvungen att ställa ner koppen på bordet igen. Bim och Gia såg på varandra och log.

"Förlåt, jag är bara lite trött", sa jag tyst och såg ner på mina händer som jag höll mellan mina sammanpressade lår.

"Men bara för att vi är på landet måste du väl inte uppföra dig som en gris, *råttflicka!*" sa Bim med låtsasauktoritär röst, och fnissade.

"Det där var väl inte roligt", sa jag.

"Inte *roligt?*" sa Bim. "Nämen stackars, stackars dig, då!"

Hon sjönk tillbaka på pinnstolen, mer bredbent än tidigare och viskade insinuant bakom handen:

"Vad hade du tänkt dig för underhållning, då? Vilka är dina preferenser?

Fram med det nu, ditt pervo!"

Och jag tänkte förstås på scenen i deras sängkammare där min skräckvision av Max och Gias sexuella aktiviteter hade projicerats över synen av Gias och Bims nakna kroppar omslingrade i en sensuell omfamning; och jag mindes hur min förtvivlan över vad jag trodde mig se hade övergått i en stöt av upphetsning när jag förstod vad det var jag verkligen såg, sekunderna innan de upptäckte mig. Jag kände hur jag rodnade och Bim skrattade: "Behöver jag fråga?" sa hon. "Du vill *titta!*"

Gia lutade sig fram mot mig:

"Berätta varför du spionerade på Bim och mig!" sa hon vänligt. "Vi har redan hört *Sagan* om *Myto-manen-mannen*-Max med sin *hallucinatoriska narcissism* med inslag *hybris* och *paranoid erotomani* – han som inbillar sig att alla kvinnor i hela världen blir kära i honom och förföljer honom!"

Gia lät som en snäll förhörsledare – den hyggliga, schyssta, som får fången att öppna sig. Bredvid henne satt den elaka förhörsledaren – den skrämmande oberäkneliga som trakasserar och bryter ner fången – och skrattade högt åt hennes sjukdomsdiagnos. I väntan på mitt svar passade den elaka förhörsledaren på att röra ner några skedar pulverkaffe och vatten från kaffepannan i sin egen och den snälla förhörsledarens kaffekopp.

"Jag trodde att Max var hos dig", sa jag.

Den snälla förhörsledaren nickade. Tonen blev några grader skarpare.

"Berätta vad Max *egentligen* hade för ärende hos mig? Enligt din lilla *hypotes?*"

Hon lade huvudet på sned och iakttog min reaktion. Jag var tvungen att se ner på mina darrande händer för att slippa möta hennes blick, eftersom jag inte förstod vad hon ville att jag skulle säga och inte kunde tänka klart när hon såg in i mig på det där viset, road, ömsint, men lite misstrogen.

"Jag trodde att ni, att han, att *du*... Men jag har väl sett hur han ser på dig!" utbrast jag och min röst darrade till.

"Att titta är väl inte förbjudet?" sa Gia.

"Se men inte röra!" sa Bim teatraliskt. "Gia är min; bara min! Min Schrödingers katt; min mörkaste hemlighet, min vackraste paradox; mitt livs mening och innehåll och identitet och eviga förbannade Eulers formel."

Gia log lite roat men viftade med handen.

"Strunta i henne! Bim vill bara briljera. Fortsätt! Din hypotes?"

Jag svalde hårt några gånger:

"Max skryter ju alltid om hur tokig du är i honom och – och jag *vet* ju att *han* är kär i *dig* – så jag trodde att du och han hade kommit överens om att säga att han har åkt till USA. För att jag skulle lämna er ifred. Så jag var säker på att du ljög."

Gia och Bim såg på varandra som om de läste av varandra telepatiskt. Sedan fortsatte den snälla förhörsledaren sitt förhör.

"Och varför var du så säker på att jag ljög?" insisterade hon.

"Du var så otroligt nervös när du kom! Och du såg ut som om du ljög."

Gia drog efter andan, som om jag hade riktat en allvarlig anklagelse mot henne och Bim tog över förhöret.

"Gia ljuger aldrig. För att kunna ljuga måste man ha en snäv syn på verkligheten och anse att det bara finns en enda sanning och ett enda perspektiv. Gia gör en opportunistisk tolkning av verkligheten som är öppen för alternativa versioner, infallsvinklar, dimensioner och upplevelser."

Gia nickade allvarligt över kaffekoppen. Bims pretentiösa harang hade hjälpt henne att få tillbaka fattningen, och nu fortsatte hon, i samma överlägsna stil som Bim, fast med en bekymrad underton:

"Problemet är att du, Lianne, härstammar i rakt nedstigande led från trälar och statare och arbetarklass, eller hur? Fattiga, förtryckta människor."

"Vem har sagt det? *Max*? Och på vilket sätt är det ett problem för *dig*?"

Mitt hjärta började slå snabbare och jag kände att jag blev röd i ansiktet. Jag skämdes för att jag skämdes över min bakgrund. Nu förvandlades den snälla förhörsledaren till en psykiater som plockade ut min hjärna och med några enkla snitt dissekerade den framför oss där på köksbordet. *Trälvirke.*

"Fattiga människor har bara råd med en version av sanningen, det är bland annat därför de är fattiga till att börja med och förblir fattiga hela livet. För dig, Lianne, är potatisar en metafor för pengar och kärlek. *Ergo:* din sanning är att hela tillvaron är full med dynga."

"Aha – så hela hon är alltså *full av skit?!*" sa Bim.

Hennes hånfulla skratt ekade i det lilla köket och fick mina händer i knäet att darra okontrollerat, och plötsligt orkade jag inte ta emot mera förakt – kanske från Gia, men inte från någon som Bim:

"Det är möjligt att jag korkad som nöjer mig med en enda sanning", sa jag med darrande röst. "Men till skillnad mot *dig* Bim så har jag tillräckligt med hjärnceller för att fatta att jag inte är en kille!"

Bim blev mörkröd i ansiktet och var på väg upp ur sin stol men Gia tryckte ner henne:

"Lugna dig!"

Bim satte sig ner igen. Hon andades häftigt och knöt nävarna. Jag visste att jag hade gått för långt. Hennes överlägsna hånleende var borta, men istället såg hon på mig med en blick som skrämde mig. Gia verkade snarare road än oroad. Hon lutade sig tillbaka på stolen och sa, nästan förväntansfullt:

"Vad säger ni, era små amasoner? Ska vi gå ut och leta upp en riktigt präktig grisig *dynghög* så vi kan testa era filosofiska hypoteser?"

"Varför då?" fräste Bim. Hennes ögon glödde av hat.

"Gyttjebrottning!" sa Gia. "För att se om Lianne kan hitta någonting i skiten – pengar, kärlek, eller ... en onödig *utväxt?*"

De såg på mig och började skratta och jag fick plötsligt känslan av att de lekte någon slags lek där min närvaro var en av förutsättningarna. Som om de såg sig själva genom mina ögon, och de spelade roller i ett drama där rollerna blev verkliga först med min medverkan och mina reaktioner. De såg på varandra och skrattade åt mig för att jag inte förstod reglerna för deras lek och därför inte kunde förstå vad det var som var så roligt. Jag förstod inte ens om jag var underkänd.

Men en sak förstod jag. Förutsättningen för deras lek.

Mitt utanförskap.

*

Innan de gav sig iväg och band mina händer och fötter igen, visade Gia mig vägen till utedasset som låg på baksidan av torpet lite diskret placerat bakom några träd. Jag uträttade mina behov, med Gia som vakt, medan Elvis Presley och en topless utvikningsflicka log åt mig från brädväggarna. Gia eskorterade mig tillbaka in i torpet stora kammare och bad mig sätta mig i den ena karmstolen. Hon klappade mig på huvudet och så band de fast mig vid stolen.

"Så här är det! Mor och far måste åka iväg och göra av med lite pengar. Vi fick inte tag i någon barnvakt så vi binder dig istället. Och vi har ingen tv så du får titta på tomtarna och trollen utanför fönstret."

"Men akta dig för tomtarna på loftet!" sa Bim med dov röst och skrattade åt sitt eget skämt. När ingen instämde i hennes skratt tillade hon:

"Och gör ingenting dumt i förväg som vi tänker göra med dig senare!" Hon krafsade med sina osynliga vargklor i luften och ylade. Håret reste sig på mina armar men Gia fnissade och stötte till henne i sidan:

"Ta det lugnt! Lova ingenting som du inte kan hålla!"

Jag ryckte till och Gia skrattade:

"Förstår du inte att hon bara skojar? Ironi är verkligen inte din starka sida, Lianne!" Gia blåste iväg en kyss till mig och Bim lyfte handen och vinkade utan att vända sig om. De lämnade rummet.

Dörren slog igen och en nyckel vreds om i låset. Sedan hörde jag motorljud och de körde iväg. Deras glada röster ekade mellan väggarna i torpet långt efter bilen rullat iväg. Utanför fönstren blåste vinden men jag kunde bara höra träden imitera deras lågmälda skratt.

Där satt jag kvar ensam och fastbunden till en hård stol. Efter en stund blev jag uppmärksam på torpets egna ljud; meddelanden som läckte fram genom det knarrande golvet, suset utanför fönstren, den milda rökiga doften av eld som har slocknat i en vedspis - doften av övergivenhet.

Jag tänkte så högt att jag kunde höra mina tankar:

*"Vet du, gamla fallfärdiga torp; vi är faktiskt lika, du och jag. Vi vägrar falla ihop fast vi är övergivna och fulla av skräp."*

Jag fick ett sympatiskt knarrande till svar.

*"Säg mig, gamla fallfärdiga torp; vilket är farligast; att vara rädd utan anledning eller inte ett dugg rädd fast man har all anledning?"*

Huset drog en lång tonlös suck till svar, som för att blåsa ut mina funderingar, och svaret fick håret att resa sig på mina armar igen:

*"Ensamheten är det enda som förenar människor."*

Då teg jag och påminde mig om den magiska kraften som finns i ord, framför allt i de ord som jag hade återerövrat från Max; ord som fortfarande var iklädda Max värderingar och därför tillhörde honom och min tid med honom. Jag påminde mig om att jag satt bunden och övergiven i ett litet fallfärdigt torp någonstans långt inne i en mörk skog. Jag borde inte tänka på farliga saker som ensamhet och galenskap.

Efter en stund började jag undra vart Gia och Bim hade tagit vägen. Tänkte de återvända eller hade de redan från början planerat att dumpa mig här; lämna mig kvar i det här övergivna torpet, mitt ute i ödemarken? Jag frös och jag saknade dem. Utanför fönstren började det skymma.

För att hålla farliga tankar borta började jag repetera för mig själv vad jag visste om dem. Det var inte mycket.

Jag mindes första gången jag såg Gia, den där gången i Max vardagsrum.

*Värmen från hennes hand när hennes ögon såg in i mina.*

*Värmen från hennes ögon när hennes hand såg in i min.*

"Jag är Gia. Och du måste vara Lianne. Maximilian har talat så mycket om dig."

*Hennes leende som lyste upp alla mina ögonblick i ett enda ögonblick.*

*Det var mitt första intryck av Gia.*

*Detta enda ögonblick som varade för alltid, fanns någonstans i mitt blodomlopp.*

*Pulserade som blodet. I blodet.*

*Som svindel.*

*Som dödslängtan.*

*Som livslust.*

*Jag kunde fortfarande återkalla känslan i hennes ögon.*

*Jag kunde fortfarande känna hennes blick i min kropp.*

*Detta enda ögonblick som levde i min kropp som ett löfte.*

Den pulserande smärtan i min ena handled överröstade den ljuva smärtan; minnet av henne den gången, så nära, så oåtkomlig för mig. Utan att jag hade märkt det hade jag slitit till så hårt i repet att det hade tänjts ut lite grann. Uppmuntrad av framgången fortsatte jag att slita och lirka och dra i repen runt mina handleder, och till slut, med hjälp av en nubb som stod ut från ett av armstöden, lyckades jag slipa ner repet och dra ut ena handen. Det sved rejält, och när jag skavde av skinnet på min andra handled såg det ut som om jag hade långa mörkrosa ärr. De såg ut som sugmärke, och hade uppstått när jag tänkte på henne. Min kropp hade målat sin längtan efter Gia på sin hud som sugmärken. Jag kysste dem ömt. Repen runt fotlederna var hårt knutna men till slut lyckades jag få loss mina ben också. Tystnaden sänkte sig. Skogen andades försiktigt på de små fyrkantiga fönsterrutorna. Ute sken tystnaden över en allt sömnigare himmel och kastade silverstänk över mina tankar.

Och där satt jag, ensam på en hård karmstol i ett främmande torp långt inne i en skog och såg ut genom ett fönster. Det kändes som om jag inte fanns, eftersom jag inte visste var jag fanns. Känslan var skrämmande, men verkligheten bakom känslan var sann och den var tom på känsla, det visste jag av erfarenhet. Alltså var det den skräcken som föddes i de ord som definierade sanningen som var min största fiende.

Skräcken fick hungern att kvickna till; vakna upp från sin koma och börja slita i mina inälvor med sina sylvassa tänder med ett raseri som förvånade mig och fick mig att vika mig dubbel i plågor.

Hur länge sedan var det jag åt någonting?

Jag kunde inte minnas.

Jag kunde inte ens minnas när jag senast kände hunger.

Motorljudet från en bil nådde mina öron. Det lät som om den stannade i närheten av torpet. En bildörr slog igen. Först då insåg jag hur rädd jag hade varit för att de skulle ha övergivit mig.

Först då insåg jag hur mycket jag hade saknat dem.

Sedan blev det blev tyst igen. Kanske jag bara hade inbillat mig allthopa? Kanske ljuden jag hörde bara var ekon från den långa bilfärden som gjorde sig påminda inifrån mitt huvud, från någon överretad balansnerv, när jag satt och nickade till i en hård karmstol, tung av sömnbrist?

Sedan hörde jag rösterna från två män. De skrek i munnen på varandra och det lät som om var på god väg att börja slåss. Jag ansträngde mig för att höra Gias och Bims röster men förgäves.

Någon ryckte i dörren:

*"Hallå? Är någon där?"*

Så kom sparkarna och slagen farande.

*"Öppna för fan!"*

För varje spark mot dörren ryckte jag till som om sparken hade träffat min egen kropp. Jag kröp in i hörnet bakom stolen. Sedan satt jag och tryckte i det smala utrymmet mellan klädskåpet och karmstolen och väggen, dold bakom mormorspläden. Gardinen var dammig och kittlade mig i näsan när den fladdrade i luftdraget. Två flugor hade fastnat i gardinen och satt lika orörliga som jag. Jag pressade tillbaka en nysning med två fingrar. Jag hörde klirret av en fönsterruta som gick sönder och glas som föll ner på golvet. Sedan ljudet av ett fönster som öppnades. Skrapet av hårda kängor som stövlade in, ner på golvet bland det krossade glaset.

"Ingen är här. Rivningskåk."

"Kanske hans barndomshem? Säkert K-märkt."

"Som Kumla?"

De började fnissa. Jag hörde ljudet av krossat porslin. Ljudet var så kraftigt att jag hoppade till och slog armbågen i klädskåpet och höll på att avslöja mig där jag hukade bakom pläden.

"När du ändå är igång kan du väl lika gärna skriva *Henke var här*. Så han vet vem han ska tacka för lyxrenoveringen av lyxkåken!"

"Äsch. Behöver inte alls vara vi. Kan väl vara en hungrig mus eller en vilsen örn eller nån alien."

"En *vilsen* örn? Skärp dig lite, nu! Sopa upp efter dig, din slarver!"

Men mannen bara fortsatte att skratta. Jag hörde hur de väsnades och tjoade i köket när de sopade upp glaset.

Plötsligt promenerade de rakt förbi mig där jag satt och pressade ihop mig i hörnet bakom karmstolen. En av männen öppnade klädskåpet och rotade bland gamla kläder och gardiner och sänglinne och skolbetyg och tidningsurklipp och pressade blommor och gulnade foton. Han lyfte upp varenda sak och kommenterade den som en nitisk bouppteckningsman, innan han drämde igen dörren och nös och svor.

"*Yes!*" skrek den andre. "*Bingo!*"

Jag förstod att han hade hittat porrtidningen överst i högen med veckotidningar i bokhyllan och bläddrade i den. Han stod så nära mig att jag kunde känna hans skugga röra sig över mitt huvud. Jag uppfattade en ljuslockig kalufs som på en ängel, och tatuerade överarmar som stack ut genom en gråsvart t-shirt, marinerad i gammal armsvett och öldunster. Jag vågade inte andas av rädsla för att kräkas – inte så mycket på grund av intensiteten i min rädsla utan som på grund av intensiteten i hans kroppslukt.

"Vill du se något häftigt? Ola? Kolla här!"

"*Häftigt?* Hur länge har du har suttit inne? Sen artonhundratalet?"

Nya råa skratt följde. Sedan hörde jag klickandet från en cigarettändare.

"Men vad fan gör du? "

"Jag tänker sätta eld på skiten så han fattar vad jag menar! Jag hatar när folk kör med mig! Hur länge väntade vi på den där puben? Med kanoten i taket? Två timmar? Tre?" Han suckade.

"Två; du somnade vid bardisken! Det var därför vi blev utsparkade."

"Nä? För att jag *sov* lite?"

"För att du drog med dig två killar och tre öl när du trillade av stolen."

Jag hörde ett klickande ljud.

"Jävla tändare! *Femton* spänn! Stöld!"

"Lägg av! Vad tjänar du på att elda upp en antik porrblaska?!"

"Du har rätt, den är nog jävligt värdefull. Ring Antikrundan!"

Deras skratt mullrade mellan väggarna. De skrattade så de nästan kräktes. Jag skymtade ryggtavlan på den andre mannen, en bredaxlad man i gråvit t-shirt med rakad skalle och ring i örat. Pustar av sur armsvett trängde in i min näsa och magsäcken drog ihop igen.

"*Herrejävlar*, vi har inte tid med nöjen. Vi får lämna kvar..."

"*Här?* Men...?"

"Säkraste platsen på jorden. Ingen vet att vi har varit här. Ingen kan hitta hit. Vi får komma tillbaka om några dagar."

Sedan hörde jag hur de klättrade ut genom ett fönster och hur den ene svor när han skar sig på glaset i den trasiga fönsterrutan och hur de började skratta igen:

"*Hungrig mus! Ha ha ha!*"

Efter en evighet när jag knappast inte vågade andas av rädsla hörde jag dem köra iväg. Jag satt kvar på golvet med bultande hjärta, lättad och så utmattad att mina muskler inte lydde mig längre.

I ögonvrån skymtade jag hur spindeln i fönstret arbetade lugnt och metodiskt på silkestrådarna till sitt sega nät.

Likgiltig för min närvaro inväntade hon stilla sitt byte.

När Bim och Gia återvände satt jag fortfarande kvar på golvet i samma ställning. Jag hade förlorat känseln i baken eftersom jag inte hade vågat röra mig ur fläcken sedan männen körde iväg.

Kanske jag hade slumrat till mot väggen, för jag hade inte hört när deras bil körde in på gården. Det var först när jag hörde Bim sjunga och vackla in i torpet och kollidera med alla möbler inom en svängradie av fem meter, med den fyndiga repliken; *"Varför är det så mörkt?"* och *"Försöker du skrämmas din dumma jävla möbel?"* för varje missbedömt steg som jag kvicknade till från mitt zombieliknande tillstånd.

Gia gjorde sitt bästa för att stödja Bim med den ena armen samtidigt som hon höll i en papperspåse som spred underbara dofter av kinesisk mat i den andra handen.

När Gia upptäckte att jag inte satt kvar i karmstolen skrek hon till. Hon lyste med ficklampan runt rummet och fick plötsligt syn på mitt ansikte bakom stolen, halvt dolt bakom pläden och skrek till ännu högre och höll på att tappa påsen, och jag såg hur lättad hon blev när jag rörde mig och hon insåg att jag inte var död.

"Varför sitter du på golvet? Gud vad du skrämde oss, Lianne!"

"Vi fick herrbesök. Förlåt: *Jag* fick herrbesök. *Ni* var ju inte här."

Gia ställde ner påsen med en duns och satte sig på huk framför mig:

*"Va? Vad har de gjort med dig?"* jämrade hon sig.

"Ingenting – jag gömde mig under filten så de såg mig inte. De tänkte sätta eld på torpet men tändaren fungerade inte. Ibland har man tur!"

Jag viftade med mina såriga handleder för att illustrera ett mardrömsscenario där det brann i mina kläder och mitt hår. De låtsades inte se min lilla uppvisning.

"Tror du de kommer tillbaka?" suckade Bim.

"Jo, men inte förrän om några dagar", sa jag.

Bim vacklade fram till stolen och lämnade ett doftspår av öl efter sig. Men innan hon trillade ner i den upptäckte hon de blodiga repen som låg kvar på stolsdynan.

"Vi var faktiskt tvungna att binda dig", muttrade hon som om jag hade anklagat henne för någonting.

Hon lutade pannan i händerna och stönade: *"Helvetes helvete!"*

Jag mindes när hon hade använt sig av exakt samma formulering.

"Bim! Vems är de där pengarna som jag hittade?" for det ur mig.

Hon såg upp på mig och log lite vemodigt. De bruna ögonen var glansiga och hon luktade svagt av öl.

"Vi har ett muntligt andrahandskontrakt. Killen som vi hyr av genom Max är officiellt *"bortrest"*, men han sitter inne för väpnat rån. De hittade aldrig pengarna från rånet. Vem vet, *råttflicka?* De där pengarna som du grävde fram är kanske en del av bytet?"

Nu förstod jag vad hon hade menat med *"helvetes helvete"* den där gången i källaren. Jag pressade fram:

"Väpnat rån? Menar du att Max känner en *rånare?*"

"Du uttryckte det så fint när du sa att *"alla han känner är oerhört intressanta på olika sätt"*, sa Gia.

"Det här är Maximilians torp", sa Bim.

Jag drog ett djupt andetag:

"*Max* torp? Då var det alltså hans kompisar som kom hit? Kriminella typer?"

Den nya informationen i kombination med hungern gjorde mig svimfärdig.

"Förlåt, men du menar väl *"oerhört intressanta människor"?* Var det inte så du formulerade dig – för bara några timmar sedan?" sa Gia.

"Nej men vänta lite nu – Max äger väl inget torp?" protesterade jag.

I bakgrunden hörde jag hur Bim drog en djup suck, som om hon inte stod ut med fler frågor från min sida. Men Gia informerade mig tjänstvilligt.

"Det här är hans före detta frus torp. Men hon är rörelsehindrad och har alkoholproblem. Hennes bror som är delägare är också "bortrest", till Kumla, så Max förvaltar egendomen tillsvidare."

"Hans *före detta fru?* Men ... hur kan ni veta allt det här? Max har inte berättat att han har varit gift!"

"Inte? Du har kanske inte ställt de rätta frågorna", sa Gia ljuvt.

Vi gick ut till köket och slog oss ned runt det lilla skrangliga fällbordet på varsin lika skranglig pinnstol. Gia hängde en filt över fönstret, dels för att skydda mot draget vid den trasiga rutan och dels för att inte värmeljusen på porslinsfatet skulle locka till sig objudna gäster av varierande storlek. Sedan delade hon ut små engångsförpackningar med mat från en kinesrestaurang. Doften som steg upp ur förpackningen gjorde mig svimfärdig av hunger. Jag såg på den lilla skära räkan som dinglade mellan två ätpinnar, dränkt i sötsur sås. Sedan slöt jag ögonen och bara njöt av alla sensationer som utspelade sig i min mun. Njöt av tuggmotståndet från de små rosa friterade räkorna, ärtorna, ananasen och det polerade riset. Njöt av de underbara salta, sura, söta, smaksensationer som blandades med saliven i min mun och gav varma ekon av ren lycka i hela min kropp. Njöt av min kropp som var ett svultet däggdjur vars enda funktion just nu bestod i att stilla hungern och återställa balansen i den djungel som var mitt eget lilla universum.

De senaste timmarna hade jag försökt låta bli att tänka, eftersom det kändes så meningslöst att försöka förstå mina sinnesintryck. Allting föreföll lika otroligt, eller rättare sagt lika troligt som allting annat som hände. Och det kunde ju inte gärna stämma; att precis allting var exakt lika osannolikt. Det kunde ju precis lika gärna vara tvärtom.

"Det är så mycket jag skulle vilja fråga er om. Max till exempel", sa jag efter en stund när energin började återvända till min kropp.

"Det är så mycket vi skulle vilja fråga *dig* om. Max till exempel", sa Bim.

Gia avbröt henne:

"Vänta lite! Märkte de att någon hade varit här? Kände de lukten från vedspisen? Såg de våra väskor?"

"Väskorna ligger fortfarande i bagageutrymmet", sa Bim.

"Nej, jag tror att de var för fulla för att lägga märke till saker och här var så mörkt också. Men en av killarna hittade en antik porrtidning. Han stod och bläddrade i den, högst en meter bort från där jag satt."

"Bara bläddrade? Är du säker?" sa Bim.

Jag orkade inte skratta. Gia såg länge på mig. Hon log och hennes vackra blå ögon blev varma. Jag var tvungen att stödja mina händer mot låren igen och se ner, eftersom jag blev röd i ansiktet och alldeles matt i kroppen. Sedan böjde hon sig fram och smekte mig på kinden.

"Tack Lianne. Och förlåt oss!"

"För vadå?"

"Vi trodde ju att det här torpet var världens säkraste plats nu när Max har åkt till USA. Vi skulle aldrig ha lämnat dig kvar ensam och bunden om vi hade vetat att hans bekanta skulle dyka upp. Så behandlar man inte en vän."

"Vän? Sedan när är *råttflickan* en *vän?*" protesterade Bim med munnen full av mat.

"Kom igen, du vet att jag tycker jättemycket om Lianne", sa Gia.

Bim hånskrattade och blängde surt på Gia.

"Javisst ja, jag glömde visst bort att du binder och kidnappar alla som du tycker jättemycket om!"

"Inte alla. Bara vissa utvalda. Ingen *beige*." Gia såg på henne och tillade: "Och bara när jag har tröttnat på dig och ditt fyllesnack."

Bim slutade skratta och lutade sig tillbaka på pinnstolen och såg ut genom spetsgardinerna.

"Du tröttnar aldrig på mig", sa hon allvarsamt.

De såg in i varandras ögon. Någon slags kamp verkade utspelas mellan dem. I nästa ögonblick låtsades Bim trilla av stolen och såg plötsligt väldigt, väldigt berusad ut:

*"Du bara lovar å lovar"*, sa hon med ett överdrivet gapskratt.

Gia kastade en ätpinne på henne och låtsades förnärmad, men trots deras utspel dröjde sig Bims ord kvar en stund mellan oss, som en ömtålig tanke. Jag gick in för ätandet med den hundraprocentiga koncentration som min kropp krävde. När jag såg upp från maten förstod jag att Gia hade iakttagit mig en stund. Hade jag smaskat?

"Så, Lianne, är du arg på oss?" frågade hon och kisade med ögonen.

"Arg på er?"

"För att vi band dig? För att vi lämnade dig ensam i en kall stuga mitt ute i ödemarken? För att vi försvann utan att säga vart vi skulle, eller hur länge vi skulle bli borta, eller om vi skulle komma tillbaka? För att vi inte var i närheten när Max kriminella kompisar bröt sig in och försökte sätta eld på stugan?"

Hon lät nyfiken, men inte ångerfull och iakttog mig noga, samtidigt som hon rörde runt i sin förpackning. Men det konstiga var att jag faktiskt inte visste vad jag skulle svara.

Jag var inte död. Jag hade kommit över den förlamande saknaden efter Max. Jag hade fått tillbaka min aptit. Jag kunde äta utan att kräkas.

"Jag kan inte bli arg, vet du väl?" sa jag och fortsatte äta.

\*

När vi skulle sova band de mig igen, eftersom de var rädda för att jag skulle stjäla pengarna och bilnycklarna och ge mig iväg. Jag orkade inte protestera eftersom jag var så fruktansvärt trött att ögonen gick i kors och huvudet nickade till hela tiden. Jag ville ingenting hellre än att få sova.

Mina tankar var såpbubblor i en värld utan såpbubblor. Så många motstridiga känslor for igenom min kropp utan att jag lyckades formulera dessa känslor i ord. Ömtåliga och ofärdiga lämnade de mig, fragmentariska och dödsdömda på förhand.

De låg och viskade i den ena sängen ovanför min hårda madrass, men jag förstod inte vad de viskade om och orkade inte koncentrera mig. Det lät som ett surrande av insekter. Jag hade fått lov att lägga min hopknycklade jacka med fodret utåt över kudden, för kudden var hård och knölig och luktade sur, blöt gås. Innan jag somnade hörde jag hur Gia muttrade:

"Varför måste du dricka så mycket? Tänk om du försäger dig?"

"Jag är inte alls full. Men jag orkar inte vara nykter. Jag tänker för mycket. Alla är inte lika iskalla som du."

Gia kikade ner på mig över sängkanten.

"Lianne, tror du att du kan sova fast du är bunden?" frågade hon.

"Jag är så trött så det går nog." mumlade jag.

"Det är ingenting personligt."

"Jag förstår; ni har era skäl, jag är så trött bara – berätta i morgon istället, okej?" sa jag.

"Hallå! Den som hör någonting väcker de andra!" sluddrade Bim. "Tänk på alla inavlade idioter som går lösa här på landet med högafflarna i högsta hugg. Max kompisar allihop! *Oerhört intressanta personer!*"

"*Hyschh!*" skrattade Gia. "Tänk på vem som ligger på golvet!"

\*

Efter några timmars märkliga, lätt hallucinatoriska drömmar vaknade jag av att någon smekte mig på axlarna och över håret, och viskade *"Lianne"*.

Det kändes som om rösten slet mig ut ur en ljus tunnel full av bilder och färger in i en mörk cell. Det tog ett tag innan jag lyckades orientera mig i tid och rum. Repen runt mina armar och torpets egen doft hjälpte mig att komma ihåg vad som hänt de sista tjugofyra timmarna.

"Bim sover", viskade Gia.

"Ja, hon är verkligen trött", mumlade jag.

"Den korrekta termen är *full.*"

Gia tryckte sig intill min rygg och talade tyst och nära mitt öra. Jag kunde känna hennes mjuka bröst mot min rygg. Utanför fönstret sken den vita fullmånen på en mörkblå botten och lyste upp det lilla rummet med sitt ljus, men hennes ena arm låg över min axel, för att förhindra att jag vände mig om och såg på henne.

"Nu när hon sover kan jag förklara vissa saker för dig. Men du får inte berätta för henne vad jag sagt! *Lova!* Aldrig någonsin!"

"Jag lovar", sa jag.

"Bim tycker inte om män."

"Det har jag räknat ut själv. Du hade inte behövt väcka mig för att tala om det."

Gia var tyst en stund innan hon fortsatte:

"Jag menar inte så som du tror. Du tycker kanske att hon verkar störd men du vet inte vad hon gått igenom."

Under tiden hon viskade sina förtroenden i mina öron tryckte hon sig nära intill mig som för att hindra mig från att vända mig om. Jag försökte låta bli att tänka på om jag gillade eller ogillade att hon låg så nära mig när jag var bunden till händer och fötter.

"Under sin hårda attityd och fula kläder är hon väldigt känslig, väldigt fin", sa Gia tankfullt.

Hon strök bort en lock av mitt hår från mitt ansikte, som för att understryka det hon sa. Mitt hjärta började slå snabbare när jag kände hennes hand röra vid min panna.

"Egentligen är hon väldigt snygg, har du tänkt på det?" viskade hon.

"Nej."

"Inte?"

Gia var tyst en stund som om hon inte kunde förstå hur jag kunde låta bli att se hur snygg Bim var. Hon fortsatte leka med mitt hår.

"Bim har räddat mitt liv mer än en gång."

"Jaså?"

"När jag var barn blev jag mobbad under flera år. Utfryst av tjejerna. Sexualiserat våld från killarna. Klassiska Mobbningmanualen. Banalt och brutalt och fantasilöst och effektfullt som fan. Barn är *idioter.*"

Hon harklade sig.

"När Bim började i min klass tog mobbningen nästan slut. Åtminstone när hon var i närheten, för ingen vågade göra någonting då."

"Jag har svårt att tro att du blev mobbad."

"Jag har förträngt det. Jag talar aldrig om det. *Aldrig!* Förstår du? *Aldrig!* I natt är ett undantag för jag vill att du ska veta varför jag ber dig vara snäll mot Bim."

Hennes andedräkt på min hud fick de små håren i nacken att resa sig. Jag kände mig andfådd.

"Snäll? Men hon hatar mig!"

"Äsch, hon är bara lite svartsjuk. Om du tyckte om henne skulle allting bli så mycket lättare."

"Om jag *låtsas* tycka om henne, menar du?"

"Du skulle inte behöva vara bunden halva tiden."

"Så det är hon som har bestämt att jag ska vara bunden?"

Jag rörde mig lite för snabbt och kände hur det sved till i mina öppna sår när repen skar in i köttet runt mina handleder. I mina sugmärken. Jag jämrade mig.

"Du är en fin människa, Lianne; så exceptionellt känslig och intuitiv och så enormt, *absurt konstnärlig.* Allt det som jag *inte* är. Vi kan väl uttrycka det så här: Bim kan behöva lite omväxling. Vi kan alla behöva lite omväxling här i livet. *Yin – yang;* ja du vet."

Nu började jag förstå vart hon ville komma med sitt förtroende och sitt smicker, och jag ville ingenting hellre än att få fortsätta sova och slippa ta ställning till det som hon föreslog. Vad Gia hade i tankarna var någonting betydligt mer avancerat än att jag bara skulle vara snäll mot Bim.

"Det är för din egen skull", sa hon.

En halvmeter från Gia och mig snarkade Bim i sin säng. Hon lät som en varulv. Jag ryste. Gia tryckte min axel lite lätt.

"Lianne!" sa hon bedjande. "Allting skulle bli så mycket enklare om du var snäll mot Bim."

"*Enklare?* Enklare för dig menar du!"

"För *mig*, nej, nej, nej! Inte alls! Tvärtom, faktiskt."

"För husfridens skull, då?" sa jag, och hörde hur bitter jag lät.

"För hennes skull. Men mest för din egen."

Min kropp värkte av alla onaturliga ställningar jag påtvingats under flera timmars bilresor och möten med våldsamma inbrottstjuvar. Att nu tvingas ligga bunden till händer och fötter med en värkande kropp, på en hård kall madrass, med bara en virkad pläd över mig, och tvingas ta ställning till hennes förslag gjorde inte saken bättre. Jag skrattade till, ett förtvivlat, ofrivilligt skratt. Situationen var absurd och jag var trött – så trött att jag befann mig nära medvetslöshetens gräns.

"Bim bär så mycket hat inom sig. Hon kan bli så otroligt våldsam."

"*Och?*"

Gia tryckte min axel hårdare och jag kunde känna hennes naglar genom min tröja.

"Men lyssna då! Hon har dödat en människa!"

"Det tror jag inte på. Hon vill bara imponera på dig! Varför sitter hon inte i fängelse om hon nu har dödat någon?"

"Hon kan vara farlig!" suckade Gia. "Jag vill ju bara varna dig!"

Hon släppte sitt grepp om min axel och min kropp stelnade till som inför en örfil. Men när hennes mjuka hand istället började smeka mitt hår gjorde den mer skada än om den hade slagit mig.

"Lianne", sa hon mjukt med munnen nära mitt öra. "Förstår du inte varför jag säger det här?"

All denna ömhet gjorde mer ont än piskrapp, för jag kunde inte skydda mig mot den. Min stryktåliga kropp tålde allt utom denna mjuka beröring som trängde igenom den tunna sårskorpa som skyddade mitt ömtåliga inre mot verkligheten.

Gias smekningar rev upp djupa sår i mig, och min hud skrek ut sin längtan till hennes döva händer, till hennes grymma mjuka mun.

Känslan av hjälplöshet blandades med hat, och kärlek, och riktades till en mottagare som inte fanns och kanske aldrig funnits, och det som var mest förnedrande med dessa motstridiga och våldsamma känslor utan mottagare var att de gjorde mig upphetsad. Min egen kropp förrådde mig nu, precis som den där dagen. Det värkte i mig av alla känslor som hon väckte, nu som då.

"Gråter du Lianne?"

"Ja", snörvlade jag.

"Varför gråter du, Lianne? Du vet ju inte ens vem det är hon har dödat eller varför."

Med en kraftansträngning lyckades jag vända mig runt på luftmadrassen mot henne och mötte hennes blick.

Hon var tyst.

"Jag vet inte vem jag är längre", sa jag.

Hennes bleka ansikte lystes upp lite svagt i ljuset från fullmånen och det fanns inte något spår av medkänsla varken i hennes ansikte eller röst när hon viskade:

"Det är ditt problem, Lianne."

Hon reste sig upp från golvet och lade sig i den tomma sängen och somnade nästan direkt.

Själv låg jag och grät länge utan att veta varför.

Jag hade tusen och en anledningar att välja mellan.

# Önskebrunnen
## Onsdag

*ANG!* **DÖRREN SPARKADES UPP** och en symfoni av fågelkvitter fyllde stugan. I nästa stund fick fåglarna ackompanjemang av Bims jämranden när hon spydde.

Jag slog upp ögonen och lyssnade. Gia hade också vaknat av konserten utanför stugan. Två blå ögon kikade ner på mig över kanten på den ena järnsängen genom ett virrvarr av ljusa hårtestar. Våra ögon fastnade i varandra och sedan såg vi bort utan att säga någonting. Jag mindes nattens samtal och närheten mellan våra kroppar. Minnena föll på plats; ett efter ett, som i ett pussel av pinsamheter.

Gia klev över mig och började göra någon slags stretching med hopp på trasmattan. Både hon och jag hade sovit i våra vanliga kläder och jag misstänkte att jag luktade illa i min gamla grå t-shirt. Jag snurrade runt på den hårda madrassen och försökte resa mig upp men min kropp hade domnat och repen runt mina armar och ben hindrade mina rörelser så att jag snubblade till och trillade utan att kunna ta emot mig med mina bundna händer. Vänsterarmen och höften fick ta hela stöten och jag skrek till.

Gia slutade stretcha och satte sig ner på huk framför mig och började fumla med mina rep. Hon svor tyst, men till slut fick hon upp knutarna med hjälp av en nagelsax och nagelfil från sin necessär.

"Vi måste faktiskt binda dig på nätterna så du inte sticker. Och inte bara för vår skull. Jag menar; du är inte i *perfekt psykisk balans*, för att uttrycka det milt; och efter allt det som hände igår...!"

"Jag tänker inte sticka", avbröt jag. "Eller ta livet av mig."

*"Hm?"*

"Jag vara med dig – med *er*, till slutet", sa jag.

Gia drog ett djupt andetag. Utan att se på mig och utan att säga någonting slet hon av repen ganska hårdhänt och slängde dem på golvet och försvann ut ur stugan.

Jag sträckte på mina ömma armar och ben. Förde upp handlederna med de röda sugmärkena till mina läppar, till tungspetsen. Slöt mina ögon en stund. Sedan gick jag ut och slog mig ner vid sidan om Gia på den varma verandatrappan, så nära jag vågade. Där satt vi en stund och lät gräset kittla våra fotsulor medan solen värmde våra ansikten. Solen tvingade oss att kisa och gjorde det möjligt för oss att iaktta varandra i smyg under våra halvslutna ögonlock. Gia var omålad och hade inte borstat håret eller målat läpparna. Utan mascara var hennes ögonfransar och ögonbryn lika ljusa som hennes hår, och jag kom att tänka på ett skogsrå. Jag satt så nära henne att jag kunde känna hennes naturliga doft; en svag nötig och lite syrlig doft som gjorde mig yr, eftersom hon kändes mer verklig, mer mänsklig, mindre oåtkomlig, och jag fick kämpa emot impulsen att kyssa den nakna huden på hennes hals. Min mage kurrade till och hon lade handen på min axel och skrattade:

"Hungrig? Vänta!"

Gia försvann in i köket och jag hörde henne vissla och göra upp eld i spisen. Efter en stund kom hon ut med en bricka med varsin kopp kaffe, och varsin inplastad trekantig dubbelmacka med ost, gurka och tomat.

Kaffet var starkt och gott, solen brände i hårbotten och på mina nakna armar och bara några centimeter från mig satt Gia. Jag kunde känna hennes blickar kyssa sugmärket på min handled.

*"Hennes bomärke, på min kropp. Hennes läppar på min kropp. Min kropp som tillhör henne."*

Mina ögon drogs till hennes mun och hennes läppar, och mitt hjärta började slå så hårt att jag fick ont i bröstet. Plötsligt såg hon på mig och log, med halvslutna ögonlock. Det gick en stöt genom min kropp och jag var tvungen att ställa ner kaffekoppen med det heta kaffet. Gia låtsades inte märka min genans, eller höra hur högt mitt hjärta bultade, vilket jag var tacksam för. Småfåglarna sjöng bara för oss två, bara för henne och mig, och för en sekund kändes det som om jag också svävade i solljuset precis som fåglarna, och jag tänkte:

*"Fåglarnas värld är aldrig något Lagomhelvete, det är verkligheten här och nu; full av faror, full av osäkerhet; och ibland, när man flyger mot himlen, eller svävar i någons blå blick; är det så smärtsamt, så vackert att det gör ont."*

*

När Gia försvann in i torpet igen mindes jag vad hon hade bett mig om föregående natt. Jag gick fram till Bim som satt några meter från utedasset, i skuggan under äppelträdet med ansiktet i händerna. Hela hon såg så motbjudande ut att jag blev full i skratt. Hennes byxor och vita herrskjorta var skrynkliga och nerfläckade, håret spretade åt alla håll, som ett ostyrigt fågelbo i en animerad skräckfilm och kräklukten var så påträngande att min egen mage drog ihop sig. *"Snygg? Bim?"*

"Hur mår du? Tillbaka från Valhalla?" frågade jag med handen diskret över munnen. Bim hade mörka ringar under ögonen i sitt grönbleka ansikte när hon såg upp och fick syn på mig, och hon gav mig en äcklad blick som om jag var någonting frånstötande och vagt mänskoliknande som hade materialiserats ur hennes illaluktande uppstötningar.

"Det brukar gå över. Vanligtvis. Bara jag *slipper bli störd*. Okej?"

"Ja. Jo. Men varför gör du det?"

"Gör *vadå*?" stönade hon och pressade händerna framför öronen.

"Dricker?"

"Jag dricker för att *slippa bli störd* sa jag ju!" kved hon.

"Men jag förstår inte...?"

Hon avbröt mig, med vad som verkade vara en kraftansträngning från hennes sida:

"De bästa skämten förstår man bara när man är full, Lianne. *Och* de

49

sämsta. Men vissa personer förstår aldrig någonting, oavsett om de är fulla eller nyktra!"

"Nähä."

Gia lutade sig ut genom det öppna köksfönstret och hojtade:

"Bim! Vi har det perfekta alibit för igår! Vi blir aldrig insläppta i den där butiken igen!"

Bim svarade inte. Hon satt hopkurad och jämrade sig, med armarna över huvudet. Jag orkade inte anstränga mig mer för att vara snäll mot Bim, och hon visade inga tecken på att uppskatta min närvaro. Men istället för att gå tillbaka in i torpet till Gia och stamma fram några psykiskt obalanserade tankar, och skrämma oss båda med mina psykiskt obalanserade känslor, bestämde jag mig för att gå på upptäcktsfärd i omgivningen istället.

*"Som en käck liten barnbokshjältinna i Grönsakslandet!"*

Tanken fick mig att skratta högt för mig själv en lång stund.

På baksidan av torpet fick jag vada fram i knähögt gräs bland ålderstigna knotiga äppelträd och plommonträd. Deras hud av bark var skrovlig och deras tusenfingrade armar var fulla med hårda gröna fruktvårtor av pytteäpplen och pytteplommon på tillväxt. Bakom fruktträden växte krusbärs- och vinbärsbuskar och bakom vinbärsbuskarna såg jag en enda tapper jordgubbe i vad som en gång hade varit ett stort jordgubbsrike. I höjd med mina knän hördes ett hummande och surrande från trälar i insekternas värld, och dessa små fladdrande väsen var berusade av doftupplevelser tio tusen gånger underbarare än mina.

Jag plockade smörblommor, prästkragar, vallmo, blåklint, klöver, och några lila små blommor som jag inte visste namnet på, *(förgät-mig-ej?)*, och körde in näsan i min bukett. Dofterna gjorde mig snurrig.

*"Om jag hade varit en ko så hade jag ätit upp buketten. Om och om igen."*
När jag såg upp från blommorna trängde solens strålar in i mina ögon med en sådan kraft att jag blev bländad. I ett enda ögonblick sköljde solen mina ögon rena från alla bilder och allt var ljus. Jag skuggade ögonen med handen och blinkade några gånger.

Det var då jag såg den; önskebrunnen från min barndoms saga. Murad med runda röda stenar, brunnslock, vev, rep, brunnskar och ett murket, grönskimrande snedtak. Omgiven, som på en religiös målning av en gloria av ljus som strålade ut från alla sidor. Bara de vita duvorna saknades. Täta vinbärsbuskar försökte dölja sin skatt genom att fläkta och prassla med alla sina gröna solfjädrar, men förgäves. Solen hade visat mig sitt verktyg och det var upp till mig om jag skulle böja mig för *Lagomhelvetets* logik, eller följa min intuition.

*"Men hur vet jag säkert att det är en önskebrunn? Genom att önska, offra och se. Men jag får inte besudla mina renaste önskningar med Lagomhelvetets falskhet. Först måste Verklighetens obesudlade magi avslöja för mig om detta är en ingång till min egen yttersta vilja eller om det är en vanlig brunn."*

*"Alltså. Om jag kan ta mig fram genom det höga gräset till brunnen på ett ben på högst femton hopp,*

*samtidigt som jag räknar upp fem av Virginia Woolfs böcker utan att andas, blinka eller trilla,*

*och om inte Bim säger ett knyst (eller spyr) under tiden jag hoppar,*

*och jag samtidigt kan se fem fruktträd,*

*så är det definitivt ett tecken på att det här är en äkta önskebrunn*

*och då ska jag offra det fina lilla metallmärket från förpackningen med kinamat med äkta zen som jag hade tänkt spara som minne från igår,*

*och då kan jag önska!"*

Två minuter senare stod jag vid önskebrunnen på ett ben och flämtade. I handen brände det lilla offermärket från engångsförpackningen. Brunnslocket var tungt och blev inte lättare av att jag måste balansera på ett ben när jag lyfte det.

Jag blundade.

Solen arbetade genom mig. All den längtan som ryms i universum strömmade genom min kropp och etsade sig in i mitt offermynt när jag uttalade min önskan:

*"Gia. Vad som än krävs."*

Zenmärket lämnade min hand och allt mitt samlade hopp koncentrerat i ett enda ögonblick, försvann ner i det okända.

Sedan öppnade jag ögonen.

Jag såg ner i djupet.

Det blänkte till där nere. Ett bylte flöt omkring i vattnet några meter ner.

Jag såg kläder. Hår. En vit hand. En blek nacke.

*"Det ligger en människa där nere. Vad är det här för önskebrunn?"* tänkte jag.

Sedan insåg jag att det måste vara min överstimulerade fantasi som tillsammans med skärvor av ljus lekte med skuggor i brunnens inre och framtvingade denna morbida syn.

Jag kikade en gång till.

Lukten från den döde nådde min näsa och benet vek sig under mig.

Jag slog i marken.

På vacklande ben återvände jag till Bim och Gia. Bim hade krupit fram till Gia och låg nu med kroppen i gräset och huvudet i Gias knä. De var tysta, försjunkna i sina egna tankar, i varsitt universum. Gia drog sina fingrar genom Bims hår, lite tankspritt, som om hon kammade henne och Bim blundade. Hon påminde mig lite om en katt. Hon lät lite som om hon spann.

"Ni måste komma! Det ligger en människa i brunnen!" flämtade jag.

"Vad säger du? Nej, nej. Det måste vara ett djur", sa Gia.

"Jo det är en människa. Jag såg kläder. Jag såg en hand, mörkt hår."

Bim satte sig upp och masserade sina tinningar.

"Jag har *aldrig* träffat någon som inbillar sig så mycket som du. Det måste vara patologiskt."

"Se efter själv då, om du inte tror mig!"

Med en suck vacklade Bim upp sin långa kropp och borstade av sig lite gräs.

"Jag går och kollar. Kommer du med, Gia?"

"Aldrig i livet!" sa Gia.

Så försvann Bim bakom torpet.

Jag stod och skakade och försökte förstå vad jag hade sett. Gia iakttog mig med en ny slags skärpa i blicken; som om hon hade fått det slutgiltiga beviset på att jag var allvarligt störd, och när jag såg hennes skeptiska blick visste jag inte riktigt vilket scenario jag fasade mest för; att jag skulle ha rätt om mannen i brunnen eller att jag bara skulle ha inbillat mig allting. Efter en stund hörde vi Bim skrika till. Håret reste sig på mina armar.

*"Jag är inte galen!"* tänkte jag, men lättnaden som skulle ha infunnit sig förvandlades till en tyngd över bröstkorgen som gjorde det svårt att andas. Gias ena fot rörde sig nervöst.

"Såg du vem det var?" frågade hon.

Först trodde jag att jag hade hört fel. Det tog en stund innan jag förstod vad hon hade frågat. Frågan var så konstig.

"Hur skulle jag kunna veta vem det var?" frågade jag.

"Jag menar, såg du hur han såg ut?" stönade hon. "Ålder? Sånt där? Det var så jag menade!"

*"Han?"*

"Märk inte ord är du snäll!"

"Förlåt. Det såg ut som en man. Men det var så mörkt nere i brunnen."

Bim kom tillbaka. Hon drog handen genom håret hela tiden och flackade med blicken.

"Det måste vara ett djur", sa hon. "Jag menar; hur skulle det kunna vara en människa? Här?"

"Det är en människa", sa jag.

"Hur kom han hit i så fall? Här finns ingen bil, inte ens en cykel", sa Gia.

"Du har rätt. Det måste vara en synvilla", sa Bim. "Finns ingen annan rimlig förklaring." Hon kliade sig på halsen så hon fick röda märken och drog med händerna över sina byxor och var synbart nervös.

"Brunnslocket låg på", sa jag.

Bim var askblek i ansiktet. Gia såg illamående ut.

Vi stod där utan att säga någonting, eller göra någonting – bara stirrade rakt ut i luften.

Sedan insåg jag det uppenbara:

*"Åh! Så klart!* De där killarna – det var ju *därför* de kom! För att dumpa kroppen! De sa så konstiga saker, som: *"lämna kvar någonting,"* *"ingen vet att vi har varit här"*, *"säkraste platsen på jorden"*, och ...*"vilsen örn"*."

"Äntligen, äntligen säger du någonting vettigt, Sherlock", sa Bim. "Att jag inte tänkte på det? Vilsen örn..."

Hon var tvungen att sätta sig ner och stödja ansiktet i händerna. Jag kunde inte avgöra om hon skrattade eller grät, eller försökte låta bli att kräkas.

"Vi måste sticka. Nu genast! Jag vill inte att de där killarna ska veta att vi finns", sa Bim. "Det räcker med att vi vet att de finns. Vad de är kapabla till."

Gia och jag packade ihop luftmadrasser och filtar och kaffekoppar och stearinljus och soppåsar och rep och den rutiga bordsduken, och stuvade in alltihop i bilens bagagelucka. Bim sopade golvet. Piskade trasmattan. Torkade av stolarna med en trasa indränkt i alkohol. Sedan låste hon torpet och torkade av dörrnyckeln noga, innan hon placerade den under stenen vid trappan. De band mina händer igen med vassa hushållssnören och satte ögonbindel för mina ögon. Bim drog åt extra hårt men jag gav inte ett knyst ifrån mig fast jag fick tårar i ögonen.

"Ska han bara ligga kvar där?" sa jag när hon var klar. "Som..ingenting?"

"Vad tycker du vi ska göra Är du duktig på mun-mot-mun-metoden, *råttflicka*?"

Gia skrek till av äckel, så Bim förtydligade, lugnt och mjukt som till ett barn:

"Jag menar alltså *exceptionellt* duktig på mun-mot- mun-metoden? För om *inte...*?"

"Men tänk om någon saknar honom?" sa jag.

Bim öppnade bildörren.

"Akta bilen!" sa hon och tryckte ner mitt huvud onödigt hårt. Så föste hon in mig i baksätet och knäppte fast säkerhetsbältet. Startnyckeln vreds om och bilen började röra sig under högljudda protester.

"Fan också att du ska vara så jävla nyfiken jämt!" skrek Bim. "Vad är det för fel på dig egentligen?"

"Vi behöver inte ringa polisen. Vi skulle faktiskt kunna skriva ett anonymt brev till en tidning. Ingen behöver få reda på vilka vi är!" pep jag. Ingen av dem brydde sig om att svara. Men jag kunde inte vara tyst:

"Jag ser det framför mig hela tiden. Hur han flyter omkring. I det bruna smutsiga vattnet. Bland ruttna blad och döda skalbaggar och tvestjärtar och råttor som drunknat. Och lukten... Lungorna som fylls med vatten. Kroppen som sväller upp. Maskar.... Och ögonen som ... som..."

"*Sluta! Sluta! Sluta!*" skrek Gia.

Bilen girade till och jag kastades åt sidan och slog i huvudet igen.

"Låt henne få sörja", sa Bim och hennes röst var tjock av undertryckt hat. "Då känner hon sig så överlägsen oss känslostörda psykopater som inte bölar över någon våldtäktsman som har fått vad han förtjänar."

"Det låter som om du vet vem det är som ligger i brunnen!" flämtade jag.

Jag hörde Bim dra ett djupt andetag, som om hon räknade till tio. Sedan sa hon mycket lugnt:

"Jag ber dig! För en gångs skull: *Spela inte dummare än du är!* Svara på det här: Varför gömde du dig igår? Varför bad du inte att få följa med Max kultiverade och charmerande pyromankompisar? Då hade du sluppit oss och våra rep och sömntabletter och skrotbil?"

"Jag..."

"Därför att du var säker på att bli *våldtagen och mördad* eller hur?"

*"Nej!"*

"Vad är det för fel på dig, Lianne? Vill du ha Max kompisar efter dig, eller?"

*"Nej!"*

"Vet du vad? Det vill inte jag heller!"

Eftersom jag inte kunde se någonting på grund av min ögonbindel fick jag använda mig av andra sinnen för att lista ut vad som skedde. Bilen var så laddad med negativ energi att den kändes som en krigszon där ett enda obetänksamt ord kunde utlösa ett blodbad. Min mage registrerade allting som en överkänslig mätare. Små prasslande ljud antydde att de skrev lappar till varandra i förarsätet och inte var överens och bilen girade till igen. När Gia började prata lät hon nervös:

"Jag tycker också att vi ska hålla polisen utanför. Jag har ingen lust att svara på en massa jobbiga frågor om vilken relation Bim och jag har, eller hur vi tre känner varandra, eller varför vi åkte just hit, just nu, och varför vi bröt oss in just det här torpet, eller nämna Maximilian och USA, och räkna upp alla andra människor vi umgås med, och på vilket sätt, och tusen andra oväsentliga frågor, som var min far arbetar och ... "

"Men tänk om någon är orolig för honom?" avbröt jag.

*"Eller tänk om han bara önskade sig lite kärlek – blundade, trillade i och drunknade? Och någon lade tillbaka brunnslocket och försvann"*, tänkte jag.

"Han är inte vårt problem längre", sa Gia kort.

Så skruvade de upp musiken på högsta volym och sjöng med utan någon större inlevelse, allt medan bilen guppade fram på rassliga grusvägar någonstans i Sverige.

Jag såg den döde mannen framför mig hela tiden. Tofsarna av mörkt hår över vattenytan, den bleka nacken, örat, den mörka skjortan som flöt på ytan, garnerad med gamla löv och torra bär, de uppsvullna händerna. Jag tänkte på Bims ord.

*"Vad skulle ha hänt med mig om de där männen hade upptäckt mig, strax efter de dumpat ett lik i brunnen? Vad skulle de ha gjort med mig? Var skulle jag ha befunnit mig nu? Tillsammans med ett lik i en brunn? Och vem skulle ha saknat mig? Ingen! Gia och Bim skulle ha förutsatt att jag hade rymt."*

"Stanna! Jag måste kräkas!" vrålade jag.

Bilen stannade och de öppnade min dörr. Gia slet av mig ögonbindeln och jag blev bländad av dagsljuset. Hon höll mig när jag föll ner på knä och kräktes ut mitt maginnehåll bland vägrenens gräs. En bil körde förbi och jag hann uppfatta ett barn som tryckte sin näsa mot bilrutan och pekade på de konstiga tanterna.

*

På hamburgerrestaurangen fanns alla åldersgrupper representerade. Ett äldre gråhårigt par satt stillsamt och åt sina hamburgare. De log mot de små barnen vid borden intill och småttingarnas föräldrar nickade stolta. Några ungdomar sneglade på de gamla, och de gamla sneglade på de unga, men båda sidor konstaterade att *bäst-före*-datum var passerat, vilket omöjliggjorde utväxling av leenden mellan *de* borden.

Vi slog oss ner på röda galonsoffor vid ett gult plastbord med fönsterutsikt över parkeringsplatsens röda rutschkana av plåt och gungor av bildäck och sandlåda med kattlortar.

"Jag måste gå på toaletten. Jag mår inte bra", sa jag.

"Har du någonsin mått bra en hel dag i sträck? Följ med henne, Gia, så beställer jag ny mat som hennes nåd kan kräkas upp", sa Bim.

"Tänk på att jag inte äter kött!" sa jag.

"Oroa dig inte, min lilla spyfluga. Jag tänker oavbrutet på hur märkvärdig du är!" sa Bim. *"Jobbigare än ett spädbarn!"* muttrade hon bakom min rygg.

Toaletten var fräsch och nystädad och luktade citron.

"Ren jumper! Här! Släng din egen, den stinker!" sa Gia och gav mig en svart långärmad bomullströja.

Jag drog ur en näve pappershanddukar ur hållaren och dränkte dem i flytande tvål och vatten. Sedan drog jag mig tillbaka in på en av toaletterna och tvättade av mig så gott det gick. Jeansen var smutsiga av källardamm och väggdamm och gräsfläckar, och min grå t-shirt luktade inte alls gott efter de senaste dygnens strapatser, så det var med ett sant nöje jag slängde den i papperskorgen och drog på mig Gias mjuka. Hon stod framför spegeln och målade sig när jag kom ut från mitt toalettbås.

"*Ta-da!* Tandborstar! Smink! Deo!" sa hon och pekade på necessären i sin rymliga handväska.

Jag plockade fram en tandborste och tandkräm och borstade tänderna länge. När jag mötte blicken från den där gråbleka varelsen i spegeln gjorde jag en ofrivillig grimas åt henne. Hon som var jag. Vi tyckte inte om varandra. Hade inte gjort sedan jag var liten och upptäckte att jag var ful. Hon såg alltid förvånad ut när jag mötte hennes blick i spegeln, förvånad och sedan besviken, men mest besvärad över den gemensamma nämnare som band oss till varandra. Ännu värre blev det om någon såg på mig när jag såg på min tvådimensionella tvilling. Då kunde vi båda se hur den där gråbleka, tvådimensionella varelsen på väggen som genom ett penseldrag blev mörkröd, rakt framför våra ögon.

Men Gia var för upptagen med sitt eget utseende för att ägna mitt någon uppmärksamhet. Jag noterade att hon bar en ny blå jumper av mjukaste kashmir och doftade ljuvligt gott av dyr, diskret parfym.

"Äntligen!" sa hon och halade fram mascara och rouge och läppstift ur necessären.

Gias spegelkvinna var förälskad i henne.

"Jag vill vara fin", sa hon.

"Du är alltid fin. Alla tycker det."

Min röst förrådde mig direkt, full av känsla som den var – det enda som saknades var fiolerna i bakgrunden. Jag såg ner i handfatet.

*"Nu vet hon."*

Gia såg upp. För en svindlande, underbar sekund såg hon på mig som om det var jag som var hennes spegelkvinna. Jag kände att jag blev röd i ansiktet.

"Men inte alla har rätt att tycka det", sa hon. "Bara så du vet."

"Jag vet att Max tycker det", flög det ur mig.

*"Max och Max och Max!"* skrek hon. *"Detta förbannade jävla namn!"*

Hon sparkade på papperskorgen och skrek rakt ut *"Aaaaaaah"*, lika röd i ansiktet som jag. Så lade hon band på sig själv och suckade djupt.

"Max sitter som ett spöke i ditt huvud och tänker åt dig. Och känner åt dig! Och nu *"vet du inte vet vem du är"!"*

Hon imiterade min röst från natten innan.

"Och du vet inte vad du tycker! Om *någonting*? Inklusive *mig*?"

Hon drog efter andan och hennes ögon var blanka.

"Det är så förbannat *sorgligt!"* Hennes röst darrade. Hennes händer darrade: "Så jävla *patetiskt! Du! Allting!"*

"Alla dessa jävla NAMN som dikterar *allting* och *aldrig, aldrig aldrig* lämnar en ifred!" stönade hon över handfatet.

Jag skämdes så mycket att jag inte orkade se på henne. Istället lånade jag hennes mascara och började måla mina ögonfransar med ostadig hand. Gia snöt sig och torkade sig under ögonen.

"Nämn inte det här till Bim är du snäll!" sa hon innan vi gick ut i restaurangen.

Det var dagens mest överflödiga kommentar.


Bim väntade otåligt på oss. Hon satt på den röda galonsoffan med tre insvepta hamburgare och tre mediumstora pappersmuggar framför sig, bredbent och till synes nonchalant. Högerfoten vippade nervöst hela tiden. Först nu lade jag märke till att hon hade bytt skjorta någon gång under vår färd och såg förhållandevis fräsch ut.

Utan att hon själv var medveten om det läste hennes blick av oss som en radar. Jag insåg att jag hade sett honom tidigare, den här killen som Bim hade blivit. Uttrycket i ögonen var identiskt hos dem alla; hånfullt, vaksamt och med en känsla av förlust bakom den tuffa masken.

*"Starka tuffa Bim är livrädd för att förlora Gia. Ser man på!"* tänkte jag.

"Jaså, där är ni, äntligen! Vad hände?"

När vi närmade oss bordet flög hon upp från soffan och tryckte sig nära intill mig, som om hon ville lukta på mitt ansikte:

*"Såg du någonting intressant som flöt omkring som vi måste rädda?"* viskade hon hotfullt och spärrade upp sina ögon som en galen kvinna.

"Lägg av Bim. Du är äcklig", sa Gia med trött röst.

Bim föste fram hamburgaren till mig.

*"Ät!"* befallde hon.

"Men jag äter inte kött, har jag ju sagt!"

"Skit i det då och drick din läsk! Det är bra för magen."

Jag märkte att de andra gästerna vid borden intill sneglade på vårt lilla sällskap. *Vad såg de? Vad tänkte de?*

Plötsligt kändes det som om alla stirrade på oss; som om vi stod mitt i en cirkel av blodtörstiga ansikten med gula ögon och blottade tänder. Jag kände deras blickar treva över våra kroppar som närgångna händer, kände deras viskningar rispa mina kinder och droppa giftiga insinuationer i mina öron.

Vid bordet framför oss satt en liten rund kvinna med kort, blonderat hår och för mycket ögonskugga, tillsammans med en tunnhårig, överviktig man och ett litet barn i en barnstol. Kvinnan stirrade på Gia. Hennes ögon och lungor och tankar fylldes med Gias honungsblonda hår, blå märkesjeans, grafitgrå ulljacka, dyrbara jumper i mjukaste mjuka blå kashmir, Gias skönhet, elegans och harmoniska rörelser, Gias gnistrande intelligenta, intensivt blå ögon med sin dominanta, penetrerande blick. Avundsjukan höll på att kväva kvinnan och bränna sönder hennes ögon; avundsjukan sipprade ut genom hennes hopsnörpta mun som en giftig gas; trängde ut genom porerna i huden på hennes hopsjunkna kropp som en bitter odör, och fick henne att stråla av en nästan utomvärldslig fulhet.

Mannen – mansgrodan som aldrig skulle växa upp till prins hur mycket kvinnan än kysste honom eller tjatade – såg på prinsessan från den verkliga sagan i det verkliga livet där hon stod livs levande men fullständigt oåtkomlig framför honom, så självsäker i sina dyra kläder och perfekta kropp, produkten av arv och miljö i den mest utsökta blandning. Han lät blicken glida över hennes mjuka kurvor och vackra ansikte, och sedan bet han ihop tänderna i en grimas som gjorde honom om möjligt fulare än sin kvinna.

*"Perfektion är en anomali på en hamburgerbar i Lagomhelvetet"*, tänkte jag.

En avgrund öppnade sig mellan kvinnan och mannen. I träsket mellan sina föräldrars stinkande känslor av avundsjuka, begär, hat och missunnsamhet, satt produkten av deras drifter och drömmar; deras lilla barn. Fjättrad till dessa människomonster med blodets bojor; fjättrad till en kladdig barnstol i gul plast, skrek det lilla barnet ut sin ångest över framtiden; skrek ut sin skräck över ett liv i *Lagomhelvetet.*

När de vuxnas blickar kolliderade över avgrunden av krossade drömmar, blev de plötsligt medvetna om den androgyna varelsen som stod stolt som en riddare vid prinsessans sida. Deras blickar gled över Bim med sin arroganta hållning och mörka utstrålning, så tunn och bräcklig men samtidigt så självsäker i sina svarta jeans, tunna läderjacka och vita herrskjorta och hjälm av stripigt mörkt hår. Plötsligt *förstod* de. Och i samma stund som de förstod lyste de upp, och med ögon som strålade av fanatisk normalitet blandad med en rejäl dos skadeglädje log föräldrarna triumferande mot varandra och sitt skrikande barn, och upprättelsen för deras egon var så monumental att barnet tystnade av fasa.

Från bordet bredvid vårt, stirrade tre pojkar och fyra flickor i sextonårsåldern på oss över sina pappersmuggar, genom feromondimmor av parfym, hormoner och akneångest. Deras hårda, barnsliga blickar gled från Bim till Gia och tillbaka, studsade närgånget och oblygt från den mörka till den ljusa, från den perfekta till den defekta, medan de spekulerade om deras relation. Men ingen av dem såg på mig, eller spekulerade i om de två karismatiska individerna hade kidnappat den tredje, okarismatiska.

*"Som vanligt är jag den enda med någon fantasi"*, konstaterade jag.

Ungdomarna bollade fula ord och kodade blickar mellan sig och flickorna skrattade gällt, och sedan började pojkarna sparka på halvtom mugg mellan sig, så provocerande nära Bim att det stänkte på hennes byxben.

De normala ville slita Bim och Gia i stycken; slita sönder banden mellan dem; slita av dem kläderna som signalerade förbjudna saker som hade med pengar och sexuella preferenser att göra; eller åtminstone slita av dem deras självsäkerhet. De normala ville skrämma den perfekta och den defekta; få dem att skämmas, att darra, att blöda; straffa dem för att de var två anomalier i en värld av självgod konformism. Men vi befann oss inte på en skolgård, eller på en savann, eller i ett fångläger, och de var inte upphetsade skolbarn, eller svultna hyenor, eller sadistiska fångväktare; bara vanliga gäster i en hamburgerbar med artificiell belysning, portionsförpackad mat och menlös Muzac. *Lagomhelvetets* tunna väv av kultur höll dem tillbaka, höll blodtörsten i schack.

Bim blängde tillbaka på den avundsjuka lilla familjen på väg mot sin undergång i *Lagomhelvetet* och viskade bakom handen, högt så att alla kunde höra:

"*Har du sett, Gia!* De leker mamma-pappa-barn *på riktigt!*"

"Suck! Ibland är du bara *såå* patetisk", sa Gia och himlade med ögonen.

"Patetisk? *Moi?*"

De upptäckte att jag satt och iakttog dem. Min längtan sved till som en liten inflammerad blindtarm när jag såg på Gia. Bims blick fastnade på mig och hon ryste:

"Sluta stirra på oss som om vi var två utomjordingar! Sluta! Du är läskig."

Gia hade fått några meddelanden på sin mobiltelefon och ställde sig i ett hörn vid entrén där det inte blåste för att ringa några samtal. Bim vände sig om och såg efter henne medan vi gick tillbaka till den bruna skrotbilen.

"Så försvarslös. Så bräcklig", sa hon, som för sig själv. "Man kan inte se på henne hur ömtålig hon är."

Hennes röst var fylld av ömhet; en ömhet som inte passade ihop med hennes hårda, hånfulla attityd och maskulina klädstil; en ömhet som äcklade mig för den visade hur mycket hon underskattade Gia och hur lite hon förtjänade att få älska Gia.

"Det är du som inbillar dig saker", sa jag. "Det är du som är försvarslös utan henne, inte tvärtom. Du behöver henne mycket mer än hon behöver dig för att verka så tuff hela tiden!"

Bim ryckte till, som om jag hade väckt henne ur en vacker dröm, och fräste:

"Och du ska bara hålla truten! Vad vet du om vår relation? *Ingenting!*" Hon riktade sitt finger mot mig som om det var ett vapen.

"Om du bara *visste* hur trött jag är på dig och ditt *idiotiska stirrande* och ditt *patologiska snokande* och din *rubbade slutledningsförmåga*; och hela tiden dessa *infantila kommentarer!*" Hon ryste och mumlade: "Man borde göra världen en tjänst och kväva dig med en kudde när du sover."

Jag blev så paff att jag stannade upp, mitt i ett steg. Hur kunde hon reagera så starkt inför ett fullkomligt sakligt konstaterande?

"*Mörda* mig? För att jag har livlig fantasi?" flämtade jag. "För att jag *ser* på dig?"

Hon ruskade på sig som om hon hade loppor och stönade.

"Men gör det, då!" fortsatte jag. "Mörda mig då! Trolla bort mig med en kudde! Så kan du leva *nykter* och lycklig med Gia i alla dina dagar. Så kan du beskydda henne från *Lagomhelvetet*; från såna som dem där inne! *Snipp, snapp, snut så var sagan slut! Lycka. Lycka. Lycka!*"

Någonting i det jag sa, eller kanske sättet jag knäppte med fingrarna på, gjorde henne svarslös. När hon till slut lyckades stänga munnen knackade hon med pekfingret mot sin panna och skrattade, liksom skrockande. Sedan skakade hon på huvudet, malligt, överlägset, hånfullt, som om jag var den av oss som hade problem och inte hon (trots att det räckte med att jag bara öppnade munnen för att säga några enkla sanningar för att hon skulle rycka till som om hon hade loppor eller tics), så jag fortsatte:

"Och vet du vad, coola Bim? Om du är riktigt, riktigt super-cool så kanske du kan göra en Pinocchio!"

"Vad dillar du *nu* om, ditt pucko?" stönade hon – och nu plågade hennes inbillade loppor henne så mycket att hon klöste sig på armarna.

"När du har visat hur *tuff* och *modig* du är och har kvävt mig med en kudde när jag är *bunden* och *drogad* och *sover*, så kanske det växer ut en riktig näsa på dig! Som på Pinocchio. Fast längre ner!"

Det var kanske dumt sagt, men ändå lite vitsigt, och ganska harmlöst med tanke på allt styggt *hon* hade sagt till *mig*, så jag förstod inte varför hon var tvungen att knuffa till mig så hårt. Så infernaliskt hårt.

"Säg *aldrig* om det där!" skrek hon. "*Du din...!*"

Det hade jag inga planer på. Smärtan när min arm och höft träffade asfalten var så rå att den fick mig att tappa andan. Den tvingade mig att ännu en gång bakom mina stängda ögonlock bevittna min egen sjuka hjärnas filmkonst.

I min privata skräckfilm flöt ett abnormt uppsvällt manslik omkring i smutsigt brunnsvatten och bredvid honom flöt liket av en blåslagen, våldtagen, ung kvinna med håret brunt av levrat blod. Den döda kvinnan i brunnen var jag – så som jag skulle ha sett ut om jag inte hade lyckats gömma mig för de två mördarna och våldtäktsmännen som brutit sig in i Max stuga.

Den nya oväntat häftiga smärtan i armen påminde mig om smärtan jag skulle ha känt innan Max vänner hade dödat mig. De skulle ha knuffat mig, slagit mig, sparkat mig. Precis som Max hade knuffat mig, slagit mig, sparkat mig. Fast bara i min sjuka fantasi, eftersom *"bara en paranoid, svartsjuk, obildbar, frigid mytoman skulle påstå att han (Max) använde fysiskt våld som retoriskt grepp."*

Gamla smärtor förenade sig med nya smärtor för att straffa mig för att jag hade bagatelliserat dem och för att jag hade byggt känslomässiga barrikader i försvar mot sanningen. Detta var vad jag hade förträngt bakom mentala taggtrådsstängsel:

*"Att även kroppen har ett minne. Och kroppen glömmer aldrig, aldrig."*


En doft av bensin och bränt gummi trängde in i min näsa och blandades med smaken av järn och sur galla och stickande söt läsk i min mun. Jag jämrade mig och en åldrad kvinnoröst någonstans i närheten ropade.

"Hallå! Är allt som det ska därborta?"

Jag kände en arm under min egen arm på asfalten och såg upp i Bims sammanbitna ansikte. En bit ifrån oss stod det äldre paret från restaurangen och kikade på oss.

"Min syster fick inte bli vegetarian när hon var liten", sa Bim.

"Förlåt? Jag förstår inte riktigt?" sa den gamla damen.

"Nej, vem gör det?" sa Bim.

*"Aaaaaaj!"* sa jag.

Det gjorde ont när hon låste min arm i sitt hårda grepp och tryckte upp en pappersservett i ansiktet.

"Nu klarar vi oss nog", sa Bim. "Adjö då, tant. Adjö då, farbror. Hälsa barnbarnbarnsbarnen!"

"Ja, *men-men* är det säkert? Jamen, adjö då?" pep det äldre paret förvirrat och avlägsnade sig. De sneglade lite försiktigt tillbaka på oss och viskade någonting till varandra. Sedan skakade de på sina gråhåriga huvud. "*Vegetarianer?*"

Bims grepp om min handled var så hårt att handen domnade. Hon öppnade bildörren och knuffade in mig i baksätet och skrek: "*Sitt!*". Och tillade: "*Tig!*". Som om hon trodde att jag hade någonting att tillägga.

En kort stund senare klev Gia in i bilen och fyllde bilen med nervös energi.

"Don, du vet – han, vår kursare i organisk kemi – sa att min morbror har frågat efter mig överallt och att han verkade mycket angelägen att få tag i mig. *Fan också!*"

Hon slog näven i instrumentpanelen.

"Din *morbror*? Du har väl ingen morbror?"

"Nej, just det. *Just det!*"

Hennes ord hängde kvar i luften som en förbannelse. De såg på varandra en lång stund utan att röra sig, utan att säga någonting. Deras ögon borrade sig in i varandra, ställde frågor, sökte i varandra efter en förklaring, efter tröst, men fann ingen.

Vi körde iväg under tystnad. Bim körde slarvigt. Kanske berodde det på att jag var utmattad, eller handlingsförlamad, men jag lyckades inte hålla mig vaken. Bilens motorljud gungade mig till sömns. Det sista jag tänkte innan jag lät mig svepas med in i det vita töcknet var:

"*Bim lade sömnmedel i min läsk igen. Att jag aldrig lär mig!*"

❧

# Klubb Neptun

**N**ÅGON RYCKTE I MIN ARM och jag slog upp ögonen och stirrade ut i natten, många timmar fattigare. Jag hade sovit i en evighet men var ändå svimfärdig av trötthet.

Bim parkerade bilen på en mörk varuparkering på en bakgata någonstans bortom alla stadsljud. Vi steg ur bilen. Gatlyktornas ljus speglade sig som utspilld mjölk i den svarta asfalten. Jag vinglade efter mina kidnappare som en seg trasa utan att veta vart de var på väg och de berättade inte.

Då och då stannade de till och läste adresskyltarna på husfasaderna, men gatunamnen tycktes inte vara till stor hjälp. Tredje gången vi passerade samma berusade man som satt på trottoaren och diskuterade livsfrågor med sig själv, insvept i en aura av alkohol, urin och avföring, grinade han:

"Stig fram, ljuva damer! Räds icke! Här finns svaret på alla era frågor!"

Han vickade lite förföriskt på sin vodkaflaska och log ett tandlöst leende.

"Vi ska träffa en person på Klubb Neptun, men vi hittar inte dit", sa Bim.

"Klubb Neptun? Palatset? Genom parken där! Håll utkik efter motorcyklarna så vet ni att ni har kommit rätt", skrockade han bakom våra ryggar.

Det svaga ljuset från några få lyktstolpar som inte hade fått glaset krossat, ledde oss genom den vildvuxna parken. En hög, svart järngrind mot slutet av grusvägen hälsade oss välkomna till vad som återstod av ett litet privatimperium.

Huset stod där, resligt men vanvårdat, försummat men stolt. Som en relik från en svunnen tid blickade det ut över vad som en gång hade varit en välskött privat park men nu hade förfallit till oigenkännlighet, lika främmande för civilisationens tuktningsiver som den berusade mannen på trottoaren. Från dess inre trängde sorlet av människoröster och jazzmusik ut i det djupblå mörkret och steg mot månen i små dramatiska pustar som lockade fram vilda känslor hos mig.

En Harley Davidson med blänkande lemmar av krom och metall stod parkerad vid hörnet av huset där en skälvande röd neonskylt blinkade förföriskt "Kl...eptu...". Mässingsskylten "Bracke och Bracke Advokatbyrå" vid ingången fick mig att reagera. Men i mitt omtöcknade tillstånd kunde jag inte erinra mig var jag hade hört eller läst namnet tidigare.

Vi gick ned för en smal, sliten källartrappa i sten, förbi svartmålade väggar tapetserade med posters på musiker och sångare, och steg in i en källarlokal. Lokalen var så dunkel att jag inte kunde se någonting på en lång stund, men mina öron uppfattade ljudet av en förälskad kvinnoröst som sjöng duett med en sorgsen saxofon.

Efter en stund kunde jag urskilja sångerskan med den fantastiska rösten. Hon hade korpsvart hår och vit vadlång klänning och stod försjunken i sig själv på en liten provisorisk estrad till höger om ingången tillsammans med den långhårige saxofonisten i sin mörklila sammetskostym som plågade ur sin saxofon de smärtsammaste av läten.

"Loverman, oh where can you be", jämrade sig sångerskan.

Vi stannade upp, som hypnotiserade framför den lilla scenen. Gia dröjde sig kvar, men Bim slet tag i min arm och drog iväg med mig till bardisken. Bakom bardisken stod en orörlig man med hästsvans och asatatueringar. Han var så stilla att jag för en sekund misstänkte att han var död; uppstoppad och full med halm, placerad där som någon slags makaber kuriosa, och jag drog efter andan. Men när Bim viftade med ett litet kreditkort i guld framför de svarta solglasögonen, vaknade han upp från sin törnrosasömn och det blev liv i de muskulösa armarna som fyllde tre ölglas på nolltid.

Vi fann ett ledigt bord som var någorlunda rent, alldeles under en kanot som hängde ner från taket. Kanoten påminde mig om någonting, *men vad?* Jag skyllde mina minnesluckor på de där sömntabletterna och mitt illamående.

Jag förde upp ölglaset mot mina torra läppar och läppjade på skummet. Handen darrade lätt och jag kände mig så kraftlös att jag var tvungen att luta mig tillbaka i soffan. Det snurrade i skallen som om jag fortfarande satt i bilen, halvdrogad och misshandlad, och jag ställde tillbaka glaset på bordet. Öl skvalpade ut och bildade blanka hinnor över lacken. Jag slöt ögonen.

"Har ni någon plan?" frågade jag.

Bim var så tyst att jag först inte trodde att hon hade hört min fråga, eller hade lust att besvara den. Jag öppnade ögonen.

"Hur dum tror du att jag är, egentligen?" frågade hon.

Det blänkte till av hat på botten av hennes bruna ögon. Jag fick tänka efter en stund innan jag måste konstatera:

"Jag vet inte."

Hennes blick gled över till Gia som stod kvar framför scenen och följde sångerskan med blicken.

*"Someday we'll meet ... and you'll dry all my tears,*
*... whisper sweet little things in my ears."*

Bims ögon hade ett frånvarande uttryck när hon vände sig mot mig:

"*Vet inte?* Vad är det du inte vet? Hur man uppför sig i främmande människors sängkammare? Hur man skalar en gris? Vad prinsesstårta av gjord av? Hur någon kan vara grym mot en rädisa?"

"Jag vet inte hur dum du är, egentligen."

Det tog henne en stund att ta in vad jag hade sagt, men hon beslöt sig för att inte ödsla någon energi på att överreagera. En blond kille i tjugoårsåldern hade ställt sig vid sidan om Gia och sa någonting till henne. Gia skrattade till och lade huvudet på sned och svarade någonting.

Bim sneglade åt deras håll medan hon låtsades beundra inredningen: väggarnas bruna träpaneler som var draperade med nät och färgade glaskulor, gamla sjökort, en uppstoppad haj och en sjöjungfru av gips.

I taket över oss hängde en kanot. Jag visste att det borde få mig att reagera men jag kom inte ihåg varför. Det snurrade i mitt huvud.

"*Summertime...*"

Ett medelålders par i svarta skinnställ började dansa en improviserad, sensuell dans framför den lilla scenen. Några av besökarna på Klubb Neptun applåderade spontant. Bim fortsatte stirra mot scenen och personerna som trängdes där.

"Varför dansar inte du?" sa jag.

"Jag tycker inte om att dansa. Och någon måste ju vakta dig."

"Så jag inte rymmer?"

Bim svalde en klunk öl.

"Så det inte dyker upp flera lik", muttrade hon mellan tänderna.

Anklagelsen låg i luften. "*Borde kväva dig med en kudde när du sover.*"

"Du och jag kan dansa", sa jag. "Då kan du visa mig hur stark du är i båda händerna."

Hon såg ut som om jag hade gett henne en örfil och vände sig bort.

"Jag tycker inte om att dansa har jag sagt."

Med ansiktet bortvänt och överdrivet nonchalant, som för att dölja eventuella fragment av mänsklig svaghet som skuldkänslor eller empati, frågade hon:

"Vill du ha någonting att äta? Du måste vara hungrig. Jag ska ändå hämta fler öl."

"Jordnötter, tack. Eller chips. Om det går bra?"

Jag slöt ögonen och pustade ut.

"*Allting skulle bli så mycket lättare om du var snäll mot Bim.*"

En poäng till mig. Någonting att äta. Vargen i min mage ylade som besatt.

"*Your ma is rich and your daddy's good-lookin'.*"

Gia och den unge mannen med solblekt hår såg på varandra och spärrade upp ögonen inför den nya intressanta tolkningen av "*Summertime*". Sedan såg de på sångerskan och skrattade.

Bim kom tillbaka. Hon gav mig en liten glasskål med salta jordnötter. Sedan drack hon några djupa klunkar av sin starköl och strök bort skummet runt munnen med handryggen, som en råbarkad hamnarbetare.

Hon höjde ölglaset så häftigt att öl skvätte ut på bordet.

"Skål på dig, Lianne!" skrålade hon.

Hon iakttog mig över kanten av ölglaset och det glittrade till i de bruna ögonen:

"Du som är en äkta *proletär*, som härstammar i rakt nedstigande led från *trälar* och *statare* och *arbetarklass*; har du något som helst begrepp om hur rika Gias föräldrar är?"

Hon studerade effekten av sina ord på mig.

"Hon har nog inte haft tid att berätta", sa jag. "För mycket att göra, antar jag."

Jag masserade mina ömma handleder där jag hade röda skrapmärken från repen och blå märken efter Bims händer. Bim låtsades inte se mina sår.

"Gias far grundade Nostria, läkemedelsföretaget, du vet. Maximilian måste ha berättat för dig om honom."

"Det är möjligt", sa jag. "Max pratar alltid om *"multinationella manschetterrorister som exploaterar människor i tredje världen."* Han kallar dem för *"globala parasiter med helgongloria, kapitalister och blodsugare".*"

*"Oerhört intressanta människor alltså?"* sa Bim och härmade min röst.

Hungern slet i mina tarmar. Jag drack en klunk öl och såg plötsligt chansen att ge igen, för, för knuffen, för sömnmedlet i min läsk, för illamåendet från åksjukan, för hennes allmänna elakhet, så jag fortsatte:

"Vet du Bim; Max sa en gång att Gia är den enda som han kan tänka sig att blanda sina gener med, av altruistiska skäl."

"Altruistiska skäl? *Maximilian?*"

Hon spärrade upp ögonen och glömde stänga munnen. Det fick henne att se dum ut. Precis som om hon bara låtsades vara intelligent den övriga tiden och plötsligt glömde bort att låtsas. Jag önskade att jag hade haft en kamera så jag hade kunnat föreviga hennes enfaldiga uppsyn och tapetsera världen med affischer av henne.

"Mm", fortsatte jag. "Max har sagt att det skulle vara en oförlåtlig synd att inte låta sina fantastiska gener leva vidare. Gia skulle vara den enda värdiga mottagaren av hans säd. Barnet skulle vara hans osjälviska gåva till världen och till människorna."

Mina ord hade önskad effekt. Det blänkte till i Bims ögon.

*Hat? Smärta? Sorg?*

*"Jag har upptäckt en svag punkt! Männen i Gias liv. Ytterligare ett poäng till mig!"*

Hon sa ingenting på en lång stund, bara liksom försvann i sig själv, så jag var tvungen att fråga:

"Vad är det, Bim? Är du svartsjuk?"

"Svartsjuk? På dig? Inbilla dig inget!"

"Varför skulle du vara svartsjuk på *mig*?" sa jag och spärrade upp ögonen så mycket jag orkade.

"Nej, just det, varför skulle jag vara svartsjuk på ett psykfall som dig?"

Våra blickar riktades samtidigt till Gia och hennes manliga sällskap framför scenen. Han viskade någonting i hennes öra och hon skrattade till; ett naturligt, pärlande skratt som drog blickarna till sig, inte minst Bims, nu svarta ögon.

*"Loverman, oh, where can you be"*, kved sångerskan.

"Försök inte slingra dig!" retades jag. "Erkänn att du är svartsjuk!"

"På vem? På den lilla solstickan? Ser du inte? Det är han; gossen från tändsticksasken!"

Hon nickade mot Gia och den unge blonde killen med det rufsiga håret.

"Kom igen nu!" sa jag. "Du vet vad jag menar! Svartsjuk på *Max!* Han säger att hon är galen i honom och ringer och hänger efter honom hela tiden."

Bim regerade inte som jag hade hoppats. Hon reagerade inte alls. Sa bara:

"Han arbetade hos Gias far. Som datatekniker. På Nostria. Visste du det?"

"Nej! När då?"

"För några år sedan. Maximilian lade grunden till sin egen lilla förmögenhet på Nostria. Genom sina *privata* initiativ."

Nu kom Gia och hennes vän fram till vårt bord. Han var snygg på ett lågmält sätt; vältränad med tjockt, yvigt solblekt hår och vänliga blå ögon, klädd i svarta jeans och en urblekt svart t-shirt med tryck av Curt Cobain i klänning. Om han hade varit fåfäng, eller fattig hade han kunnat försörja sig som modell, tänkte jag, men fick känslan att han avstod från både fåfänga och fattigdom för tillfället. Han sträckte fram sin hand och hälsade:

"Martin."

"Beata Marie", sa Bim.

"Lianne", sa jag.

Han såg på oss som om han letade i sitt minne.

"Ni är inte härifrån, va? Jag tror inte jag har sett er förut för det skulle jag *definitivt* ha kommit ihåg."

Det var bara ett konstaterande, men sättet som han sa det på förvandlade det till en komplimang.

"Vi är på besök hos en kompis", ljög Gia. "Hon kunde inte följa med oss, men hon rekommenderade det här stället."

Martin såg tvivlande ut. Så Bim broderade ut lögnen med fler detaljer:

"Nåja, det är väl en sanning med modifikation. Hon *fick* inte följa med oss hit för sin neandertalarkille. Han är rädd för att vi pratar om någonting annat än fotboll om inte han är med."

Martin nickade och log.

"Säkert! Här kan gå vilt till ibland. Undre världen och så. Stora pengar. Handel med förbjudna varor och information; ett slags *"speak-easy"*. Slumstilen är bara kamouflage. Sägs det. Vad vet jag? Jag kommer för ölen och musiken. "

Martin ryckte på axlarna. Sedan log han ett leende som spred sig till ögonen och som avslöjade att han var väl medveten om sin charm men inte slav under den.

"Får jag bjuda på något, förresten?"

"Om du insisterar", sa Bim.

Hon rapade diskret bakom handen.

＊

Ölen fick mig att glömma. Ölen fick mig att sluta tänka och analysera mina känslor och formulera mina frågor för det blev längre och längre avstånd mellan mina känslor och mitt intellekt. Magen kändes som en varm blöt nallebjörn som skyddade mig för den stora stygga verkligheten som jag visste var mycket hemskare än alla orkade inse. Någonstans i ingenmanslandet mellan fara och trygghet fanns jag i min lummiga fantasivärld, med min nalleberusning.

Martins fyra kompisar dök upp från ingenstans och kom fram till oss och spillde öl över bordet och golvet och hängde på Martin och varandra en stund och försökte överrösta sångerskans tolkningar av Billie Holidays sånger genom att vråla ut grabbiga *oneliners* som alla, inklusive jag själv skrattade överdrivet mycket åt, fast jag inte alltid hörde vad de sa, eller förstod poängen.

*"Det kanske är avsaknaden av poäng som är själva poängen?"*

Jag iakttog dem och hur de provocerade varandra hela tiden och låtsades bli sura när det blev för mycket kroppskontakt. Efter en stunds attraherande och repellerande, under mycket oväsen, gav sig Martins kompisar iväg, förmodligen till något ställe där det var så mörkt att alla såg ut som Gia.

*"Attrahera, repellera."*

Ölen var stärkande och mild mot mitt humör och jag lät mig vaggas in i en slags trygg tröghet där jag satt på botten av en avdunstad sjö och stirrade upp på undersidan av en kanot som i brist på vatten, flöt i luften.

*"Det kanske är avsaknaden av poäng som är själva poängen?"* tänkte jag igen, och fnissade för mig själv. Jag knackade Martin i sidan. Han lyckades slita blicken från Gia en sekund men jag kunde se att det var med största ansträngning.

"Somliga förstår inte när det är dags att dunsta", sa jag och pekade upp på kanoten i taket med fingret.

Ingen förstod mitt skämt. Inte ens Bim skrattade. Martin verkade stött av någon anledning medan Gia såg på mig med en förvånad rynka i pannan. Men själv var jag tvungen att fly till gästtoaletten, pipande av skratt och med tårarna rinnande.

Så fort jag kom in i den lilla damtoaletten fick jag mitt straff. Jag var inte på min vakt och då slog han till, *Verklighetens Dubbelagent*, som till slut skulle komma ifatt mig och göra slut på mig eftersom jag hade avvikit från *Lagomhelvetet* och sett det förbjudna.

Nu när jag var på flykt från *Lagomhelvetet*, på flykt från normaliteten, från det förutsägbara, från imitationer av ett jag som jag inte längre visste om jag var; nu när jag började undra vem jag egentligen var och vad jag egentligen kände och vilka intryck som gick att lita på; nu slog han till.

*Monstret i mitt mörker.*
*Skuggan från mitt förflutna.*
*Sanningens väktare.*
*Löftenas inkassomästare.*

Inne på damtoaletten slöt sig hans fingrar runt min hals. Men han var inte ångest. Han var sannare än ångest; inte hemskare, men sannare. Hans fingrar kändes som mekaniska tänger av mänskliga muskler som kramade min hals.

"Försök inte skrika då trycker jag hårdare."

"Nej!"

"Var är de?" sa han.

"Vilka?" kraxade jag medan jag försökte lossa hans händer.

"USB-minnena med planen. Detaljerna. Koderna. Kartorna. Du vet!"

"Va?"

*"Planen.* Vem har den? "

"Du blandar ihop mig med någon annan."

"Jag vet vem du är. Du vet vad jag vill ha."

"Släpp!"

Jag förstod inte vad han talade om. Antingen var han galen eller så hade han tagit fel person. Han å sin sida verkade tycka att det var jag som var galen som vågade reta fel person.

"Var har ni gömt dem?" fräste han i mitt öra.

*"Jag vet inte!"*

Dörren slogs upp på vid gavel och Bim stormade in.

"Hjälp!" kraxade jag.

"Släpp henne!" skrek Bim.

Hon hade en tunn sprayburk i handen och riktade strålen mot mannens ansikte. Det fräste till och han skrek och gnuggade sig i ögonen och släppte taget om min hals. Jag hann uppfatta en röd kalufs och helskägg. I nästa stund kastades jag framåt och smällde huvudet i damtoalettens dörr och så blev det tyst. Jag förlorade medvetandet en stund.

*

När jag vaknade till sans igen låg jag med huvudet i någons knä.

Jag stödde mig på armbågen och såg upp i Bims ansikte. När hon började prata sprutade orden ur hennes mun som en kulspruta.

"De tänder på makt och dominans, Lianne. Varenda en av dem. Våra kroppar är måltavlor för deras sexualiserade kvinnohat och deras projicerade mindervärdeskomplex."

Hon gömde ansiktet bakom handflatorna.

"Jag tror inte han försökte våldta mig", sa jag.

"Så vad har du för teori, Einstein? *Att han var jävligt pissnödig, eller?*" skrek hon.

"Jag tror inte…"

Hon var så upprörd så hon skakade.

*"Varför försvarade du mig?"* tänkte jag. Det förvånade mig att hon inte hade vänt i dörren och låtit honom misshandla mig.

"Efteråt skulle du ha internaliserat hans kvinnoförakt, förvandlat det till självförakt, rädsla, äckel. Du skulle ha känt dig amputerad på glädje, på lust, på självkänsla, och aldrig blivit hel igen", sa hon.

"Mm. Så är det nog", sa jag och undersökte min panna.

Det blödde inte vilket inte nödvändigtvis behövde vara ett gott tecken.

"Så är det *nog?* Så är det *nog?*"

Nu lät hon arg igen. Den här gången var det på mig.

Hon höjde rösten och nästan spottade ut orden:

"Åh du *din, din…!* Var glad att jag kom in i tid så du kan behålla din syn på manssamhällets överhöghet och patriarkatets tolkningsföreträde och rättsamhällets opartiskhet. Fortsätt upprepa skiten som det där sadistiska, misogyna, sexistiska aset Maximilian planterade i din naiva lilla skalle."

Nu började det snurra i mitt huvud och jag förstod inte vart hon ville komma för jag hade tappat tråden. Plastgolvet var hårt och luktade fränt av smutsiga skoavtryck i intorkat urin. Papperskorgen var överfull av pappershanddukar med blöta avtryck. Golvet klibbade sig fast i mina byxor och började gunga under mig. Jag försökte stå emot kräkimpulsen som kom i vågor.

"Jag vill inte tänka på våldtäkter. Eller på Max."

"Du hade tur, du. Du slipper tänka på sånt; *slipper* dricka varje dag för att slippa tänka."

Det snurrade i mitt huvud. Det kändes som om någon drog åt ett järnband över min panna och mina tinningar och jag mådde så illa så jag inte visste vart jag skulle ta vägen.

*"Resultatet av och beståndsdelar i Lagomhelvetets obskyra processer, utan vilka vi skulle vara blott kvävda skrik i universum"*, alltså dofterna av urin, sperma, skit, mensblod, trängde in i mina näsborrar. Jag ville bara få tyst på hennes malande röst som bultade i mitt huvud.

"Jag skrattade åt kanoten, Bim, kanoten. Såg du inte kanoten? Den måste vara *full* eftersom den är så *hög*, eller är den bara *korkad, pantad*, du vet? *Panta rhei*, alltså; allting *flyter*."

Bim såg på mig med ett konstigt uttryck i ansiktet. Hennes ögon flöt ihop i ansiktet och munnen såg ut som en mörk krater i mitten. Jag stönade och slöt ögonen.

"Och vart tar det vägen, *allting*, svara på det!" insisterade jag.

"Vad menar du?"

Jag pekade upp mot taket.

"Kanoten som svävar över huvudet på oss. Den vill ha vatten! Inte luft!" Jag knackade i golvet: "Liket i brunnen? Minns du? Okej? Behöver *luft!* Inte *vatten!* Fel element! *Tvärtom! Allting!*"

Hon sa ingenting på en lång stund.

"Tvärtom?"

"Ja, Bim, du också. – *Förlåt!* –, men, alltså; du *hatar* killar, men du vill se ut som en! Jag förstår det inte?"

"Vad sa svinet till dig, egentligen?"

"Han tjatade om några USB-minnen samtidigt som han försökte strypa mig", sa jag.

"USB-minnen?"

Då spydde jag för tredje gången samma dag och lite sprutade ut över hennes sko och byxben, och efteråt, när jag hade gjort mig av med orosmomentet i min mage och det hade klarnat i skallen, insåg jag att Bim, trots att hon avskydde mig, hade räddat mig från vad hon trodde var ett våldtäktsförsök.

Och när hon hade råkat avslöja att hon själv hade blivit våldtagen och hur det hade förstört hennes liv, då hade jag min stora idiot babblat på om en kanot som svävade i luften.

Vi återvände till vårt bord. Martin underhöll Gia genom att få några enkronor att snurra runt sin axel i sex små simultana piruetter på pubbordet och Gia skrockade av förtjusning. En enda blick på mig, stödd mot Bims axel, räckte för att både Gia och Martin skulle brista ut i ett unisont *"oj"* och för att alla simultana myntpiruetter skulle självdö i osynkroniserade magplask.

Men Martin dolde sin besvikelse förvånansvärt bra. Han skakade bara på huvudet och erbjöd sig att visa oss vägen till ett billigt hotell som låg nära Klubb Neptun.

Under vår promenad bort från Klubb Neptun märkte jag att Bim studerade mig i smyg. Hon verkade inte det minsta svartsjuk på Gia och Martin. Trots att Gia rörde vid honom ibland och viskade saker som fick honom att skratta. Trots att Martin inte kunde dölja hur attraherad han var. Eller hur attraktiv han var.

Vi vek in på en mörk sidogata med en videobutik, ett nagelvårdsinstitut, en spelhall och ett dygnet-runt-öppet solarium. Martin öppnade chevalereskt dörren för oss till foajén till *Hotel Winston C.*

"Vi ses, Martin!" sa Gia och smekte honom på kinden.

Besvikelsen fick Martin att liksom sjunka ihop lite innan han pekade på neonskylten och gjorde en liten honnör. Sedan försvann han ensam ut i sommarnatten.

Bim betalade kontant för rummet och på hennes repiga körkort stod det att hon hette Lena Olsson. Fotot var inte speciellt likt henne, faktum var att det helt saknade likhet med Bim, men receptionisten var trött och kommenterade det inte utan rafsade ner kontanterna i kassapparaten utan att ta blicken från TV-skärmen. Sedan gav hon oss nyckeln till rum 203. Hissen var trasig och på väg till trapporna lånade Gia med sig två dagstidningar som låg på ett bord under en vägg täckt med svartvita foton på flygare och flygplan.

*

Rummet var litet, slitet och anonymt men ändå mysigt på något sätt som jag aldrig skulle kunna förklara. Där fanns en stor dubbelsäng med ett brunt polyesteröverkast och en brun bäddsoffa. De bruna väggarna var så tunna att när jag blundade kändes det som om jag stod i en busskur med skrikande människor längre ner på gatan och ett ständigt brus av trafik.

De inramade oljemålningarna av brunrosa rosor som hängde på väggarna var så fula att de var en sanitär olägenhet och förmodligen helt stöldsäkra. Under bråkdelen av en sekund önskade jag att en halvblind kleptoman hade hyrt rummet före oss.

Bim slängde sig på sängen med skorna på. Att döma av den grå hinnan på överkastet var hon inte den första som inte vågade ta av sig skorna när hon använde sängen.

"Upp med dig, du måste duscha", sa Gia och sniffade på henne. "Vad är det som stinker så?"

"*Råttflickan* spydde på mig på toaletten."

"Nä men fy på dig, Lianne! Stygg flicka!" sa Gia och ledde in Bim i badrummet, gapskrattande. Medan duschen strilade singlade plagg efter plagg ut från badrummet, ackompanjerade av små skrik från Bim.

Efter en stund trippade Gia ut från badrummet och började rota i alla väskorna. Vattnet som rann från hennes nakna kropp bildade små sjöar i den gröna heltäckningsmattans syntetiska flora. Eftersom märkena efter Gias fötter var de enda konstnärligt intressanta inslagen i rummet som inte gjorde mig generad, stirrade jag oavbrutet på golvet.

Gia rotade länge i väskorna som stod framför bäddsoffan där jag låg och vilade, bunden och psykiskt obalanserad på alla sätt. Jag vägrade titta på henne eftersom jag var rädd för att göra bort mig på minst tio patetiska och vidriga sätt, så efter en stund gav hon upp sitt letande och rumpvickande och hittade sin necessär i sin stora handväska, där vi båda visste att den låg, och grävde fram en schampoflaska.

Jag hörde hur de pratade därinne. Mumlanden och protester trängde ut följda av små skratt och Gias skrik som överröstades av bruset från duschen. När de kom ut från badrummet slet Bim av överkastet och slängde sig raklång på sängen igen, nu med blött hår och ett badlakan virat runt kroppen, medan Gia stod kvar och torkade sig noga med sitt badlakan framför oss. Hon riste sitt blöta hår så det droppade ner på mig medan hon löste upp mina rep och skrattade:

"Din tur! Du stinker! Vad gjorde Bim egentligen när du spydde på henne?"

Bim gav ifrån sig ett mörkt skratt inifrån kudden, och Gia slängde sig över henne:

"Nä men fy på dig, Bim! Stygga flicka!" vrålade hon och lyfte handen.

Jag ville inte se mer, utan försvann in i badrummet.

När jag speglade mig i den immiga badrumsspegeln såg jag att jag hade fått ett stort blåmärke i pannan och röda streck på halsen. Lite längre ner på låret hade jag ett långt blågrönsvart blåmärke från när jag trillade i gatan på parkeringsplatsen. På handlederna lyste mina märken efter repen; mina sugmärken. Min kropp var en duk målad i många färger.

*"Kroppens sår är så annorlunda själens; så tydligt dokumenterade, men så kortlivade. Själen kapslar in sina sår så de aldrig syns men alltid kastar sina långa skuggor över tankarna."*

När jag kom ut från badrummet satt Gia grensle över Bims rygg och masserade hennes axlar. Jag satte mig på sängen bredvid dem. Bim vände ansiktet mot mig och sa med sin slöa röst:

"Det står i tidningen att det har brunnit på din studentkorridor, Lianne."

*"Va?!"* Hjärtat slutade nästan att slå i mitt bröst.

"Jo, det står att elden troligen uppstod i ett av studentrummen på tredje våningen och spred sig till hela våningsplanet. Polisen utesluter inte att branden var anlagd. Två personer rökskadades och..."

*"Men? Men?"* avbröt jag. *"Min* korridor? Hur? Är du *helt* säker?"

Jag såg bedjande på Gia, men hon skakade på huvudet.

"Din korridor, korridoren där jag besökte dig, ja", sa Gia. "Jag är ledsen."

"Men mina tavlor, då? *Mina tavlor!*"

"Köp nya!" sa Bim.

Hon lät inte ett uns upprörd och brydde sig inte ens om att lyfta huvudet, eller se på mig när hon kom med sitt förslag.

"Men det är ju jag som har målat dem! Fattar du inte?" skrek jag.

Nu öppnade hon ögonen, vände sig om och såg på mig:

"Då får du väl måla nya då, *Lionardo!*" skrek hon tillbaka.

Medan sanningen långsamt utkristalliserade sig i mitt medvetande som den fruktansvärda katastrof den var, såg jag från Bim som låg utspilld på sängen till Gia som knådade hullet på den känslostörda varelsen som låg under henne, som om hon ville nypa fram normala intelligenta reaktioner. Känslan av att bli väckt ur en feberdröm drabbade mig som en spann kallt vatten.

"Hur har jag hamnat här!? Med er två?!"

Innan jag var ens halvvägs framme vid dörren var Gia där och hindrade mig. Hon lyckades stoppa min hand i luften innan den nådde dörrhandtaget och höll fast den. Bim hade fått ett plötsligt energitillskott från okänt håll och for upp ur sitt komatösa tillstånd. Tillsammans hjälptes de åt att släpa tillbaka mig genom rummet och pressa ner mig på sängen.

"Släpp mig!" skrek jag. "Annars ringer jag polisen! Jag berättar allt! Jag förstår allt nu!"

"Du håller på att bli hysterisk", sa Bim. "Det är gubbjävelns fel. Aset på toaletten."

"Jag håller *inte* på att bli hysterisk!" skrek jag. "Släpp mig! Mina målningar! Fattar du inte? Mitt liv! *Finns inte mer!*"

Jag kämpade för att komma loss men det var lönlöst. Gia var mycket starkare än man kunde tro och Bim starkare än jag mindes. Men kanske var det jag som var svagare än någonsin. Det var meningslöst allihopa. Jag gav upp. Jag kände hur all kraft och ilska rann ur mig. Mitt liv fanns i de där målningarna. Mitt arv till den Lianne som var så annorlunda att hon inte kunde minnas. *Borta.*

Mina jag var kremerade. Oåterkalleligen återkallade till tomheten bakom *Lagomhelvetet.*

"Jag går ner och hämtar kaffe i automaten vid receptionen", sa Bim. Jag hörde hur hon drog på sig sina kläder och en kort stund senare slog dörren igen bakom henne. Själv fortsatte jag sjunka djupare och djupare ner i sängen, ner i mig själv, ner i min egen sorg, som om jag höll på att drunkna i en brunn av ensamhet.

\*

Bim kom tillbaka med kaffet och Gia såg upp från tidningen. Hon pekade på en artikel.

"Tomas Tomten Tobiasson har rymt från Kumla."

"Säg att du ljuger!"

Hon ställde kaffemuggarna på bordet med en smäll och slet till sig tidningen.

*"Fan också! Fan, fan, fan."*

"Hans farmor äger huset som vi hyr", sa Gia.

Jag brydde mig inte om hus och tomtar och farmödrar. Jag tänkte bara på mina målningar som inte längre fanns i denna värld.

"Tomas är inte snäll", sa Bim. "Han är en farlig och elak och hänsynslös jävel. Bara så du vet, Lianne."

"Det är väl din standarddefinition av alla män? Står det något mer i tidningen?" undrade jag. "Någonting trevligt?"

"Det beror på vad du menar med *"trevligt"*?" sa Gia. "Trevligt för vem?"

Bim bläddrade slarvigt i tidningen och konstaterade:

"Okej: Dagens obligatoriska redovisning av patriarkatets *trevliga* hobbyverksamheter: Krig, politik, korruption, mord, våld, våldtäkter, kvinnomisshandel. Mordbrand. Och så fotboll, förstås! Inget nytt under solen."

"Ingen har eldat upp mig förut", sa jag. "Det är en helt ny erfarenhet."

Ingen av dem sa någonting på en stund. Jag tror de iakttog mig men jag orkade inte lyfta brunnslocken som täckte mina ögon och kika.

"Lianne! Drick ditt kaffe innan det blir kallt", sa Bim. Plötsligt lät hon nästan snäll. "Jag köpte inplastade *vegetariska* baguetter också. Eftersom du inte äter mördade djur."

Vi drack det heta tunna kaffet under tystnad. Efter en stund kunde jag inte hålla mig längre utan jag frågade:

"Varför kallas han för *Tomten*?"

"För att han stal pengar som skulle ha gått till sommarverksamheter i skärgården för barn i socialt svaga familjer. Det där var hans debut i den kriminella världen. Sedan blev det inbrott, misshandel, bedrägerier, rån, mordbrand."

Jag höll på att sätta kaffet i halsen.

"Hur kan ni veta allt det här?"

"Maximilian berättade om sin *oerhört intressante* vän", sa Gia.

\*

Jag var bunden. Förstås. När jag låg i bäddsoffan och försökte lyssna på deras samtal från dubbelsängen kunde jag inte urskilja några hela meningar genom bruset från trafiken utanför fönstret som silade deras röster genom en ridå av ljud från spelhallen, hysteriska skratt, svordomar och klirr från krossade flaskor mot asfalt.

Fullmånen lyste in mellan gliporna i de gröna gardinerna och avslöjade konturerna av två kroppar som låg tryckta intill varandra i den stora sängen. De såg ut som två ömhetstörstande barn som sökte närhet och kroppskontakt. Men siluetterna i mörkret var inte två barn. Efter en stund när jag nästan hade slumrat till vaknade jag två dämpade röster. Trafiken hade lugnat ner sig och jag kunde uppfatta deras viskningar.

Bim viskade:

"Jag orkar inte mer."

"Tänk inte så mycket på det, det är över nu", viskade Gia.

Rörelserna under täcket blev vildare men efter en stund suckade Bim:

"Jag ser det framför mig hela tiden och jag tror inte jag klarar det om jag inte får dricka."

"Du måste skärpa dig, annars går allt åt skogen."

"*Hon* då?"

"Oroa dig inte. Jag tar hand om henne", sa Gia.

Bim suckade.

"Du uppmuntrar henne, Gia, jag vet att du gör det, för du kan inte hjälpa det, men jag hatar det. Jag hatar det för jag står inte ut när hon ser på dig på det där viset."

"Hur då *ser på mig på det där viset*?" avbröt Gia.

"Ibland när hon ser på dig har hon samma blick som, som..."

"Som *han?*"

"Jag klarar inte av det."

De var tysta en stund. Till slut hörde jag Gia säga:

"Tror du verkligen jag bryr mig om henne? När jag har dig?"

"Jag känner dig. Du kan inte hjälpa det. Alla måste bli attraherade av dig och det är så jobbigt att se. *Jag står inte ut!*"

"Vi har båda våra svagheter. Du har dina, jag har mina."

Sedan var jag var tvungen att hålla för mina öron för att kunna somna om.

# Allting flyter
## Torsdag

**B**ILEN STOD KVAR PÅ BAKGATAN där vi hade lämnat den kvällen innan. Trots att den hade stått olåst och med ena bakdörren smått förföriskt på glänt hade ingen känt sig frestad att stjäla den, bara pinka in den i sitt revir. Tanken gjorde mig dyster.

Gia gav framdörren en spark och den gled upp.

"Idag ska vi avlägga artighetsvisit hos mina föräldrar", sa hon. "Om vi har tur så är de inte hemma."

Den rullande hundpissoaren på hjul var lika het och inbjudande som en masugn. När jag stack in näsan möttes jag av en mättad bouquet av bensin, bränt gummi och urin. Men eftersom ingen nämnde någonting om rep eller ögonbindel, så aktade jag mig för att klaga och skyndade mig att veva ner rutan.

Jag vilade en stund, och lyssnade på Lou Reeds nostalgitripp till sjuttiotalet och Bims och Gias konstiga ordlekar som jag inte kunde uppfatta på grund av musiken. Men även om de hade skruvat ner volymen hade jag nog inte förstått vad de gick ut på.

Efter några mil stannade vi någonstans på den vilda sidan mellan Miami, Fla., och Gias föräldrahem.

Bim slog igen bildörren bakom sig med en sådan kraft att hela bilen gungade. Med långa kliv försvann hon in i servicebutiken som låg intill bensinstationen.

Lou Reed gnällde.

Gia skruvade ner volymen.

"Hur långt är det till dina föräldrar?" frågade jag.

"Ljusår."

"Jag menar avstånd i mil och kilometer."

"Vad trodde du jag menade?"

Hon försökte fånga min blick i backspegeln men jag mindes deras viskningar i natten, hur hon hade försäkrat Bim att jag inte betydde någonting och jag såg bort. Jag ville inte att hon skulle få övertaget igen. Jag ville inte att hon skulle se att Bim hade rätt; att jag såg på henne med samma blick som Max.

"Det finns någon därute som ställer en massa frågor", sa hon. "Någon som undrar varför vi försvann samtidigt som pengarna försvann. Jag har spridit ut att min mor är sjuk, så nu måste vi åka hem för att fixa ett alibi."

Jag undvek att möta hennes blick, men min röst var lika dålig som mina ögon på att dölja mina känslor:

"Vad har ni gjort med pengarna?"

"Pengarna? De är på ett säkert ställe", sa Gia.

"Var?"

"Hur så?"

Våra ögon möttes i backspegeln en kort sekund och nu var det Gias tur att se bort. *"Hon skäms!"* tänkte jag. Och jag jublade inombords. Det var ju trots allt jag som hade hittat alla de där pengarna och hittills hade jag inte fått så mycket som ett tack för besväret.

"Äntligen! Där kommer Bim med vår frukost!" sa Gia och när jag följde hennes blick upptäckte jag att Bim närmade sig bilen.

Vi körde igenom ett villaområde med klonade tvåplans tegelvillor och snaggade neongröna gräsmattor och stympade barrträd. En parabolantenn fäst i ett anorektiskt stålskelett riktade sin runda skiva ut mot etern som ett gigantiskt fågelgap fixerat i ett omättligt hungerskri:

*"Jag svälter!*
*Erbjud mig en annan verklighet!*
*Ge mig ett annat liv under några timmar!*
*Ge mig vad som helst istället för detta tråkiga substitut för det riktiga livet!"*
Eller var det ett helt annat slags skrik den sände ut i rymden?
Var det ett triumferande rop till universums utomjordiska intelligentia för att demonstrera den mänskliga logikens överlägsenhet?
*"Se hit utomjordiska superhjärnor!*
*Varje dag kan jag älska och hata, vara otrogen och mörda, leva hundra liv plus ett, utan att åldras, eller få en skråma på kroppen, eller riskera något slags straff!*
*Jag är flera jag än det finns TV-kanaler i min klonade upplevelseburk, och jag kan koppla upp min hjärna mellan dem utan att det syns på mig!*
*Ingenting är på riktigt!*
*Förstår ni betydelsen av lögnen?*
*Förstår ni betydelsen av Lagomhelvetet?"*
"Hallå! Lianne?"
Rösten ryckte mig ur mina tankar och jag mötte Gias blick i backspegeln.
"Du såg vettskrämd ut! "
"Det här området skrämmer mig", sa jag.
Gia skrattade ansträngt. *"Skrämmer dig? Menar du allvar?"*
Så jag pekade. Förklarade.
"Men se själv! Förljugenhet som upphöjs till norm! Den *förtryckta* naturen, det *tuktade* gräset som-som inte får växa sig högt och mjukt. Maskrosorna och tusenskönorna, de vilda blommorna som inte får finnas till, som *förgiftas* eller *halshuggs...*"
Bim stönade *"åh nej, åh nej, åh nej"* men jag kunde inte sluta, kunde inte sluta, kunde inte:
"...bara för att de är *för många* och *för vackr*a och *för starka* och *på fel ställe*. Och maskarna och bina och fjärilarna och mullvadarna som blir *arbetslösa* eller *dör* eftersom de *förgiftas* av alla insektsgifter, eller pesticider eller av koldioxiden från gräsklipparna bara för att gräsmattan ska vara *kliniskt befriad* från *bakterier* och befriad från alla kopplingar till naturen, till *vilda okontrollerade* krafter."

Jag drog efter andan och fortsatte:

"...Och se på husen med sina pytterevir och sina små *förkrympta världar* och människorna som är *kontrollerade* och programmerade med förljugna TV-känslor och med sina köpta mikrovärldar av *låtsasnatur, låtsasskönhet* med sina förgiftade hjärnor fulla av *låtsaskärlek* till *låtsasmänniskor.*"

Jag hörde Bim svära i framsätet, och knappa febrilt på instrumentpanelen, och i nästa stund överröstade David Bowies röst min egen.

"*Is there life on Mars?*"

"Not any longer, Ziggy! Lianne is back on planet Earth!" skrek Bim tillbaka.

Gia skrattade så hon skrek. Hon skruvade ner musiken och såg på mig i backspegeln:

"Lugn, Lianne! Det är bara *Lagomhelvetet!*"

Sedan skruvade hon upp musiken så högt igen att den enda som hördes var David Bowie.

\*

Villa Marina låg rotad i berget som ett skepp som gått på grund och efter många år av ständig kamp mot naturen resignerat och borrat sig ner och assimilerat sig i den sträva floran; ett främmande element som blivit ett med det karga berget och naturen, men som från sin höga utpost fortfarande blickar längtansfullt ut till sitt rätta element, mot det föränderliga havet, mot rymden, mot oändligheten.

När vi körde upp för den slingrande kustremsan och närmade oss Gias föräldrahem såg jag hur väl huset smälte in i den omgivande naturen. Naturen speglade sig i alla fönster vilket gav illusionen att Villa Marina inte bara var en del av grönskan, utan även flöt på havet och svävade bland molnen, beroende på från vilken vinkel man kom. Jag kunde föreställa mig regnbågen spegla sig i hennes glas; kunde föreställa mig solen lysa upp hennes inre med sin heta röda glöd innan utslocknande; innan mörkret; innan sänggåendet; innan grönskan ruvade månens ägg i sitt parallella universum i sitt bo för de levande på jorden.

Först när vi hade nåt det högsta krönet upptäckte jag en hög, vitkalkad stenmur som gjorde det omöjligt att granska Villa Marina på närmare håll. Små diskreta kameraögon i murens håligheter avslöjade att Villa Marina, som alla majestät, gärna ville se och synas från sin bästa sida, men inte skärskådas.

Gia öppnade järngrinden in till Villa Marina med sitt kort och en kod och navigerade in på gårdsplanen. Hon stannade motorn och vi klev ur på små ovala perfekt formade vita stenar. Jag såg mig omkring. Höga kastanjeträd och lindar stod som bastanta vakter vid muren som vätte mot motorvägen. Dessa enbenta åldringar prasslade, susade och sladdrade om oss tvåbenta ungdomar. Från deras blad och blommor trängde generösa välkomstdofter in i mina näsborrar.

Vi promenerade uppför slänten mot huset och stod öga mot öga med Villa Marinas officiella ansikte mot omvärlden. En ogenomtränglig mask av natursten och ädla träslag som slöt sig och bjöd motstånd inför besökarnas blickar; lika förbryllade som den var förtrollade, lika anarkistisk i sin stil som den var assimilerad i sitt element, naturen. En imponerande konstruktion av tunga träbjälkar och natursten i grov mosaik, utfört med ett sådant arkitektoniskt mästerskap, en sådan organisk smidighet att man lurades att tro att naturen själv hade fått sista ordet. Bara få utvalda fick komma närmare än så här och se husets själ, det som fanns bakom masken; den magiska hybrid av hav och himmel man kunde ana på avstånd; den dröm om lycka som kanske bara var en tomhet.

Rosenbuskar trängdes i de välansade rabatterna och klättrade på den vitkalkade muren. Klasar av rosor i alla nyanser av rött sträckte sig mot solen, törstiga efter värme, oreserverade i sin skönhet.

"Jag visste inte man kunde bo så här!" suckade jag. "*På riktigt*, alltså."

"Du anar inte vad pengar, pengar, och åter pengar kan åstadkomma", sa Bim. "Man kan köpa hur många tama blommor som helst."

Doften från alla de prunkande rosorna var intensiv, som från ett stånd av övermogna frukter; äpplen, apelsiner, päron, persikor och kryddor. Rosenbladen var så röda att mina ögon kände smaken i munnen; så röda att de smekte mina kinder med sina sammetsvingar; så röda att jag försvann in i deras rödhet. Jag var tvungen att stanna upp och hämta andan.

"Harald älskar rosor. Något sentimentalt barndomsminne som har etsat sig fast från hans torftiga barndom, men jag har glömt vilken", sa Gia.

"*Vilken?*" sa jag.

"Barndom", sa Bim.

"Vilken *ros*", sa Gia och stötte till Bim med armbågen. "Ja, som du ser räckte det inte med *Rosa Rugibinosa.*"

Gia fiskade upp en nyckel ur sin väska och öppnade den stora porten. Hon knappade in en kod på alarmet. Hallen öppnade upp sig för oss, ljus och högt i tak som i ett tempel. På väggarna hängde stora oljemålningar med skeppsmotiv, och porträtt av allvarliga kvinnor och män i helfigur, i förgyllda ramar, vid sidan om antika vapen, svärd och musköter. Jag såg mig omkring och förväntade mig att när som helst få se en stel, svartklädd butler dyka upp för att hälsa herrskapet välkomna och ta emot herrskapets ytterplagg och fråga vad herrskapet önskade till middag, men till min stora lättnad hände det inte.

Plötsligt skrek Gia till och tog sig åt hjärtat.

"Spring för livet!" skrek hon och började springa bort från oss. "Här är fullt av maskhål!"

"*Maskhål?*" sa jag och kände mig som en liten myra när jag stirrade ner på den orientaliska mattan som sträckte ut sig under våra fötter som ett gigantiskt rosenrött rosenblad.

"Akut fara för *ofrivilliga tidsresor*", viskade Bim och pekade på några speciellt utsatta punkter i luften där jag själv bara såg tomrum.

"Du har väl sett *StarTrek?*"

Gia sprang mot en bred spiraltrappa längre bort i hallen. Trappan löpte genom hela Villa Marina, med kurs mot stjärnorna eller underjorden. Bim och jag rusade efter Gia upp för trappan, med riktning mot stjärnorna, två trappsteg i taget. Ljudet av våra fotsteg och gapskratt rörde om i tystnaden bakom oss som ekon av ropen i en brunn.

Gias rum låg på andra våningen i en ljus, hög korridor med fem dörrar. Hon öppnade dörren längs ner i korridoren och jag kikade in i ett rum som badade i dagsljus.

Det första jag såg var ett välvt burspråk med fönster som sträckte sig från golv till tak och släppte in dagsljuset i magiska slöjor över rummet. Utanför fönstren sträckte havet ut sig, tillsynes oändligt, och jag fick känslan av att vi var ombord på ett skepp med kurs mot evigheten.

Bim och Gia sprang raka vägen fram till burspråket och slängde sig ner i den inbyggda purpurfärgade sammetssoffan, i en hög av broderade kuddar. De såg ut genom fönstret, ut över havet, mot horisonten. Så började de småprata sinsemellan genom varsin liten nalle och kasta kuddar på varandra. De verkade ha glömt bort mig.

Jag såg mig omkring. Mitt i rummet tronade en gammaldags himmelssäng med höga snidade sängstolpar i mörkt trä och tunga röda draperier broderade med sagomotiv och blomsterrankor.

En hel vägg var täckt med bokskåp. Bakom inglasade dörrar trängdes en boksamling med kanske tusentals böcker. De flesta var inbundna och många av dem såg mycket gamla ut.

*Jane Eyre, Stolthet och fördom, Sagan om ringen, Doktor Glas, Orlando, Den lille prinsen, Solaris, Dorian Grays porträtt, Wuthering Hights, Ensamhetens brunn, Carol, Curious Wine...*

Jag studerade titlarna samtidigt som jag sneglade mot Gia och Bim för att kontrollera om de sneglade mot mig. Men det gjorde de inte. Inte en enda gång såg de åt mitt håll. Jag konstaterade att de hade glömt bort mig och att nallarna talade ett konstigt språk och uppförde sig besynnerligt.

På den nedersta hyllan i bokskåpet, mellan *"Alice i underlandet"* och *"Den hemliga trädgården"*, upptäckte jag en skolkatalog från årskurser 4 till 6.

Jag bläddrade lite förstrött i skolkatalogen tills jag kom fram till en klass där alla eleverna var överklottrade med blodpölar och knivar genom sina huvud, eller rep runt sina halsar. Lärarinnan hade Hitlermustasch och svart snedbena och en yxa genom huvudet. Små röda minisnoppar i hakkorsformationer sprutade ut ur hennes skalle. Ingen av eleverna i klass 6B, hade kommit undan den symboliska avrättningen. På platsen där flickan Andrea Adriana Antoinette Binkell befunnit sig vid fotograferingen fanns bara den svarta siluetten av en flickkropp kvar, som om flickan själv hade försvunnit men lämnat kvar sin skugga.

Jag drog efter andan som om jag hade bränt mig och både Gia och Bim såg upp från nallelekarna.

"Hur reagerade dina föräldrar på det här?" undrade jag och höll upp skolkatalogen.

Gia öppnade munnen för att säga någonting, men sjönk tillbaka ner i soffan och förblev tyst. Under en nanosekund inkapslad i en evighet stirrade hon på mig med vidöppna ögon. Sedan återfick hon balansen.

"Varför skulle Harald och Gudrun bry sig om ifall jag kladdar i min skolkatalog? På ett misslyckat foto av några misslyckade barn?" frågade hon. Hennes röst var lugn och kontrollerad, nästan skämtsam.

"Nej, jag menar: Hur reagerade de när de fick veta att *du blev mobbad?*" Jag vet inte vad som drev mig. Jag hade passerat en gräns som inte fick överträdas och befann mig på deras privata territorium, på helig mark, men ändå fortsatte jag.

"Man märker väl om ens barn blir mobbat?" insisterade jag.

Bim såg på Gias händer som hade börjat skaka, och det såg ut som om hon fick behärska sig för att inte lägga sina egna händer över Gias händer och tvinga dem att vara stilla. Gia drog ett djupt andetag, blinkade några gånger, och sedan skrattade hon överdrivet högt och hånfullt.

"Vad är det med er?" sa hon och härmade våra allvarliga ansiktsuttryck. "Mina föräldrar föraktar svaghet. Att *jag*, med alla mina förutsättningar i livet, skulle bli *mobbad* är alltså fullkomligt otänkbart."

"Men ändå?" försökte jag.

"Du är *otrolig! Otrolig!*" Hon reste sig från soffan och rusade ut genom dörren. Bim gav mig en mordisk blick och sprang efter henne.

*

Jag stod ensam kvar och såg mig omkring. Det var ett fantastiskt vackert rum med en takhöjd på kanske fem sex meter, utan skarpa vinklar och hörn.

Enorma fönster suddade ut gränserna för vad som var utomhus och inne och skapade en illusion av att man flöt eller svävade i det milda dagsljuset. Rummet utstrålade en tidlös harmoni och skönhet. Möblerna som prydde golvets breda tiljor i mörkt trä, var enastående vackra. De såg ut som gamla mästarprov med ett spännande förflutet i burgna hem och slott.

Himmelssängen med sina broderade förhängen med drakar och prinsessor och prinsar var som hämtad från ett engelskt slott. Bokskåpens fönster hade färgat blyinfattat glas, och hyllor fulla med läderinbundna romaner som skulle ha fått en boksamlare att drägla. Figurerna i bokskåpets snidade gavlar var desamma som himmelssängens hörnstolpar; drakar och växter och leende små monster. Den inbyggda purpurfärgade sammetssoffan var en dröm av dun och gränslös mjukhet.

Jag kastade en blick in i Gias klädkammare till höger om dörren, och konstaterade att den var större än mitt studentrum hade varit innan någon eldade upp det. Inuti var den välsorterad som en mindre lyxboutique; full med kappor, jackor, kavajer, byxor, kjolar, klänningar, blusar, jumprar i exklusiva märken och material. Jag smekte dem försiktigt när jag passerade. Två långa hyllplan var fulla med jumprar i lammull, angora och kashmir. Under klädstängerna löpte hyllor med rader av sandaler, högklackade skor, pumps, kängor, boots, stövlar, stövletter och promenadskor. De flesta såg ut som om de aldrig hade använts.

När jag hade sett mig mätt på kläderna kunde jag inte motstå frestelsen att dra isär draperierna och slänga mig raklång i den vackra himmelssängen. När jag låg där på det vackra överkastet med samma sagomotiv som draperierna och kände hur madrassen följde min kropps konturer, dagdrömde jag en stund om hur underbart det skulle vara att få krypa ner under lakanen och få sova där.

*"Tänk att få vakna upp i denna säng i detta rum, omgiven av skönhet; vacker, rik begåvad och älskad."*

Jag reste mig upp på armbågarna och såg ut genom fönstret med sina järnsmidesinfattningar, ut över havet. I detta underbara rum; i denna underbara himmelssäng som kunde ha stått i en sagoprinsessas rum hade Gia somnat varje kväll som barn, och vaknat upp varje morgon till en ny version av hur himlen speglade sig i havet iklädd ett nytt temperament med nya färger. Allt för att behaga henne, den ljuvligaste av de ljuvliga. Och inte nog med att Gia ägde allt det här, och kunde köpa allt hon ville ha, hon ägde dessutom det enda som inte kan köpas för pengar: äkta kärlek, någon som älskade henne ovillkorligt.

Varför kunde jag inte tycka synd om henne?

Jag sjönk ner i en mjuk fåtölj med utsikt över havet och där satt jag försjunken i tankar på pengar och kärlek och skönhet, när Bim plötsligt stormade in i rummet och spände upp sig framför mig och lutade sig över mig som en ond ödesgudinna.

"Jaha du, *Lianne*", sa hon och spände blicken i mig.

"Jaha du, *Bim*", svarade jag med en röst som knappast hördes.

Jag försökte att låta bli att tänka på vad Gia hade sagt om henne den där natten i torpet. Att Bim hade dödat en person och kunde bli farlig om hon blev provocerad. Plötsligt verkade det inte alls otroligt. Bim stod bredbent och framåtlutad över fåtöljen och blockerade mitt synfält med sin kropp. Hennes hat kokade i det trånga mellanrummet mellan våra kroppar och jag fick plötsligt svårt att andas, som om hennes hat hade förbrukat all syre i rummet.

"Okej: Vem berättade att Gia blev mobbad?" frågade hon.

"Hon själv."

Nu grep hon tag i armstöden till fåtöljen och lutade sig så nära att jag kände hennes andedräkt mot mitt ansikte när hon viskade:

*"Fel svar! Hon talar aldrig om det!"*

"Men det är sant!"

Bim sa ingenting på en lång stund, sedan kom det:

"Berättade han vad de skrek efter henne när det stod om hennes pappa i tidningen?"

*"Han?* Vem pratar du om?"

Hon stönade och slog knytnäven i sitt lår.

"Han med den stora truten! Vem annars? Berättade han vad de kallade henne? Öknamnen? Om tuggummit i hennes hår? Hålen i hennes kläder? Vad hon hittade i sin väska? Telefonsamtalen? Vad som hände i duschen efter gympan? Utfrysningen? Vad vår lärare sa framför hela klassen?"

Jag svarade inte. Jag fick ingen luft. Hon stod för nära – hon och hennes hat.

"Berättade han inte att alla trodde att hennes pappas företag finansierade illegala medicinska experiment på fattiga människor i Sydamerika?"

Nu drämde hon knytnäven i armstödet nära min arm och spände blicken i mig:

"Gissa vem som *"läckte"* till pressen; vem som var deras *"hemliga källa"*, den som kopierade så kallade *"hemligstämplade dokument"* från Nostria?"

"Vem? Menar du Max? Men *varför då?*"

"Pengar förstås! Och revansch!"

Det snurrade runt i huvudet på mig. Bim spärrade upp ögonen och det fanns inte ett uns av ironi i hennes röst när hon viskade:

*"Är du verkligen så naiv som du verkar?"*

Dörren öppnades och Gia steg in. Hon viftade med armarna i luften som en cheerleader och vrålade:

*"Föräldrafritt!* Harald är på en konferens i Frankrike och Gudrun är på självplågarkurs! *Yes, yes, yes!"*

Hon såg från mig till Bim och söp in de kalla underströmmarna mellan oss:

"Men vad är det med er? Är det någon som har dött? Oh *förlåt!"*

Hon såg på Bim som bet ihop tänderna utan att möta hennes blick.

"Okej, okej, Bim. Jag förstår", sa Gia. "Nu är det din och min tur att välja lek. Lianne har lekt sin sanning utan konsekvens. Ska vi leka vår lek, nu; vår mycket roligare lek? *Tepåse* och *bottennapp?* Med lilla fröken *Nyfiken i en strut?"*

*"She* will *be.* Like a nice cup of *tea.* At the bottom of the *sea"*, rimmade Bim och slog händerna på låren och vrålade *"ha ha ha"* som den skrattande gubben i den sjuka barnvisan som slår händerna på låren var han sitter och var han står och *"Får vi lov och får vi lov att sjunga psykopatgubbens maniska visa."*

De log mot varandra. Maktbalansen mellan oss var återställd.

Gia log förföriskt och vinkade med fingret åt mig att komma med, så jag följde tveksamt efter henne och Bim, ner för den spiralformade trappan som ledde till nedre plan i Villa Marina. Hela tiden tänkte jag på hur jag hade brutit mitt löfte till Gia och tjatat om att hon blev mobbad, och hur upprörda Gia och Bim hade blivit över mina frågor.

I det ögonblicket hatade jag mig själv än vad de någonsin var kapabla till.

*"Dumma, tanklösa idiot!"*

Bassängen låg där framför oss som en snäckformad turkos lagun. Utsikten genom glasdörrarna över havet och berghällarna var bländande. Taket vilade på tjocka naturligt formade kolonner av sten, vilket bidrog till att ge rummet ett grottliknande utseende. Ovala skjutdörrar av glas mellan stenkolonnerna ledde ut mot ett trädäck. Under våra fötter skimrade kakelgolvet i olika blå nyanser med motiv av delfiner och dekorativa fiskar och skära skaldjur. Jag lade märke till att det inte fanns några räta vinklar någonstans.

"Så fint här är! Som en magisk grotta!" suckade jag.

"Jag uppskattade det mycket när jag var barn", sa Gia. "En *"nära-drunknings-upplevelse"* kräver både extrem självdisciplin och en vacker omgivning."

Hon gav mig en genomträngande blick som jag inte kunde tyda men antagligen hade någonting med bilden i skolkatalogen att göra.

"Det finns baddräkter i teakskåpet bredvid omklädningshytterna."

Hon klappade händerna för att mana på mig och sa med beslöjad röst:

"Skynda Lianne! Skynda! Innan *Lagomhelvetet* kommer! *Buuhuu!*"

Sedan skrattade hon åt mig. Skrattade ut mig. Eller så skrattade hon åt sig själv och åt ekot av sitt skratt som lade sig en hand över ekon av gråten från en liten mobbad flicka.

Jag valde en svart baddräkt i storlek S och bytte om i en av hytterna. När jag steg ut ur hytten stod Bim och Gia och väntade vid bassängkanten, långbenta som två rashästar, frustande av tävlingslusta. Deras blickar skannade av min beniga kropp och jag kände hur röd jag blev. Max förakt hade format min kropp. Hans förakt hade varit min föda under en lång tid, så lång tid att min kropp till slut inte kunde tillgodogöra sig någon annan näring än förakt i olika former. Jag visste att de såg vad han hade sett. En utmärglad lägerfånge, ett kutryggigt knippe av nerver och ångest som var så motbjudande att man bara kunde ta henne bakifrån.

Men Bim och Gia – de som var allting som jag inte var – såg inte äcklade ut. De stod där rakryggade och stolta i sina svarta baddräkter som framhävde deras vältränade armar och långa ben, deras magnetiska självkänsla, deras platta magar och fasta, perfekta bröst. Jag registrerade, lite förvånat, att Bim till vardags var lika skicklig på att dölja sina kvinnliga former som Gia var på att exponera sina.

"Sist i Spat är Slemproppen Sune!" skrek Gia.

Som på ett kommando dök de från bassängkanten och började crawla. Själv klättrade jag sakta ner i de kalla vattenmassorna från stegen och försökte undgå att komma i vägen för deras livsfarliga armar och ben som plöjde genom vattnet. De stormade förbi mig som elitsimmare medan de vrålade saker som *"Existentiell Placebo"* och *"Manisk Nirvana"* utan att verka känna av kylan som tuggade sig in genom min egen magra kropp, rakt in i märgen.

När jag hade avverkat en längd var de reda inne på sin fjärde vändning. Jag skyndade mig upp ur vattnet. Huttrande och knottrig av gåshud svepte jag in mig i en vit frottébadrock och sjönk ner i en vilstol. Från min trygga position i vilstolen kunde jag iaktta finalen på Bims och Gias simtävling.

Bim skrek någonting som lät som *"Vita Änglar mot Fröken Nazi-Sadist"* och pressade ner Gia under vattenytan. Gia fäktade emot. Vattnet stänkte högt över bassängkanten när hon dök upp igen och skrek *"Solitär Symbios"*, och det såg ut som om hon klättrade på Bim, men Bim drog med sig henne under vattnet och höll henne kvar där. Jag väntade att de skulle dyka upp till ytan igen och skrika flera obegripliga saker, men ingenting hände, annat än att små bubblor steg mot ytan.

Sedan blev vattnet plötsligt alldeles stilla. Jag rusade fram till bassängen. Synen av deras kroppar som låg orörliga på botten av bassängen låsta i en omfamning med Gias långa hår böljande som havregrult sjögräs, fick benen att vika sig under mig. Jag skrek deras namn och sjönk ihop på bassängkanten med armarna utsträckta.

I nästa stund sprängde de sig upp till ytan som två vilda sjöjungfrur, frustande av energi, och Gias arm for upp genom vattnet och grep tag i min handled. Om jag inte hade lyckats slingra mig ur hennes grepp och slänga mig baklänges, skulle hon ha slitit ner mig i bassängen. De klättrade upp, frustade och skrattade, med ben ostadiga av mjölksyra. Gia skvätte vatten på mig med händerna och fötterna.

"Fegis! Varför gick du upp?" flåsade hon och boxade till min arm.

Hon såg besviken ut, som om jag hade lurat henne på en upplevelse hon hade räknat med. Jag svepte badrocken tätare runt mig. Vad skulle ha hänt med mig om jag inte hade lyckats slita mig loss från hennes grepp runt min handled och hon hade slitit ner mig vattnet igen? Var det jag som var *bottennapp* och *tepåse* och var det min *strut* som skulle stängas på botten av bassängen, som substitut för hennes plågoandars fula trutar? Jag ryste till. Gia märkte det och skrattade.

"Du fryser, din klena stackare! Kom så får du värma dig i bastun!"

*

Bastun låg vägg i vägg med omklädningshytterna. Bim tände kaminen och efter en stund var den lilla runda gluggen i dörren vit av ånga, och vi kunde klä av oss de blöta baddräkterna och stiga in i hettan.

Jag försökte låta bli att jämföra min kropp med deras; försökte att inte tänka på hur blyg jag var i min nakenhet, hur skyddslös, hur klumpig trots min spinkighet; försökte att inte tänka på hur fullständigt ogenerat de granskade min nakna kropp från topp till tå, och lät blickarna vila på mina bröst och kön; försökte låta bli att känna mig som ett *"levande preventivmedel"*; försökte låta bli att rodna när Gia log åt min nervositet.

Gia bredde ut sin vita frottébadrock på bänken. Hon sträckte ut sig på rygg med armarna bakom huvudet, som om hon poserade för en målning av en fransk kurtisan förklädd till en kärleksgudinna. På bänken under henne sträckte Bim ut sig på magen. De ändrade ställning då och då och sträckte på sig, långsamt och sensuellt med små förnöjda stönanden, och passade på att smeka varandra lite lätt över armen, eller bröstet. Ett par gånger började de kittla varandra, men hettan tvingade dem att ge upp.

Trots att jag hade lagt mig på bänken längst ner där det var svalast kändes bastun så ångande het att jag trodde jag skulle svimma. Jag frös och svettades på samma gång. Mitt hjärta bultade för fort. Min kropp rymde för många motstridiga känslor. Jag måste blunda för att inte avslöja mig.

Min sjuka fantasi försökte få mig att tro att de försökte göra mig upphetsad med sina hesa skratt och utdragna små suckar och oblyga poser med händerna fulla av smek och upptåg över varandras kroppar medan de såg på mig. Till skillnad mot mig kände de sig bekväma i sin nakenhet, som om nakenheten var deras naturliga tillstånd, och de helst skulle undvika

kläder helt och hållet, kanske på grund av att de till skillnad mot mig hade
så vackra kroppar att inga kläder gjorde dem rättvisa.

Eldens tunga slickade mina porer öppna inför villkorslös kapitulation. Det
svartnade för mina ögon och jag insåg att jag var instängd i mitt mörka
studentrum medan elden slickade oljefärgerna på min hud. Jag brann.

Oljefärgerna smälte och rann över min kropp som svala tårar av blod.
Tankarna blev allt dunklare, blev färg, blev röda droppar som flimrade förbi
på insidan av mina ögonlock i pannlobens skarpa snitt. Någon hackade i
min hjärna med en ishacka och alla rösterna från tavlorna viskade:

"*Är du verkligen så naiv som du verkar?*"

Jag skakade av frossa. Sedan kräktes jag terpentin och heta sotflagor i den
vita frottébadrocken och mina ögon kunde inte se någonting längre.

"*Hjälp! Jag brinner upp!*" kved jag.

Bim och Gia stöttade mig upp för trapporna till ett av gästrummen.
Viljelöst lät jag dem dra ett rosa flanellnattlinne över huvudet på mig,
och bädda ner mig mellan svala lakan. Gia tvingade mig att svälja två vita
tabletter och några skedar yoghurt, så jag inte skulle kräkas galla igen. De
lämnade mig ifred med min huvudvärk i askan från mina tavlor. Efter bara
en liten stund föll jag handlöst ner i en drömlös ravin.

*

Jag vaknade av att Gia klappade mig lätt på axeln. Hon gav mig en kopp
grönt te och några små kex.

"Jag har plockat fram några gamla trasor och lite smink till dig!" sa hon
och pekade på fåtöljen vid sidan om sängen. Där låg en prydlig hög med
kläder.

"Klockan sex ikväll ska du närvara vid en soaré. Skönhet är obligatorisk.
Där är dina verktyg; pigment, penslar. Gör oss inte besvikna igen, Lianne!"

Så tystnade hon och vände sig bort från min förvånade, förvirrade
uppsyn, och började säga någonting, lite trevande och med ett nästan
bedjande tonfall som jag inte kände igen:

"Lianne…"

Hennes röst darrade till, hon avbröt sig och lämnade mig.

De "gamla trasorna" visade sig vara en lite tantig blekrosa dräkt i mjuk ull med små guldknappar, en vit sidenblus, en laxrosa bh med matchande trosor i siden, ett par nylonstrumpor, och ett par svarta mockapumps som till min förvåning passade perfekt.

Jag plockade fram mårdhårspenslarna och färgerna i sina glänsande etuier från den lyxiga necessären. Sedan började jag måla, objektivt och målinriktat, eftersom det rörde sig om en konstnärlig handling och ett beställningsuppdrag och jag själv var den tomma duken som skulle förvandlas till ett vackert porträtt av en ung kvinna på samma gång som jag var konstnären själv, perfektionisten som måste bli ett med sitt verk.

Aldrig hade jag arbetat så hårt på ett så motvilligt underlag, men konstnären vann över den motsträviga beige ytan; vann över Lianne; vann över Max föraktfulla blick genom kvinnan Liannes ögon.

När arbetet var klart såg jag länge på min tvådimensionella tvilling i spegeln. Hon såg trotsigt tillbaka utan att bli röd i ansiktet eller göra några konstiga ofrivilliga grimaser, eller se det minsta motbjudande ut. Tvärtom tycktes hon bli allt vackrare med sin sammetslena hud och sensuella körsbärsröda mun, ju längre jag såg på henne. Till slut var jag tvungen att formulera frågan:

*"Hur kan någon dumpa dig för en tonårsförälskelse från USA?"*

Min vackra tvådimensionella tvilling i spegeln såg tillbaka på mig, sin skapare, med sina stora sinnliga blå ögon, skuggade av en tjock ridå av mörka fransar. Hon formade sina fuktiga läppar till en viskning:

*"Är du verkligen så naiv som du verkar?"*

# Skuggspel

Å KLOCKSLAGET SEX steg jag in i en stor sal med tunga matsalsmöbler och en vidunderlig utsikt över havet. Parketten knarrade under mina fötter som tunn is, och någonstans bortom bakgrundens havsblå djup, någonstans bortom hettan från hundratals tända stearinljus, uppfattade jag sorgsen pianomusik.

*"Claire Du Lune..."*

Två gestalter materialiserade sig framför mig. Som om havet födde fram dem i min ära, för min blick, i mitt ögonblick av ljus och mörker.

Luften gnistrade av magi och hon stod framför mig i en gyllne sky av honung och guld som ramade in det bleka ansiktet. Klänningen var vävd av luft och drömmar, av havsskum och malda sötvattenpärlor till tunna, nästan genomskinliga plisserade dimslöjor, där en bård av små vita tygblommor och perfekta pärlor svävade i vågorna, de mjuka kurvorna över de sprödaste drömmarna över den vackraste av dem alla.

Bredvid den vackraste av alla mina drömmar, insvept i självvalt mörker av svarta havsstormar, under skuggan av sin egna mörka aura av blankt hår stod hennes skugga från de djupaste havsdjupen. Den androgyna varelsens kostym var en jakttrofé av mjukaste ull från de modigaste landdjur på

99

världens högsta bergstoppar, och den lade sig som en andra hud över kroppens sanna identitet.

Bleka som andevarelser, klarögda som lekfulla barn, sinnliga som nyfödda kattungar trädde de två vansinnigt vackra varelserna fram från sitt parallella universum av fullkomlighet och såg på mig utan att säga någonting.

Själv rodnade jag och såg ner i parkettgolvets rosettmönster.

Champagnekorken flög iväg med en smäll och dyra bubblor sprutade ut över den röda orientaliska mattans arabesker. Bubblande champagne från den smaragdgröna buteljen fann sin väg till höga champagneglas och till våra darrande händer.

Kvinnan i den tunna plisserade dimklänningen lyfte sitt glas mot mig:

"Välkommen till *Aimée-Mal* och *Bijou-Bêtes* soaré."

Hon log med sin mjuka, mörkröda mun som såg ut som om den var svullen av kyssar som längtade efter att få födas. Gnistor av blå eld slog ut från hennes ögon och gjorde mina ben mjuka.

Jag lyfte mitt glas:

"Tack för att jag fick komma. Om ni är *Aimée-Mal* och *Bijou-Bête*, vem är jag?"

De skrattade.

"*Té-Moin*", sa kvinnan i den mörka havsbriskostymen och det brände till i hennes bruna sammetsögon av en känsla som var identiskt med *Aimée-Mals*. Hennes läppar var lika röda, och hennes leende lika inbjudande. De hade planerat det här, och de ville inviga mig i någonting.

"*Vittne?*"

Vi smuttade på champagnen. De små bubblorna pyste mot gommen och smaken fick mig att sluta ögonen och sucka *"aaaa"* och de två undersköna varelserna skrattade vänligt åt min oförställda njutning. De gjorde en svepande gest mot det stora matsalsbordet av mahogny, som tronade mitt i salen och vi slog oss ner.

Den här kvällen var bordet dukat för tre, med porslin i guld och blått och rosa, tunga silverbestick och höga glas på en fantastiskt vacker beige knypplad duk. På mitten av bordet stod en kristallvas med ett fång blodröda rosor.

Jag lyfte blicken från Haralds älskade rosor och såg upp mot de korsade bjälkarna högt däruppe under taket. En kristallkrona med tårar av frusen sand slipade till hängen av blad, bär och droppar, reflekterade lågorna från de hundratals stearinljusen i salen, och spred sitt glitter över våra huvud. När jag strök med handen över dukens spröda tvådimensionella värld av lintrådsblommor, kunde jag inte låta bli att undra hur många år av sitt liv den fattiga spetsknypplerskan hade ägnat åt att knyppla den här duken, och vilka tankar hon hade knypplat in, just där jag hade placerat min handflata.

Den blonda kvinnan höjde sitt långa champagneglas mot mig:

"Jag, *Aimée-Mal,* får på mina egna och *Bijou-Bêtes* vägnar hälsa dig välkommen till kvällens lilla *folie à trois.*"

*Bijou-Bête* och *Aimée-Mal* log mot mig och sträckte på sig i sina stolar.

"Kaviar!" sa *Aimée-Mal* och slog ihop händerna.

*Bijou-Bête* reste sig och rullade fram en serveringsvagn från hörnet av rummet. Hon lyfte på en av de tre silverkuporna och under den fanns en stor burk Belugakaviar, några små runda bullar och en flaska vodka. I en parodi på en överdrivet snirklig och stel hovmästare serverade hon oss kaviar, blinier och vodka med linneservetten över armen. Det enda som möjligtvis störde helhetsbilden var den svarta herrhatten som skuggade halva hennes vitsminkade ansikte med det mörkröda läppstiftet.

Det var första gången jag smakade äkta kaviar och smaken av de små kornen på min tunga var så mild och samtidigt fruktigt rik på smak att jag suckade.

"Hämnden är en rätt som bör avnjutas kall", sa *Aimée-Mal.*

Och ännu en gång såg hon på mig med den där skarpa, genomträngande, lite sorgsna blicken som jag inte kunde tyda, som tydligen hade någonting med det här huset, och minnena som det här huset väckte, att göra.

Sedan kysste hon luften mellan oss och det hettade till i hela kroppen.

Bijou-Bête såg upp på henne och Aimée-Mal log nästan omärkligt tillbaka. De såg på varandra i samförstånd, utan att säga någonting. Och då förstod jag.

*"De har förgiftat mig!"*

Innan orden ens hade hunnit formulera sig i mitt huvud hade jag spottat i min servett. *Bijou-Bête* blängde på mig men *Aimée-Mal* började skratta.

"Smakar inte rommen?"

Hon fortsatte att skratta och trumma med handflatorna i bordet en lång stund, som om hon hade blivit vittne till någonting ofattbart kul. Ju mer hon skrattade och trummade med handflatorna i bordet och stampade i golvet, desto mer generad blev jag, och ju mer generad jag blev desto mer skrattade hon. *Bijou-Bête* tömde sin vodka i ett svep och gjorde en grimas av avsmak.

När vi var klara med förrätten och *Aimée-Mal* hade skrattat färdigt och snutit sig i en linneservett med knypplad spets, åkte de flata tallrikarna in på en hylla i serveringsvagnen och *Bijou-Bête* serverade Bouillabaisse med mycket räkor och musslor och lax och hummer samt aïoli, med mycket saffran, vitlök och majonnäs. Vi drack ett vitt vin till fisksoppan. Jag förstod av *Bijou-Bêtes* skära kinder och glittrande ögon, och av *Aimée-Mals* förtjusta fnissade bakom sin servett när *Bijou-Bête* visade den dammiga flaskan, att Château d'Yquem –61, var ett dyrt vin.

"*Quem me nuitrit me destruit*", sa *Aimée-Mal* melodramatiskt.

"*De som föder mig dödar mig*", sa *Bijou-Bête* i samma tonfall.

De såg på varandra och sa i en mun: "*Fuck you Harald och Gudrun!*"

Och sedan skålade de så de höga glasen klirrade och vinet stänkte på duken och fortsatte att skratta som om de hade sagt världens roligaste kommentar.

När vi hade ätit huvudrätten dukade *Bijou-Bête* av de djupa tallrikarna och serverade oss efterrätten som hon med spelat gravallvar och viftanden med högerarmen förklarade var en chokladmousse gjord på fyra olika sorters Valhrona. Måltiden avslutades med Jamaican Blue Mountain kaffe, från en silvertermos.

Vi talade inte på en stund.

Jag var förvånad över att någonting kunde smaka så här gott.

Aldrig hade jag kunnat föreställa mig någonting så ljuvligt som den här måltiden eller något så vackert som den här salen med sitt magiska blå ljus och de underbara människorna i den.

De nickade.

"Allting blir så enkelt nu när vi har ett vittne", sa *Aimée-Mal.*
Hon öppnade en dörr i ett högt snirkligt skåp av mörkt trä som såg tungt och medeltida ut med sina utsnidade, vanskapta ansikten som räckte ut sina spetsiga tungor åt oss. Skåpet visade sig vara en förklädd musikanläggning och hon knappade in några koder. Musik av ett tidigt datum började strömma ut genom dolda högtalare i matsalen.

"*O Yes, I'm the Great Pretender.*"

*Aimée-Mal* drog upp *Bijou-Bête* på golvet och de började dansa.

Jag såg dem dansa tätt intill varandra, synkroniserade i sina rörelser som enäggstvillingar i moderlivet och trots att de började bli en smula berusade och trots att Bim hade påstått att hon inte tyckte om att dansa, kunde de inte dölja hur väl de kände varandra. Den välbekanta känslan av ett evigt och förutbestämt utanförskap gjorde sig påmind.

"*Jag är den eviga observatören av andras lycka*", tänkte jag.

"*Publik, voyeur, åskådare.*"

"*Det är min funktion i livet.*"

"*Vittnets.*"

Så länge jag kunde minnas hade jag märkt att varje sann gemenskap förutsätter någon annans utanförskap. Nu förstod jag att jag ännu en gång utan att vilja det hade blivit tilldelad rollen som den utomstående, den utan vars medverkan dramat inte blir levandegjort och lyckan inte blir bekräftad.

Då lösgjorde *Aimée-Mal* sin arm från *Bijou-Bête*s arm och vinkade till mig:

"*Kom!*"

Jag reste mig upp och hon fattade tag i mina händer och drog in mig i deras magiska cirkel. Så dansade vi med våra ansikten helt nära varandra till Roy Orbisons *"In Dreams"*, och kände varandras kroppar stryka vid varandra i dansens rörelser. *Aimée-Mal* drog oss båda närmare intill sig i en omfamning, och med armarna runt mig och *Bijou-Bête* började hon kyssa *Bijou-Bête.* Sedan vände hon sig mot mig och jag kunde känna hennes mjuka läppar mot mina. Det svindlade för mina ögon när *Aimée-Mal* kysste mig.

"*Jag hade rätt!*" tänkte jag. "*Jag hade rätt hela tiden!*"

Jag jublade inombords. Små fjärilsvingar av lycka fladdrade omkring i min mage och miljoner spröda vingar lyfte mig tills mina fötter inte längre nuddade vid golvet.

*Bijou-Bête* stelnade till när hon märkte att *Aimée-Mal* kysste mig och försökte bryta sig loss från vår gemenskap, men då pressade *Aimée-Mal* sina läppar mot hennes och kysste henne andfådd, kysste henne tills vi båda tydligt kunde känna hur spänningen lämnade hennes kropp och hon mjuknade igen. Själv kände jag en sådan stark lyckokänsla att jag aldrig hade upplevt något liknande tidigare.

Jag kunde inte känna var min egen kropp började och deras tog vid. Musiken styrde våra rörelser i ett språk utan ord. Det var inte vi själva, Gia, Bim och Lianne, som dansade så tätt med slutna ögon. Det var andevarelsen *Aimée-Mal*, älvan med sin viktlösa slöjklänning från en egyptisk kungagrav, och androgynen *Bijou-Bête,* den finlemmade, kantiga pojkkvinnan som inte ville tillhöra något kön, utan vara båda. Och så hon, som var jag, som var deras vittne. Vi var tre påhittade karaktärer i ett påhittat drama, och vi kunde försvinna närhelst vi – alltså närhelst *de* – önskade att någon av oss skulle försvinna.

Jag njöt av deras närhet och värme och det kände som om jag var en av dem som räknades; en av dem som befann sig i eldens mittpunkt, i födelsen av den sortens passion som inte accepterar någon annan reaktion än kapitulation.

Det fanns en hetta mellan oss men framför allt en ömhet som jag inte kunde få nog av; en ömhet som skalade bort lager på lager av självförnekelse och självbedrägerier. En ömhet som fick de tunna hinnor av smärta och frusen sorg som låg som is på min själ, och som hindrade känslorna från att stiga till ytan, att tina, och försvinna i het ånga som färgade mina kinder röda, och fick min kropp att smälta.

Jag kröp in i deras närhet som ett vilset, fruset barn och jag fick aldrig nog av värmen intill deras kroppar, doften av deras parfymer som blandades med doften från deras hud, den sträva men så mjuka känslan av *Bijou-Bête*s kostym och de tunna, tunna silkeslena slöjorna som följde *Aimée-Mal*s mjuka kurvor, och jag ville bara ha mer och mer och mer närhet.

Långsamt tinade min inre frost i detta som till förvillelse liknade kärlek.

*

"Kom!" sa *Aimée-Mal* och drog iväg med oss.

Det vackra paret i sin svarta kostym och i sin vita klänning och deras vittne i sin enkla blekrosa dräkt, svävade uppför spiraltrappan till andra våningen, och medan slöjorna i hennes spindelvävstunna klänning fladdrade i vinddraget, låste *Aimée-Mal* upp de dubbla låsen till dörren till herr och fru Binkells sängkammare och vi vandrade in i en skattkammare av guld och ädelträ och ovärderliga antikviteter.

*Bijou-Bête* visslade:

"Siden? *How sexy!*"

Hon slängde sig raklång på sängen, sin vana trogen utan att ta av sig skorna. Med ansiktet stött i ena handflatan låg hon och studerade oss båda med ett frånvarande uttryck i ögonen. Hon var inte svartsjuk på mig längre, utan log bara inåtvänt med uppsynen av en mätt katt.

Då och då drack hon djupa klunkar direkt ur champagnebuteljen. Hon såg både dekadent och elegant ut i sin svarta skräddarsydda herrkostym med väst och uppknäppt skjorta och med de blankpolerade herrskornas sulor respektlöst nedborrade i det skira gammalrosa sidentäcket.

*"Den här sortens rikedom klär bäst i en attityd. Det enda som saknas för att fullborda bilden är en fet cigarr mellan hennes långa fingrar"*, tänkte jag.

*Aimée-Mal* slängde sig ovanpå *Bijou-Bête* och pressade ner hennes armar mot duntäcket i ett skämtsamt grepp.

"Sexigt? Harald och Gudrun måste bevisa att de har ett sexliv! *Ergo:* sängkläder i siden!"

"Jaså? Har de något sexliv, då?"

*Aimée-Mal* tryckte sin panna mot *Bijou-Bêtes* och frågade helt allvarlig:

"Tror du på mirakel?"

"Definiera mirakel!"

*Aimée-Mal* såg henne djupt in i ögonen.

"Varför tror du vi valde just deras säng? För att definiera ett mirakel!"

Hon skrattade hemlighetsfullt och såg på mig.

"Men ett mirakel måste *bevittnas* för att bli en sanning!"

De snurrade runt på sängen med armarna runt varandra utan att sluta kyssas. *Bijou-Bête* fick röda kyssmärken runt hela munnen. Hennes kavaj blev skrynklig. *Aimée-Mal* skrattade. Hon strök långsamt och pedantiskt över den vita skjortan över skjortbröstet med sina långa fingrar som för att släta till tyget och placerade slipsen rätt.

"*Lagom är pest*". Bra motto, va? Det är vårt *vittnes* motto."

"Just nu tycker jag att din definition av mirakel är intressantare", sa *Bijou-Bête* med kvävd röst.

*Aimée-Mal* såg upp på mig där jag satt på sängkanten och iakttog dem.

"Förresten", sa hon. "Det du hörde i natt som gav dig mardrömmar, det var lid*else*. Inte lid*ande*. Men jag medger att det kan låta ungefär likadant i mörkret när lampan är släckt!"

Hennes hand tryckte till runt Bijou-Bêtes gylf så Bijou-Bête flämtade till och skrattade. De började smeka varandra utanpå festkläderna. Bijou-Bête kupade sina händer över Aimée-Mals bröst och vi såg hur bröstvårtorna blev styva under tyget. Aimée-Mal svarade genom att låta sin hand lossa de små pärlemorknapparna och glida in genom det öppna skjortbröstet och smeka Bijou-Bêtes bröst.

Sedan kysstes de, länge, länge, mycket ömsint, framför mig.

Jag såg på *Aimée-Mal* och tänkte på hur gärna jag skulle vilja måla av henne i hennes tunna, nästan genomskinliga klänning av vita slöjor, precis som hon såg ut nu i denna stund.

Jag skulle framhäva hennes rosiga hy och mjuka läppar och de blå ögonen som glittrade av sinnliga sanningar och det ljusa håret som lockade sig i pannan, och kanske, kanske jag skulle lägga ner extra mycket tid på att måla de öppna pärlbeströdda högklackade sandaletterna som fick de små tårna att se så nakna ut, och så dyra, som årets första skörd av små nypotatisar.

Jag skulle måla *Bijou-Bête* i sin dyra skräddarsydda svarta kostym, skrynklig och med öppet skjortbröst som visade den svaga rundningen av ett kvinnobröst, delvis skymt av *Aimée-Mals* ansikte.

Jag skulle måla hennes beslöjade blick när hon såg på *Aimée-Mal* under brättet på sin herrhatt och jag skulle måla henne med en fet cigarr i den vackra handen som vilade över gylfen.

Jag skulle måla det gammalrosa sidentäcket som underdånigt följde deras kroppar och längst bort i hörnet av min duk skulle jag måla konturerna av den lilla stenhäst som rövats bort från dödens slummer i sin kejserliga grav.

"Vad tänker du på? Du ser så allvarlig ut. Ångrar du alla dina förfärliga brott?" frågade *Aimée-Mal*. Hennes röst var andfådd och blicken glansig. Kinderna var feberheta.

Jag såg mig omkring och frågade:

"Får vi verkligen vara här inne i dina föräldrars sovrum?"

*Aimée-Mal* blötte sitt finger i champagne. Hon lutade sig fram och målade mina läppar med små champagnebubblor. Känslan var mycket sensuell och jag ryste av välbehag. *Aimée-Mal* sög på sitt finger och härmade min reaktion. Sedan skrattade hon stillsamt.

"Hon har så mycket kvar att lära sig, om livet, om kärleken, om sex, om pengar, eller hur, *Bijou-Bête?*"

"Ibland låter hon ofattbart naiv, men vem vet? Det kanske är hon som driver med oss och inte tvärtom?" sa *Bijou-Bête*. Hon såg på mig under sänkta ögonlock och fortsatte, med spelad sträng röst:

"Jag menar; sedan när har du börjat fråga om du får våldgästa människors sovrum?"

"Hon ville se på. Så det får bli hennes straff", sa Gia. Hon rullade runt på ryggen och sträckte ut armarna bakom sig.

*Bijou-Bête* sneglade på henne.

"*Att se på? Se på oss?* Ska det föreställa ett straff?" frågade hon.

"Hon avbröt någonting vackert i måndags bara för att det inte motsvarade hennes perversa fantasier, och därför måste hon skämmas, skämmas, och åter skämmas!"

*Bijou-Bête* nickade. Hon rynkade pannan lite tankfullt och sa strängt:

"Bra! Jag gillar den där biten med att skämmas. Hon har ingen skam i kroppen."

"Men jag har bett om ursäkt!"

*Aimée-Mal* gjorde en obscen gest med sina händer och gjorde ett läte som påminde mig om en grymtande galt under parningsakten, och skrattade:

"Skämmas över ditt patetiska sexliv med Maximilian, dummer!"

*

De tog fram upp en svart vikskärm med vitt rispapper som de vek upp och placerade framför sängen. Sedan tände de några små lyktor bakom skärmen och drog för de tjocka draperierna framför fönstren så att skärmen lyste som en lykta i det mörka rummet.

"Sätt dig! Se och lär!" sa Gia. "Lär dig skilja mellan lidande och lidelse!"

Jag slog mig ner i fåtöljen framför skärmen. Svarta siluetter rörde sig i ett mörkt skugglandskap på skärmen.

Den späda människoandrogynen *Bijou-Bête* slängde av sig sin hatt och blottade sitt välformade huvud. Den spensliga luftalfen *Aimée-Mal* drog henne intill sig och kysste henne med en hunger som om den luft som hade syresatt *Bijou-Bêtes* mänskliga blod var det enda som kunde förmå hennes eget hjärta att fortsätta slå.

*Bijou-Bêtes* händer började smeka *Aimée-Mals* kropp överallt som om *Aimée-Mal* omslöt solens värme med sin kropp och gav liv genom sin hud.

Jag såg. Jag hörde. Jag kände deras känsla i min kropp.

*"Lidelse; aldrig så ljuv som i sin längtan."*

Deras kroppar rörde sig lugnt, nästan omärkligt mot varandra, som i en balett med koreografi från universums födelse; yin och yang; det mörka och det ljusa.

De väckte min lust utan att stilla den, och plötsligt förstod jag skillnaden mellan lidande och lidelse.

Jag förstod.

Precis som Maximilian hade förstått att det som höll mig fången hos honom var det självhat han framkallade hos mig;

eftersom lidandet paralyserade mig.

Gia hade känt lidelsen i mina tavlor,

penseldrag darrande av en smärta som väckte ekon inom henne själv, hade känt lidelsen i min pensels blodröda smekningar;

Hon hade låtit sig förföras av mitt lidande i mina dukar,

som jag nu lät mig förföras av deras lidelse på den upplysta skärmen.

Jag såg hur *Bijou-Bêtes* läppar sökte *Aimée-Mals*, och pressade ner henne mot sängen med sin kyss. Jag såg hur *Aimée-Mal* och *Bijou-Bête* rörde sig som en person i en kropp med många uttryck. *Aimée-Mal* vände upp sitt ansikte mot *Bijou-Bêtes* och hennes läppar sökte *Bijou-Bêtes* läppar, hungrigt, girigt, desperat nästan, som en svältande.

Jag såg en upprepning av dagens lekar under vattenytan, samma rasande kärlekskamp med utslocknande och pånyttfödelse som yttersta mål.

Jag såg deras svarta siluetter mot skärmens vita yta.

Genom ett svart hål i tiden såg jag det förflutnas skuggor.

Skuggbilderna av den syn som för två dagar sedan skulle ha dödat mig.

Det jag ville se men aldrig fick se.

”*Lidande.*

”*Lidelse.*

”*Skillnaden är tunnare än en japansk skärm av rispapper.*”

*Aimée-Mal* vände sig upp mot *Bijou-Bête* och kysste henne länge, länge. *Bijou-Bête* viskade någonting i *Aimée-Mal* öra. Sedan kikade *Aimée-Mal* fram från bakom skärmen. Hennes ansikte var rosigt och blicken matt och hon viskade:

”*Kom!*”

Jag vacklade fram till henne på ostadiga ben och hon sträckte ut handen och drog ner mig bakom skärmen. Ner till henne och *Bijou-Bête* bland de gammalrosa sidenlakanen.

*Aimée-Mal* tryckte sig mot mig och när hennes mjuka läppar äntligen kysste mina läppar som värkte av längtan, och hennes tunga äntligen trängde in i min mun, full av krav, kände jag hur min kropp blev så het och tung att det kände som om jag flöt ut på sängen, ut ur min hud.

”Du darrar! Du har fått ditt straff!”

Hela sängen började röra sig, som om vi flöt på vatten, och jag kunde inte tänka klart längre. Rummets färger och former flöt ihop och jag kunde bara skratta. Hon hade rätt. Jag hade fått mitt straff. För nu när jag äntligen fick ligga så nära dem i sängen och ingenting hellre ville än att hålla mig vaken och få vara med dem, insåg jag att jag hade hällt i mig för mycket champagne och vodka och vin och höll på att tuppa av.

Utan att jag kunde rå för det drogs min blick hela tiden till *Bijou-Bêtes* gylf. *Bijou-Bête* skrattade till och jag måste ha stirrat på henne med ett frågande uttryck i blicken, för nu skrattade *Aimée-Mal* också.

"Stirra inte så! *Den* är inget mirakel, Lianne!"

Då var *Bijou-Bête* tvungen att slänga sig baklänges i sängen för hon skrattade så mycket så hon nästan inte fick luft.

"Är du verkligen så naiv som du verkar?"

# Det förflutnas bödlar
## fredag

JAG VAKNADE AV ATT JAG KÄNDE en intensiv kyla riktad mot mig. I nästa ögonblick detonerade huvudvärken som en vansinnesorkester med bara slagverk.

När jag slog upp mina ögon stod en lång mager kvinna i femtioårsåldern framför sängen. Det var hennes isblå ögon som avfyrade sitt effektiva vapen, medan hennes kropp utsöndrade ett bedövande nervgift, kamouflerad som parfym.

*"Finns det någon parfym som heter Tortyr?"* tänkte jag.

Kvinnan var klädd i en mörkgrå dräkt med vit sidenblus och pärlhalsband. Hennes mellanblonda hår var friserat i en stel page och mitt i det magra ansiktet rörde sig två frostiga läppar upp och ner medan de gav ifrån sig demoniska läten:

"Vem är du och vad gör du i min säng?"

Rösten trängde igenom mitt skallben med hjälp av miljoner små sylvassa detektorer som lokaliserade smärtpunkten i min hjärna med en sådan precision att jag var säker på att mitt huvud skulle spricka och alla mina mindervärdiga tankar explodera i hennes ansikte. Sjuk av illamående sneglade jag på de gammalrosa sidenlakanen och spetskuddarna som flöt omkring som drivved i sängen efter nattens stormar. Ingen Gia och ingen Bim syntes till någonstans i virvlarna. Ingen kunde rädda mig.

"J-jag råkade visst somna här. I din säng", sa jag tyst.

"Ja, det förefaller onekligen så."

"Jag kom hit med Gia och Bim. Men jag vet inte var de är just nu."

"Här befinner de sig uppenbarligen inte", sa kvinnan och såg sig runt i rummet.

"Nej", viskade jag.

"Såvida de inte gömmer sig under sängen?"

"Nej, det-det tror jag inte." sa jag dumt.

"Tänk, *det* tror inte jag heller!"

Hon såg sig om i rummet efter ledtrådar. Hennes blick vilade en stund på den gröna champagnebuteljen som låg på golvet intill den ena sängstolpen. I nästa ögonblick registrerade hon min skrynkliga klädsel och flämtade till.

"Jag hoppas verkligen att den där dräkten som du bär och av allt att döma har sovit i inte är *min* Chaneldräkt!"

"Din...*Chaneldräkt?*" pep jag och såg ner på den skrynkliga rosa dräktjackan och kjolen som nödtorftigt prydde min underkropp.

*"Jag tror inte att jag spillde eller kräktes på hennes svindyra dräkt. Åtminstone inte innan jag tuppade av!"* tänkte jag i ett febrilt försök att samla kraft.

Alla försök att förbättra min position var lönlösa; moraliskt såväl som fysiskt. Jag försökte röra mig för att komma ur sängen, men benen bar inte eftersom jag var för baktung, så jag förblev sittande med en huvudvärk som gjorde mig halvblind.

Kvinnan iakttog mig utan att säga någonting. Jag kände magen dra ihop sig av lika delar ångest och någonting annat, någonting hemskare, som saknade namn. Tiden frös i hennes isande tystnad.

Dörren flög upp och in svepte Gia, fräsch och glad, iklädd en lavendelblå blus och mörkblå jeans, och med sitt nytvättade hår som en blond aura runt ansiktet. Hon stannade framför kvinnan och spärrade upp ögonen.

"Mamma! Redan tillbaka? Har du tröttnat på tallbarrsjuice och maskroskotletter? Var *ambiencen* alltför *proletär?*"

Hennes mamma viftade bort hennes lustighet med sin tunna hand:

"Adriana, vad är det här frågan om! Vad gör hon, den här *flickan*? I *mitt sovrum*?!"

"Ingen aning! Vad gör du i min mammas sovrum?"

Jag fick inte fram ett ljud. Som om det inte räckte med min huvudvärk och illamående, kände jag hur det sved i halsen och hur tårarna började tränga fram, och jag svalde och blinkade febrilt för att inte börja gråta också.

"Nå? Ska du inte presentera oss för varandra?" frågade Gias mamma. Jag betvivlar att vi har haft nöjet att bli introducerade.

"Har ni sovit *i samma säng*! *Utan att ha blivit introducerade!*" ryste Gia och förde upp handen till pannan. Sedan skyndade hon sig att säga:

"Mamma – det här är Lianna *Stalker*. Lianna – det här är min mamma Gudrun Binkell."

Gudrun Binkell sträckte fram sin välmanikyrerade hand. Samtidigt som hennes magra hand nästan mosade min egen, log hennes perfekta ljusröda läppar ett perfekt leende som inte spred sig till de isblå ögonen.

"Angenämt", sa hon fast hennes röst antydde motsatsen: "Jag kan bara konstatera att du har en mycket exklusiv smak, Lianna: Dom Pérignon såväl som Chanel! Adrianas andra väninna föredrar pilsner och Stadsmissionens utförsäljningar av herrkläder."

"Angenämt", upprepade jag med en knappt hörbar röst.

Gudrun Binkell gjorde en svepande rörelse med handen runt rummet.

"Jag får be Esmeralda städa här när hon nu *behagar* dyka upp. Tänk att en enda person kan ställa till med ett sådant kaos, bara genom att sova! Det är *helt* otroligt!"

Hon gav sin dotter ett skarpt ögonkast. Gia ryckte på axlarna.

"Lianna har otroligt livliga drömmar. Inte minst när hon sover."

Gudrun Binkell höjde rösten, och för att vi inte skulle missa allvaret i hennes ord markerade hon dem med skarpa handrörelser:

"Innan det sker några ytterligare impulshandlingar från er sida skulle jag vara tacksam om ni lämnade mitt sovrum *omedelbart!* Båda två!"

Aldrig hade jag mött någon som visade ett så öppet förakt för mig och aldrig någonsin hade jag väl förtjänat det mer. Gia tog min hand och ledde mig vänligt men bestämt, ut ur rummet.

Så fort vi kom utanför sovrumsdörren började Gia skratta som om hon hade bevittnat någonting ofantligt kul. Hon hejdade sig mitt i en attack.

"Men vad är det, Lianne? Håller du på att börja gråta? Är du så rädd för min mor?"

"Varför väckte ni mig inte? Vad ska hon tro om mig?"

"Du *är* verkligen känslig! Spelar det någon roll vad Gudrun tror om dig?"

"Visste hon inte att vi skulle komma? Du *sa* ju...?"

"Jo, det är klart, men jag berättade inte var vi tre tänkte tillbringa natten! Gudrun är så otroligt materialistisk!"

Hon följde min blick när jag såg ner på den skrynkliga, felknäppta sidenblusen under dräktjackan, och tillade: "Och *pryd!*"

Jag rodnade utan att minnas om jag hade någonting att rodna över. Gia bet sig i läppen, men kunde inte hålla tillbaka sitt skratt.

"*Förlååååt* Lianne!" snörvlade hon mellan skrattattackerna: "Det var för din skull också! Första intrycket och allt det där. Du vet."

"*Första intrycket? Tack så hemskt mycket för den hjälpen!*" tänkte jag.

Gia hade slutat skratta och såg på mig men jag hade svårt att möta hennes blick.

"Första intrycket för er båda, Lianne. Jag ville att ditt första intryck av henne skulle bli så bestående som möjligt."

Jag stirrade på henne.

"Jag förstår mig inte på dig alls!"

"Det gör ingenting. Jag förstår mig på dig", sa hon.

Hon hade exakt samma uttryck i ögonen som den där första gången, i Maximilians vardagsrum när tiden stod alldeles stilla och rann in i ett ögonblick.

Gia gav mig en liten giftgrön ampull mot baksmällan som smakade vidrigt. Men när jag hade kräkts tre gånger, borstat tänderna två, sminkat mig, borstat håret och klätt på mig en röd lammullströja och ett par svarta jeans som satt bekvämt när jag hade bälte i dem, hade huvudvärken mattats av och mitt självförtroende återvänt så pass mycket att jag vågade möta blicken från min tvådimensionella tvilling i spegeln.

Lianna Stalker, *l'enfant terrible,* såg upp, mötte min blick från sin sida spegelglaset och ett snabbt leende for över hennes mun.

*

Gia visade mig in i ett stort och ljust kök i med mörkt trägolv och vaniljfärgade skåpsluckor. Höga välvda fönster, inramade av mjuka järnsmidesornament som såg ut som grenar, sträckte sig från golv till tak. Genom de mörka träjalusierna kunde man skymta terrassens trädäck, några kala stenhällar och trädtopparnas siluetter mot den silvergrå horisonten. En silverglänsande espressomaskin fräste och spottade som en ilsken förkromad insekt när den fick syn på mig, och jag ryckte till.

Bim fanns redan på plats. Hon satt på en kurvig stol av körsbärsträ och stål och läste morgontidningarna. Framför henne på den massiva ovala bordsskivan av körsbärsträ, stod en svart mugg med skummande cappuccino. Grått morgonljus silade ned över hennes rygg mellan jalusiernas träribbor och målade ljusa ränder på hennes jeansskjorta. Bim hade tonat ner sin androgyna utstrålning och både kammat sitt korta kastanjebruna hår och sminkat sig runt ögonen.

"Gudrun skrämde nästan slag på Lianne! Helt *obetalbart!*" skrockade Gia och började mala kaffebönor och skumma mjölk vid espressomaskinen.

"Jo, jag kan tänka mig det", sa Bim. "*Gud-Frun* har den effekten på folk. Det är hennes bästa sida, Lianne! Bara så du vet."

"Hennes *bästa* sida?" upprepade jag dumt.

"Mm, men ta det inte personligt! Hon är lika trevlig mot alla som dricker hennes sprit och lånar hennes kläder och sover ruset av sig i hennes säng utan att be om lov."

Bim ryckte på axlarna och fortsatte läsa. Utan att se upp sa hon:

"Men du behöver kanske inte berätta varför du är rädd för maskrosor!" Gia räckte över en mugg med väldoftande cappuccino till mig och log ett outgrundligt leende. Vi slog oss ned vid bordet och såg ut över naturen genom fönstret.

Det blåste svagt. Man kunde se havet därute, en dyster grå ton utspädd i flytande ogripbar kyla utan slut, så föränderligt, så omöjligt att förstå, som en lockande hemlighet med svaret på alla frågor i sitt djup. En famn, en viloplats, en evighet. Trots att det inte var kallt i köket frös jag. Det kändes som om ett oväder var på väg och jag befann mig på sämsta möjliga plats. Jag kände mig som en fisk på land, i fel element.

Vad jag än gjorde blev det fel. Alltid.

Gia stjälpte upp några spröda nygräddande croissanter i en brödkorg. Hon drog in doften djupt i näsborrarna och log mot mig igen på det där insinuanta sättet. Hon nynnade:

*"But she breaks just like a little girl."*

Skarpa målmedvetna steg markerade Gudrun Binkells ankomst till köksregionerna. Hårda klackar som smattrade mot hårda golv dikterade takten för mina hjärtslag. Gias mor svepte in i köket i sin mörkgrå dräkt och tortyrparfym. Hennes kalla ögon sköt skarpt mot inkräktaren som satt i hennes perfekta kök och åt frukost tillsammans med hennes perfekta dotter och dotterns bästa väninna.

I hennes ögon var jag skräp som hade blåst in från gatan när hon inte varit hemma och bevakat ställningarna. Skräp som hennes leklystna och egensinniga lilla dotter hade funnit nyhetens behag i. Skräp som Gudrun Binkell ämnade göra sig av med snarast möjligt.

Hennes skarpa röst skar sönder luften:

"God morgon Beata Marie; försjunken i börsnoteringarna som vanligt?"

Bim såg upp från tidningen och log:

"Ingen idé, Gudrun; jag står för lågt i kurs hos kapitalisterna."

Gudrun Binkell sneglade över hennes axel:

"Aha! Jag ser att du söker dina kvinnliga förebilder bland seriefigurerna? Det förklarar varför du har så många pojkvänner!"

"Jaså? Verkligen?"

"En kvinna som är en kombination av Modesty Blaise, Simone de Beauvoir och Nemi bör väl vara helt oemotståndlig för män! Råstark, intellektuell och anarkistisk! Som du!"

Hon undslapp sig ett läte som skulle kunna ha uppfattats som ett skratt, om det inte hade varit så hånfullt, men till min förvåning såg Bim road ut.

"Ingenting undgår dig, Gudrun!"

Gudrun Binkell vände sig till mig och både hennes blick och röst blev omedelbart flera grader frostigare:

"Lianna! Så trevligt att se att du har bytt om! Till min dotters kläder, den här gången! Ser man på!"

Hon spände de isblå ögonen i mig och det kändes som om jag inte fick luft.

"Adriana nämnde att ni träffades på universitetet. Vad läser du? Också kemi? Eller möjligtvis *tillämpad* kriminologi?"

"*Språ....*" I nästa stund svalde jag fel och började hosta. "Ursäkta!"

Jag harklade mig ett par gånger:

"Ursäkta! Jag har... Jag *läser* språk. Engelska. Franska."

Gudrun Binkell skrattade igen. Eller om hon fnyste, det var svårt att avgöra.

"Men det behöver du inte alls be om ursäkt för, lilla vän! Alla människor kan inte bli stjärnadvokater eller hjärnkirurger eller företagsledare, och det är väl lika bra att inse att vi människor har olika intellektuella förutsättningar?"

Gia suckade tungt i sin stol.

"Bra?" sa hon och slickade i sig skummet från sin cappuccino. "Jag tycker det är *tråkigt* att inte *alla* människor är antingen stjärnadvokater hjärnkirurger eller företagsledare."

Bakom morgontidningen hostade Bim och prasslade lite extra högt med sidorna. Gudrun Binkell däremot låtsades inte ha hört sin dotters kommentar.

"Och vad arbetar dina föräldrar med, Lianna? Namnet *Stalker* låter bekant på något sätt...

"*Stalker?*" hördes Bims röst, bakom tidningen. "*Stalker?* Vem är det som känner en *Stalker?*" Sedan var hon tvungen att hosta några gånger. Gia fnissade också.

"Ursäkta, Gudrun, men jag tyckte du sa *Walker*. Fantomens alter ego. Min *manliga* förebild i seriernas underbara värld. "

Gudrun Binkell suckade otåligt:

"Om du nu tyckte att jag sa *Walker* har jag svårt att förstå varför du nämnde namnet *Stalker?* Tre gånger?"

"Jo, jag medger att det är lite smaklöst. Precis som hans underbyxor utanpå pyjamasen!" sa Bim och fortsatte läsa.

Gudrun Binkell spände blicken i mig igen, i ett nytt försök att karlägga min stamtavla på tre minuter.

"Jag talar helst inte om mina föräldrar", sa jag.

Hon log mot mig, men bara med munnen:

"Men se där! En *hel* mening, den här gången. Fantastiskt. Där ser man; en utbildning i språk är aldrig bortkastad!" Sedan blev hon allvarlig igen och frågade: "Varför vill du inte tala om dina föräldrar? Är de döda?" Gia stönade och skrapade med fötterna i golvet, men Gudrun fortsatte sitt förhör:

"Någon funktion måste de väl ha fyllt, bortsett från att ha satt dig till världen? Men du är kanske adopterad? Så vitt jag vet måste även adoptivföräldrar arbeta. Alla måste arbeta. Eller hur Adriana? Studenter också. Utom de privilegierade få som har en förmögen far som de kan linda runt pekfingret. *Eller* en *väninna* som har en förmögen far som hon kan linda runt pekfingret."

Gia fnyste, men Bim skrattade bakom handflatorna och skakade på huvudet.

"De är inte döda", sa jag. "Och jag är inte adopterad."

Gudrun kastade en snabb blick på sitt eleganta armbandsur.

"Nej, vet ni vad; min tid är alldeles för dyrbar för gissningslekar. Jag föreslår att vi bordlägger vårt så kallade "samtal" tillsvidare."

Hon släppte kroken och jag slog i marken. Jag kippade efter luft, men räddningen låg långt borta, i en annan sorts osynlighet, i ett helt annat element. Plötsligt visste jag inte vilket som var mest förödmjukande: Att bli föremål för Gudruns hela arsenal av ironiska iakttagelser eller att utan förvarning bli reducerad till en smutsfläck i hennes synfält – alltför obetydlig för att ägnas något intresse alls.

"Vi har redan hört tillräckligt många historier om bristande föräldraansvar i det här huset för att fylla fyra Norénpjäser! Eller vad säger *du*, Beata?"

Både Bim och Gia stelnade till under bråkdelen av sekund. Sedan sträckte Bim på sig och sa:

"Livet är fullt av svåra lidande och uppoffringar, Gudrun. Det borde väl *du* veta som har varit på *hälsohem*."

Gia fnissade till och gjorde segertecknet till Bim. Från hallen hördes steg och en kvinna som nynnade en sång.

"Jag var på *spa*, om jag får be! Verkligen ingenting muntert med *det!*" sa

Gudrun högdraget, utan att själv märka att hon råkade rimma.

I nästa stund omdirigerade hon sin irritation från oss till personen som just hade anlänt och störtade ut ur köket. Det kändes det som om hon tog med sig någon okänd men livsuppehållande funktion när hon försvann, och ingen av oss orkade säga någonting på en lång stund. Till sist harklade jag mig och ställde den fråga som gnagt inom mig den senaste halvtimmen:

"Om det här är hennes bästa sida, vilken är då hennes sämsta?"

"Det vill du inte veta", sa Gia.

På vår väg ut genom hallen en kort stund senare passerade vi Gudrun Binkell och en kort, ganska kraftig kvinna med kolsvart, uppsatt hår, och höga kindkotor. Kvinnan lyssnade tålmodigt till Gudrun Binkell, vars röst skar sönder luftrummet när hon läste upp punkterna från en inköpslista. Allting hos den mörkhåriga kvinnan, från hennes lugna ansiktsuttryck med de milda gröna ögonen, till hennes omoderna grå kappa och enkla men rejäla promenadskor, uppvisade ett självförtroende som inte var beroende av andra människors uppfattning om henne.

"...och sidenlakanen och duken i matsalen måste till kemtvätt. Här är adressen, den enda kemtvätten i stan som klarar av dechiffrera tvättråden på etiketterna."

Kvinnan lyste upp när hon fick syn på Gia och hennes milda gröna ögon fick en värme som de inte hade haft när de såg på Gudrun.

"Adriana! Beata Marie! Välkomna hem till Villa Marina!" utbrast hon med en mjuk latinamerikansk accent och höll upp sina händer i en tacksam gest.

"Tack, Esmeralda!" sa Gia och log varmt tillbaka. "Och tack, tack, tack för att du står ut med oss!"

Gudrun fnyste, men Gia tog ingen notis om henne utan gjorde en gest mot mig:

"Det här är Lianne som vi har kidnappat! Idag slipper hon repen, för *bondage* är så *vulgärt* och så *proletärt*, och så *ute* just nu. Det ska vara tarmsköljning och klangterapi den här månaden, eller hur, Mor?"

"*A-dri-ana!*" sa Gudrun. "Man skämtar inte om sådana saker! Inte framför...!"

"Oh no, no!" sa Esmeralda.

Hon viftade bort Gudruns bestörtning med en liten handviftning.

"Ingen fara! Jag kidnappa själv lite när jag var ung."

Vi tog i hand, och hon log och blicken i hennes gröna ögon var på en gång mild och mycket genomträngande, som blicken från en mycket vis och mycket gammal människa.

*"Hon måste vara tusen år gammal! Många själar har drunknat i hennes blick och ser nu tillbaka på mig med kärlek"*, tänkte jag.

*

Vi klev ut på terrassen, på baksidan av huset. Samtidigt, utan att veta varför, började vi springa bort från huset, ner för klipphällarna, ner mot havet. Vinden blåste runt öronen och bet kallt i kinderna. Plötsligt kändes det som om jag kunde andas igen utan att det gjorde ont i hela kroppen.

Vi sprang ner till bryggan. Där stannade vi upp och flämtade. Vi stod utan att säga någonting och såg ut över havet.

Havet var kravlöst och evigt och med en egen röst som talade om ordlösa ting, ting utan form, ting obundna i tid, ting i tingens ting, en smärta djupare än glädje, sannare än sanningen, otämjd.

Jag såg på Gia och Bim och undrade om våra tankar var desamma och om våra förnimmelser var desamma, när vår spontana reaktion att springa bort från det stora huset, varit densamma.

Vi stod och huttrade en stund.

Det gåtfulla havet bredde ut sig framför oss och lindrade det obehag som vi var delaktiga i. Grå vågor kysste grå himmel. Tvillingsjälarnas möte genom elementen. Olika sanningar inneslutna i sina element, som beståndsdelar av sig själva, av allt omkring dem.

Men ingenting kunde jag utläsa i deras ansikten eller kroppar:

*"Vem är du bakom din synlighet?"*

*"Bakom dina tankar?"*

*"Bakom din osynlighet?"*

"Det är kallt. Vill du gå tillbaka, Lianne?" frågade Gia.

*"Nej, nej, nej!"* skrek det inom mig, men jag sa bara *"Okej"* och ryckte på axlarna.

*

Så vi återvände till det stora huset. Dörren slog igen bakom oss och Gudrun kom emot oss.

"Du har besök, Adriana", sa hon. "En *man!*"

Hon hade inte behövt säga någonting alls för redan innan Gudrun öppnade sin mun, innan våra blickar ens hade hunnit svepa runt hallen, hade våra extrasensoriska tentakler hunnit registrera en obehaglig närvaro i Villa Marina.

Gias oväntade besökare var säkert två meter lång och fick mig att tänka på en utsvulten lejonhanne eller en adrenalinstinn tungviktsboxare inför en match. Trots att han verkade studera de antika vapnen och oljemålningarna med ett äkta intresse, och trots att han bar sitt mellanblonda hår bakåtkammat i en flottig börsmäklarfrisyr och ögonen dolda bakom ett par mörka eleganta RayBan solglasögon, och trots att han log inställsamt med hela munnen och visade upp ett felfritt garnityr utan vampyrtänder, kunde han inte lura mig. Den här mannen var faran personifierad.

"*Tjeeena* tjejer!"

Både Gia och Bim bleknade, medan Gudrun Binkell obesvärat skannade av gästen med sin skarpa blick. Tydligen föll han henne i smaken, med sina slitna jeans och svarta skinnjacka, knäckta boxarnäsa och animaliska utstrålning, för hon lät inte nedlåtande utan snarare fundersam när hon frågade:

"Jag tror inte jag uppfattade hela namnet. *Tomas...?*"

"Svensson."

Tomas tog av sina mörka solglasögon och spände sina isblå ögon i Gudrun Binkell. Märkligt nog hade deras ögon exakt samma isblå, nästan genomskinliga nyans. Hans starka vita tänder blänkte till i det solbrända ansiktet.

"Som jag sa vid grindtelefonen söker jag egentligen en gemensam bekant till mig och din syster." Han gjorde en konstpaus för att studera effekten av sin komplimang och Gudrun såg mycket road ut.

"Vår gemensamma bekant förvarar viktiga värdepapper åt mig som jag måste få tag i omgående. Tyvärr förlorade vi kontakten för några dagar sedan, men jag vet att din syster vet var jag kan nå honom."

"Jaså? Vad heter er gemensamme bekant?"

"Maximilian Brådth."

Gudrun skrattade till. Hon himlade med ögonen.

"*Maximilian?* Ha! Jag minns honom väl. Datakunnig, men tyvärr mycket långt från det geni han utgav sig för att vara. Han arbetade på Nostria under några år och vi anlitade honom även privat för att hålla ordning på Adrianas och Beatas små bjudningar. Han var anställd av min man, flitig, pålitlig, ambitiös, och ful som stryk, stackarn – snudd på *motbjudande* faktiskt! Kan man ha en bättre renommé som barnvakt för tonårsflickor?"

Tomas skrattade lite och Gudrun instämde i hans skratt när det gick upp för henne att han trodde hon skämtade. Då skrattade han ännu högre, som om han plötsligt kom att tänka på någonting av mer privat natur.

Blicken svepte över Gia, Bim och mig där vi stod tysta i ett hörn och försökte göra oss osynliga. Själv kom jag att tänka på sagan om den Stora Stygga Vargen och de tre små Grisarna.

Gudrun Binkell harklade sig och sneglade på sitt eleganta armbandsur. Tomas sneglade också på hennes armbandsur, och hans ögon vidgades också märkbart, men inte av samma anledning. Hon log, nästan vänligt.

"Det var trevligt att råkas, Tomas. Jag beklagar att jag måste lämna er nu, eftersom jag har bråttom till ett styrelsemöte på banken, men jag är övertygad om att *min dotter* kan bistå dig med all information du behöver."

Han kysste henne chevalereskt på handen och sa:

"Tro mig, *Madame*. Nöjet är helt på min sida."

Gudrun Binkell skrattade ännu en gång sitt märkliga skratt som jag tolkade som att hon kanske höll med honom, men inte till hundra procent. Sedan försvann hon ner till garaget och lämnade oss ensamma med Tomas Tomten Tobiasson.

Tomas slog ut med sina muskulösa boxararmar och blottade sina tänder i sitt Stora Stygga Vargen-grin:

"Det var länge sedan, mina damer!"

"Allting är relativt", sa Bim tonlöst.

"Lilla Beata!" sa Tomas. "Hå hå hå! Jag känner nästan inte igen dig! Du som var så sexig förr i världen! Den hårdaste horan i stan!"

"Så var det inte alls!"

"Inte? Du har kanske glömt, men det har definitivt inte jag!"

Hans skratt lät som om det kom någonstans från underlivsregionen. Bim vände sig bort från Tomas. Det såg ut som om hon försökte tvinga sig själv att stå upprätt genom att pressa armarna intill kroppen som stöd. Plötsligt såg hon mycket bräcklig ut. Hon fick mig att tänka på ett litet nyplanterat träd utan fungerande rötter. Tomas visslade:

"Men du är dig lik Adriana! Lika jävla snygg som alltid. Den lilla arvtagerskan. God som guld. Nej, nej, nej; godare än guld. Godare än ett genpatent!"

Han skrattade sitt dova, hotfulla skratt igen och sedan ändrade strålkastarljuset från hans isblå ögon kurs och riktades mot mig. Stora Stygga Vargen iakttog mig fundersamt. Värderande. Som om han plötsligt upptäckte att en av de tre små grisarna var en mutant och han inte hade bestämt sig för om han skulle bli besviken.

"Och vem fan är du?"

"Jag heter Lianne."

"Lianne? Åh, fan! Max senaste fynd! Jävla otur – med alla dina tavlor som brann upp! Några var ju riktigt jävligt fina!"

Han skakade på huvudet och skrockade:

"Hon som var naken och balanserade på ett svärd över ett stup med växter som såg ut som *kukar* under fötterna och hon med hjärtat i händerna som något jävla *missfost*er eller *ufo!* – sexig som fan men så jävla *sjukt – växter som är avskurna kukar!* Ska det vara *konst?!*"

Han grymtade. Slickade sig om munnen. Torkade av händerna på byxorna av någon anledning.

"Jag kan se varför Max var med dig. Han är också lite sjuk i huvudet – och inte så lite heller om du frågar mig! Gillar – såna som du. *Extra virgin oil för finsmakare!*"

Sedan kom han att tänka på någonting och spände han blicken i Gia. Frågan kom blixtsnabbt, i kall ton:

"Fick du besök av Maximilian i måndags?"

"Ja."

Gia ryckte till, nervösare än jag någonsin hade sett henne. Till och med nervösare än när hon kom till min korridor för att berätta att Max hade åkt till USA. Men Tomas verkade inte lägga märke till hur spänd hon var för hans uppmärksamhet hade tagit en annan riktning. Han gungade på fötterna och körde ner händerna djupt i fickorna och studerade sin effekt på Bim. Under hans blickar kröp hon ihop mot väggen som ett skadeskjutet djur framför sin jägare. Utan att släppa Bim med blicken sprutade han ur sig frågor i kulsprutetempo.

"Verkade han konstig? Nervös? Sa han varför han kom?"

"Inte direkt nervös. Glad, mer. Han hade en present med sig och det var ju ovanligt. Han sa: *"Kom tillbaka tidigast om en timme."*

"Så Max var ensam i huset i en hel timme?" avbröt Tomas. "Helt ensam?"

"Ja. Jo. Det antar jag? När vi kom tillbaka hade han installerat en musikanläggning. En avskedspresent sa han."

"Avskedspresent? Jaså, sa han det? Hur dags var det?"

Gia harklade sig. Hon sneglade förskräckt på Bim som såg svimfärdig ut, men nickade häftigt åt allting Gia sa.

"H-han kom någon gång runt tolv. På förmiddagen. Han körde iväg runt ett, halv två, ville inte ens ha kaffe."

"Sa han vart han skulle åka?" avbröt Tomas. "Eller varför han hade för bråttom för *"kaffe med avec?"*

Han flinade mot Bim som tryckte sig mot väggen med sänkt blick.

"Han skulle till USA, till Edie – ja du vet– hans high school sweetheart har ju skilt sig", sa Gia. Hennes röst var så torr så den knastrade.

Tomas log för sig själv och förde ihop handflatorna.

"Vet ni vad? Nu tycker jag att ni ska få hämta en öl till mig."

"Beklagar, men vi har faktiskt inte tid. Måste iväg..", började Gia.

"Nog med tjafs! Hämta en öl, sa jag! Jag tror jag stannar en stund. För vet ni vad?" Han slog ut med händerna mot vår skrämda skara.

"Om jag var Maximilian så skulle jag gömma mig just här, i det här palatset, med er tre godingar! Återuppleva gamla goda tider! *"Whole lotta love, yeah!"* Han såg på Bim och flinade.

Så tryckte han sitt ansikte nära intill hennes och viskade: *"Eller hur Beata? Har du glömt, din svekfulla kvinna?"*

Bim höll upp sina händer för att värna sig och gled sakta ner längs väggen mot golvet.

*"Be honom gå!"* viskade hon. *"Snälla Gia! Jag klarar det inte!"*

Starka, tuffa, kaxiga Bim var sig inte lik. Hon sjönk hjälplöst ihop med sänkt huvud och armarna runt livet.

"Nu har vi berättat allt vi vet så nu kan du sticka!" sa Gia. "Dra! Försvinn!"

Tomas såg sig omkring. Han fick en djup rynka i pannan: "Var är ölen? Jag ser ingen öl? *Öl! Öl! Öl!*" vrålade han.

Eftersom jag inte ville att Gia skulle lämna Bims sida så länge Tomas var kvar sprang jag ut i köket och hämtade en öl från kylskåpet. Jag glömde öppna den, men det gjorde ingenting för Tomas öppnade den med ett grepp med tummen och pekfingret som skrämde mig mer än det mesta jag sett på film. Han såg på Bim som satt där som en blek skugga av sig själv och sa med tillgjort löjlig röst:

"Är det *så här* du visar din tacksamhet för att jag gjorde dig till kvinna? Kör ut mig? Ur ditt liv? Nu när vi två *äntligen* har hittat tillbaka till varandra?"

Sedan skrattade han åt sin egen slagfärdighet och tömde flaskan på några sekunder och rapade några gånger. Han strök av munnens vita skum på sin polotröja, pussade etiketten på ölflaskan och flinade åt vår avsmak.

"Vet ni vad?" viskade han dovt. "Jag tror minsann jag stannar på lunch! Varför ska jag sticka nu när vi har det så trevligt och pratar gamla minnen och gamla bekanta?"

*

En stund senare satt vi runt matbordet och såg på när Tomas åt. Framför honom på tallriken låg en halvväten kotlett garnerad med några frasiga baconskivor och en hög pommes frites, och på bordet stod två urdruckna flaskor öl.

Om bordsskicket kanske lämnade en del att önska så var det inget fel på aptiten. Han skyfflade in maten i munnen med effektiviteten hos en grävmaskin och tänderna malde ner det som en gång varit en liten gris till små slamsor innan han sköljde ner köttgröten med sin tredje flaska öl och rikligt med saliv. Allt under ljudliga grymtningar av belåtenhet och klappar på magen och några kraftiga rapningar för att få Bim att rycka till.

Bim satt tyst på en stol på andra sidan bordet och det märktes hur svårt hon hade för att se på honom. Hennes händer darrade så mycket att hon inte kunde ha dem på bordet utan höll dem tryckta i knäet.

"Ni skulle se skiten de serverar på kåken! Det här *det* är *riktig* mat, det!" sa Tomas och eftersom han tuggade med öppen mun såg vi exakt vad han menade.

"Ändå är fängelsematen mycket dyrare per portion än maten som barnen får i skolan!" muttrade Gia.

Tomas drämde ölflaskan i bordet med en skräll så ölen stänkte och spände ögonen i henne.

"Du din malliga, bortskämda överklassfröken! Har du någonsin gått utan mat en hel vecka bara för att din fosterfarsa har knäckt käken och några revben på dig och du inte kan tugga och inte svälja och du vet att om du tjallar dödar gubben dig och maler ner dig i träflisen, för han och hans kärring behöver pengarna? Har du det, va?"

"Nej. Har du?" frågade Gia.

Han stirrade dumt på henne utan att stänga munnen.

"Gia skulle hellre svälta ihjäl än stjäla pengar från underpriviligierade barn", sa Bim och såg honom rakt in i ögonen.

Hon var askblek i ansiktet och darrade men hennes röst trotsade all den rädsla som hennes kropp inte kunde dölja.

Tomas störtade upp från bordet. Stolen välte bakom honom och for i golvet med ett brak. Det här var en man som hade rymt från ett välbevakat fängelse där han avtjänade ett straff för misshandel och väpnat rån; en man som hade vunnit priser i boxning; en man som saknade förmåga till empati. Varför provocerade de honom? Jag blev torr i munnen av rädsla, och kände det som om jag inte kunde andas.

"Varför åkte du hem? Du hatar din morsa och hon är inte alls sjuk!" vrålade han.

*"Aha, så Tomas är den mystiske mannen som har ställt frågor om Gia!"* tänkte jag.

"Ska inte jag kunna hälsa på min egen mamma utan att du rymmer från Sveriges mest välbevakade fängelse för att fråga varför? Va?"

En road glimt blänkte till i Tomas ögon, men sedan gick solen i moln och han fräste: "Okej, spola skitsnacket nu och fram med sanningen!"

Gia fräste tillbaka och hennes ögon var lika svarta som hans.

"*Sanningen*, Tomas? Okej då; men bara för att du själv är så generös med dina innersta känslor! Här har du *sanningen*! Min pappa ska bli pappa och jag ska bli storasyster. Men min mamma ska inte bli mamma! Varför tror du att *hon* mår dåligt?"

Gia gjorde en liten paus och blängde på honom.

"Har den här historien någon poäng?" frågade Tomas och gäspade. "Jag är inte heller gravid! Man kan väl inte vara allt!"

"Poängen är att mamma *inte* är den som kräks på morgonen, gråter för ingenting eller äter konstiga saker, eller måste gå på toaletten var tionde minut, *eftersom hon inte är den som är med barn och ska föda mitt syskon!* Så Tomas – *tiotusenkronorsfrågan!* – varför tror du att min mamma mår så dåligt att hon krävde att jag skulle komma hem?"

Tomas grymtade uttråkat "*Bla-bla, Bla-bla*" till svar och Gia slöt ögonen och försökte andas normalt innan hon fortsatte:

"OchTomas; varför tror du inte att hon berättade vår djupt personliga *familjehemlighet* – vår fruktansvärt pinsamma sanning – för *dig*, Tomas – *som hon inte ens känner* – redan vid *grindtelefonen* när du frågade efter *mig!*"

Tomas såg ut som om han hade problem med att hålla ögonen öppna och rapade länge och melodiöst, och uttråkat.

"Ja, ja, ja, *det räcker nu!* Tror du jag är dum eller? Gudrun är *skengravid*, eller vad fan det nu heter! Pinsamt i hennes ålder! Inget man basunerar ut! *He he he!*"

När vi bara stirrade på hono, med gapande munnar, pekade han på mig:

"Du, Målarlisa – har Max sagt någonting om ett torp?"

"Bara att hans före detta fru äger ett torp."

Han flinade hånfullt och höjde ölflaskan några centimetrar.

"Hans fru? Måna? Hon som hoppade från balkongen? "*Skott-kärran*" – bombad i skallen, med fläskröven på hjul? Oh, shit! Är det *hon* som äger det där stället?"

Jag drog ett djupt andetag för att få rösten lugn: "Ja."

Tomas lugnade ner sig och sänkte flaskan.

"Edie är ett falskt spår. Max är en slug jävel. Tror att alla andra är lättlurade idioter. Skulle *Max* ha åkt till nån gammal kärring i USA när han har er tre i närheten? Var ligger torpet? Jag har tappat bort adressen."

*"Hjälp mig, Gia!"* tänkte jag.

Han gick fram till Bim och slet upp henne ur stolen och gjorde en obscen gest med flaskan.

"Jag kan hämta en vägatlas så kan Lianne beskriva vägen för dig", sa Gia.

"Men jag har ju bara varit där en enda gång!" sa jag.

"Skiter väl jag i! Det är ditt problem! Tänk! Och hitta inte på några konster, *för då!*" sa Tomas.

Gia försvann upp till sitt rum. Tomas såg på mig. Utan att släppa mig med blicken stack han in spetsen av sin tunga i örat på Bim. När hon ryckte till som om hon fått en stöt log Tomas ett brett leende mot mig.

"Var det självporträtt, *Lianne?*" viskade han och körde ner handen i byxfickan. Hans ögon blev mörka och leendet dog bort.

*"Fan, fan, fan!"* tänkte jag och benen vek sig nästan under mig.

I nästa stund kom Gia tillbaka med en vägatlas. Så fort han såg den röda boken med alla kartor förlorade han intresset för mig och släppte taget om Bim. Hon sjönk ner på stolen igen, med armarna runt livet och började darra.

Gia placerade vägatlasen på bordet och slog upp en vägkarta med detaljerad information. Jag ställde mig bredvid henne och hon fick det att se ut som om det var jag som pekade ut vägar och avtagsvägar. Jag mumlade någonting i hennes öra och hon skrev någonting annat i marginalen. Tomas rev ut två sidor och körde ner dem i sin byxficka.

"Okej, jag sticker. Och ni – spela inte hjältar – bry er inte om att ringa snuten. Jag har kontakter *överallt* och folk som är skyldiga mig tjänster. Bara så ni vet!"

Det blänkte till i Gias ögon av rent hat.

"Inbilla dig inte att du är den enda som har kontakter!" fräste hon: "Min far är vd för ett multinationellt läkemedelsföretag!"

"Tror du jag är rädd för sprutor, eller?" skrattade han.

"Nej men du borde vara rädd för *honom!* För du – vet du vad, stora tuffa Tomas med alla dina muskler: Om *du* hade haft *hans* barndom, så hade du våldtagit den där träflisen!"

Tomas såg ut som om han inte visste hur han skulle reagera. Ett spektrum av motsägelsefulla känslor for genom huvudet på honom och lämnade spår i hans ansikte. Först såg han perplex ut, som om han hade svårt att tro att Gia vågade trotsa honom, och undrade hur hon vågade, eller om han hade hört fel, sedan drog han på mun i en grimas som kom av sig eftersom han förstod att han hade hört ett skämt av sexuell natur, men det enda han förstod av skämtet var att det var på hans egen bekostnad. Han lyfte ölflaskan och höll upp den framför henne.

"Vem fan tror du att du skrämmer, ditt lesbiska missfoster?!"

I nästa ögonblick for flaskan iväg och kraschade mot väggen en bit från Bims stol. Tallriken med matrester for i golvet. Gia sa ingenting. Hon sneglade på Bim som hade försvunnit in i sig själv och inte tog del av händelseförloppet längre.

"Nycklarna till din bil! *Hit! Hit! Hit!*"

Tomas knäppte med fingrarna.

"Ni kan behålla min BMW därute, som *goodwill*. Men kom ihåg – det blir inte kul för er om ni försöker lura mig! Bäst för er att det är rätt adress till Max torp – *och att den jäveln är där!*"

"Jag lovar, han är där", sa Bim tonlöst, utan att se på honom.

Gia och jag följde Tomas till ytterdörren. Han gav oss en hotfull blick och trippade sedan tungt men smidigt som den tungviktsboxare han var, nedför trapporna, ner på gårdsplanen fram till Gias bil och öppnade bildörren.

Några minuter senare såg vi Tomas Tomten Tobiasson köra iväg ut genom grindarna med Gias rostiga skrotbil.

"*Goodwill?*" muttrade Gia för sig själv.

Vi gick tillbaka in i huset. Bim var inte kvar i köket. Gia skrek rakt ut.

"*Helvete!* Vi måste få tag i henne! Var är hon?"

Hon snurrade runt och knackade sig själv i pannan: "*Tänk-tänk-tänk!*"

"*Bassängen!*" skrek hon.

Våra fötter nuddade nästan inte trappstegen när vi rusade ned till simhallen. Vi såg henne vackla längs bassängkanten. I handen höll hon en stor kökskniv. Hon hade ett uttryck av obeskrivlig smärta i sitt ansikte, som om hon just hade slitit kniven ur sitt hjärta och höll på att förblöda.

Gia och jag sprang fram till henne och tillsammans lyckades vi avväpna henne.

Bim sjönk ner på knäna och gungade fram och tillbaka med armarna korslagda över bröstet. Det lät som om hon inte fick inte luft. Hon kröp ihop i fosterställning och vi fick hålla upp hennes huvud så hon inte dunkade det i kakelgolvet.

"Han är borta nu, min älskade", sa Gia och strök hennes hår.

Bim borrade ner huvudet i Gias knä och låg helt stilla, medan hon gav ifrån sig kvävda ljud som av en smärta långt, långt inifrån.

Gia smekte hennes hår och axlar och hyssjade. Hon sa:

"Hon var bara sexton år."

När Gia såg på mig var hennes ögon fulla av tårar.

"Hon var trasig."

Vi satt där länge och försökte få kontakt med Bim, men det gick inte. Hon ville inte öppna ögonen och hon svarade inte på Gias tilltal.

"Anmälde hon honom?" frågade jag.

"Nej."

"Va? *Men...?*"

*"Hyssj!"*

Hon böjde sig ner över Bims öra och viskade:

"Han är borta nu."

*"Död",* sa Bim.

Hennes stämma var tunn, nästan kvävd under händerna som hon höll framför sitt ansikte. Gia hyssjade henne och började gunga henne som ett litet barn.

"Han kan inte göra oss illa. Det är bara som han hotar", sa jag.

"Han är *död.* När ska du förstå?" sa Bim.

# frusen Tid

VI HÖRDE ETT UTROP.

Esmeralda kom gående med sin städvagn. När hon fick syn på Bim skyndade hon sig fram till oss och satte sig ner på huk. Hon drog av sig sina rosa gummihandskar och höll upp Bims ansikte mot sitt eget. Hon fixerade Bims blick med sina kloka ögon och frågade:

"Vem gjort detta till henne? Man med ont öga? Lång man, elak tunga, hårda händer, smutsiga tankar?"

"Han, ja."

"Gammal sår", sa Esmeralda tankfullt. "Lång väg in i själ. Gammalt ärr. Ärr skymma hjärta. Hjärta blöda. Alltid. Alltid ensam."

"Hon är inte alls ensam!" protesterade Gia.

"Ärr mura igen hjärta. Lång man mura igen hjärta på Bim."

"Vad ska vi göra?"

"Öppna hjärta", sa Esmeralda.

"Hur då?"

"Genom spegel för onda ögat. Enda möjlighet. Ärr egentligen död andes kropp, aska. Ge liv, ond ande flyga tillbaka ond man."

"Esmeralda! Det där är ju bara vidskepelse", sa Gia.

"Vidskepelse? *So what*? Fungerar *alltid!*" Esmeralda ryckte på axlarna.

Sedan log hon ett varmt leende mot Gia.

"På små kemiprofessorer också!"

"Vad ska vi göra, då?" frågad Gia.

"Ni ska komma med hem mig. Har ni någonting som tillhöra ond man?"

"Måste det vara värdefullt?"

"Värdefullt till ond man, ja. Symbolisk för tanke, handling."

"Hur mycket?"

"Pyttelite räcka bra. Lite *DNA*, som skeptiska professorsflickor kalla det."

Esmeralda fnissade.

\*

En stund senare startade Esmeralda sin lilla gula Folkvagn och vi följde efter i den blå lyxbilen som Tomas så vänligt hade lämnat kvar i utbyte mot Gias och Bims mer modesta variant.

Esmeraldas gula mexikovilla låg i ett villaområde med identiskt lika gula och röda tegelvillor på snaggade gräsmattor med torkställ och gungor och vita utemöbler i plast. Gardinerna fladdrade i grannfönstret när Gia parkerade den exklusiva blå bilen utanför Esmeraldas garage.

Esmeralda låste upp ytterdörren och visade oss runt i sitt hem. Möblerna som samsades i de ljusa rummen var märkligt omatchade: Som om Esmeralda hade varit den enda besökaren på en auktion någonstans i ödebygden och köpt upp hela restbohaget – stolar, bord, bokhyllor, mattor, en stoppad soffa, allt det där som ingen ville ha, för en billig klumpsumma; eller kanske fått alltihopa gratis mot att hon själv transporterade bort bråten – och sedan hade portionerat ut möblerna i rummen efter devisen att antalet möbler måste stå i direkt proportion till rummens yta, utan någon som helst hänsyn till den goda smakens konsensus.

Som om möblerna fyllde funktionen att spela möbler och att fylla ett fysiskt tomrum – eller en social konvention.

"Kom!"

Esmeralda visade vägen ned för en furutrappa till källarvåningens gillestuga som hade ett långt och välfyllt barskåp som huvudattraktion. Hon gick raka vägen förbi barskåpet och stannade till vid en bokhylla fylld med böcker om romantisk kärlek och trädgårdsskötsel och matlagning och bilar. Jag märkte till min förvåning att flera av böckerna fanns i fem, sex identiska exemplar, spridda över hyllorna.

Hon drog ut en av böckerna och famlade bakom den. Det knakade till i bokhyllan och den rörde sig långsamt utåt. Bokhyllan visade sig vara en svängdörr som dolde ett hemligt rum.

Bakom ett draperi av röda glaspärlor öppnade sig ett lönnrum med en av de märkligaste inredningar jag hade sett.

I det blå taket hängde en modell av alla planeterna i solsystemet och golvet var täckt med fin, vit pudersand.

På de mörkröda fönsterlösa väggarna hängde tecknade porträtt av kända historiska personer och jag läste deras namn och bidrag till mänskligheten: *Marie Laveau* – Voodoo Queen, *Harry Houdini* – Illusionist, *Carl Jung* – Psychoanalyst, *Jeanne D'Arc* – Saint, *Sitting Bull / Tatanka Iyotake* – Native AmericanLeader, *Harriet Tubman* – Abolitionist.

Överallt hängde torkade rötter och små djurskelett och märkligt formade grenar som såg ut som människolemmar. Överallt stod rökelsekärl.

På det lilla altaret stod olikfärgade stearinljus i höga silverljusstakar, en liten Venus från Milendorffstatyett, och glasflaskor, glasburkar, glasaskar, tarokkortlekar och rökelsekar. Bredvid altaret hängde en shamantrumma som var utsmyckad med vackra symboler, djur och mänskliga figurer.

På golvet stod en grupp förvridna trädkronor och trädrötter som hade förvandlat sig till märkliga stolar – med grenar som såg ut som människoben och som lockade mig att kapitulera och bli infångad och omfamnad av levande döda mellanvarelser. Inredningen kunde inte vara mer väsenskild från den på ovanvåningen.

"En smula *eklektiskt*, va?" muttrade Bim bakom handflatan.

Esmeralda följde våra blickar. Hon härmade våra uppspärrade ögon och skrattade gott.

"Rekvisita, ge *trovärdighet. Cred.* Som basker till konstnär, som stetoskop till doktor, som flagga till nationalist."

"Som skrotbil till rånare med kognitiv dissonans", viskade Gia.

Esmeralda gjorde en gest med armarna.

"Sitt ner! Jag ska brygga te! Beata Marie ska sitta där. Framför kristallkulan."

Hon försvann ut genom dörren och vi kunde se oss omkring i lugn och ro. Bim satte sig försiktigt i en stol som var en förvriden rot och djupare än den såg ut att vara. Den slöt henne till sig med sina vitpolerade kvistfingrar. Bims ansikte hade frusit i ett uttryck av smärta. Hon såg ut som en nyopererad person som fortfarande är påverkad och omtöcknad av narkosen, men anar vad som komma skall när såret ska inspekteras och kanske rensas. Hon suckade och himlande med ögonen för att visa vad hon egentligen tyckte om rummet och hela situationen.

Gia hyssjade och pekade mot det röda glaspärledraperiet, som om väggarna lyssnade med miljoner små osynliga öron och känslospröt, vilket jag, personligen, inte tvivlade en sekund på.

Esmeralda kom tillbaka med rykande hett te och små gula kakor som var formade som stjärnor.

"Inte vanligt te", sa hon. "Te för själen. Öppna kanaler inåt! Stark effekt, inte stark smak."

Teet smakade underligt. Under den skarpa söta smaken lurade kryddor som vaknade i gommen efter en stund, peppar, nejlika, och någonting metalliskt, som järn i små starka klumpar, och någonting torrt, som krita. Det brände hela vägen ner till magen.

Esmeralda drack sitt te och satt tyst en stund och masserade sina vader och såg då och då på oss och log. Hon mumlade någonting och det lät som om hon talade baklänges. Morgonens upplevelser började ta ut sin rätt och vi gäspade ofrivilligt, gång på gång. Mitt huvud nickade till hela tiden. Luften kändes kvav av doftljusen och rökelse och andra torra syrliga ospecificerade dofter som trängde ut genom föremålen i rummet. Vid något tillfälle kändes det som om jag slumrade till.

Esmeralda undersökte tusenlappen som Gia tagit med sig. Sedeln som kom från den stora hög med gömda sedlar som jag hade råkat upptäcka i källaren hos Bim och Gia. Hon luktade på den och strök över den med sina händer och mumlade någonting. Glasbiten från Tomas sönderslagna ölflaska glimrade till när hon förde den upp till ljuset och sa någonting till den. Esmeralda fattade Bims händer över bordet. Hon nickade mot kristallkulan sa:

"Berätta vad du ser!"

"Ingenting", sa Bim. "En glaskula, bara. Stor. Glaskula."

Esmeralda var tyst men hennes tystnad var krävande och hon släppte inte Bims händer. Bim suckade och såg in i kristallkulan och efter en stund sa hon:

"Jag ser bubblor och små oregelbundenheter i glaset. *Sprickor.* Nästan osynliga för blotta ögat."

"Drick mer te!" sa Esmeralda. "Du ska resa långt, långt. *Första station.*"

Bim drack några djupa klunkar te, grimaserade lite och fortsatte se in i kristallkulan. Mer för att vara Esmeralda till lags än för sin egen skull, verkade det som.

"Se in i osynliga sprickor!" uppmanade Esmeralda.

Bim stirrade och stirrade. Sedan sa hon, och hennes röst skälvde, som om hon skulle brista i skratt – eller i gråt:

"Du får köpa en ny kristallkula när det blir Halloween. Den här håller på att gå sönder!"

"Se in i kula! Smält sand från tusen gamla timglas. Frusen tid. Gammal kristallkula katalysator, ingen leksak!"

Esmeraldas röst var lugn och trygg. Bim skakade av ett lite nervöst skratt som hon inte lyckades hålla under kontroll och framför allt när Esmeralda nämnde att kristallkulan var en katalysator och ingen leksak verkade det som om Bim höll på att sprängas av skratt. Men hennes skratt innehöll mer förtvivlan och undertryckt gråt än munterhet och hon var tvungen att släppa Esmeraldas händer för att torka sig under ögonen. Sedan fattade hon åter Esmeraldas händer och såg länge in i kristallkulan. Det såg ut som om hon verkligen ansträngde sig:

"Bubblorna vill stiga till ytan. Men de hålls tillbaka. Av *kroppen.* Av *isen.* Av *glaset*, menar jag förstås. Jag tror de söker sig till *sprickorna*...Ser ut som *skrik. Sår. Blåsor. Luftfickor...*"

"Drick lite mer te!" sa Esmeralda. "*Andra station*, bara."

Bim drack ytterligare några djupa klunkar av teet och passade på att suga lite värme ur muggen med båda sina händer.

Esmeralda fattade Bims händer och placerade dem med handflatorna mot baksidan av kristallkulan så att Bim kunde se konturer av hudfärgade ytor genom det dunkla glaset. Sedan tog Esmeralda den lilla gröna glasbiten från Tomas krossade ölbutelj och placerade den mellan Bims handryggar och sina egna handflator. Så andades hon på kristallkulan och mumlade några ord som jag inte kunde uppfatta medan imman spred sig och försvann på glaset runt deras händer.

"*AndeDräkt*, på svenska språk. Mycket potent ord, mycket adekvat", sa hon.

"Mina händer ser ut som människor när man ser på dem genom glaskulan", sa Bim.

"Människors öde *i* dina händer, *genom* kristallkulans tidsöga", sa Esmeralda. "Titta noga!"

"Aj! Du trycker så hårt, Esmeralda!"

"Håll ansikte nära kristallkula. Se människor", sa Esmeralda.

"Måste du hålla så hårt? Släpp mina händer! Det gör *ont!*"

"Ont? Du hålla dem, eller de hålla dig? Vilket är sant?"

"Släpp!" skrek Bim. "Det är *du* som håller fast mig!"

"Inte jag. Människor i dina händer, människor i ditt huvud, människor i ditt hjärta, människor i ditt blod – *de* hålla fast dig. Lyssna på människor! Släpp ut röster! Vad säga de?"

Bim sa med tunn röst:

"Jag … jag hör inte. Jag hör bara min egen puls i mina öron. Mina egna hjärtslag. Det dunkar…"

Esmeralda lade sitt öra till sina egna händer som hon placerade över Bims och sa med en röst som lät som någon annan persons röst, en mörk röst utan brytning:

"Mannen med det onda ögat säger *"Nu ska du få vad du har tiggt om hela kvällen, din lilla hora"*. Han skrattar."

"*Släpp mig! Jag vill inte!*" skrek Bim.

Men det var osäkert vem hon skrek till eftersom hon blundade. Hennes röst var hög och tunn och lät som om den kom från en mycket yngre kvinna.

"Mycket, mycket ond man, sprida förakt", sa Esmeralda tyst. "Finns i dina händer, vaktar ditt hjärta, ditt blod, dina tankar."

Hon suckade tungt.

"Förakt. Förakt för livet."

Bim sjönk ihop med ansiktet mot kristallkulan.

"Jag vill inte! Vill inte mer!"

"Vem är andre man bredvid elak man? Man med mörkt hår?"

"Det spelar ingen roll längre! Allt är ändå förstört!"

"Han säger *"Håll i henne åt mig, Tomas... det är min tur..."*, sa Esmeralda.

Hon suckade tungt igen.

"Jag ser blod och smärta. Föraktets fula ärr framför hjärtats dörr. Död i liv. *Tredje station.*"

Esmeralda tog tusenlappen och placerade den mellan Bims handryggar och sina egna handflator. Esmeralda höll ögonen slutna, som i trance. Det såg ut som om kristallkulan kunde avläsa budskapen i Bims händer, och förmedla dessa intryck till Esmeraldas händer – som om Esmeraldas händer var röntgenplåtar där Bims sjukdomsbild avtecknade sig och gjorde Esmeralda mottaglig för all den information som Bims händer förmedlade.

Så skrek Bim till och drog tillbaka handen. Tusenkronorssedeln svävade omkring en liten stund innan den landade på golvet.

"Sedel bränns! Impregnerad av onda handlingar. Våld. *Fjärde station.*"

Esmeralda plockade upp sedeln som plötsligt hade konstiga mörkbruna fläckar och placerade den åter mellan Bims handryggar och sina egna handflator.

"Jag hör många röster. Onda män söker onda sedlar, lika denna här. Mycket pengar, mycket, mycket pengar. Många, många sedlar."

Bim blundade också nu. Det såg ut som om hon skulle trilla ner ur stolen. Hon såg alldeles förstörd ut.

"Varför kom Tomas? Sökte den andre man, Maximilian?"

Bim svarade inte.

"Drick mer te! Lugna nerver. Öppna kanaler inåt!" uppmanade Esmeralda.

Bim lösgjorde sina händer från Esmeraldas grepp och värmde dem runt sin mugg igen. Efter en kort stund fattade Esmeralda hennes händer.

"Beata Marie, *var är Maximilian*? Mycket viktigt!"

"Jag vet inte säkert. Ingen vet säkert."

"Kan inte se ansikte, bara höra röst, långt, långt borta. Han säger *"Släpp ut mig!"*, sa Esmeralda.

Hon förde upp handen mot pannan som om hon ansträngde sig till det yttersta.

"Hjälp mig Beata Marie! Du vet!"

Bim skakade. Hennes röst var tunn och hes.

"Det gör ont. Jag vill inte tänka på det."

"Behöver inte tänka. Bättre handla än tänka. Så säg; Var är Maximilian? Maximilian har resten av detta onda! Tomas leta Maximilian. Tre män söka Maximilian. Pengar! *Femte station*."

Esmeralda viftade med tusenlappen som en solfjäder.

"Han kanske är i sitt torp?" sa Bim. "Tomas sa att Max skulle dit."

*"Torp?"*

Esmeralda fattade Bims händer igen.

"Släpp mina händer! Jag vill inte mer nu!"

"Jag håller inte dina händer!"

"Det är han. *Han* håller. Mina... Aj!"

"Instängd. Ditt hjärta. Stängt. Tomas och Maximilian stängt det."

"Mitt hjärta? Jag ser dem! *Framför*... De jävlarna!"

Med ett ryck, kraftigt nog att slita upp en liten bärsbuske med rötterna, slet sig Bim loss från Esmeraldas händer och for baklänges ner på golvet och Esmeralda skyndade sig att kasta sig över kristallkulan för att förhindra att den också for i golvet. Bim kröp ihop på golvet med armarna runt knäna och andades häftigt. Sedan reste hon sig upp och satte sig på stolen igen.

"Fri!" sa hon.

Hennes ögon var mörka och uttryckslösa men läpparna var åtskilda i en grimas som förmodligen skulle föreställa ett leende. Esmeralda log tillbaka mot henne, inte övertygad.

"Nej. Inte än, lilla vän. Men snart."

Esmeralda bad Bim riva tusenlappen i små, små bitar och spotta på dem alla. Så stack hon Bim i fingret med en guldnål och kramade ut några droppar av Bims blod.

"Han måste känna ditt lidande. Giftet i ditt blod."

Esmeralda rev sönder fotot av Maximilian som jag hade glömt kvar i min plånbok men inte ville äga längre och blandade med den andra sörjan. Med en mortel krossade hon glasbiten från den gröna ölbuteljen som Tomas hade slängt i väggen, till små, små korn av glas. Hon tände en tändsticka och högen flammade upp och förvandlades till en glittrande hög med aska.

"Nu måste Tomas dricka detta", sa hon. "Giftet komma från hans kropp, gift måste återvända till hans kropp. *Sista station.* Ändstation. Jag förbereda en dekokt med magiska krafter, magiska ord. Skriva bekännelsebrev. Sedan vi åka efter Tomas och få honom dricka det och skriva under självmordsbrev."

"Är det ... *allt?*" sa Gia med matt röst.

"Yep", sa Esmeralda. "Allt – *första etapp.*"

Vi lämnade Esmeraldas villa och tog plats i den stulna bilen igen. Gia såg på sitt armbandsur och drog efter andan.

"Men hur kan vi ha varit hos Esmeralda i *två timmar?*"

"Det var så konstigt när ni sov...", sa Bim.

"När vi sov? Vi sov inte", avbröt jag. "Dåsade till lite, möjligtvis."

"Märkte ni inte att ni sov? Varje gång hon sa *station* somnade ni. Varje gång hon sa *oväder* vaknade ni."

"Jag minns inte att hon sa *oväder*", sa jag. "Bara att hon sa *station*."

Bim stirrade på oss:

"Hon hypnotiserade er – minns ni inte det heller? Minns ni inte bilden ni skulle titta på? När hon delade ut teet? Fotot?"

"Nej! Vilket foto?" sa Gia och jag i mun på varandra.

"Fotot på blomman! Jag låtsades se på bilden men fokuserade utanför bilden. När hon rabblade sina ord tänkte jag på egna ord, för säkerhets skull."

Både Gia och jag skruvade oroligt på oss i våra bilsäten.

"Men jag är säker på att hon gav andra kommandon till mig än till er", sa Bim. "När ni sov hände det saker i kristallkulan. Jag kände konstiga dofter. Hon mumlade. Hon ställde frågor om Tomas och Maximilian, om ett par andra män, om USB-minnen och andra saker jag inte kände till som rörde en av Nostrias underleverantörer i Frankrike, som gällde leveranser."

"*Shit!* Berättade du var vi har gömt pengarna?" avbröt Gia.

"Jag tror inte det. Jag tror inte ens hon frågade."

Det blev tyst. Vi var alla upptagna av våra egna tankar. Gia matade in en CD i CD-spelaren och hög reggaemusik fyllde bilen.

Jag såg för min inre blick hur polisen körde upp bakom oss med sina blåljus och vinkade in oss till vägrenen och bad oss förklara hur vi hade kommit över den exklusiva bilen, och varför vi flög fram i 190 km/tim på en 70 väg och varför vi hade så svårt att hålla oss innanför de vita strecken, och varför våra pupiller var så utvidgade, och varför vi spelade reggaemusik så högt så det hördes flera kilometer bort, och varför vi gapskrattade utan anledning, men det hände inte.

Jag kunde inte sluta skratta.

*"Man skulle kunna tro att vi är drogade."*

*"När sanningen är den att vi har sett in i ett gigantiskt sanningsöga av frusen tusentid och issand."*

*"En katalysator, ingen leksak."*

*"Undrar om det syns på oss?"*

🦎

# Hämndänglar

SMERALDA KLEV UR sin lilla gula folkvagn framför Villa Marina. Borta var löneslaven vars osynlighet stod i direkt proportion till bristen på makt. Borta var trälen med sina rosa gummihandskar och städrock i polyester.

I trälens ställe stod en rebell med gröna kamouflagekläder och svarta grova armékängor. En individ vars makt stod i direkt proportion till förmågan att göra sig osynlig.

En enda blick på Esmeralda räckte för att vi skulle inse att den här självsäkra kvinnan hade erfarenhet av att eliminera farligare fiender än dammråttor, och att hennes yrkeserfarenheter sträckte sig långt utanför den traditionella städbranschens domäner. Gia kunde inte låta bli att fråga:

"Finns det möjligtvis någonting du glömt nämna i ditt cv?"

"En riktig dam vet hur hon ska klä sig rätt vid alla tillfälle. Accessoarer i baksäte. Under rosa filt", sa Esmeralda kokett.

Vi sneglade in genom sidorutan på hennes folkvagn.

"Peacemakers", sa Esmeralda med ett litet skratt. "Just like me!" Hon blåste en slängkyss till "accessoarerna" under den rosa filten.

"Sweet babies", sa hon ömt.

Så gav vi oss ut på landsvägen igen.

Sommarens älsklingsfärg var grön i alla upptänkliga nyanser och former, med små pikanta inslag av havregult, blåklintsblått och vallmorött längs vägen. En fjällig grön hud av växande inneslöt oss i sitt mysterium, ibland som ett rasslande, prasslande bo med fri sikt mot den blå himlens bottenlösa nyanser, ibland som ett skyddande valv över våra huvud. Rikliga regnskurar hade skämt bort alla växter som andades ut sitt gröna tack genom att syresätta världen med drömmar.

Rummet, tidens och handlingens enhet förenades i en grön nyans inuti en farkost med säten i gräddvitt skinn som luktade varm hud och pengar och dämpade alla stötar som ett moderliv.

Vildvuxen skönhet susade förbi som i en film, beskuren och censurerad av bilens fyrkantiga rutor, samtidigt som reggaemusiken pumpade runt i vårt blod i takt med våra hjärtslag.

I våra slitna engelska oljerockar och mörka jeans från Villa Marinas klädförråd för långväga gäster såg Bim och Gia och jag ut som om vi var på väg till något engelskt överklassgods för att delta i en spännande jakt. Och trots att jag borde oroa mig över hur jag skulle överleva Esmeraldas privata gerillakrig mot alla våldtäktsmän och mördare och rånare som drogs till Max torp som en magnet – som om den lilla ensligt belägna fallfärdiga stugan ägde en hemlig, oemotståndlig dragningskraft på det civiliserade samhällets farligaste fiender – kände jag mig lugn, ja nästan förväntansfull.

*"Om vi kommer att delta i en jakt blir det garanterat inte som jägare utan som byte."*

*"En människa som känner sig lugn, nästan förväntansfull under sådana här förhållanden är definitivt en djupt störd individ."*

*"Undrar om det syns på mig?"*

Gia tröttnade på musiken och slog på radion istället. Efter några minuter hamnade vi i en nyhetssändning:

*"Polisen har fortfarande inga spår efter de fyra interner som rymde från Kumlafängelset i söndags. Tomas Tobiasson, Ola Hedberg, Sune Gran och Henrik Järnklo var alla delaktiga i ett väpnat rån mot en värdetransport från Riksbanken för två år sedan, då en väktare misshandlades till döds. Vid tillfället kom gärningsmännen över en okänd summa pengar som fortfarande*

*inte har återfunnits. Polisen betecknar de fyra rymlingarna som mycket farliga
och förmodligen beväpnade."*

Vägarna blev smalare och gropigare och träden blev fler och högre.
Varningsskyltar för älg dök upp med jämna intervaller och det var kanske
därför älgarna höll sig borta. Små röda stugor skymtade fram här och var
inne bland åkrarna. Grenar började stryka efter bilrutorna som om vi var
filmstjärnor.

Vi stannade bilarna en bit in på en skogsväg några hundra meter från
Max stuga och klev ut. Esmeralda tog genast kommandot. Hon dirigerade
och vi rullade den stulna bilen ned för en liten slänt där höststormen
hade röjt väg inför vårt besök. Grenar smattrade mot billacken och stenar
skvätte upp under chassit och vi kunde höra hur värdet på bilen minskade
med tio tusen kronor i sekunden.

Esmeralda tog fram två stora millimetertunna kamouflagefärgade
presenningar i tunt nät av nylon som vi bredde ut över bilarna. Sedan
strödde vi granris och kottar och några tunga stenar över de nedre kanterna
på presenningarna. På avstånd syntes inte bilarna om man inte visste att
de stod där.

"Intressanta saker du har med på dina utflykter!" sa Gia och borstade av
händerna på sina jeans.

"Tack! För ansikte också, förstås!" sa Esmeralda.

"Har du någonting för att trolla bort *stalkers*? För gott?" sa Bim och såg
på mig. Gia stötte till henne och sjöng:

"Någonting för att sudda, sudda, sudda, sudda bort din sura min?"

"Här! *For perfect skin!*" sa Esmeralda och drog fram fyra svarta, stickade
hjälmliknande luvor ur sin bältväska.

"Balaklava. Täck ansikte!"

Vi gjorde som Esmeralda och drog ner de tunna luvorna över våra huvud
så allt utom våra ögon syntes. Vi sneglade på varandra genom glipan vid
ögonen. Associationerna svängde på ett ögonblick från engelsk överklass
till nationellt obundna terrorister.

"Ser vi inte väldigt misstänkta ut nu?" sa jag.

"För vem? För *Herr Älg?*" garvade Esmeralda.

Hon lyfte på den rosa filten i baksätet av sin bil och där låg precis som jag misstänkte, fyra pistoler. Visst hade jag sett vapen på tv, men det var en helt annan sak att befinna sig så nära den riktiga varan. Det började kännas obehagligt.

"Jag vet ingenting om vapen. Bara att de dödar", sa jag.

"Allt du behöver veta", sa Esmeralda.

Hon delade ut varsin pistol till oss och visade hur man osäkrade den. Jag blev förvånad över hur bra den lilla dödsmaskinen trivdes i min hand. Hur tung och metallisk, men förtroendeingivande den kändes mot min puls. Hur rakryggad och bredbent den fick mig att känna mig. Som om mina åsikter plötsligt vägde lika tungt som kraften i vapnet i min hand.

*"Om nu barndomens lekar är en förberedelse inför vuxenlivets allvar; varför berättade aldrig någon att jag måste använda en leksakspistol som accessoar i mina prinsesslekar? Alla vet ju att Prinsessor utan pistoler är potentiella självmördare."*

*"Make my Day!"* väste Bim med bad cop-filmröst under sin svarta balaklava och Gia kontrade med *"Hasta la vista, baby"* som en metallisk robot från framtiden. Varpå Bim väste: *"Are you talking to me?"* med sin psykopatiska röst, och Gia svarade och lät som ett lika psykopatiskt eko: *"Are you talking to me?"* och Bim sa: *"Are you talking to me?"* igen med iskall röst, och repliken for fram och tillbaka mellan dem, studsade allt snabbare mellan dem och förkroppsligades i deras allt hotfullare kroppsspråk, samtidigt som de långsamt närmade sig mig från varsitt håll med sina lyfta osäkrade pistoler, som om jag var spegelytan mellan de två versionerna av en antisocial rättskipande taxichaufför från filmens värld. Till slut blev jag så skrämd av deras allvar och vapen och ansiktsmasker att jag gav ifrån mig ett skräckslaget, onaturligt skratt:

"Så dumma vi kommer att känna oss om ingen är där!"

Bim blängde på mig under sin svarta balaklava och började nynna:

*"Blinka lilla stjärna där ... hur jag undrar var du är..."*

Esmeralda hade inte märkt någonting av Bims och Gias schizofrena vapenlek med mig som spegel, eftersom hon var upptagen med att metodiskt gå igenom innehållet i alla sina fickor och hemliga utrymmen i sin uniform. Utan att se upp på oss, med handen innanför vaden på sitt byxben där jag skymtade någonting fasttejpat som blänkte till mumlade hon:

"Min kontakt sa att de kommer."

"Din kontakt? Och vem är det?" frågade Bim.

"Åh, kontakt andra sidan", sa Esmeralda och räknade för sig själv på spanska.

Bim himlade med ögonen bakom ryggen på Esmeralda.

"Är det din kontakt som förser dig med vapen också? Vem av dem? Den onde, den gode eller den fule?"

"Annan kontakt, dumma flicka!" skrattade Esmeralda och klappade henne på huvudet.

*

Vi närmade oss torpet. En brun bil stod slarvigt parkerad med två däck nere i vägrenen på grusvägen bland blåeld och hästhovar och kråkvicker, och jag kände igen Gias skrotfärdig bruna bil, nu med två nya, fräscha bucklor på ena bildörren. Framför torpet intill äppelträdet stod en ljusblå Volvo, modell nystulen, parkerad i det höga gräset ungefär där Bim hade kräkts två dagar innan.

"Stanna här. Om något händer, blås visslapippa, okej?" sa Esmeralda och gav Gia en liten visselpipa.

Vi följde henne med blicken när hon sakta smög sig fram till den ljusblå Volvon och böjde sig ner över däcken. Med några snabba rörelser med sin schweiziska armékniv punkterade hon alla fyra däcken och tömde en liten hylsa med vätska över bensintanken. När Esmeralda hade saboterat bilen ålade hon fram till torpet – så gott som osynlig i det gröna gräset – och reste sig upp mot den faluröda väggen intill köksfönstret. Hon tog upp någonting ur en av sina fickor som såg ut som ett stetoskop och lyssnade.

En person kom fram till fönstret. Det var lätt att känna igen siluetten av den store gestalten som kikade ut genom rutorna, eller speglade sin muskulösa lekamen i fönsterglasen. Plötsligt blev jag tacksam över de mörka maskerna och oljerockarna som fick oss att smälta in i omgivningen.

Esmeralda försvann bakom torpet och vi andra stod och tryckte bakom några buskiga fruktträd. En lång stund hände ingenting alls. Vi visste inte vad vi skulle göra, så vi gjorde ingenting, bara stod och väntade utan att veta på vad, eller på vem, med nerverna på helspänn.

Plötsligt hördes en våldsam krasch inifrån torpet, följt av ett illvrål. Arga mansröster skrek och det dånade av hårda dunsar. En hård kvinnoröst röt några korta kommandon varpå en av mansrösterna vrålade av skräck eller ilska. Det lät som om möbler, eller kroppar slog i väggarna. Sedan hördes ett klirr som från en sönderslagen fönsterruta och fler hårda nya dunsar och sedan blev det alldeles tyst därinne.

Efter en stund kom Tomas ut från torpet med händerna knäppta bakom huvudet. Tätt bakom honom kom Esmeralda som riktade sin pistol mot hans rygg. Tomas såg irriterad ut och försökte vända sig om, men Esmeralda skrek någonting till honom på hård kortfattad spanska och han fortsatte över gårdsplanen, förbi träden där vi stod gömda, ner mot grusvägen.

"Vad gör hon?" utbrast Gia.

"Hon gör det jag borde ha gjort för länge sedan", mumlade Bim.

Som om Esmeralda hade hört vad Bim sa, saktade hon in stegen och gjorde tummen upp åt oss utan att vända sig om.

Vi smög oss sakta efter dem på säkert avstånd för att inte synas från köksfönstret. Men Gia råkade ta ett oförsiktigt steg när hon klättrade över stenmuren och stötte till en sten som rullade ner och knäckte en kvist. Vi såg hur Tomas ryckte till när han hörde ljudet och såg in i skogen och råkade få syn på hennes mörka siluett i snåren.

"Kom fram Max!" skrek han. "Jag vet att du är där! Jag kan se dig!"

Vi kastade oss ner bakom stenmuren. Jag kände hur ett helt infanteri med myror började marschera upp för min arm och bita mig, så jag ryckte till och viftade med armen och borstade mig febrilt för att bli av med dem, och när Gia och Bim hjälpte mig så gott de kunde, höjde Tomas rösten igen:

"Jag hör dig, Max! Ge mig mina pengar så är allt glömt!"

Tomas vände på huvudet och sneglade på Esmeralda. Hon stod med vapnet riktat mot honom, oidentifierbar i sin svarta balaklava och kamouflageuniform, och med militärkängorna temporärt planterade mellan röllekor och smörblommor och grodblad. Jag fick känslan av att Esmeralda njöt av den här situationen. Att hon var en sann naturälskare på sitt eget, högst personliga sätt.

"Hur känner du Maximilian?" frågade Tomas.

"Nej."

*"Nej?* Okej, vi tar det på ett annat sätt då. Hur kom du i kontakt med Max?"

"Han kontakta mig. Hotbild."

"Hotbilden försvinner så fort han lämnar över pengarna som vi har bestämt. Det vet han."

*"Comprendo.* Men först du erkänna dödsmisshandel väktare. I brev till advokat."

"Va?" skrek Tomas. "Vad är det här för kupp?"

Hans knytnäve for ut i en våldsam markering, men han behärskade sig när han såg in i Esmeraldas pistolmynning och omdirigerade sin ilska till skrotbilen som fick en ny buckla till samlingen.

"Jag inte behöva förklara någonting. Jag är medium", sa Esmeralda.

*"Medium?* Vadå medium? *Medium size, eller?"*

"Kontakt."

"Vad är det här för jävla komedi? Var är pengarna?" skrek Tomas, högröd i ansiktet och med svidande knytnäve.

"Pengar är hos Maximilian och Sune."

Han blängde på den grönklädda figuren som stod framför honom, med ena benet i sagoskogen, omgiven av sommarblommor och väsnande insekter och kraxande fåglar, och det andra på den torra grusvägen, så auktoritär trots sin ynkliga längd.

"Vem är du egentligen?" morrade han.

"Jag *medium* – känner ingen, vet allt. Slut på frågestund. Amen."

Esmeralda tog fram ett maskinskrivet brev ur höftväskan, placerade det på motorhuven och beordrade:

"Läs! Make me cry!"

Tomas slet till sig brevet och började läsa, långsamt och knaggligt:

*"Jag,* Tomas Tobiasson, *har under lång tid plågats av samvetskval för följande kriminella handlingar och de konsekvenser de fått för oskyldiga individer.*

*Under ett väpnat rån av en värdetransport misshandlade jag väktaren* Marlon Hansson *till döds. Jag har svårt att somna på nätterna eftersom jag ser mannens blodiga ansikte framför mig när han ber mig skona hans liv och i mina drömmar hör jag fortfarande hans förtvivlade änka utlova hämnd."*

Tomas slutade läsa och stirrade på henne med vidöppen mun. Esmeralda lyfte sin pistol och siktade på hans huvud och Tomas fortsatte:

*"Mina tre medbrottslingar* Ola Hedberg, Henrik Järnklo *och* Sune Gran *blev felaktigt dömda till livstids fängelse för delaktighet i dödsmisshandeln. Härmed vill jag rentvå dessa tre män som på grund av sin djupa hederskänsla och lojala natur, har låtit bli att ange mig, deras nära vän och beskyddare, som den som ensam är skyldig till mannens död.*

*När en utomstående person hotade att avslöja våra planer på att utföra rånet mot värdetransporten råkade hon,* Måna Gran, *falla från sin balkong på tredje våningen. Ingen, inte ens hennes egen bror,* Sune Gran, *känner till de faktiska omständigheterna kring hennes fall, vilka är att jag besökte henne och under pistolhot tvingade ut henne på balkongen, där mitt försök att skrämma henne till tystnad ledde till att hon föll från tredje våningen, men överlevde och blev rullstolsbunden. En kort tid efter olyckan begärde* Måna Grans *dåvarande man,* Maximilian Brådth, *skilsmässa och* Måna Gran *gjorde ett misslyckat självmordsförsök. Jag inser att både* Måna Grans *skilsmässa och självmordsförsök är direkta konsekvenser av mitt uppförande på balkongen och bör nämnas i detta sammanhang.*

*En händelse som inte är kopplad till det väpnade rånet av värdetransporten varken direkt eller indirekt men som ändå bör nämnas när det gäller onda handlingar jag har inspirerat och deltagit i är denna:*

*För några år sedan våldtog* Maximilian Brådth *och jag tillsammans den då blott sextonåriga* Beata Marie Lind, *därför vi ansåg att hon hade en osunt stark självkänsla för att vara kvinna och för att hon inte tog ansvar för sin sexualitet. Vi var av den åsikten att en punktmarkering kunde vara på sin plats. Till saken hör att* Beata Marie Lind *hade ett svagt, för att inte säga obefintligt, socialt skyddsnät, så vi kombinerade nytta med nöje, så att säga,* utan att riskera några konsekvenser. Som en följd av våldtäkten drabbades Beata Marie Lind *av posttraumatiskt stressyndrom, djupa depressioner och svår ångest. Handlingen bör därför rubriceras som ännu ett mordförsök.*

*Mitt brottsregister är omfattande och innehåller allt från stöld från underprivilegierade samhällsmedborgare till bedrägerier och grov misshandel, men inga andra brott jag har begått har varit lika graverande som de ovan nämnda.*

*En kvinna som har kontakt med den andra sidan – bland annat med den man vars liv jag förkortade med så många år – har gjort mig uppmärksam på att jag, för att kunna få evig frid och förlåtelse i de dödas värld, måste stå för alla mina onda handlingar i de levandes värld.*

*Jag har accepterat att jag måste ta konsekvenserna av mitt handlande och vet att mina dagar är räknade på grund av en dödlig tarmsjukdom vars förnedrande terminalskede jag inte ämnar uppleva. Med mitt tidigare språkbruk skulle man kunna säga att jag är så full av skit att det blir min död. Eftersom man inte kan köpa returbiljett dit jag ska, vill jag ha frid i sinnet snabbt som fan, för att tala ren svenska.*

*Eftersom jag är en man som är van att uttrycka mina känslor i omedelbar handling och inte i ord har jag fått hjälp med att formulera dessa tankar, men att de är dikterade av mitt hjärta svär jag på så sant jag är människa.*


.......................
*Tomas "Tomten" Tobiasson*


Tomas var stum. Han stirrade på dokumentet i sin hand med gapande mun.

"Skriv under! Där! På prickar!" sa Esmeralda.

"Skriva under? Ett *självmordsbrev*? Hur jävla dum tror du att jag är!?"
Tomas viftade med dokumentet som en näsduk och började röra sig hotfullt mot Esmeralda, så hon lyfte vapnet och siktade. Han stannade. Och backade.

"Tomas! Say hello to Charlie!" sa Esmeralda.
I nästa stund hade hon dragit fram en cylinderformad behållare ur väskan. Hon skruvade av locket med en knyck från vänsterarmen mot sitt ben.

Med all kraft slängde hon innehållet på Tomas. En liten illgrön orm väste när den vecklade ut sig i hela sin längd i luften. Tomas fäktade med armarna mot angriparen och vrålade.

"Jag är biten, jag är biten, jag dör!" vrålade Tomas och rösten gick upp i falsett.

"Thank you Charlie! Say bye, bye, *die, die*, to Tomas!" sa Esmeralda och betraktade Tomas som dansade omkring i en vild dans med sin gröna kavaljer omslingrad runt benet och vrålade hysteriskt. Efter en stund halade hon – utan någon större brådska – fram en fickplunta i silver ur en av sina fickor. Hon viftade med den framför Tomas.

"Serum", sa hon. "Mot Charlies kyssar."

Tomas tog sig om vaden där han hade blivit stungen och lutade sig mot bilen.

"Ingen kommer ändå att tro på det här!" kved han och försökte bita sig själv i vaden för att suga ut giftet. "Tomten tar inte livet av sig!"

Esmeralda ryckte likgiltigt på axlarna.

Han lyfte dokumentet mellan båda händerna som om han skulle riva sönder det.

"Om jag *dör … Här… Nu…*" började han.

"Maximilian få pengar. Maskar få mat", avrundade Esmeralda.

Hon gjorde en nick åt skogen.

"Here's the deal, Tomas; you *disappear*. Comprendo?"

Esmeralda viftade med silverpluntan framför Tomas som spärrade upp ögonen och gapade enfaldigt. Sedan stönade han av smärta;

"Okej, okej, okej, men ge mig motgiftet, för fan!"

I nästa stund lyfte han kulspetspennan och skrev sitt namn på dokumentet.

"Kuvert till advokat också!" sa Esmeralda.

"Jag minns inte hans jävla adress! Det snurrar i skallen."

"Gunnar Bracke, Bracke och Bracke Advokatbyrå. *Tänk!*" skrek Esmeralda.

Tomas sänkte handen och började skriva på kuvertet. Sedan sjönk han ner på marken eftersom benen inte bar honom längre. Han skakade och svalde och andades häftigt och ilsket. Esmeralda kastade fickpluntan till Tomas.

"Drick! Smaka illa men bra för hälsa!"

Han skruvade av locket, drog in lukten och tömde pluntan med en grimas. Av gröne Charlie syntes inte ett spår.

Esmeralda gjorde en gest i vår riktning, som om hon ville att vi skulle komma närmare. Så vi steg ut ur skogens mörker, in i på skogsvägen som var som en upplyst scen, och till och med Esmeraldas skugga blev majestätiskt i kvällens magiska sommarstrålkastarljus, och vi stod där i kulissen och såg på när Tomas började vrida sig i smärtor på marken.

"Du sa att det var bra för hälsan!" stönade han.

"Sa inte vems hälsa", sa Esmeralda.

Bim gick fram till honom där han låg och kved i plågsamma konvulsioner.

"Går det för dig, Tomas?" frågade hon.

Deras blickar möttes.

Hans ögon utvidgades.

Han kände förstås igen hennes röst och ögonen under ansiktsmasken, och mindes blicken i ögonen hos barnkvinnan han en gång hade gjort så illa. Röda, skrämda ögon kladdiga av mascara och tårar, i ett flickansikte fullt av intorkat snor, tunna flickhänder över ett trasigt, blödande underliv.

*Blottad.*

*Liten, svag, hjälplös.*

*Kladdig av snor, blod och spermier och utsmetat smink .*

*Vettskrämd av smärta.*

*Trasig.*

"Beata Marie?"

Sedan såg han på mig och på Gia och förstod vilka vi var under våra svarta ansiktsmasker, eftersom han hade känt igen Bim. Han grimaserade svagt.

"Maximilian? Var är han? Den lille fule jäveln!"

Esmeralda markerade ett *hssj* med fingret åt oss.

Tomas försökte resa sig upp men blev överväldigad av illamående och sjönk tillbaka i hukande position med ett illvrål.

*"Faaan!"*

Bim viftade vårdslöst med sitt vapen.

"Hur känns det, Tomas? *"I vilket hål ska jag tömma den först?"*

Hennes röst var mörk av hat. Hennes händer darrade så mycket att hon fick använda båda händerna för att orka lyfta vapnet.

"Ta av byxor! Skor!" sa Esmeralda.

"Aldrig!" sa Tomas. "Hellre dör jag!"

*"Really?* In penis vanitas?" sa Esmeralda med ett förvånat skratt. "Okej då. Skjut honom! Jag har fått mitt brev."

Hon ryckte på axlarna.

Sedan fick hon syn på en liten haltande ekorre.

"Skjut i anus. Mest *cost efficient!*" tipsade hon utan att släppa ekorren med blicken.

Esmeraldas röst var lugn och saklig och lite eftertänksam. Men mest av allt var den likgiltig. Tomas såg på figuren i gröna kamouflagekläder och ansiktsmask som stod där och såg sig omkring över nejden medan hon drog in skogens alla dofter i sina lungor. Hon talade om honom som om hon var en jägare och han var det enda djuret på jorden som saknade existensberättigande. Bim lyfte armen och riktade den mot hans underliv.

"Skjut inte!" skrek han.

I nästa stund öppnade han livremmen och började dra ner gylfen. Långsamt, långsamt hasade han av sig sina jeans. Han slängde dem på grusvägen. Synen av de håriga benen fick mig att vända mig bort.

Esmeralda tog upp en liten tändare i metall och en behållare med tändvätska som hon tömde över byxorna.

"Kalsonger!" beordrade hon och knäppte med fingrarna.

"Äh men vad faaan", muttrade Tomas men lydde och drog av sig kalsongerna också.

Bevisen för att drycken i den lilla fickpluntan hade haft effekt började hopa sig. Den sura lukten borrade sig in i våra näsborrar, och kalsongerna var redan brunfläckiga. Elden flammade upp på grusvägen och spred en frän lukt av bränt tyg, skinn, gummi, t-sprit, urin och diarré. Bim och Gia och jag var tvungna att hålla för näsan eftersom vi inte stod ut med lukten.

Tomas satt på huk med rumpan bar och lutade sig mot bilen. Han frös och var inte lika stöddig längre, halvnaken, barfota och med en mage som drog hop sig i kramper och tömde sig okontrollerat till allas äckel. Han jämrade sig:

"Du Beata, hur *faaan* kan du bara samarbeta med en sån som Maximilian?"

Magen drog ihop sig och den vidriga lukten blev om möjligt mer påträngande eller kanske den antog nya varianter av vidrighet. Esmeralda sparkade jord över högen.

Bim stampade oroligt med fötterna. Handen som höll i pistolen darrade. Esmeralda förde upp fingret framför munnen på sin svarta mask och skakade på huvudet till henne som för att säga; *"Var lugn!"*

"Det var inget personligt den där gången. Jag var skyldig honom en tjänst, bara", sa Tomas.

"En *tjänst?*" stönade Bim.

"Äh, kom igen nu!" vädjade han. "Någon måste väl vara den första? Min första var min fosterfar när jag var åtta. Tror du det var så jävla roligt? Kunde inte skita på ett halvår."

Nu började Bim skaka. Hela hennes kropp darrade så mycket att Gia var tvungen att lägga armen om hennes axlar och försiktigt stötta upp hennes arm, eftersom Bim riskerade att skjuta sig själv i benet.

"Res dig! Sluta gnälla! *No tienes cojones*", sa Esmeralda och viftade mot Tomas med sitt vapen.

Tomas drog i sin vita tröja för att täcka underkroppen. Man kunde tydligt se alla motstridiga känslor som drog igenom honom. Dels mådde han fruktansvärt dåligt efter ormbettet och av innehållet i pluntan och dels var han djupt kränkt i sin manliga stolthet. Men Esmeraldas disciplinerade uppträdande fick honom att besinna sig.

Esmeralda tog fram handbojor ur en av sina fickor. Hon nickade till Bim.

"Händer på rygg Tomas!" befallde hon.

"Va?" Protesterade han.

I nästa ögonblick lade han motvilligt händerna på ryggen och lutade sig över bilen. Esmeralda nickade mot mig och jag bevakade Tomas rörelser från mitt håll med mitt dragna vapen. Jag var oerhört tacksam över ansiktsmasken. Jag såg utan att bli sedd. Men allra mest tacksam var jag över Esmeralda som oberörd som en stenstaty siktade mot Tomas huvud med hundraprocentig koncentration. Ord var överflödiga. Med hjälp av Gia knäppte Bim handklovarna på Tomas, och plötsligt var han inte bara byxlös och nerskiten utan även gravt rörelsehindrad.

"Okej. Torpet! Marsch!" sa Esmeralda. Hon pekade på Tomas med sitt vapen och beordrade honom: "Ropa! Säg till killarna att jag vill ha en miljon, annars jag skjuta dig! Jag har fler medhjälpare i skogen. Alla beväpnade. Alla stygga."

Hon viftade mot oss med pistolen:"*Göm er flickor!*"

Hon behövde inte upprepa sin order. Vi gömde oss bakom buskarna framför utedasset, så nära torpet att vi kunde se vad som hände utan att synas själva.

"Henke! Ola!" vrålade Tomas. "Hon *skjuter mig* om hon inte får en miljon!"

Stugdörren öppnades och två män i identiska rödrutiga flanellskjortor och slitna jeans klev ut på verandan. Den guldlockiga keruben med de enorma bicepsmusklerna och hans skallige men like muskulöse kamrat stirrade på Tomas.

"Varför har du tagit av dig brallorna, Tomas? Uppvaktning på gång?" frågade Henke.

"Se! Tomten har skitit ner sig!" skrek Ola med en röst som gick upp i falsett: "Fy faaaan vad du stinker!"

Ola och Henke såg på varandra och grimaserade.

"Visste inte att du är skiträdd för damer!"

Henke vek sig nästan dubbel av skratt och Ola gav ifrån sig ett ljud som lät som ett gnäggande och skrapade med fötterna på plankorna.

"Sluta kackla! Fixa fram pengarna för helvete, annars skjuter hon mig!" skrek Tomas.

Henke och Ola verkade inte rubbade i sitt lugn av Tomas aggressiva utspel. Trots att jag stod gömd tillsammans med Bim och Gia bakom några täta buskar minst fem meter längre bort fick jag svårt att andas. Kumlakillarna var alldeles för många, alldeles för skämtsamma, och de stod alldeles för nära.

"Henke och jag måste diskutera lite först! Mord är inget att skoja om!" sa Ola och stötte till Henke.

"Inte Tomtens läckra röv heller!"

Henke vände sig bort och kroppen skakade av undertryckt skratt.

"Skojar? Tror ni jag skojar? Hon där har medhjälpare i skogen och de siktar på er också!" skrek Tomas.

"Men visa henne vem som bestämmer då! Som du brukar!"

Ola och Henke gick åt sidan och började viska. Då och då såg de på Tomas och gnäggade. Esmeralda stod orörlig utan att yttra ett ljud med pistolen riktad mot Tomas ryggtavla. Efter en stund hojtade Henke:

"Du Gerillabruden! Vi har fattat ett demokratiskt beslut. Två mot en för att *vi* behåller pengarna och *du* skjuter Tomas!"

"Vad fan?" skrek Tomas.

Tomas röst lät inte mänsklig längre. Han lät som ett missfoster med outvecklade talorgan; en mutant med mänskligt DNA som upphittats av antropologer på någon avlägsen, övergiven katastrofplats några decennier efter ett kärnavfallsutsläpp, smutsig, galen, rasande. Missfostret snurrade runt och stampade på marken och slängde med överkroppen och riktade fruktansvärda sparkar med sina avföringsfläckade ben mot männen i halvmörkret. Om monstret inte hade burit handbojor och om männen framför honom själva inte hade varit beväpnade med en ansenlig mängd muskelmassa och en sopkvast och en eldgaffel skulle han med all säkerhet ha sparkat ner minst en av dem, förmodligen båda, och slitit dem i stycken mellan sina käftar för att slutligen krossa deras kranier mot sin egen tjocka skalle.

Till slut snubblade monstret över sina egna ben i ett av sina rasande utfall. När han låg där och svor på marken i sin egen lösa avföring, hörde vi Esmeralda stillsamt men bestämt säga: *"Nej!"*. Det tog mig en stund att förstå att hon kommenterade männens förslag och inte hutade åt Tomas för hans uppförande.

"Ett ögonblick! Ursäkta! Styrelsemöte på firman!" sa Henke.

Han och Ola vände ryggen mot Esmeralda och Tomas. De diskuterade någonting i dämpad ton medan de gestikulerade vilt med händerna och pekade på Tomas. Så sa Ola:

"Okej, okej, okej! Ett tredje alternativ: Du skjuter Tomas och får en halv miljon för besväret!"

Esmeralda var tyst.

Tomas låg och flämtade, hopkrupen i fosterställning i gräset. Det enda ljud han gav ifrån sig kom från hans oroliga mage, varpå Ola och Henke kommenterade: *"Värst vad det mullrar! Åskar det?"*

Efter en rungande skrattsalva diskuterade de någonting sinsemellan. Ola vände sig till Esmeralda igen:

"Du, en liten sak, bara. Du var ju beredd att göra det gratis? Eller hur? Så varför ska vi betala dig egentligen när du gör det i vilket fall som helst?"

"Onödigt slöseri med pengar. Från *vårt* perspektiv alltså", sa Henke.

Esmeralda såg in i skogen och suckade.

"*Varför*? Okej: Inga pengar – jag skjuter Tomas. Skjuter sönder däck. Eldar upp bilar. Min kontakt ringa polis och massmedia. Polis blir glada. Kvällstidningar blir glada. Ni får tråkig fritid några år. *Därför*."

Henke avfyrade ett bländande leende mot henne.

"Men du skjuter bara Tomas? Inte Ola och mig?"

"Då får hon ju inga stålar, dumhuvud!" skrattade Ola.

Henke fortsatte förhandla, entusiastisk som en auktionsförrättare:

"Gerillabruden: Sista budet: Sexhundra tusen om du skjuter Tomas! Mer kan vi inte erbjuda. Även om det är värt femtio miljoner för han är helt sjuk i huvudet och alla hatar honom."

"Du – Vi kanske skulle starta en insamling...?" föreslog Ola.

"En miljon!" avbröt Esmeralda.

"Lyssna damen, vi har enorma skulder! Transporten från fängelset var dyr. Alla ska ha sitt. Ingenting är gratis nuförtiden."

"Och vi måste börja om; skaffa nya ansikten, nya pass, nya bilar, nya brudar, ja, du vet, helt nya identiteter."

Ola himlade lite förläget med ögonen och ryckte på axlarna.

"Ja, hela *Svenssongrejen*, liksom. Volvo, villa, vovve. Paketet."

"Jag vet, jag vet. Logistik. Assimilationsprocess. Kostsam historia."

Ingen av dem sa någonting på en stund. De sög på hennes *"ass... mille"* ord och sneglade på varandra med höjda ögonbryn.

Ola visslade svagt.

"Lita inte på henne!" skrek Tomas från gräset.

"Vem ska vi lita på, då? *Dig*? Om inte Gerillabruden hade rusat in och räddat oss skulle Henke och jag varit döda nu!"

"Idioter! Räddat er? Hon där jobbar för Maximilian! Det är han som har snott mina pengar!" skrek Tomas.

Han var högröd i ansiktet och sparkade ursinnigt med hälarna i gräset.

"Aha! Bra att du nämnde *den* lilla detaljen", sa Ola. "Jag har undrat lite."

Varpå Tomas svor igen och skrek:

"Men fattar ni inte? Max och hon där tänker sno era pengar också? Jävla bonnrövar! Var är er lojalitet?"

"Lojalitet? Se här: Tomas brev till advokat! Prima exempel på lojalitet." sa Esmeralda. Hon gav brevet till Ola som läste det för Henke. Henke avbröt honom flera gånger och bad honom upprepa vad han just läst. Efter högläsningen hördes Olas vrål, Henkes vrål, Tomas vrål, Olas vrål igen.

Esmeralda kliade sig i öronen under sin balaklava. En liten fågel kvittrade, indignerad över alla människovrål på hans revir. Esmeralda drog ett djupt andetag och såg ut över nejden. Behagliga vindar blåste. Friska dofter svävade lockande i luften. Överallt pågick livsprocesser. Runt omkring oss dog små varelser så att andra små varelser skulle överleva gryningen. Gia, Bim och jag väntade. Vi visste bara inte på vad. Ola tog dokumentet från Henke som bara stirrade på det och gav det tillbaka till Esmeralda som stoppade tillbaka det i kuvertet.

"Kan du fixa ett möte med din chef? Han – den där *Maximilian?*" frågade Ola.

"Kanske det."

"Det finns pengar i det för dig."

"En miljon, jag vet."

Ola skrattade så han var tvungen att ta stöd mot stugväggen.

"Envisa, envisa fruntimmer!" Han teg en stund och så kom det: "Henrik och jag gillade det vi såg inne i stugan. Det du gjorde med Tomas. Vi behöver en livvakt. En sån som du. Självförsvar och vardagsliv och sånt där är inte riktigt vår grej, det är därför vi frågar dig. Du är ju ett proffs."

"Sen efteråt, när du har lämnat det där brevet till din arbetsgivare, kanske du vill byta chef? Max verkar vara en dryg jävla översittare. Men vi är bra."

"Utmärkt förslag!" sa Esmeralda. "Skicka ut pengar! Visa att ni mena allvar!"

Ola kom ut med en tygväska som han placerade på bänken på verandan.

"Här är pengarna. En miljon kronor. De är dina när-när uppdraget är klart. Om du vill jobba för oss finns information i väskan. Kontaktadressen, mobilnummer, allt. Och resten vet du!" Han blinkade och log brett.

"Bra!" sa Esmeralda och sneglade ner i tygväskan. Hon tog upp en sedelbunt och bläddrade vant med vänsterhanden upp mot ljuset.

Under tiden de hade förhandlat om priset på hans huvud hade Tomas flytt över gräsmattan med gigantiska kliv på väg ner för backen mot grusvägen. Esmeralda upptäckte vad som höll på att ske och snabbare än vad jag trodde var möjligt rusade hon efter honom. Henrik och Ola såg efter dem och suckade.

"Tänk att dela cell med henne! Inget onödigt prat. Inget gnäll. Bara action."

"Mmm. Som Ellen Ripley i *"Aliens"*."

Bim och Gia och jag försökte avläsa reaktionerna i varandras ögon när vi såg efter den halvnakna jätten med sina gigantiska armar låsta på ryggen som en slags muterad insektsmänniska med vingar på ryggen; hur han med framåtlutad överkropp och diarrén rinnande efter de håriga benen försvann över gräsmattan, tätt följd av den övernaturligt snabba gröna vättkrigaren med svartluvan nerdragen över ansiktet och med vapnet i hand, påhejad av en blond kerub och en pirat som just hade erbjudit henne en kappsäck full med guld för att skjuta den elake jätten, så att de kunde offra honom till önskebrunnens gud och önska att Ellen Ripley skulle landa med sitt vita rymdskepp och gifta sig med dem.

"Det här är makabert!" sa Bim.

"Som science fiction fast på riktigt", sa jag.

"Hur hamnade vi här?" sa Gia.

"Hypnos, förmodligen", sa Bim.

Vi ville inte att de två ökända kumlaflyktingarna skulle få syn på oss från köksfönstret när vi följde efter Esmeralda och Tomas, så vi smög oss bakom torpet och började sakta vada fram genom det höga gräset nära stenmuren.

Så var vi inne i skogen igen. Doften av barr och mossa lade sig som en varm filt runt om oss. Luften som omgav oss var mättad med skogens dunster av mossa, barr och jord och så frisk så vi blev trötta av att andas. Bim fiskade upp en chokladkaka ur fickan och delade den mellan oss. Träden susade och grenar knastrade och vi hade ett antal nyfikna ögon riktade mot oss från nyfikna djur och andra livsformer men de störde oss inte om vi inte störde dem.

Av någon anledning hade vi behållit maskerna på och det kände konstigt att se på varandra maskerade till oigenkännlighet. Samtidigt var det som att maskerna gav skydd för de hemska handlingar vi blivit vittne till. Vi hade inte varit oss själva – vi hade sett utan att synas.

Så hördes ett skott.

Den skarpa knallen skar sönder lugnet runt omkring oss. Ekot av skottet vibrerade i våra öron. Några fåglar kraxade till, flaxade med vingarna och lyfte. Sedan blev allt blev tyst. Inte ett sus drog genom trädkronorna. Inte en vindpust kändes. Det var som om skogen och alla dess varelser höll andan. Vi stod som frusna mitt i en rörelse.

*"Vad hade hänt?"*

*"Hade Esmeralda skjutit Tomas? På riktigt?"*

*"Eller hade någon av männen följt efter Esmeralda och skjutit henne?"*

Skogens alla varelser av klorofyll eller kött och blod drog ett nytt andetag. En skata kraxade till och ruskade om lövverket på träden intill oss. Det prasslade och susade runt omkring våra fötter och ansikten.

Plötsligt hörde vi ljudet från en bil någonstans långt borta. Det lät som om den körde i riktning mot torpet och inte ifrån den.

Vi smög genom en liten snårig stig fram till grusvägen, så nära vi vågade. Då såg vi Tomas komma rusande i mörkret från ingenstans med armarna på ryggen och huvudet framskjutet, som en misslyckad mutation mellan den grekiska och nordiska mytologin, halvt monster, halvt människa, halvt insekt, halvt jordhög, rakt mot bilens strålkastare.

Jag vände mig bort för att slippa se det oundvikliga hända, och hörde en duns när Tomas blev påkörd. Bilens bromsar gnisslade och ett dammoln virvlade upp i strålkastarljuset när den tvärbromsade.

Det blev tyst en lång stund. Sedan trängde ett hysteriskt kvinnoskrik ut från bilen. En mager man i stripigt rött hår och rött skägg öppnade bildörren och klev ut. Han drog sin svarta skinnjacka tätare om sig och stod och stirrade en lång stund på varelsen som låg som en skär, muterad gigantisk fågelunge med långa håriga ben och totalhavererat lokalsinne mitt på vägen.

En rödhårig kvinna stack ut sitt huvud genom sidofönstret och ylade:

"Är han död? Har vi dödat honom, tror du?"

"Nej, men han är allvarligt skadad."

"Varför sprang han mot bilen, Sune? Liftade han, tror du? Varför har han tagit av sig sina byxor? Är han en blottare, tror du? Eller har han blivit riven av en björn? Tycker björnar illa om blottare?"

Den rödhåriga kvinnan malde på med sina frågor medan mannen böjde sig ner över Tomas och försökte få kontakt. Han kände på Tomas hals och slog honom på kinderna.

"Han måste till sjukhus. Annars dör han", konstaterade mannen.

"Men Sune! Polisen letar ju efter dig!"

"Du får vänta hos killarna i torpet så länge, så kör jag med honom till någon bensinmack i närheten och ringer ambulans."

Vi stod så pass nära att vi kunde se när Sune tog ut en rullstol ur bilens bagageutrymme och hjälpte kvinnan att sätta sig med sin väska. Paret var syskonlika, men hennes röda hår var någon decimeter längre än broderns, och lockigt, och hon saknade skäggväxt, och medan brodern var mager och formlös som en fågelskrämma i sina smutsgrå jeans och skinnjacka var systern mycket yppig, med kvinnliga former som den vita angorajumper och de rosa velourbyxorna gjorde sitt bästa för att framhäva. Hela vägen upp till torpet kunde vi höra hennes frågor eka mellan granarna.

Kvar på vägen, framför bilen, låg Tomas. Han såg ut som en människa som har blivit våldtagen, utknuffad från en balkong och omsorgsfullt misshandlad med hårda kängor.

Men han såg däremot inte ett dugg ut som en person som har blivit skjuten.

Det prasslande till bakom oss och Esmeralda dök upp. Hon var helt oskadd. I handen bar hon väskan med sedlarna. Vi andades ut och rusade fram och kramade henne.

"I detta ögonblick har Tomas onda gärningar kommit ifatt honom och manifesterat sig i hans kropp som smärta", sa hon.

Märkligt nog hade hon ingen utländsk accent alls när hon sa det här. Vi noterade detta faktum, men ingen av oss sade någonting. Det var bara en liten märklig bagatell i ett skeende som helt saknade yttre normalitet. Esmeralda gick fram på grusvägen och böjde sig ner över Tomas. Han såg upp på henne med matt blick när hon låste upp handklovarna.

"Vem är du, egentligen? Varifrån kommer du?" frågade han med en grimas av smärta.

"Kom igen. Du vet. Jag är den där tjejen i dina mardrömmar", sa Esmeralda, och det hördes att hon log under sin balaklava.

Sune kom springande nedför backen med kurs på Tomas, och vi skyndade oss att gömma oss i det täta buskaget. När han kom fram lyfte han upp Tomas från marken och skakade honom. Tomas jämrade sig och brun saliv rann nedför hakan.

"Var är Max? Henke sa att Max gömmer sig i skogen. Något brev du undertecknade, ett erkännande? Vad är det som händer, Tomas?"

*"Max… I skogen … Ont, ont…"*, sluddrade Tomas.

"Henke och Ola sa att du försökte slå ihjäl dem och tänkte sno deras andelar. Men att någon science fictionbrud räddade dem…"

"De ljuger… Ingen *brud*… En *orm*…"

Tomas stötte ut brun saliv i små oregelbundna pustar, och Sune gjorde en äcklad grimas:

"Du skulle snacka med Max, eller hur? Så att han skulle fixa allting med din advokat? Så var fan *är* Max? Och var är mina USB-minnen med alla adresser, alla koder, alla rutter, alla telefonnummer?"

Först då kände jag igen Sune. Det var han som hade väntat på toaletten och tagit struptag om min hals. Han hade nämnt USB-minnen då också. Jag flämtade till och tryckte armen på Bim.

"Bim! Det är han! Han från toaletten!"

"Jag vet", sa Bim.

Sune skrek och gestikulerade vilt, som om han ville att skogens alla varelser skulle bevittna hans utspel:

"Vet du vad de sa däruppe? Att det är ditt fel att Måna är förlamad och halvtokig!"

Han skakade Tomas som ylade av smärta och släppte ifrån sig ännu mer av sitt stinkande tarminnehåll. Sune svor till. Han reste sig och gick fram till bilen och började rota i baksätet. När han återvände höll han ett par lila veloubyxor i handen.

"Måna blir nog sur, för hon gillar de här brallorna, men jag står inte ut med din finniga röv och din skitlukt, längre", sa han och ryste. Vi hörde svordomar och kraset av tyg som revs sönder.

"Om det inte hade varit för dig så hade jag ha stått på *Sloppy Joe 's* på Key West i Florida, i detta ögonblick. Druckit martinis. Som Hemmingway. Rik. Fått *respekt*. Varit någon."

Han skakade Tomas kropp Den här gången gav inte Tomas ifrån sig ett ljud, men det avskräckte inte Sune som fortsatte att ventilera sitt hat:

"Jag skulle ha simmat bland delfiner, snorklat bland korallrev, åkt ut med en båt, harpunerat några stora fiskar, rökt på, haft en bra kvinna eller två, och massor med katter och hundar och ungar och ett stort hus med pool och en stor fet Harley. *Det var planen!"*

Han drog efter andan och nu lät det som om han snyftade:

"Och sen? *Det här!* Snuten är efter mig. *Ont?* Vad fan vet *du* om *ont?"*

Sunes långa magra kropp skakade av ilska, av alla känslor som inte fick utlopp nu när Tomas var medvetslös och inte kunde svara, och han boxade med knytnävarna i luften och skrek från djupet av sin förtvivlan:

"Flyktplanen, bilarna, avlöningslistan, lägenheterna, passen, mutorna till snutarna, advokaten! *Allt* var fixat, *allt* planerat in i *minsta detalj!* Så varför skulle du sparka ihjäl den stackars jäveln för? *Varför?* Tack vare dig och dina *improvisationer* och satans humör åkte fyra killar in på *livstid!"*

Han vrålade så han blev röd i ansiktet och det lät som om han grät. Sedan böjde han sig ner över Tomas och nästan kved:

"Han gjorde ju bara sitt jobb! *Han bad för sitt liv, Tomas!* Du ska fan inte dö nu! Lida ska du, *ont* ska du ha – *ont, ont, ont* i många långa år."

Sedan släpade han in Tomas slappa kropp i baksätet av bilen och körde iväg.

# Go' Som Gull

NÄR LJUDET AV BILMOTORN hade klingat bort såg vi på avstånd hur Henke och Ola kom utrusande ur torpet.

"Hallå! Gerillabruden! Kom tillbaka med pengarna!"

"Det är *fusk!* Tomas lever!"

"Detta är egenmäktigt bedragande och stöld av annans egendom!"

Henke och Ola stod och vrålade på verandan som om de trodde att Esmeralda, den stentuffa gerillabruden, skulle överväldigas av samvetskval och komma rusande och lämna tillbaka miljonen som de själva hade tillskansat sig på ett minst sagt oärligt sätt. Vi utbytte blickar under våra rånarluvor och började skratta för situationen var så absurd.

"Det här är *ohederligt!*" vrålade Henke.

*"Jävligt taskigt!"*

"Hörrödu! Gerillabruden! *Kom tillbaka!"*

Bim trillade ihop på marken och skakade av skratt.

Hon härmade Olas upprörda: *"Kom tillbaaaka!"*, *"Det är ooohederligt"*.

Vinden blåste i vår riktning så vi kunde höra varje ord de sa. För varje nytt *"Kom tillbaka!"*, *"Du är egoistisk!"*, *"Du lurade oss!"* vek vi oss av skratt.

"De där två är *fullkomligt pantade*", stönade Bim: *"Kom tillbaaaka!"*

Nu hördes Månas röst i kören från verandan.

"Vem är Gerillabruden? Maximilians nya? Åh, om jag bara hade kunnat gå skulle jag allt ha gett henne en lusing!"

Måna vrålade rakt ut i kvällsrymden, för allt vad hennes lungor mäktade: *"Du är en tjyv, Gerillabruden! Av den värsta sorten! För du stjäl pengar från två fattiga stackare som är jagade av* POLISEN! *Och du stjäl en karl! Från en* INVALID! *Som sitter i rullstol! Vet hut! Har du ingen skam i kroppen!"*

Gia, Bim, Esmeralda och jag stod och tryckte mot några träd i närheten. Vi flämtade och snörvlade och skakade av eftersviterna från skrattanfallet.

"Vänta här, ögonblick!" sa Esmeralda.

"Va?" sa Bim. "Vad tänker du göra? Esmeralda! *Nej...!*"

Men Esmeralda brydde sig inte om våra invändningar. Vi såg hur hon med långa bestämda steg och högburet huvud gick raka vägen fram till Måna i rullstolen på verandan, slet av sig ansiktsmasken med en dramatisk gest så de svarta lockarna dansade nedför halsen, sträckte fram handen till den gapande Måna, spände sina gröna ögon i henne och sa:

"Esmeralda Hansson."

"Hansson? *Hansson.* Hm, hm. Låter lite bekant..?" sa Ola.

"Just det. Marlon Hansson var min man. Död nu."

"Den där väktaren – var det *din man?*" flämtade Måna.

"Just det."

I nästa ögonblick brast Måna ut i gråt. Hon klappade Esmeraldas händer gång på gång, medan tårarna droppade från hennes stora olyckliga ögon.

"Du arma, arma människa! Och din stackars man, sedan! Som är *dööööd!*" Hon såg upp på Ola och Henke:

"Inte kan ni väl ta hennes pengar? En berövad människospillra? Är ni *monster?* Som Norman Bates! Som *politikerna?*"

Henke och Ola stod stilla och såg mycket olyckliga ut.

"Åh fan vad du måste hata oss!" stönade Ola.

Han bankade sig själv upprepade gånger på bröstet över hjärtat.

"Nu förstår jag ditt riktiga ärende", pep Henke. "Men innan du skjuter oss måste jag bara få säga en sak: Vi försökte stoppa Tomas. Det gjorde vi verkligen. Men Tomas – han... han..."

Esmeralda drog handen genom sitt svarta tjocka hår och sa, helt allvarligt:

"Marlon förlåta er. Men aldrig honom. Förlåter aldrig, aldrig Tomas."

"H-hur vet du det? Om jag nu får fråga?"

"Talar med Marlon varje dag."

"Men han är ju *död*? Vi *såg...*"

"Monolog", sa Esmeralda.

"Monolog?"

"Monolog."

De såg frågande på den lilla kvinnan i kamouflageuniform som log stort mot dem. Sedan började de fnissa, lite försiktigt. Esmeralda instämde, och skrattade högst av alla.

"Ja, se kvinnor, snacka kan de", sa Henke och skakade på huvudet.

"Men – hur fick du reda på att vi skulle träffas just här?" frågade Ola.

"Marlon ha kontakter båda världar", sa Esmeralda.

De såg på henne en stund, som om de inte riktigt visste vad de skulle tro. Sedan blinkade Ola med ögat och sa vänligt:

"Henke och jag är inte heller riktigt, riktigt som andra människor. Det har inte velat sig så och det är inte bara vårt eget fel. Och det säger jag inte för att skylla ifrån mig när det gäller karriärsval och sånt. Henkes mamma försökte strypa honom när han var nyfödd. Hon trodde han var en råtta som skulle ta hennes heroin! "

Ola skrattade högt en stund och torkade sig i ögonvrån.

"Vad fan ska en råtta med heroin till? Va? Henke har ärvt hennes intelligens."

Henke låtsades bli arg och knuffade till Ola men skrattade minst lika högt själv.

"Åja, åja. En råtta gör ingen barndom som de säger. Vi blev rätt normala ändå. Vi gillar ju kaffe! Vi fikar jämt. Vill du ha dig en kopp, Gerilla-Hansson?"

"Ja tack", sa Esmeralda.

Måna klappade henne på kinden och sa stolt:

"Slå sig ner, lilla Änkefrun! Vi har nybakade kanelbullar också. Mina händer är det minsann inget fel på. Och nåt måste man hitta på, för att få dagarna att gå när benen inte kan. Gå, alltså. För att deras själafötter har vandrat i förväg på de himmelska stigarna, om man så säger, och- ..."

"Amen", avbröt Ola.

"Amen", instämde Henke med eftertryck.

Och där satt Esmeralda och drack kaffe och småsnackade med Ola, Henke och Måna på verandan i skenet från en fotogenlampa. Esmeraldas bullrande skratt hördes vida omkring och blandades då och då med Månas gälla skratt, som vi först trodde var skrin från en fiskmås, och Henkes och Olas grova röster och sång av herr koltrast och herr näktergal. Även göken hördes – om det inte var Henke som härmades. Det hela var nästan oanständigt trevligt och gemytligt.

Doften av kaffe och kanelbullar låg tung över nejden och blandades med den mustiga doften av granskog, mossa, mylla och doften av brinnande ved. Ett plötsligt utbrott av sång från en ljus sopran i några smäktande strofer av Bellmans epistlar fick mig att rycka till och rysa av ofrivilliga associationer.

*"Vila vid denna källa..."*

Men för övrigt kunde inte Bim, Gia och jag själv göra någonting annat än att sitta där på våra mossbelupna, kalla stenar och på avstånd betrakta de där människorna som inte var riktigt, riktigt som andra människor, och försöka höra vad de sa och vad de skrattade åt, och försöka låta bli att känna efter hur kaffesugna vi själva var – vilket var en omänsklig bedrift eftersom våra ansiktsmasker skyddade mot det mesta men inte mot doften av nybryggt kaffe.

\*

Med mörkret kom kylan smygande och vi huttrade. Runt omkring oss knäppte och prasslade det av nattens aktiviteter ibland de små varelserna som bebodde skogen. Det kändes både tryggt och lite kusligt. Tusen små ögonpar observerade oss där vi satt som objudna gäster i deras hem. Tusen mer eller mindre hungriga små ögonpar som längtade efter lite nattmat och kanske inte tackade nej till lite ny smak på proteinerna.

*"Hur hamnade jag här?"* frågade jag mig själv.

*"Hur gick det till? Från ett svartsjukeanfall till detta?"*

Bim satte sig på marken och lade sitt huvud i Gias knä och Gia strök henne sakta över ansiktsmasken. Bim verkade mycket trött. Men vi var alla trötta. Jag längtade efter att också få lägga mitt huvud i Gias knä och känna hennes hand smeka mitt huvud på samma sätt, men jag vågade inte störa dem.

Jag märkte till min förvåning att jag inte blev svartsjuk eller ens avundsjuk på ömheten mellan dem. En dag skulle jag måla den. Måla deras svarta ansiktsmasker som i kontrast mot den gröna bakgrunden, stenarna och träden, och i kontrast mot ömheten, förskönade min upplevelse, fördjupade min längtan, gjorde den tydligare, renare, mer poetisk, mer universell.

*"Kärleken ägnar man sig åt med livet som insats. Sådana är spelreglerna. Därför är det bara logiskt att vi bär ansiktsmasker."*

"Vad väntar vi på egentligen?" sa Gia och gäspade.

"Att kafferepet ska ta slut", sa Bim.


På avstånd hördes ljudet av en bil som kom körande på grusvägen i hög hastighet i riktning mot torpet. Vi sträckte på oss och borstade av oss pinnar och blad som fallit ner från träden.

"Det kanske är Max?" viskade jag.

De hyssjade och pekade mot vägen. Bilen körde upp för slänten och tvärnitade bredvid Volvon. Någon slog upp bildörren och steg ur. Sune var tillbaka. Men utan Tomas. Med målmedvetna steg traskade han fram till verandan och den församlade skaran som satt där och hade det trevligt. De såg upp på honom och det glada pratet och skratten avstannade. Han tvärstannade när han såg Esmeralda.

"Vem är *du*?" sa han.

Måna sänkte huvudet och gjorde en gest mot hjärtat. Sedan sa hon sorgset:

"Sune; får jag presentera: Det här är Marlon Hanssons änka – Esmeralda Hansson!"

Och som i en kör i en grekisk tragedi hördes från Henke och Ola:

"Go' som gull' – i egen hög person! Ja, fast liten."

"Liten och effektiv!"

Måna fortsatte leka värdinna och pekade på Sune:

"Esmeralda – det här är min kloka storebror Sune! Bäste storebror en

flicka kan ha. Men tyvärr: *han är inte till salu, för han är bara min!*"
Alla skrattade hjärtligt åt hennes lilla skämt. Alla utom Sune. Han ställde
sig bredbent och stirrade länge och ohyfsat på Esmeralda.
"Du har verkligen förändrat dig sedan rättegången", sa han.
"Bra", sa Esmeralda oberört.
"Vad jag försöker säga är att du ser *annorlunda* ut!" sa Sune med antydan
till darr på rösten.
"Tack."
Sune vände sig till de andra. Ola och Henke såg upp på honom från sina
schackrutor och finska pinnar och kokoskakor utan att säga någonting.
Sune for ut med armarna:
"Men minns ni inte? Rättegången? Ni var ju själva där!"
"Folk har väl rätt att förändra sig!" protesterade Henke.
Sune knackade sig i pannan och suckade:
"Nej det kan inte vara sant! Det är inte möjligt! Jag trodde inte ni kunde
bli mer korkade! Blev ni lobotomerade på kåken, eller?"
"Tomas dödade hennes man!" sa Henke. "Visa lite respekt, hörrudu!"
Fötter skrapade mot golvplankorna och Ola och Henke blängde på Sune.
Stämningen var tryckt när Måna beslöt sig för att ingripa och inflika med
sammetslen lillasysterröst:
"Vill du ha lite kaffe, Sunegubben? Du måste vara *såå* sliten efter din
modiga livräddning och med alla dumma poliser som inte har något annat
för sig än att jaga dig! Värre än alla idiotiska björnar som ränner runt och
sliter byxorna av folk!"
Hon klappade sin bror på benet och såg bedjande på honom.
"Kaffe?" fräste Ola. "Sune förtjänar inget kaffe! Så fort Tomten har rymt
från sjukhuset kommer han att leta upp oss och sparka ihjäl oss allihop!"
Henke pekade på Sune, så arg så orden stockade sig i halsen på honom.
"Ja, tack vare *dig* Sune*gubben* är vi redan *så gott som döda allihop!*"
Han blev mörkröd i ansiktet och så arg att han var tvungen att vända sig
bort.
"Jävla android!" tillade han tyst och spottade över axeln.
Sune stirrade på honom en lång stund som om han vägrade tro sina ögon.
Han snurrade runt på klackarna och slog sig för pannan några gånger och

stönade. Sedan var det Esmeraldas tur att bli utstirrad där hon satt i godan ro i sina gröna kamouflagekläder och långa svarta hår, med en stor väska bredvid sig.

"Du där! Svarta Änkan! Vem jobbar du för? Max? Eller Bracke? Eller båda?"

"Marlon Hansson ombud", sa Esmeralda och bet i en kanelbulle. Hon var fullkomligt lugn, trots Sunes skarpa blickar.

"Försök inte! Är det du som har USB-minnena? Vill Max ha pengar? Ännu mer pengar!"

"Nej."

Innan någon hann reagera hade Sune tagit ett järngrepp om Esmeraldas handled och slitit upp henne från bänken. Bullen studsade iväg över golvplankorna och ner för trappan och fotogenlampan vinglade till. Det lilla sällskapet såg förskräckta på Sune, och Måna flämtade:

"Men Sune, vad gör du? Släpp henne! Du skrämmer den arma lilla änkefrun!"

"Du! Gå in och diska! Nu! Genast!" vrålade Sune till sin förfärade syster. Henke hade rest sig för att komma till damernas försvar:

"Skrik inte åt Måna! Du ser väl att hon inte kan gå! Hon sitter ju i rullstol, för fan!"

"Nu håller ni käften allihop! Gå in och diska!" skrek Sune. "Jag vill tala i enrum med den här amerikanska damen!"

Ola och Henke sneglade på Sune. Sedan blåste de ut lågan i fotogenlampan, rafsade åt sig muggar och termos och bullkorg och Måna i rullstol. Men innan de slog igen dörren bakom sig stack Henke ut huvudet och hotade:

"Om du kröker *ett enda* hårstrå på Gerillabrudens huvud!"

*"Diska!"*

Under tumultet på verandan passade Gia Bim och jag på att smyga iväg från vårt gömställe bakom fruktträden, fram till husknuten där vi försökte se och höra vad som hände i mörkret.

Sune stod bredbent framför Esmeralda. Han körde in sitt utmärglade ansikte så nära hennes ansikte att hans skägg såg ut att rispa hennes kinder.

"Okej, Dark Lady, fram med det nu!" fräste han. "Vem är du? Vems ärenden går du egentligen? Varför låtsas du vara Marlon Hanssons änka?"

Esmeralda hade tydligen sett fulare saker än ett rött helskägg i sina dagar för hennes röst var lika stadig som hennes kropp när hon sa:

"Jag vill ha rättvisa."

"Rättvisa?"

"Rättvisa för Tomas offer."

Sune lutade sig tillbaka, sneglade på henne med huvudet på sned, kliade sig tankfullt över skägget, och nickade ironiskt:

"Vet du vad? Det var nog det finaste jag har hört i hela mitt liv. Jag är rörd till tårar. Men vet du vad? Jag tror inte ett ögonblick på det!"

Esmeralda såg honom rakt i ögonen och skrattade rått.

"*So what? Who cares?*" sa hon.

Sune såg misstänksamt på henne som om han undrade hur hon kunde stå där så lugn och oberörd framför honom, när hon visste vem han var och vad han var i stånd till. Till slut sa han:

"Så här långt är jag med –Tomas kom hit för att sno Olas och Henkes andelar, och kanske, kanske röja dem ur vägen, vem vet? Han kanske bara blev lite sur? Han har problem med humöret ibland. Din uppgift verkar ha varit att ta hand om Tomas."

Han gjorde en konstpaus och pekade på henne med sitt knotiga finger:

"Så antingen jobbar du för Max, eller Bracke, eller så har du en egen agenda?"

Den här gången brydde sig inte Esmeralda om att svara och hennes reaktion, eller icke-reaktion på hans hotfulla kroppsspråk verkade irritera honom omåttligt, för han slet tag i hennes ena arm igen och vrålade:

"Jag är trött på er och era *jävla* lögner och intriger! Tomas har sett Max – visa var han gömmer sig!"

När Esmeralda inte brydde sig om att svara skakade han henne så håret fladdrade.

"Nej, inte innanför min jacka, *maldito idiota!* Bakom torpet!" fräste hon och ryckte sig loss. "Andra sidan."

Gia, Bim och jag såg på varandra. Det var ungefär nu vi insåg att om Esmeralda ville försvara sig så klarade hon det alldeles utmärkt utan vår hjälp och att vi gjorde mer nytta som stand-in för Max än som passiva vittnen till Sunes nervösa överspel.

Vi smög runt husknuten till baksidan av torpet och gömde oss bakom några buskar nära brunnen.

*"Kom fram Max! Leken är över!"* skrek Sune. *"Jag vet att du är där! Jag skär halsen av din amerikanska väninna om jag inte får USB-minnena!"*

Sunes röst bar inte riktigt, som om han tyckte att kombinationen Esmeraldas närvaro i Max frånvaro var snudd på outhärdlig.

*"Visa dig Max! Visa dig!"* skrek han rakt ut i den mörka natten och han lät nästan hysterisk.

Bim fnissade under masken och härmade hans *"Visa dig!"* med sin larvigaste Kalle Anka-röst. Sedan satte hon händerna framför munnen och började yla. Hennes ylande steg mot fullmånen och effekten var så stark att håren reste sig på mina armar.

*"Var är du? Lägg av för fan! Sluta upp med det där din elake jävla fan!"* skrek Sune.

Vi såg på varandra genom hålen i våra ansiktsmasker. Nu var det bråttom! Med gemensamma krafter lyfte vi bort brunnslocket och en obehaglig lukt spred sig i sommarnatten. Sedan gömde vi oss bakom vinbärsbuskarna och i skydd av mörkret och vinbärsbuskarna såg Sune komma gående med Esmeralda framför sig. Vi såg att han hade låst hennes arm i ett stadigt grepp på ryggen och att han var hårdhänt när han knuffade på henne, men av någon anledning gjorde Esmeralda inget försök att komma loss.

Bim smög fram från gömstället och ställde sig en bit bakom brunnen. Stanken från brunnen och synen av den mörka siluetten i buskarna fick Sune att förlora omdömesförmågan och släppa greppet om Esmeraldas arm. Han närmade sig den mörka gestalten och vrålade i falsett:

*"Vad fan syssslar du med?* Varför dumpade du din tjej på Neptun? Var är mina USB? Och *varför **våldtog** du Tomas,* din sjuke jävel...?"

I nästa stund kastade sig Esmeralda upp på Sunes rygg. I mörkret såg hon ut som ett stort kattdjur. Hon pressade sina fingrar mot några punkter på Sunes hals och hans kropp sköt framåt i en båge samtidigt som hans ben vek sig. Esmeralda gled ner för hans rygg och gjorde en graciös bugning mot hans vader. I nästa stund reste hon sig upp med Sunes vader i ett rejält grepp, och han följde med upp i luften, förlorade balansen och trillade ner över brunnskanten, ner i det svarta illaluktande hålet. Ett tungt plask hördes, följt av spottanden och fräsanden och ljudet av någon som kippade efter andan. Vrålet av fasa som steg från brunnens bottenlösa mörker ut över nejden i den spökblå natten fick småhåren att resa sig på mina armar. Henke och Ola kom utrusande från stugan när de hörde Sune gallskrika, stannade upp när de kände stanken, men fortsatte sedan fram till brunnen.

"Jävla scout!"

"Och *han* ska snacka om hur korkade *vi* är!"

Innan vi smög iväg hann vi se hur Henke och Ola lutade sig över brunnen. Vi hörde deras skratt och uppmuntrande tillrop till den vettskrämda mannen som plaskade omkring därnere:

"Ta emot korgen, Moses!"

"Häng dig i repet, *Sunegubben*! Som Tarzan!"


Ingen av dem märkte när vi försvann in i skogen; Esmeralda med en tygväska i den ena handen och en dokumentportfölj i den andra, och med oss små mörkrädda barn tätt efter sig.

Träden konspirerade med varandra på sitt dova, susande, mumlande språk med bara konsonanter, och de slet tag i våra kläder med sina knotiga armar med sina hundra fingrar på varje hand och sina tusen små vinkande, smekande blad som om de ville hålla oss kvar över natten, gömma oss i sitt inre, sin natt, och visa oss alla sina hemligheter och alla sina färdigheter på sitt eget teckenspråk, och få oss att glömma *det andra*, och över hela skogen ekade Sunes avgrundsvrål som en stor smärta från jordens innanmäte. Men Esmeralda var inte rädd.

Hon lyssnade på träden och stenarna och marken och de lyssnade på henne och släppte taget om Gia, Bim och mig – lekfullt, lydigt, men längtansfullt släppte de fram oss och visade små framkomliga vägar mellan stenarna och träden och buskarna fram till våra flyktmedel; våra transportmedel; frihetens kamouflerade hästkrafter.

*"Sista station, andra etapp."*

Esmeralda klev in i sin lilla gula bubbla och körde iväg med oss som en jättejolle på släp.

Så rullade vi ut på smala skogsvägar och efter en stund var vi ute på motorvägen igen. Vi tog av oss våra ansiktsmasker och drog fingrarna genom vårt svettiga hår. Vad fanns att säga?

Tystnaden talade sitt eget språk, med sin egen grammatik, sin egen logik; allting kan inte pressas in i språkets strikta formler; allting kan inte förklaras.

Jag ville inte förklara det som hänt. Jag ville inte förstå. Jag ville inte sätta ord på det som jag upplevt och begränsa upplevelsen. Jag ville inte fängsla mina känslor i ordens bojor; jag ville färdas i öppen rymd, slippa förstå, slippa väga, mäta, kontrollera, retuschera, rearrangera, slippa förstå.

*Slippa förstå.*

*Slippa.*

*Bara vara.*

Vägarna rullade förbi under däcken, svarta blanka tomrum, med vita vilsna streck i mitten, för att skilja det förflutna från nuet. Svarta bilar med svarta fönsterrutor och skarpa vita lampor bländade ner några meter innan de susade förbi oss som monster av stål i en värld utan äkta ljus.

Anonymt, svart, vitt utan färger, bara gråtoner och anonymitet mot en djupblå himmel, som i en annan värld, som i en annan dimension av icke-ljus.

Och vår varma mjuka bil var en raket in i detta okända; ett mjukt rede av skinn för oss tre flygtrötta fåglar, med energin från tusentals osynliga hästar i sitt inre.

När vi hade kört i ungefär en kvart hördes plötsligt polissirener och inom fem minuter hade tre polisbilar susat förbi oss på motorvägen. Rött ljus blixtrade till i mörkret och försvann, som rasande muterade jätteinsekter, väste förbi oss, som om vi var osynliga, obetydliga icke-vittnen, och skar röda snitt i nattens svärta.

Vi kurade i vårt rede, Bim och jag, medan Gia styrde vår färd, lugnt och stadigt, utan att säga någonting. Bilen låg trygg på vägen, körde i gamla spår, med förändrade människor, människor som ömsade hud i tystnad.

Vi sa ingenting, tänkte för oss själva, personliga privata tankar, trötta tankar. Vi hade undkommit, vi behövde inte oroa oss om vi inte ville, om vi inte orkade, bara tänkte unisont på ingenting, kanske.

Kanske.

Våra kroppar var en enda kropp splittrad i tre kroppar med samma plågor. Samma tyngd lurade i våra lemmar, samma längtan efter en säng, efter fysisk kapitulation, efter att få ge sig hän i sömnens famn och få slänga vakenhetens bojor och lösa upp den logiska tvångströjans tolkningsknutar.

Jag var för trött för att grubbla över vem som var död, eller vem som saknades, eller vem som var en bluff, eller vem som låtsades vara någon annan och varför. Det spelade inte någon roll längre vem jag själv var bakom alla mina masker inför mig själv, bakom mina destruktiva handlingar, bakom mina lögner och min misshandel av mig själv.

Färglös som den svarta asfalten och mättad på mörker som den omgivande natthimlen var jag. Skuggorna flöt över våra ansikten som förorenat vatten, utan att lämna några spår, som mörkervatten på färglösa djur i mörkerlandskap, hetsade av hunger och trötthet.

Varje flämtande ljusstrimma lånade nytt ljus åt gammalt mörker.

Kvinna, man, mördare, offer, jägare, byte, i mörkret flöt konturerna på smutsigt vatten, nuddade utan att få fäste vid våra kroppar; vi var förändrade ännu en gång; jag var dem och de var mig, jag var ingen, de var allt.

Tomheten fanns i mig och den var god. Den var min svarta asfalt med oändliga möjligheter.

*Framåt.*

*

Vi körde igenom järngrindarna till Villa Marina. Några få lampor var tända i huset och de lyste upp som små fyrkantiga fyrar av ljus i den mörka fasaden, lockade till döden eller räddningen från det djupblå mörka djupet. Bakom dessa mörka kulisser av sten slumrade decennier av äkta och uppdiktade brott.

Bakom dessa fyrar i farornas mörker härskade Gias föräldrar i kraft av vår rädsla och sin egen överhöghet. Kanske de sov, kanske de väntade på sin dotter – som försvunnit ut i sommarkvällens ljuva dofter för att initieras i något depraverat äventyr av de perverterade väninnorna; den gamla och den nya – deras Gia, deras enda guldklimp av kött och blod, deras enda barn, detta mästerverk med ett enda fel, denna enda defekt som mer än väl uppvägde förlusten av tusen andra defekter: oförmågan att välja lämpligt sällskap.

Gia parkerade bilen i garaget bland föräldrarnas andra bilar.
Via garaget klev vi uppför trapporna, in i huset. Gudrun var vaken. Vi kunde höra klassisk pianomusik från ett av rummen i bottenvåningen. Gia tog min och Bims hand och ledde oss in i hennes rum.
Hon låste dörren och spärrade handtaget med en av de tunga fåtöljerna.
Vi lät kläderna falla i hårda dunsar från våra kroppar och bilda kaotiska högar på golvet. Tunga pistoler, smutsiga stövlar, oljerockar, jeans, skjortor, behåar i en enda röra.
Nakna så när som på våra trosor kröp vi, med Gia i mitten, ner under det svala lakanet och täcket i sängen, med armarna runt varandra. Huttrande av kall rädsla som sipprade ut i okontrollerade spasmer när vi äntligen befann oss i trygghet.

Vi sa ingenting. Så länge vi inte kommenterade det som hänt, kanske det inte hade hänt. Kanske någon av oss hade fallit i sömn under bilturen och drömt en märklig dröm, bara.
I mörkret pressade vi våra kroppar mot varandra och långsamt spred sig värmen till vår hud. Till vårt blod.

Gia somnade först, uttröttad efter den långa körningen. Hennes andhämtning blev regelbunden och kroppen sjönk tung mot madrassen. Bims arm nuddade vid min arm när hon sträckte den över Gias kropp och lät sin hand vila på min axel. Av rädsla för att hon skulle upptäcka sitt misstag och dra tillbaka handen vågade jag knappast andas. Men hon flyttade inte sin hand. Det var inget misstag. Hon smekte min axel, inte för att hon trodde att det var Gias axel utan för att den var min. Försiktigt lät jag min egen hand finna sin väg till hennes axel och vila där.

Vi låg nära varandra, med Gias nakna kropp tätt, tätt intill oss båda, som ett lugnande, värmande surrogat för varandras kroppar, mellan våra kroppar och vi kände Gias lugna regelbundna puls genom vår egen nakna hud när ljuset från våra ögon blänkte till i ett möte, i en fråga.

Det var första gången vi låg avklädda med varandra i en säng.

Ingen förklädnad, ingen förställning, inga ord skyddade oss mot sanningen längre, bara Gias lugna stilla sömn som en buffert mellan oss.

Naken hud talade indirekt till naken hud.

Gia sov lugnt och stilla mellan oss.

Och därför somnade även Bim och jag.

Kanske vi drömde att vi var vakna. Att vi älskade.

Kanske vi drömde att vi sov och dog av skräck för våra mardrömmar.

Jag minns inte.

# Artisteri
## Lördag


**D**RÖMMARNAS SANNING LEKTE TITTUT bakom mörka sorgeslöjor. Ingenting var dolt. Allting var synligt. Allting fanns där, samtidigt; som ett förbjudet ögonkast i ett förbjudet ögonblick, maskerat till nakenhet.

Någon ville bli insläppt i min dröm.

De tunna hinnorna som separerade sanningen från tolkningen slets sönder och tiden strömmade in med sina strukturer.

Sanningen förpassades till en annan dimension.

Någon slet i en dörr. Någon ropade:

*"Adriana! Vakna!"*

"Vi är trötta, låt oss sova!"

Gias röst var en sur pust över mitt öra in i min näsa. Jag pressade täcket över öronen och vände mig bort för att bli insläppt i min dröm igen.

Men Gudrun Binkell gav inte upp så lätt. Hon fortsatte rycka i dörren och ropa. Till slut stod inte Gia ut längre utan tassade upp ur sängen och ryckte till sig ett av lakanen som hon virade runt sig. Hon sparkade in högen med vapen och leriga kläder och stövlar under himmelssängen. Så släpade hon bort den tunga fåtöljen som vickade till varje gång Gudrun bankade på dörren, och gläntade på dörren några centimeter.

Ögonblicket efteråt kände vi Gudruns mörka parfym sippra in i rummet och tränga ut alla andra dofter. *"Tortyr... doften som utplånar drömmar."*

"Jag hoppas *verkligen* att det är något viktigt", gäspade Gia.

"Polisen är här."

*"Polisen?"*

"Du hörde rätt. *Polisen.* Och de vill tala med dig!"

Gudrun försökte kika in i Gias rum, men Gia spärrade hennes synfält.

"Och för Guds skull, Adriana; inget artisteri! Ingen *commedia dell'arte.* Vi väntar i lilla salen", sa Gudrun.

Gia svor och rusade in i badrummet. På mindre än två minuter hade hon borstat tänderna, målat ögonfransarna och munnen, och krängt på sig ett par raka svarta byxor med skinnbälte, och en tunn svart kavaj över en mjuk kamelhårsfärgad jumper. Några pustar parfym och ett antikt silverarmband med små safirer och matchande örhängen, förhöjde den feminina touchen. När hon var klar med förberedelserna fanns det ingenting i hennes utseende som avslöjade var hon hade tillbringat halva natten och i vilket syfte; eller vilken typ av handlingar hon antingen hade bevittnat eller själv aktivt deltagit i.

Esmeraldas; *"For perfect skin!"* när hon delade ut ansiktsmaskerna, fick sin förklaring. Gias hy var rosig och sammetslen utan några nya färska rispor eller ens myggbett, så nu hängde allting på hennes nerver, fantasi och charm; det som Gudrun kallade "artisteri". Gia blåste iväg en slängkyss till Bim och mig i sängen.

"Ligg kvar! Och gör ingenting dumt i förväg som jag tänker göra med er senare!"

"Vov", svarade Bim med tassarna över täcket.

*

När Gia återvände efter en liten stund, låg Bim och jag fortfarande kvar i sängen, handlingsförlamade av trötthet efter gårdagen, men laddade med dagsfärsk ångest. Gia gick raka vägen fram till skrivbordet utan att säga någonting, bara vickade på rumpan och gjorde segertecknet i luften, med ryggen åt oss.

Sedan lyfte hon mobiltelefonen på skrivbordet och vi hörde hennes säga:

"Esmeralda! Det är Gia! Lyssna! Polisen har just varit här för de hittade min bil vid Max stuga. Jag sa att jag inte visste att den hade blivit stulen. Jag sa att jag var hos dig i går och att du spådde mig i kaffesump och körde mig hem i din bil för att jag blev sjuk. Bara så du vet."

Hon tystnade.

"Vad är det för röster?"

Esmeralda sa någonting i andra änden och Gia flämtade till. Sedan lade hon på luren. Bim och jag reste oss upp i sängen och stirrade på henne.

"Jag har två nyheter; en god och en dålig. Just i denna sekund sitter Ola, Henke och Måna och dricker kaffe i Esmeraldas kök."

"*Va!*" skrek Bim och jag i en mun.

"Esmeralda ringde och varnade dem igår, när vi hade åkt. Fråga mig inte varför!"

"*Shit!* Vilken är den goda nyheten, då?" flämtade Bim.

"Det var den goda nyheten. Den dåliga nyheten är att de inte brydde sig om att dra upp Sune ur brunnen innan polisen kom."

Hon gjorde en liten paus.

"Måna är knäckt. Hon tror att en björn knuffade i honom. Hon tror att han blottade sig."

\*

En liten stund senare, medan Bim och Gia och jag uppförde oss som utsvultna vargar över matbordets nedlagda delikatesser gjorde patriarken entré i Villa Marina. En doft av den stora världen, av makt och högeffektiv energi invaderade huset.

Luftrummet fylldes av ljudet från en konstant ringande mobiltelefon, bullrande skratt, och myriader av ord, mestadels korthuggna befallningar.

"Tänk på figuren, tjejer!"

Harald Binkell dundrade in i köket och innan jag ens kunde få en klar bild av honom visste jag att han var en person med enkel smak – han nöjde sig med det bästa. I sin eleganta mörkblå kostym med sitt tjocka svarta hår i en kort sned lugg såg han ut som en mörkhårig amerikansk filmstjärna från femtiotalet som jag inte mindes namnet på.

"Morgon, Adriana. Morgon, Beata. Och du måste vara Lianna! Det är jag som är Harald och äger det här stället."

En bred hand kom farande genom rymden och grep tag i min med en kraft som om han övervägde att lägga beslag på den. Hans hand avläste min hand som ett finstämt instrument och gjorde en blixtsnabb analys av min ekonomiska substans, och mänskliga status, eller tvärtom. Blicken som mötte mig från de bruna ögonen var genomträngande med en nästan barnslig nyfikenhet. Tydligen klarade jag testet för han log ett stort leende som jag förstod kunde ha en lika förödande effekt på både kvinnor och män som vänner och fiender.

"Hur var Paris, då, lille far?" undrade Gia.

"Styrelserum är sig lika överallt i världen. Men det franska köket smakar alltid bäst i Frankrike, och allra bäst i Paris, *n'est ce pas mon chèrie?*"

Harald Binkell slog upp en mugg kaffe till sig själv. Han såg ut genom fönstret och log, men blev plötsligt allvarlig:

"Din mor sa att polisen var här. Två stycken."

Gia ryckte på axlarna.

"Kling och Klang, ja. Inget allvarligt. Min bil blev stulen och de hade hittat den... Titta! Det ser ut som om det skulle bli regn!"

Harald Binkell avbröt henne:

"Menar du att två poliser åkte hela vägen upp hit bara för att säga att de hittat din skrotbil?"

"Han som stal den var tydligen en efterlyst rånare."

Harald Binkell strök sin haka mellan tummen och pekfingret och fortsatte se ut över havet.

"Det här var *inte* bra. Inte bra alls. Hur gick det till egentligen när du slarvade bort det där plåtskrället?"

"Det var inget dramatiskt. Vi hälsade på Esmeralda. När vi skulle hem såg jag en av hennes bilar. *"Vad fin den är!"* sa jag. *"Provkör om du vill!"* sa hon och lånade ut den."

Harald Binkell var tyst en stund, sedan talade han. Jag hade inga svårigheter att föreställa mig honom framför ett styrelsebord och med precisionen hos en kirurg förklara var snitten skulle läggas och vilket kött som skulle kasseras. Han lutade sig fram över bordet stödd på båda händerna som för att ge en ren fysisk tyngd åt sina ord:

"Låt mig rekapitulera scenariot: Ni tre unga, fria, ovanligt vackra, ekonomiskt oberoende, omåttligt begåvade och extremt allmänbildade själar besöker Esmeralda som är dubbelt så gammal som ni, saknar formell skolgång, talar på bruten svenska trots alla år i det här landet, och försörjer sig genom att *städa* hos personer som tjänar i minuten vad hon tjänar på en månad."

"Ja. *Och?*" sa Gia otåligt.

"Denna kvinna *lånar alltså ut en av sina bilar till er*, bara så där, utan vidare, och under samma natt får just hennes bostadsområde besök av en efterlyst rånare, som av en mängd möjliga transportdugliga objekt i grannskapet stjäl *just ditt* skrotfärdiga plåtvidunder som ni av någon anledning har lämna kvar hos henne just den kvällen! Får jag fråga om polisen trodde på det här?"

Eftersom Gia var så upptagen med att arrangera aprikosmarmeladen över ostskivorna på sin rostade brödskiva missade hon allvaret i Haralds uppvisning.

"Mm. Jag sa till Kling och Klang att jag mådde dåligt så Esmeralda körde mig hem i sin bil, och därför lämnade jag kvar min egen bil utanför ICA-butiken. Varför skulle de inte tro mig?"

Harald Binkell drog ett så djupt andetag att kroppen tycktes svälla en storlek. När hans dotter fortfarande inte såg upp från den rostade mackan som började se ut som en liten geggig pyramid, blev han mörkröd i ansiktet och skrek:

"Därför att *jag* inte tror dig! *Jag* tror inte på tillfälligheter av det slaget! Vad gjorde *han* där, den där rånaren? Och vad gjorde *ni* hos henne *egentligen?* Vad var det för *deal* ni gjorde? Säljer hon knark, eller?"

Han slog sig för pannan.

"Kokain förstås! Importerar hon det direkt från sina kontakter i Colombia?"

Han försökte mildra tonen, men rösten avslöjade hur upprörd han var:

"Adriana! Du måste börja visa lite större urskiljning i ditt val av vänner, och era sysselsättningar! *Polisen! I mitt hem!* Förstår du inte vilka konsekvenser det här kan få? För mitt företag? För er framtid? Minns du inte hur det var för några år sedan? Alla lösa spekulationer och tidningsskriverier som urartade?"

Gia reste sig upp. Hennes röst darrade av vrede när hon såg på sin far:

"Om det är någon i det här rummet som ägnar sig åt lösa spekulationer, för att inte tala om *lösa förbindelser*, så är det väl *du!*"

Harald pressade handflatorna mot bordet så de vitnade. Han drog ett djupt andetag och mötte sin dotters blixtrande ögon. Sedan vände han ryggen mot oss och stirrade ut över havet en stund. När han vände sig om igen hade han lugnat ner sig. Han slog handen i bordet och tillkännagav:

"Du har helt rätt. Ingen person ska dömas ohörd. Jag ska åka och prata lite med Esmeralda."

Han reste sig upp från stolen.

"Ta med en pistol, Harald", muttrade Bim bakom hans rygg.

Harald Binkell hejdade sig på väg ut genom köket.

"En *pistol*, Beata?" dundrade hans röst.

"Hennes colombianska importörer gillar inte maktfullkomliga imperialister. De tror att alla som ser ut som du jobbar för CIA."

Bim gjorde en paus:

"Men det är ju bara lösa spekulationer förstås!"

För en bråkdels sekund såg det ut som om Harald tappade konceptet, mitt i ett steg, men sedan fortsatte han ut genom dörren med ett hästgarv. Vi kunde höra hans rungande skratt eka genom korridoren. Gia kom över med kaffekannan och fyllde på min kopp.

"Nu har du träffat både min mor och min far."

Så fort hennes far hade lämnat köksregionen ringde Gia till Esmeralda igen:

"Hej Esmeralda! Jag måste varna dig! Harald är på väg till dig. Han tror att det finns en koppling mellan min stulna bil, Tomas, Kumla och dig, kokain, Colombia, gamla tidningsskriverier och polisens besök."

Hon tystnade.

"Vad säger du?"

Gia satte sig ner med en duns. Hon var alldeles blek i ansiktet.

"Är det sant? Har han rymt? Från sjukhuset?"

I andra änden av linjen pratade Esmeralda med hög röst och Gia nickade och upprepade informationen med tonlös röst:

"... *allvarligt skadad ... sparkade sönder en läkarmottagning... rakt framför ögonen på två beväpnade poliser ... sjuksköterska som gisslan ... stal en bil ...lyckades fly ... fast poliserna sköt efter honom.*"

Gia slutade upprepa vad Esmeralda sa. Hon nickade och sa "*Ja*" och "*Jag förstår*" ett antal gånger innan samtalet var över. Hennes ansikte var uttryckslöst, som om informationen var så absurd att hon hade svårigheter att absorbera den, men handen darrade betänkligt när hon avslutade samtalet.

Vi blev sittande i köket runt matbordet med uppsynen hos tre personer som just har tagit emot sina dödsdomar.

Vi kunde se Tomas framför oss, galen av smärta och hämndlystnad och full av hat riktat mot alla som var i maskopi med Max. Eftersom han visste var vi befann oss och eftersom han var säker på att vi kunde leda honom till Max och till pengarna från rånet var det bara en tidsfråga innan han skulle dyka upp i Villa Marina igen och med hjälp av sina boxartalanger och brutala fotarbete slå två flugor i en smäll; få oss att avslöja var Max gömde sig och var pengarna från rånet fanns. Och med tanke på alla kränkningar vi hade utsatt honom för de senaste dagarna och hur reservationslöst han njöt av att tillfoga människor smärta hyste vi inte den minsta tvekan om att han – bokstavligt talat – skulle ta sin uppgift på blodigt allvar.

"Vi kan ju inte vara helt säkra på att han kommer", mumlade jag.

Bim såg på mig med den där trötta välbekanta minen.

"Tro mig, Lianne, han kommer. Om inte idag, så imorgon, eller nästa vecka. *Det finns bara en enda sak som kan stoppa honom nu*", tillade hon, så tyst att det lät som om hon talade för sig själv.

"Vad menar du?"

Bim vände sig bort utan att svara och låtsades se ut genom fönstret. Men vad hon såg framför sina ögon var inte samma silverblänk från solens flirt bakom de regntunga molnen som jag såg. Gia kastade en orolig blick på henne och sa:

"Han kommer från havet. Det ger oss ett visst övertag."

"*Övertag?*" Bims röst lät som ett avlägset eko från en avlägsen radiostation.

"Försprång, då!"

"Och dessutom är han skadad", sa jag.

*"Skadad?* I förhållande till *vem?"*

Bim talade så tyst att jag nästan inte uppfattade orden.

Gia skrek till och smällde näven i bordet:

"Sluta! Du låter som om han redan har knäckt dig!"

*"Redan?"* upprepade Bim. *"Redan,* Gia?"

"Sluta upprepa vad vi säger och lyssna!" sa Gia med darr på rösten: "Tomas är en bara en liten hjärndöd värdelös skit! Det enda som fungerar på honom är hans jävla muskler!"

"Än sen då? Det betyder ju bara att han inte har någonting att förlora", mumlade Bim.

Gia reste sig upp. Hon böjde sig fram över bordet och lade händerna runt mina axlar. Sedan såg hon mig djupt in i ögonen och sa:

"Du ska skjuta Tomas, Lianne. Det blir bäst så."

Hennes röst var lugn och inbjöd inte till några motsägelser.

Hon lät så kusligt lik Harald att jag skrattade till:

"Du kan inte mena allvar!"

"Det är på tiden att du bevisar att vi kan lita på dig. Skjut honom för det han gjorde mot Bim."

Det här var inget amatörskådespeleri, inget artisteri, ingen lek. Hon menade allvar. Faktum var att jag aldrig hade sett henne så allvarlig.

# Rutten fångst

EN TIMME SENARE var vi redo för den sista ronden med Tomas. Vi var klädda i samma bruna oljerockar och mörka jeans som kvällen innan och för säkerhets skull hade vi ansiktsmaskerna nerstuckna i våra fickor. Det fanns ingen återvändo nu och vi visste det.

Vi gick ut på terrassen utanför köket, och fortsatte ner för trapporna, ner över berget. Vinden piskade upp allehanda grässtrån och fröer i våra ansikten och luften kändes plötsligt kylig.

Vi fortsatte nedför klipphällen mot båthuset. Någon hade placerat en pistol i min hand och tyngden i min hand kändes inte så spännande den här gången. Allting kändes så overkligt. Det kändes som om någon annan styrde mina steg, som om någon annan tog över min skräckslagna kropp, som om jag befann mig i en dröm jag inte kunde vakna ur. Som om jag var någon annan.

*

Vi steg in i båthuset och öppnade en liten fyrkantigt fönsterglugg med fri utsikt över havet. De hjälpte mig att placera min pistol på fönsterkarmen som stöd, för att inte mina skakningar skulle hindra mig från att sikta.

Gia och Bim dunkade mig uppmuntrande i ryggen. Vi satte på oss våra hörselskydd.

Jag ville så gärna vara med dem och få lära känna dem. Det fick jag nu. Det jag såg nu var deras sanna ansikten.

*"Jag håller på att ömsa hud. Jag förändras. Människor skrämmer mig på nya sätt.*

*Jag förstår dem inte. Vem är vi, i oss själva, i varandras ögon?*

*Vem är jag just i detta ögonblick?*

*Jag vet inte. Jag känner inte längre mig själv.*

*Jag har gått vilse i mina drömmar om mig själv och jag hittar inte ut. Vart är jag på väg?*

*Vad finns bakom orden? Vem finns bakom mina handlingar?*

*Vem är jag?*

*Varför håller jag ett vapen i min hand?*

*Vem ska dö?*

*Jag vet inte vem jag är eller varför jag gör det här.*

*Jag vet bara att jag inte kan leva utan er, och eftersom jag väljer att inte leva utan er får jag leva med att bli den jag genom min handling väljer att bli.*

*En Lianne kommer att dö och ny Lianne kommer att födas i hennes ställe.*

*Undrar om det kommer att synas på mig?"*

*

Han kom över havet i en liten öppen motorbåt med kurs mot bryggan vid båthuset. Gia såg honom först och hon räckte över kikaren till mig.

Varelsen i båten var lika skrämmande som ett rovdjur i mänsklig gestalt. Han utstrålade ett tickande, komprimerat hat som var riktat mot världen i allmänhet och oss i synnerhet. Vi hade tvångsmatat Tomas med hans egen anrättning av perverterad grymhet och nu återvände han för att visa oss hur lite han hade uppskattat smaken. Så från och med nu var det vi eller han.

Jag siktade men jag vet inte om jag siktade på Tomas kropp, jag vill inte veta, och jag tror det inte, och jag kan ärligt säga att jag inte minns för jag vill inte minnas. Så jag har förträngt det. För om det är någonting jag alltid har varit duktig på så är det att förtränga saker.

*Jag kan inte minnas att jag tryckte på avtryckaren.*

Jag minns bara att jag kände hur det ryckte till i hela kroppen, som av en stöt, som om någon hade kolliderat med mig, men jag blundade och jag hörde ingen knall i mitt ljudlösa vakuum under hörselskyddets kåpor.

Det enda jag var medveten om med en intensitet som kändes nästan smärtsam när jag satt där i mörkret i båthuset med ett vapen i min hand, omgiven av båtshakar, nät och bensindunkar och doften av salt och tjära, med kluckandet från vattnet under golvplankorna, och med Bims och Gias ögon riktade på mig med äkta beundran – det var att det inte fanns någonting jag hellre ville än att få radera ut Tomas. Radera ut honom från Bims mardrömmar, radera ut Gias oro över Bims mardrömmar, och genom min handling få permanent uppehållstillstånd i deras värld.

Ingenting hände på en lång stund. Tomas närmade sig sakta i sin båt. Hans svarta siluett mot den grå horisonten blev större för varje sekund, tills det verkade som om han försökte blockera solens små desperata streck av ljus bakom molnen. Sedan såg vi honom trilla baklänges i båten och så långsamt resa sig igen och åter trilla omkull.

Det såg ut som om båten tog in vatten. Båten rörde sig ryckvis långsammare tills det såg ut som om den stod helt stilla och guppade på vågorna. Efter en stund började den sjunka och vi såg i kikaren att Tomas hade hamnat i vattnet. Vi kunde vi inte se honom på en lång stund och trodde att han hade försvunnit ner i djupet. Sedan dök han upp igen. Han sprattlade och fäktade i vågorna. Ibland skymtade vi hans armar över ytan när han försökte simma.

Det var ett otäckt skådespel. Bim vägrade titta i kikaren och Gia och jag avstod också när det drog ut på tiden. Tysta bevittnade vi hans kamp på avstånd, den kamp som vi föreställde oss pågick därute. Vi kunde bara se hans armar och delar av hans överkropp när de kraftiga iskalla vågorna tillät det.

Plötsligt hörde vi fotsteg dyka upp som från ingenstans och närma sig nerför berghällen. Bryggan jämrade sig i sympati med oss och våra förspillda ansträngningar när Haralds fötter studsade fram över plankorna. På nolltid hade Harald hoppat i sin lilla eka, fått loss förtöjningen och startat utombordsmotorn, och vi såg från fönstret hur han närmade sig de två fäktande armarna ute i vågorna.

*"Fan ta dig, Harald!"* muttrade Bim mellan tänderna.

Vi såg på när Harald kämpade med att hala upp sin fula fångst. Några minuter senare närmade sig båten bryggan med två passagerare ombord. De klev ur ekan och det livsfarliga muskelberget lutade sig stapplande mot Gias far. I vanliga utgjorde Harald en imponerande syn – en person som tycktes fylla ut luftrummet i alla riktningar med sin utstrålning – men bredvid Tomas såg han närmast spinkig ut.

Harald stöttade den sårade jätten mot sina axlar och det förvånade mig att inte båda trillade omkull. Tomas blödde kraftigt från pannan och verkade medtagen. Vattnet flödade från kläderna som smetade åt runt hans kropp. Harald stödde honom så gott han kunde. Ibland slirade han till på de hala klipphällarna i sina våta skor. Tomas hade vunnit den här ronden, men bara för att en skyddsängel förklädd till dynamisk företagsledare hade dykt upp från ingenstans och ställt sig mellan honom och döden.

*

Bim och Gia och jag stod kvar, gömda i båthuset. Genom en glugg i väggen såg vi Gudrun komma nedrusande över klipphällarna, i sin eleganta dräkt och pumps. Det såg absurt ut. Hon stannade upp och stirrade på Tomas, sedan på Haralds förstörda skor och blöta kostym och hon förde upp handen framför munnen. Sedan hjälpte hon, om än något motvilligt, Harald att stödja Tomas med sin egen bräckliga kropp. Från min synvinkel såg det ut som om Gudrun sögs in under Tomas armhåla – för en sekund inbillade jag mig att hans gigantiska kropp hade absorberat hennes.

Tomas själv gestikulerade och pekade ut mot platsen där motorbåten sjunkit och skakade på huvudet. Han slog ihop handflatorna som för att markera att båten hade gått på ett grund och pekade på pannan där han hade ett blödande sår.

I kikaren kunde jag se hur illa Tomas nya kläder satt på honom. Förmodligen hade han stulit dem av någon stackars medpatient med ordinär kroppsbyggnad på sjukhuset. Någon som hade fått nöja sig med Månas diarréfläckiga byxor och en nerspydd, blodig t-shirt som luktade kräk och svett, tills polisen tog kläderna i beslag.

Hukande bakom buskar och träd följde Gia, Bim och jag efter det udda sällskapet in i Villa Marina. Tomas verkade alltför omtöcknad av smärta för att orka lägga ner någon verklig energi på att ta reda på om vi kanske befann oss i närheten.

*

Ytterligare en dryg halvtimme senare satt Gudrun och Harald i köket och drack whisky med sin gäst. Tomas såg grotesk ut i Haralds alldeles för korta Levisjeans och exklusiva blårandiga skjorta. Han skramlade med isen i kristallglaset som en rastlös tonåring som förgäves försöker väcka förargelse och bli tillrättavisad och få anledning att göra sig av med några kilo aggressioner.

Från där vi stod gömda i mörkret kunde vi höra och se nästan allt som sades utan att själva synas. Luften var så laddad av Tomas fysiska närvaro att jag nästan kunde ta på den. Det förvånade mig att Harald och Gudrun kunde låta så vänliga och avslappnade när de talade med detta knippe av destruktiva impulser och blodtörst; denna varelse som blott till det yttre kunde tas för en människa; detta monster som vilket ögonblick som helst och av vilken anledning som helst; hat, lust, avund, irritation, eller till och med ren tristess, skulle kunna få för sig att sparka dem sönder och samman och sätta tänderna i deras strupar.

Där stod vi utanför händelsernas centrum, tvingade att stillatigande iaktta det makabra spektaklet som pågick några meter längre bort, med risk för att bli utplånade på riktigt om vi blev sedda.

"Så här måste det kännas att vara nästan redan död. En tålig väntan på att vilddjuret ska sluta sola sig och tömma mig på min livskraft. Så kändes det att vara med Max. Alltid", tänkte jag.

Plötsligt grimaserade Tomas. Han tog sig för magen och jämrade sig.

"Du, det där lät inte alls bra", sa Harald. "Vet du vad, Tomas; jag har en pensionerad vän som är en extremt fingerfärdig före detta kirurg. Vi kan köra dig till honom för lite omplåstring? Det går snabbt, inga köer, ingen registrering. Ingen exponering."

"Nej för fan, det här är bara ytliga skador – ingenting mot när jag var boxare. Då skulle ni ha sett skador! Femton stygn i skallen. Se!"

Tomas reste sig häftigt, och ett skrämmande ögonblick trodde jag att han skulle skalla Harald, men han ville bara visa upp ärret i hårbotten. Harald suckade imponerat och Tomas såg stolt ut. Men det goda humöret dog bort lika snabbt som det hade flammat upp och han fräste:

"Det här huset är ju så stort så man går vilse utan kompass. Kan hon ha kommit hem utan att vi har hört det?"

"Nej då. Vår dotter kommer alltid in till oss och önskar oss god natt när hon har varit ute", sa Gudrun. "Hon är *så* skötsam *så*."

Tomas gapade:

"Jaså? Det var som fan! Var fan är hon då? Om hon nu är *så skötsam så*? Det var ju hon som *in-vi-terade* mig och *re-kommen-derade* mig att ta sjövägen – för *skönhetsupplevelsens* skull."

Gia och Bim och jag utbytte menande ögonkast där vi stod gömda och tjuvlyssnade på Tomas lögner. Gudrun harklade sig och sa:

"Adriana och hennes små väninnor är förmodligen hos en av våra anställda som spår i kaffesump och lägger Tarotkort; en enkel och osofistikerad kvinna från Sydamerika."

Harald höjde handen och avbröt sin fru:

"Nej. Där måste jag få reservera mig, Gudrun. När jag besökte Esmeralda tidigare idag var jag tvungen att helt revidera min uppfattning om henne. Osofistikerad? I min bransch är extrasensorisk perception guld värd även om det inte är någonting man talar öppet om. Vilken amatör som helst kan klämma ur sig en kalkyl på basis av en vanlig 30-poängskurs i ekonomi och några artiklar på nätet, men hennes *informationskällor* är betydligt mer *okonventionella* och *substantiella* och – framför allt – *värdefulla*."

Tomas hade hållit sig tyst en lång stund. Nu smackade han som en orm, som liksom provsmakade sitt feta byte i fantasin.

"Den där *Esmeralda* är tydligen en intressant människa?"

Harald nickade. För att betona sina påståenden markerade han med ena handens pekfinger mot bordet:

"Esmeralda är en *obeskattad* förmån, en *oexploaterad* resurs, ett *orakel* utan hemvist, en *shaman* utan stam, hon är *synsk*, *clairvoyant*, hela hon är som en *virtuell kosmisk sandmålning* mitt i västvärldens hybrisanfrätta solar plexus."

"Snälla, rara Harald, lägg band på dig! Människan *städar* åt folk!" muttrade Gudrun.

Men Harald gav sig inte. Hans översvallande energi fick inte plats i köket längre. Den trängde ut till hallen där vi stod.

"Fråga dig då *varför* hon städar åt folk!" fortsatte han. "Städningen är det *perfekta ekonomiska alibit* för annan betydligt mer lukrativ verksamhet. Såg du inte bilen hon lånade ut, bara så där?"

Harald knäppte med fingret i luften för att illustrera. Sedan trummade han med pekfingret mot bordet igen.

"Hon är rik som ett troll, Gudrun, sanna min ord!"

Tomas sög in Haralds ord som om de var näsgodis och han lät mycket tankfull när han frågade:

"Är ni helt säkra på att hon kommer från Sydamerika och inte USA?"

"Vem vet varifrån hon kommer ursprungligen; Bogotà, Los Angeles, New Orleans?"

Tomas stampade otåligt med fötterna på golvet medan Harald pratade. Han var halvvägs uppe ur köksstolen och avbröt Harald:

"Säg var hon bor nu istället! Jag har inte tid att sitta här hela kvällen och snacka skit, äh, sorry, *kon-ser-vera*. Jag föreslår att vi åker hem till henne så jag kan ställa mina frågor till henne direkt."

Harald och Gudrun utbytte blickar. Harald sa:

"Frågor? Vad då för *frågor*?"

Gudrun och Harald stirrade på honom. Tomas stirrade tillbaka. För en gångs skull var båda parter tysta. Efter en stund lyckades Tomas genom någon övermänsklig ansträngning lägga band på sina impulser att skada dem, knäcka deras nackar eller krossa deras händer, och när ansiktsfärgen var normal igen morrade han, utan att möta deras blickar:

"Är namnet Maximilian Brådth bekant, Harald?"

Harald ryckte på axlarna som *"ja, en smula, och vad?"*, så Tomas fortsatte:

"Barnvakten ja. Den lille fule rövslickaren. Han förvarar värdepapper åt mig. De här senaste dagarna har vi förlorat kontakten. Av olika anledningar gömmer han sig hos den här damen som kallar sig Esmeralda och ni tror kommer från Sydamerika, men som egentligen heter Edie och kommer från USA."

Gudrun rynkade pannan och sneglade på Harald som bara skakade lätt på huvudet och log ironiskt.

Tomas märkte ingenting utan fortsatte:

"Enda sättet för mig att nå Maximilian Brådth är genom Adriana eller den där *Edie-Esmeralda* eller *vad-fan-hon-nu-heter-på-riktigt-bruden*."

Han stönade till och sjönk ihop:

"Jävla sopa... äh, *såpa.. soppa... havet* menar jag... *havet! Ont* överallt – *inihelvetes* god whisky, förresten, Harald! – *Springbank!? Aaah.*"

Harald fyllde på Tomas tunga kristallglas och sa:

"Vet du vad, Tomas? Jag kör dig till Esmeraldas hus och du kan behålla flaskan. Jo, ta den, du! Min dotters vänner är mina vänner."

Bim ryckte till där hon stod gömd och glömd i mörkret som ett förträngt gammalt barndomsminne. Jag såg att Haralds ord *"Min dotters vänner är mina vänner"* sved, och väckte känslor av sorg och undertryckt ilska hos henne.

"Någonting måste jag väl göra för att kompensera dig för incidenten till havs och grundstötningen och all din väntan på min egensinniga dotter! Det minsta jag kan göra är att köra dig till henne", sa Harald.

Han fyllde på mer whisky i Tomas glas och Tomas grymtade belåtet till tack. Isbitarna i hans whiskyglas stötte ihop med kalla klirrande rytmiska ljud som lät vulgära i sommarskymningens generösa färgprakt. När Tomas hade svept whiskyn i ett drag sa Harald:

"Nu gör du oss båda lyckliga! Jag missar aldrig ett tillfälle att få visa upp mina klenoder."

De tre människorna jag fruktade mest på jorden reste sig upp från köksstolarna. Harald viftade med armarna som en trafikpolis.

"Följ mig! Den här vägen ner till garaget!"

"Som man säger: Skillnaden mellan små och stora pojkar är prislappen på deras leksaker", sa Gudrun syrligt och trippade efter honom.

"*Money makes the world go around.* Eller hur, Gudrun?" sa Tomas.

Hans ögon glittrade av hat, eller avundsjuka, eller om det möjligtvis var begär när han såg på henne, men hos Tomas förenades förmodligen de olika känslorna i en enda onyanserad motbjudande förnimmelse med smak av människoblod.

Bim, Gia och jag hukade i ett hörn och de svepte förbi. En svag doft av whisky och självgodhet dröjde sig kvar i luften.

*

Harald, Gudrun och Tomas styrde stegen genom Villa Marinas slingrande korridorer ner genom trappan till det underjordiska lavendelblå garaget och vi smög efter dem på behörigt avstånd.

Ingen av männen gjorde det minsta för att dölja sin förtjusning över all den ställföreträdande potens som pengar kan köpa. Harald pekade på chassi och nummerplåtar och karosser och viskade hur mycket den blå Bugattin från 1924 var värd och hur han hade kommit över den, och hur många hästkrafter hans Rolls Royce Silver Ghost från 1910 dolde bakom motorhuven, och hur många, eller få, exemplar av Volvo PV 444, och Austin Mini, som fanns i Sverige i ursprungsskick och med originaldelar, och hur de här rariteterna kändes att köra.

Han gav till och med sin röda Jaguar några förstulna smekningar när Gudrun såg bort, och teaterviskade till Tomas bakom handflatan:

"Min första kärlek, en äkta E-Type, från –61. Första gången Gudrun tackade ja till en träff var när hon såg min Jaguar!"

Han blinkade till Tomas som för en gångs skull inte verkade uttråkad. Tomas gjorde en vulgär gest med näven och grymtade ut sin estetiska uppskattning. I mina öron lät det dechiffrerade budskapet som:

*"Äga genom att besegra – genom att förstöra – allt. Allt – i sinom tid."*

Efter Haralds långa förläsning om sin exklusiva samling veteranbilar lämnade de två männen garaget i Haralds röda Mercedes cabriolet, med kurs på Esmeraldas villa, och Gudrun försvann in i huset, argare än jag någonsin hade sett henne. Dittills.

Gia, Bim och jag stod kvar och tryckte i garaget ytterligare en stund. Det var otänkbart att Tomas inte skulle ha lagt märke till den blå BMW:n som nästan såg ut att skämmas där den stod i skamvrån i ett mörkt hörn av garaget, som fattigkusinen från landet bland de dyra fartvidundren och blankpolerade undersköna åldringarna.

Gia ringde ännu en gång till Esmeraldas hemtelefon och mobiltelefon men Esmeralda svarade inte på någon av dem. Vad hade hänt? Hade Ola och Henke fått för sig att de ville ha tillbaka sina pengar? Hade polisen gjort ett hembesök?

"Men svara någon gång, då!" muttrade Gia. "Det gäller livet! Galningen är på väg hem till dig och min idiot till far hjälper honom så mycket han någonsin orkar!"

Vi sjönk ner på betonggolvet.

Runt omkring oss stod Haralds flotta bilar på parad, uppställda som de samlarobjekt de var. I väntan på att nyckelprinsen skulle kyssa dem och väcka de vilda hästarna till liv inom dem, riktade de sina döda ögon mot oss.

# Ombytta Roller

VI KÖRDE UNDER TYSTNAD, var och en intrasslad i sina egna tankar. När vi närmade oss Lillvajerns villaområde parkerade vi i en liten skogsglänta några kvarter från Esmeraldas villa för att vår ankomst skulle märkas så lite som möjligt.

Vi smög fram till Esmeraldas villa och kikade in genom köksfönstret. I springorna mellan persiennernas lameller såg vi Harald och Tomas sitta fasttejpade på varsin pinnstol, bundna till händer och fötter, och runt dem kretsade Henke och Ola, vilt gestikulerande, och det såg ut som om de skrek till de bundna männen. Esmeralda syntes inte till. Harald som satt med nersjunket huvud måste ha märkt att någon stirrade på honom för plötsligt såg han upp mot fönstret och vi kastade oss åt sidan. Henke gick fram till fönstret och fällde ner persiennerna ordentligt. Men vi hade redan hunnit se att Harald var blodig i ansiktet.

"Pappa!" flämtade Gia.

"Jag undrar vad Harald drar för slutsatser av det här lilla scenariot!" sa Bim. Sedan härmade hon Haralds: *"Min dotters vänner är mina vänner."*

"Bara han kommer levande därifrån!" sa Gia.

"Ja. Han har sina goda sidor, den överlägsne skitstöveln", sa Bim. "Annars skulle jag inte stå ut!"

"Nej, om han inte var så rik skulle man väl inte se röken av dig", sa Gia. Jag märkte att hon bara skämtade men Bim tog ett hårdhänt grepp om Gias armar och körde in henne i tegelväggen:

"Är det vad du tror?"

"Bim! Vad gör du? Tänk på var vi är!"

"Jag skiter i var vi är. Tror du att jag är med dig för pengarnas skull? Svara!"

Gias flämtade till när hon uppfattade hur arg Bim blev. Hon ryckte i sina armar för att komma loss.

"Men sluta! Tål du inte ett skämt!?"

Bim nickade mot fönstret och låtsades spotta.

"Nu låter du precis som den elake jäveln därinne; alltid dessa pikar och insinuationer att jag är med dig för pengarnas skull, aldrig god nog för den självgode skiten, aldrig tillräckligt tacksam för era nådiga allmosor! Fan vad jag hoppas att Ola och Henke tar kål på Harald, och att du får du dela dina pengar med Haralds nya unge, och att Gudrun får en älskare som gör av med resten så du får sitta där, nyfattig, och utsparkad från Villa Marina med din hybris och dina mardrömmar och nojor och vulgära förförelsetrick och taskiga engångsligg! Jag är så trött på det!"

Hon var röd i ansiktet av ilska och andades häftigt. Gia stirrade förfärad på henne.

"Sluta! Du ser ut som om du menar det!"

*"Tål du inte ett skämt?"*

"Du får aldrig, aldrig, aldrig säga så!" sa Gia. "Inte ens på skämt!"

Hon lät mycket olycklig. Det glittrade till i Bims bruna ögon och hon släppte taget om Gias armar.

"Säga vadå?"

"Att du ska lämna mig!" sa Gia.

"Det sa jag inte, heller! Jag sa att jag *hoppas att de tar kål på Harald!* Då får du se om jag är med dig för pengarnas skull! Jag är trött på att höra det hela tiden."

"Snacka om att ha *världens sämsta timing!* Din lilla idiot!"

Gia tog Bims ansikte mellan sina händer, drog henne intill sig mot tegelväggen och kysste henne länge, länge. Efteråt studerade hon effekterna av sin kyss med ett belåtet litet leende på sina läppar.

Bim såg på henne, log, alldeles mjuk i ögonen av kärlek:

"Okej, okej, vi får väl rädda Pappa Patriark, då. Våra liv skulle vara mycket fattigare utan honom."

Så vi smög runt hörnet där Bim hade observerat att källarfönstret stod på glänt. Det var mer en vädringslucka än ett fönster men ändå tillräckligt stort för att vi skulle klara av att krypa in genom.

Vi landade på en tvättmaskin. I trumman som var full med ren tvätt, låg två identiska rödrutiga skjortor. Från ovanvåningen hördes upprörda röster och ljudet från en burkig tv. En svag doft av kaffe och nygräddad sockerkaka fick min mage att dra ihop sig av hunger.

Vi tassade upp för källartrappan. Från vardagsrummet hördes sentimental musik från en amerikansk såpopera. Måna såg på den gamla svartvita tv:n i sin rullstol med ryggen vänd mot oss. Hon förklarade för katten i sitt knä varför människorna uppförde sig som de gjorde och katten svarade med kloka kurranden.

I hallen vid ytterdörren låg två stora finmaskiga gröna nät, två tårgasburkar, ett antal avklippta repstumpar samt några metallstavar som jag gissade gav elchocker. Tydligen hade Esmeraldas utomvärldsliga kontakt meddelat henne att hon skulle få oönskat besök så hon hade rotat i sin överlevnadsgarderob och valt ut de här accessoarerna för att göra det lätt för Henke och Ola att fånga, bedöva, binda och tejpa eventuella inkräktare.

Försiktigare än vi någonsin smugit i våra liv smög vi förbi vardagsrummet och ställde oss i en inbyggd, rymlig kappgarderob bakom ytterkläder och skor, delvis skymda av ett vävt draperi med broderier. Köket som låg bredvid vardagsrummet hade dörren på glänt, så vi kunde höra men inte se männen därinne. Stämningen kändes obehaglig men inte hotfull.

Vi hörde Harald jämra sig och Ola säga:

"Är du vaken nu? Kul att vi äntligen fick träffa dig, Maximilian. Vi har hört så mycket om dig!"

"Och betalat så mycket för att få träffa dig", sa Henke.

"Så du får ursäkta att vi var tvungna att binda dig och spruta lite tårgas."

"För vem vet vad Tomas tvingar dig att göra? Han är ju boxare."

"Häftig blåtira han gav dig för att få hit dig! En riktig knock-out!"
Nu lade sig Tomas i diskussionen och han överröstade Henke och Olas samtal.

"Håll truten och lyssna, era idioter! Hur många gånger ska jag behöva säga att det där är inte Maximilian Brådth. Det där är Harald Binkell, vd på ett läkemedelsföretag och god för några hundra miljoner. Om ni har några fungerande hjärnceller så ringer ni Fru Binkell som är *bankdirektör*, och säger att ni har kidnappat maken, och begär några miljoner i lösen och ger mig... "

Höga hånskratt sipprade ut från köket.

"Idiot kan du vara själv, din *diarrétomte!*" avbröt Henke. "Gerillabruden har själv sagt att den här mannen är hennes chef. Vi vet att Gerillabruden jobbar för Maximilian eftersom Sune sa det och Sune ljuger inte."

"Otur att vi var här va?" inflikade Ola. "Och du som hade tänkt ha lite kul med Gerillabruden – tortera ihjäl henne långsamt, din jävla sadist!"

"Och tvinga Maximilian att se på för att tvinga honom att ge dig all information."

Nu hördes Haralds röst för första gången. Täppt och snuvig av näsblodet stönade han:

"*Information?* Tänker ni tvinga mig att lämna ifrån mig patenterade företagshemligheter? Tror ni jag bär omkring den typen av information på min kropp? I ett mikrochip i litet silverhjärta i en silverkedja runt halsen, kanske?"

För en sekund blev det alldeles tyst och sedan brakade gapskrattet ut. De stampade med fötterna i golvet och skrek en lång stund.

"Lugn, lugn! Vi har ingenting emot dig, Maximilian, bara så du vet! Du är en roligt prick!" flämtade Henke: "*Silverhjärta runt halsen!*"

Harald lät som om han instämde i deras skratt. Men hans var ett plågat skratt.

"Tacka fan för att ni inte kan ha något emot mig! *Ni vet ju inte ens vem jag är!* Var har ni gjort av Esmeralda? Har ni torterat henne? Var det ni som tvingade henne att arrangera det här mötet?"

Samtalet tystnade när Måna kom rullande i sin rullstol med katten i knät, och deklamerade:

"Ola, Henke, ni är efterlysta på tv! Sveriges sämst klädda män! *Wanted dead or alive!*"

I dörröppningen slutade hon fnissa och lät som en avundsjuk sjuåring när hon frågade:

"Vad gör ni? Leker ni *"hela havet stormar"*? Med *maskeringstejp*? Så fuskigt!"

"Måna – du får inte vara här! *Ut! Ut! Ut!"* sjasade Ola.

"*Tomas* är här! Sune blir galen om han får veta!" sa Henke.

Måna snurrade runt med rullstolen och rullade snabbt ut ur köket. Halvvägs över tröskeln vände hon sig om och sa:

"Förresten. Liket i brunnen. Som Sunestackarn landade på. Det var Max. Han kunde inte heller hålla gylfen stängd. Så går det."

Benen vek sig under mig där jag stod och tryckte i skydd av en byrå och bakom några ytterplagg på klädstången. Jag sjönk ihop på Esmeraldas hallgolv, med händerna framför ansiktet, bland dammtussar och skor som luktade fotsvett.

Jag kände några armar runt min kropp och en hand över min mun. Bim och Gia drog upp mig från golvet och höll mig i ett fast grepp i sina armar. Jag kände mig illamående, men kunde inte kräkas. Jag skakade som i feberfrossa, men mina händer var iskalla. Det snurrade i huvudet av tankar och känslor och allting kändes overkligt.

*"Jag måste ut härifrån! Jag står inte ut!"*

"Du får sörja sen!" viskade Gia in i mitt öra.

Om inte Gia hade tryckt sin mun mot min skulle mitt skrik ha avslöjat oss. De höll om mig så hårt att jag inte kunde röra mig, höll sina armar runt mitt liv och vaggade mig. Jag slöt ögonen och försökte låta bli att tänka på att det var Max jag hade sett i den där önskebrunnen.

*"Hur många dagar hade Max legat i brunnen när jag såg honom?"*

Skriket började växa i mig igen, ta över min kropp, men de tillät mig inte att skrika ut mitt vansinne. Istället tryckte de sig emot mig och började smeka mig medan Gia fortsatte kyssa mig. Jag slöt ögonen och lutade huvudet mot Bims axel och lät det ske, försökte låta bli att tänka medan jag skakade okontrollerat.

Mjuka händer smekte mitt hår och mitt ansikte och överarmar med lugnande rörelser.

Kanske jag hallucinerade? Rösterna som skrek runt omkring mig, kyssarna som höll på att kväva mig, händerna på min kropp, på mina bröst, var det bara inbillning?

Var allting inbillning?

Max sa att jag inbillade mig saker hela tiden.

*"Men Max är död.*

*Max; han som stal alla ord och gjorde dem till sina*

*och förgiftade dem med sin sanning*

*på den tiden när jag fortfarande var oseende*

*och min blinda kropp famlade efter sin ofödda längtan*

*som en drunknade efter luft,*

*som en kattunge efter närhet,*

*Max; han som jag trodde att jag behövde för att överleva*

*Men Max är död på riktigt och jag inbillar mig att jag lever."*

Långsamt mjuknade min kropp och mitt motstånd smälte av syrebristen och av händer som aldrig vilade, aldrig lät mig domna, aldrig lät mig ge upp och försvinna in i mörkret, till honom, till hans sanning.

*"Är jag en sannare människa nu när Max är död och jag lever?"*

Då och då kastade Bim och Gia en blick bakom sig för att försäkra sig om att ingen spionerade på oss.


I köket skrek alla i mun på varandra. Vi hörde hur Tomas skrek och ryckte i sin köksstol och föll med all sin tyngd på Harald som också skrek och båda föll i golvet och fortsatte skrika av smärta.

Oväsendet var öronbedövande men det lät som om det kom långt bortifrån. Mitt medvetande delade sig i två delar, varav det ena medvetandet registrerade vad som hände runt omkring mig utanför min kropp:

Henkes vansinnesskratt; *"Ombytta roller, ombytta roller!"* som trängde ut från köket överröstades av Tomas omänskliga illvrål när han skrek ut sitt vansinne och förbannade oss alla och hotade med att sparka ihjäl oss och peta ut våra ögon och hacka oss i småbitar och skicka delarna till fängelsedirektören som 60-årspresent, och från vardagsrummet skrålade Månas gälla röst som överröstade alla andras: *"Kan ni tala lite tystare, det finns faktiskt folk som ser på tv!"* understödd av tv-apparatens frågesportsdeltagare och oljuden från deras svarsknappar; *"Booink", "puitt", "dåååång"* och frågan-svaret; *"Vem är Franz Kafka"*?

Jag ville skrika: *"Varför dödade ni Max?"*

\*

Medan vansinneskören runt omkring mig i den yttre världen torterade mina öron, registrerade den andra delen av mitt kluvna medvetande alla motsägelsefulla känslor inom mig, i min inre värld, när de inte lämnade mig ifred, inte lät mig andas, inte lät mig försvinna, utan tvingade mig att känna dem och deras mjuka händer som smekte mig överallt på min överkänsliga hud, som smälte mitt försvar, som invaderade mig.

Efter en stund kände jag hur känslan i min kropp tog över allt mer av min uppmärksamhet; stegrades till en balans mellan det outhärdliga och det som var värre, och jag vacklade, vacklade, tills jag inte stod ut, och kämpade som en drunknande för att få luft, men Gia fortsatte pressa sin mun över min mun och sin hand över min näsa i en omvänd mun-mot-mun-metod, som sög allt motstånd ur mig, som stängde in den stegrande känslan, så att jag nästan kvävdes och inte kunde få fram ett ljud till protest, och jag kapitulerade inför hudens budskap, inför smaken av blod i min mun, inför svedan mellan mina ben, som förvandlades till lust, och kunde inte värja mig.

Allting blev kroppens hunger efter utslocknande.

Allt blev min puls.

Allt blev lust.

Allt blev vitt.

Sedan förlorade jag medvetandet för en kort stund.

*"Ombytta roller, ombytta roller."*

*"Jag dör. Jag dör. Jag dör."*

*"Min hjärna exploderar och alla små fina blodkärl går sönder. Jag dör här, på ett smutsigt hallgolv, bakom slitna inrökta ytterkläder och skor som luktar fotsvett."*

Sedan pånyttföddes jag. Hjärtat bultade som vansinnigt och benen skakade. Men jag var lugn. Chocken hade lagt sig och ersatts med förvåning.

"*Tänk om?*" viskade jag.

"*Vi var tvungna*", viskade Gia. "*Det fanns inga alternativ.*"

"*Det var en fråga om liv och död*", viskade Bim.

Vi stod kvar i samma ställning, tätt tryckta mot varandra, med mig i mitten. Nyfödd, flämtande av ansträngning borrade jag in mig i deras kroppsvärme som en fågelunge.

"*Max är död.*"

"*Men jag lever.*"

# Ovillkorlig Orättvisa

*I* KÖKET HADE STRIDEN LUGNAT NER SIG och i vardagsrummet hade Måna hade sänkt volymen på tv:n. Tomas var tyst, vilket var skönt men illavarslande. Vi hörde Harald väsa:

"Jag är ingen expert på sånt där men jag tror faktiskt att er kille är död!"

"Äsch, han filmar bara. Tomas luras alltid", sa Ola. "Kasta lite vatten i ansiktet på honom, Henke!"

Sedan hördes ett gapskratt följt av ett gällt fniss.

"Stoppa in den igen, jag menade inte så! Men för fan Henke, det här är *Gerillabrudens kök!* Visa lite respekt! Hon *äter* här!"

"Vet ni vad, killar? Jag har ett förslag; om ni lossar el-tejpen runt mina armar så kan jag undersöka honom och se vem av oss som har rätt", sa Harald.

"Vi vågar inte ta risken, för då kan du ju sticka! Berätta hur vi ska göra istället", sa Henke.

Sedan sa Ola någonting som fick mig att vakna till från mitt sensuella dåsande: "Vad är det där för konstigt hål han har i magen? Är det ett kulhål, tror du?"

"Jag skulle tro det", sa Harald. "Jag betvivlar starkt att det är en extra navel. Min icke-professionella gissning är att kulan sitter kvar i kroppen och har orsakat inre blödningar."

Henke och Ola skrockade belåtet.

"Gerillabruden! Yep!" sa Henke.

"Värd sin vikt i guld!" sa Ola.

"Lyssna, mina herrar!" sa Harald med sin nasala röst. "Om jag tipsar er om ett idiotsäkert sätt att göra er av med kroppen, släpper ni mig då? Jag har inte tid med sådana här avbrott, *vill* inte, *kan* inte, *får* inte under några omständigheter bli förknippad med kriminella element. Dessutom har det här motbjudande kräket ofredat min dotter och ingen kunde vara gladare än jag för att slippa honom för gott."

"Då borde du betala oss för att vi gör arbetet åt dig. En miljon är det värt. Kvittolöst. Total anonymitet garanterad."

"Överenskommet mina herrar: En miljon kronor med en halv miljon i avdrag för sveda och värk, och på ett villkor: Att ni släpper Esmeralda omedelbart! Var har ni gömt henne?"

Ola och Henke skrockade åt den omöjliga tanken:

"*Gömt Gerillabruden? Hå hå!* Hon besöker sin mans grav. De har en väldigt fin och nära kontakt fast han är död", sa Ola.

"Han var inte alls lika bra på närstrid som Gerillabruden", förtydligade Henke.

"Vilket man kan beklaga", fyllde Ola i.

"Men nu är han äntligen död. Amen."

En paus uppstod. Harald ansåg det tydligen klokast att inte komma med några kommentarer eller frågor.

"*Tomas* alltså", sa Ola. "Inte Marlon!"

"Jo, Marlon också!" sa Henke. "Först. Men inte på samma sätt, om du förstår? Det är därför hon fortfarande älskar honom."

"Jag förstår, jag förstår", suckade Harald. "Ni försöker på ett enkelt och pedagogiskt sätt tala om för mig att Esmeralda lever."

Sedan hände det något i vardagsrummet och Måna skruvade upp volymen på tv:n igen och det var någon amerikansk serie med hysteriska skratt. Vi kunde inte längre höra vad männen i köket talade om. Men ibland hördes tunga dunsar och stönanden som tydde på att de gjorde någonting med Tomas tunga kropp. Ljudet av tejp som rullades ut och klipptes av och nya ansträngda stönanden. Henke gick in till Måna i vardagsrummet och ursäktade sig och Måna skrattade högt åt någonting någon av dem sa. Sedan drog han bort mattan under soffbordet och bar in den i köket.

Jag var het efter min starka upplevelse och plötsligt insåg jag att Tomas måste ha dött samtidigt som jag nästan förlorade medvetandet, vilket var samtidigt som Henke vrålade *"Ombytta roller, ombytta roller".*

Och jag tänkte: *"Esmeralda, du har framkallat detta. Framkalla dig själv, nu! Kom tillbaka nu, snälla!"*

Men Esmeralda kom inte. Jag var den som hade "kommit", bakom ett smutsigt grått draperi med bruna broderade lamor. Så var det, insåg jag, och så fort insikten drabbade mig med all sin vulgaritet och sjaskighet, började jag skratta. Skrattet tog över min kropp, jag kunde helt enkelt inte sluta. Jag var tvungen att sätta mig på huk med ansiktet i händerna för att inte väsnas för mycket.

Allting var så vidrigt och fult. Någon hade dött och samtidigt hade jag fått en orgasm. Och istället för att gråta åt eländet, skrattade jag.

Men kanske jag grät ändå? Jag visste inte.

Känslan var densamma.

*"Jag får inte skratta. Jag får inte gråta."*

*"Bara på bio får man mot betalning skratta eller gråta i smyg åt den retuscherade versionen av verkligheten.*

*I Lagomhelvetet får aldrig de onda sitt straff.*

*Bara de som är så svaga att de saknar röst och är så känsliga att de inte kan försvara sig, och så utsugna att de saknar tårar, kan räkna med ovillkorlig orättvisa."*


Efter en stund började saker hända. Plötsligt kom Henke och Ola, utstapplandes ur köket, kånkande på en matta. De gick rakt förbi Bim och Gia och mig där vi stod i mörkret bakom lamadraperiet, utan att lägga märke till oss, trots att mattan med den inslagna Tomas rev ner två kappor från sina galgar och stötte till våra kroppar.

Mattan såg tung och knölig ut och var extremt spolformig, framförallt på mitten där konturerna av Tomas bakdel och upptejpade knän buktade ut. Men Henke och Ola var utrustade med ett maximum av muskelstyrka och

ett minimum av sentimentalitet. De suckade och stönade och höll god
min fast de höll på att tappa sitt tunga gods ett par gånger.

Harald hojtade från köket, hes och täppt i näsan:

"Killar! Var snälla och släpp mig nu, va! Vi har ju ett avtal, eller hur?"

"Bäst vi väntar en stund, annars kanske du ringer polisen och drar en
rövarhistoria om Henke och mig", sa Ola.

Harald protesterade högljutt:

"Jag lovar, ingen, absolut ingen i detta land kan vara mer trött på polisen
än jag! Polisen och gamarna i kloakpressen har redan trakasserat mig och
min familj i flera år och en sak säger jag bara, att jag skulle aldrig, aldrig
någonsin..."

"Ja-ja, vi tror dig, vd-Harald, men vi vågar inte ta några risker."

"Det är inget personligt, du verkar vara en skitkul prick, skitsmart
också! Fast det har du säkert räknat ut själv, med din intelligens!" sa Henke
myndigt.

"Men avtalet står kvar, bara så du vet! En halv mille! Så garanterar vi att
du slipper mer inblandning." Han pep: *"Harald, vem är Harald?"*

"Du, vd-Harald; be Måna sjunga nåt religiöst för dig när vi är borta. Så
slipper du ha tråkigt. Be henne sjunga *"Ovan där!"* fnissade Ola.

Varpå Henke skrattade så han nästan tappade taget om mattan igen. Han
fnissade så det fräste snor ur näsan och benen vek sig.

"Vart ska ni?" skrek Måna från vardagsrummet.

"Soptippen", sa Henke.

"Det heter Åter-vinnings-station", sa Måna. "Jaha. Skyll er själva om ni
missar långfilmen!"

"Vi tar risken!" hojtade Ola och fortsatte skratta.

Vi kunde höra deras fnissande hela vägen ut till Esmeraldas garage.

Harald låg på golvet fasttejpad och bunden till en pinnstol. När han fick
syn på oss, blinkade han skräckslaget och stirrade på oss som om vi var tre
spöken.

Gia smackade medlidsamt och skakade på huvudet. Hon fann en vass
kniv och en sax i lådan under diskbänken och skar av tejpen och repen
runt sin fars handleder och vader så att Harald kunde sträcka på sina stela

lemmar. Han var tyst och drog med handen under näsan. Blodet hade koagulerat och torkat in i huden, smutsbrunt och levrat, och när han rörde vid näsan började blodet sippra fram igen. Hans blick var lika matt som rösten när han mumlade, knappt hörbart:

"När kom ni, om man får fråga?"

Gia såg sig omkring i köket och på köksbänken upptäckte hon ett kakfat rågat med nygräddade blåbärsmuffins. Hon gav honom ett av de gyllenglänsande blåbärsstinna bakverken:

"Hssj! Ät!"

Harald slöt ögonen och drog in doften, och när han tuggade i sig det mjuka lilla mästerverket i tre munsbitar lät det som om han spann.

Gia tog fram en plastkasse från under diskbänken och samlade ihop rep och tejpbitar som låg utspridda överallt. Sedan hällde hon diskmedel på en köshandduk och började skrubba på blodfläckarna på köksgolvet. Hon sköljde av handduken och upprepade proceduren några gånger och lät vattnet rinna. Harald satt krokig på golvet och såg på henne under tystnad, med stora, rödsprängda pojkögon i ett härjat, fårat ansikte med ett litet streck till mun.

"Hur kom ni in, egentligen?"

"Det stod "*Välkommen*" på dörrmattan", sa Bim. "På den vägen är det."

"Har ni observerat någonting, eh, *ovanligt*?" frågade han försiktigt.

Bim betraktade honom en lång stund utan att säga någonting. Blicken gled över till den blodiga handduken i Gias hand. Hon fnyste:

"Vilken fråga!"

Harald sa ingenting, suckade bara tungt och såg oändligt trött ut.

Gia såg på honom och härmade hans: "*Du måste börja visa lite större urskiljning i ditt val av vänner, och era sysselsättningar, för det här duger inte!*"

Harald blev alldeles mörkröd i ansiktet och väste genom sin täppta näsa:

"Vi ska åka hem nu, allihop, på momangen! Inga motsägelser! Inga dumma skämt! Inga frågor! Förstått?"

"Okej, jag förstår. Festen är över, dags att gå hem", sa Gia och blinkade till oss.

Harald vecklade mödosamt ut sin kropp i dess fulla längd. Det knakade till och han skrek som om någon hade kört in ett järnspett i ryggen på honom. Sedan lämnade vi köket. Gia, Bim och jag slank snabbt förbi vardagsrummet utan att Måna såg oss, men Harald stannade stapplande till och ropade:

"Jag går nu. Hälsa Esmeralda att Harald levererade godset! Och du:Tack för dina blåbärsmuffins! Det var de näst godaste blåbärsmuffins jag smakat i hela mitt liv!"

"Tack själv, vännen min! Ni pojkar behövde någonting stärkande efter era små lekar. Äntligen! Nu börjar "Psycho". Jag är kär i Norman Bates, men säg det inte till någon för då får jag väl aldrig duscha mer!"

Måna skrek av skratt och slog sig på låren med en sådan kraft att katten fräste till och hoppade ner på golvet. Harald mumlade någonting om hur verkligheten alltid överträffar dikten och skyndade sig att vackla ut ur huset på ostadiga ben, med armen på ryggen, bort till sin röda sportbil, bort från Lillvajerns villaområde, bort från oss och våra blickar.

"Undrar just vad Esmeralda kommer att säga när hon upptäcker att Henke och Ola försvunnit ut i natten med hennes matta?" sa Bim.

"Esmeraldas matta kanske brukar uppföra sig på det viset? sa jag.

Märkligt nog visste jag inte om jag skojade och borde skratta.

Vi fann Harald i lilla salen, nersjunken i en elegant benvit soffa. Han kramade ett glas whisky i sin ena hand och en sladdrig råbiff, som han pressade mot sin blåtira, i sin andra. Han såg mer tragisk ut i den här eleganta omgivningen än han hade gjort fasttejpad på en pinnstol i Esmeraldas enkla kök.

"Så ni kommer nu", muttrade han. "Det var sannerligen på tiden."

"Vår bil var parkerad lite längre bort än din", sa Gia. "Sånt händer."

"Må så vara, må så vara, men det tog ändå en evinnerlig tid!" fräste han.

När Harald hade levererat sin oro sa han ingenting mer, fortsatte bara att stirra ut i luften framför sig, försjunken i tankar.

Gia, Bim och jag sjönk ner i varsin skön fåtölj och kopplade av för första gången på många timmar. Jag studerade de stora oljemålningarna i sina guldramar på väggarna. Det var vackra naturmotiv i sekelskiftesromantik med lekande rävungar och plaskande änder och solnedgångar över hav med fiskarbåtar och enkla människor i hucklen och långa kjolar som bar stora höbalar och getter i rep. Vid sidan om de nationalromantiska målningarna hängde ett porträtt av en ung, sofistikerad kvinna i vit klänning som bar en viss likhet med Gudrun.

Ögonblicket senare kunde min blick glida över till förebilden själv när hon svepte in i vardagsrummet på sina hårda klackar, elegant i sin kritstreckrandiga svarta dräkt, tortyrparfym och iskalla säkerhet.

"Adriana, du vet den där långe ljuse muskulöse mannen som kom hit igår och ville tala med dig om Maximilian? Tomas Tobiasson! Han är efterlyst av polisen! Jag såg det på nyheterna för en stund sedan!"

"Han kommer aldrig att besvära henne igen", skrattkraxade Harald. Gudrun såg på sin misshandlade man som hickade av skratt i soffan och hon suckade tungt.

"Ibland är du så otroligt naiv…" började hon med en röst som lät vass och anklagande.

"För en gångs skull, Gudrun, lita på mig!" snörvlade Harald.

"Lita på dig!" började hon och rösten gick upp i falsett. "Efter den här faderskapshistorien, Harald, hur ska jag *någonsin*..."

Harald höjde handen med den sladdriga råbiffen för att tysta henne, men det såg tyvärr inte speciellt förtroendeingivande ut och hon tog ingen notis om gesten.

"Han är en gangster, Harald! Han har kontakter i den undre världen; hans torpeder kan skada Adriana. Se bara vad han har gjort med dig!"

Hon ryste, mer äcklad än oroad, och fortsatte:

"Ska vi inte ringa polisen, ändå?"

"Lyssna Gudrun! Om du ringer till polisen och berättar om Tomas, då garanterar jag dig att vi får problem. *Stora* problem. Om du inte ringer så har vi maximalt femtio procents chans att slippa problem. Förutsatt att vi har turen och vädergudarna och kakmonstret på vår sida."

Gudrun såg på den sorgliga figuren som satt där i hennes vackra benvita soffa, punkterad som en gammal boll, så malplacerad och avvikande bland de tunga eleganta möblerna, de vackra mattorna, och alla utsökta antika konstföremål och värdefulla samlarobjekt. En trasig, skitig, marginaliserad varelse som hade förvirrat sig in från den bistra verkligheten till de verkligt rika, och vars blotta närvaro gjorde fula avtryck i den perfekta ytan som en otäck påminnelse om kroppens och människopsykets tillkortakommanden. Harald Binkell stank av svett där han satt, ihopsjunken som en uttjänt man. Håret var flottigt och stripigt. Det blodsprängda högra ögat var inramat av en rejäl blåtira, och från den rödsvullna näsan droppade det kladdigt snorblandat blod, ner på den exklusiva ljusblå skjortan som nu var oknäppt och skrynklig och nersolkad av blodstänk och kaksmulor och verklighet. Den vanligtvis så eleganta, arroganta, och ytterst karismatiska företagsledaren Harald Binkell var inte riktigt sig själv för tillfället, och långsamt gick det upp för Gudrun att hennes sarkasmer var bortkastade på maken. Hon frågade försiktigt:

"Harald, är Esmeralda involverad i någonting farligt?"

"Ha! Vi är *alla* indragna i någonting mycket farligt", muttrade Harald. Han tryckte råbiffen mot sitt mörbultade ansikte.

"Men, men, jag förstår faktiskt inte?"

"Det har tydligen beröringspunkter med mitt företag och dåren Dorian Jungman och hans elixir. Den som hade kortsiktigt föryngrande effekt på cellerna, om du minns? Den med de *beklagliga* bieffekterna."

Gudrun sjönk ner i en av de stora fåtöljerna. Hon slöt ögonen och lät de välmanikyrerade händerna hänga slappa över armstöden:

"Jo, jag minns. Inte minst alla tidningsskriverierna. Journalisterna. Spekulationerna. Insinuationerna. Blickarna från alla människor. Men säg mig: Hur kommer Tomas eller Maximilian in i bilden?"

Harald rynkade pannan och muttrade:

"Det enda jag vet är att Maximilian Brådths namn tycks dyka upp jämnt och ständigt, men jag vet inte exakt var kopplingen finns."

Han såg upp på sin fru:

"Lova mig att du aldrig släpper in dem igen om du inte är absolut tvungen!"

"Självfallet lovar jag dig att varken Tomas eller Maximilian...!"

Haralds kropp ryckte till och han drämde whiskyglaset på bordet med en skräll:

"Jag talar inte om Tomas eller Maximilian! Jag talar om *polisen!* De där andra två kommer inte att störa oss fler gånger."

Nu tyckte Bim att det var på plats med ett skämt:

"Du har sett för få actionfilmer, Harald. De dyker säkert upp igen, i en eller annan form."

Gudrun vände på huvudet och stirrade kallt på henne.

"Förlåt då!" sa Bim och ryckte på axlarna.

"Ditt tvångsmässiga behov av att ständigt, i alla sammanhang och utan urskillning vara lustig är såå påfrestande för omgivningen, Beata Marie!" sa Gudrun.

"Och ditt tvångsmässiga behov av att vara påfrestande är såå urskillningslöst, mamma!" sa Gia.

Bim drog ofrivilligt lite på mun. Själv kände jag mig i det närmaste osynlig men för en gångs skull var det en angenäm känsla. Gudrun såg från sin dotter till Bim och sedan tillbaka till sin dotter igen. Sedan öppnade hon munnen och sa:

"Den där bilen du kör, Adriana, jag vet att Tomas Tobiasson kom i den!"

"Nej-nej-nej – det är Esmeraldas bil", sa Harald med blicken riktad någonstans i fjärran.

"Vet du, Gudrun; Esmeralda varnade mig, hon visste att Tomas skulle komma efter flickorna idag, och inte med bil, utan från havet, med båt. *"För honom till mitt hus! Låt honom inte drunkna, men var försiktig för han är extremt farlig för oss alla, levande eller död!"* sa hon. *"Han bär på en farlig hemlighet som kan förstöra många liv",* Gudrun, jag tror faktiskt att Esmeralda har räddat våra liv. För att inte tala om mitt livsverk! Mitt rykte!"

Gudrun suckade: "Åh, jag tror jag blir tokig! Varför sa du inte det här tidigare? Innan Tomas dök upp! Vad är det som händer egentligen?"

Harald såg på henne och svepte sin whisky i ett enda drag, men handen darrade så mycket att hälften hamnade på skjortan, på krönet av kulmagen. Han teg en stund. Så lyste plötsligt hans ansikte upp, lite sömngångaraktigt, och han sa med en röst som lät som om den kom långt inifrån honom, från en hemlig bunker av utrotningshotade känslor:

"Jag minns när jag var liten och satt i mormors kök. Jag minns hettan från vedspisen och lukten av bränd ved och blåbärsmuffins och Misse som spann och flugorna som surrade och mormor som sjöng om symaskiner under vattnet och klappade mig på huvudet och kallade mig "min lille prins Valiant" och jag fick mormors hemmalagade jordgubbssaft och blåbärsmuffins och jag lutade mig mot mormors mjuka bröst som man kan sova mot när man är lessen, mot hennes hjärta, hennes goda hjärta. Borta, för alltid. All den goda enfalden i världen. All den enkla godheten. *Å herregud. Vad är det för värld vi lever i?"* Harald lade ansiktet i händerna, och jämrade sig:

"Varför har vi utrotat godheten?"

Gudrun såg tankfullt på honom och fick en liten missklädsam rynka i pannan: "Någonting har hänt med den här familjen, så mycket kan vi väl konstatera." Hon såg sig omkring i rummet på jakt efter någonting, eller någon, och hennes ögon fastnade på mig. Jag förstod att hon hade funnit vad hon sökte: En syndabock.

"Du är alltid så tyst, du, Lianna! Vilken är din teori? Vad tror du har hänt med den här familjen? Varför har allt det här plötsligt drabbat oss, nu, de senaste dagarna, som en blixt från en klar himmel?"

"Jag vet inte", sa jag och kände hur rodnaden brände i ansiktet.

"Tomas och Maximilian, vilken förbindelse har du med dem, egentligen?" fräste hon, stel i ansiktet av undertryckt raseri.

Gia reste sig upp ur soffan och protesterade:

"Sluta, mamma! Varför korsförhör du inte pappa istället? Han om någon har väl haft många *fruktbara* förbindelser?"

Gudrun fnyste bara och snurrade på sin vigselring, och Gia fortsatte:

"Eller ännu bättre – varför sveper du inte en filt om honom? Märker du inte att han befinner sig i ett chocktillstånd?"

Gudrun såg på sin dotter och suckade djupt.

"Ibland är du bara *så* melodramatisk och patetisk. Precis som din far." Sedan vände hon sig till mig igen och spetsade mig på sina iskalla ögon.

"Jag ska gå till botten med det här, det kan du lita på! Inbilla dig ingenting!"


Vi gick ut till köket och sjönk ner på köksstolarna. Jag följde ådringarna i bordsskivan med mitt pekfinger. Gia ställde sig vid den svarta AGA- spisen och vispade snabbt ihop en omelett som hon serverade oss. Det såg gott ut men jag kunde inte förmå mig att äta.

"*Fri-Gid* Fru-Gud gillar dig verkligen, Lianne, det märks!" sa Bim efter en stund. "Du har tagit henne med storm! Hur bär du dig åt? Berätta!"

"Äsch, det är enkelt – mina vänner är Gudruns ovänner", sa Gia. "Existensen föregår essensen."

De skrattade länge åt sina associationer men jag kunde inte instämma.

"Hur är det, Lianne? Är det min matlagning? Du är jätteblek!"

Jag harklade mig och försökte få fram ett ljud men det gick inte.

"Oroa dig inte, nästa vecka hatar hon någon annan. Hatet är beständigt men föremålen växlar. Ta inte allting så himla personligt!" Hon log och jag försökte le tillbaka men det gick inte heller så bra.

"Ikväll..." började jag, men kunde inte fortsätta. Gia klappade mig lätt på armen och log medlidsamt.

"Vi har lärt oss så mycket den här veckan!" Hon ryste. "Vi har skådat döden i vitögat och vi har insett vad som är det enda som räknas här i livet."

Bim skrattade dovt.

"Jaså? Och vad skulle *det* nu vara?"

"Pengar, förstås! Vad trodde du?"

Bim såg upp och slutade tugga.

"*Pengar?* Jag trodde du skulle säga sex! Eller *kärlek!*"

Gia skakade på huvudet och viftade med gaffeln.

"Nej, nej min söta lilla bock. Sex är gratis, så det räknas inte." Hon lade huvudet på sned och fortsatte, nu med ljuv flickröst och fladdrande ögonfransar:

"Och kärlek, det kan man inte köpa för pengar, så det kan man inte räkna med."

Bim såg sig omkring i det vackra köket och blicken fastnade på mig. Hon erinrade sig någonting, lyste upp och sa:

"Nej, pengar är inte rätt svar. Men Lianne fick en uppenbarelse på Klubb Neptun när Sune tog struptag på henne inne på deras skitiga toalett."

Gia såg lite förvånad upp på henne, men sedan tändes en glimt i hennes ögon. Bim reste sig upp från sin stol och ställde sig framför Gia. Så lade hon sina händer runt Gias hals och sa:

"Så, vad är det enda som räknas här i livet? Vill du också veta? Nyfiken?"

Gia såg henne djupt in i ögonen och nickade teatraliskt.

Bim tryckte händerna hårdare runt Gias hals och spände blicken i henne.

Gia började ge ifrån sig kvävda ljud och gunga på stolen och slita i Bims händer för att få loss dem utan att lyckas.

"En ledtråd – *brunn!*" sa Bim.

"*Makt?*" väste Gia. "Nej? *Kunskap?*"

"En ledtråd till – *kanot!*"

"*Sim*-kunskap?" lyckades Gia pressa fram.

Jag rusade upp och grep tag i Bims händer och lyckades bända loss dem från Gias hals. Bim svor och båda blängde på mig.

"Vad skulle det där vara bra för?" flämtade Gia. "Jag var så nära en uppenbarelse!"

Hon gav ifrån sig små rosslande, väsande ljud och gjorde en hemsk grimas.

"*Hälsan?*" försökte hon. Bim skakade på huvudet.

"Men ge mig en ledtråd, då!"

"Enkelt! Tänk *luft!*"

"*Luft?*"

"Oraklet i Klubb Neptun – aka Lianne här – har svaret: Det enda som räknas här i livet är att *befinna sig i rätt element!*"

De såg på varandra och började skratta hejdlöst. Men jag kunde inte instämma i deras skratt. Jag förstod inte meningen med att leka en konstig, brutal dödslek med absurda, meningslösa frågor efter alla autentiska vidrigheter och övergrepp vi hade upplevt på nära håll de senaste timmarna.

"Varför, Lianne?" sa Gia när hon hade skrattat färdigt och torkade bort de svarta ränderna av mascara under ögonen med en linneservett.

"*Varför...?*" Jag bara stirrade på henne.

"Mm. Varför räddade du mig? Var det för pengar, sex eller kärlek? Eller bara för ... *luft?*"

"Jag förstår inte...?"

Hon suckade:

"Du blandar ihop lidelse med lidande. Nej, du har fortfarande inte förstått någonting."

# Revir i Relief
## Söndag

J AG FAMLADE EFTER SVAR bland tunna sömnslöjor men innan jag
nådde fram trasades sanningen sönder av en skarp röst.

"Adriana! Öppna! Öppna genast!"

"Tyst!" vrålade Gia.

Men det hjälpte inte för i nästa stund hörde jag hur dörren flög upp
och någon stormade in i rummet med vassa steg. Förhängena runt Gias
himmelssäng slets isär med en våldsamhet som fick dammet att yra och de
tunga draperierna att fladdra som vindstinna segel.

Jag slog upp mina ögon. Gudruns blick svepte över våra nakna kroppar
där vi låg tryckta intill varandra i sängen. Jag upptäckte att mitt ansikte
låg så nära Gias nacke att jag kunde andas in hennes doft och hade kunnat
kyssa den om jag fortfarande hade sovit och inte kändes vid något förnuft
eller rädsla.

Gia och Bim sov som siamesiska tvillingar, sammanlänkade genom sin
gemensamma lunga och axel, och sitt trassel av mörka och ljusa hårlockar
som inte visste sitt ursprung, utan växte randiga, utan början, utan slut,
korta och långa, in och ut ur varandra, som nattens längtan.

En femte arm som varken tillhörde Bim eller Gia, men som var min, vilade i gropen i Gias midja. Under sömnen hade min hand tydligen tagit sig friheter som den inte vågade när jag var vaken och styrde dess handlingar med viljan och inte känslan.

Gudrun såg på min hand och gav mig en blick som om det var jag som var upphovet till detta bisarra arrangemang; som om jag var den mästerkirurg som hade sytt ihop Gias och Bims nattkroppar och drömsjälar, och därmed tvingade dem att sova nakna och oskiljaktiga i all evighet.

På botten av Gudruns blick skymtade jag ett blänk av ursinne och jag slutade nästan andas av rädsla för vad hon skulle säga. Gia reste sig upp på armarna i sängen och drog upp lakanet för att skyla sig:

"Vad är det? Sluta titta så konstigt på oss? Du skrämmer mig!"

Gudrun slog sig ner på sängkanten och suckade: "Harald."

Från sängen stirrade våra tre ögonpar tillbaka på henne.

"Harald ... har blivit kidnappad."

Vansinnet i Gudruns blick fick sin förklaring och Gia, Bim och jag drog en djup suck av lättnad.

"Du skojar!" sa Gia. Det lät som om hon fnissade.

"Skojar, Adriana? Skulle jag väcka er för att skoja om en sådan sak?"

Gudrun drog ett djupt andetag och fortsatte:

"Kidnapparna kräver en halv miljon kronor i lösen, plus några USB-minnen som Harald påstår att ni har."

"USB-minnen?"

"Pengarna och USB-minnena ska överlämnas insvepta i en morgontidning i två dubbla vanliga bärkassar i plast, på den nya delen av Lugnets Kyrkogård, på Marlon Hanssons grav. Harald förbjöd mig att kontakta polisen och krävde att ni tre skulle överlämna pengarna. Detta eftersom han anser att jag, Gudrun Binkell, *är alldeles för förtjust i drastiska problemlösningar och alldeles för förtjust i att leka Zorro!*"

Gudruns röst darrade till och för en nanosekund framstod hon nästan som mänsklig i mina ögon.

"Frågade du hur det gick till när han blev kidnappad?" frågade Gia och försökte kväva en gäspning. "Eller varför de nöjer sig med en halv miljon?"

"Nej, det skulle väl ha varit synnerligen olämpligt med tanke på omständigheterna!" sa Gudrun och såg upprört på oss.

Bim och jag nickade frenetiskt.

"Vi får väl anta att kidnapparna har haft vett att märka ut graven på något sätt, men det som oroar mig är de där USB-minnena!"

Gudrun spände blicken i sin dotter:

"Har du någon aning om vad det är för USB-minnen Harald talar om?" Gia satt tyst en lång stund och höll om sina böjda ben med huvudet lutat över sina knän. Ett tag trodde jag att hon hade somnat. Så lyfte hon på huvudet och det långa ljusa håret svävade tillbaka ner över axlarna:

"Jag tror jag vet vilka USB-minnen han syftar på och var han kan ha gömt dem!" Hennes blick var riktad någonstans i fjärran och hennes röst var så dramatisk att hon lät som ett medium – eller som en överambitiös, ung skådespelare på sitt livs första audition. När Bim harklade sig, tillade hon snabbt:

"Ja, han råkade försäga sig en gång."

Gudruns blick gled över mig och Gia och Bim i sängen. Hon suckade men inga sarkasmer kom över hennes läppar. Sedan försvann hon ut från sin dotters rum för att trolla fram en halv miljon kronor från någon hemlig kakburk. Själva skyndade vi oss att klä på oss plaggen som Gia kastade ut till oss från klädkammaren. Det var tunna svarta byxor i linne med tillhörande jackor och bälten och svarta jumprar.

När vi hade klätt på oss såg vi ut som om vi ingick i någon liten sekt på tre personer eller var tre abnormt osjälvständiga trillingar som saknade de andra tre som inte överlevde provrörsbefruktningen och därför ständigt gick klädda i svart. Gia nickade belåtet. Hon kröp ner på knä i klädkammaren och pillade upp en bit lös heltäckningsmatta under skohyllan, för att sedan lyfta upp en lös bräda i golvet. I hålrummet under golvbrädan låg en skokartong som hon varsamt lyfte upp. Hon slet av de bruna gummibanden runt skokartongen och tog av locket på skokartongen. I en plastpåse låg minst ett hekto av något vitt pulver.

"Kokain? Vilket b-bra gömställe", stammade jag.

"Man kan aldrig vara nog försiktig var man gömmer saker."

Gia lirkade försiktigt ut en lös utdragbar botten ur skokartongen. Inklämda i det trånga lönnfacket i skokartongen låg två små svarta minnespinnar.

"Om Esmeralda skulle snoka, menar jag. Inte ens Esmeralda skulle misstänka att en skokartong med så mycket kokain har ett lönnfack. Hon skulle tro att kokainet var huvudattraktionen. Om du förstår vad jag menar?"

"Hade Harald rätt? Använder ni kokain?" undrade jag.

Gia log under sänkta ögonlock.

"Det var innan vi träffade dig; Lianna Stalker, L'enfant terrible."

Bim kastade en snabb blick på Gia. Gia stötte till henne i sidan med armbågen.

"Lianne är vår nya afrodisiaka. Eller hur, Bim?"

"Ha! En sanning med modifikation", sa Bim torrt. "Love is a four-letter word."

"Love betyder ingenting", sa Gia.

"I tennis, nej. Så kärlek är bara en motionssport för dig?"

Bim körde in händerna i midjan på Gia som hoppade till. Hon skrek rakt ut och värjde sig så gott det gick:

"Vem var det som sa att det enda som räknas i livet är luft?"

"Någon som har överlevt dina tungkyssar."

Ingen av oss hade tänkt på att låsa dörren efter Gudrun, och plötsligt hörde vi hennes kalla röst bakom oss:

"Tänka sig! Av alla rum i Villa Marina väljer Harald att gömma sina hemliga minnesstickor i ditt rum, under en lös bräda i din klädkammare, i en skokartong full med narkotika!"

Hennes vassa springor till ögon avslöjade att hon hade observerat oss en stund.

"Världen är sannerligen full av märkliga sammanträffanden!"

Gia och Bim slet sig loss från varandra och drog ner sina jumprar och Gia var tvungen att knäppa sin bh. De flämtade och var röda i ansiktet, och Gia tog sats för att klämma ur sig någon dramatisk nonsens-ursäkt, men Gudrun viftade avvärjande med handen.

"Ni behöver inte säga någonting! Jag kan själv se hur mycket ni behövde anstränga er för att hitta de famösa USB-minnena."

Utan att invänta svar tryckte Gudrun upp en beige handväska mot Gias nakna bröst. "Här är pengarna!"

Sekunden innan hon försvann ut genom dörren vände hon sig om, och sa med en röst som lät som en pisksnärt:

"Klä på er och *se till att bruka allvar* för en gångs skull!"

"Jawohl, Mutter", fnissade Gia med två fingrar under näsan.

"No more Zorrow", viskade Bim.

*

Gia rattade bilen mot stadens kyrkogård. Hon stönade och bankade näven mot instrumentpanelen:

"Hur kunde vi vara så slarviga! Mitt framför ögonen på Gudrun!"

"Ibland ser hon på mig som om jag har smittat ner dig med en obotlig sjukdom", sa Bim. "En som det inte finns några mediciner för."

"Inga mediciner biter på mig. Min enda lindring är sexterapi. I högre och högre doser. Men försök inte förklara det för Gudrun. Någonstans i den där högeffektiva hjärnan, bakom den höga IQ: n och alla supersnabba synapser döljer sig en ren idiot."

"Nej, nej!" sa Bim med sorgsen röst. "Någonstans i din mors hjärta, bakom en ointaglig mur av självdisciplin och kultiverad känslokyla döljer sig bara en liten oförstådd byråkrat!"

Gia skrek av skratt och kontrade:

"Nä, nu ska vi inte vara styggga! Även Gudrun har varit ung och romantisk! Vet du varför Gudrun blev kär i Harald?"

"Nej."

"Han presenterade sig själv som *Har-allt.* Och hon var ung och oskyldig och hade förläst sig på Financial Times och Playgirl och trodde honom!"

Bim buade men kunde inte låta bli att skratta och så började de dra Gudrunskämt. Ju sämre skämten var, desto mer skrattade de. Efter en stund när de hade dragit in Bellman och en dansk och en tysk och en engelsman och en get i sina Gudrunskämt tröttnade jag och avbröt dem:

"Varför låtsades Harald att han hade blivit kidnappad? Varför fixade han inte fram pengarna på normalt sätt?"

Bim vände sig om och suckade tungt, sur över att ha blivit avbruten:

"Eftersom Henke och Ola måste ha tag i USB-minnena, förstås!"

"Men varför trodde de att Harald hade dem?"

Hon förklarade långsamt och med betoning på varje ord, som till en idiot:

"Sune har sagt att Esmeralda jobbar för Max. Esmeralda har pekat ut Harald som sin arbetsgivare. *Ergo*: Harald är den som har USB-minnena."

"Men Max är ju död! Det vet de ju! Måna sa ju det!"

"Vet de? Vad är ett namn? I deras bransch? Transcendent! Immateriellt!"

Gia drog efter andan och med ljuv ungflicksröst röst deklamerade hon:

*"That which we call a rose by any other name would smell as sweet."*

Bim applåderade, men innan Romeo hade hunnit besvara sin smäktande Julia med en passande replik, och gett publiken i baksätet ännu ett smakprov på deras talanger, skyndade jag mig att fråga:

"Jag förstår bara inte hur Harald kunde veta att ni hade USB-minnena?"

Gia suckade och himlade med ögonen:

"Esmeralda kanske såg det i sin lilla kristallkula och råkade nämna för killarna att hennes chef *Har-allt*, vad vet jag?"

"Men hur kom det sig att ni hade de där USB-minnena, hela tiden, då?"

"Max glömde kvar sin manchesterjacka..", började Gia, men Bim avbröt:

"Det räcker nu! Nog! Basta! Finito!"

Det gjorde ingenting, för plötsligt kände jag att jag inte ville veta mer, för ju fler svar jag fick, ju fler frågor dök upp.

\*

På Lugnets kyrkogård stod tiden stilla.

Vi klev in i en oas av grönska och fågelkvitter som enligt en liten förgylld skylt på muren bara var öppen för oss levande till klockan 20.00. Höga träd susade vänliga melodier i mina öron. Gråsparvarna vispade upp grusgångarnas sand med sina vingar och duschade sig dammiga medan de hyllade livet med sitt kvittrande som bara de själva förstod.

Solens strålar lade sig som en kupa av hett ljus över den gröna världen och jag var tvungen att kisa oavbrutet. Jag kände hur svetten sippade fram och målade mörka skuggor på kläderna. Allting runt omkring oss andades frid och tidlös stillhet. *Död.*

Vi behövde inte leta länge för att upptäcka Marlon Hanssons grav. Bokstäver som markerade vem han hade varit och siffror som markerade hur länge han hade varit vem han hade varit i livet, lyste i relief mot den svarta polerade stenen över hans revir i döden. Små, små tecken som lyste i solen. På krönet av den svarta blanka gravstenen balanserade vad som på avstånd såg ut som tre kvistar, men på nära håll visade sig vara tre pyttesmå barkmänniskor med armar och ben och huvudknopp: Gia, Bim och mig själv.

"Ser ni! Det är vi!" sa jag.

De såg på barkmänniskorna och så tillbaka på mig och så tillbaka på barkmänniskorna. Bim gjorde en grimas och skakade på huvudet men Gia såg länge på mig, som om jag var en av mina målningar och log mot mig. Framför graven stod en svart vas med ett enormt fång ängsblommor som fyllde luften med sina dofter. På grusgången vid sidan om graven stod en utfälld sittpall, och på sitsen låg en välbekant yllefilt med lamor.

Ett vykort stod nedkört i gruset, lutat mot Marlon Hanssons svarta blanka gravsten. Vykortet föreställde "Skriet" av Edvard Munch. Vi lät det gå runt mellan oss. Där stod *"Tack."* Det var allt. Vi läste kortet ett par gånger och såg på bilden av den ångestfyllda varelsen på bron utan att säga någonting.

"Det här är inte Esmeraldas handstil", sa Gia. "Inte Haralds heller."

"Då återstår bara tre personer som jag kan tänka mig, men jag är inte säker på att någon av dem är läs och skrivkunnig", sa Bim.

"Kunde de inte ha valt ett annat motiv?" sa jag.

Gia såg förvånad ut.

"Jag trodde du gillade "Skriet"?" sa hon. "Det påminner om dina egna ångestskildringar."

Jag försökte le. Det var inte många dagar sedan verkligheten hade låtit mig få insyn bakom *Lagomhelvetets* falska väv, och minnet av den insikten strök vid min hals som en iskall hand. Jag stoppade ner de tre små kvistmänniskorna i fickorna. De kändes små och lena mot min hand. Gia tog hand om vykortet.

På väg tillbaka till parkeringsplatsen sneglade vi hela tiden bakom oss mot graven men kunde inte se någon närma sig, varken ung eller gammal, kvinna eller man. Däremot verkade den gamla slitna yllefilten som maskerade de dubbla bärkassarna med pengar och minnesstickor dra till sig en del uppmärksamhet från några skator som landade i närheten och började picka på den.

"Jaha, det var det, det", sa Bim. "Nu återstår bara att ta reda på vem som hämtar bärkassarna."

"Jag gör det!" sa Gia. "Ni två åker runt i stan! Bli sedda!"

Vi klev in i bilen och Bim började köra. Vi närmade oss en korsning med rödljus och Gia grep tag i Bims arm.

"Sakta in! När vi närmar oss de där buskarna sticker jag. Plocka upp mig om två timmar!"

I nästa stund hade hon öppnat bakdörren och smög hukande längs kyrkogårdsmuren. Så gjorde hon en otålig gest med armen att vi skulle fortsätta och sluta stirra på henne. Det var svårt. Hon såg ut som en svart panter som hade antagit mänsklig form för några minuter, och såg så farlig och fantastisk ut att jag ryste och Bim fortsatte snegla i backspegeln en lång stund efter att Gia hade försvunnit ur synfältet.

"Den där Harald!" muttrade Bim efter några minuter. "Han köper sig alltid fri, från allt ansvar, från all inblandning. Allt är business för honom."

"Men nu måste han köpa tillbaka sina egna kläder, begagnade och till överpris!" skojade jag.

Bim kastade en snabb, fundersam sidoblick på mig som jag låtsades inte märka.

*Jag kanske inte är fullt så naiv som du tror"*, tänkte jag, inte så lite stolt. Hon nickade.

"Sant. De där kläderna har ett högt marknadsvärde för tillfället. Intressant hur ett par jeans och en skjorta från en mördad rånare och mördare kan påverka det substantiella värdet på Haralds läkemedelsföretag. Gudrun skulle säkert kunna ge oss en föreläsning i ämnet om hon kände till detaljerna."

"Hur står du ut?"

Hon sneglade på mig igen och fnyste: "Står ut? Med vad? Med deras DNA?"

"Med *deras sätt*. Mot dig."

"Det gör jag inte, Lianne."

Vi körde runt i staden med nerrullade sidorutor och Nirvana på högsta volym, med kurs mot centrum. Bim parkerade på en sidogata och genom bilrutorna iakttog vi människor som svalkade sig med läskedrycker eller glasstrutar. Efter en stund trummade Bim otåligt på ratten med sina långa fingrar, och sneglade på sitt armbandsur:

"Sex är uteslutet, så då återstår bara en sak."

Hon återvände med varsin strutglass i handen och vi fortsatte studera människorna som gick förbi oss på trottoaren.

Tystnaden kände obekväm efter en stund, så jag ställde en fråga jag hade funderat över länge.

"Hur kom det sig egentligen att Gia fick gå i en helt vanlig skola, med helt vanliga barn och inte i någon exklusiv elitistisk privatskola med bortskämda rikemansbarn och gräddfil till toppjobben i framtiden?"

Bim låtsades koncentrera sig på sin strutglass, medan hon iakttog mig under halvslutna ögonlock:

"Haralds veto, vet´u. Harald är emot ärvda privilegier och särbehandling, eftersom han själv har gått den långa vägen. Han tycker att all sann begåvning mår bra av motstånd. *Ad astra per aspera, två tomma nävar,* och allt det där romantiska tjafset, du vet."

"Och hur mycket *motstånd* tycker han är bra, då? Innan det blir skadligt, menar jag? På ett ungefär?"

Bim sneglade på mig som om hon inte visste hur hon skulle tolka min fråga och vad jag egentligen var ute efter.

"Det beror förstås på vilket potential som finns där från början. Harald har en fantastisk begåvning för att se människors sanna potential. Så fort han såg Gudruns sanna potential gifte han sig med henne, och startade Nostria." Hon gjorde en konstpaus: "Med Gudruns kapital och ekonomiska expertis."

Jag skrattade till så att kulan med chokladglass nästan trillade av våfflan och jag fick trycka den på plats med fingrarna. När jag slickade av fingrarna märkte jag att Bim iakttog mig, med ett nästintill osynligt leende på läpparna:

"Gia är lik honom på det sättet. Hon är också duktig på att se människors sanna potential. En enda blick räcker."

Hon slog med sin knutna näve på låret och utbrast – utan att se på mig, som om hon blev generad:

"Fan, fan, fan vad jag har varit svartsjuk på dig, Lianne! Innan jag träffade dig. Och sen, nu, hela den här veckan."

"Varför då?"

Hon skakade på huvudet och skrattade:

*"Varför då?"* härmade hon med barnslig röst och himlade med ögonen och fladdrade med ögonfransarna: *"Varför då?"* Utan att invänta mitt svar böjde hon sig ner över min chokladglass och högg tänderna i den, nästan aggressivt, som om den var min hals.

"Mmm! Man kan inte se på den hur god den är. Man måste smaka. Utan att fråga snällt. Det har Gia lärt mig."

Jag blev både generad och skrämd av hennes intensitet och vände mig bort.

"Och vad har du lärt henne, då?"

Hon skakade på huvudet igen och skrattade sitt dova skratt.

"Vänta!"

Hon torkade sig om munnen och hakan. Sedan tog hon fram sin plånbok igen och öppnade ett litet fack och tog fram några fotografier. Så lutade hon sig förvånansvärt nära mig, så nära att hon nuddade vid mig hela tiden, och visade fotografierna.

Det tog mig en stund att förstå att flickan på det första fotot var Bim, och det som avslöjade henne var blicken. På fotot var hon runt i femton år, med långt mörkt hår, kolsvarta flugbenstjocka ögonfransar och läpparna formade i ett ironiskt leende som var betydligt äldre än de runda kinderna. Blicken i ögonen var avvaktande med en intelligent och penetrerande, lite hård glimt: – *"Hit men inte längre!"* – men samtidigt så trotsigt förtröstansfulla: *"Jag tänker aldrig, aldrig bli som dem! Jag är annorlunda!"*

På nästa bild stod Bim bredvid en jämngammal flicka som jag identifierade som en mycket ung Gia. Flickorna hade armarna runt varandras axlar. Båda bar svarta slokhattar med maskrosor i brättena, och var klädda i svarta byxor och svarta kängor, och blusar med vit spets under svarta läderremmar genom hål pyntade med vita pärlor på märkliga ställen.

Gias blonda hår under slokhatten nådde henne till midjan precis som Bims mörkbruna, men hennes blick var inte riktad mot kameran i ett ironiskt leende, som Bims, utan den var riktad mot Bim själv, med en kärlek så stark att den brände genom fotot, med en glöd som nästan skrämde mig. Gia såg på en gång spröd och ömtålig ut, som ett ovärderligt föremål, men ett ovärderligt föremål av kött och blod som vet sitt värde och har funnit sin like och som älskar för första gången.

"De var avundsjuka på henne för att hon var så rik och så söt och så fruktansvärt bortskämd", sa Bim. "De hade väl kunna stå ut med att hon var bra på allting – bäst i klassen i alla ämnen *och* snyggast! – om hon bara hade varit snäll. Men Gia var inte snäll, inte trevlig, bara odräglig."

"Det låter som att du inte tyckte om henne!" avbröt jag.

Bim såg på mig och var precis på väg att säga någonting men stängde munnen igen. Hon slog ner ögonlocken och tänkte en stund utan att jag kunde möta hennes blick. Men under de tunna ögonlocken såg jag hur ögonen rörde sig oroligt och hur de täta ögonfransarna fläktade oron. Så öppnade hon munnen och började, lite tveksamt, nästan bedjande:

"Du måste känna till någonting om mig för att förstå. När jag var liten var jag alltid ensam. Tills jag fick Vilde. Vilde var en blandning mellan terrier och cockerspaniel. Det var inte officiellt min hund för hon var inte min på riktigt eftersom jag inte fick ha något djur, eftersom farsan avskydde alla djur, *alla utom kaffegöken och siiillen,* som han alltid brukade säga. Men Vilde och jag, vi hörde ihop. Ingen ville ha oss, för hon bet sönder kläder och gjorde aldrig som de sa till henne och hon var inte snäll och inte ett dugg pålitlig och inte alls som alla andra hundar. Och jag själv, jag var ju..", Bim avbröt sig.

"Jag var den enda som gav Vilde mat och hon var den enda som lyssnade på mig. När jag var ledsen för att farsan och morsan hade fyllleslag, och deras kompis Trippelidioten kom in i mitt rum och väckte mig och varnade mig för den stora konspirationen från rymden, då när jag var ledsen då lade Vilde huvudet på sned och krafsade med tassen på min arm, och gnydde, som för att trösta mig och säga. *"Var inte ledsen.* **Jag** *är ju här!"* Bim avbröt sig igen.

Jag märkte att hennes ögon var blanka.

Hon fortsatte tala, nästan som till sig själv:

"Vi överlistade alla. Vi gömde oss under sängen bakom några lådor så de inte hittade oss. Det var vi två mot världen. De lyckades aldrig knäcka oss."

Bim var tyst. Sedan skrattade hon ett plågat skratt och skakade på huvudet.

"Vilde och jag hade allt under kontroll, länge. Vi var ett perfekt team, vår egen unika flock; tills en natt när jag försvarade morsan och farsan gav sig på mig istället och Vilde slet sig från sängbenet där hon var bunden, så inte farsan skulle se henne och kröp fram från under sängen och försvarade mig och bet honom och han jagade ut henne på gatan och sparkade henne istället för oss, och kallade henne hemska saker, och jag hörde hur hon skällde och försvarade sig och tog all skit för mig, och han vrålade till som om hon bet honom eftersom jag bad henne göra det, telepatiskt: – *"Bit honom så han dör, den satans sadisten!"* – och jag satt och höll för öronen för han var så arg och full och våldsam så jag inte vågade göra någonting och var för feg för att klättra ut genom fönstret – tredje våningen, jag skulle överlevt – kunde tagit stupröret. Jag satt i mitt rum och hörde en bil bromsa in och däcken skrika och glas splittras och jag kunde inte göra någonting för farsan hade låst in mig och han hade lovat att slå ihjäl mig om jag lyfte ett finger.

På väg till skolan nästa morgon hittade jag Vilde. Hon låg vid vägkanten. Pälsen var brun av intorkat blod. Jag grät varje kväll i ett helt år efteråt. Jag älskade den där knasiga hunden mer än någon annan varelse på jorden. När Vilde dog blev jag ensam igen. Vilde dog bara för att jag var för svag och feg för att rädda henne och det får jag leva med. Hon ställde alltid upp för mig. Hon gav sitt liv för mig. Och jag svek henne."

Bim var tyst en lång stund. Sedan harklade hon sig och fortsatte:

"Du förstår, Lianne: Gia hade samma blick i sina ögon när hon såg på mig. Samma blick som Vilde. Samma blick från en missanpassad själ, fylld av beundran och sorg och ... och *kärlek*. Bara till mig. Jag ville inte att de jävlarna skulle få köra över henne. Bara det."

Hon ryckte på axlarna och skrattade lite förläget. Så låtsades hon stryka bort glass från sin näsa och harklade sig några gånger. Hennes ena fot började vicka nervöst och hon såg bort. Men innan hon vände bort sitt ansikte hann jag uppfatta att hennes ögon nu var fulla med tårar.

Hennes ord blev hängande i luften eftersom jag inte vågade röra henne och inte visste vad jag skulle säga. Ingenting var riktigt som jag trodde. Varken så enkelt eller så komplicerat som jag hade trott från början.

Jag såg på fotografierna i mitt knä igen. Det fanns flera foton av Bim och Gia som jag inte hade tittat noga på. Bim och Gia var attraktiva. De var inte attraktiva på det vanliga, fräscha sättet som vanliga tonårsflickor är attraktiva på eftersom deras klädsmak och make up var så annorlunda. De var attraktiva på ett sätt som jag inte riktigt kunde definiera, på ett sätt som gick till öppet trots mot samhällets normer om vad som är attraktivt. Det var ett trots som syntes bäst i ögonen, på de där fotografierna, blänkte som ett farligt gift, stötte som en omöjlig pupillform eller avvikande ögonfärg. I deras ögon såg jag denna hemlighet, denna abnorma inre trädgård, med hemliga blommor så unika, vackra och så farliga, att bara en enda utvald person överlever deras doft. De hade funnit varandra, och blommade i varandras blick och omgivningen måste ha reagerat på det som inte fanns att dela, det som inte fanns att definiera, det som inte fanns att knäcka hos dessa unga kvinnor. Hos Bim syntes en farlig utstrålning, ett trots, en självmedvetenhet som måste ha provocerat omgivningen lika mycket som Gias odrägliga prinsesslater.

*"Vilket intressant par!"* tänkte jag.

I nästa stund tänkte jag:

*"Var de ett par? Redan då?"*

Bim sneglade på mig från sidan och smålog sorgset som om hon tänkte:

*"Vad tror **du**, Lianne?"*

*

Under tystnad återvände vi till bilen. Bim hade inte yttrat så mycket som ett ljud efter sitt förtroende och efter en enda oskyldig kommentar från min sida förstod jag att det var bäst att inte störa henne.

När vi närmade oss Marlon Hanssons grav kunde vi konstatera att bärkassen med pengar och USB-minnen var borta, liksom fällstolen med den fula filten.

Vi satte oss på en bänk mellan de välkrattade gångarna och väntade på att Gia skulle dyka upp. Bim sa fortfarande ingenting och undvek all ögonkontakt. Hon var som ett tillbommat, försåtsminerat hus omgivet av beväpnade vakter och jag förstod att om jag störde henne med en endaste liten fråga, eller kommentar, hur oskyldig den än var, så gjorde jag det med livet som insats.

Jag såg flera gamla människor småprata med personer begravda under jord, så i det avseendet var inte Esmeralda det minsta avvikande. Det som skilde Esmeralda från andra kyrkogårdsbesökare var att Esmeralda fick svar.

*

När jag plötsligt såg Gias siluett närma sig tog det mig en bråkdels sekund att inse att det verkligen var hon som kom gående, rakryggad, leende, med långa självsäkra steg. Jag fick ta in synen av henne mycket långsamt, eftersom jag inte klarade av att se på henne utan att få en så stark hjärtklappning att jag blev svimfärdig. Gia märkte inte hur spänd stämningen var mellan Bim och mig, eller hur generad jag plötsligt blev av att se henne. Hon sträckte ut sig på bänken mellan oss och log.

"Okej, guys; lägesrapport: Ungefär en halvtimme efter ni hade kört iväg kom en kvinna och plockade upp bärkassarna. Specialagent G.I.A spanade in damen. Hon var ensam; obesvärad; obeväpnad; såg sig inte om en enda gång; kollade inte vad som fanns i bärkassarna; nynnade på en sång; kliade sig på rumpan; försvann i en bil."

"Fick du registreringsnumret?" frågade Bim med hes röst.

Gia sträckte sina armar över Bims och mina axlar och klämde till, hårt. Hennes långa hår fladdrade till i vinden och kittlade min kind.

"Självklart fick jag registreringsnumret, mina små amatörer! Och hennes signalement! Intresserad, någon?"

"Fortsätt!" sa Bim otåligt.

Gia sög så orden, som om hon måste tänka efter, eller – vilket var mest troligt – för att hon måste retas med Bim.

"Trettio, högst trettioåtta. *Jävligt* snygg, *(suck!)*. Tunn blå v-ringad bomullsklänning. Genomskinlig i motljus. Ingen bh, *(suck!)*. Inga silikontuttar heller, de guppade mjukt i vinden. Inga celluliter. Inga trosor, *(suck!)*. Platinablond. Kort, lite lockigt hår. *Långa* ben, *(suck!)*. Massor av smycken, ringar, armband, halsband. Kaxig på något sätt. Som en filmstjärna. Eller pokerspelare."

"Så du tycker inte det var bortkastad tid, då?" konstaterad Bim torrt.

"Det, min kära, återstår att se!" svarade Gia.

❧

# Kroppkakor och Katharsis

GUDRUN OCH HARALD låg och solade i varsin vilstol på terrassen. Gudruns ansikte var skymt bakom en stråhatt med ett enormt brätte och på avstånd såg hon ut som en finlemmad trettioåring i sin blommiga Marimekkoklänning och sina enkla sandaler. Harald däremot skulle aldrig kunna passera som en finlemmad trettioåring med anorektiska tendenser oavsett vilka vidbrättade hattar eller vildvuxna peruker han tog på sig. Men det var ändå svårt att tänka sig att det här var samme man som hade suttit misshandlad och förvirrad och viftat med en råbiff, dillande om sin döda mormor och blåbärsmuffins och skillingtryck bara några timmar tidigare. Vistelsen hos kidnapparna tycktes ha haft en lika uppiggande effekt på Harald som vistelsen på spa hade haft på Gudrun. Inte ett spår av stress eller misshandel syntes i Haralds välrakade ansikte. Hans kraftiga mörka hår – som Bim antydde var köpehår – låg som en väldresserad liten hund precis där det skulle och vaktade husses skalp med sin kropp.

"Tack för hjälpen, mina små änglar!" sa Harald och lyfte whiskyglaset i sin hand.

"Gudrun har tagit den här händelsen mycket hårt, så vi flyger till Paris om några timmar för att kompensera henne, *oss* menar jag, för allt lidande." Harald sänkte rösten:

"Detta innebär i klartext att huset blir *föräldrafritt*."

Han sänkte rösten ännu mer medan han sneglade åt Gudruns håll:

"Och om ni skulle vilja beställa hem något gott från *Kaiser Warg*, carte blanche, och avnjuta vår vackra sommar tillsammans med några testosteronstinna unga hannar, så har ni ett gyllene tillfälle ikväll!"

Bim såg på honom med ett ansiktsuttryck som snällast kan beskrivas som en blandning mellan äckel och fascination.

"Försök att glömma alltihopa!" sa Harald.

Gia sträckte sina knutna nävar mot himlen och deklamerade, med rösten skälvande av faderskärlek, eller uppdämda teaterambitioner:

"Glömma? Jag vägrar glömma att några hjärndöda amatörer kidnappade min far för löjliga en halv miljon! Det är ju fickpengar för dig!"

Deras ögon möttes som i en kraftmätning. Gia sänkte nävarna och suckade:

"Det är så respektlöst!"

"Respektlöst?"

Haralds självgoda leende balanserade illa på läpparna. Kanske för att Gia fortsatte att se på honom med en så oändligt sorgsen blick:

"Respektlöst mot dig, mot Gudrun, mot mig. *Framför allt är det ett hån mot min intelligens!*" viskade hon och sneglade mot sin mor i vilstolen.

Harald lutade sig fram i vilstolen och nu viskade han:

"Då har jag ett *intelligent* förslag, Dotter: Så länge *ni* respekterar *min* önskan att inte diskutera den här onödiga incidenten med Gudrun, kommer jag att respektera *er* integritet och inte ställa några frågor om vad ni fick i utbyte för att förvara de där *USB-minnena* åt Esmeralda!"

Sedan höll han upp *the Lancet* framför sitt ansikte och började läsa. Audiensen var över. Gudrun höll sig så stilla bakom sin vida solhatt att jag inte kunde avgöra om hon var vaken eller sov, men det enda som betydde någonting var att hon för en gångs skull höll inne med sina tankar.

Det första vi gjorde efter vi hade lyssnat på Harald var att kila ner till den olåsta, solidariska delen av vinkällaren som Gia kallade Domus Solidar som låg en trappa ner i anslutning till kökets skafferi. Den låsta delen av vinkällaren, som Gia kallade Primus Solitär, hade bara Harald själv nycklar till. Åtminstone trodde Harald det. Vi gick ner för trappan, in i en mörk, sval källare där hundratals, kanske tusentals viner låg lagrade i prydliga rader i murade tegelhyllor. Bim gick in i en av gångarna och valde ut två dammiga flaskor vit Chardonnay.

Vi fyllde en flätad korg med bröd, små italienska och franska ostar, nektariner, körsbär, färska oliver, pistagenötter, körsbärstomater, vinflaskor, vinglas, assietter, bestick och diverse torkade och färska delikatesser. Sedan gick vi ut på klipporna, ner på bryggan bredvid båthuset och bredde ut en rosa pläd över plankorna. Gia öppnade den första vinflaskan.

Vattnet kluckade mot bryggan, salta vindar smekte mina kinder, doften av salt och tjära och tång blandade sig med doften av vin och smaken av mozzarella, tomat och oliver i min mun. De enda virila hannarna i närheten var två skräniga fiskmåspojkar med taniga ben som var lika lite intresserade av någon sommarromans som vi.

Men alldeles nära, så nära så min bara arm nuddade vid hennes, låg Gia. Ibland tog vinden tag i en hårslinga som lyfte och smekte mitt ansikte. Om jag blundade visste jag inte vems hår det var.

*"Jag är lycklig"*, tänkte jag. *"Tänk om livet alltid kunde vara så här. Spännande. Omväxlande."*

Jag såg på Gia och Bim där de låg bredvid mig på pläden, vaggade till ro av vågornas kluckanden mot bryggan, och jag tänkte:

*"Hur kan jag vara så lugn? Hur kan jag känna en sådan tillförsikt? När det kanske bara är en tidsfråga innan hela min tillvaro faller i bitar?"*

*"Är tillvaron ingenting annat än moln av tillfälligheter som min fantasi förströr sig med, och tror sig kunna forma med blotta viljan, ge en innebörd och dikta en mening till? Försvinner molnens betydelse bara för att jag ser ner i den falska reproduktionen i vattnets yta? Är molnen ingenting annat än illusionerna av sin egen tolkning som existerar bara i mitt huvud?"*

*"Är molnen ingenting annat än fukt i mina ögon?"*

En fånig trudelutt från Gias mobiltelefon ryckte oss ur vårt meditativa tillstånd. Gia fiskade upp telefonen ur sin handväska och slog på högtalaren. Rösten var bekant:

"Gia! Ciao! Esmeralda här."

"Var är du? Vi har försökt..."

Esmeralda vrålade i andra änden:

"Jag har hälsat på min man! "*Lova, gå hälsa på min fru!*" bad han. Så jag gjorde som han ville. Nu är jag hemma igen. Hello, Good Bye!"

Bim, Gia och jag utbytte blickar med varandra. Bim himlade med ögonen och suckade. Gia tog sats och klämde ur sig:

"Då vet du?"

"Marlon fick frid i natt. Han tackade er för nattens gåva."

Trots solens varma strålar fick hälsningen från den döde mig att huttra till av köld.

"Nattens *gåva*?" sa Gia.

Esmeralda skrattade i andra änden. Hon tillade:

"Marlons fru tackar också. För humanitärt bistånd. *Ha, ha.*"

"Det är väl du som är Marlons fru?" sa Gia.

"Fel tempus. Jag *var* Marlons fru. Marlon död. Men Esmeralda tacka också. Tack, tack."

Vi såg på varandra och försökte läsa i varandras ansikten för att se om någon av oss förstod vad hon menade. Någonstans i telefonens bakgrundsbrus hörde vi en kvinnlig röst ropa *"Ma-a-a-at"* och Esmeralda ursäktade sig:

"Måste sluta nu. Måna har kokat kroppkakor hela morgonen. Hundratals. Henke och Ola är hungriga som små gatubarn utan limpåse! Hej då flickor!"

Det klickade i luren. Esmeralda hade lagt på. En lång stund stirrade vi omväxlande på mobiltelefonen och på varandra utan att säga någonting. Sedan lade vi bekvämt tillrätta på pläden igen och fortsatte studera molnen. Efter en stund sa Gia:

"Tanken på att äta kroppkakor i Esmeraldas kök får mig att överväga att bli vegetarian."

"Varför då? Där är säkert rent nu. Esmeralda är expert på att städa." sa Bim. Hon låg på rygg och försökte balansera en körsbärstomat på nästippen. Hennes ögon gick i kors och hon fnissade förtjust.

"Kolla min jättefinne! Kolla! Kolla! Men kolla då!"

"Sanningen är den att jag tycker att människor är motbjudande", sa Gia. Bim såg på henne med ett plågat uttryck i ögonen.

"Nej, nej, nej! Sanningen är den att du försöker ställa dig in hos Lianne. Det behövs inte. Hon tycker om dig fast du äter mördade djur, och fast du är skitsnygg och skitintelligent och skitrik och visar upp dig naken så fort du får tillfälle. Du behöver inte bli vegetarian också!"

Jag avbröt henne:

"Gia menar inte så! Hon misstänker att Måna har använt Tomas fläsk som fyllning i kroppkakorna!"

Jag skrattade till och Bim stirrade på mig med ett uttryck av avsmak. Tomaten rullade iväg över bryggan och landade med ett plopp i vattnet.

Bim skrek till:

"Se vad du gjorde, din okänsliga vegetarian! Hör du inte hur den skriker?"

Men jag gav inte upp. Av någon anledning var det viktigt att Bim förstod hur rolig jag var. Så jag tjatade:

"Bim! Vad tror du egentligen fattiga småländska entreprenörer gör med gamla döda boxare? De återvinner! *Kropp*-kakor!"

Bim vände sig om på magen med huvudet mot pläden. Hela hennes kropp skakade av skratt medan hon dunkade sina fötter i bryggan.


Vågskvalpet mot bryggan var sövande. Det kluckade hemtrevligt blött. Salt. Just som jag andades ut, mycket försiktigt, mycket nöjd med mig själv; just när jag trodde att faran över vände sig Bim sig om och suckade:

"Du är vidrig!"

Först trodde jag inte att jag hade hört rätt. Jag hade ju fått henne att skratta. Åtminstone hade det låtit som om hon skrattade.

"Vem? Jag?"

"*Du. Du. Du.*"

"Hur menar du?"

"Du är en vidrig människa. Du tränger dig in i Gias och mitt liv och ljuger och tjuvlyssnar och snokar, och så, efter mindre än en vecka, tror du att du förstår precis vad Gia tänker."

"*Men-...?*"

Bim höjde rösten:

"Och *Lagomhelvetet*. Vilket jävla pucko-ord från en puckohjärna. Du är så naiv så man först inte tror det är sant. Det *kan* inte vara sant! För *så* dum *kan* ingen vara! Man tror du driver med en. Du tänker inte, du ser ingenting, du begriper ju ingenting, absolut ingenting, förstår inte ens, inte ens…"

Hon kunde inte fortsätta.

Jag svalde. Jag visste inte vad jag skulle svara. Hennes ord tystade mig. Gia böjde sig över Bims rygg och smekte hennes axlar. Drog handen genom hennes hår.

"Bim! Lyssna!" sa Gia. "Om jag vill bli vegetarian så är det för att slippa smaken av Tomas kropp i min mun, okej?"

Bim reagerade inte. Hon låg alldeles stilla och stirrade ner i pläden. Gia smällde till henne lite lätt över skulderbladet.

"Hallå! Plats för skratt!"

Bim vände sig fortfarande inte om så Gia fortsatte, i en ömsint ton:

"Var har du gjort av din grymma humor, tjejen? "

Då slog Bim knytnäven i plankan och stönade.

"Humor? Gia! Jag *har haft honom i min mun*! Har du glömt det? Hörde du mig skratta då? Jag kan fortfarande inte skratta åt det, fast han är död. Jag kan inte skratta åt hans död heller. Er humor är *vidrig*."

"Vår humor är vidrigt bra", sa Gia. "Grymt katharsisk."

Bim var tyst. Vi kunde inte se hennes ansikte eftersom hon höll armarna som en sköld för våra blickar framför sitt ansikte. Bara gropen i nacken låg exponerad, vit, och skyddslös, som om hon väntade på att vi skulle halshugga henne. Så hördes hennes röst, dämpad och tömd på känsla:

"Det fungerade inte."

Gia såg frågande på mig och sedan böjde hon sig ner och viskade i Bims öra:

"Vad fungerade inte?"

"Esmeraldas hokus pokus med kristallkula och hypnos. Det fungerade inte. Inte på mig i alla fall. Det var en fantastisk liten uppvisning; lönnrummet och rökelsen och teet och drogerna och hypnosen och djurskeletten. New Age, hodoo-vodoo. Visst. Men kristallkulan är bara glas och *katharsis är bara ett ord!*"

Gia kysste henne lätt i nacken:

"Men du verkade må bättre?"

"Jo, jag fick en liten placeboeffekt, bara för att jag så gärna ville att det skulle fungera. Att jag äntligen skulle må bra efter allt du har stått ut med."

"Lägg av, dumsnut! Det är klart det fungerar; allt har gått så fort bara. Ge läkningen lite tid."

Nu reste sig Bim på armbågarna och pekade på mig:

"Vilken läkning? Vilken tid? Med henne omkring mig hela tiden, med sina stirrande ögon och snokande och korkade jävla frågor om *allt, allt, allt, precis* ALLTING. Det är outhärdligt!"

"Du är bara lite svartsjuk."

Bim sjönk ner mot pläden igen och sa med matt röst:

"Du skrämmer mig ibland. Vet du det?"

"Äsch. Kom så badar vi!" sa Gia. "Det här samtalet gör mig dyster."

Hon drog av sig sina kläder, långsamt, som om hon avtäckte en ovärderlig skulptur. Sedan stod hon och väntade på att Bim och jag skulle göra detsamma när vi hade sett oss mätta på hennes skönhet. Bim såg på henne utan att göra en ansats av att resa sig upp från pläden. Hennes ögon var fyllda med smärta.

Själv hade jag ingen lust att kasta mig i vattnet, men jag ville inte bli kvar på bryggan tillsammans med Bim i hennes konstiga sinnesstämning, så jag började klä av mig och vek ihop mina kläder i en prydlig hög på de bruna plankorna. Så stod vi en stund nakna bredvid varandra och såg ner i vattnet och huden blev knottrig av de svala vindarna. Gia tog tag i min hand.

"Samtidigt! Klara, färdiga, gå!"

Sedan tog vi ett steg rakt ut i luften.

Vi svävade en mikrosekund, förlorade fotfästet i intet, och i nästa stund landade vi i det bubblande vattnet som var så kallt så det tog andan ur mig. Vi for upp genom ytan, genom en värld av bubblor, plaskade vilt med armarna och skrek som två galningar och frustade och skrattade. Vattnet skummade omkring oss, med myriaders nyanser av fängslat kallt blått ljus.

"Ner under!" sa Gia och drog mig ner under ytan där världen blev mossgrön. Vi tog några simtag i undervattnets dunkla skuggvärld bort till en av träbjälkarna under bryggan och där klamrade vi oss fast samtidigt som vi trampade vatten och såg på varandra. Vi flämtade av kylan. Hon böjde sig fram mot mitt ansikte och kysste mig. Det gick en stöt av längtan genom min kropp.

"Lianne – varför måste allting vara så komplicerat?" frågade hon.

Sedan kastade hon sig tillbaka i vattnet och skrek och plaskade med armarna och skrek åt Bim:

"Hoppa i din slöfock! Det är skönt när man har doppat sig!"

Men Bim svarade inte.

Gia kikade upp på bryggan för att kontrollera vad Bim sysslade med. Hon stänkte lite vatten och skrek:

"Kom! Det är kul! Jag lovar!"

Jag simmade efter henne och försökte få en glimt av Bim men det gick inte, så antagligen låg hon fortfarande ner på pläden.

"Fegis!" skrek Gia. "Du törs inte!"

"Kom Bim! Det är skönt när man har vant sig!" ropade jag och trampade vatten.

Bims ansikte dök upp över kanten på bryggan. Hon satt på huk och såg på oss. Gia gjorde en kullerbytta i vattnet så att bara rumpan stack upp. Hon viftade på sina vita skinkor. Jag kunde inte låta bli att skratta, men Bim såg bara trött ut.

"Fryser ni inte?" frågade hon.

"Inte nu längre", fnissade Gia.

"Det borde ni!" sa Bim.

I nästa stund började hon kasta våra kläder i vattnet. Våra svarta linnebyxor singlade ner över oss som svarta sotflagor följda av våra linnejackor och jumprar och till sist seglade våra underkläder ner i vattnet. Vi simmade runt och samlade ihop klädesplaggen som flöt omkring på vattenytan. Då började Bim sikta på våra ansikten med skorna.

"Sluta! Vad sysslar du med!" skrek Gia.

"Klä på dig!" vrålade Bim.

Hon slängde iväg en sko som skulle ha kraschat i Gias ansikte om inte Gia hade pressat sig ner under vattenytan i sista sekunden. Själv höll jag upp händerna framför ansiktet och lyckades fånga min ena sko i luften. Den andra skon slängde Bim med avsikt långt iväg åt andra hållet, så jag simmade iväg med händerna fulla av kläder för att hinna fånga skon innan den sögs ner i glömskan. Gia kämpade lika tappert som jag med att dyka efter sina skor samtidigt som hon försökte hålla fast alla klädesplagg. När vi såg upp mot bryggan satt Bim där och iakttog oss. Hon log.

"Vad fan sysslar du med?" skrek Gia.

"Vad fan sysslar *ni* med?" skrek Bim tillbaka.

Efter ett tag hade vi samlat ihop våra persedlar och klättrade upp för stegen. Vattnet rann från kläderna. Min ena sko låg någonstans på havets botten, förlorad för alltid. Bim hånlog mot mig när hon såg hur krampaktigt jag höll i min enda återstående sko. Hon ställde sig med armarna i sidorna och blängde på Gia.

"Fick du napp? Var det skönt? Lianne sa att det var skönt. Maximilians lilla masochist; hon är expert på skönt, hon."

Bim balanserade med halva kroppen utanför kanten av bryggan. Med sin lediga hand vinkade hon till mig som om jag var ett litet barn.

"Varför tror du att du får vara med och leka? Tror du verkligen att Gia tycker om dig?"

Bim hånskrattade. Hon skakade på huvudet.

"Gia föraktar dig. Hon använder dig! Har du inte förstått någonting?"

Hon spärrade upp ögonen och pep:

"*Lek med mig, Gia! Skräm mig! Plåga mig! Förnedra mig! Gör vad ni vill med mig! Ja, ja, ja, mer, mer!*"

Hennes imitation var så grym att den kändes som en örfil. Men grymheten låg inte så mycket i att hon överdrev, som att överdriften låg så nära sanningen. Bim hade studerat mig. Allt från mitt sätt att gå, och stå, och tala, till min fragmenterade självkänsla. Hon fortsatte:

"Vad tror du kommer att hända med dig när hon har tröttnat på dig?"

Bim vände sig till Gia:

"Gia! Vad var det nu du sa nu igen? När du hade träffat henne första gången? Att du blev upphetsad av hennes sorg? Att du ville slicka i dig hennes tårar? Att du ville se på när Max *kn-*... "

Gia pressade sin hand över Bims mun.

"Sluta plåga dig själv! Sluta tänka på Tomas! Sluta tänka på Max! Snälla Bim, du blir sjuk!"

Bim föste undan Gias hand och fräste:

"Sjuk? Jag? Du är rädd för att jag ska berätta sanningen för din lilla

Lianne, som avgudar dig så. Du är rädd för att hon ska få veta vilka sjuka fantasier du har!"

Bims ögon var mörka av förtvivlan. Jag skyndade mig att hjälpa Gia att hålla fast henne. Hon slet och drog i sina armar för att komma loss.

"Varför tror du att vi vill skada dig?" frågade Gia mjukt.

"Du kan inte skada mig mer än du redan har gjort! Du, Maximilian, Tomas."

Hon pekade på mig och skrek:

"Och **du!** "

"Förlåt!" Fast jag inte visste vad hon syftade på bad jag om ursäkt.

Bim bara skakade på huvudet. Det lät som om hon skrattade.

"Hör på henne, Gia! Se på henne! Hon är din! Hon är mör nu! Hon är beredd på sitt straff. Du borde tacka mig!"

Gia vände sig till mig.

"Lianne, du hör själv; Bim mår inte bra. Hon blandar ihop fantasier och verkliga händelser. Hjälp mig med att få upp henne till huset!"

"Vi är nakna", påpekade jag. "Borde vi inte...?"

Gia skrattade åt min konventionella inställning.

"Okej då, vi får väl turas om att hålla fast henne. Du först."

Bim stod alldeles stilla när jag höll fast hennes handleder. Hon bevärdigade mig inte med en blick och det var jag tacksam för. Det kändes fånigt att stå naken och huttrande och låtsas hålla fast en kvinna som var både längre och starkare än mig själv och som dessutom var påklädd.

Jag hackade tänder av kyla och önskade inget hellre än att Gia skulle skynda sig att klä på sig. Men Gia hade vänt sin svarta jumper ut-och-in och satte den på sig bak-och-fram och fick sätta på sig den och dra av sig den flera gånger innan det blev rätt, och hon höll på att snubbla när hon skulle trä benen i sina blöta linnebyxor som hade klibbat ihop. Hon grymtade lite missbelåtet och småhoppade på de blöta plankorna.

När hon äntligen var klar var jag själv blåfrusen. Gia gick fram till Bim och försökte omfamna henne. Först slog Bim bort Gias händer och vägrade se på henne, men Gia gav sig inte utan viskade någonting i hennes öra och efter en stund fick Gia omfamna henne och stryka henne över ryggen och viska saker i hennes öra. Först då vände sig Bim om och såg på mig.

Hela tiden jag försökte klä på mig de sträva, hala, kalla, blöta plaggen såg Bim och Gia oavbrutet på mig – som om jag vore ett sällsynt men besynnerligt och ytterst svårdefinierbart föremål som hade hamnat i deras ägo för några dagar sedan.

Nervositeten och kylan bidrog till att jag skakade så mycket så att det tog längre tid för mig att få på mig mina kläder än det borde ha gjort. Mina fingrar löd mig inte när jag försökte dra upp dragkedjan i byxorna och jag hade en stor ful reva i min svarta jumper som jag inte mindes när jag fått. Jag hade inte sett den när jag klädde av mig. Den hade nog inte funnits där när jag klädde av mig.

Jag var klar, och med blöta linnekläder som kletade mot kroppen, styva av salt, följde jag barfota efter Gia och Bim upp till huset. Bim gick med stora kliv. Hennes ansikte var som ett tillbommat hus igen. Någonting hemskt hade skett innanför dess väggar och kanske jag bar en del av skulden. Så jag sprang efter henne och frågade försiktigt:

"Hur mår du, Bim?"

"Prima. Hur mår *du*, Lianne?" sa hon tonlöst, utan att se på mig.

"Jag fryser lite", sa jag och skrattade generat.

"Vi lever i en kall värld", sa Bim. "Välkommen till verkligheten."

Gia gjorde några graciösa danssteg med korgen på sin arm à la Julie Andrews i *The Sound of Music*. Hon böjde sig ner och drog upp några små vilda lila blommor som växte i en klippskreva med rötterna. Sedan såg hon på oss och skrattade:

"Väl godkänt, era drama-queens!"

Hon blåste iväg en kyss till Bim:

"Det där med skorna var för häftigt."

"Jag visste att du skulle uppskatta det", sa Bim. "Det är precis din humor."

Jag kände mig plötsligt så väldigt trött och frusen. Gia som var lika blöt som jag verkade däremot må alldeles utmärkt och inte frysa alls i sina kalla, klibbiga kläder. Bim var så blek och såg så trött ut att jag visste att jag borde tycka synd om henne, men jag orkade inte.

Som om naturen var i maskopi med dem och ville påminna mig om att jag befann mig på privat egendom och att jag egentligen inte hade någonting där att göra, skar jag mig i foten på någonting vasst när jag skyndade efter dem, och jag försökte undvika att halta för att inte dra deras blickar till mig, men det gick förstås inte och jag visste, utan att behöva se efter att såret var djupt och att jag blödde och att alltihop var så otroligt patetiskt och övertydligt – som om jag hade skadat mig med vilja.

Uppför trapporna till Gias rum upptäckte jag att jag hade lämnat röda blodspår efter mig på varje trappsteg; lämningar som såg ut som mosade insekter utan skal.

*"Min logo: En mosad insekt utan skal."*

# Lämningar

GIA DROG IN OSS på sitt rum och låste och blockerade dörren bakom sig med den tunga fåtöljen. Sedan ställde hon sig framför mig med armarna i kors framför bröstet.

"Lianne! Du måste bestraffas."

"Just det", sa Bim.

Först trodde jag att jag hade hört fel. Men de var allvarliga båda två.

Jag såg på dem och insåg plötsligt att det var det här de hade viskat om på bryggan när jag stod framför dem och försökte klä på mig.

Jag hade rubbat någon osynlig maktbalans mellan oss tre genom att väcka Gias intresse och göra Bim svartsjuk och deprimerad och nu var det nödvändig att återställa balansen.

Det här var en klassisk mobbingsituation där straffet stod i direkt omvänd proportion till min skuld och ju mindre min skuld var, desto mer kännbart måste mitt straff bli.

"Varför då? Vad har jag gjort?"

"Du får inte fråga varför", sa Gia.

"Va? Får jag inte ens fråga varför jag ska bestraffas?"

"Tvärtom. Du måste själv inse varför."

"Hur då?"

"För varje felaktigt svar utdöms ett delstraff och Bim är den som får bestämma delstraffets utformning och innehåll."

"Jaha. Så det är alltså mitt fel att Bim är svartsjuk?"

Jag kunde inte låta bli att blänga på Bim som hade slängt sig på sängen och smålog tillbaka.

"Det är inte ditt fel att Bim är svartsjuk. Det är inte därför du måste bestraffas. Fel svar. Vad tycker du är ett lämpligt straff för hennes felaktiga svar, Bim?"

Bim sneglade på oss, med armarna bakom huvudet. Hon funderade en stund och sa:

"Beskriv Gia med tio ord!"

Gia såg besviket på Bim.

"Skulle det vara ett straff! Låter mer som en poesideklamation!"

Hon viftade kokett med de små lila blommorna framför munnen.

"Jag är den som avgör vad som är ett lämpligt straff och inte du", sa Bim.

Gia ryckte på axlarna.

Hon huttrade till och klev in i sin klädkammare och rotade lite bland plaggen. Sedan kom hon ut med en hög kläder i famnen som hon slängde ut på golvet.

"Vi får väl ha belöningar också, som Pavlov med sina hundar. Här är belöningen; Ett klädesplagg för varje godkänt svar."

Hon tog av sig sina egna blöta plagg och klädde på sig torra. Sedan lade hon sig raklång på golvet framför mig där jag satt och småhuttrade i mina genomsura kläder och försökte förbinda mitt skärsår i foten med en blöt servett.

Bim reste sig upp på armbågarna i himmelssängen och sa:

"Sätt i gång, då! Beskriv Gia med tio ord! Vad du känner för henne. Här, här och här!"

Bim markerade pannan, hjärtat och underlivet med handen.

"Jag kan inte", ljög jag.

"Du vill inte", sa Bim. "Du är rädd för att jag ska bli svartsjuk om du är ärlig."

"*Mer* svartsjuk, menar du!" korrigerade Gia.

Jag harklade mig och sa:

"Tio ord som beskriver Gia? *Grym. Empatisk. Impulsiv. Beräknande. Observant. Nonchalant. Egensinnig. Ohämmad.* Hur många ord är jag uppe i nu?"

"Åtta", sa Bim. "Två till."

Jag sneglade på Gia. Hon studerade mig ingående med samma ömma, lite roade uttryck i sin blick som hon hade när hon kysste mig i vattnet någon timme tidigare. Jag mindes det kalla vattnet mot min hud, hennes läppar, och känslan i min kropp, och i nästa stund föll jag handlöst genom mig själv, genom min svindel ner i mitt vakuum.

*"En enda rörelse som inte går framåt utan runt, runt till gamla spår, till en enda möjlig rörelse, till en enda möjlighet, med en enda dörr till slutet, som suger ner, ner, ner till en ravin rakt igenom mig själv, ett svalg, ett sår från vilket glädjen rinner ur mig; ett sår som inte går att lappa ihop, i synnerhet inte med ord."*

Smärtan inom mig var så överväldigande att jag var tvungen att blunda. Det fanns andra ord för att beskriva Gia. Ord som inte fick yttras. Ord som grät stilla under min hud.

*"Känslig. Underbar"*, sa jag. Min röst bar nästan inte.

"Rätt svar! Bravo!"

Gia klappade händerna och reste sig upp från golvet. Hon gav mig en ribbstickad svart tröja. Jag klädde av mig den blöta jumpern och satte på mig den exklusiva märkeströjan istället. Värmen från den mjuka, lite sträva ullen kändes som en oväntad omfamning och fick mig att huttra till.

När jag kröp ihop och masserade mig själv på golvet för att öka cirkulationen i mina iskalla lemmar, harklade sig Bim otåligt i sängen och Gia sa:

"Tillbaka till dagordningen. Nästa försök: Berätta för oss varför du måste bli bestraffad!"

"Därför att ni tror att jag försöker bli en av er."

"Fel svar", sa Bim. "Bestraffningen den här gången blir: Beskriv det mest förnedrande Max har gjort med dig!"

Jag såg bort mot sängen där Bim låg och vilade bekvämt med armarna bakom nacken iklädd torra varma kläder, och jag var säker på att hon skojade på sitt egensinniga sätt.

"Mycket kul, Bim. Jag tror jag beskriver dig med tio ord istället?"

Jag började räkna på fingrarna:

*"Elak, lat, lynnig, våldsfixerad, grym, humorlös, allmänbildad, svartsjuk!"*

"Jag är inte ett dugg intresserad av vad du tycker om mig", avbröt Bim: "Jag är däremot intresserad av vad Max gjorde med dig. Du med all din konstnärliga intuition och känslighet förstår väl vad vi är ute efter?"

Gia höll fast min blick i sin:

"Vi vill ha sann förnedring. Sånt som den elake Maximilian var expert på."

Bim började skandera: *"För-ne-dring, för-ne-dring, för-ne-dring"*, från sängen. Gia skrattade till. Bim hade fått tillbaka sitt goda humör och jag var den som stod för notan.

Jag slöt ögonen och kände hur trött och frusen jag var. Tröjan var sträv och kliade mot min nakna hud. Golvet kändes stumt och kallt. Jag behövde inte anstränga mig speciellt mycket för att hitta ett minne som kunde passera deras höga kvalitetskrav på förnedring: ett minne där ekot av gamla förödmjukelser gav ny mening, resonans och klangbotten åt den nya versionen.

"Okej då. Först måste jag berätta om någonting som hände några timmar innan, för att ni ska förstå varför jag reagerade som jag gjorde. Det här var någon gång i januari och min mamma och hennes nye man hade precis kommit tillbaka från Spanien. De var nygifta och solbrända och han som själv aldrig frusit eller gått utan pengar i hela sitt liv – han som precis hade gift sig med min mamma – han skrattade åt min tunna vinterjacka och sa någonting om att det var ett mirakel att jag inte hade frusit ihjäl i vinterkylan så mager som jag var.

Och jag; jag skrattade bara, för vad skulle jag säga? *"Javisst, se på mig, är jag inte äckligt mager och fattig?"*

Sedan tog han fram sin tjocka plånbok och överräckte högtidligt tre hundralappar. Där stod jag med hundralapparna i handen och hörde min mamma protestera:

*"Tänk om någon någonsin hade gett mig någonting när jag satt där, bara barnet själv, ensam och olycklig och utfattig med en unge som kostade och aldrig sov".*

Och hon malde på och malde på och innan vi skiljdes åt sa hon till mig:

*"Varför tackar du inte för pengarna? Måste du göra bort mig framför honom? Varför står du inte ut med att se mig lycklig?"*

och jag lyckades pressa ur mig:

*"Tack, tack så väldigt mycket, studielånet räcker inte så långt."*

och då stönade min mamma och sa;

*"Ja, ja, lilla fröken martyr, men varför ska du nödvändigtvis plugga då om du lider så vansinnigt? Varför duger det inte med ett vanligt arbete för dig som för alla andra vanliga människor?"*

Här var jag tvungen att dra djupt efter andan innan jag kunde fortsätta:

"När jag stod där med pengarna i handen kände jag mig precis som när jag var liten och låg med händerna för öronen för att stänga ute ljuden från hennes säng och tänkte: *"Jag kan inte försvara henne."* När det hela tiden var mig hon ville bli försvarad från min klibbiga kärlek, min närvaro, min existens, som gjorde det omöjligt för henne att bli lycklig."

Jag var tyst. De sa ingenting heller, bara lyssnade uppmärksamt. Det var jag tacksam för. Jag undvek att se på dem och petade i såret i min fot tills smärtan blev nästan outhärdlig och först när all smärta hade runnit ner i foten kunde jag fortsätta;

"Det här tänkte jag på när jag såg min mamma och hennes nye man försvinna in i Grand Hotel för att äta lunch. Hur allting var sig likt. Hur ingenting någonsin förändrades i mitt liv. Det enda som var annorlunda var att priset för att bli av med den besvärliga ungen hade gått upp några spänn. Plötsligt var det väldigt viktigt att Max höll om mig och sa någonting snällt, som alldeles i början, för annars skulle jag dö.

Så istället för att köpa en ny billig vinterjacka till mig själv för sedlarna köpte jag ett par vackra sovrumsgardiner till Max. Städade. Diskade. Strök gardinerna. Han kom hem sent och blev irriterad när han såg mig.

*"Är du här?"* sa han surt.

*"Ja. Varför är du så sen?"* frågade jag.

*"Det har inte du med att göra"*, sa han. Så visade jag honom gardinerna.

*"Det här är mitt hem och jag tycker inte om överraskningar har jag sagt!"* skrek han och så slet han ner gardinerna från gardinstången så tyget gick sönder och så körde han gardinstången med tyget i magen på mig med

en sådan kraft att jag trillade baklänges och slog i ryggen och armen mot sängen.

*"Väck! Jag vill slippa se dig, din fula, korkade, illitterata, frigida parasit!"* sa han och viftade bort mig som om jag var en tiggare. Sen lade han sig i sängen och vände ryggen till mig.

Jag stängde in mig i hans badrum och tappade upp ett hett bad så han inte skulle höra att jag grät. När jag satt där i badkaret låste han upp dörren utifrån med en sax och kom in:

*"Så det är här vi förvarar soporna nuförtiden"*, sa han och tömde två soppåsar över huvudet på mig. Så gick han tillbaka till sängen och inom fem minuter hörde jag hur han snarkade."

Gia och Bim såg på mig. Jag drog ett djupt andetag. Min kropp reagerade våldsamt på mina ord. Hjärtat hade börjat bulta så våldsamt att jag darrade. Jag hade aldrig hört mina minnen klädda i ord förut och nu hörde jag själv för första gången hur onormala de var. Jag försökte le men leendet förvandlades till en grimas. Jag var tvungen att peta i såret i foten igen för att smärtan skulle flamma upp i vita blixtar och distrahera mig.

"Är det här ditt värsta minne?" frågade Bim vänligt.

Jag harklade mig. Inte ett ljud kom ur min strupe. Jag harklade mig igen.

"Ja", ljög jag. "Det är mitt värsta minne."

Mitt minne var lojalt mot min hälsa. Mitt minne var som jordskikt vid en arkeologisk utgrävning, med lager på lager av skikt som dolde och skyddade och bevarade varandras hemligheter, och såg till så att jag bara behövde konfronteras med några få minnen, eller skikt, i taget. Men pillade jag det minsta på dem så skymtade jag andra lämningar under ytan som överträffade varandra i motbjudande detaljer.

"Ditt svar är godkänt och här är din belöning", sa Gia och sträckte över ett par vita trosor.

"Tack", sa jag. Jag tog av mig mina blöta linnebyxor och trosor, och drog på mig de torra trosorna. De studerade mig hela tiden, vilket gjorde att jag som redan var nervös, fumlade med kläderna.

"Vi fortsätter, eftersom du fortfarande inte har besvarat frågan: Varför måste du bli bestraffad?"

*"Ja, varför? Och för vad? Hur många gånger har jag inte ställt mig den frågan?"* tänkte jag. Men när det gällde Bim och Gia hade jag mina egna teorier.

"Jag tror att det här är en lek för er och syftet med leken är att föra er närmare varandra."

"Fel svar ännu en gång!" sa Bim. "Bestraffningen den här gången blir: Beskriv den värsta sexuella förnedring Maximilian har utsatt dig för!"

Jag suckade. Hur länge skulle vi hålla på med den här sjuka leken? Det kändes outhärdligt, men jag förstod inte hur jag skulle kunna få slut på deras frågor och återfå min självrespekt nu när jag redan hade sjunkit så här lågt – *och vad spelar någonting för roll egentligen?* – så jag drog ett djupt andetag och började:

"Som ni vill. Vi var i Max sovrum. Vi var nakna. Han trädde en papperspåse över mitt huvud. Den hade en fasttejpad fotokopia av ett foto på ditt ansikte, Gia. Plus två hål för ögonen."

Plötsligt hade jag svårt att fortsätta. Tungan ville inte lyda mig längre.

"Var det allt?" frågade Bim och lät nästan besviken. "Vari låg den fruktansvärda kränkningen? Att du såg ut som Gia en enda gång i ditt liv?"

"Det var kanske en kräkpåse? Med fyllning?" sa Gia och sneglade mot Bim som skrockade förtjust från sin bekväma postition i sängen. Jag låtsades inte bry mig om referensen till soporna men det kändes som om Gia hade knäat mig rakt i solarplexus.

Jag drog ännu ett djupt andetag:

"Sedan ville han att jag skulle klä på mig ett par vita bomullstrosor och en vit bh med spetsar."

"Fy så förnedrande!" sa Gia. "Vita bomullstrosor!"

Bim skrockade *"perverst!"* i bakgrunden.

"Det var dina underkläder, Gia. De var använda. Han hade stulit dem, tror jag."

Båda slutade skratta.

"Ja, han hade definitivt inte fått dem av mig", sa Gia tyst.

De grimaserade och jag kunde konstatera hur alla humoristiska kommentarer uteblev när skämtet var på Gias bekostnad.

"Och sen då?"

"Sedan spelade han upp ett telefonsamtal mellan er."

"Va'?" utbrast Gia och blev alldeles blek i ansiktet.

De såg på varandra med uppspärrade ögon.

"Ja. Han hade spelat in ett telefonsamtal mellan dig och honom", sa jag.

"Jaså. Vad sa jag?"

"Jag uppfattade inte allt eftersom det var en dålig inspelning, bara någonting om att han kunde komma klockan sex på kvällen – du fnissade en del, lät lite berusad eller rädd kanske? – han fick dig att säga att du tyckte om honom. *Det är klart jag gillar dig, Maximilian!*""

"Jag vet precis när han spelade in det där", sa Bim. "Vad gjorde han sedan?"

Jag knöt mina nävar hårt och suckade:

"Han spolade fram till ett ställe där du, Gia säger; *Det är klart jag gillar dig, Maximilian!*" samma mening, om och om igen. Där låg jag alltså med en papperspåse med ditt foto över huvudet och lyssnade på honom när han onanerade till din röst. Efter en stund drog han upp mig över sin mage och skrek; "Kissa på mig, NU, NU, annars vet du vad jag gör med filmen."

Jag blev tyst.

"Fortsätt!" sa Gia.

För en kort sekund fick jag känslan av att hon och Bim egentligen var moderna vampyrer och det var så här de drack mitt blod.

"Räcker det inte nu? Det är jobbigt för mig att berätta om det här!"

"Jobbigt? Lilla vän; bestraffningar *ska* vara jobbiga för att avskräcka!" sa Bim. "Det är liksom det som är hela poängen. Fortsätt!"

Jag blundade och försökte berätta som om jag läste någonting innantill som inte hade med mig att göra men rösten bar inte:

"Jag kunde inte, men Max var så konstig, så arg, så upphetsad, så jag, jag vågade inte, men sen, när jag, när-..."

"Vi förstår. När du hade kissat på hans mage", fyllde Gia i, vänligt.

"Då penetrerade han trosorna – och *mig* alltså - och när tyget krasade gick det för honom och han stönade en massa äckliga saker som jag inte tänker upprepa och sedan drog han av mig papperspåsen och sa:

*"Tänk att du skulle vara riktigt bra på någonting ändå! Jag blev nästan skinnflådd."*

"Så sa han till mig också", sa Bim, mycket tyst, som till sig själv. "Precis så: *Jag blev nästan skinnflådd.*"
Hon harklade sig och skrattade till, ett litet glädjelöst skratt.

Vi var tysta en stund. Stämningen var tryckt. Jag förstod inte att jag hade klarat av att berätta om det här för någon. Jag förstod inte hur det var fysiskt möjligt att min mun hade kunnat forma sig till ord som beskrev den här upplevelsen. Bim kunde inte ligga stilla i sängen utan sparkade nervöst med foten i sänggaveln. Jag var tacksam för att ingen insisterade på att jag skulle berätta vad som hade hänt efteråt, eftersom jag nästan inte stod ut med att tänka på det.

"Vad var det för film han talade om?" sa jag.

"En sak i taget", sa Gia. "Här är din belöning."
Jag drog på mig jeansen och kastade en blick ut genom fönstret.

*"Varför berättar jag allt det här för dem?*
*Vill jag verkligen dela med mig av de här hemska upplevelserna?*
*Varför vill jag det?*
*Och varför gör jag det om jag inte vill?*
*Om jag mår så dåligt av det?*
*Det måste betyda att jag vill må dåligt. Eller att jag är van att må dåligt.*
*Det måste vara något allvarligt fel på mig.*
*Undrar om det syns på mig?"*

"Hallå där! Vi är inte klara med bestraffningen. Varför anser du att du måste bli bestraffad?" frågade Gia.

"Därför att ni tänder på kontroll och underkastelse och någon måste vara den som underkastar sig er i era lekar – och här är jag!"

"Fel svar, igen!" sa Bim. "Bestraffningen blir: Förklara för mig varför du dras till människor som gör dig illa?"
Jag klarade inte av att se på dem längre. Jag mådde illa över mig själv. Jag äcklades över mig själv och vad jag lät mig utsättas för.

*"Jag är defekt. Defekt. Defekt"*, tänkte jag.

"Jag vet inte", sa jag.

"Vad är *det* för svar? Det duger inte."

"Jag tror människor kan liksom lukta sig till det. Att jag lämnar konstiga doftspår efter mig av någonting som är defekt. Något som måste mosas. Och de straffar mig. Och de njuter av det. Att se hur jag dör. En liten bit i taget."

"Sluta Lianne, håll inte på så där! Svara på frågan bara!" sa Bim.

"Svaret är att jag är defekt. Jag väcker inte kärlek. Ingen. Aldrig. Inte ens min mor. Eller min far. Hela tiden ska jag bestraffas. För att jag blev född. För att jag trängde mig på. Måste alltid vara tacksam. *Tack. Tack. Tack.*" När jag hade sagt tack den sista gången kände jag hur någonting gick sönder inuti mig. Jag kunde höra det. Det knäppte till i huvudet. Jag kröp ihop som en liten boll och gömde ansiktet i händerna.

"Mitt arv ligger som osynlig snubbeltråd runt mina ben. Så fort jag är oförsiktig. Så fort jag inbillar mig att någon kan älska mig tillbaka. Då blir jag straffad", sa jag.

"Lianne! Sluta nu!" sa Gia.

"Nej", snyftade jag.

"Du måste förstå. Men du gör det inte."

"Jo, jag förstår. Jag vill bli älskad. Det är mitt brott. Det är mitt straff."

"Fel svar. Igen! Försök gärna vara *lite* mindre patetisk, om det är möjligt!" suckade Bim.

"Ska du säga som kastar skor."

Med ett nedlåtande tonfall fortsatte hon:

"Du är för gammal för att hålla på och gråta så där hysteriskt."

Då kände jag hur det vitnade framför mina ögon och jag tänkte:

*"Det är Bim som har hittat på den här leken som bara går ut på att förnedra och förlöjliga mig så mycket som möjligt framför Gia."*

Ändå hade jag aldrig gjort henne illa, aldrig avsiktligt i alla fall. Mitt enda brott var att jag existerade och hade råkat komma i vägen för henne. Det var inte första gången i mitt liv jag kom i vägen för andra. Mönstret upprepade sig gång på gång på gång. Rösterna skrek i mun på varandra bakom skallbenet som en liten bandspelare utan off-knapp. Den kvinnliga rösten:

*"Jag kunde ha lämnat bort dig, men jag valde bort min egen lycka, min egen ungdom, mitt eget liv, min enda chans till lycka. Vilket elakt barn du är!*

*Du förstör allting; släpp mig! Sluta gnälla! Du är för gammal för att hålla på så där!"*

och de manliga rösterna:

*"Du ska bara tiga och göra som du blir tillsagd, bortskämda unge! Du är så lik din pappa! Jag varför din mamma skiljde sig. Hon är vacker, hon! Varför tror du att ingen vill ha dig? Varför tror du att inte ens din egen pappa vill träffa dig!"*

och Max röst:

*"Du parasiterar sexuellt, intellektuellt, finansiellt på mig, din jävla nolla!"*

Alla dessa röster som i kraft av sin mångfald hade underminerat min självkänsla som ett störande sus i mitt huvud genom alla år, tog nu formen av en enda röst, och den rösten var Bims röst. År av förträngd vrede fyllde mig nu med ett raseri vars styrka hotade att spränga mitt huvud i bitar.

*"Du är för gammal för att hålla på så där."*

Jag visste inte jag var mäktig ett sådant raseri. Jag visste inte var det kom från, bara att det hade en sådan sprängkraft att det gjorde mig livsfarlig. Det susade i mitt huvud som om jag befann mig under vatten igen och inte riktigt kunde orientera mig i det svarta.

Verklighetens röster blev förvrängda. Hundra bläckfisktentakler fångade upp mina armar och fixerade dem i stenhårda grepp men jag bet efter deras hala sugproppar som ville trycka ner mig och slog och slet och vred mig i det mest fruktansvärda ursinne jag någonsin känt. Jag var så arg så jag fick blodsmak i munnen och minnesluckor och inte riktigt uppfattade var jag befann mig.

Jag var fyra år och tio, och jag var femton år och tjugotvå, och jag var rasande. Jag sparkade och slogs och skrek, och de kämpade mot mina nya hittills dolda krafter, men lyckades brottas ned mig till slut. Jag skrek och skrek och skrek tills det slog lock i mina öron.

Sedan måste jag ha svimmat av utmattning under en kort stund.

*

När jag kom till sans igen skavde det runt mina handleder och plötsligt kunde jag inte röra armarna. Jag kände en mjuk madrass under mig och förstod att jag låg i Gias himmelssäng och att jag hade ögonbindel igen.

Mina båda armar var sträckta över huvudet och runt mina handleder skavde någonting som kändes som sträva slipsar. Jag kände Gias och Bims kroppar nära mig i sängen.

"Förstår du varför vi måste binda dig, Lianne?" sa Gia.

Vansinnet växte i mig och jag skrek igen, och skrek, och skrek, och skrek tills rösten brast och försvann, och jag ryckte i mina händer för att få loss dem så att jag kunde slå Bim och Gia för allt de hade gjort mot mig, för alla känslor de hade fått mig att känna, för att de hade fångat mig i en situation som jag inte förstod vad den gick ut på, för att de fick mig att minnas saker som jag inte ville minnas, saker som jag blev sjuk av att minnas; men det enda som hände när jag slet i mina händer var att silkesslipsarna runt mina armleder skar in i huden. Någon höll fast mina ben så jag inte kunde sparka mig loss heller. Maktlösheten gjorde mig rasande.

"Du klarade det till slut!" sa Bim.

"Nej jag sitter fast. Är du blind din *Jävla Psykopat*?" vrålade jag med min nya, hesa, galna röst. Jag ryckte ännu mer i mina armleder och försökte sparka mig loss från greppet runt mina ben och rycka våldsamt med huvudet för att ögonbindeln skulle lossna och jag skulle kunna se på dem med hat och veta var jag skulle sikta när jag spottade på dem.

Då började någon smeka mig lugnt och stilla över håret och över de bundna armarna.

"Hyssj, hyssj, allt är lugnt nu", sa Gia.

"Släpp mig! Jag vill inte mer! Sluta!"

Tårarna rann nerför kinderna. Jag snörvlade. Mina kinder var kladdiga av tårar och snor. Jag kände någonting mot min näsa. En ren, sträv näsduk. Jag hörde Gias röst som sa:

"Fräs!"

Jag gjorde som hon sa. Fräste några gånger. Hon torkade tårarna. Smekte mig lite på kinderna.

"Slappna av! Dra ett djupt andetag genom näsan!"

Hon höll för min mun med sin hand och jag andades in genom näsan några gånger.

"Bra! Fortsätt! Dra djupare andetag!"

Jag gjorde som hon sa och kände någonting mot min näsa igen. Det kändes som en liten glasbehållare.

"En för Lianne", sa Gia.

I nästa stund andades jag in någonting i näsan som luktade som någonting som tandläkaren kunde tänkas använda. Som någon slags bedövningsmedel.

*"Kokain!"* tänkte jag.

Alla nerver i min kropp drog ihop sig igen i ett gemensamt försök att försöka fräsa ut pulvret, men Gia tryckte för näsvingarna med den ena handen så att jag inte kunde fräsa, och tryckte ihop under- och överkäken med den andra, så att jag inte kunde andas genom munnen, heller. Efter en stund kippade jag reflexmässigt efter luft och drog in kokainet i luftvägarna.

"Och så en för Gia och en för Bim! Duktig flicka!" sa Gia.

Hon släppte greppet om mina näsborrar och jag drog ett djupt andetag, som jag omedelbart försökte gottgöra genom att försöka fräsa, men det var ingen idé, för kokainet hade redan kommit in i min kropp och det fanns inte längre någon möjlighet att fräsa ut den.

Efter en stund gav jag upp och slutade rycka i mina bundna handleder och sparka med benen. Jag sjönk ner i sängen och kände madrassen forma sig efter min kropp. Lakanet kändes strävt under mina uppsträckta armar. Kudden luktade svagt av lavendel och min egen kropp luktade gott av salt och lite ny svett.

Undersköna toner av klassisk pianomusik strömmade in genom mina öron. Satie, eller Debussy, eller Chopin, kanske, men aldrig någonsin hade de klingat så här vackert. Jag märkte att jag inte alls var ledsen eller upprörd utan bara hade inbillat mig att jag var arg, – så som jag ofta inbillade mig saker och trodde på tanken och inte känslan. I själva verket svävade jag i en känsla av totalt välbehag, och om mina armar inte hade varit bundna och någon hållit fast mina ben, skulle jag ha svävat iväg, upp mot taket, ut genom fönstret, ut i sommarnatten. Min kropp var öm överallt efter mitt utbrott, framför allt vid handlederna, och armarna, men ömheten kändes öm på ett intressant sätt.

Då kände jag Gias mjuka läppar mot mitt ansikte, röra sig, lätta, lätta som fjärilsvingar, över kinderna över, näsan, pannan, läpparna, och till sist lyfta ögonbindeln och kyssa mina slutna ögonlock. Jag rös när jag kände hennes tunga glida över mina ögonfransar och smaka på mina tårar.

Mjuka händer smekte mitt hår och mina axlar, med lugnande rörelser.

Mjuka händer smekte mina bröst över tyget.

Efter en stund drog någon upp min tröja och böjde sig ner över mitt högra bröst. En tunga slickade runt bröstvårtan och sög på den. Jag ryckte till som om någon hade gett mig en stöt och försökte röra mina ben, men någon satt mellan mina ben och höll dem fast mot sin midja i ett stadigt grepp. Någon böjde sig fram över min kropp och sög på mitt andra bröst. Två snabba tungor fortsatte att cirkla med små rörelser runt mina bröstvårtor och ibland suga på dem, samtidigt som fyra händer smekte mitt hår och mina armar och på insidan av mina lår.

"Vad gör ni?" mumlade jag med kvävd röst.

"Vi lugnar dig", viskade Bim. "Den alternativa el-chocken, du vet. Behandling nummer två."

"Men...?"

Någon lade handen över min mun.

"I den här sängen finns inga män. Bara kvinnor", sa Bim.

Någon drog ner blixtlåset på mina jeans och smekte min mage med lugna rörelser. Handen gled längre och längre ner mellan mina ben.

"Kyss henne!" sa Bim.

Gias läppar närmade sig mina. Jag kände hennes andedräkt och lilla starka tunga som trängde in i min mun samtidigt som hon smekte mina bröst. Små trådar av begär sökte sig från de ömmande bröstvårtorna ner till mitt underliv. Jag drog i mina armar för att komma loss och hålla hennes ansikte mellan mina händer, men det gick inte eftersom jag var bunden. Så slutade hon kyssa min mun och började slicka mina öronsnibbar och nacke istället.

"Jag kommer tillbaka med lite mer godis", viskade Gia i örat. Så kysste hon mig djupt och jag märkte att hon reste sig upp från sängen och tassade iväg över golvet.

Kyssen hade gjort mig andfådd. Bim böjde sig fram och ned över min mun. Hennes läppar nuddade vid mina utan att kyssa mig.

"Jag hatar dig, Lianne", viskade hon ömt, in i min mun och så tyst att jag nästan inte uppfattade orden.

"Nej!" sa jag, för just då trodde jag henne inte.

"Max hatade kvinnor. Du älskade honom."

"Nej..."

"Du låg med honom. Frivilligt. Du måste ha älskat honom."

Hennes röst lät anklagande. Hon tryckte sig lite för hårt mot min kropp och jag fick svårt att andas.

*"Nej!"* protesterade jag och försökte stöta bort henne.

"Det du älskade mest hos honom var att han hatade dig."

"Nej..", mumlade jag.

"Vill du att jag bevisar det? Nu?"

Jag fick ingen luft och kunde inte svara.

"Som en man bevisar det? Som Maximilian bevisade det?"

I det ögonblicket gick det upp för mig vad hon menade.

*"Smärta!"*

"Hatar du dig själv, Lianne? Hatar du mig?"

*"Nej."*

"Jag hatar dig för att du älskade Max!"

"Förlåt! Men jag visste inte!"

Gia var tillbaka i sängen. Hon tryckte sig tätt, tätt intill min rygg. Två par händer smekte mig överallt, mjukt, varmt, ömsint. Läppar smakade min kropp. Jag visste inte vem som gjorde vad med mig. Händer överallt, läppar överallt, en tunga i min navel, i mitt öra, längs min hals.

Efter att ha turats om mellan att suga på mina bröstvårtor och sedan kyssa varandra en stund hjälptes de åt att dra ner mina byxor. Jag kände någons andedräkt mot min mage och någons mun långsamt kyssa sig ner mellan mina ben, och någons tunga röra sig med små snabba vispande rörelser upp och ner.

Jag började få svårt att ligga stilla, men Bims armar och kropp höll mina ben på plats så jag bara kunde gunga lite åt sidorna och svänga med huvudet när känslan höll på att bli mig övermäktig. Mitt underliv värkte av en ljuvlig sötma och längtan som smakade söt vildhonung pulserade i mitt blod.

Tiden upphörde att existera som indikator på upplevelse. Gia som höll om mig, smekte min överkropp med lugna rörelser. Jag darrade och flämtade av en känsla som helt gjorde myteri mot all blygsel och alla hämningar. Ögonbindeln ökade min djärvhet.

"Börjar du förstå, Lianne?" viskade Gia, samtidigt som hon bet lätt i min örsnibb. När jag försökte svara tryckte hon sin mun över min och kvävde mitt svar med en djup kyss. Sedan viskade hon:

"Tack, Bim."

Bim reste sig från sin position och jag hörde hur de kysstes över min mage. Sedan kröp Bim tillbaka ner mellan mina ben där hennes tunga fortsatte utföra små mirakel med min kropp. Gia viskade i mitt öra.

"Bim är bäst, eller hur?"

"Ja, ja, ja."

"Åh vad jag har längtat efter det här. Så länge. Du anar inte!" sa Gia. Gia kysste och bet sig fram över mina bundna armar och hon slickade handlederna där silkesslipsarna fungerade som handklovar och löste upp banden så mina armar äntligen blev fria. Min bröstkorg hävde sig från madrassen och jag kunde höra hur jag själv gav ifrån mig små kvidande barnsliga ljud någonstans långt borta.

"Du kan inte dölja någonting för mig", viskade hon.

Gia böjde sig ner och kysste mig igen:

"Första gången jag såg dig visste jag. Förstår du vad jag menar? Du kände det också, eller hur?"

"Ja, ja."

Jag kände händer som smekte mig överallt, mjukt, varmt, ömsint. Läppar som smakade min kropp. Fingrar som kände sig fram på okända platser. Jag visste inte längre vem som gjorde vad med mig. Händer smekte mig överallt, läppar kysste mig överallt. En ljuv känsla, vars upphetsning var så intensiv att den var nästan aggressiv härjade i min kropp, mitt underliv, mina bröst.

Och medan någons läppar mötte mina i en blöt kyss, och mjuka händer smekte mina bröst, och medan jag kände hur känslan växte i min kropp, fick övertaget och förblindade mig med sin ljuvliga smärta och rasande, obarmhärtiga lust, trängde någons fingrar in i mig, först ett, sedan ett till, och erövrade mig med sin mjuka rytm, en liten bit i taget och mötte mina sammandragningar.

Jag kände Gias ansikte så nära mitt eget att jag kunde känna hennes andetag mot min kind.

"Första gången jag såg dig visste jag. Men du visste inte själv. Så någon måste lära dig. "

"Ja, ja, ja."

Jag hörde hur jag skrek och jag började vrida mig och skaka okontrollerat, men jag kunde inte tygla denna naturkraft inom mig, denna ljuvliga våg som tvingade mig inåt, neråt till de hemliga farliga dova regioner i min kropp, som lockade med utslocknande och pånyttfödelse, och då, just då när jag var säker på att jag skulle dö, för jag balanserade på knivseggen mellan njutning och utslocknande, och det var för mycket, trycket ökade i mina öron så jag blev nästan döv, och det var inte tillräckligt för att föra mig över den där kanten när vingarna skulle öppna sig och jag skulle flyga iväg på njutningens våg, befrielsens våg, förena mig med den ursprungliga; och just då kände jag hur någon lyfte ögonbindeln från mina ögon och jag såg in i Gias ögon.

Jag kved och jämrade mig i plågor som var så ljuvliga att jag inte stod ut, och det blev vitt framför mina ögon, och jag flöt bort i ett ljus som kom inifrån mig själv, när jag öppnade mina ögon igen låg ögonbindeln som en hinna av nattmörker framför ljuset.

"Kyss mig!" sa Gia.

Och medan den andra och tredje och fjärde orgasmen svepte genom min kropp och för en kort stund nästan berövade mig mitt förstånd, hörde jag hur de kysstes över mitt ansikte.

Tiden upphörde att existera annat än som lust. Jag låg i en kokong av lust och rökelse och musik, fullkomligt utmattad. Bredvid mig hörde jag Bim och Gia älska, med den ömhet och det raseri som min njutning hade väckt hos dem. Samma känsla som de hade väckt hos mig och som de nu väckte hos mig igen.

När jag återvände från begärets skuggrike, med en nyväckt kärlek till min egen kropp för alla njutningar den hade skänkt mig, och med nya njutningar impregnerade i alla mina cellminnen som vägvisare inför framtida njutningar, tänkte jag:

*"Jag skulle vilja spegla min nya kropp i timmar."*

*"Var jag vacker, Gia?"*

*"Jag skulle vilja se mig själv genom dina ögon."*

*"Jag skulle vilja se vad dina ögon såg när de såg in i mina och blev mörka av begär."*

Plötsligt vällde skrattet upp i mig. De tryckte sig intill mig från varsin sida och överröste min kropp med kyssar.

"Vad skrattar du åt?"

"Jag fick aldrig veta om det var en bestraffning eller en belöning!"

"Det får du aldrig veta", sa Bim.

# frihetens förklädnad
## Måndag

**M**IN FÖRSTA TANKE när jag slog upp ögonen nästa morgon var: *"Jag är fri."*

Gia och Bim hade redan hade stigit upp, men istället för att följa efter dem kurade jag ihop mig under täcket och låg och tänkte på vad som hade hänt med mig under natten. Efter en stund räckte det inte med att fantisera.

Jag tassade upp ur sängen och ställde mig naken framför Gias helfigurspegel i klädkammaren för att se med mina ögon vad min kropp redan visste.

Min tvådimensionella tvilling hade genomgått en metamorfos. Den utmärglade lägerfången (det kutryggiga knippe av nerver och ångest som var så motbjudande att man bara kunde ta henne bakifrån) hade förvandlats till en finlemmad, komplexfri mänsklig varelse; en stolt ung kvinna vars hud glänste nysmekt och sammetslen, och vars läppar och bröstvårtor fortfarande ömmade av nattens kyssar.

Med ögon, berusade av nyfödd sinnlighet, iakttog jag hur hennes vackra händer långsamt utforskade konturerna av sin befriade kropp.

Fanns det fanns någon centimeter av hennes lena hud som inte hade blivit smekt under natten? När jag blundade kunde jag känna deras läppar och tungor överallt; på min mun, min hals, mina bröstvårtor, mellan

259

mina ben. Minnet av nattens lärdomar fick min kropp att darra och mitt underliv att pulsera av en söt tyngd.

Jag klev in i duschen och slog på vattnet och låtsades att mina händer var deras händer, och fantiserade om att jag skulle slippa ögonbindel och rep nästa gång. Nattens hetta hade förintat Max; rensat min kropp från minnet av hans hårda händer; hans kommentarer, hans bortvända blick, hans förakt. Nya sensationer i min hud, i mitt kön, i mina tankar, sved och brände som en klåda, och pockade på nya sorters uppmärksamhet.

Befriad från Max inflytande valde jag ut vita underkläder, svarta linnebyxor och en röd jumper från Gias klädkammare och klädde på mig.

*

Huset kändes stumt och avvisande som om det inte noterade att jag var där. Jag ropade på Gia och Bim men ingen svarade mig. Inte ens ekot noterade min närvaro. Jag gick ner till köket men ingen var där, inte ens min spegelbild i fönstret. Jag såg ut genom fönstret på terrassen, vidare ner över berghällarna mot havet men kunde inte se Gia eller Bim någonstans. För första gången var jag ensam i Villa Marina. Apparaterna betjänade mig underdånigt – nu när ingen ägare fanns i närheten för att håna min klumpighet – och jag bryggde en kopp kaffe med bönor från en guldpåse med tjusig etikett; garnerade en fullkornsmacka med Goudaost, skivade körsbärstomater och vitlöksskivor; fyllde en skål med grekisk yoghurt, färska hallon, blåbär, smultron och valnötter, riven, mörk choklad, och grekisk honung; fyllde ett kristallglas med färskpressad apelsinjuice. Sedan öppnade jag dörren till terrassen och slog mig ner på däcket med min tunga frukostbricka, nyfödd och utsvulten.

Vattnet i viken var mörkt som drycken i min kaffekopp. Det lilla ansiktet som flöt på ytan log mot mig när jag svalde dess bild. Utspädda minnen över icke-tid, spända högt över min räckvidd speglade sig i det platta grå havets illusoriska djup.

I skärningspunkten mellan himmel och hav, på ett grundstött skepp, satt jag, Lianne, egendomslös, nyfödd, och ensam utan vare sig egen spegelbild eller eko. De grå hinnorna hade släppt sitt grepp om mig och jag skrek ut min nyfödda livshunger utan att ett ljud kom över mina läppar.

Genom små hål i de grå hinnorna strålade vitt drömstoft ner mot mig och trängde in i mitt hjärta för att jag skulle kunna förstå det jag måste förstå. Så jag slöt ögonen och tänkte:

*"Vad vet jag?"*

*"Ett vet jag, jag älskar Gia."*

*"Ett till vet jag, att jag inte hatar Bim."*

Havet och molnen lät mig lyssna med alla mina sinnen. I skärningspunkten mellan hav och himmel svävade min tanke; dansade mellan hinnor av luft, mellan minnen av händelser; rispade i duken framför mig som överexponerade negativ med tunna grå hinnor av händelser, där för att tolkas. Jag såg landskap med dalar och höga berg, ekon av framtida atomvapenkrig; utkristalliserade, tunna minnen av någonting som en gång varit någonting annat, någon annanstans, i någon annan, och jag funderade på om Gia tänkt samma tankar som jag när hon suttit ensam och stirrat ut över viken och försökt få en glimt av det skygga universums drömmar.

*"Vem är jag?"*

*"Jag är friheten mellan jord och hav."*

*"Jag är luften som molnen skriver sig på."*

Jag satt länge på de nakna plankorna och studerade himlen och havet och välsignade gravitationen, horisonten och allt det osynliga som fanns där mellan de tunna skikten. Sedan gick jag tillbaka in i huset, mätt och nyfödd och fridfull till kropp och sinne.

*

Så fort jag kom innanför dörren till Gias rum – sorglös men ensam och fylld av längtan och obesvarade frågor – överväldigades jag av nyfikenhet. Det här huset ruvade på så många olösta mysterier, och hemligheter som bara väntade på att bli avslöjade och nu hade jag äntligen fått min chans! Så vad väntade jag på?

Men vad letade jag efter egentligen?

*Pengarna?*

Sannolikheten att jag skulle hitta någonting som de inte ville att jag skulle hitta var väldigt liten, och antagligen helt obefintlig när det rörde sedlarna från Tomas farmors källare. Såvida jag inte hade tur och de hade slarvat och missat någon detalj. Eftersom jag var den som hade hittat de där pengarna och ingenting tydde på att de tänkte överlämna dem till polisen borde jag faktiskt ha rätt till åtminstone en tredjedel. Men tydligen delade Bim och Gia inte min uppfattning eftersom de aldrig talade om pengarna. Jag gick in klädkammaren och lyfte upp den lösa heltäckningsmattan. Under den lösa brädan i golvet låg skokartongen kvar. Jag lyfte på locket och kikade ner i lådan. Bredvid plastpåsen med kokain låg ett svart hundhalsband som inte hade legat där tidigare. Jag tog upp halsbandet. Det kändes hårt och var sprucket i sömmarna och fullt av rostbruna fläckar. Blod?

"Vildes?"

Jag undersökte utrymmet runt den lösa brädan golvet, men hittade inga pengar. Det förvånade mig inte. Varför skulle de gömma pengarna på första bästa ställe jag kunde tänkas leta på, om de inte tänkte dela med sig?

Då såg jag fotot. Underst i skokartongen under några kvitton låg ett litet foto av mig själv. Det var det bästa foto som fanns på mig, eftersom det var taget i smyg och hade fångat min själ i ögonblicket där kärlek och smärta förenas i ett enda uttryck.

På fotot lyfter jag försiktigt upp en liten nyfödd vildkatt mot mitt ansikte. En oreserverad kärlek flammar upp i min blick när jag ser på den lilla värnlösa varelsen, som hos ett förundrat barn inför ett av livets absoluta mysterier, men genomlyst av en lika häftig smärta, eftersom jag inte är ett barn längre och jag vet vilken grymhet som väntar en liten ömtålig vildkatt i en värld av tama människor.

Max hade förälskat sig i fotot och tiggt sig till det och han hade kysst det och lagt det i sin plånbok och sagt att han skulle skydda det med sitt liv.

"Jag vill se dig se på mig med den där blicken varje dag!"

Jag ryste när jag tänkte på hur han hade försökt tvinga fram samma uttryck i min blick och hur han hade misslyckats gång på gång, tills han slutade se mig i ögonen, och valde att känna smärtan i min kropp istället.

Men hur hade fotot hamnat här? Fastsatt med ett gem på en hopvikt teckning? Jag vek upp teckningen och studerade den med stigande förvåning. Den bar tydliga influenser av Edvard Munchs *"Skriet"*. Min signatur fanns nere i högra hörnet. Men det var ingen tvekan att jag hade ritat den; jag kände igen min stil, mitt färgval, färgerna från mina älskade akvarellpennor.

Jag stirrade på teckningen i min hand utan att förstå någonting. Jag stirrade på den spöklika figuren på bron och insåg att hon var jag själv, med ögon fyllda av fasa, omgiven av hotfulla rödgula dimmor, och med det långa blonda håret intrasslat runt halsen som en snara.

*"Hur har Gia fått tag i teckningen?*

*När har jag ritat den?"*

Den enda tänkbara förklaringen var att jag hade ritat den någon av dagarna efter det att Max hade gjort sig av med mig. Men jag kunde inte minnas de där dagarna eftersom jag hade försvunnit in i dimmorna i mina ögon och gått vilse i mig själv, i tomheten bakom *Lagomhelvetet.*

Pappersarket var skrynkligt och fläckigt. Det såg ut som om någon hade försökt torka bort fläckarna med fingret och oavsiktligt gett bilden en solkigt smutsbrun ton. Beige. Gia måste ha lagt beslag på teckningen den där dagen hon kom till mitt studentrum för att berätta att Max hade åkt till USA.

Jag skakade och knackade på skokartongen. När jag drog i en pytteliten lös guldtråd på undersidan av den lösa bottenskivan upptäckte jag att där fanns ännu en lös bottenskiva. I tomrummet mellan bottenskivorna låg ett hopvikt pappersark i A4-format med olika datum och en kort kodad text. Mellan koderna på en rad stod "28 000 000."

De två understa datumen var överkryssade och följda av ordet "Exit".

Fäst vid arket med gem satt två passfoton av Max och Tomas.

*"28 miljoner kronor?"*

*"Två döda män"*, tänkte jag.


Jag sjönk ihop på golvet. Min mage drog ihop sig i plötsliga kramper. Jag greps av ett så starkt äckel att jag var tvungen att rusa iväg in på toaletten och kräkas.

Jag kunde inte värja mig för alla minnen som flödade över i min hjärna, trötta på att lyda, trötta på att vara till lags, trötta på att foga sig och kura i minnets mörkaste skrymslen:

*"Jag mår ju bra, jag är ju frisk, jag är ju fri.*

*Jag är fri nu.*

*Men jag är inte fri från mig själv och mina handlingar.*

*Jag är essensen av min frihet och min frihet är mitt fängelse.*

*Jag har förvandlat verkligheten.*

*Bilderna som hoppar ut ur andra bilder skrämmer mig.*

*Som när man ser havets yta underifrån, från den plats där solens strålar bryts*
*och går vidare,*

*utom räckhåll för ett öga,*

*i förlustens brytpunkt,*

*just där mitt undermedvetna gömmer sig i mitt medvetande med sina luckor*
*finns det som jag blundar för,*

*men ögonen är stängda för luckorna i minnet*

*I dessa luckor vad finns?*

*Frihet?*

*Utochinvänd lidande – lidelse*

*För dem.*

*Ett hål rakt igenom mig, dit glädjen rinner ur mig,*
*som inte går att lappa ihop,*

*i synnerhet inte med ord."*


Ett bekant ljud ryckte mig ur mina grubblerier.

*"L'amour."*

*"L'amour."*

Det var Esmeralda som kom gående genom korridoren på våningen under,
gnolande på någonting från *Carmen*, ackompanjerad av de regelbundna
dunkandena från städvagnens små hjul.

*"L'amour est un oiseau rebelle."*

*"Vad gör hon här?"* for det genom mitt huvud innan jag insåg att i
Esmeraldas totala oförutsägbarhet ingick alltid möjligheten att hon kunde
tänkas uppföra sig fullkomligt förutsägbart. Också. Som att infinna sig på
sin arbetsplats under arbetstid, precis som vilken vanlig, normal människa
som helst.

Jag reste mig upp på matta ben och gick ner för trapporna till entréplanet, ut i korridoren. Och där stod hon, nonchalant lutad mot en av pelarna i fönsterbågen som ramade in det enorma panoramafönstret, iklädd sin illrosa städrock i polyester, med foträta skor och med en röd bandana virad runt de ostyriga svarta lockarna som en gängmedlem. I handen höll hon en glödande cigarr som spred en behaglig doft och hon vinkade Carmenkokett till mig med beslöjad blick. Effekten av Esmeraldas illrosa siluett, insvept i tunga slöjor av cigarrök, framför det ändlösa grå havet var nästan surrealistiskt kitschigt.

"Esmeralda!"

"*Ciao, Bella!*"

Hon såg på mig med en fråga i sina gröna ögon. Drog ett bloss på cigarren och behöll röken i munhålan en lång stund.

"Jag är ensam", sa jag och ryckte förläget på axlarna.

Esmeralda log och blåste ut röken.

"Perfekt status! Kom! Sightseeing mausoleum! Gratis!"

"*Undrar varför hon refererar till det här huset som ett mausoleum?*" tänkte jag.

Genast besvarade hon min fråga som om jag hade uttalat den högt.

"Dorian Jungman ville leva på skepp, dö på skepp. Så han rita detta mausoleum till sig själv. Havsutsikt från alla rum genom listiga speglar och luckor i golv och takfönster och från däck runt huset."

"Vad hände?"

"Harald kom, såg och segrade. Veni, vidi, vici. Ville ha, ville ha, ville ha."

Esmeralda ryckte på axlarna. Så stannade hon upp i sina rörelser och såg plötsligt allvarlig ut:

"Familj Binkell få allt de vill ha. Bara så du vet, Lianne!"

"Alltid?"

"Alltid."

Jag tänkte på Bims minnen från skolan; fotografiet av Bim och Gia som tonåringar.

Jag tänkte på Gias blick i det där fotot. Hur hon såg på Bim.

Jag tänkte på sedlarna i Tomas farmors källare och på de två döda männen.

Jag tänkte på min teckning och på fotot av min själ.

Jag tänkte på Gias ord i mitt öra, när jag hade legat bunden och hjälplös och så upphetsad av kokainet som de hade tvingat i mig att de kunde göra precis vad de ville med min kropp:

*"Åh vad jag har längtat efter det här. Så länge. Du anar inte!"*

Jag mindes några av de saker de hade gjort med mig och det kröp i mig av både lust och obehag, för jag mindes hur mycket jag hade velat det som Gia hade bestämt att jag skulle vilja.

Breda golvplankor av oljad ek med långa röda persiska mattor av finaste handfärgad ull knutna av de spädaste små barnaslavhänder sträckte ut sig som stigar med hemliga uråldriga tecken insprängda under mina fötter.

Esmeralda slog sig ner på en köksstol och pustade, nöjd med sig själv. Små svettpärlor blänkte i hennes panna under hennes röda bandana där det mörka håret lockade sig. Hon luktade gott av cigarr och lavendel och sin egen kryddiga kroppsdoft.

Jag såg upp på henne över ångorna från min kaffekopp. Hennes smaragdgröna ögon lyste som två tvillingfyrar genom min dimma. De kändes som en trygg famn att vila sin längtan i. Av någon anledning kom jag att tänka på Haralds gamla mormor med sin goda lukt och sina stora trygga bröst och sentimentala sånger, och min röst lät som ett barns, när jag utbrast:

"Jag förstår mig inte på dem, Esmeralda! Vad vill de mig, egentligen, tror du?"

Hon såg på mig med ett uttryck som jag inte kunde tyda. Så sa hon:

"Du har någonting som Adriana behöver."

Jag skrattade till.

"Jag? Vad skulle det vara?"

Hon svarade inte, bara log lite finurligt och hennes gröna ögon gnistrade okynnigt.

"Räkna ut det själv, Lianne!"

"Men Esmeralda! Se på mig! Jag är inte snygg, har inga pengar, inga kontakter; mitt självförtroende är noll; jag säger inte så mycket, men när jag väl börjar prata kan jag inte sluta – pladdrar maniskt – och det mesta jag säger låter rubbat på något sätt – sjukt –jag hör det ju själv! – kan inte hjälpa det. Jag är tjugotvå år gammal och tror på önskebrunnar och sagor. *Sagor!*"

Esmeralda såg inte det minsta chockerad ut, snarare charmad, som om jag var en lillgammal barnunge med överskottsfantasi, så jag fortsatte, lugnad:

"Mina tankar, de är inte normala och bland smälter de samman med tomheten som finns bakom allting och då går jag vilse bland alla tecken som ska skydda mig mot sanningen, och jag vet att det är här inne, – härinne som allting sker, *härinne!* – och jag förstår inte varför det inte finns någonting att förstå, varför det är hela sanningen?"

"*Hmm?*" sa Esmeralda. Nu åkte hennes ena ögonbryn upp några millimeter och hennes smaragdgröna blick blev skarpare. Blänkte till. Som om hon försökte få syn på någonting i mig.

"Sådan är jag. Inget kap med andra ord. Och se på Gia som har allt. Som är så vacker och så intelligent. Och så rik!"

Jag såg ner i min kaffekopp och mumlade:

"Hon är underbar! Hon är fantastisk! Det finns ingen som hon, så jag förstår inte vad hon behöver mig till?"

Esmeralda skrattade så hon kluckade. Hon satte fingret framför munnen och hyssjade, varnande:

"*Behöver* dig till? Lova att du inte säger så när Beata Marie lyssnar!"

"Varför då? Tror du att Bim skulle skada mig? Döda mig?"

Jag ryckte till så häftigt att kaffet skvätte ut på bordsskivan, och hennes gröna ögon blänkte till när hon spände blicken i mig över kaffekoppens kant.

"Lianne! Livet arbeta genom dig, dina händer, dina ögon! Du se allt, måla allt, måla sanningar från andra världar som ingen kan se, men du förstå inte ditt eget mysterium, för ditt mysterium tuggar på din själ, ditt mysterium är din föda, din blindhet och din syn!"

Hon drog ett djupt bloss från sin cigarr och försvann in i sig själv en stund. Sedan sa hon med hes röst: "Du *vet* vad de vill med dig." Hon såg upp:

"Frågan är: Varför är *du* med dessa flickor? Vad vill *du* egentligen? Med *dem*?"

"*Dessa flickor kidnappade mig när jag hittade pengarna från ett rån i deras källare, Esmeralda!*" tänkte jag.

"Vet inte. Jag har inte tänkt på det på det viset", ljög jag.

"Dags tänka på det viset, då!"

Så jag tänkte efter en stund och försökte förklara för både henne och mig själv.

"Den första gången jag såg henne. Då trodde jag att jag skulle dö."

"Dö?"

"Jag var med Max då."

Hon fick en djup rynka i sin panna.

"Jag såg hur han såg på henne med en känsla jag aldrig hade sett hos honom förut, inte visste att han hade i sig, och jag kände exakt vad han kände, alla hans känslor blev mina, och i det ögonblicket liksom dog jag, liksom försvann jag, på något sätt."

Rynkan i hennes panna blev djupare.

"Dog?" upprepade hon.

"Jag blev så kär att jag visste att jag måste dö. I det ögonblicket visste jag att jag måste dö. Av kärlek. För jag hatar ju sex."

"Åh?"

"Jag visste att jag måste dö. För Max bestämde allt."

Esmeralda grunnade lite på vad jag hade sagt. Hon hällde en skvätt varm mjölk i sin andra kopp kaffe, hällde i tre skedar socker och rörde våldsamt i koppen.

"*Mamma Mia! Vilken passion!*" skrockade hon.

"Ja. Han gjorde slut på mig då."

"Va?"

"Gjorde slut *med* mig, menar jag. Förstås."

"Förstås?" upprepade Esmeralda.

"Ja! För... varför skulle hon vara med mig? "

"*Hmm?*"

"Han förstörde allt. Jag ville dö. Därför måste jag dö. Men *han* var den som dog! Och vet du vad som är det konstigaste av allt?"

"Nej?"

"När jag fick reda på att han var död fick jag en orgasm. Min första. Han brukade alltid säga att jag var onormal för att jag inte "*kunde*"."

Jag sneglade upp mot henne, beredd på hennes totala förakt och avsmak.

Men hon såg oberörd ut. Skakade lätt på huvudet.

"Fullt naturlig reaktion!" sa hon. "Du är en sann konstnär!"

Jag såg ner i bordet. De flesta skulle nog inte uppfattat situationen riktigt så.

"Jag kan inte lämna henne."

Jag kunde inte möta hennes blick när jag sa det här, eftersom jag var medveten om vilket underligt intryck jag måste ha gjort med mina förtroenden: Min dödsdom över mig själv; när jag blev kär vid första ögonkastet i kvinnan som jag – i exakt samma ögonblick – upptäckte att min pojkvän var förälskad i. Och mitt livs första orgasm; som jag upplevt minuterna efter jag precis hade fått veta att min pojkvän var död. Men till min oerhörda lättnad kommenterade hon inte min förvirrade sexualitet, utan frågade bara:

"*Kan* inte eller *vill* inte lämna henne?"

"Jag vet inte?"

Jag svalde några gånger. Situationen måste verka otroligt banal och trivial i hennes ögon och ju mer jag pratade ju konstigare lät jag, i vanlig ordning. Så jag skyndade mig att byta samtalsämne.

"Esmeralda, berätta – hur träffade du din man?"

Det blänkte till i Esmeraldas smaragdgröna ögon. Hon drog efter andan och började berätta, långsamt och eftertänksamt, som om hon sökte bilderna i sitt inre och lät dem lysa en stund i sina klara ögon så jag också skulle se genom hennes känsla:

"Så länge sedan nu. Ett annat liv. Var i mitt vackra land, högt uppe i bergsmassiv, nära himmel. Marlon frilansjournalist då. Sa han. *Inte sant. Haha.* Marlon arbeta för sin far, Dorian Jungman, egentligen. Samla växter för läkemedel, smuggla växter för droger, och kokain för privata experiment. Jag var ung gerillasoldat denna tid, bäst av alla, min grupp tog Marlon gisslan."

Hon såg stolt ut vid minnet, sedan lite sorgsen:

"Men jag kunde inte vara Marlons bödel, kunde inte skjuta så *exquisite specimen*. Hjärtat svälla så handen darra. Jag blev kär. Kär i livet. Kär i blond viking. Ville inte döda mer. *Love is a rebellious bird.*"

Hon suckade och log inåtvänt. Så fortsatte hon:

"Flydde med Marlon till USA. Sedan till Sverige. Livsfarligt. Högt pris på Esmeraldas huvud. Oj, oj, oj. Hundra tusen. *Dollar*. Esmeralda killer machine, old days. Alla ville se mig död. FARC, ELN, paramilitärer, milis, regeringsarmé, Gaulapolis. *Alla*."

Hon skakade på huvudet och log lite vemodigt åt sina soldatminnen.

"Vi gifta oss. Han bli väktare. Känna Tomas lite. Behövde pengar. Tipsa om speciell penningtransport. Sen Tomas döda honom. I Sverige."

Leendet dog bort. Hon var tyst en stund.

"Jag älska Marlon – du älska Gia. Kärleken grym och vacker. Kärleken ge liv – kärleken ta liv."

Esmeralda smackade för sig själv och nynnade *"L'amour est un oiseau rebelle"* från Carmen igen. Hon drack några djupa klunkar kaffe och försvann långt bort i tankar jag bara kunde ana.

"Fick ni några barn, du och Marlon?"

Hon skakade på huvudet.

"Marlon steril, dricka örter, äta örter, röka örter, stenad säd. Bad seed. Esmeralda gerillasoldat, mördarkropp, bad Karma. Inte lämpliga biologiska föräldrar."

"Åh, Esmeralda! Jag är verkligen ledsen för din skull!"

Det blänkte till igen i de där gröna ögonen. Av glädje. Och triumf.

"Det är okej. Marlon fixa ny fru. Esmeralda fixa ny säd, nya fru gravid, nu. Med Harald."

"*Va*?!"

Esmeralda ställde ner koppen på bordet och såg mig djupt in i ögonen.

"*Listen!* Marlon var Dorian Jungmans biologiske son. Marlon ville att hans och nya frus barn bo här. Här i Mausoleum. Jag lyda Marlon önskan. Snart allt klart."

"Vad menar du?"

Hon log bara, och i hennes ögon läste jag:

"Snart kommer du att förstå alla tecken, Lianne."

Det enda jag kunde göra var att ta en djup klunk kaffe. Orden kändes plötsligen så otillräckliga. Mitt eget liv kändes plötsligt så händelsefattigt och konventionellt efter att ha lyssnat på henne. *Beige*. Esmeralda kluckade förnöjt för sig själv.

"Whoops! Höll på att glömma!"

Hon försvann en stund och kom tillbaka med en plastpåse fylld med bullar.

"Från Måna. Blåbärsmuffins. Till Harald the movie star. Padre Padrone."

Hon värmde bullarna en stund i AGA-spisen och sedan satt vi och avnjöt Månas blåbärsmuffins. Solen värmde oss och jag kände mig så glad av någon anledning. Esmeraldas obrutna optimism hade smittat av sig.

Hon fyllde på sin tredje kopp med kaffe och het mjölk och rejält med socker, säkert fem skedar den här gången. Några av hennes dolda ögonpar detekterade omedelbart min reaktion.

"Älskar socker. Älskar kakor. Älskar bebisar med!" Hon log och tillade: "Mest bebisar."

Jag visste inte vad jag skulle svara. Hon var definitivt inte ute efter mitt medlidande. Så satt vi tysta i våra egna tankar och såg ut genom fönstret. Hela tiden kände jag hur några av Esmeraldas osynliga ögonpar iakttog mig, samtidigt som hennes officiella gröna par kommunicerade med en liten blå fågel utanför fönstret.

Hon reste sig upp från stolen och ställde in kaffekoppen i diskmaskinen:

"Nej, kan inte vila mer. Måste jobba. Jag har ett mycket viktigt jobb. Mycket skit i världen, locka råttor. Skattletarna på väg."

Jag såg upp på henne:

"Skattletarna?"

"The Good Guys and the Bad Guys. *Comprendo?*"

"Du menar Sunes kompisar och polisen?"

"Exakt. Ödets hantlangare. Jag ska ta språklektioner idag! Om Sune prata måste kanske emigrera från Planet Earth! Om polis fråga: Esmeralda har semester, okej?"

I det ögonblicket började jag förstå vidden av det hon sa och jag darrade till. Esmeralda nynnande *"L´amour, l´amour"*, och smackade mot den lilla blå fågeln på andra sidan fönstret.

"Hur ska vi kunna kontakta dig? Vi är hjälplösa utan dig."

"Tre signaler mobil. Stopp. Tre nya signaler. Inget sms, men gå till Marlons grav. Lämna kodat meddelande där."

Hon blinkade med ena ögat mot mig, avlägsnade sig med sin städvagn och jag kunde höra hennes *"L´amour"* klinga bort genom korridoren.

Jag satt fortfarande kvar i köket när Gia och Bim återvände.

Jag kunde höra deras upprymda röster och lätta steg närma sig korridoren, och så uppenbarade de sig i dörröppningen till köket, inramade av dörrkarmarnas rektangel som i en tavla.

Där stod de med armarna runt varandras axlar, och såg på mig med en trotsig uppsyn som om jag var en homofobisk representant från etablissemanget och de själva var det första paret i världshistorien som upplevde sann kärlek. De stod precis som på det där ungdomsfotot som Bim hade visat mig. Bim log lite överlägset mot mig som för att säga:

*"Se så lyckliga vi är!"*

*"Ingenting är förändrat."*

*"Du betyder ingenting."*

Min mage drog ihop sig av avundsjuka, svartsjuka, äckel eller någon annan icke-rumsren känsla som jag inte kunde identifiera.

Kanske bara ren ångest?

Eller smärta?

*"Ni drogade och utnyttjade mig i natt"*, tänkte jag.

Jag kände hur hjärtat började slå i bröstet och paniken slog sina klor i mig. Jag fick andnöd av deras närvaro.

Nattens upplevelser hade inte fört oss närmare varandra.

Bim hade fullbordat Gias fantasi och spelat på min kropp som en virtuos på ett lydigt instrument och jag själv hade spelat min roll som instrument så väl att jag hade trott på musiken i min kropp och på deras rätt att njuta av den.

Det som jag hade upplevt som min personliga seger över mina hämningar var i själva verket ingenting annat än deras fullständiga seger över min vilja.

Gia lösgjorde sig från Bims arm och tog ett steg ut ur den perfekta tavlan.

"Hej, Lianne! Finns det något kaffe?" frågade hon, lite ansträngt käckt.

Jag skakade på huvudet.

"Sitt du, jag fixar", sa Gia till Bim.

Bim slog sig ner vid bordet och högg sina ögon i mig som vampyrtänder.

Bakom oss smällde Gia med köksluckorna och prasslade med påsen med kaffebönor som hon hällde i kaffekvarnen med ett rasslande, varpå den elektriska kaffekvarnens började skrälla av bönorna som studsade omkring i behållaren och klövs i mindre och mindre delar av vassa stålknivar för att till slut finmalas till aromatiskt pulver.

Oväsendet borrade sig in i huvudet på mig och det kändes som om det var mitt inre som blev utsatt för de kalla knivarnas massaker och malde ner substansen i mina tankar till stoft. Så högt var oväsendet att det överröstade mina hjärtslag.

"Så du är kvar? Fortfarande?"

Jag svarade inte. Även om jag hade kunnat pressa några läten över mina torra läppar hade jag inte förmått artikulera några ord.

Gias röst höjde sig över dånet från kaffekvarnen:

"Kom igen, Bim! Vart skulle hon ta vägen? Hon har ju bara oss!"

Bim svarade inte och Gia sa ingenting mer. Bönorna var malda och spred sin arom över köket. Gia stod med ryggen mot oss vid gjutjärnsspisen, i väntan på att vattnet skulle koka upp. Den lilla fågeln på flöjtkittelns pipa började vissla av vattenångan och oljudet skållade mina hörselgångar. När kaffet hade dragit länge nog i kaffepressen slog sig Gia ner hos Bim och mig vid bordet och serverade oss den svarta drycken.

*

Jag kände mig som om jag befann mig mitt i orkanens öga, mellan kalla och varma luftströmmar som kolliderade med en sådan kraft att virvlarna skymde min sikt och tömde min luftficka på syre.

Jag var medveten om att de stirrade på mig men jag kunde inte se det.

Jag hade förlorat styrkan i mina händer och kunde inte lyfta min kaffekopp.

Jag hörde deras röster och såg dem som genom en dimma.

Jag hade förlorat känseln i mina fötter och händer och var oseende.

"Och vad har du hittat på idag då, Lianne?" undrade Gia.

Hennes röst lät varm men spänd, som om hon försökte dölja sin nervositet bakom käcka ord. Jag var tvungen att placera händerna på benen för att inte avslöja hur mycket de darrade. Men i synfältet försvann hennes ansikte i en otydlig gröt av ofokuserade intryck.

Näsa, ögon, mun flöt ihop.

*"Jag hör inte hit. Ni fick mig inse det ännu en gång. Inbillning, inbillning, inbillning. Allt är bara inbillning. Attrahera. Repellera",* tänkte jag.

"Lianne?"

"Visste ni att Esmeralda tänker emigrera från jorden?" sa jag med grötig röst. "Vad tror ni det betyder?"

"Vi ville inte väcka dig, förstår du!" fortsatte Gia, som om hon inte hade hört vad jag sa.

Jag klarade inte av att se på henne men uppfattade att hennes röst fortfarande lät spänd trots att hon försökte låta skämtsam.

Så bröt Bim in i samtalet.

"Varför berättar du för henne? Hon är ju helt borta. Fortfarande! Se på henne!"

"Ja. Jag ser på henne. Vad är det du vill att jag ska se?"

"Hon sover."

Bim slog ihop handflatorna med en smäll framför mitt ansikte:

"Vakna! Vi ville inte ha dig med, märkvärdigare än så är det inte."

*

Jag fick svindel av deras närvaro. Mina hjärtslag ville inte stabilisera sig och jag var rädd för att jag antingen var högröd eller likblek i ansiktet. Min kropp svek mig. Min kropp darrade, rädd för vad de hade makt att förvandla den till genom sina lekar.

*"Så mycket stum smärta får plats i tomrummet mellan människor.*

*En ocean mellan oss."*

Stumma organismer flöt förbi i mina ögonrörelser; utförde sin dans av förtvivlan i tomrummet mellan oss.

*"Man drunknar inte i verkligheten. Det bara känns så när man famlar efter sanningen."*

Gia satt på andra sidan bordet och om inte avståndet hade varit oändligt hade jag hade kunnat röra vid henne med min hand genom motståndet och räddat oss.

Jag ville men kunde inte. Min hand lydde mig inte.

Den var frusen i vanmakt över alla missförstånd.

*"Jag förstår mig inte på dig alls, Gia!"*
*"Det gör ingenting. Jag förstår mig på dig."*

De uttalade ord som svepte förbi mitt ansikte laddade med innebörd.
*Slingrande obscena ord;*
*luftens genomskinliga budbärare av gemenskap,*
*runt en gemenskap som inte var min fast jag uppfattade ordens marknadsvärde.*
*Ljud förklädda till mening.*
Jag fick svindel.
Jag var tvungen att blunda för att inte bli smittad av det främmande språkets makt i tomrummet mellan oss.
*Gia och Bim.*
*Bim och Gia.*
Hur kunde jag någonsin tro att jag kunde beröra dem?
När de bestämde reglerna för all beröring.
Deras makt över mig sådan att de inte längre behövde några rep.
De ägde mig.
Där satt vi, fjättrade av våra känslor, jag på den ena sidan det solida matbordet
och Bim och Gia på den andra.

Jag hörde Bims ena fot stampa nervöst mot golvet. Hon drog fingrarna genom sitt korta hår och masserade sina tinningar och nynnade;
*"She goes high, she goes high, she goes high on cocaine, duh, duh, duh."*
Gia lutade sig fram över bordet och sa med dämpad röst:
"Okej, Lianne. Så här är det: Den *Blå Damens* fulla namn är Zelda Zabine Zaphyr-Hansson. Hon är trettiofem år gammal, arbetar på ekonomiavdelningen på Nostria, och bor ensam i en trerumslägenhet. Jag tror att hon hade gäster, men tack och lov var ingen där när vi dök upp. Vi såg några stora resväskor och några tältsängar plus en massa tandborstar och rakhyvlar i badrummet."
"Esmeralda och hennes nya jägare har flyttat in", sa jag tyst.
Ingen av dem hörde vad jag sa.
"Zelda Zabine Zaphyr-Hansson verkar lite *speciell*. Hon har massor

med smink och peruker och konstiga kläder. I sovrummet har hon en jätteaffisch på sig själv i naturlig storlek utklädd till Marilyn Monroe. Och på toaletten – *ha ha ha!* – på *toaletten-...*"

Bim drämde handflatan i matbordet och utbrast:

"Varför måste du redovisa allt vad vi har gjort?"

"Jag måste ingenting. Jag vill. Stor skillnad, Bim, megastor skillnad."

Sedan såg de på varandra som om de utkämpade en ordlös strid med ögonen.

"Hur kom ni in? Om nu ingen var hemma?" sa jag.

"Vi har en uppsättning genomgångsnycklar", sa Gia.

Hon och Bim fortsatte utkämpa sin ordlösa strid med ögonen. Som två samurajer väntade de på den andras nästa drag.

"Och jag som trodde att ni hatade hemfridsbrott!" sa jag.

Bim släppte Gia med blicken och blängde på mig istället.

"Vadå hemfridsbrott? Vi måste väl ha rätt att få veta vilka missfoster som arbetar för Esmeralda!"

Då kunde jag inte tiga längre.

"Men är du helt paranoid? Tror du att Esmeralda leder en gerillaarmé? Som finns till bara för att trakassera dig, Märkvärdiga Bim?"

"Hellre paranoid och vid liv än naiv och rigid! Tänk lite för en gångs skull! Tänk om polisen börjar intressera sig för oss och du sätter igång med ditt vanliga associerande! Dina fantasier. Pinocchio-näsor. Halshuggna mullvadar. Svarta pestråttor. Kroppkakor med fläsk från döda boxare och vem vet vad? Gamla science fiction-brunnar? Portaler till en annan värld, fulla med uppsvällda fantasy-lik?"

Bims ögon blev mörka och hon knöt nävarna framför sig för att skrämma mig, så som hon alltid skrämde mig med hot om våld – alltid dessa hot, dessa nävar, dessa hånfulla blickar, alltid detta öppna förakt i ord och gester – och när jag såg in i hennes kalla ögon ännu en gång brast det plötsligt för mig och jag kunde inte hålla tillbaka mina känslor längre:

"Är du rädd?" for jag ut. "Varför då? Rädd för att de ska spärra in dig för mord, eller?"

Istället för att bli ännu mer arg som jag hade förväntat mig och flyga på mig, eller knuffa mig av stolen, eller kasta sitt skållheta kaffe i ansiktet på mig, lugnade Bim ner sig. Så började hon skratta, men hennes skratt var allt annat än hjärtligt.

"*Rädd?* Klart att jag är rädd! Jag är *alltid* rädd!"

Hon gav mig en blick av uppriktig förvåning.

"Lianne?" sa hon med en röst fylld av ömhet. "Har du verkligen inte förstått det förrän nu? För att vara så intuitiv och begåvad som Gia säger att du är så är du helt sanslöst trögfattad!"

Tystnaden sänkte sig över köket efter hennes ord och ingen av oss sa någonting mer förrän telefonen ringde efter en lång stund och då hoppade vi till och skrek rakt ut i luften alla tre. Gia svarade. Hon bet sig i läppen och började leka nervöst med en hårslinga.

"Ja, det är jag, Adriana Binkell. Ja, det stämmer! Jag förstår. Jag förstår." upprepade hon.

När hon lade på luren var hon likblek:

"Advokat Gunnar Bracke vill träffa oss ikväll, efter klockan 18.00, på Klubb Neptun i Gamla Stan. Han har ett dokument han tror att vi kan vara intresserade av att se."

Bim sparkade på kylskåpsdörren och svor och boxade i luften med knytnävarna.

"Esmeralda visste inte vad hon gjorde när hon trollade fram det där självmordsbrevet", sa Gia.

Då såg Bim på henne med den där vantrogna blicken jag trodde hon hade reserverat för mig, och med en röst som lät tömd på kraft sa hon:

"Och du Gia, för att vara så överjordiskt smart som Lianne tycks inbilla sig att du är så är du så ofattbart godtrogen ibland! Märker du inte hur Esmeralda utnyttjar oss för sina egna syften?"

*

Innan vi gav oss iväg ringde Gia ringde tre gånger, plus tre gånger till, till Esmeraldas mobil, som jag föreslog att hon skulle göra, trots att Bim bara skakade på huvudet.

Så gav vi oss iväg.

Vi gjorde ett snabbt besök på Lugnets Kyrkogård.

På Marlon Hanssons grav lämnade vi ett vykort med en ensam tomte på en sparkstötting med en stor säck, avtecknad mot en djupblå natthimmel och vita drivor av snö. Den kryptiska hälsningen löd:

'B. vill träffa oss ikväll
på Blöt Stamklubb.
Originaltomte till specialpris."

# Obskyra Original

**K**LUBB NEPTUN LÅG ÖVERGIVET, som ett sjunket skepp på havets botten. Dammigt dagsljus lyste upp utvalda fläckar i den mörka lokalen i ett desperat försök att hålla natten borta. Ännu var det för tidigt på dagen för den plågade sångerskan att framföra sina personliga tolkningar av Billie Holidays sånger.

Gunnar Bracke dröjde och vi slöade till i våra bänkar.

Ibland sneglade Bim upp mot kanoten i taket över oss och när våra blickar råkade mötas såg hon bort.

"Varför kom vi hit förra gången?" frågade jag.

"Vi hittade adressen och några USB-minnen i fickan på en manchesterkavaj och blev nyfikna", sa Gia.

Gästerna började strömma in. Ett sällskap på fyra personer gjorde entré på Klubb Neptun med buller och brak. Det var en clown och tre män utklädda till kvinnor, varav en satt i rullstol.

Damerna bar fula damhattar över billiga syntetperuker och spröda sidenklänningar över muskulösa kroppar. Den lille mannen i rullstolen såg ut som om han var medvetslös bakom sina svarta solglasögon. Skäggstubben lyste som svarta streck under vitt puder. Svarta syntetflätor ringlade sig ner över det lila dekolletaget där man kunde skymta någonting som såg mer ut som två avlånga uppblåsta kondomer än kvinnobröst. En lapp med texten: *"Jag är Snövit. Kyss Mig (tänder) Kyss Min (trut)"* guppade lätt upp och ner i takt med Snövits andning.

Sorlet i klubben tystnade för ett kort ögonblick. Några gäster pekade och skrattade åt sällskapet, somliga lyfte sina glas i en hälsning.

Alla i sällskapet, utom den redlöst berusade Snövit i rullstolen, skrek och bar sig åt, vilket väckte sådan munterhet vid de flesta borden att när bartendern med hästsvansen och asatatueringarna bad dem dämpa sig blev han själv tillsagd att ta det jävligt lugnt. Clownen visslade i en visselpipa och vände upp baken i luften och satte sig sedan på en pruttpåse samtidigt som han trummade på den stora magen till de andras stora förtjusning. Det var storslagen underhållning på låg nivå.

*

En storvuxen man klädd i mörkblå kritstrecksrandig kostym, ljusrosa skjorta, mörkrosa slips, och ljus panamahatt, steg in i lokalen. Det som framför allt drog till sig allas blickar var den vackra käppen i svart ebenholts och med handtag i elfenben som han stödde sig på. För varje haltande steg han tog, dunkade den elegant mot golvet.

Den här mannen såg så malplacerad ut på ett ställe som Klubb Neptun, att jag först misstänkte att han tillhörde svensexe-sällskapet och var utklädd till excentrisk kapitalist med bohemiska böjelser. Det var tills han närmade sig vårt bord och hans blick svepte över oss som en iskall vintervind.

"Tre", konstaterade mannen med släpig, självsäker röst. "Jaha, där ser man, och ni kan förstås räkna ut vem jag är?"

"Det är du som har någonting som du tror att vi är intresserade av", sa Gia.

"Med andra ord; du skulle kunna vara vilken man som helst", sa Bim.

Mannen lyfte varnande sin högerhand. På långfingret blänkte en enorm grön smaragd, som en mossgrön jättevårta inringad av en krans av svarta grova hårstrån på ett hårigt finger.

"Spara på krutet, mina damer. Budgivningen har inte börjat!"

Mannen i den kritstrecksrandiga kostymen sträckte fram handen till

Gia. Hans grova ansikte var blekt och ganska plufsigt, och utstrålade misstänksamhet, som om han inte tyckte om sol, eller fast föda, eller respektlösa unga kvinnor.

*"Han känner nog inte till att även män kan noppa ögonbrynen"*, tänkte jag. *"Eller så saknar han spegel. Som alla vampyrer, överviktiga eller ej."*

"Gunnar Bracke", sa den överviktiga vampyren.

"Adriana Binkell", sa Gia.

"Jag känner din far, unga dam."

Så vände han sig till Bim.

"Beata Marie Lind?"

"Ja."

Han lät blicken glida över hennes ansikte och överkropp som för att verifiera uppgifterna i Tomas självmordsbrev, med blicken hos en kirurg som studerar några röntgenplåtar inför operationen. (Eller som en vampyr som studerar sin nästa måltid.) Bim blev skär i ansiktet och hennes ögon blev flera nyanser mörkare.

Hans skarpa blick gled nu över till mig, iskall och obehagligt oberörd.

"Och du är femte hjulet, antar jag."

"Nej, hon är Lianne; vår livvakt", sa Bim.

Informationen fick Gunnar Bracke att skratta till, högt och våldsamt, som en hostattack.

"Det är sannerligen inte varje dag man förhandlar med sådana förhärdade motståndare som ni. Med personlig livvakt och allt! *Ha ha ha!*"

Det tog inte ens en sekund från det att Gunnar Bracke lyfte blicken i riktning mot baren förrän bartendern med de muskulösa överarmarna och den flottiga hästsvansen dök upp vid vårt bord och log mot advokaten, som om det lilla kreditkortet i platina i Brackes hand hade svaret på livets alla frågor.

"Så, mina damer, vad får det lov att vara?" sa Gunnar Bracke.

"Öl", sa Gia.

Gunnar Bracke vände sig till bartendern och nämnde ett belgiskt öl. När bartendern hade fladdrat iväg för att uppfylla Brackes önskningar, sa advokaten:

"Ni undrar förstås varför jag ville träffa er?"

"Ja", sa Gia.

Bim gömde sig bakom sin lugg och såg inte upp från sin öl.

"Jag ska försöka fatta mig kort. Som ni förmodligen känner till har Tomas Tobiasson rymt från Kumlafängelset. Jag har i egenskap av Tobiassons advokat mottagit ett brev där Tobiasson påstår att han har drabbats någon form av cancer, förmodligen koloncancer, och att sjukdomen har utlöst en slags religiöst präglad samvetsnöd, och att han vill rena sitt samvete inför det oundvikliga slutet och det okända straff som han vill få oss att tro att han fruktar. *Ha!*"

Gunnar Bracke tog en stor klunk av sin öl:

"I brevet insinuerar Tomas att han tänker begå självmord, dels för att sona sina hemska brott, som han glatt rabblar upp, och dels för att undgå terminalstadiet av sjukdomen. Det här är givetvis bara en genomskinlig strategi, *in extremis*, för att få lite respit, för att kort sagt kunna agera i lugn och ro. Jag har i själva verket en mycket god anledning att tro att Tomas Tobiasson tänker fly landet. Anta en ny identitet. Försvinna. *För gott.*"

Gunnar Bracke gjorde en konstpaus.

"Man ska inte tro på allt man hör!"

Han såg sig omkring i klubblokalen.

"Inte tro på allt man ser heller för den delen", tillade han.

Blicken fastnade på det högljudda damsällskapet några bord längre bort. De höll på att bygga ett korthus med ölunderlägg och vrålade okvinnligt när de misslyckades. När damsällskapet märkte att Gunnar Bracke såg på dem petade en av damerna med pekfingret i sitt lösbröst med frågan *"Jag?"* och plutade med sin röda mun. I nästa stund hade hon rest sig, och hennes väldiga lekamen med röda flätor och rosa sidenklänning, närmade sig vårt bord med vacklande steg i röda högklackade skor. Med en uppsyn av överstimulerad ömhetstörst lade hon sin håriga arm runt Gunnar Brackes nacke och gav honom en kyss rakt på munnen. Hon vrålade i örat på honom:

"Ääälsk-liing! Ska vi gå hem till diiig eller miiig?"

Runt om i klubben ekade skrattsalvorna när Gunnar Bracke försökte befria sig från hennes omfamning. Han torkade sig äcklad om munnen med en servett. Kvinnan med det abnorma ömhetsbehovet rättade till brösten som hade halkat på sned, slängde de röda nylonflätorna över sina breda axlar och slog sig ner hos sina väninnor igen. En av dem rapade ljudligt, vilket drog igång öronbedövande skrattsalvor och diverse svordomar och stampanden i golvet.

Gunnar Bracke ryste och återupptog sin berättelse:

"Dagarna innan Tomas rymde från fängelset träffade han en överenskommelse med Maximilian Brådth att denne skulle hämta upp gods till Tomas och leverera på överenskommen plats, vid överenskommen tid. Problemet var att Maximilian aldrig dök upp."

Han harklade sig och drack en klunk öl.

"Tomas drog den felaktiga slutsatsen att Maximilian och jag försökte lura honom. Så han dök upp hos mig och utsatte mig för sin avancerade förhörsteknik under några plågsamma timmar. Till slut lyckades jag övertyga honom om att jag inte var inblandad. Som kompensation för att jag hade slösat bort hans dyrbara tid konfiskerade han min bil, min fina BMW335i, och som direkt konsekvens av hans korsförhör kan jag varken gå eller köra bil, och lider av en ständig, nästan outhärdlig värk."

Rösten blev nästan ohörbar och han stötte käppen i golvet några gånger.

"Det här är ju väldigt intressant, och tragiskt, och otäckt, men ärligt talat förstår jag inte kopplingen till oss?" sa Gia.

Gunnar Bracke fortsatte oberört:

"Jaså? Det är *föga sannolikt!* Tomas nästa hypotes var nämligen att det var Maximilian och ni tre som konspirerade mot honom."

"Va?" utbrast Gia och Bim samtidigt.

"Er relation till Maximilian Brådth är knappast någon statshemlighet." sa Gunnar Bracke med en irriterad glimt i ögat.

"I jakt på Maximilian, sökte han upp dig, Lianne, Maximilians flickvän, och hämnades på vad han ansåg vara din inblandning genom att bränna ner din studentkorridor. Och sedan, när Tomas slutligen fick tag i Maximilian, mördade han honom. Därmed kan man säga att Tomas slog två flugor i en smäll; dels hämnades han på Maximilian som hade stulit från honom, och dels hämnades han på indirekt, på dig Beata Marie, genom att mörda Maximilian på ett sätt som fick spåren att peka mot ditt håll."

"*H-hur* då?" pep Bim. "Jag förstår inte?"

"I sitt brev nämner Tomas att han och Maximilian våldtog dig, Beata Marie, när du var mycket ung."

Bim sa ingenting. Hon bet ihop käkarna och ansträngde sig för att se oberörd ut. Ryckte lite på axlarna. Jag hörde hur hennes ena fot började trumma mot golvet igen.

"Jag förstår bara inte varför den där "*incidenten*" inte gick vidare till åtal? Varför ingen polisanmälan gjordes?"

Bim vek undan med blicken som om han hade en svetslampa i pannan. Det var tyst en lång stund. Efter en stund klarade hon av att se tillbaka på honom, men hon var tyst. Hon var som ett tillbommat hus igen. Gunnar Bracke studerade henne medan han fingrade på sin ring – som om hennes smärta var en perfekt smaragd som inte var till salu och därför oerhört åtråvärd. Jag önskade plötsligt att han skulle få en biljardboll i skallen. Eller en biljardkö genom hjärtat. Men man spelade inte biljard på Klubb Neptun. Så harklade han sig och fortsatte:

"Som jag ser det vill Tomas genom att berätta om våldtäkten i ångerfulla ordalag – i ett brev som jag i egenskap av hans advokat bör överlämna till polisen – uppnå två saker: Dels ge trovärdighet åt sin berättelse, och dels få polisen att tro att det är du som har mördat Maximilian eftersom Maximilian de facto blev kastrerad."

Här gjorde han en konstpaus för att observera våra reaktioner. En nerv i ögonvrån skälvde till för en mikrosekund.

"Han ljuger!" tänkte jag.

När reaktionerna uteblev fortsatte han:

"En mycket graverande omständighet för er del är att Adrianas och din bil hittades parkerad i närheten av det torp där polisen fann Maximilians skändade kropp."

"Oroa dig inte! Polisen vet att bilen blev stulen och att vi har vattentätt alibi", sa Gia.

Gunnar Bracke fortsatte som om han inte hade uppfattat hennes inlägg:

"Som ni märker är Tomas lika hämndgirig som uppfinningsrik. Slug, dum, och fullkomligt orädd. Jag vågar inte ens spekulera i vilken hämnd han har planerat för ditt vidkommande, Adriana."

Gia flämtade till och dolde ansiktet bakom sina händer. Jag hörde att hon skrattade men Gunnar Bracke uppfattade hennes reaktion som den rakt motsatta vilket stärkte hans förhandlingsläge, och han fortsatte, smått upplivad av sin framgång:

"Tappa inte sugen mina damer, än är inte hoppet ute! Senast idag ringde han mig, ska ni veta."

Vi ryckte till inför den uppenbara lögnen. Gunnar Bracke noterade våra reaktioner men misstolkade dem och fortsatte ljuga.

"Förvisso. Tomas bad mig framföra till er att allting är upp till er nu. Han sa att om ni tre klåfingriga tjuvar inte tillmötesgår hans krav och om han inte får tillbaka vad som tillhör honom tänker han ta itu med er med hårdhandskarna. Han frågade om jag hade överlämnat självmordsbrevet till polisen men jag sa att jag inte hade fått brevet ifråga. Ni ser – jag är en riktig gentleman!"

"Det här är sinnessjukt!" sa Gia. "Varför skulle vi ha Tomas grejer?"

"Varför? Minst fyra graverande fakta talar mot er: *Ett*: Ni hyrde Tomas hus, där godset förvarades. *Två*: Godset försvann samtidigt som Maximilian och ni tre försvann. *Tre*: Ni tre hade en nära relation till Maximilian. *Fyra*: Maximilian visste var godset var gömt och skulle överlämna det till Tomas. Håll med om att det är en ganska logisk slutsats! Och vem vet vad Maximilian erkände innan han dog?"

Gunnar Bracke hånlog.

"Ni vet förstås vad det är för slags gods jag talar om, men jag måste säga att era skådespelartalanger överträffar mycket jag har sett på Dramaten. Ni är mycket underhållande. Däremot avråder jag er från en karriär som professionella pokerspelare."

Gunnar Bracke tystnade och satte pekfingret framför sin mun. Clownen och två välsminkade och överförfriskade damer från damsällskapet vinglade förbi oss. Den ene damen pekade på sin medvetslösa kompis i rullstolen och sa:

"Äh, vakta Snövit åt oss, va? Vi ska bara hyra, öh, *låna*, öh, *hämta* en liten väninna till honom... öh, ... *henne!* Han behöver piggas upp och snart är det för sent!"

"Han ska, hick, gifta sig!" viskade den andre. "Med en *brud!*"

"Okej, vi håller ett öga på er lugubra kamrat", sa Gunnar Bracke.

"Tack, gullet!"

Damen med de röda flätorna gav Gunnar Bracke ännu en puss. Den här gången missade hon munnen så pussen hamnade på kinden och lämnade ett rött kletigt avtryck.

Gänget försvann hickande och rapande upp för trappan, ut ur klubben. Bara den överförfriskade blivande brudgummen satt kvar i sin rullstol med en stor orörd öl framför sig på bordet och mörka solglasögon framför sina oseende ögon.

*

Vi drack ölen och knaprade i oss de feta små jordnötterna och Gunnar Bracke pratade på – kanske för att vi var tvungna att lyssna och han led av någon neurologisk skada som gjorde att han inte kunde sluta prata utan att riskera att få men för livet. Jag hade inga problem att föreställa mig honom i en rättegångssal, i full gång med att knocka åhörarna medvetslösa med sin svada:

"Så, Adriana!" sa han. "Du bor i El Maestro Dorian Jungmans hus! I detta arkitektoniska mästerverk; inspirerad av den spanske arkitekten Antonio Gaudis organiska jugendformer, och amerikanen Frank Lloyd Wrights sensuella enkelhet; i en arkitektonisk syntes med Pythagoras talmystik i en personligt färgad hyllning till sfärernas musik och det gyllne snittet. Dorian Jungman berättade för mig att Villa Marina var ett monument över hans egen odödlighet; *den tidlösa, fulländade sammansmältningen av ande och materia ...*"

Han avbröt sin föreläsning när han märkte att vår uppmärksamhet var riktad åt ett annat håll, mot ett par som satt och grovhånglade i ett hörn. Vi ryckte till när han höjde rösten:

"Dorian Jungman var ett universalgeni. Bortsett från hans arkitektoniska geni var han en gudabenådad forskare, med en extremt okonventionell inriktning. Egentligen är det den aspekten av hans livsgärning som jag är mest intresserad av. För några år sedan var jag Dorian Jungmans försvarsadvokat i ett mål som tilldrog sig stort massmedialt intresse. För att göra en lång historia kort väcktes åtal mot Dorian Jungman som då

286

var anställd på ett läkemedelsföretag med informella kontakter i bland annat Sydamerika, och privat mycket intresserad av alkemi, för att på ett oetiskt sätt ha utnyttjat en grupp socialt svaga personer som mänskliga försöksdjur för en tidigare helt otestad drog; sitt *xerion*, sitt *al-iksir*, sitt, låt oss kalla det sitt *livselixir*."

När han hade kommit så här långt i sin utläggning fångade han Gias och Bims intresse. Deras ögon naglade sig fast vid honom och han fortsatte, stimulerad av deras totala uppmärksamhet:

"Deltagarna kompenserades ekonomisk för sin medverkan, men hävdade många år efteråt, via sitt juridiska ombud, att de var analfabeter och inte hade fått fullständig information om vilka risker de hade utsatt sig för. De här personerna ådrog sig omfattande leverskador, njursvikt, hjärtsvikt, partiell blindhet, kronisk huvudvärk, med mera, någon dog, någon suiciderade, några hamnade på mentalsjukhus med mera – vilket jag attribuerade till andra faktorer, bland annat toxiskt utsläpp i närmiljön i kombination med undernäring och omfattande kokakonsumtion – vilket de hemlighållit vid läkarundersökningarna hos Dorian Jungman själv. Med hjälp av en advokat stämde de Dorian Jungman på fantasibelopp. Dorian Jungman hävdade att hela historien var en ren fabrikation och en konspiration mot honom som utlänning, efter en misslyckad kidnappningshistoria där hans son blev tagen gisslan av en av de största gerillafraktionerna i landet och lyckades fly på ett sätt som drog löje över hela FARC."

Gunnar Bracke drog efter andan och sa:

"Jag ska inte tråka ut er och fördjupa mig i den juridiska biten, som slutade med hemlig förlikning, utan bara konstatera att när Dorian Jungman hade modifierat doseringen av sitt elixir uppvisade den nya gruppen försökspersoner enbart goda resultat. Men då var han redan knäckt av all negativ uppmärksamhet och personförföljelse."

"Länge leve vetenskapen!" muttrade Gia och höjde sin bägare. *"Hurra, hurra, hurra!"*

*"Hurra?"* fräste Gunnar Bracke mycket uppbragt. "Dorian Jungman fick betala ett mycket högt pris för sin vetenskapliga nyfikenhet, unga dam! Inte nog med att han förlorade sin läkarlegitimation, och sin integritet och

goda rykte som forskare, och gick i personlig konkurs. Det värsta av allt var att han blev frånlurad sin älskade Villa Marina och de ovärderliga patenten för en spottstyver."

"*Ha!*" fnyste Gia. "Ren. Skär. Lögn!"

"Dorian var en knäckt gammal man och din far utnyttjade hans tillstånd."

"Min far är av en helt annan åsikt! Han gjorde en social insats när han hjälpte gubben och han köpte de där värdelösa patenten, och han fick bara en massa skit som tack!"

"Han syftar på kvällstidningarna som förde den undersökande journalistiken till nya bottennivåer, med sina anspelningar till andra världskriget", teaterviskade Bim.

Gia drog en djup suck och såg ner i bordet. Bim klappade hennes hand.

"Ingen som verkligen är någon undkommer kvällstidningarna!" sa Bracke. "Det är en slags naturlag. Jag blev själv angripen. Anklagad för att ha försökt *tala några av målsägarna tillrätta med okonventionella metoder*", med hjälp av bulvaner, vilket givetvis var totalt fel men bidrog till ett icke ringa extra antal sålda lösnummer och ökad mängd skitsnack i tv-soffornas debattprogram."

Bracke gjorde en paus, suckade och pressade ihop de håriga fingrarna så hårt att det knäppte i lederna:

"Nåväl; vad jag ville komma fram till genom min lilla *exposé* var att jag råkar veta att Dorian Jungman har ett dolt laboratorium någonstans i Villa Marina där han förvarar dokument, metaller, kemiska substanser, samt rester från sina obskyra experiment."

Gia skrattade till så hon skvätte ut öl på bordet. Hon såg på Bim som skrattade lika högt:

"Ett *laboratorium*? I Villa Marina? Var då om man får fråga?"

"I Gudruns badrum, förstås!" sa Bim. "Där pågår det obskyra experiment framför spegeln!"

Bim och Gia skrek av skratt och jag befarade att de skulle sätta igång med sina Gudrunskämt igen, men Gunnar Bracke lutade sig fram över bordet och väste:

"Jag har all anledning att misstänka att Dorian Jungman, med tanke på de extremt goda initiala resultaten i den tredje försöksomgången, testade drogen på sig själv och överdoserade. Han utvecklade ett egendomligt sjukdomstillstånd; en sjuklig, rent manisk fixering vid en blomma."

"En *blomma*?" fnissade Gia.

"En blomma av en art som inte existerar i sinnevärlden; en blomma som han påstod växer i mörker, i grottor dit människan inte kan nå."

Hur vi än ansträngde oss kunde vi inte låta bli att fnissa åt hans gravallvar, och våra reaktioner irriterade den ökände advokaten. Hans tonfall blev några grader kyligare.

"Mina kära damer; nu har jag kommit fram till min lilla knorr, *peroratio*, vilken är att jag vill att ni i utbyte mot Tomas komprometterande självmordsbrev; förutom att ni överlämnar Tomas gods till mig för vidare leverans; överför alla dokument och kemiska substanser som finns i laboratoriet till min ägo så att jag kan destruera dem."

Gia stirrade på honom och skakade på huvudet:

"Men det finns inget laboratorium i Villa Marina! Och jag fattar inte hur du som är en känd och respekterad advokat vågar lita på en gammal paranoid senildement *knarkare*?"

Gunnar Bracke lutade sig tillbaka i stolen och förde samman fingertopparna:

"Okej då, mina små skämtsamma små vänner, ni tycks inte greppa situationens allvar! Om jag säger så här då: Jag har i min ägo en inspelning; en film som bara finns i *ett enda exemplar* hittills, och jag betonar, *hittills!* "

Han gjorde en konstpaus och såg på Bim.

"*En film* som kan ha ett visst affektionsvärde för er, men inte för mig. *Inte längre* ska jag väl kanske tillägga. Men onekligen ett pikant verk, ett filmiskt guldkorn, för de samlare, cineaster och spanare som känner till objektets *proveniens*: att en av aktörerna sedermera blev mördad och *kastrerad* för sina insatser i filmen."

Han log insinuant och skrattade till. Sedan lutade han sig fram över bordet och ögonen tömdes på värme när han väste:

"Ni får den som snabbhetspremie. Jag har tröttnat. Två saker tröttnar jag på fort: Skitsnack och porr."

Han lät sina uttryckslösa ögon vila på oss utan att säga någonting mer. Ingen av oss skrattade längre. Det var svårt nog att andas.

De två svensexekillarna och clownen återvände ned för den smala klubbtrappan och höll på att dratta omkull på de hala trappstegen. Deras sidenklänningar var skrynkliga, perukerna satt lite på sned och makeupen hade flutit ut i fåror där den inte hörde hemma.

Damen med den gula peruken hade ett punkterat bröst, och damen med den röda peruken saknade en klack på sin röda sko och haltade värre än Gunnar Bracke, men humöret var det inget fel på. Vi upptäckte att en ny kvinna hade anslutit sig till det muntra sällskapet och klasskillnaden mellan henne och de andra damerna var hjärtskärande. Kvinnan var lång och kurvig och bar en elegant aftonklänning i mörkblått sammet och högklackade skor, och hennes små rufsiga platinablonda lockar rörde sig lekfullt runt det välsminkade, bleka ansiktet.

Den vackra kvinnan såg leende på sitt blivande livskamrat i rullstolen och rättade till Snövits bröst, men någon kyss blev det inte eftersom det ena bröstet sprack med en smäll och Snövits armar flaxade ut vid smällen, som en mekanisk leksaksdocka.

Det hela var så tragiskt att vi inte förmådde skratta, men de råbarkade femmes fatales vid bordet skrattade så taket nästan lyfte och fick hela Klubb Neptuns samlade klientel med sig. Alla utom bartendern som vände ryggen till och torkade ölglas som om livet hängde på det.

Vi iakttog dem en stund, mest för att slippa möta Brackes blick.

Tystnaden kändes kvävande men så sa Bim plötsligt:

"Borde vi inte få se det famösa självmordsbrevet snart? Efter din lilla *exposé* om Tomas, och arkitektur och massmedias brist på moral? Det var väl därför vi kom hit?"

"Originalet ligger som ni nog förstår inlåst på ett säkert ställe, men jag har en kopia med mig."

Gunnar Bracke tog fram ett glasögonfodral ur fickan, placerade de hornbågade glasögonen långt nere vid nässpetsen, tog fram ett dokument ur samma bröstficka och vek långsamt upp pappersarket med en betydelsefull min. Brevet gick runt och vi låtsades läsa texten för första gången och spärrade upp ögonen i avsmak.

"Som vi alla vet kan Tomas "Tomten" Tobiasson vara – hur ska jag uttrycka det? – mycket *brutal.*"

Gunnar Bracke spände i tur och ordning sina kalla ögon i Gia, Bim och mig, medan han avfyrade sin förtäckta varning. I Bims ögon skymtade jag en glimt av rent, oförfalskat hat. Men Bracke bara log överlägset och knäckte med fingrarna.

Plötsligt kom bartendern svängande över golvet med en stor flaska champagne i silverkylare och fyra höga champagneglas.

"En hälsning från bordet där borta med de vackra demimonderna", sa bartendern och sköt iväg korken upp i taket.

Gunnar Bracke vände sig mot deras bord och fick ta emot en skur av slängkyssar från sin välsminkade beundrarinna. Han lyfte sitt champagneglas i en skål och grimaserade:

"Jag hatar svensexor. De där typerna börjar gå mig på nerverna, men för all del; de är ju generösa, och oss emellan mina damer; när drack ni Dom Pérignon senast?"

"I onsdags. Men det var inte på krogen, förstås! Det blir alldeles för dyrt i längden!" sa Gia och ryste teatraliskt.

Gunnar Bracke skrattade och spärrade upp ögonen i en tillgjord förvåning som mest liknade avundsjuka.

"Svensexor ja! Själv är jag nyskild för fjärde gången. Mina fruar hatar mig. Mina älskarinnor hatar mig. Inget av mina fyra barn vill veta av mig."

"Inte?" sa Bim och spärrade upp ögonen.

Gia stötte till henne igen men Bim låtsades inte märka det, och tillade:

"Jag skulle kunna gifta mig med dig i morgon bitti."

Gunnar Bracke såg på henne med den förhärdade advokatblick som fick mig att tänka på en bårhusfrys på glänt, men Bim ändrade inte en min.

"Alla har sin smak. Själv fördrar jag medelålders män med makt och pengar. Män som inte är rädda för sanningen. Oavsett hur motbjudande den är."

Bim ryckte på axlarna och såg på Gia med en *"men-vad-ska-jag-göra-jag-kan-inte-hjälpa-det"*-min. Hon drack ett djupt tag ur sitt glas och såg bort på svensexegrabbarna och höjde glaset i en skål. Gunnar Bracke studerade henne med tunna springor till ögon, med blicken hos en person som har sett och hört det mesta, och alltid är benägen att tro det sämsta om sina medmänniskor för att slippa ha fel, men Bim tog ingen notis.

"Jag vet, jag vet: Det beror givetvis på att du ser ut precis som min psykoanalytiker!" sa hon. "Han påstår att det är frågan om en överföring och att jag är olyckligt kär i honom sedan sex år tillbaka och att det är därför som jag enligt någon slags psykologisk naturlag alltid blir attraherad av trygga, dominanta, medelålders män med makt och pengar som ser ut som honom. Men..."

Hon tystnade, synade honom och rynkade pannan.

"Men?" utbrast Bracke nästan andlöst.

"Han använder diskretare slipsar."

Gunnar Bracke såg ner på sin mörkrosa slips som långsamt började matcha färgen på kinderna. Han harklade sig:

"Jag använder diskretare slipsar i min yrkesroll."

"Det går bra utan också."

Bims ord gjorde alla förvirrade. Ingen av oss visste vad vi skulle säga. Det blev tyst. Gunnar Bracke fick tunghäfta. Gia andades häftigt.

Bim var helt lugn när hon såg Gunnar Bracke djupt in i ögonen med sina stora vackra bruna rådjursögon. Vad han läste in för moraliskt fördärv på djupet av hennes mörka ögon vet jag inte men ögonblicket var så laddat av avgrundsdjupa känslor att när ljuset i lokalen plötsligt slocknade trodde jag för en bråkdels sekund att det berodde på att det hade uppstått kortslutning i Gunnar Brackes skalle.

*

En explosion från ovanvåningen fick hela huset att skaka. Det blev alldeles tyst i Klubb Neptun. Ingen sa någonting eller rörde sig i mörkret. Efter en liten stund började det sippra in tjock svart rök i klubblokalen ner genom trapphuset och jag hörde Gunnar Bracke skrika:

"En infernalisk attack! Mitt kontor! Men begriper ni inte; mitt kontor ligger ju däruppe!"

En brandvarnare började tjuta i ovanvåningen. Gunnar Bracke måste ha störtat upp mycket hastigt och stött till bordet för fler glas hade vält och dyrbar champagne rann ner över mitt ena lår och stänkte över vaden.

Vi skyndade oss till utgången och trängdes med de övriga gästerna i den lilla trappan för att komma ut i friska luften. Från fönstret på andra våningen vällde det ut svart rök. Vi stod kvar och tittade på när gästerna strömmade ut ur klubben.

Sist ut av alla kom den lilla gruppen med svensexekillar och den eleganta damen i blå sammetklänning. De hjälptes åt att lyfta den okyssta (och följaktligen) medvetslösa Snövit i rullstolen. De hostade och borstade av sina kläder och så närmade de sig oss, rullande på kollit i rullstolen.

"Fick ni med er champagnen, *chicos?*" frågade clownen med en röst som lät märkligt lik Esmeraldas.

"Skit samma, det var Bracke som betalade den!" garvade den råbarkade damen som hade kysst Gunnar Bracke.

*

Gapskrattande lyfte de upp Snövit, vek ihop rullstolen, och trängde sedan ihop sig i Esmeraldas lilla gula folkvagn. Gia, Bim och jag åkte med den platinablonda damen i hennes blå bil. Bim och jag satt i baksätet.

"Så det var ni två som hälsade på hos mig idag", sa Zelda Zabine Zaphyr-Hansson.

"Ja, det var Bim och jag", sa Gia så tyst så det nästan inte hördes. Jag kunde känna hur Bim höll andan och mitt eget hjärta började bulta lite snabbare.

"Så? Fram med det nu! Vad tyckte ni om bilden? Fin va?"

"Om jag hade sett ut som Marilyn Monroe hade jag också haft en jätteplansch på mig själv över sängen", sa Bim. "Jag menar, vem skulle inte det?"

"Jag *vet!* Alla blir lika förvånade över likheten."

Zelda suckade i förarsätet och drog handen genom de platinablonda lockarna.

"Jag kom aldrig in på scenskolan förstår ni. Men Esmeralda säger att jag var menad åt större uppgifter. Ikväll var bara en liten biroll. En audition inför kommande huvudroller."

"Du var perfekt som bimbo", sa Bim.

"Tack, det var jättegulligt sagt!"

"Ni var jättebra allihop", sa Gia. "Ola och Henke var helt trovärdiga som femmes fatales. Fullkomligt livsfarliga! Men Esmeralda hade kanske brett på lite för mycket make up, förstås. Och näsan var väl lite i rödaste laget."

Zelda Zabine Zaphyr-Hansson skrattade högt. Hennes skratt var flickaktigt och pärlande, som champagne. Hon var förtrollande; som om hon hade rullat sig i karisma.

"Esmeralda sa att vi måste skärpa oss så Gunnar Bracke inte misstänkte något. Hon sa att vi måste väsnas så mycket att han inte hörde oss, och synas så mycket att han inte såg oss. Alla utom Måna, förstås. Hon fick ett par mörka solglasögon och kudde på magen och någon dryck som gjorde så att hon tappade rösten och blev superintrovert. För säkerhets skull."

"Det var nog ett klokt beslut", sa Bim.

Vi åkte en stund under tystnad.

"Var det sant det du sa?" frågade Gia och vände sig om till Bim i baksätet.

"Vadå?"

"Det där om att du gillar medelålders män med makt?"

"Vad tror du, Gia?"

"Jag vet inte. Bracke trodde dig i alla fall. Han blev helt röd i ansiktet. Fick en total härdsmälta i huvudet. Tänkte väl på den där videon."

"Sluta! Du vet mycket väl att jag inte går till någon psykoanalytiker!"

Gia teg men hon såg plågad ut. Bim sneglade på henne med ett roat uttryck i ansiktet.

Zelda lade sig i samtalet.

"Oroa dig inte! Du får råd med skitmycket terapi sen när vi har delat bytet. Jag tror jag ska gå några gånger själv. Jag har sådana problem med min självkänsla, precis som Marilyn. Men framför allt så vill jag vara i god balans nu när barnet kommer."

"Barnet?" skrek Bim och Gia i mun på varandra.

Zelda smekte sin lilla putmage under aftonklänningen.

"Mmm. Det är Esmeraldas förtjänst det också."

"Ja, den goda Esmeralda har oanade talanger", sa Bim.

Det fnissade vi åt en lång stund medan bilen gled fram på motorvägen.

Framför oss på motorvägen låg en liten gul Folkvagn med fyra personer i, varav den ena var en clown med oanade talanger.

"Hur träffade du Esmeralda?" frågade Gia.

"På Marlons begravning", sa Zelda Zabine Zaphyr-Hansson.

"Jag blev förvånad över att Marlon hade varit gift med någon som var så olik mig själv. Ja, ni kan ju se själva! Först tyckte jag faktiskt hon var ja, – ursäkta! – lite *oattraktiv*; inte direkt *tjock* kanske, men – för *muskulös*, och inte speciellt smart, så *grov* – men jag ändrade mig ganska snart. Det är faktiskt tvärtom. Hon är *fruktansvärt* intelligent! Expert på precis allt. På utländsk brytning också. Den är perfekt!"

"Esmeralda gör alltid intryck på dem som hon väljer att göra intryck på", sa Bim.

"Exakt! Marlon älskade henne så oerhört mycket men de kunde inte fortsätta vara gifta. Hon höll på att mörda honom i sömnen varje natt för hon hade fruktansvärda mardrömmar. Där har ni en som *verkligen* skulle behöva gå i terapi!" skrattade Zelda.

Ingen av oss andra instämde i hennes skratt.

"Esmeralda är nog den friskaste människa jag har träffat i mitt liv", sa jag, och min röst darrade av indignation.

Zelda vände sig hastigt om och skakade på huvudet.

"O nej, snälla du! Hon låtsas bara!"

"Men hon hjälpte ju dig, eller hur, Zelda? Ganska rejält!" muttrade jag. "Eller var det också bara *på låtsas*?"

"Du missförstår! Hon älskar mig eftersom Marlon älskade mig. De flesta skulle ha varit svartsjuka på sin mans nya kärlek, men inte Esmeralda, inte. Hon har en alldeles egen moral, som skiljer sig från andra människors moral."

"Och du då, vad tycker du?"

Zelda såg tankfull ut.

"Konstigt nog så älskar jag henne mer än jag älskade Marlon. Förklara *det* den som kan!"

"Hypnos, förmodligen", sa Bim.

Två polisbilar och en ambulans körde förbi oss med sirenerna påslagna i högsta fart men ingen av oss reagerade. Det hände alltid när vi umgicks med Esmeralda.

*"Man skulle nästan kunna tro att Esmeralda har ständig poliseskort."* tänkte jag.

*

Zeldas mobiltelefon ringde och hon utbytte några ord med föraren av den gula folkvagnen framför oss.

"Okej, så här är det, mina vänner!" förklarade Zelda. "Henke och Ola vill käka pizza och se havet. Grabbarna är lite sentimentala av sig."

"Sentimentala?"

Hon fnissade.

"Mm. De har inte käkat pizza på flera år!"

# Blå Sten och Stockholmssyndromet

**D**ET VAR ONT OM PARKERINGSUTRYMME på Blå Sten den här ljumma sommarkvällen. Många människor hade sökt sig till havet för att ta ett kvällsdopp eller grilla, eller för att se på solnedgången med någon de tyckte om. Zelda fann en ledig plätt på grusparkeringen, medan Esmeralda, utan någon överdriven respekt för vare sig plåtskador eller fridlysta växter, lyckades pressa in sin lilla folkvagn på en frimärksstor sluttande berghäll mellan två seniga enar. När Ola skulle ta sig ur bilen med Måna på axeln, trasslade han in fötterna i björnbärssnåren och höll på att göra en framlängesvolt, varpå Måna skrek av förtjusning som ett litet barn och Henke höll på att skratta ihjäl sig.

Från den provisoriska grusparkeringen ledde en upptrampad stig genom den tätvuxna skogen och vi gav oss iväg, vägledda av några fiskmåsar som skrek i närheten. Dofter av hav och tång, blandades med doften av tallskog, men mest förtrollande av alla dofterna var den som kom från pizzakartongerna.

Måna studsade som en liten rödhårig studsboll i rullstolen när Ola och Henke körde racerbil med henne över stock och sten. Det var omöjligt att avgöra vem som skrattade högst; den återupplivade Snövit med sina tre syntetskalper, eller hennes två muskulösa prinsar i sina sidenklänningar.

Bakom den flygande rullstolsexpressen traskade Zelda, lång och elegant i sin blå aftonklänning och sina höga guldsandaler, tillsammans med Esmeralda, huvudet kortare, i sin knubbiga clownkostym och med en bag, lika bred som hon var lång, över axeln. Deras händer rörde sig i livliga samtal som om inte rösterna räckte till. Gia och Bim gick tigande bakom dem, försjunkna i egna dystra tankar.

Jag verkade vara den enda som oroade mig för när Månas rullstol skulle tvärnita mot en sten eller fastna i en rot, och Snövit skulle fara iväg som skjuten ur en katapultrullstol och fastna i närmaste trädtopp. Men det hände inte. Det värsta som hände var att hon skrattade så att hon tappade ett av sina kondombröst.


Esmeralda gjorde halt när vårt udda sällskap hade nått fram till en plats på berget med en klar utsikt över havet. En smal stig ledde ner till en liten skyddad vik med några förtöjda segelbåtar.

Hon pekade ut den vackraste av träbåtarna för Henke och Ola, som svor längtansfullt.

Vinden lekte med vårt hår och smekte våra armar och havet låg blankblått framför oss på väg att explodera i glittrande pastellfärger som var solens sista allmosor till oss den här dagen.

Alla drack den underbara stämningen i djupa drag. Alla utom Bim och Gia som var på dåligt humör och inte gjorde någonting för att dölja det.

Det enda som saknades för att det här skulle vara själva sinnebilden av en underbar sommarkväll vid havet var en gitarr, lite rött vin eller blått öl, samt en liten bedårande eld. (Och normala kläder.)

*

Ola och Henke passade på att byta om bakom några träd medan Zelda hjälpte Måna i rullstolen att snygga till sig. Månas röda testar låg fastklistrade runt skallen under en inoljad plastfoliehätta och hennes skäggstubb av bivax och sytråd tog en stund att skrubba bort.

När alla såg någorlunda normala ut slog vi oss ner på klänningarna i thaisiden och presenterade oss för varandra med våra förnamn. Mer information behövdes inte. Esmeralda var vår oskrivna ledare och ingen av oss ifrågasatte hennes val av medarbetare.

Med sin rödlockiga clownperuk lite slarvigt på sned, och sitt vitmålade ansikte, röda kinder och körsbärsmun såg Esmeralda mer ut som en medlem i någon obskyr cirkus med obskyra syften än som en disciplinerad gerillasoldat eller kuvad städerska. Ola och Henke däremot såg ut precis som vanligt och jag kunde inte förstå hur de här snälla killarna med sin barnsliga humor hade kunnat få mig paralyserad av skräck bara några dagar tidigare.

Till och med Måna, som satt i sin rullstol och såg ut över havet och nynnade på "Öppna landskap", med sin flottiga rödhåriga page och sina barnsliga hårspännen, och några bedårande kolsvarta skäggstrån, gav ett nästan normalt intryck. Mitt i pratsången avbröt hon sig själv när hon blev gripen av synen av två svanar som flaxade med vingarna och lyfte över vattenytan tillsammans.

"Se på dem!" suckade hon. "De är trogna varandra hela livet. Och så skryter vi människor med att vi är så överlägsna djuren! Ha!"

"Nä du, Måna, försök bara bygga ett bo i ett träd med näbben!" pep Ola.

"Eller pissa med ett ben i luften!" fnissade Henke.

Vi som ingick i Esmeraldas lilla nyförvärvade rövarfamilj satt och åt våra pizzor och drack vårt mineralvatten, och lyssnade på suset av vinden och vågornas slag mot klipporna och på alla plötsliga utbrott av sång från Måna, eller hysteriska skrattsalvor när någon i gänget delade med sig av sin rika arsenal av livserfarenhet. Det var en udda och alldeles underbar upplevelse av samhörighet mellan människor vars enda likhet var att vi var annorlunda.

Vår gemensamma länk, den överlägset mest annorlunda människan av oss alla; Esmeralda, öppnade sin jättebag och tog fram en plastficka som innehöll ett kuvert.

"Varsågod Beata Marie. Tomas självmordsbrev. Original!"

Bim stirrade på brevet och så tryckte hon det till sitt hjärta i en gest som var så melodramatisk att den bara kunde vara äkta.

"Tack!" sa Bim. "Men hur…?"

"Låg och skräpade i gammal kassaskåp. Glamour girl! Catch!"

Esmeralda kastade iväg en svart sammetspåse som Zelda fångade i en elegant lyra. Zelda slet upp påsen och när hon såg vad som dolde sig inuti skrek hon till av glädje och stampade runt i en glädjedans. Hon satte på sig ett armband som gnistrade av fem rader diamanter.

"Precis som Marilyns armband i "I hetaste laget!". Fast hennes var ju äkta, förstås! Men det förstod hon inte, för hon hade så dåligt självförtroende! Åh, tack, Esmeralda!"

Esmeralda fortsatte att leka jultomte. Hon delade ut varsin tjock sedelbunt med femhundralappar till Zelda, Bim, Gia och mig.

"Varsågod. Rörelsekapital! Shake-it, babes!"

Sedan kastade hon den enorma bagen till Ola och Henke.

"Här! Nyckel till båten. Bensinpengar!"

Ola och Henke körde ner sina ansikten i jättebagen och vrålade

"Tack chefen! Häftig bonus!" och viftade på rumporna. Alla skrattade utom Esmeralda som bara hade ögon för föremålet i sin hand.

"Det värdefullaste av allt, sa hon och tryckte en liten oansenlig adressbok med svarta vaxpärmar mot bröstet på sin clownkostym."

Ola stirrade på den:

"Vad är det där för bok? Är det den där advokatens memoarer eller hans kassabok?"

"På sätt och vis båda. Namn och adresser. Koder. Kartor. Referenser. Information för utpressning. Ola och Henrik; ni finns inte med här. Men Tomas Tobiasson finns med. Maximilian Brådth. Dorian Jungman... Intressant... Harald Binkell..."

Esmeralda slog sig ner på en sten en bit ifrån oss andra. Hon var helt absorberad av den svarta anteckningsboken som hon hade räddat till eftervärlden ur Gunnar Brackes kassaskåp minuterna innan sprängladdningen detonerade. Ingen brydde sig om att fråga henne vilka tankar som for genom hennes huvud när hon långsamt lät pekfingret glida över posterna i den svarta anteckningsboken.

Varken pizzor eller pengar kunde få Ola och Henke att sitta stilla någon längre stund. De hade börjat skämta med Måna och vira kedjor runt rullstolen och tejpa fast överbliven sprängdeg runt rullstolshjulen och

Måna skrek av skratt.

"Nu är det jul igen!" tjoade Henke. "Hjul, hajar ni? Jul!"

"Klä-Måna-Gran! Fin-som-Fan!" skrek Ola och hoppade runt rullstolen.

Sannerligen. Vi var ett annorlunda sällskap.

Gia iakttog Bim som såg ut över havet försjunken i tankar. Till slut kunde hon inte låta bli att fråga, ännu en gång:

"Okej, jag vill att du svarar ärligt nu: *Är* du attraherad av medelålders män med makt och pengar? Du kan vara helt ärlig, jag blir inte arg. Lovar!"

Bim ryckte till ur sina tankar och strök henne över kinden. De var tysta ett tag och såg ut över havet. Sedan sa Bim med överdrivet allvarlig stämma:

"Det är väl klart att jag är. Är inte alla *normala* kvinnor det?"

Gia skrek och knuffade till henne så hårt så Bim trillade baklänges.

"Gå till honom då!" skrek Gia. *"Gå! Gå! Gå!"*

Bim reste sig upp och hennes ögon glittrade till av nyfikenhet. Ett hastigt, förundrat leende gled över hennes ansikte. Hon öppnade munnen för att säga någonting men stängde den igen när Gia tog tag i min hand och drog upp mig från marken.

"Kom så tar vi ett kvällsdopp! Så kan Bim sitta där och drömma om sin blivande älskare!" Hennes röst var tjock av indignation.

"Varför inte? Man ska vårda sina drömmar", sa jag.

*

Gia och jag följde en liten upptrampad stig in i skogen. Hon höll min hand i sin och svängde lite på dem. Vi gick under tystnad. Plötsligt stannade hon tvärt och såg på mig:

"Vad håller du på med egentligen?"

"Va?"

"Du leker med mig!" Gia var så arg så hennes ögon glödde. Hon grep tag i mina handleder och hennes händer kändes som hårda kättingar.

"Bim är svartsjuk för att du ser på mig så där, precis som Max! Hon ser honom i dig. I din blick. Det är bara därför hon håller på och flirtar med gamla äckliga gubbar, för att straffa mig bara för att du flirtar med mig!"

Jag kunde inte försvara mig. Jag kunde inte hjälpa hur jag såg på henne. Minnet av hennes händer på min kropp kändes som brännmärken på min hud, precis som minnet av hennes kyss vid bryggan gjorde mig svimfärdig av syrebrist; upprepade den första svidande sensationen, yrseln, varje gång hon såg på mig; upprepade minnet av den där första gången hon såg på mig.

Hennes närhet var ett blödande ärr i min själ som aldrig läktes, som smärtade varje gång hon log mot mig, varje gång hon tände ett hopp i mig.

Gia drog efter andan och fortsatte, med ögon fulla av förakt:

"Du testar din makt över mig! Eller hur?"

*"Hur kan hon ha så fel?"*

Hon tolkade min tystnad som medgivande.

"Tror du jag är dum? Du gillar killar! Du bara roar dig med oss några dagar. *Erkänn!*"

Hennes händer vred till om mina handleder igen, och jag flämtade:

"Det är ju *ni* som roar er med mig! I går natt...!"

"Du hade själv väldigt kul på Bims bekostnad! Du skrattade åt henne och hånade henne och fick henne att tänka på våldtäkten och på Tomas!"

Hennes ansikte närmade sig mitt och hennes ögon var heta nu, glänste som av feber när hon frågade:

"Ångrar du dig?"

"Ångra mig? Hur kan jag ångra mig? Vilka *val* hade jag? Ni *utnyttjade* mig !

"Nej, nej, vi *hjälpte* dig! Du började slåss och sparkas, och bitas och skrika. Du var farlig för alla, inklusive dig själv. Du kunde ha gjort vad som helst, hoppat ut genom fönstret, skadat dig, skadat oss."

"Ni *drogade* mig!"

"Vad skulle vi göra? Du var starkare än oss! Du var hysterisk! Vi var tvungna att droga dig!"

*"Men sen?* När jag var drogad? Var ni tvungna att göra saker med mig?"

"Kokainet gjorde dig upphetsad. Så vi drog upp dig från under den där dynghögen av självhat som Max har begravt dig i, *Lagomhelvetet*, som du kallar det. Vi gav dig en gratislektion i stjärnskådning."

*"Stjärt*skådning?" upprepade jag oförstående.

Hennes ögon blixtrade till av ilska och om hon inte hade haft mina handleder fångade i ett järngrepp hade hon säkert smällt till mig. Nu ruskade hon mig istället så håret fladdrade.

"*Stjärn*-skådning! Big Bang! Den lilla döden, som fransmännen säger! Hade du fått en enda orgasm i ditt liv innan du träffade oss?"

"*Vad jag än gör så blir det fel! Nu anklagar jag dem för att ha utnyttjat mig när de egentligen befriade mig från mina hämningar och gjorde mig hel.*"

"Förlåt! *Förlåt!*" stönade jag.

Jag skämdes, men jag visste inte för vad. Det enda jag visste med säkerhet var att jag var helt förvirrad.

"Max hjärntvättade dig fullständigt! Du behövde lite experthjälp för att *kalibrera* din erotiska kompass, ja för att komma i form helt enkelt!" konstaterade hon sakligt.

När hon talade om det som hade hänt mellan oss den där magiska natten lät hon så oberörd, så kliniskt befriad från några djupare känslor – skuldkänslor såväl som romantiska – att jag kände hur mina ögon började fyllas med tårar. Jag kunde inte hjälpa det. Det var min kropp som protesterade mot hennes likgiltighet. Hon såg det och log. Fångade en tår på sin fingertopp och förde den till sin tunga.

"Nej, vi är inga änglar. Du var intressant, Lianne. Så söt!"

Hon skrattade till. Det var ett mörk, lite kvävt skratt som skrämde mig.

"Vad vill du mig?" viskade jag.

Hon såg otåligt på mig och mina blanka ögon:

"Men förstår du fortfarande inte, Lianne?"

Innan jag hann svara hade hon pressat sina läppar så hårt mot mina att min överläpp sprack mot framtanden, och jag kände smaken av blod i min mun. Det var som om hon ville straffa mig för någonting; för mina frågor, mina protester; och för att mina känslor för henne som jag inte kunde dölja, var för ömtåliga, för fina, för oskyldiga för hennes smak, och det här var straffet; denna grymma parodi på en kyss; denna befallning att tiga, att låta dem stå för leken.

Jag blev svimfärdig av alla motstridiga känslor som hon väckte i mig.

Jag blev mjuk och het av hennes närhet men förtvivlad över hennes kyla.

Kyssen förde oss lika långt ifrån varandra – och lika nära – som det lidande och den lidelse den väckte.

I nästa stund blev vi avbrutna.

Skriken från Måna överröstades av högljudda utrop från en megafon och polissirener som tjöt i fjärran. Någonstans i närheten ropade Bim och Zelda på oss.

Gia släppte taget om mina axlar och under några sekunder stod vi och lyssnade på oväsendet utan att ta ögonen från varandra; andfådda som efter ett slagsmål, eller ett samlag. Jag märkte till min förvåning att Gia såg ledsen ut, som om vi befann oss på en järnvägsstation, och en av oss befann sig inne i tåget som skulle avgå. Vi stod helt stilla, så nära, men kunde inte röra varandra, för avståndet mellan oss växte hela tiden.

Sedan rusade vi efter Bim och Zelda. När de hörde våra fotsteg närma sig vände de sig om. Bim gestikulerade med armarna och pekade bakom sig:

"Polisen är där uppe! Skynda er! Till vattnet!"

Vi klättrade så fort vi kunde nerför den smala stigen nerför berget, över knotiga grenar och igenvuxna spår med håligheter och stenar och buskar som piskade oss i ansiktet med sina grenar och sträckte ut sina sega rötter för att sätta krokben.

När vi kom ner till stranden klättrade vi ut på några grå bergknallar som låg en bit ut i vattnet. Den vackraste av segelbåtarna i mörkt trä, som hade legat förtöjd vid bryggan och väckt Olas och Henkes beundran, tuffade nu ut ur viken med hjälp av sin motor och två personer vinkade till oss, precis som om det här var vilken vacker sommarkväll som helst.

Men det var inte vilken vacker sommarkväll som helst. Från att ha börjat så vackert, tog nu kvällen kurs i rasande tempo i riktning mot en katastrof. Vi hörde höga upphetsade hundskall eka från skogen. Håret reste sig på mina armar. I de andras ansikten kunde jag avläsa min egen reaktion.

*"Det får inte vara sant."*

Men det var sant att Esmeralda befann sig i sällskap med två efterlysta förrymda livstidsdömda fångar som ansågs som extremt farliga av alla som kände dem bättre och sämre än vi gjorde.

Det var också sant att hon var inringad av ett antal beväpnade poliser som kände sig kollektivt och offentligt förlöjligade av dessa kriminella avskum och samvetslösa mördare.

Insikten var så hemsk att den nästan förlamade mig.

Vi satt orörliga och försökte förstå vad som hade skett.

"Sist i vattnet är först i finkan!"

Bims ord väckte oss ur vår handlingsförlamning och vi rusade i bara underkläderna ut över de hala stenarna, och kastade oss ner i vattnet. Vattnet var kallt men uppfriskande och ruskade oss ur letargin och tvingade oss att låtsas att vi faktiskt bara var fyra väninnor som tog ett spontant kvällsdopp en skön sommarkväll på ett populärt badställe och att vi inte var involverade i några som helst kriminella aktiviteter – inte ens ett nakenbad.

I vattnet och kylan var det ingen som märkte att Gia och jag undvek all kontakt, till och med ögonkontakt.


Efter högst tio minuter såg vi två uniformsklädda personer komma traskande ut ur skogen och närma sig stranden. De vinkade till oss. Zelda vinkade tillbaka. Den ene ropade:

"Hallå! Det är polisen! Kom upp ur vattnet!"

Vi kröp upp ur vattnet på de hala stenarna och slet till oss kläderna som vi höll framför våra darrande kroppar. Där stod vi blöta och frusna och hackade tänder och stirrade på poliserna med en uppsyn som var lika äkta vettskrämd som den verkade.

"Vad är det som har hänt?"

Den ene polismannen harklade sig:

"Har ni möjligtvis sett en clown springa förbi?"

"En ... *clown?*"

Bim var så uppskrämd och frusen att hon höll på att brista ut i hysteriskt gapskratt och den andre polisen tillade snabbt:

"Vi har anledning att misstänka att han är tungt beväpnad och mycket desperat."

"Nej, vi har inte sett någon sån clown. Någonsin", sa Gia.

"I nuläget är det bäst i att ni är försiktiga och ger er iväg hem direkt! Det finns en överhängande risk för skottlossning och vi kan inte garantera er säkerhet här."

Poliserna dirigerade oss in på fast mark igen och vi gick åt sidan för att byta om till våra torra kläder. Med ryggsäckarna över våra blöta ryggar och stripigt blött hår promenerade vi iväg tillbaka uppför stigen, genom skogen, eskorterade av den ene, något förlägne polismannen som försökte låta bli att snegla på Zelda i sin uppvikta långklänning som klistrade fast vid hennes kurviga kropp.

*

När vi kom upp för bergskrönet, där vi hade suttit och ätit pizza för några minuter sedan i ett tidigare liv, stod en grupp uniformerade poliser samlade runt en tom rullstol och undersökte diverse persedlar; sidenklänningar, syntetperuker, juridiska dokument, pizzakartonger, järnkedjor, sprängdeg som låg utströdda på marken. När vi saktade in på stegen och närmade oss lyckades vi urskilja fragment av deras samtal.

"Jag skulle tro att hon lider av *Stockholmssyndromet* och solidariserar sig med dem som har tagit henne som gisslan, och att hon har följt med dem frivillig. Det är en psykologisk skyddsmekanism, en *överlevnadsstrategi...*" sa en civilklädd äldre man.

"Det kan inte stämma i det här fallet, för vilken handikappad kvinna vill fly tillsammans med två okända män som är efterlysta i hela landet, i en liten *segelbåt?*" utbrast den kvinnliga polisen i sällskapet.

"På den här lappen hotar Hedberg och Järnklo med att skada Måna Gran om vi förföljer dem!" deklarerade en myndig röst högt över de andra.

Polismannen som hade eskorterat oss nickade i vår riktning:

"Hör ni, tjejer! Vi skulle uppskatta om ni inte vände er till pressen, av utredningstekniska skäl. Om ni kommer på att ni har sett eller hört någonting ovanligt bör ni i första hand vända er till polisen."

"Nej, för mig har det varit en helt vanlig kväll", sa Bim.

När jag förstod att Esmeraldas gula folkvagn inte stod kvar där hon hade parkerat den, och att hon hade haft så bråttom därifrån att hon hade knäckt ett av barrträden på mitten, kände jag mig så lättad att jag var tvungen att sätta mig ner på marken och skrika rakt ut.

Vi klev in i Zeldas blå bil som var i gott sällskap på parkeringen. Förmodligen ville majoriteten av de andra besökarna stanna kvar och ta del av dramat på första parkett, och kanske få en glimt av de ökända brottslingarna, kanske fånga dem på bild och sälja fotot med vinst till kvällspressen, kort sagt stanna kvar i händelsernas centrum oavsett riskerna. Men vi tillhörde inte den skaran.

"Vänta lite, vad är det där?"

Zelda steg ur bilen igen. Hon plockade upp en liten röd clownnäsa med gummisnodd som låg inkörd bakom vindrutetorkaren, och log mot oss.

*

Zelda körde oss tillbaka till stan och vi dirigerade henne till bakgården bakom restaurangen där vi hade parkerat många timmar tidigare. Till vår lättnad stod vår bil kvar. Stanken från den överfulla containern hade förmodligen skrämt iväg de få individer som hade råkat förvirra sig in på bakgården i något annat syfte än att lätta på trycket i blåsan.

Plötsligt skrek Zelda till, och när vi såg ut genom bilrutorna såg vi en mörkhårig kvinna med röda silkesbyxor, gula hängslen, blå herrskjorta och röd slips, som stod där, bakom den överfulla containern, lutad mot en liten gul folkvagn med en grön svans av björnbärssnår hängande i stötdämparen. Hon stod där, njutningsfullt försjunken i sin exklusiva cigarr, till synes obesvärad av omgivningens speciella atmosfär. Kvinnan såg ut som en vandrande protest mot den goda smakens tyranni.

"Polis, polis potatisgris!" hälsade Esmeralda med ett jättegrin och blåste ut rök över oss.

Zelda kramade nervöst sina överarmar och utbrast:

"Esmeralda; jag *måste* berätta för jag minns det nu! Det var en polis inne på pizzerian och han pratade om Klubb Neptun i sin kommunikationradio. Förlåt att jag glömde säga det! *Förlåt, förlåt, förlåt!* Det är mitt fel att allting blev så stressigt, och att vi inte hann ta farväl av Måna och killarna!"

Hon såg bedjande på Esmeralda som bara ryckte på axlarna.

"De ska skicka vykort. Måste prata med Marlon mycket snart. Måste kanske ut på en resa själv."

Hon höll upp den svarta anteckningsboken och skrattade lite dovt.

"Glöm inte att hälsa honom från mig!" sa Zelda.

Jag kastade en snabb blick på Zelda för att se om hon skojade med Esmeralda, men Zelda verkade mest sorgsen, och kanske till och med en liten, liten smula svartsjuk. Bim däremot himlade med ögonen och gjorde en ganska ful grimas och jag fick stå emot impulsen att knuffa in henne i containern.

# Villfarelse

GIA OCH BIM satt tillsammans i framsätet. Gia körde. Jag satt i baksätet, i vanlig ordning. Esmeralda och Zelda åkte i Zeldas blå bil framför oss.

Folkvagnen fick stå kvar på bakgården bakom en restaurang som var så skum att inte ens hälsovårdsmyndigheternas torra byråkrater vågade sig i närheten. Det kändes säkrast så med tanke på polisens effektivitet de senaste timmarna.

Några polisbilar susade förbi oss med sirenerna påslagna men vi orkade inte bry oss.

Allting var som det skulle igen.

Jag kände mig lättad över att allt hade slutat så väl men det gjorde inte Bim. Hon tog inte blicken från Gia.

"Vad gjorde ni i skogen?"

"Byggde kojor, klättrade i träd. Vad tror du?"

Bim vände sig bort och såg ut genom sidorutan. Hennes röst var kvävd.

"Vad skulle det vara bra för?"

"Oroa du dig för din nye älskare istället!"

Bims ögon var blanka och hon blinkade häftigt när hon såg på Gia.

"Märkte du inte att jag drev med honom? Om inte explosionen hade inträffat hade jag säkert redan lurat av honom både brevet och filmen."

"Jaså *brevet*? *Brevet* som du fick av Esmeralda?"

"Hur skulle jag kunna veta att Esmeralda skulle bryta sig in på hans kontor och spränga sig in i hans kassaskåp och ta tillbaka självmordsbrevet? *Hur?*"

Gia svarade inte. Efter en stund slog hon handen i ratten och skrek:

"Det spelar ingen roll att du låtsades! Eller varför. Faktum kvarstår: Du bjöd ut dig! Till ... till en... Det var *äckligt*! Gör mig till kvinna, Store, Starke Man! Låt mig få beundra dig! Uppfyll alla mina hemliga önskningar! Uppfyll *mig!*"

"Om det någon som är expert på att uppfylla sina hemliga önskningar så är det väl du!" skrek Bim tillbaka.

De sa ingenting på en stund. Besvikna på varandra och ovilliga att förklara sig ytterligare eller att ta på sig sin del av skulden teg de demonstrativt. Jag förstod att jag själv bara var ett trubbigt vapen i deras maktbalans.

"Är du nöjd nu, Lianne?" frågade Bim. "Har du fått din hämnd?"

"Hon har redan bett om förlåtelse", sa Gia.

"Åh, jag förstår! Inne i skogen. Bland riset. Jag vet hur mycket du njuter av att uppfostra henne. Att ta dig an hennes utveckling. Jag har sett ditt enorma engagemang och din inlevelse i dina bestraffningar."

"Sluta!"

Bilen girade till. Gias protest hängde kvar i luften som ett hot. Efter en stund kunde inte Bim hålla tyst längre:

"Jag vill inte ha henne omkring oss hela tiden!"

"Men jag vill."

"Men *du* vill", Gia. "*Du* vill. Då blir det som *du* vill. Som vanligt. Alltid som *du* vill, Gia."

"Var inte sån!"

"Jag är *sån!* Jag är inte *du!*"

"Vad vill du att jag ska göra? Slänga av henne?"

"*Ja!*" skrek Bim.

"Du är inte klok!"

"Hon har ju fått sina pengar! Här är mina också! Och dina! Det är väl minst en halv miljon."

Två tunga sedelbuntar träffade mina knän med kraft. Jag såg ner på pappersbuntarna som låg där och representerade mitt pappersvärde. Jag kom att tänka på Tomas.

Gia teg och fortsatte köra. Hon sneglade på Bim som demonstrativt vände sig bort och såg ut genom sidorutan. Tystnaden var så tung att jag nästan inte kunde andas.

Gia stannade bilen och vände sig om till mig.

"Okej, du hörde vad hon sa!"

"Ni kan inte mena allvar!" sa jag.

"Du hörde vad hon sa. Det är du eller hon."

"Men vad ska jag göra? "

"Hör du dåligt? *Stig ur bilen!*" skrek Bim.

"Här? Nu?" frågade jag.

"Efter vad du gjorde i skogen är det nödvändigt", sa Gia.

"Men det var ju *du* som ..."

"*Ut!*"

Jag kunde inte röra mig. Gia öppnade dörren på sin sida och klev ut på parkeringsfickan. Hon öppnade dörren på min sida.

"Du vet varför", sa hon.

Hon mötte inte min blick.

Jag blev alldeles kall inuti.

Jag ville bara skrika: *"Säg vad jag har gjort fel, säg hur jag kan ändra mig, säg vad ni vill att jag ska göra!"* men inte ett ord kom över mina läppar. Jag tog tag i ryggsäcken och reste mig upp från sätet och började hasa mig ut genom den öppna dörren.

Mina ben bar mig nästan inte när jag klev ur bilen, ner på asfalten. Jag vacklade till. Det var mörkt ute och småkallt.

På båda sidor vägbanan och så långt ögat kunde se växte skogen hög och hotfull. Jag hade vaknat upp på fel sida om en mardröm igen. Jag var alldeles torr i munnen.

Jag sjönk ihop på knä på den kalla asfalten och tappade ryggsäcken. Mina ögon fylldes av tårar. De rann ner över kinderna, ner över hakan, droppade in i min öppna mun. Halsen brände och näsan började rinna också. Jag började skaka.

Gia gick tillbaka och satte sig i förarsätet och jag väntade bara på att bilen skulle starta så jag kunde lägga mig ner på asfalten och dö.

Jag väntade.

"Okej, kliv in!" hördes Bims röst.

Jag torkade bort tårarna och snoret med jackärmen.

"Va?" snörvlade jag.

"Kliv in någon gång så vi kommer vidare!"

Så jag kröp in i bilen igen och knäppte säkerhetsbältet.

"Jag har fått svar på min fråga", sa Bim. *"Kör!"*

Vi åkte under tystnad. Jag orkade inte prata. Jag orkade inte se på dem. Efter en stund när tystnaden kändes som en snara runt halsen och hotade att kväva mig, skruvade Bim upp musiken på högsta volym.

"Leonard Cohen säger det bäst", sa hon.

Efter några mil skymtade vi Zeldas blå bil svänga av åt vänster och vi fortsatte kustvägen fram ytterligare några kilometer.

Himlen var blå som bottenlös längtan. Jag kände mig som om jag befann mig inuti ett trångt kärl som sakta sjönk mot havets botten. Jag var omgiven av blå bottenlös längtan och jag sjönk och sjönk.

Leonard Cohen sjöng en smäktande kärlekssång om sorgsna ögon och smärsamma avsked och jag tänkte *"De vill se mig gråta."*

*"De vill bevisa sin kärlek till varandra genom att plåga mig."*

*"Varför finner jag mig i det?"*

Villa Marinas kattgula ögon lyste mot oss när vi körde in i garagets svarta gap.

"Var ska jag sova i natt?"

"Hos oss, förstås! Varför frågar du?"

# fångarnas kör
## Tisdag

**S**OLENS VARMA SMEKNINGAR över min kind fick mig att slå upp ögonen, förväntansfulla och törstande efter ljus. En kort stund var jag fullkomligt lycklig, sedan mindes jag allting och slöt ögonen igen.

De sov fortfarande bredvid mig i sängen. Gia låg tätt intill Bim med armen över hennes rygg som om hon skyddade Bims sömn med sin egen kropp.

Jag tassade upp ur sängen på de solvarma trägolven och gick in i badrummet. Där låste jag ordentligt om mig för jag ville vara ensam med mina morgontankar.

Jag klev in i duschalkoven och slog på så hett vatten att huden knottrade sig och tvålade in mig från topp till tå med en duschtvål som doftade lika fantastiskt som Gias parfym av samma märke. Men oavsett hur många gånger jag tvålade in mig och sköljde av mig kände jag mig impregnerad med smuts och självförakt.

För Gia och Bim var jag ingenting annat än en obetydlig leksak som de roade sig med, och den enda anledningen till att de hade behållit mig så här länge var att de hela tiden hade kommit på nya sätt att använda mig i sina lekar. Men igår hade jag varit livsfarligt nära att bli kasserad. Om inte Bim hade ändrat sig i sista stund skulle de ha lämnat mig kvar vid vägkanten som ett skadat djur, utelämnad till skogens mörker och mil av galen ensamhet.

Jag masserade min ömma hårbotten med en sådan frenesi att löddret droppade ner på golvet i gräddiga klumpar som täckte mina tår.

Efter en stund märkte jag att någon iakttog mig. Det var Gia. Hon hade låst upp dörren utifrån och tagit sig in i badrummet utan att jag hade hört någonting. Hur länge hon hade suttit där i skydd av tvättstället och iakttagit mig hade jag ingen aning om.

"Lianne?"

"Ja?"

"Förlåt."

Jag kunde inte svara. Hennes ord fick min hals att dra ihop sig så kraftigt så att jag fick problem med att andas.

Jag vände mig bort från hennes röst och pressade pannan mot de svala indigoblå kakelplattorna. Hennes röst trängde igenom ridån av vatten och vitt lödder. Hennes röst var små fingertoppar som rörde vid mig överallt där smutsen och självföraktet inte kunde nå.

"Bim blev sårad. Det var därför …"

"Du behöver inte förklara!" avbröt jag.

Min röst brast och jag kunde inte fortsätta.

"Så farligt var det väl inte? Jag skulle ha ringt till Esmeralda och bett henne plocka upp dig."

"Snälla Gia, ljug inte för mig!"

Hon var tyst, sedan kom det, tveksamt:

"Förstod du inte det?"

"Nej."

"Nu vet du."

*"Vad är det som jag vet?"* tänkte jag.

*"Jag vet ingenting med säkerhet när det gäller er."*

Jag kunde inte tala.

Inuti ett moln av ångande hett vatten stod jag, Lianne, en stum kropp fylld av en längtan så utsiktslös att dess röst bara kunde artikuleras i ekot av sin egen smärta.

Jag var fången i denna hermetiskt förslutna kropp som inte gav ifrån sig ett ljud fastän skriken inuti mig var så öronbedövande att det slog lock för mina öron.

Jag visste ingenting. Jag förstod ingenting. Veckan händelser var en kedja av meningslösa missförstånd. Hela mitt liv var resultatet av ett stort missförstånd och jag betalade av min skuld portionsvis. Hudens alla porer öppnade sig i stumma skrin för att kamouflera min otillräcklighet. Huden grät sin saknad efter hennes händer, efter hennes kärlek. Huden grät sina stumma tårar inför döva öron.

När jag klev ur duschalkoven satt hon fortfarande kvar på golvet och såg på mig. Jag ryckte till eftersom jag var säker på att hon hade återvänt till Bim direkt efter sin lilla ursäkt.

Jag försökte skyla mig med handen och sträckte ut handen efter det vita badlakanet som jag hade lagt på handfatet, men det låg inte kvar. Gia satt på det. Hon hade iakttagit mig en stund och nu gled hennes blickar oblygt över min kropp, som vred sig i en klumpig parodi på en nakendans.

"Gia! Badlakanet!"

Men hon verkade inte höra vad jag sa. Hon reste sig långsamt upp och ställde sig framför mig och jag tog ett steg tillbaka och pressade mig mot duschkabinens glasfönster. Mitt hjärta började bulta av ren skräck. Jag andades häftigt, som om jag stod framför ett stup och inte visste om hon skulle döda mig eller rädda mig.

"Tänk att du *frivilligt* rörde vid honom", mumlade hon, som i trance.

"Gia. *Snälla!*"

"Tänk att du *frivilligt* lät honom röra dig!"

Hon såg på mig; såg hur rodnadens skikt av motsägelsefulla känslor brände heta fläckar av röd skam på min hud under fuktens, lustens och genansens tårar; såg hur häftigt min bröstkorg rörde sig; såg hur hennes blick fick mina bröstvårtor att styvna; såg effekterna av sin egen närhet med ett uttryck av begär och smärta i sina ögon.

"Det är så ... så *ofattbart...*"

Nu stod hon så nära mig att mina ben nästan inte bar mig längre.

"All din kärlek ... *Besudlad.*"

Utan att röra mig, bara genom att muta in min kropp med sin blick, fick hon mig att darra okontrollerat. När hon äntligen rörde vid mig, lyfte sitt pekfinger och nuddade lätt vid min panna, tycktes alla nerver i min kropp reagera på hennes beröring och jag ryckte till som om jag fått en elektrisk stöt.

"Hela du. Besudlad. Av *honom!*" viskade hon.

Jag svajade till som om jag skulle svimma.

"Det är så...*Perverst*", sa hon.

Hon förde fingret till sina läppar.

"*Du* är *så* pervers", sa hon.

Så gav hon mig ett långt ögonkast som kändes som en kyss, vände sig om och försvann in i sovrummet. Själv sjönk jag ihop på golvet och fortsatte darra en lång stund.

Jag saknade namn på min känsla.

*

Jag satt tyst vid frukostbordet. En slags förtvivlans trötthet hade trängt in i själva livsnerven i mitt inre och jag kände hur den långsamt förlamade mig med sitt gift.

Bim satt, eller halvlåg, halvt bortvänd från mig, bredbent och med sina långa ben nonchalant utsträckta under bordet. Hon studerade mig under sin mörka lugg och halvslutna ögonlock. Jag saknade ord för hennes uttryck.

Gia verkade rastlös och vek undan med blicken när jag sneglade på henne. Men jag märkte att hon såg på mig i smyg, när jag tillintetgjord av kärlek, var tvungen att använda båda händerna för att orka lyfta min kaffekopp till munnen.

Ljudet av hårda klackar som smattrade mot kalla golv fortplantade sig som ekot av skarpa pisksnärtar. Det fick oss alla att rycka till som unga soldater på en militärhögskola och sträcka på oss i stolarna.

En kort stund senare gjorde Gudrun entré i köket insvept i sin härskarparfym och för dagen iklädd en grönblå klanrutig dräkt, vit sidenblus och ett guldhalsband.

"God morgon flickor!" sa hon käckt. "Jag är på väg till en tvådagarskonferens i Stockholm och har lite bråttom. Och ja: *Tack för att ni tänkte fråga!* Paris var *underbart*, bortsett från alla svettiga turister och månglare och levande statyer och hundar och deras *visitkort*."

Hennes blick gled över Gia och Bim för att bromsa upp vid åsynen av mig; som om jag gjorde henne uppmärksam på ett oförlåtligt slarv från hennes sida; som om hon tänkte: *"Den där personen förstör helhetsintrycket av mitt perfekta kök."* Hon strök lite tankspritt över sin dräktjacka, som om det osynliga dammkorn hon borstade bort var jag, och fortsatte:

"Eftersom ni inte orkar läsa annat än serierna i morgontidningarna får jag väl uppdatera er. Polisen påstår att de var ytterst nära att gripa Tomas Tobiasson igår, men eftersom *tvåmetersmannen*, och tillika *boxaren* Tobiasson hade *klätt ut sig till clown* misslyckades ordningsmakten med att identifiera honom bland alla änder och fiskmåsar och lekande barn och badande människor på Blå Sten."

Gudrun gav ifrån sig ett fnysande läte som skulle föreställa ett skratt och fortsatte:

"Vilket innebär att odjuret fortfarande är på fri fot."

"På fri *fot?* Förmodligen i upplösningstillstånd, hela han", sa Gia.

Hon föll ihop över bordet och hennes rygg ryckte till i små ofrivilliga skrattkramper. Bim begravde ansiktet i handflatorna och stönade. Gudrun såg på dem, skakade på huvudet och försvann sedan ut genom köksdörren utan ett ord.

Vi var ensamma igen.

Bim och Gia såg på varandra.

"Fullkomligt *vidrigt!*" sa Bim.

"Kom igen! Du vet vilken smak hon har."

"Jag talar inte om Gudruns kläder!" fräste Bim.

"Jag förstod det", sa Gia.

Hon slet till sig en av morgontidningarna och började läsa den lokala delen.

"Det står om explosionen på Gunnar Brackes kontor i tidningen. Aset har en film som tillhör oss. På tiden att vi hämtar tillbaka den."

"Okej, men det kan vara farligt. Det är bäst att vi tar med oss Lianne som minröjare", sa Bim.

"Mycket lustigt, Bim!" sa jag.

Men ingen av oss skrattade.

*

En stund senare körde vi iväg i bilen som en gång hade varit Gunnar Brackes bil. Som genom tillfälligheternas egen rättviseskipning hade den hamnat i tjänst hos oss, och ingen av oss ifrågasatte vår rätt att använda den. I synnerhet inte när vi skulle göra inbrott hos skurken ifråga.

Gunnar Brackes villa låg i Äppelviken på bekvämt avstånd från centrum. Det var ett reservat för de verkligt rika; för dem med så mycket pengar att tiden tycktes ha stannat; ett Shangri-La-rike i Lagomland, med pampiga grosshandlarvillor i trä omgivna av stora lummiga trädgårdar med högvuxna fruktträd, doftande syrénbersåer och prunkande rabatter; en skyddad, kultiverad värld där rika människors kärlek till bestående värden gjorde världen så mycket enklare och skönare och tryggare, åtminstone i Äppelviken.

Den intensiva doften av blommor, bär och frukter i luften gjorde de små luftburna inskterna runt omkring oss galna av passion. Överallt brummade och surrade det oupphörligt av små kärlekskranka vingburna varelser. Större vingburna varelser satt och pladdrade i näbben på varandra i buskarna, och de allra märkvärdigaste av dem alla kvittrade ut långa symfonier för att visa vem som verkligen bestämde i världen. Med sina vita knutar och rosenspaljéer, fruktträd, bärbuskar och prunkande rabatter, insåg jag att Gunnar Brackes vackra gula sekelskifteshus i Äppelviken var en fantastisk, rent himmelsk investering på mer än det uppenbara sättet. Det här var själslig kosmetika för utvärtes bruk.

Vi smög vi oss in på baksidan av huset längs garageuppfartens täta hagtornshäck. Den kände advokaten hade oförsiktigt nog lämnat ett fönster på andra våningen några centimeter på glänt, så vi hämtade en stege som stod lutad mot ett bigarråträd och reste den mot den gula träfasaden.

"Din tur, Lianne! Klättra och njut!" sa Bim.

Jag såg bedjande på dem:

"Kan ni inte försöka använda er nyckelknippa först?"

Bim skakade på huvudet.

"Jag vill slippa stå och testa en massa nycklar i den där gamla ytterdörren medan grannarna står beredda med sina basebollträn och dreglar av grannsolidaritet."

"Men tänk om han har en vakthund? Eller larm? Vad gör jag då?" sa jag.

Nu blixtrade det till i Bim ögon.

"Skäll tillbaka! Eller dra en vals; säg att du blev rädd för gräset, eller nåt!"

Sålunda blev jag den som beväpnad endast med min ofattbara dumdristighet och en liten schweizisk armékniv fick privilegiet att klättra upp för en rutten stege och bryta mig in genom ett fönster på andra våningen i Gunnar Brackes villa, medan Gia och kanske möjligtvis Bim stod och höll i stegen.

Jag var så rädd så jag mådde illa, men drog upp den svarta balaklavan så den täckte ansiktet inför eventuella övervakningskameror, och trädde ett par rosa gummihandskar över händerna mot eventuella fingeravtryck, och började klättra upp för stegen som knakade hotfullt som en gammal relik. Med tanke på hur vinglig stegen kändes var det möjligt att Bim stod och skakade den; jag vågade inte se ned och få mina misstankar bekräftade.

När jag var högst uppe på den översta stegpinnen lyckades jag få in handen i springan mellan fönsterrutan och fönsterramen så att jag med hjälp av knivbladet kunde skjuta upp den lilla haspen som hindrade att fönstret blåste upp.

Att öppna fönstret var betydligt svårare än jag trott, eftersom jag måste dra ut det tunga fönstret mot mig med ena handen, samtidigt som jag höll mig fast i fönsterblecket med den andra handen och balanserade på den murkna stegen. När fönstret var öppnat några decimeter lyckades jag häva mig in över fönsterkarmen och kliva ner på golvet med darrande ben.

Sovrummet var beckmörkt och jag kröp ihop och förde upp armarna i en ren reflex för att skydda ansiktet mot våldsamma attacker. Men inget skall hördes och ingen kamphund med fradga runt käftarna och gula ögon, galna av blodtörst och inavel och prygel kom flygande mot min strupe.

Jag rullade upp balaklavan över pannan till en sotarmössa, som om det skulle få mig att se bättre. Det gjorde det.

Så småningom när jag hade lugnat ner mig och vant mig vid mörkret kunde jag urskilja några teakmöbler i femtiotalsdesign. Bredvid den obäddade sängen med sina vita sängkläder stod en bokhylla med TV-apparat, video, dvd och stereoanläggning. Halva bokhyllan var från golv till tak full med slitna inbundna böcker och häften som såg mycket gamla ut. Några av namnen kände jag igen, som Isac Newton, Drottning Kristina, August Strindberg, andra som Jabir Ibn Hyyan, Zosimos, såg bara otroligt gamla och värdefulla ut. Några av skrifterna hade titlar som *Tabula Smaragdina*. Jag smakade länge på namnet.

*"Är Bracke en samlare? Eller har han stulit de här dokumenten? Hur vågar han förvara dem hemma i sitt sovrum?"*

Den andra halva bokhyllan var full med krigsfilmer och dokumentärer från första och andra världskriget. De flesta på dvd. Män i skyttegravar. Män som talade framför massorna. Utmärglade nakna människor utan hår.

På måfå tryckte jag på *eject* i videoapparaten och fick ut ett band med en handskriven etikett; *"Ungdomssynder"*. Jag fick tag i fjärrkontrollerna, satte på TV-apparaten och videon och tryckte på *play* och började se på filmen.

Det var en amatörvideo i god kvalitet. En ung flicka med långt mörkbrunt hår och märkliga kläder som jag snabbt identifierade som Bim släpades i armen i riktning mot en swimmingpool av en stor man med långt mörkblont hår i hästsvans som jag lika snabbt identifierade som en yngre version av Tomas. Flickan skrek och grät så hjärtskärande att håret reste sig på armarna, och jag tryckte snabbt på *eject*. Snabbt som jag kunde tog jag ut ett annat videoband ur Gunnar Brackes cinematotek, drog ut några meter film från dokumentärvideon, tog en tändsticka från asken vid sängen och drog den mot plånet och lät lågan smälta hål i filmen och plasten, innan jag stoppade tillbaka videokassetten in i apparaten och började snabbspola. Videobandspelaren gav ifrån sig en massa konstiga ljud, gnällde och protesterade och stannade med ett skrik som lät nästan mänskligt.

"Ditt gubbsjuka as! Där fick du din äckliga blodsugande vampyr!"
Apparaten började ge ifrån sig ett grått giftmoln och jag fick svårt att andas. Först då ansåg jag att mitt uppdrag var fullgjort och jag stoppade på mig det rätta videobandet bak i ryggsäcken under tröjan och letade mig trevande ut från sovrummet och de giftiga ångorna.

Vi hade bestämt att Gia och Bim skulle promenera runt huset till framsidan och att jag skulle öppna för dem. Det här scenariot förutsatte att huset inte var larmat eller bevakades av vakthundar. Om så var fallet skulle Gia och Bim rusa därifrån och vänta på mig på betryggande avstånd. Bim skulle förstås hålla tummarna för att jag aldrig kom därifrån. Och om jag i värsta fall kom därifrån skulle hon säkert föredra att det var med handbojor runt mina handleder och med rejäla blåtiror runt mina ögon; bortsläpad av en ovanligt brutal polis som hatade kvinnor i allmänhet, inbrottstjuvar i synnerhet, och kvinnliga inbrottstjuvar i mer än någonting annat på jorden.

På de vita väggarna utanför sovrummet hängde tre stora abstrakta målningar av köttiga människor och jag var tvungen att stanna till och läsa signaturen. *"Francis Bacon"*. Suddiga, kletiga ansikten i upplösning; så vackra och motbjudande; så vulgära och utomvärldsliga, att jag bara blev stående, som förtrollad.

*

Signalerna från dörrklockan dånade genom huset. Bim och Gia var otåliga som vanligt. Jag skuttade nedför den vackra trappan, vidare genom en liten ljusblå korridor full av små vackra ikoner i guldramar föreställande Maria och Jesusbarnet, och kom fram till ytterdörren.

*"Förlåt att jag dröjde, men nu ska ni väl äntligen bli nöjda med mig."* tänkte jag stolt innan jag med ett triumferande leende slet upp ytterdörren.

Framför mig stod en kille i trettioårsåldern. Han var vardagligt klädd i jeans och blå t-shirt och halvlångt, mörkblont, lite ovårdat hår. Vi stirrade på varandra. Jag hade förväntat mig att få se Gia och Bim men istället stod en fullkomlig främling ute på trappan och stirrade tillbaka på mig.

"Vem är *du*?" frågade han.

Jag kunde inte svara.

Han sneglade in genom dörren.

"Är G.B. hemma?"

"Nej!" Jag skakade på huvudet.

"Hans bil står ju parkerad därborta!"

"Nej!" protesterade jag.

Han stirrade på mig.

"Nej?"

Så sneglade han bakom ryggen ut över grinden, en bit ner på gatan där Gunnar Brackes bil stod parkerad och spände ögonen i mig igen.

"Nej! Han-han ... är inte... här!"

"Vad gör du i hans hus om han inte är hemma?"

Jag fick en blackout och kom inte på någonting att säga.

Han drog in lukten från min svettiga tröja och sneglade på min upprullade ansiktsmask som täckte håret som en sotarmössa. Som en ren reflex skylde jag mina händer med de rosa gummihandskarna fulla med svarta smutsfläckar bakom ryggen. Han log och visade upp ett gult vadderat kuvert.

"Kan du ge honom det här när han kommer tillbaka? Hälsa honom: *"Rykten färdas snabbare än kulor!"*

Min hjärna hade börjat fungera normalt igen och jag slängde ur mig:

"Vem ska jag hälsa från?"

"G.B. vet vem det är ifrån. Jag är bara budbäraren!"

Han blinkade med ena ögat.

"Städa på du! Jag ska inte sladdra för myndigheterna."

Med ett litet leende på läpparna överräckte han det stora kuvertet, och försvann.


Innan jag stängde ytterdörren kastade jag en blick ut i trädgården och sneglade över grinden ut mot gatan men kunde inte se Bim och Gia någonstans. Kuvertet brände i min hand. Som ett litet underprivilegierat och försummat barn som av misstag råkat få ett paket i sin hand på julafton tryckte jag det vadderade kuvertet till mitt bröst. Jag tänkte behålla det.

Man kan ju tycka att jag efter en vecka i sällskap med Bim och Gia borde ha varit så bortskämd med överraskningar av varierande underhållningsvärde att jag inte hade behövt stjäla andras. Men så var det inte. Tvärtom var det som om de senaste dagarna hade väckt en morbid aptit på konstant spänning som inte gick att stilla.

Jag gick tillbaka till den blå korridoren för att studera de vackra ryska ikonerna lite närmare. En nyckel sattes i dörrlåset och två unga röster hördes från hallen.

"Pappa!" ropade flickan.

"Är han hemma? Men hallå! Du *sa* ju...?" sa pojken.

"Bara en säkerhetsåtgärd! Kom så kollar vi hans barskåp!"

Jag flydde bort genom den långa hallen till ett stort vackert ljust vardagsrum där jag kröp ihop och gömde mig bakom en dörr, nästan osynlig i skuggorna.

Lika lite som jag ville skrämma de här tonåringarna med min svarta stickade ansiktsmask och rosa gummihandskar, lika lite ville jag att pappa Bracke skulle få en utförlig beskrivning av sin nya "städerska", senare. Så där satt jag och tryckte bakom en dörr med en stickad svettig ansiktsstrumpa nerdragen över mitt ansikte och kände mig dum. Känslan var lika bekant för mig som min spegelbild – framför allt sedan jag hade träffat Max – men hittills hade jag bara känt mig dum på två sätt; dum som i ointelligent, och dum som i utnyttjad, men nu upptäckte jag till min blandade förtjusning ännu ett sätt att känna sig dum på.

"Om jag hade en sån rik pappa som du så skulle jag hälsa på honom ofta", sa pojken.

Jag hörde klirret av flaskor mot glas och porlandet av starka drycker som rann ner i unga strupar.

"Om du hade min pappa skulle du bara hälsa på honom när han inte var hemma. Som jag gör nu. Skål för frånvarande föräldrar!"

De drack med barnsliga fräsande och smackande ljud.

"Din pappa, du sa han är advokat? Blir man så här *grymt rik* på det?"

Flickan var tyst en stund. Sedan sa hon med en gravallvarlig, nästan luttrad röst som plötsligt lät väldigt vuxen:

"Du. Jag har lärt mig en sak genom åren. Hur rik man blir beror mest på vad man vet om folk. Och hur man använder det man vet. Och vilka man hjälper sen *efter* rättegångarna. I fängelset. Med deras affärer *utanför* fängelset. Och vilka man hotar som *inte* sitter i fängelse. *Ännu.* Jag råkade höra ett och ett annat när jag var liten. Förstod inte hälften. *Då.* På den tiden när jag var ung och naiv, alltså!"

Pojken fnös.

"Äsch, du hittar bara på? Kom igen!"

"Det är sant! Minns du den där killen som de hittade i en brunn? Som letade efter sin *tingeling* eller nåt?"

"Sin *tingeling!?* " frustade pojken. *"Oh man! Oh shit!"*

De frustade till. Tanken fick dem att skratta hysteriskt en lång stund. Pojken satte spriten i halsen och flickan dunkade hans rygg en stund.

"Han jobbade för pappa. Och du vet den där rånaren, han den äcklige boxartypen, som rymde från fängelset? Han jobbar också för pappa. Alla tror att det är tvärtom. No, no. Han kom hit. Jag såg honom. Han är jättestor."

De var tysta en stund. Bara klirret av flaskor hördes.

"Lova att du inte säger någonting till någon. *Lova!*"

De var tysta en lång stund.

"Nämen vänta lite nu!" sa pojken. "Du sa ju precis att du aldrig hälsar på din pappa! Du vill bara imponera!"

"Nä", sa flickan och lät plötsligt väldigt ung igen. "Vi skulle träffas på en restaurang och fira min födelsedag, men han hade glömt det, som vanligt, den satans jävla senilgubben, så jag cyklade hit för att skälla ut honom. Jag såg allting genom fönstret. Den där rånaren hade ett baseboliträ i ena handen och en lång konstig nålgrej i den andra, och pappa grät som en barnunge. Vet du vad jag tänkte?"

"Nä?"

"Du förtjänar det. *Hoppa och skit, Gunnar!*"

"Du är *grym!* Fan vad du är *grym!*" skrek pojken med rösten full av beundran.

De skrattade högt och skamset.

Då hördes en duns från övervåningen.

*"Shit!"* skrek flickan. "Han är hemma! Han hörde vad jag sa! *Typiskt!* Nu får jag inte den där Australienresan!"

"Tänk om det är en inbrottstjuv!?"
Ungdomarna skrek och rusade ut ur salongen och jag smög efter dem.

Plötsligt stannade de upp mitt i korridoren och stirrade upp mot trappkrönet till övervåningen och skrek så det nästan slog lock för mina öron.

"*Spöken!*"
Två personer som hade draperat sig i de vita lakanen från Gunnar Brackes säng stod och stirrade ner på flickan och pojken genom runda hål i lakanen. Pojken och flickan gallskrek, fick syn på mig i min svarta balaklava och mina rosa gummihandskar, och skrek ännu mer, och rusade vidare mot ytterdörren.

Själv gick jag fram till spiraltrappan och såg upp mot mina räddare. Från min position såg det ut som om de svävade. De såg på mig genom sina utskurna titthål i lakanen.

"*För en gångs skull skrämmer ni mig inte med era dumma lekar. För en gångs skull är ni faktiskt lite kul*", tänkte jag.
Jag sträckte på mina avdomnade ben och armar och såg på dem. De såg tillbaka på mig.

"Ni vet väl vad man säger om spöken utan kedjor?" sa jag. "De saknar verklighetsförankring!"
Ingen av dem skrattade.

"Ni behöver inte skratta men erkänn att jag är rolig!"
En mörk mansröst hördes inifrån lakanet.

"Vem är du?"
Benen vek sig nästan under mig. Om jag inte hade vetat att Max var död hade jag kunnat svära på att det var han som stod däruppe.

"Du får trettio sekunder på dig att lägga kuvertet på nedersta trappsteget och försvinna!" sa mansrösten hotfullt.

"*Aldrig! Du har beordrat mig tillräckligt för ett helt liv!*" tänkte jag.
Jag böjde mig ner som i en bugning, men istället för att lägga ner kuvertet på trappsteget, vände jag mig om och rusade mot ytterdörren. Jag hörde deras arga skrik och snabba steg i trappan bakom mig.

Ytterdörren stod vidöppen efter ungdomarnas flykt så jag kom snabbt ut på yttertrappan och vräkte mig på ytterdörren som slog igen bakom mig med en tung duns och ett klick. Sedan välte jag en tung betongkruka med pelargoner framför dörren för att vinna några sekunders försprång, och sprang runt husknuten och in i skuggan bakom hagtornshäcken vid garaget och kröp ihop på marken. Grinden gnisslade fortfarande efter ungdomarnas vilda flykt.

Ett av spökena lyckades få upp ytterdörren och stack ut sitt lakansklädda huvud. Han svor och föste bort betongkrukan med skon. Två håriga armar stack fram under lakanet. Snabba fotsteg och skrik hördes från gatan.

Det andra spöket klev ut på trappan och såg sig omkring. Spökena diskuterade med hetsiga röster utan att tänka på att de både syntes och hördes.

"Helvete! Vad gör vi nu?" sa spöket med Max röst.

*"Hur fan* kunde hon känna till kuriren?" sa det andre spöket som lät som Tomas.

"Vi har en läcka. Men vem?"

Jag kramade det vadderade kuvertet. Mitt hjärta bultade så hårt att jag var rädd för att de skulle höra mig.

Så fort ytterdörren hade slagit igen och spökena hade försvunnit tillbaka in i huset igen trasslade jag mig ur busken som hade fastnat i ansiktsmasken och tröjan och smög mig ut på trottoaren.

Jag rullade upp balaklavan till en vanlig sotarmössa igen, men pressade för säkerhets skull in mitt långa hår under kanten så det inte syntes, om det fanns något färskt mobilsignalement på mig ute i etern.

Sedan skyndade jag mig bort från Gunnar Brackes villa. Tre nya bilar hade parkerat alldeles utanför huset bara sedan vi hade anlänt. Med tanke på alla besökare kunde man få intrycket att Gunnar Brackes privata bostad var en filial till Klubb Neptun. De enda invånarna i staden som inte hade något ärende dit verkade vara Gia och Bim.

*

Längre ner på gatan, dold bakom de vackra sekelskiftesvillorna, öppnade sig en magisk portal i grönskan in till en gammal lekpark.

Flickan som var Brackes försummade barn och pojken som var hennes bundsförvant i sommarlovstristessen satt och gungade i slö sommarlovstakt. Jag slog mig ner på en parkbänk i skuggan av några höga träd och låtsades sola vaderna medan jag hämtade andan och funderade på vad jag skulle göra med resten av mitt liv.

Det var en ovanligt varm dag; förmodligen den varmaste dagen på över tvåhundra år, kanske den varmaste dagen på 60 miljoner år, hur skulle jag kunna veta; jag var humanist, inte naturvetare! Kläderna klibbade fast vid kroppen som om jag dragit dem på mig direkt efter en simtur i havet och det slog mig plötsligt att det kanske var onödigt att gå omkring med rosa gummihandskar och en svart upprullad ansiktsmask över mitt svettiga hår när jag helst av allt ville undvika uppmärksamhet.

Svetten rann från och klibbig under armarna och jag drog av mig den blöta mörkblå tröjan och linnet under. Sedan slöt jag ögonen, rullade ihop mig i fosterställning, och lutade huvudet mot bänken med tröjan och ryggsäcken som huvudkudde.

Jag lyssnade till ljudet av gungornas regelbundna gnisslade som ackompanjerades av fågelkvitter och de unga rösterna på gungorna som diskuterade vad som var sant och vad som bara var rykten i skolans inre och undre värld och vindens ömsinta lek med löven när den på en nyckfull impuls ristade dem ursinnigt en stund för att sedan tröttna.

Alla ljud låg som ett dämpande såpbubbla över sommarvärmen. Melodier i en symfoni av ljud som mitt medvetande svävade i, trillade i, vilade i, slumrade i. Temat varierades i små, små variationer av upprepningar.

Plötsligt snurrade det till i huvudet på mig och hela världen var målad med lättmjölk som hade surnat. Parkbänken som jag halvlåg på började röra sig, lite som en gunga, fast jag själv inte rörde mig och jag undrade slött varför Gia och Bim hade övergett mig?

Eller fanns de i närheten?

*Stod de gömda någonstans och iakttog mig? Noterade de mina reaktioner på dagens lilla odyssé i skräck och förnedring? Skrev de ner sina observationer med Gias feta reservoarpenna på tjocka ark av handpressat papper?*

Jag behövde bara blunda så såg jag dem tydligt; hur de lutade sina vackra huvud tillsammans och skrockade när de analyserade mig.

Om jag kisade kunde jag till och med läsa deras anteckningar, men bara om jag ansträngde mig maximalt; så mycket att jag fick ont i huvudet.

Fast jag fick ännu mer ont i huvudet när jag läste vad de hade skrivit om mig:

*Lianne är en duk med förkolnade liv*
*Lianne är en borttappad maska i en väv av lögner*
*Lianne är en tröstlös, trasig leksak*
*Lianne är ett kärl med frusna minnen*
*Lianne är en röst utan eko*
*Lianne är en kropp utan kompass*
*Lianne förväxlar lek med allvar.*
*Lianne förväxlar lidande med lidelse.*
*Lianne förväxlar förakt med intresse.*
*Lianne förväxlar sexuella kränkningar med erotik.*
*Lianne förväxlar dödslängtan med livslust.*

Diagnos: *Obotlig.*

*"Skrämde jag dig?"* andades Max röst, tunn som en vindpust in i mitt öra. *"Visst var jag sexig i brunnen? Nu vet du hemligheten. Nu vet du var vi förvarar soporna nuförtiden."*

Vita blixtar av ljus mot bakgrund av mörkret i mina ögon.

Nästan blind. Illamående.

*"Vilka bakterier äter upp din hjärna nu när jag är borta?"* sa Max röst, nu inuti mitt huvud.

Jag trevade i ryggsäcken.

Till slut lyckades jag hitta en ask huvudvärkstabletter och pressade ner två tabletter som trasade sönder min ökentorra strupe.

"*Vet du vad? Önskebrunnen finns bara i ditt huvud. Så välkommen till min värld!*" kluckade Max som satt fast som en klump i min hals, i mina hörselgångar.

Jag lade mig ner på parkbänken, höll hårt om mina uppdragna ben, och stönade:

"Försvinn!"

"*Jag har redan försvunnit; bara du vet var jag finns på riktigt. Inuti dina tankar! Inuti alla dina hål och mörker!*"

"Försvinn!"

"*Du bär mitt förakt som en parasit i din livmoder, en parasit som suger all näring ur dig, och impregnerar dig med mig. Du är min för alltid! Ditt självhat är min kärleksförklaring. For ever and ever! Until death do us part!*"

*

Fem miljoner år senare, (eller om det möjligen var femton minuter senare) kände jag en liten klapp på mitt huvud och hörde en glad röst i mitt öra.

"*Ciao Bella!* Felparkerad rumpa! Upp och hoppa, gumman!"

Någon rörde vid min axel. Jag ryckte till och slog upp ögonen och upptäckte att jag låg i fosterställning på en parkbänk, med bar överkropp, öppen mun, och med en huvudvärk som skar sönder min synnerv med sina rakbladstentakler. Jag jämrade mig.

"Nog med exhibitionism, Venus! Upp med armarna!" befallde Esmeralda. Sedan drog hon den fuktiga jumpern ner över mitt huvud och över mina armar. Jag försökte resa mig upp men benen vek sig och Esmeralda tog ett fast tag under min arm och hjälpte mig upp på fötter igen. Världen var dränkt i sur lättmjölk och det enda mina ögon kunde urskilja var bleka skuggor av *Lagomhelvetet*.

När vi gick därifrån kände jag deras blickar i ryggen; astrala inkarnationer av osynliga män som klätt ut sig till spöken för att kunna finnas överallt och ingenstans och viska sjuka observationer i mina öron.

Jag skakade som i frossa men huvudvärken hade mattats av. Eftersom jag fortfarande hade problem med den vita hinnan framför mina ögon fick Esmeralda leda mina steg genom lekparken.

\*

Hon öppnade bakdörren till en bil som luktade så starkt av bensin som om den hade duschat i bensin och inte bara druckit den, och sedan satt eld på sina gummidäck, och börjat läcka ut sina hemliga toxiska plastisolerings-material ur alla artificiella porer och syntetiska konstruktioner och styrfunktioner. Jag klev in i de vidriga kemiska stankernas soppa och bidrog generöst till doftcocktailen genom mina egna mänskliga utsöndringar. Jag kunde höra hur både Gia och Bim drog efter andan när de såg mig.

Mitt knä nuddade vid Gias när jag slog mig ner bredvid henne i baksätet. Den plötsliga närheten fick mig att minnas hur hon hade sett på mig när jag klev ur duschen och hur hon hade smekt vakuumet runt min kropp med hettan i sina ögon. Mitt hjärta började slå fortare och jag önskade att jag hade kunnat se hennes uttryck nu.

"Vi hämtade hjälp, för vi visste inte...", sa Gia.

"Tack", viskade jag. "Jag kan inte se dig. *Mina ögon...*"

"Lianne! Lyssna! Vi svek dig inte!"

"Tack."

*"Var du orolig för mig?"* tänkte jag.

*"Det är klart att jag var orolig för dig!"* svarade hennes hand på min överarm.

Den ljusa konturen som var Gia, eller en ängel, var vänd mot mig med ett uttryck i ögonen jag inte kunde tolka, eftersom jag fortfarande inte kunde se henne tydligt, eftersom lukterna och den sura vita mjölken låg som en hinna mellan oss.

"Ett tag kryllade det av människor där", sa hon. "Hantverkare, tonåringar, postbud. Vi kunde inte stanna kvar ifall någon skulle se oss, men vi kunde ju inte lämna dig ensam med de där typerna heller, så jag ringde till Esmeralda. Förlåt om det tog tid!"

Bims vita siluett vände sig om mot mig i baksätet.

"Vi ville inte riskera att vårt mästerverk skulle hamna i orätta händer."

Esmeralda skrattade.

"Hörde du, Lianne? Du är deras mästerverk!"

"Nej, nej, Bacon...", mumlade jag. "Jag såg ... Bacon...! Och Jesus mamma, förstås."

Varpå Bim drog en djup suck. Men Esmeralda skrattade gott.

"Vila lite", viskade Gia. "Det är en order!"

*

Esmeralda styrde Zeldas blå bil med säker hand. Hon började gnola på en välbekant melodi.

"Det där var *Fångarnas kör.*"

"Var då?" sa Bim och sneglade på henne.

"Nej. *Ver–di.*" Esmeralda skrek till av skratt. Sedan blev hon lite allvarligare:

"Så mina damer, idag alla skattletarna hälsa på Bracke. The Good Guys and the Bad Guys. "

"Vad är det för skatt de letar efter?" frågade jag.

"Sanningen förstås, vad annars?" sa Esmeralda.

Bim drog en djup suck och mumlade någonting som jag inte kunde urskilja.

"Vilken sanning talar du om, Esmeralda?" undrade jag.

"Gammal sanning från död kultur."

"Tror du att de hittade någonting?"

"Sanning kom som brev på posten. Amatörer! Dilettanter!"

Jag kramade ryggsäcken med sitt eftertraktade innehåll.

"Såg någon dig, Lianne?" frågade Esmeralda och hennes ton var plötsligt vaksam.

"Mannen som ringde på såg mig: *Budbäraren.* Barnen. Och spökena, de såg mig förstås."

Jag kände att Gia stirrade på mig och först då märkte jag hur hårt jag tryckte ryggsäcken intill mig.

"Good guys, bad guys", förklarade Esmeralda. "Alla vill ha det Gunnar Bracke ville ha, betala mycket dyrt för. Alla kom idag för det han betala dyrt för. Alla kunna tyda tecken. Alla kom just idag för alla visste. Alla kom för Brackes specialleverans."

Jag kramade min ryggsäck ännu hårdare.

*"Alla? Jag också?"* tänkte jag.

Som vanligt hann vi inte köra mer än några kilometer förrän vi mötte en polisbil med sirener och blåljus på, i vår motsatta riktning.

*"Esmeraldas eskort. Sena som vanligt"*, tänkte jag.

# Sanningslekar

"VILKEN ÄR DIN SANNING, Beata Marie?" frågade Esmeralda.

Vi var tillbaka på Klubb Neptun. En sur lukt av bränd plast och trä hade trängt in genom ventilerna och från trappuppgången och lagt sig som en illaluktande hinna över klubbens väggar och fasta inventarier. Men bortsett från röklukten och de gula breda tejpbanden som markerade att ingången till Gunnar Brackes trappuppgång var avspärrad, var det mesta på Klubb Neptun sig likt från före explosionen.

Så förvillande lik en ordinär kväll var denna kväll, att personen som hade utfört den hänsynslösa gärningen obekymrat satt och drack cappuccino några få meter under platsen där hon bara några få timmar tidigare hade utfört brottet.

Den iskalla dynamitarden hade bytt om från clownkostym till en vit, vadlång omlottklänning med blå broderade kantband i folklorestil, och befriat sitt långa svarta hår från den rödkrulliga peruken så det böljade vilt och vackert över ryggen, och där hon satt och avnjöt sin söta cappuccino gav hon snarare intrycket av att vara en sensuell och bohemiskt lagd kvinna än någon förhärdad brottsling.

Vid hennes sida satt en betydligt yngre kumpan, så illa lämpad för sin nya karriär att hennes första seriösa inbrott hade utlöst en mindre psykos med hallucinationer och synbortfall. Den patetiska varelsen –som var jag– satt och kallsvettades i smutsiga jeans och en svettig mörkblå tröja och kämpade för att få återfå synen.

På andra sidan bordet satt två unga kvinnor med egna erfarenheter av att forcera låsta dörrar. Men lika lite som deras äldre kollega i vit linneklänning gav de intryck av att vara några iskalla lagbrytare.

Den mörkhåriga kvinnan satt tystlåten och såg sig vaksamt omkring i lokalen under sina spretiga hårtestar, medan hon trummade otåligt på sitt ölglas. Hon var klädd i svarta slitna jeans och en vit herrskjorta som markerade hennes magra, breda axlar, och maskerade hennes byst.

Den blonda kvinnan vid hennes sida var så försjunken i tankar att hon bara var kroppsligt närvarande. En ridå av långt blont hår dolde hennes ansikte när hon lutade sig över sitt vinglas. Hon var klädd i svarta jeans och en blodröd blus med invävda guldtrådar som matchade guldet i hennes hår och reflekterade förbjudna bokstäver som hade flytt från hennes ögon och glittrade över hennes byst och bildade mitt namn. Jag visste att hon tänkte på mig men jag visste inte hur jag visste.

Sångerskan med den vita kamelian i håret och den åtsittande mörkblå sammetsklänningen hade just lämnat scenen för en kort paus för att skrika ut sin ångest, eller trycka i sig en halvflaska Jack Daniels, eller kanske ringa efter saxofonisten i den vinröda sammetskostymen och fråga när han tänkte dyka upp. Och det var nu Esmeralda ställde sin fråga.

"Vilken är din sanning, Beata Marie?"

"Min sanning?" ekade Bim över bordet.

"Mm. Varför skickade du in Lianne i gangsteradvokats hus?"

Bim tog en djup klunk av sin öl och tänkte en stund. Hon såg på Gia, som märkte hennes blick och blinkade till några gånger, yrvaket, och nickade.

"Gunnar Bracke har kommit över en film", sa Bim.

"En *film?*"

"Allt som hände den där kvällen finns på filmen." Bim såg ner i den skummande ytan i sitt ölglas:

"Min *sanning* om du nu vill använda det ordet."

"Den fanns hos Maximilian tidigare", sa Gia, tonlöst.

"Hur vet du det?" frågade jag.

Bim såg upp på mig, och hånskrattade:

"Hur tror du? Han berättade!"

"Den var till salu. Sanningen alltså. Problemet var att priset gick upp hela tiden", sa Gia.

Det blev tyst. Bim och Gia såg på varandra och i deras ögon skymtade jag en trötthet så djup att den verkade bottenlös och en sorg som ständigt lurpassade i avvaktan på att man andades dess namn och gav den nytt liv. Häftade vid dessa känslor som parasiter, sugande sin livnäring från på dem, trängdes en mängd andra, muterade känslor av varierande intensitet som jag inte kunde sätta namn på, och jag tänkte; *"jag känner er inte alls!"* Esmeralda vände sig till mig. Hennes gröna ögon såg vänligt, men genomträngande på mig.

"Vilken är din sanning, Lianne?"

Jag höll på att sätta mitt vin i halsen och fick plötsligt svårt att urskilja henne.

"Vad menar du?" sa jag och blundade.

"Varför gjorde du inbrott åt Beata? Du visste du bli utnyttjad. Du visste du kunna råka mycket, mycket, mycket illa ut."

*"Men Esmeralda! Förstår du inte?"* ville jag skrika.

*Jag vill inte söva mig med massfabricerade bilder! Jag vill vara vaken och berusa mig på unika drömmar. Jag vill leka deras allvar, känna allvaret i deras lek.*

*Jag vet att de utnyttjar mig. Men ingen grymhet eller fara de utsätter mig för kan skada mig på allvar så länge jag får finnas i deras liv.*

*Det är tanken på att förlora dem som är outhärdlig – inte tanken på vilka konsekvenser mina handlingar kan få!*

*De är mina nya bilder.*

*De är min sanning.*

*Utan dem finns bara Lagomhelvetet."*

"Lianne?"

Esmeraldas mjuka röst kallade mig tillbaka till sommarkvällen på Klubb Neptun, till blickarna från Bim och Gia på motsatta sidan bordet, till sanningen.

"Jag hade inget val", sammanfattade jag mina tankar.

Bim försökte mörda mig med ännu en av sina svarta blickar som insinuerade att jag var dummare än någon levandes människa hade rätt att vara. Hon brusade upp:

"Påstår du att vi tvingade dig?"

"Lianne valde er sanning framför sin egen. Hennes brott är stort", sa Esmeralda.

Bim ryckte till som om Esmeralda hade gett henne en örfil. Hon lutade sig fram över bordet och fnyste, förorättad:

"Vilken är din sanning Esmeralda? Fram med det nu! Vad är du själv ute efter?"

Esmeralda skrattade.

"Hör! Beata tror jag utnyttjar er! Eller hur?"

"Nej, nej, inte alls!" sa Gia.

Hon gav Bim en snabb, varnande blick.

"Bim är bara lat och pragmatisk! Hon vill inte tro att det existerar några fullständigt osjälviska handlingar."

Hon fortsatte, mycket tystare och med adress till Bim:

"För då slipper hon anstränga sig och förnedra sig och säga "*tack*"."

Bim himlade med ögonen och muttrade mellan tänderna:

"*Tack o tack Harald för att jag får andas samma luft som dig och Gudrun och äta smulorna från ert bord och vara er dotters lydiga slav!*"

Esmeralda fortsatte oberört:

"Beata tror ni är mina redskap, i privata planer. Eller hur?"

Bim var på väg att säga någonting men ryckte till som om någon hade stampat henne på foten.

"Beata Marie smart flicka", sa Esmeralda. "Har delvis rätt, faktiskt. I sak, men inte princip."

Esmeralda sög in kinderna och såg oavvänt på Bim. Hennes gröna ögon gnistrade till, så mjuka, så visa, så oändligt gamla, och så vände hon uppmärksamheten inåt, som om hon talade med en Marlon som fanns i hennes hjärta.

"Beata, du vill veta vad jag är ute efter? Jag kalibrerar Marlons vilja."

"Du måtte ha god hörsel!" muttrade Bim och stampade otåligt med foten.

"Lyssnar inåt. Inre dimension. Söker balansera tid och rum och handling och uttrycka i enhetlig energi."

Bim rapade diskret bakom sin hand och avbröt henne:

"Ursäkta, men jag känner mig alltid så schizofren när jag ska försöka kombinera den allmänna relativitetsteorin och kvantmekanik. Det beror nog på ölen, eller vad säger du, Gia?"

"Det är därför vi har den *supersymmetriska strängteorin*, lilla du. Mot din *dyspraxi.*"

"Nej, det enda som hjälper är *Calabi-Yau* i alla former."

De skrattade åt sina interna skämt som jag inte förstod men drog på munnen åt och som Esmeralda inte drog på munnen åt men säkert förstod. Så sa Gia, med antydan till vädjan i rösten:

"Bry dig inte om henne, Esmeralda, hon vill bara glänsa...."

Bim var på väg att säga någonting men Gia lade sin hand över hennes mun och skrattade: "...till skillnad mot mig, som vet att jag är ett geni och inte måste bevisa det för hela världen hela tiden."

Esmeralda tog upp tråden där hon hade blivit avbruten, elegant och helt oberörd av Bims och Gias cerebrala kampsport:

"Jag är som en växt med mina rötter i det mörka och min blomma i det ljusa. Suger näring från de döda och ger näring till de levande."

Medan hon talade kunde vi se hur någonting osynligt och livlöst mellan hennes händer sög kraft från dem och pressade dem uppåt och isär med en kraft hon inte kunde kontrollera; en kraft som fick Esmeralda att gunga till i sin bänk.

"Någon slags humanbiologisk fotosyntes menar du?" konstaterade Bim ironiskt.

Esmeralda såg på henne med en fundersam, nästan kärleksfull blick. Bim såg tillbaka med ett överlägset leende, som om hon redan hade vunnit deras mentala styrketävling. När Esmeralda efter en stund tog till orda igen var hennes röst alldeles lugn, lite luttrad, men mycket sorgsen:

"Det här är min sanning; jag kalibrerar min mördade Marlons vilja; jag balanserar dålig karma med goda gärningar! Vill slippa höra de dödas skrik varje natt i varje dröm! Vill kunna sova lugnt en enda natt!"

Hon gjorde en kort paus och tillade:

"Vill förtjäna att dö i frid!"

Det blev tyst. Innebörden i Esmeraldas ord spred sig som en isande vind runt bordet, och in genom vår tunna hud, in i vårt medvetande, och vi huttrade till. Inte ens Bim lyckades pressa fram någon sarkastisk kommentar. Ingen sa någonting men jag kunde höra vad vi alla tänkte:

*"Hur många skrik?"*

*"Hur många döda?"*

Efter en stund av fullkomlig tystnad frågade Esmeralda, med samma milda röst som tidigare:

"Vilken är din sanning, Adriana?"

"Min sanning?"

"Varför är Beatas sanning din sanning? Varför offrar du Lianne för att rädda Beatas sanning?"

Gia skrattade till, lika obekväm med frågan som oss andra. Hon undvek också ögonkontakt och masserade nervöst vinglasets fot med pekfingret och tummen. Sedan sa hon i en ton som skulle föreställa lättsam men som lät ansträngd:

"Sanning? För mig finns ingen absolut sanning. Bara rationaliseringar och efterkonstruktioner. Men det finns en hemlighet jag vill få veta innan jag trycker på *delete* och förstör informationen för all evighet."

Bokstäverna i guldtrådarna som bildade mitt namn blänkte till i hennes ögon så snabbt att ingen av de andra märkte det. Men Esmeralda nickade som om hon förstod vad Gia syftade på, och log mot oss igen. Hon fäste upp en svart lock med sitt silverspänne och pekade mot den lilla scenen några meter framför oss.

Sorlet i klubben hade börjat mattas av och vi såg varför. Sångerskan var på väg upp på den lilla scenen efter sin korta paus, dimmig av ångest eller alkohol. Hon snubblade till över några sladdar till förstärkaren och sin långa kjol och svor till så det gick rundgång i högtalarna, innan hon fick igång bakgrundsmusiken och greppade mikrofonen mellan sina händer och kved:

*"All of me, why don't you take all of me."*

När jag såg upp från mitt vinglas märkte jag att Gia såg på mig som om hon hade iakttagit mig länge. Det gick en stöt genom mig när våra blickar möttes, för hennes blick släppte inte min och jag smälte ner till partiklar och vågrörelser med ett enda mål och jag kände det som om hon lockade mitt hela medvetande genom de svarta hålen i sina djupblå irisar.

Hjärtat bultade så högt att hon måste höra det och min hand for upp mot ansiktet för att skydda mig mot hennes blickar. Situationen blev inte mindre pinsam av att jag råkade stöta till mitt vinglas så det välte och mitt röda vin rann ut över bordet.

Oförmögen att röra mig, som frusen i min genans, såg jag hur det röda vinet försiktigt smekte sig fram över bordets yta i sin tysta strävan efter att förtunna sig och utplåna sin egenart, i syftet att förena sig och osynliggöra sig över det andra, för att slutligen sugas upp i det starka och bli en del av det, att bli synlig över det andra, som det andra.

Gia lyfte sin vita servett och sänkte den sakta i vinet. Vinet steg i det tunna pappret som sav, fick det att mörkna som huden i mina tunna kinder, fick det att lösas upp, som sanningen fick min ömtåliga självkänsla att lösas upp i röd hetta.

Sedan placerade hon den upplösta klumpen mitt på bordet där den blödde som ett amputerat organ mellan oss.

Hon såg på mig utan att säga någonting.

Jag kände en stark impuls att fly. Jag fick ingen luft. Jag var fångad i hennes väv av mitt beroende av henne.

*"Ingenting här och nu finns enbart i min upplevelse.*
*Alla mina känslor för dig finns i dig som spegelbilder av dig i mig och av mig i dig, och speglas i din yta, i din blick i min blick.*
*Förstår du? Vi är en blick."*

Hon lutade sig fram över bordet och viskade:

*"Fick du tag i filmen?"*

Jag såg på henne utan att säga någonting. En liten ofrivillig muskelrörelse i ögonvrån på de blå ögonen avslöjade att hon inte var alls så oberörd som hon ville verka.

*"Lianne!?"*

Hon fattade tag i min hand och kramade den. Värmen från hennes hand spred sig över hela min kropp och omslöt hela mig med sin trygghet, och jag darrade till, som en liten Tummelisa omgiven av så mycket kärlek att den nästan kvävde mig.

Hon såg bedjande på mig.

Omgiven av så mycket trygghet fylldes jag av en främmande, svindlande känsla av makt. Jag böjde mig fram över bordet och mina läppar nuddade hennes handrygg i en lätt kyss och jag kände effekten av mina läppar i hennes kropp och min egen.

Just då såg Bim på oss och rynkade pannan.

"Vad sysslar ni med?"

Esmeralda hyssjade vänligt åt oss med fingret mot munnen som om vi var hennes små busiga älsklingsbarn, och av någon anledning dämpade det Bims stridslust. Bim himlade lite med ögonen och lutade sig fram över bordet igen för att lyssna till sångerskan som levererade slitna, meningslösa kärleksfraser med samma känsla som om hon värkt fram dem ur sin egen plågade kropp, fyllda med känslans nyfödda sanning.

"*You go to my head. Like the bubbles in a glass of champagne.*"

Gia och jag såg på varandra igen. Jag viskade:

"Ja!"

"Ja?"

"Sanningen. Jag har den."

Hon blinkade nyvaket.

"Sanningen? "

"Er sanning."

"Åh."

Hon slöt ögonen och medan hon långsamt tömde lungorna på luft sjönk hennes huvud ner över bordet och de blonda lockarna virvlade ut som mjukt sjögräs över den blanka bordsytan. Hennes varma händer som rymde så mycket kärlek fann mina svultna händer och kramade dem så hårt att jag nästan slutade andas. Hennes röst lät som en suck:

"Om du bara visste ... "

"Jag älskar dig", sa jag.

"Jag vet."

Hon såg upp och log mot mig. Jag märkte att hennes mascara hade runnit ut runt ögonen. Hon märkte att jag märkte och släppte mina händer.

Sedan vände hon sig bort. En servitör närmade sig och torkade av bordet med några långa svepande drag. Den blödande klumpen mitt på bordet förvandlades från ett amputerat organ till skräp och försvann, ner i någon soptunna bland annat skräp.

*

Ljudet av hårda steg och höga röster fick oss att se bort mot ingången. Vi upptäckte att några av killarna från vårt första besök på Klubb Neptun var på väg in i lokalen.

Martin fick syn på oss och hejdade sig mitt i ett steg och en mening. Han lyste upp några megawatt och drog handen genom det ljusa håret. Sedan sa han någonting till två av killarna i sitt sällskap som boxade till honom på överarmen och dunkade honom i ryggen, och han närmade sig vårt bord, långsamt vaggande, lojt som en cowboy, med ögon i ryggen och handen över hölstret, inställd på alla eventualiteter så att han skulle kunna snurra runt på klacken om han såg i våra ögon att han inte var välkommen, eller slänga ur sig en hälsning i farten och styra stegen mot toaletten istället. Men vi såg antagligen tillräckligt harmlösa ut för att han skulle våga stanna till vid vårt bord och hälsa.

”Tror du din fotbollskille tar illa upp om jag slår mig ner?” sa han till Esmeralda.

”Slå dig ner men slå dig inte fördärvad!” skojade Esmeralda.

Martin skrattade. Han hittade en stol och slog sig på kortsidan av bordet bredvid Esmeralda och Bim. Under hans svarta skinnkavaj skymtade en urtvättad svart t-shirt med texten Ramones, som var så sliten att bara en person med Martins kropp och omedvetna charm kunde bära upp den. Esmeralda log vänligt mot den unge vackre vikingen med de långa ögonfransarna och mjuka läpparna.

Sångerskan fick ordning på den inspelade pianomusiken och sin mikrofon och vår uppmärksamhet riktades mot den lilla scenen:

”*These foolish things remind me of you.*”

Plötsligt svor Martin till och sa:

”Å nej! Jag tror inte mina ögon! Vad gör *han* här?”

En storvuxen man iklädd kritstrecksrandig kostym stödd på en elegant käpp, haltade in på Klubb Neptun. Han såg sig runt i lokalen över besökarna och sångerskan och stelnade till när blicken närmade sig vårt bord.

"Mina damer! Martin?"

Gunnar Bracke sträckte fram sin välmanikyrerade högerhand till Esmeralda.

"Adrianas och Beatas nya livvakt, förmodar jag? Gunnar Bracke, advokat."

"Esmeralda-san. Samuraj."

Om det berodde på Esmeraldas snabba replik, eller på det faktum att hon i det dunkla ljuset med sitt korpsvarta hår, sin långa vita klänning och koncentrerade blick för en kort sekund faktiskt såg ut som om hon hade klivit rakt ur en Kurosawafilm, blev Gunnar Bracke alldeles tyst.

Martin passade på att fråga:

"Hur kommer det sig att ni känner den här mannen?"

"Känner och känner. Han kom med ett skamligt förslag vi inte kunde stå emot", sa Bim.

"Han slängde en kastrerad hingst i vår säng", sa Gia.

Martin blängde på den korpulente mannen som stod lutad över honom, mot sin käpp. Den kände advokaten började skratta, och skrattet steg till ett crescendo, så våldsamt och omotiverat högt att vi hoppade till i våra bänkar. Sedan tog han ett stadigt tag i Martins sommarblonda kalufs och ruskade hans huvud lite lätt.

När han släppte greppet gav han Martin någonting som kan beskrivas som ett mellanting mellan en vänlig örfil och en ljudlig smekning på kinden. Efter ömhetsbetygelsen log han ett stort leende. Martin korrigerade några blonda lockar i sin vilda frisyr med handen och blängde lite generat på mannen.

"Pappa! Lägg av nu! Det är inte ett dugg kul!"

"Inte?! Inte lika *kul* som att ha två flickvänner!? Samtidigt! Farsgubben har sina källor!"

Martin blev skär om kinderna och sneglade på Gia som satt och iakttog honom över axeln på Bim.

"Pappas humor – han skojar bara!"

Gia ryckte på axlarna och blinkade mot mig över bordet och mitt hjärta tog ett litet skutt av glädje.

Nu närmade sig bartendern som alltid blev lättfotad som en ballerina så fort han såg Bracke. Med ett jätteleende installerade han en stol mellan Esmeralda och Martin och tog upp den kände advokatens beställning.

Gunnar Bracke slog sig ner bredvid Martin som svor tyst över placeringen.

"Se inte så dyster ut!" sa Bracke och boxade till sin son på axeln. "Du ska väl få ordning på hormonerna du också vad det lider! Så din vilhavre nu när du är ung och gillar omväxling och har hår på de rätta ställena!"

Martin uppskattade inte skämtet och gav igen med samma mynt:

"På tal om hormoner och att se dyster ut; varför haltar du gamle man? Hade du lovat mer än du kunde hålla?"

Hans far skrattade länge sitt höga överlägsna skratt. Sedan förklarade han:

"Så här är det: Du och jag rör oss i olika kretsar, min gosse. Men dina förtjusande väninnor och jag har en gemensam bekant. Han är säker på att de har lagt beslag på någonting som tillhör honom och han försöker övertala mig att kräva tillbaka objekten. För några dagar sedan gav han mitt ben en specialmassage och det är därför jag haltar. Igår sprängde han mitt kassaskåp och demolerade mitt kontor – ja, det är det som stinker i hela fastigheten! – och idag gjorde han en "installation" i mitt sovrum när jag inte var hemma, som bara kan tolkas på ett enda sätt: *Han håller på att förlora tålamodet.*"

Gunnar Bracke drog ett djupt andetag:

"Den här individen är en sån typ som brukar sparka ihjäl folk när han tappar tålamodet – vilket han tenderar att göra vid minsta motgång. Fråga mig, jag är hans advokat. Jag har förvarat hans beteende."

Martins blick gled från fadern till oss andra, och så tillbaka på fadern. Han svalde hårt och drog nervöst med handen genom sitt ljusa hår några gånger.

"Tro för all del inte att dina väninnor har sluppit ifrån hans uppvaktning. Men de får själva berätta alla pikanta detaljer!" sa Gunnar Bracke.

Efter det att Gunnar Bracke hade svept två glas öl, nämnt någonting om övervakningskameror, avstängda larm, inbrott och ett implicit dödshot i sängkammaren, upptäckte han plötsligt hur ogärna han ville skiljas från vårt trevliga sällskap och hur angelägen han var att få visa upp sitt vackra hus i Äppelviken och fortsätta samtalet över lite nattmat. Han hann knappast nämna sina övervakningskameror förrän Esmeralda upptäckte hur glupande hungrig hon var. Med en nick till bartendern lämnade den kände advokaten och hans entourage Klubb Neptun och vi klev in i taxibussen.

*

Trädgården omfamnade oss med sina ljumma kvällsdofter och skymningsfärger. Fåglarna kvittrade och luften var mättad med gröna löften. Vi gick omkring bland äppelträden som var betydligt fler än vad jag hade uppfattat under mitt första besök, eftersom trädgården var mycket större än jag hade trott. Gunnar Bracke pekade och förklarade vilka gamla ädelsvenska sorter han hade lyckats ympa in i de vanligare sorterna:

*"Ingrid Marie, Katja, Aroma; visste ni att äppelträdet är en hybrid i familjen rosväxter? Gravensteiner, Astrakan ... "*

En bit in i trädgården stannade han till vid ett växthus av murat tegel där rutorna var täckta av svart plast. Han log hemlighetsfullt.

"Jag vet inte hur mycket ni känner till om växtförädling, eller alkemi, dessa till synes oförenliga komponenter, som tillsammans... *Därinne ...* mina ljuva små vänner... därinne pågår ett projekt som är unikt i sitt slag och i sin djärvhet. Mitt livs utmaning... *Döden!"*

Bim studerade honom utan att le, som om han var ett abstrakt konstverk på tre ben, och avbröt:

"Jag slår vad om att du är duktig på precis allting!"

Jag var tydligen den enda som uppfattade ironin i hennes röst, för mottagaren av komplimangen frustade belåtet som en gammal halt häst.

"Vadå "duktig på precis allting"?" viskade Gia till mig. "Allting vadå? Är hon blind och döv? Det där är ju bara ett pyttelitet pytteskitväxthus, med pytteskitväxter, och han? Han är ju bara en skitful, skitfet, skitexistisk gubbe!"

Gia såg på Bim med avsmak. Hennes stora blå ögon blänkte till av ilska och förtvivlan och smärta. Hon pressade tillbaka tårar av svartsjuka.

*"Hon driver med honom för din skull, Gia, kan du inte se det?"* tänkte jag förvånad. Men tydligen var jag inte den enda av oss som hallucinerade ibland.

Det enda som gjorde att jag stod ut med att se Gia må så dåligt var att jag hoppades att hennes hallucinatoriska vanföreställningar om Bims och Brackes spirande passion skulle få henne att älska Bim lite mindre och mig blott det allra minsta lilla någon gång.

*"Kärleken till henne har gjort mig elak"*, tänkte jag.


Esmeralda bad att få låna Gunnar Brackes toalett och Martin visade henne vägen. Vi andra slog oss ner på vita trädgårdsmöbler i syrenbersån. Efter en stund kom Martin ut i trädgården bärandes på en silverbricka med en flaska *Laphroaig* och sex tunga kristallglas. Humöret steg omedelbart några grader på alla, utom på mig, och jag tömde mitt whiskyglas i smyg under bordet.

Sedan följde ett bombardemang av mystiska botaniska koder med sexuella undertexter på latin som ingen utom Gunnar Bracke själv förstod den exakta innebörden av.

"Omgivna av vänner, i den svenska sommarnatten!" sluddrade han. "Här sitter vi och dricker whisky samtidigt som det pågår ett oavbrutet kopulerande inuti de vackra blommorna. *För vad skulle världen vara utan detta slöseri med livskraft, detta oavbrutna kopulerande? Steril! Död! Tråkig!*"

Han utstötte några ljud som lät som ett mellanting mellan skratt och gråt. Bim och Gia log mot varandra i hemligt samförstånd, och såg varandra djupt in i ögonen. Gunnar Bracke studerade dem med glansiga ögon och sluddrade:

"Den där perversa Maximilian, med sin sjuka fantasi, han antydde att ni två var lesbiska. Men ni är alldeles för vackra för att vara lesbiska." Martin såg ut som om han skulle sjunka genom jorden. Han förde upp händerna framför ansiktet och suckade bakom handflatorna.

"Lägg av nu, farsan! Du är så pinsam."

Hans far lutade sig över honom och klappade honom på huvudet.

"Och du är så politiskt korrekt, min son!"

Hela tiden sneglade han nyfiket på Bim bakom springor till ögonlock:

"Beata Marie, du är så tyst, du! Berätta lite om din fantastiske psykoanalytiker och hans granna slipsar!"

Bim satt rak i ryggen, med benen tätt ihop.

"Det kan jag inte; hela han är belagd med tystnadsplikt. Det är nog därför som jag respekterar honom så mycket."

Gunnar Bracke gapade dumt, men Martin skrattade så han fick tårar i ögonen och skakade på huvudet.

"Farsan, *de driver med dig* och det är bara rätt åt dig så jävla full och retrograd som du är."

"Det är möjligt att jag har sett lite djupt i flaskan men det skulle du också göra om någon försökte skrämma livet ur dig! Följ mig och se själva!"

*

En stund senare befann jag mig för andra gången samma dag under Gunnar Brackes tak och det kändes definitivt som två gånger för mycket. Jag höll ett fast grepp om min ryggsäck som innehöll det vadderade kuvertet och videobandet.

Den kände advokaten var mycket stolt över sitt hus och sina ägodelar och gjorde sitt bästa för att hamna nära Bim hela tiden så han kunde observera hennes reaktioner på hans lilla Picassolitografi och oljemålningen av Miró. Och nog stirrade hon.

"Tänk att din Miró är fortfarande fuktig!" sa Bim. "Efter alla dessa år!" tillade hon och torkade av pekfingret på en bit papper från byxfickan.

En stund senare, när Gunnar Bracke hade återhämtat sig någorlunda från konststölden, och hans son hade hjälpt sin far upp på fötterna, gick vi upp för trappan till övervåningen, advokaten med sin unge son som extrakäpp. Dörren till sovrummet var öppen och våra blickar drogs mot sängen. Där låg vad som vid första ögonkastet såg ut som en lång kraftig kropp insvept i vita lakan, med fyra svarta skotthål genom bålen. Vid närmare granskning visade det sig vara ett arrangemang med lakan och kuddar, men synen var så effektfull att den fick alla att hoppa till.

"Se! Den här sjuka hjärnan vill visa att jag inte går säker någonstans, inte ens i mitt eget hem! Se: Säng, lakan, vit svepning, fyra kulhål! Känner ni lukten? Här luktar krematorium! Så utstuderat, så *infernaliskt!*"

Jag ryckte till när jag förstod vilken doft han syftade på och han fortsatte, nöjd över effekten av sina ord:

"Förstår ni nu vem vi har att göra med? Attacken på mitt ben, mordet på Maximilian, branden på Liannes studentkorridor, explosionen på min advokatbyrå, förfalskningarna och så detta förebud!"

Han spände blicken i Gia, Bim och mig:

"Förstår ni nu varför Tomas måste få vad han kräver, innan det är för sent?

*

Esmeralda återvände från sin minisemester på toaletten och gick fram till mig och blinkade. Så vände hon sig till Gunnar Bracke och sa:

"Jag snart svältdöden dö, Mr Lawyer!"

Advokaten skrattade till.

"Så försmädligt va! Jag kom just att tänka på att den enda mat jag har hemma är en halv älg i frysen som jag fick av en nöjd klient för några dagar sedan. Anonym. Inte frågan om någon bestickning, alltså!"

"Så försmädligt va! Jag som just kom att tänka på att vi är vegetarianer allihop", sa Bim.

"Vilket betyder att vi inte äter varelser som skjutits utan rättvis rättegång." sa Gia och stötte armbågen i midjan på mig. Jag försökte låta bli att tänka på vad hon insinuerade.

Bracke senior mötte Bracke juniors blick och Bracke senior låtsades bli förlägen:

"Får jag lov att fresta herrskapet med Campbells tomatsoppa?"

Vi såg på varandra. Martin skakade på huvudet och muttrade någonting ohörbart. Men Bim ryckte på axlarna och sa:

"Kunde Andy Warhol, så kan väl vi."

Bracke böjde sig fram och väste:

"Kunde Andy Warhol vadå? Någonting som din fantastiske

psykoanalytiker rekommenderar? Måla av konservburkar?"

Martin lade sig i samtalet.

"Lyssna pappa, det här är faktiskt intressant! När Andy Warhol växte upp i en fattig invandrarfamilj åt han soppa varje dag, och för honom blev de där burkarna ikoner för det moderna samhällets nya religion; konsumtion; yta som mening och innehåll..."

Gunnar Bracke stönade och avbröt sin son.

"Ja, ja, så han levde på tomatsoppa som barn, stackars jävel, och blev fikus på köpet. Det kan jag förstå. Men vad jag däremot inte kan förstå är hur någon kan måla av *soppburkar* och kalla sig konstnär."

Martin bara stirrade på sin far:

"Ibland förstår inte *jag* hur vi kan vara släkt!"

Vi gick in i matsalen som var möblerat med vita gustavianska möbler med gulrutig klädsel som matchades i gardinuppsättningen. Ett vitrinskåp var fullt med glaskonst och små bronsskulpturer som jag antog var av mycket hög ålder och av mycket högt värde.

Martin dukade det stora vita matsalsbordet med vackra porslinstallrikar och vi slog oss ner. Genom stora välvda fönster kunde vi njuta av en storslagen utsikt över trädgårdens grönska. Martin försvann ut i köket. Efter en stund återvände han med den varma tomatsoppan i en stor soppterrin och som tilltugg en stor skål med popcorn.

Gunnar Bracke vände sig till oss och sa:

"Vad säger ni tjejer? Det är väl trevligt med den här nya generationens män som både lagar mat och passar barn och stryker sina egna kalsonger och vet vilka hudkrämer som gör huden lenast!"

Kommentaren åtföljdes av ett skratt som var så hjärtligt att om han hade skrattat ett uns hjärtligare åt sitt eget skämt hade han kräkts. Martin lät sur och hans hand darrade lite lät när han slevade upp soppan i de djupa tallrikarna och dekorerade med popcorn.

"Får jag fråga varför du bjöd hem oss på nattmat när du inte har någon mat hemma?" sa han, med en röst som darrade av skam och indignation.

"*Damnum absque injuria!*" vrålade Gunnar Bracke. "Jag driver väl för fan ingen restaurangrörelse? Vad skulle jag ha sagt? "*Vill du hänga med hem på en kopp kaffe*"? Det är ju synonymt med en sexuell invit! Man måste iaktta dekorum!"

Han spände blicken i sin son. Den överviktiga, bleka vampyren försökte skrämma sin välartade, vackra, blonda solstickegosse till tystnad. Men Martin skakade bara på huvudet och log ett snett leende.

"Säg som det är: Du är rädd för att vara ensam, farsan! Ensam i ditt stora, stora hus med din stora, stora käft!"

Ingen sa någonting. Våra blickar studsade från de antika tallrikarnas röda djup ut genom de höga fönsterna in i nattens djupblå melankoli av intighet. Bim mötte Gias blick över sopptallrikarnas inkarnerade röda drömmar; över näringen i Andy Warhols konstnärliga blodomlopp, och nickade:

"Pop Art, eller konceptkonst; att vara eller inte vara en vara, det är frågan."

"Att vara eller inte vara en ikon, det är frågan", sa Gia.

"Att skjuta eller inte skjuta en ikon, det är frågan. "

"Ergo: Att eliminera frågan, det är det som är konsten, konceptet och svaret."

"Så skål för Valerie Solanas!" sa Bim.

Martin spärrade upp ögonen.

"Valerie Solanas? Hon som sköt Andy Warhol?"

"Sköt; ja, dödade; nej. Inte så ovanligt som man kan tro! Skål, Lianne!" sa Gia och fnissade.

Jag såg bort från dem ner på min sked där ett fylligt popcorn som var märkligt lik en liten fet förkrympt kanin flöt på en röd hinna av tomatsoppa på väg in i min öppna mun och ner i mitt mörka svalg.

*"Popcorn Art. Eat me and I'll come in your mouth"*, viskade den med Gias röst.

Bim fortsatte sin utredning om etiketter på konstnärliga riktningar eller feministiska manifest, eller vad det nu var hon talade om, och Gia var genast med på noterna. Martin uppskattade deras ordlekar och applåderade då och då, när han inte bara grymtade belåtet.

"Att bli sedd, som objekt, eller att bli förstådd, som subjekt. Det är dilemmat."

"Tolkningens fria fall mot upplevelsens tyranni?"

"Eller upplevelsens frihet mot tolkningens tyranni?"

"Eller tolkningsupplevelsens frihetstyranni?"

Från högsätet dundrade Gunnar Brackes röst i en evighetslång föreläsning om blommor och bin som ingen lyssnade på. Esmeralda som satt mitt emot mig själv, petade runt i soppan med sin sked.

"Kom Lianne!"

*

Esmeralda visade mig vägen ut förbi köket. Hon låste upp en dörr som dolde en trappa ned till källaren. Den här källaren var lika vanvårdad som Tomas farmors källare, med spindelnät och råttbajs, ohyvlade brädgolv och paneler och säkert en liten koloni våldgästande möss bakom trädgårdsattiraljerna. Jag nös av dammet som vi rörde upp.

"Hittade alla övervakningsband på skattletare som kom idag. Hittade någonting annat också", sa Esmeralda.

Hon pekade i riktning mot en stor frysbox som stod dold bakom cyklar och trälådor och spadar och gräsklippare och krattor och hinkar och allehanda bråte från trädgården.

"Var?"

"Där!" sa hon.

"Var?"

Jag såg mig omkring.

"Där! Ingen vanlig frysbox."

"Jaså? Den ser rätt vanlig ut. Fast stor och dyr, förstås."

"Tomas grav", sa hon.

"*Va?!*"

Esmeralda log.

"Okej, *listen*! Jag var hungrig. Leta mat. Kolla i frys. Naturlig reaktion. Kolla i plastsäck. Konstig älg, tänkte jag. Ser ut precis som Tomas."

Jag var tvungen att sätta mig ner på det nedersta trappsteget.

"Jag förstår inte? Nej. Jag kan inte tro det!" sa jag.

"Inte? Vill du se själv?"

"Nej!" skrek jag.

"Ska vi sticka?"

"Ja!"

Jag mådde så illa att jag knappast klarade av att gå tillbaka upp för trappan, så lättad över att Esmeralda inte hade öppnat frysboxen att det susade i huvudet och benen kändes ostadiga.

*

I matsalen stod de djupa tallrikarna kvar med sitt röda innehåll, som resterna efter en sofistikerad vampyrbankett. Från salen hördes George Harrisons sjunga om människor som vinner hela världen men förlorar sin själ eftersom de inte kan se sanningen.

"Jag är klar", sa Esmeralda. "Mission accomplished."

Bim och Gia reste sig upp från den vita skinnfåtöljen och kom emot oss på ostadiga ben. Bim hojtade till männen som diskuterade rapmusikens existensberättigande, med ryggen vänd mot oss, omgivna av indiska toner:

"Vi sticker nu. Tack för nattmaten. *Utsökta* popcorn!"

"Schticker? Så fa-an ni gör! Ni har inte fått ka-ha-ffe!" sluddrade Gunnar Bracke.

Han snurrade runt lite för snabbt och i nästa stund snubblade han över sin käpp i en mycket ograciös rörelse. Martin låtsades inte märka att hans far låg på alla fyra på golvet och kallade mattan onämnbara saker och utlovade speciellt utvalda spöstraff för handknutna antika mattor som jävlas med sina ägare.

"Vi ses", sa Martin med mycket trött röst, och blev nästan omgående överröstad av George Harrison som sjöng om hur vi alla är bara en.

Vi rusade ut på gatan. Under en mörkblå himmel prickig av vita stjärnor stod Gunnar Brackes bil. Vi klev in och Esmeralda rattade fordonet in mot centrum. När hon hade parkerat bilen på en mörk innergård i närheten av Klubb Neptun och lastat över sin last; en potatissäck full med videoband samt tre ostadiga passagerare – varav en befann sig i dagens andra chocktillstånd – i Zeldas blå bil, körde hon oss till Villa Marina.

*

Eftersom Esmeraldas hus var övervakat och Zelda hade herrbesök, accepterade Esmeralda erbjudandet att sova över i Villa Marina, men först sedan hon insett att herrskapet Binkell inte skulle vara hemma över natten.

Som den duktiga sakletare och metodiska orsakletare hon var drog hon sig tillbaka till ett av gästrummen, utrustad med en videobandspelare och en säck övervakningsband och Gunnar Brackes svarta anteckningsbok.

# Gryning och Skymning

IA OCH BIM OCH JAG gick in i Gias rum. Irritationen mellan Bim och Gia var så påträngande att den måste ha förändrat sammansättningen av syremolekyler i rummet, för luften kändes plötsligt plågsamt tung att andas.

*"Nu har det satt i gång. Först är de sura på varandra, sedan kommer de att ta ut det på mig."*

Gia var den som började. Hon ställde sig framför Bim och sa med en röst så spänd att den saknade känsla:

"Måste du hålla på så där?"

*"Så där?"* ekade Bim.

"Måste du bjuda ut dig till den där *löjliga, uppblåsta gangstern!* Du spottar på våra heligaste principer! Du flirtar med den *vidrigaste företrädaren* för förtryckaretablissemanget!"

Hon blinkade med ögonfransarna och slog ihop sina händer i en underdånig gest och med tillgjord inställsam röst, som skulle föreställa Bims härmade hon:

"Jag slår vad om att du är *duktig på precis allting!*"

Bim grep tag i hennes handleder och tvingade henne att stå stilla och lyssna.

"Principer? Du ska inte snacka om principer! Tror du jag är blind? Tror du inte jag såg hur ni höll på ikväll, på Klubb Neptun? Era blickar, era händer!"

Gia suckade överdrivet.

"Åh förlåt! Jag glömde att Klubb Neptun är helgad mark för dig! Det var där du friade till den där homofobiska orchen! Framför mig!"

Gia var så arg så hon fräste.

Bim fräste tillbaka:

"Försök inte skylla ifrån dig! Du började, Gia. Den där dagen när du kom hem från Max och bara pratade om Lianne."

"Jag nämnde att Lianne var hos honom. Än sen?"

Bim skakade Gia.

"Har du glömt vad du sa? Hur mallig du var? Du sa att du behövde bara lyfta ett finger så skulle hon komma springande!"

Gia såg trotsigt på henne och försökte slita loss sina armar, men till ingen nytta. Bim var starkare, och hennes ögon glödde av svartsjuka.

"Du ville trycka ner det i halsen på mig, visa mig vilken makt du har, visa att du kan få precis vem du vill ha."

Gia bet ihop och ryckte vilt i sina armar, men till ingen nytta.

"Sluta nu! Du vet hur jag är! Jag flirtar bara! Det betyder ingenting!"

Bim blängde på henne med sammanbiten mun.

"Jaså inte? Du fick ju som du ville! Hon kom springande precis som du ville, och hon är med oss precis hela tiden precis som du ville!"

"Varför förenklar...?"

"Och du ser på henne som om..."

"Som om *vadå?*"

"Du vet vad jag menar. Som om du vill sticka nålar i henne  och smaka hennes smärta."

Bim såg på mig med en blandning av förtvivlan och hat. Hon släppte Gias armar med ett ryck som fick Gia att vingla till, och gick fram till mig istället. Hennes ögon var blanka av alkohol och frustration.

"Och du Lianne, du är som en hund! Du bara står där och väntar på att vi ska smeka dig eller sparka dig! Varför accepterar du allting? Varför biter du oss inte? Varför sticker du inte?

Hon ställde sig med sitt ansikte en decimeter från mitt och skrek:

*"Vi är inte snälla mot dig!"*

"Sluta Bim, du är full", viskade jag.

"Försvara dig någon enda jävla gång!" vrålade hon.

Innan jag hann svara satte hon handen över min mun och pressade mitt huvud tillbaka så mycket hon orkade. För att förhindra att jag for i golvet grep jag tag i hennes arm, men återfick inte balansen utan jag drog med mig Bim i fallet mot golvet. Jag slog i ena höften och armen. Det gjorde inte fullt så ont som jag befarade, bara lite mer än jag härdade ut med.

Hon tryckte ner mig mot golvet med båda händerna.

"Sluta nu! Jag tycker inte om de här lekarna!" sa jag.

"Jag vet att du inte "tycker om" våra lekar. Du *älskar* våra lekar. Ju hårdare ju bättre. Erkänn!"

Det gjorde ont i min arm när hon pressade ner mig mot golvet. Den skarpa vita smärtan fick mig att tänka på den vita döden i frysboxen i Gunnar Brackes källare.

*"Så mycket hat, varför så mycket hat?"*

"Ni har varandra", sa jag. "Jag har ingen."

Bim ryckte till som om jag hade avslöjat en skamlig sjukdom. Hennes grepp runt mina handleder lossnade och hon torkade av sig på sina jeans som om hennes händer hade blivit smutsiga av att hålla fast mina, och satte sig bredvid mig på golvet.

"Du är så sjuk!" sa hon. "Man blir smittad när man rör vid dig!"

"Hur då *"smittad"*?" frågade Gia.

"Kommer du ihåg vad du sa den där första gången? Att du hade sett rakt in i hennes smärta, och att du ville smaka den, att den tände dig."

Gia avbröt henne.

"Så är det inte längre."

De såg på varandra under tystnad under en lång stund. Bims ögon blev mörka.

"Jaså, inte? Har du redan tröttnat på att *binda och droga henne* och *se på när jag …*"

"Sluta!" avbröt Gia. "Du får det att låta så … *banalt!*"

Bim kunde inte låta bli att skratta till:

"Banalt! Jag vet inte om alla skulle hålla med om din definition av banalt, Gia. Skit samma, vad står överst på önskelistan idag då?"

Gia log mot mig och sedan mot Bim.

"Jag har aldrig gjort någon hemlighet av vad jag känner för Lianne. Och idag behöver jag henne extra mycket."

"Varför då? Varför just idag?"

"Lianne har någonting unikt, någonting som ingen annan har, någonting som du och jag har förlorat för länge, länge sedan, nej förresten, någonting som vi aldrig har ägt."

Bim andades häftigt och drog nervöst med händerna över näsan och munnen som för att kväva sin upprördhet. Men alla känslor som vällde upp inom henne fick henne att darra och se sjuk ut. Gia sneglade på henne, och hennes blick var fylld med smärta och triumf.

Jag visste att de var ute efter att göra varandra illa och när de var färdiga med varandra skulle de ge sig på mig. All sin avgrundsdjupa skräck för att vara utbytbar skulle de projicera på mig, den utbytbara, i form av ett kännbart straff. Jag kände att jag måste stoppa dem innan leken gick för långt.

"Snälla, kan ni inte sluta nu!" bad jag. "Vad ska det här leda till? Vi är trötta och ni har druckit lite för mycket!"

Gia lyfte handen och pekade på mig.

"Hallå! Sedan när har du rätt att ha några synpunkter på hur vi uppför oss i mitt hem?"

"Just det! Du ska bara hålla truten tills du blir tillfrågad!" instämde Bim. Varpå Gia vrålade:

"Hör vem som talar! Hur skulle det vara om du bad din egen beundrare hålla truten någon gång? Istället för att bjuda ut dig, som en annan hora!"

Bim jämrade sig och skrek tillbaka:

"Inser du inte varför jag gör det? Tror du verkligen att jag gillar det? Att jag gillar honom?"

Gia svarade inte. Hon blundade och knöt händerna och var så upprörd så hon darrade.

"Tror du det? På *allvar*?" sa Bim.

"Ja! Ja! Ja! Det syns på dig! Alla kan se det! Han ser det! Eller hur Lianne?"

Jag svarade inte. Jag reste mig mödosamt upp från golvet på armbågarna och såg på dem. Min arm värkte ikapp med mitt hjärta. Bim och Gia var rufsiga i håret och röda i ansiktet och deras kroppar darrade av upphetsning, frustration, hat, eller kärlek, förtvivlans attraktion. Jag visste att svartsjukan som skymtade bakom deras mörka blickar skulle få nattens lekar att glöda med förnyad hetta. Bim gav mig en lätt kick med tåspetsen.

"Svara din dumma gås! Nu har du din chans, nu är du tillfrågad. Du tror förstås också att jag är tänd på det där gubbaset?"

Jag slöt ögonen och svek mig själv igen:

"Nej", sa jag. "Jag ser på dig att du hatar honom."

De var tysta. När jag öppnade ögonen igen såg de förvånat på mig, som om ingen av dem hade förväntat sig mitt svar.

"Du behöver aldrig träffa honom mer", sa jag.

Bim gav mig den där blicken och stönade. Jag visste vad hon tänkte.

*"Är du verkligen så naiv som du verkar?"*

Sedan sa hon:

"Ska vi slå vad, lilla Fröken Intuition?"

"Lianne har vad du behöver", sa Gia.

Hon tog tag i Bims axlar och såg in i hennes ögon.

*"Tänk! Tänk! Tänk!"* sa hon och så upprepade hon långsamt: "Lianne har någonting *unikt*, någonting som ingen annan har, någonting som du och jag har förlorat för länge, länge sedan."

Det tog bara en kort stund för Bim att förstå vad hon menade. Hon drog på munnen. Hatet försvann från hennes blick och hon himlade med ögonen.

"Vilken tid det tog. Jag är verkligen trög ikväll. För mycket dricka. Ett noll till dig, Gia."

Gia trummade förnöjt med fingertopparna mot varandra.

Bim frågade:

"Fick du verkligen tag i filmen, Lianne? Var inte det svårt, med alla människor överallt i huset?"

"Jo. Mycket."

Innan jag hann reflektera över saken kände jag Bims armar runt mig. Hon drog upp mig från golvet och omfamningen resulterade i en impulsiv kram, hård men vänlig. Smärtan från armen fick mig att skrika till.

"Hon förtjänar en belöning. Eller hur, Gia?"

"Jo, du ska få se på film!"

"Ska vi se film?"

"Inte vi. *Du.*"

"Vilken film?"

"Mästerverket."

"Jag vill inte. "

"Det måste du. Det är helt nödvändigt."

"Ni då?"

"Vi har redan sett den."

*"Jag har börjat lära mig förstå deras modus operandi"*, tänkte jag.
*"En människa som går med på deras sjuka villkor måste vara en djupt störd
individ."*

*"Undrar om det syns på mig?"*

*"Undrar om de kan se det på mig?"*

Gia förde in videobandet i bandspelaren och tryckte på *play* och så satte
den ohyggliga filmen igång. Jag sjönk djupare och djupare ner i fåtöljen.

*"Det här är det sjukaste jag har gjort i hela mitt liv"*, tänkte jag.

*"Jag hoppas att jag någon gång kommer att förstå varför jag går med på det
här?"*

\*

Filmen var slut och jag drog isär draperiet till himmelssängen och kröp
ner i sängen bredvid Gia. Jag kröp ihop i fosterställning och drog täcket
över huvudet och försökte tränga ut bilderna från mitt huvud men det var
omöjligt.

*"Vilken osynlig varböld i hjärnan är det som alstrar denna grymhet, detta
gift som förtär sig själv?*

*Vilket balanssinne i kroppen är det som söker sitt ekvilibrium i andra
människors lidande?*

*Från vilket vakuum i samma organ härstammar likgiltigheten?"*

Gia vaknade och smekte mig på huvudet. Hon drog mig in i sin famn, min rygg mot hennes kropp. Hennes läppar var mjuka mot min kind, hennes bröst och mage varma.

"Förstår du nu?"

Men jag kunde inte svara. Jag darrade och kunde inte pressa fram ett ljud. Bim hade vaknat till och sneglade över Gias kropp. Hennes hand kom klättrande över Gias midja och lade sig tillrätta där. Den nuddade vid min midja. Hon gäspade utan att hålla för munnen.

"Så, vad tyckte du om vårt mästerverk – *Filmen Som Förändrade Vårt Sätt Att Se På Världen*? Är det en dokumentär? En porrfilm? Ett pekoral? En splatterfilm?"

Hennes ögon var lite röda av sömn och sprit när de mötte mina.

"Ja, du såg väl hela? Enastående skådespelarprestationer, eller hur?" sa hon tonlöst. "Flickan var amatör. Tänk va! Ingen erfarenhet alls!"

Min hals drog ihop sig av känslorna som strömmade igenom mig.

"Det var *outhärdligt*. Dina skrik…"

Hon såg på mig utan att se på mig, som om hon såg rakt in i sig själv.

"Det var födsloskrin. Man kan se det som att jag föddes en andra gång. Eller dog en första gång. Samtidigt. Och jag har fortfarande dåligt existentiellt lokalsinne."

Hon tystnade, drog efter andan och fortsatte:

"Det var därför jag började läsa kemi. Aminosyror verkar så pålitliga."

Sedan vände hon sig om och drog täcket över huvudet så vi inte kunde se henne.

Gia viskade in i mitt öra:

"Bim pluggar kemi för att Master Harald bestämde att vi skulle plugga kemi. Hade absolut ingenting med aminosyror att göra. Hade allt med pengar att göra. Men Bim föredrar sin egen version, förstås."


Jag låg och stirrade ut i mörkret och försökte övertala min stackars kropp att falla i sömn, men den vägrade lyda. Mina tankar var fångna inuti sin egen fasa, vars gift långsamt förlamade min kropp och fick mitt hjärta att pumpa vettskrämt, i ett desperat försök att rena min hjärna från de livsfarliga tankarna.

*Förlamad låg jag där; förgiftad av bilder från verkligheten.*
*Jag kunde inte röra mig.*
*Jag kunde inte fly.*
*Jag hade sett väven gå sönder och verkligheten spegla sig i en flickas ögon.*
*Tomheten i en sextonårig flickas ögon.*

*

Jag låg orörlig i den långa natten och lyssnade på deras regelbundna andning. Det kalla blå ljuset som föll in genom fönstret visade att möblerna i Gias rum egentligen var mörka ruiner på en gravplats och att någonstans under våra kroppar vilade de döda, för evigt instängda i sina mörka hålor, och om jag lyssnade kunde jag höra deras suckanden genom golvplankorna. Det var som om Villa Marina försökte krossa mig med minnen av vad som hade skett innanför hennes vackra väggar med hennes tysta medgivande. Tydligen hade vi alla svårt att somna eftersom jag hörde Bim viska från andra sidan sängen:

"Gia? Sover du?"

"Nej, jag har varit vaken en stund", svarade Gia.

De var tysta. Sedan sa Bim, med så tyst röst att jag nästan inte hörde:

"Tänker du någonsin på hur det var? Då? *Innan* ?"

"Jag tänker ofta på hur det var. Då", sa Gia.

Bims röst lät sorgsen:

"Jag vill att du talar om det. Nu", sa hon.

"Men orkar du det?"

"Ja. Berätta sagan om oss!"

"Okej. Lägg dig på min arm så ska jag berätta sagan om *GryNing* och *SkymNing.*"

Jag hörde hur det prasslade bland lakanen och de makade sig närmare varandra. Gia viskade med mjuk röst, som om hon berättade en saga för en liten flicka:

"Det var en gång två små flickor som ingen i hela världen tyckte om. Inte ens deras föräldrar tyckte om dem och de hade inga vänner. Men det gjorde ingenting eftersom flickorna tyckte så mycket om varandra att de inte behövde andra människors kärlek. *GryNing* var ett ljusets barn, blond och rik och bortskämd. *SkymNing* var ett mörkrets barn, svarthårig, fattig och vanvårdad. *Gry* gav värme och synlighet till *Sky* som gav skydd och osynlighet tillbaka. Tillsammans var de osårbara. Tillsammans var de fulländade.

De var som två sidor av en hand, som skönheten i en perfekt tanke, som sömmarna i ett dygn. Tillsammans var de den mest fantastiska varelsen på jorden. Tillsammans var de den enda fullkomliga varelsen på jorden och de levde i en värld som var hel och perfekt och ointaglig eftersom den var osynlig för de andra, de defekta. Och allt skulle allt ha förblivit perfekt om inte någonting hade hänt en dag, den Sorgens dag som föddes som en Glädjens dag."

"Berätta! Vad hände den där Sorgens dag?" frågade Bim. Hennes röst var tunn och nästan barnslig.

"*GryNing*s föräldrar var bländade av sitt eget ljus och ansåg att ödmjukhet var eufemism för det fulaste ordet på jorden: *Självförnekelse*. De ansåg att flickornas vänskap som frodades i utanförskapets skuggvärld, alstrade mörka perversioner och borde stävjas. Därför ställde *GryNing*s föräldrar till med en överdådig fest och bjöd in flickornas klasskamrater, och därmed utan att veta det, dotterns plågoandar, i sin ambition att förevisa sin omåttliga generositet och rikedom för dem som ville umgås med deras dotter." Hon gjorde en konstpaus:

"Vem som fick betala priset för deras omåttliga generositet, ja det fick de aldrig veta."

Bim skrattade glädjelöst och sa:

"Berätta om festen! Innan..."

"När *de defekta*, steg in i den väldiga hallen i det väldiga huset, togs de emot av två varelser som var så vackra att ingen och ingenting kunde mäta sig med deras skönhet, i sitt midjelånga tjocka hår, svarta ögon i bleka ansikten, och alla antika jugendsmycken mot vita spetsblusar under sidenvästar med läderremmar, vida kritstrecksrandiga byxor.

Dofterna från fem tusen blodröda rosor och rökelse låg tung över hallen, och knastrandet från björkveden som brann i den öppna spisen, och de långa skuggorna från alla tända vaxljus i kandelabrarna som stod överallt. Flortunna nät hängde ner från bjälkarna i taket som spindelnät, och melankolisk musik strömmade ut från de gömda högtalarna, från tunga syntar och sorgsna suicidala röster ekade mellan väggarna."

"*De defekta* såg skräckslagna ut när de undrade vad klassens två mest missanpassade avskum, skolans två mest utfrysta missfoster, *GryNing* och *SkymNing*, skulle göra för att hämnas all grymhet.

*De defekta* undrade om de hade hamnat i en mardröm för sina tanklösa och utstuderade grymheters skull, och om Freddy Krüger skulle dyka upp från källarhålan och köra in sina knivar i deras kroppar, eller om Frankensteins monster skulle komma ner från loftet och slita dem i stycken.

*De defekta* undrade om Tomas, som stirrade tillbaka på dem med sina iskalla, isblå ögon och skyndade sig att låsa och regla dörren efter dem och skrattade sitt vidriga skratt åt deras uppspärrade ögon och gapande munnar, var den som skulle verkställa *hämnden* med sina boxararmar."

Hon skrattade ett glädjelöst skratt.

"Vad *GryNings* föräldrar inte visste var att deras lismande lakej, stövelslickaren Maximilian hade förstått att *GryNings* föräldrar mest av allt på jorden önskade utplåna *GryNings* mörka sida, *SkymNing*, och tagit med sig sin vapendragare, en äkta psykopat, för hedersuppdraget."

"Ja", Bims röst var tonlös.

De var tysta en stund. Så fortsatte Gia.

"Men timman innan världen slets sönder och två monster i mänsklig gestalt krossade magin, var den vackraste timma som världen har skådat, för den var till brädden full av lycka och ömtåligt hopp."

De var tysta och försjönk i egna tankar.

"Minns du terrassen i månskenet? När vi hade ätit? Musiken som svävade ut över havet, som om Villa Marina var en enda gigantisk förstärkare för sfärernas musik?"

Bim viskade:

"Jag minns att jag var så lycklig så det gjorde ont. Jag tänkte; *"Hur ska jag kunna säga vad jag känner? Tänk om hon inte förstår?"*

"Så tänkte jag också", sa Gia. "Luften var så *ömtålig*. Minns du? Så full av löften. Så blå. Vi var ensamma i fem minuter. Vi stod och pratade på terrassen och härmade de andra, de fulla idioterna som låg därinne i en slemmig hög i salongen, eller kastade mat på varandra, och så upptäckte vi att vi var alldeles ensamma och att vi hade besegrat dem, och musiken strömmade ut över havet. Så vi började dansa, på skoj, lite överdrivet, som om vi lekte bara, för vi var blyga och fulla i skratt, och fulla av allvar och nyfödd kärlek. Och lite rädda för den där ömtåliga känslan mellan oss. Vi var berusade på livet och på varandra och vi var så vackra så fullmånen var svartsjuk."

"Jag var så lycklig och så rädd. Rädd för att jag inbillade mig alltihop, rädd för att du skulle bli arg om jag gjorde någonting eller sa någonting, rädd för att allt skulle försvinna, att du skulle försvinna", sa Bim.

"Så vi sa ingenting. Vi gjorde ingenting. Jag minns hur Joy Division sjöng *"Love, love will tear us apart again..."* och jag tänkte *"Detta är vår sång och den är så vacker men det är inte sant, det är inte sant."*

"Så tänkte jag också", sa Bim.

"Sedan ropade någon på mig och jag försvann i två minuter och då hade Tomas passat på att dra iväg med dig, ner till poolen. När jag hittade dig var allting förändrat. Sagan var död. Det fula hade trängt in i vår värld och krossat magin för alltid. Du var som ett trasigt tygstycke. Trasig. Rakt igenom. Kroppen läktes ju förstås. Unga kroppar har bra läkkött."

"Jag är fortfarande trasig", sa Bim. "Trasig. Rakt igenom. Nödtorftigt sammanfogad med alkohol."

"Vår värld är trasig, Bim. Nödtorftigt sammanfogad med alkohol och sex och lekar som surrogat för känslan som fanns en gång. Då, innan verklighetens bödlar dödade skönheten."

"Innan patriarkatets bödlar reformerade våra liv och dömde oss till evig olycka och ständig underkastelse."

"Underkastelse?"

"Under vetskapen. Under minnena. Under de dödade möjligheterna."

Bim lutade sig över Gias bröstkorg och viskade ner till mig:

"Är du vaken, Lianne?"

"Ja. Jag kunde inte somna. Jag har hört allt ni har sagt."

Det blev tyst och jag hade ingen aning om vad de tänkte göra nu när de förstod att jag hade tjuvlyssnat på deras allra hemligaste hemlighet.

Gia viskade:

"Bim! Lägg dig på andra sidan om Lianne."

Bim stönade men klättrade över Gias och min kropp och lade sig på andra sidan om mig, slött och resignerat, utan vare sig motvilja eller entusiasm.

"Nu vill jag att du tröstar Lianne. Hon har upplevt din smärta. Hon är du, nu", sa Gia.

Hon drog in mig i sin famn som i ett litet bo av kroppsvärme. Hennes kropp skyddade min och formade min till bokstaven S. Jag kände hennes andedräkt i min nacke.

Så låg vi stilla ganska nära varandra i sängen. Gia smekte mitt hår och höll mig i sin famn medan Bim såg på. Jag kunde inte minnas att någon hade behandlat mig mera ömsint, någonsin.

"Så här höll jag dig den där natten. Du var ömtålig, som ett litet för tidigt fött barn, eller ett litet skadat djur. Minns du, Bim?"

Bim nickade och sa:

"Så höll jag Vilde, men det var för sent, hon var död."

"Vilde?"

"Min hund."

"Du har aldrig haft någon hund."

"Nu har jag", sa Bim.

De smekte mig, det för tidigt födda, aborterade barnet, den överkörda hunden, den misshandlade flickan; och minnet av en förvirrad längtan, förvirrande lik lidande, förvirrande lik någon annans lidande, förvirrande lik lidelse flammade upp inom mig.

*"Ingenting finns aldrig fullkomligt i sin fullständiga form, bara i sin upplevelse*

*Allting är aldrig bara någon annans verklighet.*

*Allting föds aldrig bara ur någon annans verklighet."*

Men vi var trötta. De somnade. Deras händer låg på mitt värkande bröst och jag lät dem ligga kvar och efter en stund andades jag normalt igen.

# Blomsterbud från Andra Sidan
## Onsdag

D E SOV.
Någon gång under natten hade Gia krupit över mig, smugit sig tätt intill Bim och låtit sin kropp smälta samman med konturerna av hennes kropp. Täcket hade glidit ner och båda var nakna så när som på sina vita trosor.

Jag studerade dem en stund med den vaknas övertag, fascinerad av bilden framför mig; hur sensuell men samtidigt oskuldsfull den var. En dag skulle jag måla närheten mellan deras sömnsjälar. Jag skulle måla mötet mellan *GryNings* och *SkymNings* sömnsjälar i en himmelssäng med vita obefläckade spetslakan och handbroderade sidentäcken med mystiska sagomotiv.

Bim såg bräcklig ut i sömnen. Hon låg i fosterställning med benen uppdragna mot bröstkorgen. Det var som om hennes tunna mask av säkerhet krackelerade när sömnen övermannade henne. Och Gias drömsjäl förstod hur sårbar Bims drömsjäl var.

Inte ens i sömnen släppte hon taget om Bim. Som om hon var rädd för att Bim skulle gå vilse i mörkret om hon inte höll henne kvar i sin famn, med sin kropp.

När jag hade sett mig mätt på dem utan att röra vid dem smög jag mig upp från den varma sängen och klädde snabbt på mig jeans och en t-shirt. I ryggsäcken låg mitt byte.

Hoppet låg där och skavde, förklädd till drömmar, inuti ett gult vadderat kuvert som äntligen hittat fram till mig; sin sanna mottagare.

*"Alla möjligheter som inte finns, finns här hos mig just nu."*

*"Jag är skendräktig med drömmar."*

\*

Jag stängde försiktigt dörren till de sovande bakom mig och tryckte ryggsäcken mot mitt bröst. Inuti ett gult, vadderat kuvert från *Lagomhelvetet* låg mina spröda drömmar och väntade på att jag skulle befria dem från sin fångenskap. Gästrummet längst bort i korridoren fick duga.

Jag smög in i rummet och låste dörren om mig. Där slog jag mig ner på den mjuka grå heltäckningsmattan och lutade ryggen mot järnsängens rosa lapptäcke och drog några djupa andetag.

Jag såg en stund på det gula vadderade kuvertet.

Tänk att någonting så oansenligt kunde vara föremål för så många förhoppningar!

Jag sprättade upp limmet med ett darrande pekfinger och kikade ner i kuvertets buk. I de genomskinliga lungblåsorna av plast låg en liten skinnpåse av det mjukaste skinn jag någonsin känt. Jag öppnade skinnpungen och förlöste varsamt en uttorkad blomma med små tunna ljusa vidhängande rötter.

Den lilla blomman var slak och medtagen. Kronbladen var djupt röda med en nyans som gick från blodrött till djupt lila, nästan svart, längst inne vid pistillen. De kändes mjuka som pälsen på en nyfödd kattunge mot min hand. Stjälkens ljusgröna blad var tunna som eggen på en kniv, hungrigt silverskimrande, som glansen i sorgsna människoögon.

Jag hade aldrig sett någon blomma som liknande den här blomman, varken på tv, eller på bilder i skolböcker under biologilektionerna, eller på studiebesök i något exotiskt orangeri med köttätande växter, regnskogsträd och orkidéer, så jag satt där, förstummad.

Det kändes som om blomman såg på mig och inte släppte mig med blicken. Som om ståndarnas små skarpa guldgula ögon observerade mig med iakttagelseförmågan hos ett artfrämmande väsen.

Samtidigt märkte jag hur blommans livlösa kropp med sina seniga blekgröna lemmar och spetsiga blad absorberade energi från mig genom någon assimilationsprocess jag inte visste namnet på  och långsamt vecklade ut sig och mörknade framför mina ögon.

*"Lilla blomma, var kommer du ifrån?"* viskade jag med öm röst.

Jag såg på kuvertet igen och reflekterade för första gången över att det saknade avsändare. Inga bokstäver, ingen adress, inget namn missprydde det gula höljet.

När jag drog med handen längs kuvertets innerväggar kände jag någonting. Jag drog försiktigt fram ett gammalt halvgenomskinligt ark som kändes torrt och lite strävt och såg ut som tunn hud. När jag vek ut arket såg jag att det var fyllt med streck och tecken och cirklar och trianglar och stjärnor samt snirkliga bokstäver i svart och rött bläck och någonting som såg ut som uppgifter om väderstrecken.

*"En skattkarta!"* flämtade jag.

I samma ögonblick hörde jag en kvävd fnissning någonstans från skuggorna bakom mig, och jag ryckte till. När jag vände mig om stod de där och betraktade mig, dubbelvikta av skratt, som två vackra vålnader. Varken låsta dörrar eller avsaknad av kläder kunde stoppa dem. Det borde jag ha lärt mig vid det här laget, men jag blev ändå överrumplad.

Jag rodnade av minst sju olika anledningar när de gled ner vid sidan om mig och såg på mina förlösta drömmar.

"Nämen ser man på! Någon har fått en blomma och ett telegram!" sa Gia. "Gulligt!"

"Nej, nej. Någon har *stulit* en blomma och ett telegram. *Stulit.* Under ett av sina inbrott." sa Bim. "Gulligheten bedrar." Hon fnissade: "Det här var lågt – till och med för dig."

Jag tryckte blomman till mitt bröst och kände hur hon formade sig efter mig som ett levande väsen.

"Jag har inte stulit någonting! Budet gav kuvertet till *mig!*" sa jag och mina ord var riktade mer till blomman än till dem.

"Se själva! Det står inget namn, ingen adress på kuvertet!"

Bim såg på mig och sa med allvarlig röst:

"Vet du vad? Du borde faktiskt bli advokat, Lianne. Din logik är så *oomkullrunklig!*"

Hon gjorde en liten paus:

"Ja, till skillnad mot dig själv, då, alltså."

Gia skrattade högt och lutade sig över Bim med hakan mot hennes axel, så nära att de såg ut som en person med två huvud, tre nakna bröst och fyra armar. Med sina tjugo fingrar undersökte de försiktigt dokumentet. Efter en stund sa Gia med högtidlig röst:

"Vet ni vad det här är för något?"

"Ett handskrivet pergamentblad?" föreslog Bim med rynkad panna. "Av kalvhud? Flera hundra år gammalt? Med geometriska figurer, astrologiska tecken, kemiska symboler och oläslig text på grekiska?"

Gia skakade på huvudet *"no-no"*. Sedan gjorde hon en svepande gest med handen över det tunna pergamentdokumentet och sa, med darrande, teatralisk stämma:

"Det här, mina damer, är ingenting mindre än en underjordisk karta över Villa Marina!"

Bim fnissade, men Gia fortsatte, oberört: "Strecken är tunnlar. Cirklarna är förmodligen grottor. Resten är ... smuts."

Hon spände blicken i oss:

"Frågan är var vi tar oss in och hur?"

"Men inte minst; *varför?*" sa Bim.

Gia låtsades inte höra henne. Hon tänkte efter. Trummade med pekfingret på överläppen:

"Simbassängen. Förstås!"

*"Offerplatsen. Var annars?"* tänkte jag. *"Den magiska portalen till den osynliga världen. En jungfru offrades där."*

"Vad säger du, Bim? Har du lust att utforska några nya grottor?"

Bim höjde sitt ögonbryn.

"Med mitt nådiga godkännande, förstås!" sa Gia.

"Vad pratar du om?"

"Grottforskning! Speleologi, förstås! Vad trodde du, din snuskhummer?"

Hon stötte till Bim som flinade och ryckte på axlarna:

"Okej, då. Men bara på villkor att vi äter frukost först och att vi inte släpar med oss Esmeralda."

"Varför inte då?"

"Jag orkar inte med henne och hennes flummiga frågor. Det jobbigt nog att kryptera och dechiffrera alla dina snuskiga insinuationer!"

"Exakt vilka snuskiga insinuationer tänker du kryptera?" skrattade Gia. Hon vrålade till och drog ner Bim på golvet i ett hårdhänt grepp. Hon försökte fixera Bims armar mot golvet, men orkade inte hålla emot, och Bim snurrade runt och hamnade överst.

"Grottforskare! *Speleolog!* Är det allt jag är för dig?" sa Bim och pressade sin mun mot Gias.

Gia försökte förgäves svara någonting. Jag avvek från platsen.

Det här var en syn jag inte ville måla.


Drygt en timme senare stod vi nere i simhallen, mätta av ägg, yoghurt, müsli, juice, rågbröd, ost och kaffe, och uppiggade av tanken på hemliga gångar och mystiska grottor under Villa Marina. Vi hade klätt på oss bekväma jeans och varma tröjor och gymnastikskor, och utrustat oss med varsin ficklampa. I våra små, men förvånansvärt rymliga ryggsäckar hade vi stuvat ner mineralvatten, värktabletter, varsin liten ståltermos med kaffe, lite proviant i form av några chokladkakor, torkad frukt och nötter, och i sista stund reservbatterier samt en mobiltelefon.

Solen speglade sig i simhallens panoramaglas och silade sitt silverstänk i det turkosblå vattnet i bassängen. De turkosa, azur och indigoblå kakelplattorna fick rummet att vibrera av varmt blått ljus; gåvor från himmel, hav och gömda drömmar. I taket lekte skuggorna från bassängens vatten som mörka moln av dunkelt ljus inuti en grotta med sina synliga minnen av fossila fiskar och skaldjur.

"Här! Just *här* borde ingången vara!" sa Gia och gjorde en svepande rörelse i luften bort mot omklädningsrummen.

Vi följde efter henne och såg på när hon lugnt och metodiskt kände med handen längs träpanelerna intill de fyra omklädningshytterna som en kroppsvisiterande tulltjänsteman. Det tog en stunds trevande med känsliga fingertoppar innan hon hittade vad hon sökte.

Till slut, nere vid den ena dörrkarmen, bakom en tunn list, upptäckte hon en tunn metallspak som hon drog rakt ut. Träpanelen gav ifrån sig ett litet klick och lossnade från sitt fäste och förvandlades omedelbart till en dörr, men utan handtag. Vi petade upp dörren med fingrarna och steg in i ett lönnrum som var obetydligt större än omklädningshytterna bredvid.

*"Helvetes helvete!"* flämtade Bim och ryckte till som om hon hade upptäckt ett fasansfullt tortyrinstrument. Hon gled långsamt ner längs väggen, ner på golvet med händerna för ansiktet. Då såg jag vad det var som hade väckt en så stark reaktion hos henne.

*Filmkameran!*

Den var täckt med ett centimetertjockt lager damm och var fastmonterad på en rörlig hylla som satt fast i en skena på insidan av dörren. När jag såg in i kameraögat upptäckte jag att det tack vare en lång flexibel kameralins som satt fast i dörren var möjligt att zooma in skeenden överallt i närheten av poolen genom att föra kameran några centimeter åt vänster eller höger.

"Ett insiderjobb, alltså", sa Gia och strök med handen över Bims kind.

"Skit i det, nu har vi filmen", sa Bim och reste sig upp och borstade av sig sina minnen.

Gia satte sig ner på huk och lyste med sin ficklampa på golvplankorna. När vi kände med fingrarna efter kanten upptäckte vi att golvet var ojämnt och att några plankor låg löst och gick att rubba med ett enkelt grepp. När vi hade lyft upp plankorna upptäckte vi att de dolde en kvadratmeterstor trälucka i golvet.

"Kameran var huvudattraktionen för de oinvigda, de snokande", sa Gia. "Det här är lönnfacket för de invigda, de som redan vet hur man ska tänka."

"Den heliga skokartongens paradigm", sa Bim.

Antingen tyckte hon att jag såg oförstående ut eller så ville hon briljera inför Gia för hon förklarade:

"Bakom den uppenbara sanningen gömmer sig en mindre uppenbar men betydligt värdefullare sanning."

Gia nickade, road av Bims enigmatiska utläggning. Själv fick jag plötsligt en minnesbild av det otäcka innehållet i en alldeles speciell skokartong men valde att tiga och se naiv ut.

Luckan var tung men med gemensamma krafter lyckades vi lyfta upp den mot väggen. Under våra fötter öppnade sig ett becksvart hål ner i underjorden. Gia lyste med sin ficklampa ner i mörkret. Ljuset föll först på en stege och sedan, några meter längre ner, på en brant trappa som var uthuggen i berget, och fortsatte ner i underjorden.

"Kom!"

Vi började klättra ner för stegen, först Gia, sedan Bim och sist jag. När jag hade klättrat några steg slog luckan slog igen över våra huvud. Smällen var dov men den fick luften att skälva av ekon och nya ekon och efterskalv av små ekon. Det blev mörkt. Jag hörde hur Bim och Gia drog efter andan och svor.

"Tänk om vi inte kan komma ut!" sa jag. "Tänk om luckan är för tung för oss!"

Gia klättrade tillbaka upp bredvid mig på stegen och lyste på luckan som nu var stängd.

"Se. Det sitter någon slags mekanisk vevanordning fastmonterad vid luckan och väggen, så att man kan veva upp den", sa hon.

Hon demonstrerade vad hon menade och snurrade handtaget på veven. Luckan höjde sig sakta och hon lämnade en decimeterbred springa öppen, för att släppa in syre och en gnutta ljus.

"Lilla Lianne!" skrattade hon. "Där blev du minsann lite rädd!"

Det var kallt i trappan och fuktigt. Kall, rå källarluft trängde in i våra lungor och vi huttrade. Ljusstrålarna från våra ficklampor var tillräckligt starka för att lysa upp tunnelns skrovliga svarta yta och våra egna bleka ansikten, men inte mycket mer än så. Gia höll den underjordiska kartan under ficklampan och försökte lista ut var vi befann oss. En mängd små streck på kartan indikerade att vi befann oss i en av många små gångar, under en av många ingångar, men vilken det var gick inte att utläsa. För min del skulle det kunna ha varit en karta över planeten Mars.

När vi hade gått i några minuter delade sig tunneln. Vi trängdes över kartan med våra ficklampor igen. Bim och jag suckade samtidigt.

"Har vi sett nog? Vill ni gå tillbaka?" frågade Gia.

Vi såg på varandra i ficklampans sken och våra vita spökansikten svävade som bleka vålnader i det svarta djupet, i det okända.

Jag öppnade min mun och till min förvåning hörde jag mig själv säga:

"Jag tror det är meningen att vi ska lämna blomman här nere. Att det var anledningen till varför just jag fick henne. Och hennes karta."

Efteråt blev jag förvånad över vad jag hade sagt. Men det som förvånade mig mest var att varken Gia eller Bim sa emot mig, eller kom med något skämt. De bara nickade.


Tunneln som vi valde att följa, var så låg och trång att vi fick gå i led med ryggarna lätt krökta, tryckta mot bergväggen.

"*Tur att jag inte lider av klaustrofobi!*" tänkte jag när jag pressade upp händerna framför mig mot väggen för att inte skrapa i näsan oavsiktligt i mörkret.

Den lutade svagt neråt och vi gick försiktigt för att inte halka på trappstegen som var uthuggna i berget, och vassa och ojämna, och sluttade neråt som allting annat omkring oss. Gången delade sig ännu en gång, och sedan ytterligare en gång i lika trånga tunnlar.

"Om vi konsekvent håller till höger så bör vi snart stöta på någonting som bör vara en grotta!" sa Bim.

Men hennes röst orkade inte bära upp hennes självsäkra ord.

"Jag sätter kryss med mitt läppstift, också, för säkerhets skull, så vi hittar tillbaka", sa Gia.

Hon letade fram sitt läppstift från sin ryggsäck och skrev tre stora röda kryss på det svarta berget.

"*XXX. Tre anonyma personer.*

*Tre kyssar.*

*Tre korsstygn broderade med läppstift på en iskall bergvägg.*

*Allting går att tolka på tusen olika sätt.*

*Våra känslor också.*

*Jag är inte rädd. Jag darrar av köld, det är allt.*"

*

Efter en lång, sluttande vandring i nästan kompakt mörker och rå, fuktig kyla, och vassa kantiga block som stod ut, här och var som vi fick pressa oss förbi, eller krypa under, vidgade sig tunneln plötsligt och vi stod framför en låg liten dörr i massivt trä med tjocka träbalkar och järnbeslag och en gammaldags regel i svart järnsmide.

Vi sköt tillbaka regeln och dörren gled upp med ett gnisslande. Lite avvaktande steg vi in i bergrummet som fanns bakom dörren. Det var lågt i tak därinne, ungefär hundraåttio centimeter på de högsta ställena, och inte mer än tio kvadratmeter stort. Det väste från någon spricka i berget och luften kändes frisk och salthaltig att andas.

Längs bergväggarnas skrovliga sidor låg grova timmerstockar som var kluvna på mitten. De bildade en lång sammanfogad bänk som följde bergets kurvor. Vi slog oss ner på bänken som hade nötts sammetsmjukt av tidigare besökares kroppar och vilade våra ben. Grottgolvet var ojämnt och täckt av ett tjockt lager halm och jord.

I mitten av grottan stod en halvmeter hög stubbe. Den såg ut som en primitiv talarstol. Den här grottan fick mig att tänka på en hemlig mötesplats. Ett underjordiskt ting för ljusskygga beslut. En plats där man använder ett altare. Eller en stupstock.

Gia reste sig upp och gick runt i grottan och lyste på bergväggarna med sin ficklampa. När hon lyste på dörren såg vi att den gick att regla inifrån också. Hon gjorde en segergest med knytnäven i luften.

"Wow! Vi har hittat det perfekta gömstället! Om man låser dörren inifrån kan ingen komma in! Den perfekta fästningen! *Häftigt!*"

"Men om någon annan låser dörren utifrån kan man inte komma ut!" sa jag. "Då är det det perfekta fängelset! En garanterat ljudisolerad bunker, tio meter under marknivå! Och ingen känner till att det existerar ens!"

Så fort jag hade uttalat orden ångrade jag mig. Vad var det för fel på mig? Varför pratade jag alltid utan att tänka mig för? Plötsligt kändes atmosfären lika mörk och kall som berget över våra huvud.

"Du har rätt, Lianne", sa Gia.

Hon lade handen på Bims axel och sa drömmande:

"Bim, tänk om vi hade känt till det här stället, då, på den tiden! Så perfekt det hade varit för oss missanpassade nattvarelser! Tänk dig; du och jag och alla fladdermöss och hundra svarta vaxljus och våra små chica övernattningskistor! *Så gotiskt! Så ockult!*"

Hennes dova skräckfilmsröst och dramatiska handrörelser fick Bim och mig att skratta. Nöjd med vår respons plockade Gia fram termosen från sin ryggsäck och hällde upp kaffe i tunna muggar som hon gav till oss. Hon bröt två chokladkakor i stora block och placerade dem på en linneservett framför sig på bänken.

"Black magic!" sa hon och stötte till Bim: "Den heliga kaffe*bönans* paradigm!" Men Bim var inte på skämthumör. Någonting jag sagt om grottan hade väckt slumrande morbida associationer hos henne.

"Minns du Elliot Tripellius, Gia? " sa hon med allvarlig röst.

"Han som snackade så mycket; *Trippel-idioten?*"

"Han, ja. Han som alltid skulle *"informera mig om sakernas rätta tillstånd"*; hur stor procent av min kroppsvikt som bestod av bakterier och var de helst höll till; hur stor del av min hjärna som bestod av fett; hur stor del av mina tankar som bestod av social indoktrinering och genetiskt förprogrammerade synvillor; vilken dag och timme jorden skulle gå under; vilka individer på hans institution som var utomjordingar som var ute efter att sabotera hans forskning genom *telepatisk nebulisering*, ... bla, bla, bla." Gia riktade ficklampan mot Bim.

"Varför kom du att tänka på honom *nu? Här?* Efter alla dessa år?"

Bim vände sig till mig:

"Så här var det Lianne; Min farsa brukade supa ihop med en gubbe som hade disputerat i arkeologi, religionshistoria och historia, som hette Elliot Tripellius. När jag frågade varför han drack så mycket sprit om han nu var så intelligent, svarade han; *"När hjärnan är full är det kroppens tur"*.

Bim skrattade glädjelöst och skakade på huvudet. Hon kramade muggen med det heta kaffet mellan sina händer och ångan dansade framför hennes ansikte som ett närgånget spöke.

"Jag kom precis att tänka på en sak som hände en gång när farsan ville *imponera tillbaka*, lite grann på trippeldoktorn. Farsan spände upp sig och sa att hans dotter Beata Marie minsann var som en syster till mångmiljonären Binkells dotter och nästan hade flyttat in i deras *palats*. Då blev Elliot Tripellius alldeles tokig och skrek att jag skulle ta mig i akt, för han sa att det finns ett nätverk av grottor under Villa Marina där det alltid har förekommit människooffer och grottorna är hemsökta av de dödas vålnader. Han sa att på medeltiden sökte *häxor* skydd mot förföljelse i de här grottorna. De utövade initiitationsriter och fruktbarhetsritualer här nere, med rituella extatiska, och orgiastiska inslag, och de konspirerade mot överheten och rövade bort individer som aldrig återfanns mer. Förr i tiden gömde rövare sina byten och bortrövade människor här, men det upphörde på grund av vålnaderna som skrämde ihjäl de flesta. Enligt Elliot Tripellius är det bara utomjordingar som använder grottorna nuförtiden, för sina observationer av människorasen i sina *telepatiska nebuliseringar*."

Bim drog djupt efter andan och spände blicken i oss. Hon lät som en torr gammal historieprofessor när hon fortsatte:

"Genom historien har man alltså använt de här grottorna för religiösa orgier, magiska ritualer, människooffer, kidnappningar, kollektiva självmord och avrättningar. Om man ska tro Elliot Tripellius, alltså."

Gia huttrade till och kramade sig själv.

*"Måste* du verkligen dra upp det där *nu?* Nu när vi har det så mysigt här i vår egen lilla privata *batcave?"*

Bim brydde sig inte om hennes invändning utan sa:

"Elliot Tripellius skrek att farsan var vansinnig som lät mig komma hit." Nu flammade det till i Gias ögon.

"Varför oroade han sig inte över hur du hade hemma istället?" avbröt hon, med kvävd röst. "Med spriten, drogerna, våldet, bristen på mat och Trippelidioter med paranoid schizofreni och smak för småtjejer?"

"Visst, visst, men han kände till de här tunnlarna och grottorna och deras historia", sa Bim. "Fascinerande, va?"

Ingen av oss sa någonting på en stund. Bim satt försjunken i egna tankar som förmodligen hade med Trippelidioten att göra och Gia iakttog henne med ett spänt uttryck i ansiktet, som en orolig mammma. Kylan smög sig på oss från alla håll, trots det heta kaffet, och jag ångrade att jag inte hade lånat en jacka av Gia.

Efter en stund frös jag så mycket att jag inte kunde sitta still längre utan reste mig upp och hoppade på stället. När jag viftade med ficklampan som bäst upptäckte jag en trälucka på ungefär sextio gånger sextio centimeter i bergväggen.

Jag gick fram till luckan och öppnade den och där bakom fanns vad som verkade vara ett trångt schakt in i bergets okända inre. Bim såg upp och gjorde en flott gest med handen.

"Du hittade den – den är din, Lianne. Gör en insats!"

"Insats? Vadå *insats?*"

"Rekognosera, redovisa", sa Bim. Hon lät fullkomligt allvarlig.

"Klättra in? *Där?* Men tänk om det är farligt?"

"Äsch; tänk inte på vad jag sa om Trippelidioten! Varför skulle utomjordingar hålla till i underjordiska grottor? Här finns väl inga människor att observera längre?"

Jag tvekade.

"Kryp in en bit, kolla, kryp tillbaka. Rapportera. Ingen är så bra på att hitta saker som du! Du kanske hittar en riktig piratskatt den här gången!"

"Eller din borttappade sko?" föreslog Gia.

"Eller en liten, liten potatis?"

"Eller en liten dynghög med djupa sanningar och borttappade utväxter?" Gia bet sig i läppen för att inte skratta högt och såg från Bim till mig med samma roade, nästan upphetsade uttryck i ögonen som hon hade haft den där gången när hon föreslog att Bim och jag skulle göra upp i en dynghög. Bim såg tillbaka på henne med ett triumferande flin.

Plötsligt kände jag att jag hade fått nog av deras överlägsenhet. Jag stod inte ut med deras privata skämt längre. Jag tog hellre risken att få en luden spindel i ansiktet, eller kollidera med en svärm fladdermöss, eller bli attackerad av en flock utsvultna råttor än att tvingas ta emot ännu en pik och en menande blick från någon av dem.

"Om jag inte kommer tillbaka så skickar jag ett *telepatiskt* vykort från Mars!" sa jag och försökte låta skämtsam och oberörd.

Sedan drog jag ett djupt andetag, hivade mig upp på armarna, och började krypa in i hålet. Mina knän ömmade av det hårda ojämna underlaget och jag råkade slå i huvudet så hårt en gång när jag var ouppmärksam på de skarpa kanterna att jag fick tårar i ögonen.

Gången var så trång att jag bara kunde sträcka ut armarna någon decimeter från kroppen. Min högerhand nuddade vid ett rep fäst med öglor av järn längs ena väggen och så fort jag hade upptäckt repet var det lättare att dra sig fram med hjälp av handen som var ledig. Med den andra handen lyste jag med ficklampan framför mig i gången.

"Vad har de här gångarna använts till?"

Luften började kännas tjock och unken och jag andades in en tung, sötaktig doft som fick mig att kväljas. Jag övervägde att krypa tillbaka och säga att det inte fanns någonting att upptäcka. Att tunneln förmodligen hade fungerat som ett skafferi med torkat kött och äpplen, eller som förråd för smuggelsprit och tjuvgods.

Men jag hann inte tänka färdigt tanken förrän tunneln utan förvarning började slutta brant neråt och jag kände hur jag liksom sögs framåt och drogs neråt av min egen tyngd. I skenet från ficklampans vita cirkel i svart intet försökte jag backa och krypa tillbaka. Jag skrapade handflatorna och magen och låren och knäna på det hala berget när jag spjärnade emot, men jag lyckades inte bromsa upp fallet.

Min tyngd och tunnelns lutning gjorde att jag bara gled allt snabbare neråt trots att jag höll mig fast i repet och trots att jag försökte klösa mig fast vid de hårda bergväggarna, men förgäves. Trots att jag kämpade emot allt jag förmådde fortsatte jag obönhörligt glida neråt medan det skrovliga berget rispade min kropp som ett rivjärn.

"En människa som kryper in i ett svart hål i underjorden utan att veta vad som finns på andra sidan måste vara galen. Eller förläst sig på sagor."

"Jag är galen."

"Jag har alltid varit galen."

"Undrar om det syns på mig?"

"Undrar om det är därför som …?"

I nästan stund föll jag framstupa rakt ut i ingenting. Instinktivt släppte jag taget om ficklampan för att hålla fast med båda händerna i repet, och ficklampan flög ur min hand i en ljusbåge.

Klangen av metall som slog mot sten överröstades av dödsskriket från ett infångat djur. Ljudet var så gällt att det nästan slog lock för mina öron och jag hann fundera en hundradels sekund över vilket primitivt djur som kunde uttrycka en sådan dödsångest, innan jag insåg att det var jag själv.

Berget flög upp mot mig som en knuten näve med en sådan kraft att jag tappade andan. En hård gren knakade till under mitt knä och brast. Ficklampan rullade fortfarande fram och tillbaka mot det hårda underlaget och stötte fram kraftlösa pustar av ljus.

Synen av de döda som satt i en cirkel runt mig skrämde tiden ur mitt medvetande, så som döden hade skrämt deras medvetande ur tiden. Som en döende stjärna brottades det blödande ljuset med mörkret och förlorade. Mörkret slöt sig omkring mig och jag visste att det var så här det slutade.

\*

Tiden försvann i mig. Jag visste ingenting om den.

Jag blev tomrummet i tomrummet omkring mig; jag blev min osynlighet i min utsatthet bland dem som inte längre var.

Jag måste ha svimmat av en kort stund.

När jag kvicknade till insåg jag att allting jag någonsin hade gjort hade lett fram till den här situationen. En inre vilja hade styrt mina steg i den här riktningen. Genom mina val hade jag själv valt mina bestraffningar och nu var jag här.

Men exakt var befann jag mig?

Jag var ju inte död.

Eller kanske var det just det jag var – *död?*

Jag trevade med händerna över det kalla berget tills jag kände ficklampan. När jag hade puttat batterierna på plats lyckades jag få den att fungera igen.

\*

Skeletten var placerade i en stor cirkel runt bergväggarna. De var tysta och stillsamma som makabra skyltdockor i en affär med skämtartiklar. På deras gulvita benknotor hängde det som en gång i tiden hade varit klädesplagg men nu hade förvandlats till smutsgrå trasor.

I döden var de lika, för i döden saknade de individuella drag. Men alla bar de samma grönludna skönhetsfläckar, och alla log de samma glädjelösa leende mot mina grimaser, och alla såg de på mig med tomma, svarta ögonhålor.

Mitt hjärta bankade så brutalt mot bröstbenet att jag blev illamående och jag visste att jag borde skämmas som var så rädd.

*"Det här är en gravkammare. Det är inte värre än vad man betalar för att se på något historiskt museum, i katakomberna under Rom, eller vad man stöter på under en arkeologisk utgrävning.*

*De vilar, jag stör dem med min skräck, jag ofredar dem med mina respektlösa tankar..."*

Närhet, närhet, närhet, jag svalt närhet, jag törstade närhet, jag kravlade omkring bland redan döda, var fanns de levande?

*"Var finns ni?"* ville jag skrika för de var inte där, de var borta, min röst var borta, men de dödas skal var kvar som torra masker som hånade mig, som gäckade mig.

*"Ingen, aldrig, någonsin, aldrig, aldrig..."*

Jag bankade med mina ömma händer på det kalla berget under mig men det tog inte emot min smärta.

*"Alla ögonblick, all smärta, alltid... inkapslad..."*

Tystnaden var kompakt. Den överväldigade mig med sin totala konsekvens. De döda satt där runt mig i sin stillhet, inkapslade i sin värdighet, befriade från känslor, och obehaget var mitt, bara mitt.


Jag satt på den kalla berggrunden innesluten i deras orörliga cirkel och omfamnade mig själv, tröstade mitt värkande kött. Sedan öppnade jag ryggsäcken igen och tog fram det gula vadderade kuvertet. Jag lyste på blomman som kurade inuti, redan för stor för att längre få plats i skinnpungen, och förde henne till mina läppar, strök henne mot min kind. Hennes blad var mjukt som det duniga huvudet på ett nyfött barn, och stjälken svarade mot värmen i min hand med värmen och godheten hos en mycket gammal människa.

En doft av nypon, viol och vanilj, fuktiga löv och torkade äpplen trängde in i mina näsborrar och fyllde mina lungor med väldoft. Det susade till i huvudet på mig av den skarpa besynnerliga doften. Små nålstick av livslust pirrade i min hud, i min mage.

*"Längtan föds i detta ögonblick som är alla andra ögonblicks död.*
*Ur upprepningens död föds miraklet.*
*Hoppet föds ur förhatlig tid av mörker.*
*Hoppet föds ur den isolerade substans, det gift som förgiftar alla andra gifter."*

Hon hade sökt sig till mig, denna märkliga blomma. Dorian Jungman hade ägnat år av sitt liv åt att finna henne och utforska hennes dolda krafter, och Gunnar Bracke hade smittats av den gamles besatthet, men blomman hade sökt sig till mig, och funnit sin väg till mig, via min intuition.

Hon hade sökt sig till mig, mig, mig, mig. Inte till dem. *Till mig!*

*"Nej. Jag är inte redo än"*, sa jag till de döda.

Som om de brydde sig.


Det tog en stund innan jag med hjälp av ficklampans svaga ljus kunde urskilja hålet i bergväggen varifrån jag hade gjort min smärtsamma entré. Jag konstaterade att jag hade missbedömt fallets höjd totalt och inte fallit mer än högst någon halv meter ner, men att jag nog hade rullat nedför den sluttande bergväggen och att det måste ha varit skräcken och smärtan som hade fått mig att tro att jag hade fallit från flera meters höjd. Överdrifter och missuppfattningar hörde till min långa lista av mentala defekter så det förvånade mig inte det minsta att jag hade haft så fel. Snarare gladde det mig på ett perverst sätt, eftersom min dumhet var det yttersta beviset på att jag inte drömde, eller hallucinerade. Det faktum att jag var så dum överbevisade mig om att jag inte var död.

Det var inte svårt att häva sig tillbaka in i gången och den sluttade inte alls så brant som jag mindes den. Inte heller var den så trång som jag mindes.

*"Rädsla deformerar människors upplevelser. Men det är förstås lättare att krypa uppåt än neråt. I verkligheten kan man ju inte falla uppåt, bara neråt."*

Ficklampans sken flämtade svagt över svart urberg. Jag kröp och slog i knäna och rev upp tyget på mina armbågar och stötte i huvudet och jag insåg att min kropp antagligen såg ut som en regnbåge av färger, men i mörkret syntes jag inte, i berget hördes jag inte, i världen fanns jag inte med mina regnbågsmärken.

*"Var finns ni? Ni som fortfarande lever?"*

Jag trevade efter repet att hålla mig i men det hade förmodligen lossnat helt från sina fästen och följt med mig i fallet och låg kvar på grottgolvet. Jag ropade med min hesa röst men fick inget svar.

Till slut var jag tvungen att inse att jag hade krupit in i en annan gång än den jag hade kommit från, och att jag i själva verket var på väg bort från Gia och Bim i en ny okänd riktning i det virrvarr av gångar som fanns under Villa Marina. Jag orkade inte spekulera i om det här betydde att jag var mer eller mindre mentalt störd än jag hade trott, eftersom vad jag än kom fram till för slutsats så skulle den vara förödande.

När jag äntligen nådde fram till slutet av gången var det bara för att kollidera mot ett järngaller. Trots att jag ryckte och slet och bankade på stängerna så händerna värkte, gick de inte att rubba och inte förrän jag var på väg att ge upp och lugnade ner mig fick jag syn på en enkel hasp på andra sidan gallret.

När jag efter en stunds pilljobb med ena handen genom gallret hade lyckats peta haspen ur sitt lås var det lätt att pressa upp gallret.

Bakom gallret fanns ett utrymme, knappast större än en ordinär garderob och jag ålade mig in. När jag reste mig upp på benen igen strök en frisk fläkt någonstans från ovan över mitt ansikte och fick mig att kvickna till.

Jag upptäckte någonting hårt bakom min rygg. Det var en väggfast järnstege som slutade fem, sex meter upp i mörkret.

När jag hade klättrat hela vägen upp hörde jag Gias röst tränga igenom vad som visade sig vara en trälucka över mitt huvud.

"Lianne! Lianne! Snälla, svara!"

Trots att ljudet lät svagt kunde jag höra hur orolig hon lät. Jag knackade i luckan över mitt huvud med ficklampan, och kraxade så högt jag kunde med min hesa röst:

"Jag är här! Under luckan!"

Gia tystnade. Hon hade hört mig. Luckan, som visade sig vara stubben mitt i grottan, gled åt sidan och Gia kikade ner på mig. Hon hjälpte mig att häva mig upp tillbaka in i bergrummet och upp på fötterna och kramade mig hårt.

"Du lever! Åh, Lianne, om du bara visste ..."

Hennes röst var tjock av rörelse och hon darrade när hon tryckte sig mot mig:

"Vi trodde att du hade slagit ihjäl dig! Du skrek så hemskt. Och sen ... och sen..." Hon svalde några gånger och pressade tillbaka sina tårar.

"Sedan blev du *tyst...* och det var *fasanfullt!*"

Nu flämtade hon till och grät.

Från Bim hördes inte ett ljud. Min hals drog ihop sig. Den här reaktionen var hennes hittills grymmaste. Hon brydde sig inte ens att resa sig från var hon nu satt och petade naglarna, eller tänkte ut något nytt Gudrunskämt, eller knaprade på några pistagenötter.

"Beklagar, Bim! Jag slog inte ihjäl mig!" väste jag in i mörkret.

Gia snöt sig, sedan sa hon med något stadigare röst:

"Bim? Men hon är inte här. Hon gick tillbaka för att väcka Esmeralda och hämta rep och bandage och morfin och en bår..."

"Varför då...?"

Gia drog efter andan. Hon tog ett steg bakåt och stirrade på mig som om jag plötsligt hade förvandlats till en av Trippelidiotens utomjordingar.

"Vad menar du; *varför då?*"

"Men det här var hennes livs chans att slippa mig! För gott!"

*"Slippa dig?"* vrålade Gia så det värkte i mina öron. "Hur kan du bara säga något så hemskt?"

Jag orkade inte förklara det uppenbara. Jag orkade nästan inte stå upprätt. Tur var kanske det, för hon såg ut som om hon skulle ha slagit mig om jag inte redan hade varit så medtagen.

"Du är verkligen *allvarligt* skadad, Lianne! Och jag talar inte om din kropp, din lilla idiot!" skällde hon.

Men där hade hon faktiskt fel, för precis när hon hade sagt de orden vek sig benen under mig och jag svimmade igen.

Gia hjälpte mig upp på benen och ledde mig till en av timmerstockarna. Där sträckte jag ut mig. Det snurrade i huvudet så fort jag försökte resa mig upp. Hela kroppen värkte av allehanda misshandel. Jag funderade över om det fanns någon centimeter på min kropp som inte var täckt av blåmärken, skrapsår eller bulor. Gia satte sig intill mig på bänken. Hon smekte mitt huvud och sa:

"Berätta nu exakt vad som hände!"

Min röst var så hes att den nästan inte bar längre, men jag lyckades ändå pusta fram det mesta av vad jag hade upplevt i gravkammaren och de två trånga tunnlarna. Jag utelämnade min dödsskräck och vissa tankar och resonemang som skulle ha bekräftat hennes värsta teorier om min psykiska hälsa. Jag ville inte dela mina misstankar med någon annan än mig själv.

Gia var tyst en lång stund.

"*Skelett?* I en cirkel? Är du alldeles säker? Hur många?"

"Alldeles för många. Jag ville inte räkna dem. Jag ville inte se på dem. Jag ville inte att de skulle se på mig. Deras ögon…"

"Jag förstår ingenting. Ingenting."

Hon dolde ansiktet i sina händer. Efter en stund såg hon upp på mig, spöklikt blek i ficklampans sken och jag märkte att hennes stora blå ögon var blanka. Hennes hand sökte min. Den var så kall att jag ryckte till.

"Din *intuition*. Åh, det blir bara så inihelsikes *fel*. Allting. *Alltid!*"

"Min intuition?"

"Ja. Din *intuition*! Din intuition som berättade för dig var Max var den där dagen; din intuition som fick dig att gräva fram pengarna från rånet i källaren; din intuition som fick dig att stjäla kuvertet med kartan och blomman; din intuition som fick dig att hitta den där ingången till dödskammaren."

Hon lät som en orolig mamma som försöker förstå sitt besynnerliga barn och för varje exempel på min intuition tryckte hon min hand.

"Se vart den leder dig. Leder *oss*. Din *intuition*."

"Vi har ju i varje fall inte tråkigt", kved jag, tyst och i brist på något bättre svar.

Hon var tyst och fortsatte stryka min hand en stund med sin egen iskalla.

"Nej. Man har aldrig någonsin tråkigt med dig", sa hon.

"*Det är min livförsäkring*", tänkte jag. "*Jag är Scheherazade.*"

Jag vet inte vad som fick mig att tänka tanken. Jag slöt ögonen en stund och kände efter hur ont jag hade överallt, till och med i lungorna. Jag undrade om jag hade brutit någonting i fallet. Hon lade sig ner bredvid mig på stocken och drog mig hårt intill sig och borrade in sin näsa i mitt hår och drog djupa andetag.

Saker hände med oss i det svarta. Cirklar av ljus jonglerade med våra sköra psyken. Vi var isolerade långt nere i bergets innersta. Det var hon och jag, ensamma i en värld utan himmel eller hav utan ljus utan blick, utan ögonblick. Våra bilder svävade som tyngdlösa ringar mot det svarta, som i en mörk rymd på väg mot varande, bottnande, ruvande, bildande av mening i det bottenlösa, meningslösa, fria, i vår väg mot vardandet.

*Orden fanns inte, bara kroppslig närhet i bergets inre.*

*Bara våra kroppars börda.*

*Bara våra tankars tyngd.*

*Bara vår puls, vår andhämtning, vår kroppsliga mjukhet.*

*Inget ljus att förklara, bortförklara, trösta, lugna.*

*Bara tvillingköttets närhet i bergets sterila moderliv.*

*Bara våra frusna kroppar i kylan och fukten.*

*Bara våra hjärtans dunkanden.*

Jag jämrade mig och hörde hur hon försökte kontrollera sin andning när hon frågade:

"Har du mycket ont?"

*"Ja"*, sa jag olyckligt."Och jag var så rädd..."

Hon viskade med en röst som var så full av känslor att orden nästan snubblade över varandra.

"Varför är vi här nere? Nu? Du och jag? Vad säger din intuition?"

Hennes hand smekte min axel och midja och hennes andedräkt rörde vid min kind som heta fingertoppar, och jag darrade, viskade:

*"Blomman"*, viskade jag med tunn röst.

Jag visste att allting var mitt fel, och hon visste att jag visste att allting var mitt fel, min olyckshändelse och Bims oro och hundra andra saker, och hon tryckte sig så hårt mot mig att jag nästan inte kunde andas. Det brände till i bröstkorgen. En pil av ren, vit smärta sköt igenom mig. Men hennes röst var lika het som hennes andedräkts små fingertoppar och när den rörde vid mig, mildrades smärtan.

"Varför, Lianne?"

Jag kunde inte svara, för att jag inte fick någon luft, för att jag hade ont, för att jag var upphetsad, för att jag led och jag njöt så mycket av hennes närhet att jag inte stod ut.

"Med all din *jävla* intuition...?"

Hon tryckte sin hand över min mun.

"... hur kommer det sig att jag alltid måste ta alla initiativ?"

Hon lutade sig över min axel och viskade, så nära min mun att jag kände hennes andedräkt mot mina läppar:

"Tycker du om mig, Lianne? Svara mig ärligt!"

"Vet du inte?"

*"Jag föddes i din blick."*

*"Du är en tanke som inte lämnar mig."*

*"Du är en längtan som rinner i mina ådror, som ropar ditt namn med varje hjärtslag."*

"Jag älskar dig, Gia", viskade jag.

Mina kinder brände till. Min röst lät konstig. Jag rodnade i mörkret och skämdes för det. Barnslig. Omogen.

"Men tycker du om mig?"

*"Jag... jag..."*

"Gör du?"

*"Jag...* förstår mig inte på dig alls."

"Men jag förstår mig på dig."

Hon strök bort några hårslingor från mitt ansikte.

Nu när jag inte längre var fullt så omtöcknad av rädsla och smärta längre väckte närheten mellan oss så starka känslor att jag började darra okontrollerat. Hon viskade:

"Jag trodde vår lek hade gått för långt. Att vi hade förlorat dig."

"Bara nästan."

Som svar pressade hon sin arm runt min midja så hårt att jag jämrade mig igen.

Jag visste att vi borde leta reda på Bim och lugna ner henne; visste att vi borde leta oss tillbaka till dagsljuset och tryggheten; visste att vi borde återvända upp till de andra. Men jag kunde inte tänka på något annat än Gia. Hon var ett centrum dit hela min uppmärksamhet drogs. Jag kände hennes bröst mot min rygg, hennes lår mot min bak och mina lår. Hon viskade:

"Du och din *jävla* intuition."

Hennes hand tryckte till runt min midja och hennes andedräkt rörde vid min kind som heta fingertoppar, och jag darrade. Det värkte i mina bröstvårtor där hennes arm nuddade mig. Hela min kropp pulserade av lust. Hennes fingrar sökte sig till min mun som för att läsa mitt svar på läpparna.

"Du gör ju aldrig någonting. Du bara *ser* på mig. På det där viset. Varför?"

"Jag är inte oemotståndlig som du, Gia. Jag är rädd för din reaktion."

Hennes närhet bedövade mig, hennes hud mot min berusade mig, hennes andedräkt mot min kind gjorde mig svimfärdig.

"Vänd dig om!" sa hon.

Jag snurrade runt och vi låg ansikte mot ansikte nu, med raka ben.

"Vad säger din *jävla* intuition dig nu?" frågade hon ömt.

Hon tog min hand och förde den in under jeanslinningen, under sina trosor och när jag kände hur fuktig hon var pressade hon sin mun mot min hals för att inte skrika högt.

Och i mörkret fanns bara våra händer som sökte sig fram och våra kroppar som ville veta allt, och jag behövde inte se för att veta att vi alltid hade letat efter varandra, och att mörkret gjorde våra fingrar seende och att verkligheten fanns någon annanstans, och detta var undantaget, för detta var drömmen om sanningen.

*"Jag kanske drömmer, jag kanske ligger kvar i gravkammaren och hallucinerar om den vackraste döden av dem alla."*

*"Allt är känsla, allt är ömhet, allt är kärlek."*

Minnen dog och nya sensationer föddes i skydd av mörkret. Hennes fingrar tände små bloss överallt där de rörde vid min hud och min kropp brann av kärlek och jag var fylld av mörkrets djärvhet, av mörkrets glupskhet och hon visade vägen.

*"Jag älskar dig."* Jag kände orden mot min hud när hon skrev dem med

386

sin andedräkt när hon kom.

Våra skrik ekade i mörkret, spöklika, oförsonligt skarpa som födsloskrin från ljusskygga fåglar fängslade i underjorden med vingar brutna av svindel för kärlekens skull.

*

Efteråt ville jag inte släppa henne. Efteråt när känslan hade fått en mänsklig form. Bilden hade blivit sann, fått en verklig dimension. Jag ville inte släppa henne. Jag var rädd för att allt skulle försvinna in i och upplösas i krass verklighet. Jag borrade in näsan i hennes hår. Jag täckte varje centimeter av hennes ansikte och hals med små, små kyssar och kände att hon log när hon smakade mina tårar. Jag andades in hennes doft. Med alla sinnen utom mina ögon utforskade jag hennes alla hemligheter.

"Nu är jag inte nyfiken längre. Nu vet jag", sa hon.

Hon kysste mitt hår. Och min panna.

"Vad vet du?"

"Du är bra", sa hon ömt och kysste min näsa.

*"Bra?"*

"Skicklig."

*"Skicklig?"*

Det snurrade i mitt huvud. Jag kunde inte säga någonting.

"Oj, oj, oj vad vi behövde det här!" sa hon och skrattade till.

Jag krympte i hennes armar och blev så liten att jag lyckades glida ur hennes omfamning. Som en blodig trasa av aborterat kött gled jag ut ur hennes värme, bort i mörkret, famlade i blindo efter beslaget på dörren.

"Lianne? *Lianne!*" hörde jag henne skrika efter mig. Förvånad. Besviken. Förbannad.

*

Jag skrapade i armarna när jag flydde bort från henne och hennes hemska ord. De reducerade vår upplevelse till en fysisk prestation, reducerade vår känsla till en uppiggande espresso.

Jag vacklade blind fram genom gången endast med hjälp av mina händer som jag viftade framför mig och min hörsel som på något sätt markerade var det fanns väggar.

Berget kändes hårt mot min rygg.

*"Du är bra "*
*"Skicklig."*
*"Oj, oj, oj vad vi behövde det här!"*

# Lustvärk

L ÅNGT INNAN ESMERALDA UPPTÄCKTE MIG hörde jag dem komma. Deras röster bröt stora block av tystnad från min kalla kropp, rörde väg genom det kompakta mörkret i mina tankar, närmade sig mig som en skränande flock fladdermöss och ockuperade allt luftrum, slukade det lilla syre som jag försökte behålla i mina värkande lungor, och jag höll upp händerna för öronen och befallde mitt hjärta att sluta bulta så vansinnigt, för jag höll på att skaka sönder.

Bims röst ekade från tunneln, in i mina örons ömma tunnlar. Hennes ilska och oro fick mig att krypa ihop, som inför en attack.

"Var är hon, Gia?! Är hon mycket skadad? Chockad? Är du säker på att hon lever?"

"Lugn! Vi hittar henne!" sa Esmeralda.

"Men förstår ni inte? Hon *vill* inte bli hittad! Hon vill gömma sig och spionera på andra och polera sina depressioner och självförakt! Då mår hon bäst, för då mår hon sämst och för henne är det samma sak!" sa Gia.

"Sluta!" vrålade Bim. "Det här är fel tillfälle!"

"Spela inte teater! Esmeralda vet precis vad du tycker om Lianne."

"Alla dör och det är mitt fel!" jämrade sig Bim.

"*No way, girl!* Finns bara en massmördare i detta gäng!" tröstade Esmeralda.

Hennes vänliga ord hade tydligen en lugnande effekt på dem, för ingen yttrade någonting, inte ens en liten suck. Det enda ljud som hördes var ljudet av deras steg mot det kalla berget och skrapet av deras ryggsäckar mot bergväggarna.

Esmeralda nådde fram till mig först. När hon lyste med sin ficklampa över mitt ansikte och min kropp kunde vi båda konstatera hur smutsig och trasig jag var. Hon böjde sig ner över mig och omfamnade mig. Hon drog in lukten från min kropp och mina fingrar i sina näsborrar, nosade på mig som om hon var en lejonhona och jag var hennes unge och hon visste allt om mina lekar.

"Såå. Är du klokare nu, Lianne?" frågade hon och jag kunde höra att hon log.

Jag kunde bara skaka på huvudet där jag satt ihopkrupen på det kalla berggolvet med armarna hårt omslingrade runt mina ben, som en liten bortsprungen, föräldralös flicka.

"Inte?"

Skamsen, men lättad, gungade jag fram och tillbaka utan att kunna pressa fram ett ljud. Esmeralda smackade lite bekymrat och skakade på huvudet. Sedan vände hon sig om och skrek åt de andra:

"Här är ert borttappade mästerverk!"

Hon hjälpte mig att resa mig upp på fötterna och borstade av mig. Någonstans långt borta i det svarta hörde jag stegen från Bim och Gia närma sig.

Bims reaktion var mycket besynnerlig. Hon rusade fram ur mörkret, tryckte sin kind mot min och kramade mig så hårt så hon nästan kvävde mig.

Jag tänkte:"*Om man inte visste bättre skulle man nästan kunna tro att hon tycker om mig.*"

När hon äntligen lättade på sitt grepp och lät mig andas utbrast hon:

"Du lever! *Fan* vilken lättnad! Hur mår du?"

"Så där."

"Vad var det som hände, egentligen? "

"Jag föll flera meter rakt ner. Rakt på en hög med skelett. Jag tror att jag tuppade av en stund och när jag vaknade trodde jag att jag var död."

"Det var nog det där jag sa om Trippelidioten!"

Jag kunde känna rysningen som for genom Bims kropp fortplanta sig i min egen.

"Min skrämseltaktik gånger din fantasi är lika med misstag upphöjt till katastrof", sa hon.

Och med de orden var det färdigkramat.

"Okej Lianne, visa vad du fick av Brackes budbärare!" sa Esmeralda.

Jag öppnade ryggsäcken igen och tog fram kuvertet och visade Esmeralda pergamentkartan, och den röda blomman. Hon lyste med sin ficklampa på föremålen och suckade. Hon kysste den röda blomman som nu hade vuxit till sin dubbla storlek och gav ifrån sig en fantastisk doft

Sedan mumlade hon några ord för sig själv på spanska.

Gia höll sig i bakgrunden utan att ge ifrån sig ett ljud, och trots att det var så mörkt vågade jag inte snegla åt hennes håll. Lika rädd som jag var för att min kropp skulle besegra den lilla rest av mitt förnuft som återstod och kasta mig över henne och pressa ner henne på marken och börja slita sönder hennes kläder och slicka och kyssa och smeka henne överallt; lika rädd var jag för att förlora den lilla uns av självrespekt jag hade kvar och tigga om förlåtelse för att jag var så hopplöst romantisk och omogen, eller höra mig själv hitta på någon usel ursäkt för mitt uppförande, som att jag plötsligt hade fått en så fruktansvärd migrän, eller ångest och att det var därför jag hade rusat iväg istället för att sitta kvar hos henne och skoja om vårt svettiga lilla träningspass och jämföra prestationer.

Tanken på kapitulation genom en uppenbar lögn var på en gång både underbart lockande och fruktansvärt skrämmande. Jag hoppades att de andra inte kunde avläsa striden som pågick inom mig.

I mörkret såg jag tydligt verklighetens sanna konturer; mina plågade drömmar som inte kunde hålla sig i skinnet, innanför lögnens och självförnekelsens gränser.

*"Lustvärk."*

Jag såg min längtan som en fysisk kramp mot verkligheten och jag värkte sönder av hopplös kärlek.

*"Älska mig…"*
*"Älska mig mest…"*
*"Mig…"*
Mina tankar blev avbrutna av Bim:
"Lianne, förlåt att jag har varit så taskig mot dig!"
Hennes utspel var så oväntat och så olikt henne att jag först inte trodde
att jag hade hört rätt. Drev hon med mig? Var det en ny lek? Tänkte hon
vara vänlig för att få mig ur balans för att kunna sätta in dödsstöten när jag
minst väntade mig det?
"Det-det är okej."
*"Okej!?* Hur fan kan det vara *okej?"* nästan skrek hon.
"Jag förstår varför, tro mig."
"Nej! Nej! Nej!" avbröt hon.
Bim vände sig bort så jag inte kunde se vilket ansiktsuttryck hon hade.
"Du kan inte förstå varför!" sa hon och hennes röst var dämpad, nästan
tonlös, som om hon bara konstaterade ett faktum.

\*

*"Aaatten-tion!"* Esmeraldas militanta kommando bröt den konstiga
stämningen mellan oss.
Hon studerade kartan i ficklampans sken och mumlade för sig själv när
hon följde de små tunna linjerna med fingret fram till en cirkel med två
cirklar inuti som fick mig att tänka på en orm inuti ett kärl.
*"Där* eller *där* eller… *där* finns Dorian Jungmans laboratorium! Kom!"
Esmeralda gick i täten som den gerillaledare hon var och vi följde efter i det
svaga ljuset från våra batteridrivna facklor.

I mörkret följde vi i hennes steg, lyssnade in varandras små suckar, kände
närheten till varandras varma kroppar, skrapade mot det kalla berget
förrädiska kanter. Min kropp registrerade Gias närhet med varje cell och
varje andetag. Fast hon befann sig så nära saknade jag hennes så mycket
att det värkte i mig. Jag kunde fortfarande känna hennes händer över min
kropp och smaken av hennes kyssar i min mun. Det var som om hon hade

tatuerat in sin närvaro i mina nervbanor och de skrek hennes namn för varje andetag jag tog.

*"Bra?"*

Hur kunde hon använda ett så banalt ord om vår upplevelse? För mig existerande inga ord som var sublima nog att beskriva min känsla.

Hur är det möjligt att två människor kan dela samma upplevelse men uppleva den så olika?

*"Bra."*

*Lagomhelvetets* mest neutrala ord, så intetsägande att det inte betyder någonting alls.

*"Är det så hon ser mig?*

*Som omväxling efter sexvirtuosen Bim?"*

Det flammade till inom mig av en ny känsla.

Jag var svartsjuk! Som om jag hade den minsta rätt att vara svartsjuk på Bim, när jag visste att Bim och Gia hörde ihop med band som var så starka att de skulle gå under utan varandra. Min förälskelse var hopplös, hopplös, hopplös, för jag ville bara ha Gia, samtidigt som jag visste att Gia inte var Gia utan Bim.

Men det spelade ingen roll vad mitt förnuft talade om för mig. Aldrig förr hade jag känt så här för någon. Det här var svaret på den längtan som hade styrt mina tankar och drömmar under så många år, tills jag mötte mannen som ersatte min längtan med saknad, och slutligen, dödlig resignation.

*"Jag har ingen rätt att älska henne, men jag gör det ändå."*

Kärleken såg inte ut som jag trodde den skulle göra. Den var rikoschetten av en uppflammande dödslängtan i någons blick, i ett enda ögonblick som förändrade allt. Jag förblödde långsamt av hopplös kärlek.

De outtalade frågorna slukade allt syre i luften som jäsande organismer som hotade att explodera vilken sekund som helst och spy ut sina fräna gaser. Till slut bröt Bim tystnaden.

"Okej. Fram med det nu. Varför är ni så arga på varandra? "

"Fråga Lianne, jag var hur snäll som helst", sa Gia.

"Jag vet att du är godheten personifierad. Det är just därför jag frågar." sa Bim.

De var tysta en stund och själv hade jag ingenting att säga.

Efter en stund bröt Bim åter tystnaden. Hennes röst var vänlig, men hon kunde inte dölja hur nyfiken hon var på mitt svar.

"Lianne, varför är du arg på Gia? Vad var det som hände? Efteråt?"

"Det enda som räknas för dig är vad du tror hände. Så varför frågar du?" sa Gia. Hennes röst lät dämpad och sorgsen.

"Jag *tror* att medan jag var ute och skaffade hjälp för att rädda Liannes liv försökte Lianne att förföra dig. Bakom ryggen på mig. Därför att hon var chockad och skadad och behövde tröst. Eller hur, Gia?"

Varken Gia eller jag sa någonting.

"Men eftersom jag känner dig så väl efter alla dessa år, Gia, så vet jag att du vägrade utnyttja hennes utsatta tillstånd. Det är därför hon är knäckt."

"Har hon rätt? Är du knäckt, Lianne?" frågade Gia.

Hennes tunna röst darrade till. Jag tänkte efter och svarade helt sanningsenligt:

"Jag förstår inte vad ni menar med knäckt. Är det en positiv eller negativ känsla?"

"Äh, kom igen, Lianne! Hur dum tror du …!" började Bim.

Esmeralda avbröt henne. Hon vände sig om och lyste på oss med sin ficklampa.

"Tysta nu! Inget mer nonsens!" sa hon strängt.

# Talmagi

ESMERALDA RISPADE SPRICKOR av ljus med sina ord. Hon utmanade mörkret omkring oss med sin ficklampa. Men Gia och jag var noga med att inte nudda vid varandra.

Som tröga tankar trängde vi oss fram i en ogästvänlig miljö.

*"Inte då, inte sedan, inte nu.*

*Snart.*

*Allting är i rörelse mot en ny rörelse, inåt."*

Tiden kändes ännu en gång som en ogripbar dimension.

*"Hur mäter man tid i mörker? Vad jämför man med? Sin egen kroppslighet?"*

Min kroppslighet gjorde sig påmind i smärta, i hunger, i ömhet, i trötthet, i minnet av lust.

*"Men smärta är ingen bra indikation på tiden, för medan avsaknaden av smärta tunnar ut tiden, intensifierar närvaron av smärta varje sekund."*

*"Gia hade rätt, min intuition är så inihelsikes fel."*

*"Min intuition utsätter både mig själv och andra för livsfara. Vad är det för fel på mig? Allt jag gör blir ju fel!"*

*"Jag håller på att förstöra deras relation."*

*"Jag håller på att leda oss alla i fördärvet."*

Så, vänd till de andra ropade jag rakt ut i luften:

"Förlåt mig för att jag drog in er i det här."

Bim fnyste:

"Lägg av! Jag kan inte minnas när du någonsin tiggde om att få följa med oss? Gia och jag kidnappade dig, vi band dig, vi tvingade in dig i vår bil, vi satte ögonbindel på dig, vi körde iväg med dig, vi drogade dig; vi utnyttjade dig. Vi gjorde det här med dig, inte tvärtom. Eller har du andra minnesbilder?"

"Nej, jag menar här och nu! Om inte jag hade stulit det där kuvertet från Bracke skulle ni ha sluppit allt det här... *sluppit*..."

Då avbröt Esmeralda.

"Tidens flod drog in dig, Lianne. Du var bara liten fisk som nappa beta."

"Liten fisk med bedrövligt lokalsinne", sa Bim och hon lät sorgsen.

*

Jag hade ingen aning om var vi befann oss. Som lydiga små barnsoldater följde vi efter vår karismatiska ledarfigur i tunnlar som var så trånga att vi skrapade våra armar och höfter, och vi andades unken luft som var så syrefattig att vi flåsade. Plötsligt stannade Esmeralda upp. Hon svängde med sin ficklampa, målade spöklika cirklar runt bergets innerväggar, lyste upp en vit cirkel runt sina kängor.

"Detta här. Påminner mig."

Bergväggarna runt omkring oss förvrängde hennes röst. Den lät som om den kom från inuti en konservburk, på en gång skarp och dämpad. Hennes röst dog bort. Hon stod stilla utan att röra sig eller säga någonting. Efter en stund av kompakt mörker och tystnad frågade Bim:

"Påminner dig om *vad*, Esmeralda?"

"Marlon. Vår flykt från det onda. Hemliga gångar i bergen. Döda människor."

"Var då?" Frågade Gia.

"Mitt hemland. Smärta. Flykt. Förnekelse."

Hon suckade.

"Allting upprepas. Eller hur Adriana?"

Gia svarade inte. Men hon svalde.

"Allting upprepas", sa Esmeralda. "Smärta. Flykt. Förnekelse. Eller hur, Beata?"

"För dig kanske."

"Vill ni gå runt i svarta cirklar hela ert liv?" frågade Esmeralda.

"Vad tror du?" sa Bim. "Vilken är din hypotes?"

"Svarta gångar i era huvud. Ni hittar inte ut. Ni vågar inte hitta ut. Ni är rädda för er själva, rädda för de andra, rädda för verkligheten."

Esmeralda suckade.

"Vilken är din svarta cirkel, Esmeralda?" frågade Gia. "Vilket helvete återvänder du till hela tiden?"

"Jag måste göra bot. Måste rädda liv för att bli fri från ond cirkel, slippa upprepa min egen förbannelse över mitt eget liv. Jag räddade Marlon och jag räddar era liv, nu, eller hur?"

*

Esmeralda kände sig fram på väggarna i tunneln. Hon lyste upp och ner med ficklampan som för att kontrollera någonting. Hon mumlade för sig själv och krafsade sig i huvudet som om hon var osäker och studerade kartan igen.

"Kartan är rena dödsfällan i amatörens hand! Lyssna!"

Vi stannade upp och lyssnade. Någonstans i närheten hördes kluckanden och sus som från havet.

"Var?" Frågade Gia.

"Tio meter bort. Spricka i berg. Högt fall. Starka strömmar. Säker död."

Vi fortsatte långsamt framåt. Esmeralda lyssnade med örat mot berget. Hon drog med handen över den skrovliga ytan och när hon stötte på vad hon letade efter skrattade hon triumferande. En liten järnring, omöjlig att upptäcka om man inte lyste direkt på den, knappast större än hennes vigselring satt inkilad i bergväggen i ögonhöjd. När hon vred ringen tre varv, klickade det till, och hon kunde skruva ut en fyrkantig bit sten ur berget. Längst in i hålrummet skymtade vi en svart kvadratisk platta uppdelad i nio mindre kvadrater prydda med siffror som gav ifrån sig ett svagt grönt sken.

397

"Talmagi öppnar magisk dörr. Koden, tack!"

Esmeralda viftade med handen och knäppte med fingrarna.

"Är du allvarlig? Frågar du *oss*? Om en *kod?*" fräste Bim.

"Yep", sa Esmeralda och väntade lugnt.

Bim himlade med ögonen och gav frustrerade läten ifrån sig.

"Liten ledtråd: Dorian Jungman var intresserad av alkemi och talmystik." sa Esmeralda.

Gia och Bim utbytte ögonkast. Jag kunde se hur det blänkte till i deras ögon när de plötsligt, och exakt samtidigt, insåg att det här var en *intellektuell utmaning* och Gia utbrast, plötsligt alert igen.

"Är det den magiska kvadraten du är ute efter? Den där summan av entalen i varje rad blir 15?"

"Förmodligen är jag väl det", sa Esmeralda. "Antar jag, antagligen."

"Minns du?" frågade Gia.

*"Ha!* Så klart!" fnyste Bim. "Du?"

"Behöver du fråga?"

Gia och Bim böjde sig över den kvadratiska metallplattan och tänkte högt en stund, innan de lyfte stavarna med de självlysande siffrorna ur sina hål i småkvadraterna och placerade om dem inom den stora kvadraten, snabbt, snabbt som om de tävlade, med några icke närvarande personer.

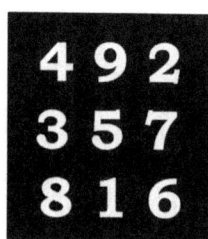

Det mullrade till inifrån berget och ett rektangulärt block av bergväggen rörde sig sakta utåt, som en pansardörr till ett skyddsrum. Just som vi drog en lättnadens suck upptäckte vi att det fanns ännu en dörr – av blankpolerat stål – bakom den första magiska dörren. Den dörren var också låst, fast med tre olika konventionella lås.

Bim svor till och sparkade till dörren.

"Fan också! Fler lås! Som ett jävla bankvalv, eller nåt!"

"Konventionella hjärnor!" fräste Gia och blängde på mig av någon anledning.

Esmeralda grävde fram ett multiverktyg ur sin ryggsäck. Hon drog ut de små verktygen ur fodralet och granskade dem noga under ficklampan, fil, nycklar, sylar, dyrkar, skruvar, knivar, sax, och sedan hade hon inga problem med att dyrka upp de tre låsen.

"Tre lås. Tre är äktenskapets tal", sa hon. "Eller hur, Lianne?"

*

Jag förstod omedelbart att det här var det underjordiska laboratoriet som Bracke hade talat om. Det kändes som om vi hade gjort en tidsresa flera århundraden tillbaka i tiden och hamnat i någon galen vetenskapsmans laboratorium.

Dofter av svavel och andra oidentifierbara dofter hängde i luften. Jag lyste omkring mig med ficklampan, men kunde inte uppfatta någon strömbrytare någonstans i rummet. På en liten plakett av guld stod ingraverat orden *"Aurum nostrum es non vulgi"*, som jag läste högt.

*"Vårt guld är ej det vanliga guldet"*, översatte Esmeralda.

Hyllorna på de bruna väggarna var fulla med gröna, bruna och genomskinliga glaskolvar, kärl och flaskor med diverse pulver och vätskor som reflekterade ljuset från våra ficklampor. Lyktor och oljelampor och några enstaka vaxljus stod placerade på bänkarna. I ett av hörnen stod en brännugn med ordet *athanor* ingjutet. En hel hyllvägg var täckt med bruna läderinbundna böcker som såg så gamla ut att de borde vårdas på något universitetsbibliotek istället för att stå på parad i ett märkligt laboratorium under jorden. Jag kände igen titeln *Tabula Smaragdina* och mindes att jag hade sett en bok med det magiska namnet i Gunnar Brackes sängkammare. Namnet *Isac Newton* dök upp på några bokryggar.

En hög glasmonter med en monolit reste sig mot taket. När jag strök över en av arbetsbänkarna av grovt mörkt trä, mitt i rummet med min hand märkte jag att den var täckt av ett centimetertjockt lager damm. Stativet med glaskolven jag stötte emot var klätt i ett rikt vitt spindelnät, som en kurvig brud av glas i sin tunna brudklänning. Min hand stötte i flera metallstativ med flera glaskolvar med torkat innehåll och alla glaskolvarna var klädda i vita spindelnät. De påminde mig om ett följe av övergivna, gravida brudar utan huvud. Jag ryste.

Några glasbehållare reflekterade ljuset från min ficklampa och jag stirrade till en extra gång. Min överstimulerade fantasi ville lura mig att tro att glasbehållarna på ett av hyllplanen innehöll mänskliga foster i olika utvecklingsstadier, så jag riktade ljuset från ficklampan en liten bit längre bort.

Då såg jag föremålet som stod där, fullt synligt, mitt på arbetsbänken.

*"Kristallkulan!"*

Mitt utrop fick de andras blickar att riktas i samma riktning som min och det blev alldeles tyst. Tystnaden var kompakt tills Bim bröt den. Hennes röst var tjock av undertryckt ilska:

"Esmeralda; säg mig bara en enda sak:" fräste hon, "Varför var den här föreställningen nödvändig?"

"Föreställning?"

"Svarta cirklar? Livsfarliga stup, dolda fällor, kartan, koden, låsen? Varför låtsades du att vi var ute på en livsfarlig överlevnadsexpedition i okänt territorium? Du har ju varit här tidigare! Och glömt kvar din leksak!"

Hon gjorde en gest mot kristallkulan och Esmeralda skakade på huvudet.

"Var inte bekant med denna gamla ingång med gamla tunnlar och magiska koder och lås och lekar för obehöriga! Kom med hiss förra gången!"

*"Med hiss!"* Bim vrålade rakt ut så saliven stänkte, och Esmeralda skrattade hjärtligt.

"Ja? Välkommen till tjugoförsta århundradet, baby!"

Bim svor till. Esmeralda lade huvudet på sned:

"Det blir mer spännande så här, eller hur? Insikterna blir mer konkreta nu; gångarna finns i er själva, ni skapar era egna gångar, rädslan finns inuti hjärtat, svaret finns här."

"Sluta upp med ditt New Age predikande för fan!"

Bims ögon blixtrade av hat.

"Arga, arga Beata. Ju mer jag hjälpa, ju argare du bli!" smackade Esmeralda.

Bim var så arg att hon stönade fram oartikulerade ljud mellan tänderna.

Hon stod med händerna pressade mot sitt huvud och stönade: "Förstår du inte att du inte *kan* hjälpa mig, Esmeralda? Det är för sent! Jag mår för dåligt! Och jag förtjänar det."

Hon slog sig hårt i bröstet och vek sig dubbel över smällen.

"Sluta nu", sa Gia. "Du är teatralisk. Det klär dig inte."

Bim tog ingen notis om Gia.

"Det är mitt fel att Lianne nästan dog!" jämrade hon.

"Är det?" sa Esmeralda förvånat. "Berätta!"

"Först skrämde jag upp henne ordentligt med snacket om utomjordingar och människooffer och sen lurade jag in henne i det där trånga mörka hålet. *Fast* jag visste att det kunde vara livsfarligt. *Fast* jag visste att hon inte kunde säga nej."

Ingen sa någonting.

"Alla jag kommer i kontakt med drar jag olycka över!" klagade Bim. "Och du tror att du kan hjälpa mig med en … *kristallkula*?" Hon skrattade till, men det lät mer som om hon jämrade sig:

"Jag har förtjänat all skit jag har dragit på mig, *Karma* eller vad du kallar det! Det sitter i generna, i mitt huvud. Som min hjärnsubstans bara är något slags äckligt slem som tänker ut sjuka tankar som smittar, som dödar."

"Bli arg, Beata! Men nej. Det är inte ditt ansvar om människor dör eller lider!"

"Ursäkta att jag pillar på ditt monumentala ego, men det kan väl *för fan* inte du veta!" vrålade Bim, och vek sig dubbel, högröd i ansiktet.

Esmeralda tog ingen notis om förolämpningen:

"Hela ditt liv har du hjälpt alla andra! Först räddade du hunden som skulle avlivas. Då körde din pappa över henne. Du försökte skydda din mamma, men din pappa slog ihjäl henne, och hängde sig. Då blev du föräldralös. På din nya skola skyddade du Adriana från vidriga mobbare. Då blev du våldtagen, nästan dödad av Max och Tomas. Och nu när Max och Tomas är döda och fått sina straff – nu tror du att *jag* vill skada er!"

Bim skrattade glädjelöst.

"Ha! Du som vet allting om allting i alla världar – du vet väl att jag inte behöver *din* hjälp för att skada alla som kommer i min närhet? Och framför allt mig själv? Men tack för förslaget."

När Esmeralda svarade lät hennes röst gammal och vis och mycket lugn, som om någon annan talade genom hennes mun:

"Beata Marie, lyssna! Ingenting av det här är ditt fel!"

"Nej nu ska du lyssna!" skrek Bim. "Det var jag; stackars vanvårdade, misshandlade, våldtagna Beata Marie som dödade Max!" Hon stirrade med galna, triumferande ögon på Esmeralda: "Vad säger du *nu*, din gamla terrorist?"

Esmeralda skrattade torrt.

"*Ha!* Tro du verkligen att en gammal gerillasoldat blir imponerad av *det*? Ha! Ingen planering, ingen strategi, ingen ideologi, ingen iskall distans. Bara självförsvar, flicka lilla. Fear! *Basic instinct.*"

Hon verkade lika oberörd av Bims hårda ord som av hennes handling. Det verkade reta upp Bim ännu mer.

"Jaså? Och hur kan du veta det? Var du där kanske? Eller har du opererat in någon slags parabolantenn i din kristallkula?"

"Beata Marie; jag vet allt!" sa Esmeralda lugnt, vänligt, med en moderlig stämma. "Det är inte bara som jag säger! Det är mitt *straff*, att veta alla hemligheter, att känna *allting* som *alla* känner! Jag vet att Max kom och sa att han måste göra Adriana lycklig innan han åkte till USA."

Bims röst var tunn som en viskning:

"Hur *fan* kan du känna till det? Det är bara Gia och jag som vet…"

Esmeralda förde samman sina handflator och blundade, demonstrativt:

"Hypnos, förstås!" skrattade hon. Sedan blev hon allvarlig igen."Du berättade allting hemma hos mig, i torsdags, men du glömde. Jag vet att Max var hög på kokain när han kom. Pratade om filmen. Sa att den var en riktig *"snuff movie"* med mycket äkta blod. Att lanseringen av filmen utomlands kunde ge mycket pengar. Tomas var välutrustad. Du var mycket ung, mycket, mycket vacker, och du ser död ut, på riktigt."

Hon gjorde en kort paus.

"För du dog nästan, på riktigt. Eller hur?"

"Ja."

"Max sa att du fick filmen om han fick göra saker med Adriana och Lianne. Att Lianne hade tjatat om att få vara med Adriana. Han sa att du fick se på. Lära dig bli riktig kvinna, av två riktiga kvinnor. Acceptera din plats längst ner i näringskedjan."

"Ja."

"Adriana gav honom en örfil när han sa det. Då slängde han ner Adriana på golvet. Slog henne. Rev henne. Du försvarade Adriana. Slet i honom. Max hånskrattade och sa: *"Dina hjärnskadade, värdelösa föräldrar borde gjort abort, ditt alkoholskadade, äckliga missfoster".*"

Bim höll händerna framför öronen och skrek:

*"Sluta nu!* Inte mer! Har du inga spärrar alls?"

Esmeralda skakade på huvudet:

"Nix. Har du? Hur många gånger slog du honom i huvudet med vinflaskan? Det sa du aldrig. Fem? Tio? Sjuttio?"

*"En!"* sa Gia. "Men det var ju för att försvara mig! Få bort honom. Och hon svimmade när han började blöda från huvudet och fick kramper, så det var allt hon gjorde."

"Gia – säg ingenting mer!" bad Bim.

Gia vände sig till Esmeralda och vädjade:

"Det räcker nu! Sluta! Ser du inte vad du gör med henne?"

Bim började jämra sig. Hon vände sig tvärt bort från Esmeralda och vi hörde hur hon sjönk ihop på golvet med en duns. Det lät som om hon hade fått en astmaattack och inte kunde få luft.

"Bim!" skrek Gia, och rösten var full av förtvivlan.

Jag kröp intill Gia och Bim, på golvet, rädd för att de skulle stöta bort mig. Gia höll Bim i sin famn medan Bim flämtade fram sin gråt. Lite tafatt strök jag henne över håret och kramade hennes axel.

"Nu vet du", sa hon.

Hon var täppt i näsan och hennes kropp skakade till av kramper.

"Jag tror jag anade det hela tiden", sa jag.

Bim gömde sitt ansikte bakom händerna och stönade:

"Lianne! Det var inte meningen, det bara blev så.... fel. När du kom och frågade efter honom bara några timmar efteråt. En ständig påminnelse.

Din blick…"

"Jag vet."

"Du får inte hata mig! Jag står inte ut med ditt hat!"

Hon begravde sitt ansikte i Gias famn som om hon ville försvinna.

"Det är *du* som hatar *mig*, minns du inte?" sa jag.

Det var tyst en stund och så hörde jag hennes ynkliga lilla skratt och hur hon fräste i en pappersnäsduk:

"Du och din fantasi."

"*Va?*"

Bim lutade sig fram och tystade mig med sin salta kyss.

Gia omfamnade oss båda.

Jag upptäckte att jag inte var förvånad.

Ingenting förvånade mig längre.

# Mausoleum

**E**SMERALDA SÅG FUNDERSAMT ner på golvet där Bim och Gia och jag klamrade oss fast vid varandra som tre övergivna människospillror på en sönderfallande flotte, vilse på ett stormande hav.

"Kom! Tiden är inne", viskade hon.

Vi reste oss upp och följde stapplande efter henne, utan att kunna släppa varandra; som om fasorna hade fått oss att växa ihop till en vanskapt varelse med tre huvud, sex armar och ben, och ett ylande hjärta.

Esmeralda gick fram till en hylla full av dammiga böcker och drog ut en oansenlig bok längst ner varpå hyllan rörde sig utåt. Ingen av oss brydde oss om att fråga henne hur det kom sig att hon kände till att det fanns en lönndörr i Dorian Jungmans laboratorium. Av någon anledning förvånade det oss inte.

*"Ur kaos föds kosmos"*, sa Esmeralda.

Vi steg in i den mörka lönngången i berget och efter några minuter ledde den oss fram till en mörk träport med vackra snidade mönster, och ett järnsmidesslås med en spak placerad i navet av en tunn, avancerad järnskena. Esmeralda fattade tag i Bims hand och placerade den på spaken. Sedan förde hon Bims hand med spaken upp och ner och åt sidorna i ett mönster som fick mig att tänka på en stjärna. Det gnisslade i låset.

"Låt mig gissa! Ett magiskt pentagram?" sa Bim utan att se på Esmeralda, och hennes röst var ironisk men trött.

"Pythagoras hemliga sekt av matematiker och mystiker hade ett sigill. Ett igenkänningstecken", sa Esmeralda. "De kallade det för Hygieia, efter hälsans gudinna."

Hon såg på oss.

"Pythagoréerna ansåg att talen uttrycker eviga sanningar. Att matematik är själens reningsmedel."

"Nu hänger jag inte med?" sa jag. "Tal? Eviga sanningar? Hälsa?"

"Pythagoréerna observerade att alla relationer i universum kan uttryckas med tal, och därför ansåg de att talen är levande entiteter; att hela universum är en harmoni; musik, som vi inte längre kan höra. Musik och geometri är besläktade."

Bim jämrade sig, och Gia hyssjade henne. Esmeralda fortsatte:

"Pentagrammet uttrycker fulländning på många sätt. Venus resa ritar ett pentagram över himlen under åtta år. Pentagrammet innehåller det gyllne snittet."

"Gyllne snittet?" ekade jag.

"Det gyllne snittet är ett talförhållande. Genom det gyllne snittet kan man beräkna allting i hela universum; vattenvirvlar, galaxers vridningar, levande kroppars uppbyggnad, den västerländska tonskalan, fraktaler. Förhållandet för omloppstiden för jorden och Venus är det gyllne snittets…"

Bims suck ekade runt oss, tung och uttråkad, och Gia smekte hennes hår.

"Simplex s4!" sa Gia kärleksfullt som en mamma som vill muntra upp sitt ledsna barn. "Minns du inte Simplex s4, Bim? Från *matten*?" försökte hon. Men Bim gav ifrån sig ännu en suck, och lutade sig mot porten.

"Simplex s4 är ett pentagram som bevisar matematiskt att det finns fyra dimensioner i vår värld", sa Gia och ryckte på axlarna. "Bim, snälla, förklara för oss träskallar!"

Men Bim hade förlorat lusten att briljera med sina kunskaper vilket var ett kusligt symptom på hur dåligt hon mådde.

"Fem är människans tal enligt Pythagoréerna", sa Esmeralda. "Människan är ett pentagram som består av de fyra elementen vatten, jord, eld och luft, plus det femte elementet; psyket, själen, gnistan." Hon smekte Bims kind.

"Pentagrammet består av fem kammare; *pentemychos*. Just nu befinner vi oss i kaos. I Tartaros, i Hades. Eller hur Beata?"

"Om du säger det så", sa Bim tonlöst.

Under tiden Esmeralda talade och långsamt, med hjälp av Bims slappa hand, förde spaken i olika riktningar hade det börjat mullra och gnissla från bergets inre. Plötsligt skälvde berget till under mina fötter som om det höll på att rämna. Instinktivt hoppade jag några steg tillbaka för att inte störta handlöst ner mot avgrunden. Men det hände inte. Det som hände var att låset gav ifrån sig ett klick och att porten gled upp.

I nästa stund tog vi ett steg rakt ut i den frostiga, stjärnklara natten. Vi drog efter andan. Framför oss öppnade sig en grönskimrande maska i verkligheten in i en ljusare dimension; en grön dimension.

"*Kom närmare, närmare!*" lockade den.

Jag blinkade några gånger mot det skarpa ljuset och såg sedan att maskan i verklighetens väv i själva verket var en glimrande fyrsidig pyramid av glas, med spetsen riktad upp mot stjärnorna. Den tycktes sväva i natten framför oss, skimrande, vibrerande av det gröna ljuset inifrån.

"Mina damer, får jag presentera Dorian Jungman!" sa Esmeralda.

Hennes röst ekade tillbaka hög och klar och med ökad kraft från kalla bergväggar och först då, först när jag hörde ekot av hennes röst insåg jag att vi fortfarande var kvar i underjorden.

\*

Vi stod i en stor sal i bergets mörkaste inre och på det mörkblå valvet högt över våra huvud gnistrade små stjärnor ikapp med sina förebilder på den riktiga himlen och ingenting var på riktigt, bara nästan, vilket för min del var som det brukade och i normala fall borde ha fått mig att andas ut. Men det kunde jag inte nu, eftersom jag stod som hypnotiserad och stirrade på någonting som jag aldrig hade sett förr, vare sig i mina fantasier, drömmar eller i *Lagomhelvetet*.

Jag stod som fastfrusen i marken utan att kunna släppa den grönskimrande glaspyramiden med blicken. När jag tog några steg närmare upptäckte jag att den inte alls svävade fritt i luften utan balanserande på ett klotformat stenpodium mitt i salen.

När jag tog ytterligare några steg närmare såg jag att en naken människa flöt omkring bakom glaset i en grönskimrande vätska.

Kroppen tillhörde en gammal man med mycket långt kritvitt hår. Den tunna, bleka huden låg som en alltför stor overall av hud, insjunken över hans utmärglade kropp, och de långa vita hårtestarna böljade som sjögräs runt ansiktet och axlarna.

Mannen bakom glaset hade slutna ögon och såg så rofylld ut att mitt första intryck var att han sov eller mediterade, eller kanske bara flöt omkring därinne, i ett tillstånd eller icke-tillstånd som jag inte kände till (eftersom jag aldrig hade stött på något som liknade denna pyramidformade kapsel, kokong eller inkubator av glas, i någon enda science fictionfilm eller roman).

Bakom mig hörde jag Bim flämta till, med snuvig röst:

"Ser man på; en av Trippelidiotens berömda utomjordingar!"

"En ängel!" sa Gia.

"Kärt barn har många namn."

*"Utomjording och ängel?"* tänkte jag förvirrat.

Plötsligt var jag ur stånd att tänka klart. Jag stod och stirrade som hypnotiserad på Villa Marinas förre ägare som flöt omkring, naken och utelämnad till våra skoningslösa blickar, som ett förvuxet albinofoster i sitt pyramidformade akvarium.

Esmeralda klappade mig på axeln. Hon tog min hand i sin och riktade ficklampans ljus mot bergväggen och jag såg vad Bim och Gia hade sett.

I skenet av ficklampan framträdde ur bergets yta, reliefen av en späd androgyn varelse i fotsid klädedräkt, med ovalt ansikte, enorma ögon och en aura av hår runt det oproportionerligt stora huvudet.

*"En Utomjording och Ängel."*


Jag skyndade mig att rikta ficklampan bort från den märkliga varelsen som såg ut att kunna kliva ut ur sin fångenskap i berget vilken sekund som helst, och lät ljuset spela över bergväggarna istället. Ljuscirklarna avslöjade att bergväggarna var fulla med inristade tecken och inskriptioner, symboler och främmande bokstäver. En del av tecknen var hieroglyfer, med bilder på falkar och schakaler och katter, andra var geometriska figurer med trienglar och kvadrater och stjärnor. Några av inristningarna kunde jag direkt identifiera som de astrologiska symbolerna för solen, månen, mars, Venus, Merkurius och zodiakens tecken.

Ljuset föll på en guldplakett på stenklotet under glaspyramiden. Där stod;

---

**ALLTING FÖRÄNDRAS MEN INGENTING FÖRGÅS**

**PYTHAGORAS**

---

Jag läste inskriptionen högt. Mest för att höra min röst och för att kontrollera om jag var vaken. Kanske lät jag frågande, eftersom Bim kände sig tvungen att förklara:

*"Energi kan inte förintas eller nyskapas; den kan endast omvandlas mellan olika energiformer."*

"Termodynamikens första huvudsats", sa Gia i lättsam ton. "Never leave home without it!"

Hennes kommentar fick Bim att jämra sig, som om hon hade ont, eller försökte kväva ett skrattanfall. Hon bidrog med kommentaren:

"So what's new, Esmeralda? Nothing?"

Sedan lät hon ficklampans ljus dansa i vilda, respektlösa cirklar över bergväggarna. Hon belönades med ett lågmält fniss från Gia. Esmeralda förklarade lugnt, som om hon inte brydde sig om deras provokationer:

"Enligt gammal världsbild är verkligheten skapad av *materia prima* som tar gestalt i jord, eld, luft, vatten. Allting, även människan, är del av allting i olika proportioner. All materia kan omvandlas till *materia prima* och komma tillbaka till världen i en ny gestalt. Tanken är att allting kan utvecklas till ett ädlare tillstånd. Materien är andlig."

"Vad talar du *nu* om? Animism? Reinkarnation?" sa Bim och lyste med ficklampan rakt i ansiktet på Gia som blev bländad och som svar riktade ljuset från sin egen ficklampa rakt i ansiktet på Bim:

"Du känner väl till Pythagoras kosmiska harmonier!" sa Gia. "Sfärernas musik! Partiklar, rörelser, *supersträngar! Soul music, baby!*"

Esmeralda brydde sig inte om dem utan förklarade för mig:

"Dorian Jungman tillhörde ett hemligt brödraskap av alkemister. Alkemisterna trodde att mineraler och metaller långsamt utvecklas till högre former i jordens inre. Genom en avancerad process kan man få fram den prima materia, den ur-materia, som den materiella världen är skapad av, och utvinna ett magiskt *elixir*, det *femte elementet, kvintessensen* eller *"De vises sten"* som kan förvandla allting den kommer i kontakt med..."

"Till *guld*, ta-da!" avbröt Bim, med inlevelsen hos en trollkonstnär.

Esmeralda sneglade på tankfullt på Bim vars ögon fortfarande var glansiga och vars kropp skakade av skratt, eller snyftningar. Hon lade handen på Bims arm och fortsatte med skämtsam röst, som om hon var glad för att Bim deltog i samtalet igen och struntade i att Bim som vanligt gjorde det på Esmeraldas bekostnad:

"Det är sant, Beata! Många alkemister har försökt tillverka guld i laboratorium, genom att tillsätta en katalysator och skynda på processen. Andra har velat utvinna ett elixir för evig ungdom, mot odödlighet. Några söker förädla sin själspersonlighet så att den rådande inkarnationen ska vara meningsfull."

Esmeralda log lite åt dem, sedan fortsatte hon, som en sagotant, i samma skämtsamma stil som Bim:

"I en gammal myt avslöjar fallna änglar hemligheten hur man kan snabba på förädlingsprocessen och förvandla grundmetaller till guld."

"Avslöja hemlighet? I utbyte mot vad?"

"I utbyte mot sex, med vackra, jordiska kvinnor!"

Bim och Gia skrek till av skratt. Sedan pep Gia:

"Varför är jag inte förvånad?"

"Det skulle väl aldrig du göra, min ängel?" sa Bim.

*"Vad? Göra vad?"*

"Avslöja vår hemlighet? I utbyte mot sex med en vacker, *jordig* kvinna?"

De sjönk ihop på golvet, frustande av skratt.

*"Esmeralda skulle kanske kunna tänka sig att ligga med en blond ängel för att komma över några gudomliga hemligheter"*, tänkte jag.

Esmeralda iakttog mig, som om hon kunde läsa mina tankar. Jag drog med fingret över en inskription i glaset där Dorian Jungman svävade omkring i sitt blöta element för att slippa möta hennes blick:

νιΨον ανομεματα με μοναν οΨιν

"Tvätta synden så väl som ansiktet", översatte Esmeralda. "Palindrom. Går att läsa såväl framlänges som baklänges."

Nu var hon allvarlig igen. Vi såg på varandra, sedan på inskriptionen på marken och sedan på kroppen i akvariet. Gia hade rest sig upp från marken. Hennes röst darrade och hon lät snuvig när hon vädjade:

"Esmeralda, jag blir snurrig. Jag förstår *ingenting*. Absolut *ingenting* längre!"

"Vad är det som du inte förstår? Bara liten grekisk ordlek om vikten av ett rent liv, om vikten av äkthet, av godhet."

"Inte *det!*" avbröt Gia henne.

Hon pekade på pyramiden av glas.

"*Han!* Jag förstår inte hur *han* kom in *här*? Under Villa Marina? In i den där tetraedern? Vi flyttade ju in i Villa Marina innan Dorian Jungman dog? Pappa gick ju till och med på hans begravning!"

Esmeralda stelnade till och hyssjade:

"*Please!* Nämn inte *"D"-ordet* här inne! Dorian Jungman accepterar inte *"D-ordet!"*

Hon viskade, bakom handflatan, av hänsyn till den döde: *"Inte ens nu – trots att han har två gravar! I två olika element!"*

Stämningen var så tryckt att det tog en stund innan jag lyckades samla mig så mycket att min röst lät någorlunda stabil. Sedan ställde jag frågan som hade malt i mitt huvud den senaste halvtimmen. Inte frågan om varför hon talade så dålig svenska ovan jord, utan den andra frågan:

"Esmeralda; kände Marlon till sin pappas laboratorium och mausoleum?"

"Marlon tänkte köpa tillbaka Villa Marina och därför hjälpte han Tomas. Han sålde information om värdetransporten för han ville fortsätta sin pappas arbete och livsverk. Han var påverkad av Dorian Jungmans prat om alkemi. Och förstås…"

Hon såg intensivt på oss.

"…påverkad av sin pappas exceptionellt goda forskningsresultat från sitt ungdomselixir."

Informationen gjorde oss stumma för en stund. Sedan harklade sig Bim och frågade med en röst som nu var helt befriad från alla former av ironi:

"Nu när vi har fått se allt det här, vad tänker du göra med oss?"

"Jag ska befria er från ert kaos", sa Esmeralda.

*"Hon är galen!"* tänkte jag. *"Jag borde ha insett det tidigare. Det är därför hon aldrig är rädd för någonting."*

*"Befria* oss från *vilket kaos?"* frågade Gia.

"Det är en eufemism. Vad hon menar är att hon tänker befria oss från vår *prima materia"*, sa Bim.

"Vad?"

"Döda oss, alltså!" sa Bim.

"Hyssj! *"D-ordet* är tabu härinne! Han där är en irrationell storhet. Kom!" sa Esmeralda.

*

Esmeralda ledde oss vidare genom ännu en trång passage in i en trång cell i direkt anslutning till mausoleet, med skylten *"Athanor"* över ingången.

*"Hjälp!"* tänkte jag.

Det enda som fick plats i cellen var ett runt altare, övertäckt med en vacker röd silkesduk med målningar i lysande färger som föreställde gudomliga figurer i geometriska labyrintliknande mönster och cirklar.

"Här ska ni vila", sa Esmeralda. "På antik tibetansk mandela."

Bim lunkade omkring som en förvirrad björn som inte vill gå i ide men som, omtöcknad av alla främmande dofter och instinkter, hade förirrat sig in i ett av misstag och upptäckt att hon var för trött för att kunna ta sig ut igen.

Gia sjönk ner på altaret. Hon låtsades studera målningarna på den vackra mandalan, men jag såg att hon redan var långt borta i tankarna och att hennes hand som strök över tygets labyrintiska och invecklade målningar darrade.

Själv var jag så trött och förvirrad av morgonens upplevelser att jag inte kunde tänka klart. Alla mina tankar kretsade kring Esmeralda och hennes planer för oss.

*"Vem är du egentligen, Esmeralda?"* tänkte jag och såg på henne.

*"Är du en häxa-prästinna med uråldriga magiska läkekunskaper?En krigsskadad psykopat? En hämndgudinna från yttre rymden som har tagit gestalt i en vanlig människa? En änka, besatt av kärleken till sin döde man och sitt löfte att återbörda Villa Marina till familjen, även om det innebar att kidnappa och - eventuellt - döda Gia, Bim och mig?"*

Esmeralda bar på flera hemligheter och identiteter än jag vågade tänka på. Hon påminde mig om de där små ryska handmålade dockorna i trä, som man kan skruva isär på mitten och som innehåller en lite mindre, men lika vacker identiskt målad docka inuti, som också den i sin tur också går att skruva isär på mitten och innehåller ännu en liten vacker identiskt målad, ihålig docka i sitt inre, och så vidare; ner till den sista pyttelilla oansenliga, slarvigt målade dockan av massivt trä längst inne som alla de andra dockorna skyddar med sina kroppar.

*"Vad vill du oss?"*

*"Vem är du, längst inne?"*

Jag kunde bara konstatera att om Esmeralda hade planerat att offra oss på sitt vackra altare så var det ute med oss, för hur skulle vi kunna övermanna en före detta gerillasoldat med kidnappning och mord som främsta specialitet; en person som under flera år hade överlevt i djungeln med allt vad det innebar av mentala och fysiska påfrestningar och extrem självdisciplin; en person som dessutom var kunnig i magiska riter och ockultism, och ägde djupa insikter i det mänskliga psyket; kanske telepati?

Trots att ingen människa någonsin hade ställt upp för mig lika osjälviskt som Esmeralda, och trots att jag insåg att jag beundrade henne mer än kanske någon annan människa på jorden, måste jag erkänna för mig själv att jag i denna stund var mer rädd för henne än för någon annan människa på jorden, eftersom våra liv nu låg i hennes händer och jag inte visste vad hon tänkte göra med oss. Det enda jag visste med hundraprocentig säkerhet var att oavsett vilka konsekvenser det förde med sig så tänkte hon genomföra sina planer.

"Vilka är dina planer, Esmeralda?"

Så fort jag hade erkänt inför mig själv att jag inte litade på Esmeralda, utan tvärtom var rädd för henne, skämdes jag för mina tankar. Vilken rätt hade jag att döma henne på grund av handlingar som hon hade tvingats utföra som utfattig tonåring, i ett land präglat av fattigdom, våld, korruption och politisk instabilitet; förmodligen under dödshot? Vilken rätt hade jag att dra negativa slutsatser om hennes karaktär när hon så tydligt hade visat att hon ville sona konsekvenserna av sina handlingar genom att utföra goda handlingar och hjälpa oss?

*"Var inte naiv! Hon har mördat förr! Det här skulle inte vara den första eller sista gången!"* sa en röst i mitt huvud.

Esmeralda som kunde se in i alla sorters mörker med sina känsliga tentakler och förstå alla känslor som gömde sig där, måste ha läst mina tankar för hon klappade mig på kinden och sa:

"Oroa dig inte, Lianne! Detta är en nödvändig nedstigning!"

Hon vände sig till de andra:

"Känner ni till Törnrosa?"

"Hur så? Dags för en god natt-saga?" sa Bim.

Esmeralda tog ingen notis om ironin i Bims röst. Hon förklarade vänligt:

"Ni ska gömma er för världen en tid. Precis som Törnrosa. Man kan ta människan ur mysterium, men man kan inte ta mysterium ur människan. Om ni förstår?"

Jag skakade på huvudet eftersom jag inte förstod vad hon menade. Gia och Bim sa ingenting.

"Vårt opus kommer att ta tid. Men tid är ett relativt begrepp, eller hur fröken Einstein?" sa Esmeralda och blinkade med ena ögat mot Bim.

Men fröken Einsteins röst var tonlös när hon sa:

"Mysterium? Du utnyttjar oss. Först drogade du oss. Sedan pumpade du oss på information för att komma åt dem som dödade Marlon."

"Är du inte tacksam för att Tomas fick vad han förtjänade? Det är jag, och många, många med mig", muttrade Gia.

Bim fortsatte som om hon inte hade hört henne:

"Säg som det är! Du hypnotiserade oss! Du planterade kommandon! Sedan har du styrt våra handlingar. Hela tiden visste du var vi var. Vad som skulle hända. Hur vi skulle agera, tänka. Det var du som såg till så att vi hamnade här, just i det här rummet i slutändan." Hennes röst bröts.

Gia såg upp på henne från bakom sin ridå av ljusa hårtestar och protesterade: "Nu är du paranoid! Esmeralda har väl alltid ställt upp för oss!"

"Jaså? Var snäll och fyll i mina minnesluckor, Gia: Var fanns hon då, *den där gången?*"

"Har du glömt hur hon alltid skyddade oss när vi isolerade oss och aldrig släppte någon in på livet?"

Men Bim verkade inte höra henne:

"Varför all denna osjälviska människokärlek, nu? Plötsligt? Efter alla dessa år? Har du fått vittring på pengar?"

Gia försökte tysta Bim genom att hålla sin hand för hennes mun, men Bim stötte bort den och fortsatte, oberörd:

"Eller är det vårt *blod* som är du suktar efter? Vårt röda ungdomselixir; tror du att det ska ge dig Marlon tillbaka?"

"Bim, inte *nu!*" sa jag.

Hon kunde inte ha valt ett mindre lämpligt tillfälle för provocera Esmeralda.

"Vill ni inte veta vilka planer hon har?" tjatade Bim. "Tänker ni bara sitta där och le medan hon skär ut våra hjärtan och offrar dem till sin aztekiske gud så att han befriar Marlon från jordormen i Dödsriket...?"

"*Sluta!*" sa Gia. Hennes röst gick nästan upp i falsett.

"Det är okej", sa Esmeralda. "Intressanta teorier."


Jag blundade och när jag öppnade ögonen igen stod Esmeralda med sin trumma och en grönskimrande liten frukt i händerna. Frukten påminde om ett grönt nypon, eller frökapsel, eller knopp, och hon skar den i fyra delar.

"Grönt lejon öppnar era stängda sinnen!" sa Esmeralda.

"Vad är det här för frukt? Tänker du förgifta oss?" sa Bim.

"Lita på mig, Beata!"

"Varför skulle jag det?"

"Annars förändras du inte. Annars kan du inte se verkligheten bakom *Mayas slöja*, bortom illusionerna."

Bim grep tag i Esmeraldas jacka och såg henne bedjande in i ögonen.

"Ta pengarna! Låt oss gå! Vi ska inte säga någonting!"

"Hyssj! Lyssna, lilla barn! Du *måste* lita på mig, nu!" avbröt Esmeralda och lossade hennes händer.

"Och varför måste jag det? "

"Annars ingen nedstigning. Annars ingen *conjunctio oppositorum*. Ingen inre kamp, ingen befrielse från gammal smutsig sanning. Ingen befrielse från er själva. Ingen förändring! Ingen transcendens! Ingen förädling! Bara stagnation. Bara nedbrytning och andlig förruttnelse i en materiell, smutsig värld."

Gia höll upp händerna framför ansiktet och kved:

*"Hon är galen!"*

Esmeralda höll fram de små gröna klyftorna och log.

"Lägg er ner på mandalan! Öppna era sinnen! Ät!"

# Mana

VI LADE OSS NER PÅ DEN VACKRA antika mandalan, på de mystiska målningarna av ingångarna till gudarnas rike, och bet i våra gröna fruktkapslar. Fruktköttet var saftigt och smakade lätt syrligt, med en metallisk bismak. De små kärnorna var för hårda att tugga så jag skyndade mig att svälja.

Efter en stund infann sig en god eftersmak i gommen, på en och samma gång söt och brännande het; så het att den fick magen att dra ihop sig och jag plötsligt kände mig illamående. Det började sticka och ila i huden som av små, små arga maskar, som om jag kokade.

"Det kliar, vad är det som händer?" frågade jag.

"Ni kommer att göra en inre resa till *el mundo subterráneo*. Era orena sanningar måste besegras och dö. Först då blir ni fria."

"Hon har förgiftat oss. Jag varnade er!" sa Bim.

"Dummer! Bara en hallucinogen. Förmodligen peyote", mumlade Gia.

Esmeralda satte fingret framför munnen:

"Hyssj, små kemiprofessorer! Analysera inte! Upplev *mana!*"

Hon drog en vit cirkel på det svarta berget runt altaret. Sedan bad hon oss sträcka fram våra armar och knöt ett mjukt läderband runt varje handled som hon sedan fäste i tur och ordning runt de andras handleder.

"Livlina. Så ni inte skadar era kroppar", sa hon.

*"Så vi inte skadar ditt experiment menar du. Vad det nu går ut på"*, tänkte jag.

Med långsamma evighetsformade rörelser förde hon den röda blomman fram och tillbaka, fram och tillbaka, över våra kroppar, om och om igen, tills glänsande, virvlande frömjöl började falla från blommans ståndare. Ett vitt regn av pollen svävade i luften över våra kroppar samtidigt som Esmeralda nynnade *"OM"*.

"Titta!" viskade Gia.

Och framför våra ögon smälte det mjuka regnet av pollen samman med Esmeraldas mässande röst. Små ulliga moln dansade viktlösa sin virvlande dans över oss och landade mjukt som regndroppar på våra kroppar och viskade *"OM"*.

Viskade på min hud.

Esmeralda kysste sin svarta trumma.
började trumma mina tankar
Den röda blomman var färgen i mitt blod.
blodets rytm i min kropp.

*"Osynliga stängsel omgärdar min väg, mitt sinne,*
*inhägnar min tanke, min kropp,*
*beskär mig i det vakna,*
*i ljuset.*
*Under den svarta solen,*
*i det svarta mörkret växer jag mig stark,*
*i mitt eget ljus, mitt eget mörka sinnes mylla,*
*i min absoluta ensamhet,*
*i min gränslösa ensamhet.*
*Under den svarta solen,*
*i det svarta mörkret växer jag mig stark,*
*i sorgens rum,*
*i huset mellan himmel och hav,*
*mellan liv och död,*

*i det flytande vakuumet mellan fantasi och verklighet,*
*ostörd av tidens gång.*
*Mörkrets ättlingar ger liv till de bleka som svälter,*
*närda av mager mylla,*
*tärda av slumrande väntan,*
*glimrande i några droppar dagg,*
*ger min kraft ingångar till den osynliga porten.*
*Visdomen växer under den svarta solen*
*i mitt svarta mörker*
*och speglar min sång.*
*Den svarta korpen ruvar på min hemlighet,*
*min tomhet under benvitt skal. "*


Ordens själ tog gestalt i min kropp,
övergav sina skal i ekon av glittrande regn.
Ordens melodi blev till mitt medvetandes röda känsla
övergav sin tanke.
Trumman befallde oss att lämna våra kroppar,
sväva,
bli ett med rytmen,
förena oss med ordens melodi.
Vi svävade som frön i vinden,
Våra tentakler vidrörde varandra,
i vårt sakta fall mot mull.
Den svarta pulsen i mitt blod,
drev i mitt medvetande,
blev
Stjärnstoff:


*Svävar,*
*Flyter,*
*Drunknar vi?*
*Samtidigt?*
*Formlösa, tyngdlösa, gränslösa.*

Mina armar rörde sig i dimma, i lätta moln, jag blev full i skratt.
Väggarna blixtrade av blått ljus.
Och Bim och Gia svävade bredvid mig,
genomskinliga i sina vita tunikor av spunnet ljus,
och vi svävade tillsammans utan att bottna i den brinnande blå elden som
blåste liv i oss med sina röda ord av blod,
och iklädde oss sin svala andedräkt.

Och vi svävade som molnen.
Och vi dansade som stjärnstoft.
Från ovan såg vi ner på våra sovande kroppar,
under ett täcke av röda kronblad,
på en bädd av sagor,
på en bädd av svek.

*"Vem är jag?*
*Vem bestämmer vilka fragment som mitt medvetande består av?*
*Vem bestämmer vad som är min sanning?"*

Vi svävade högre och högre,
bort från våra sovande kroppar in till de döda i gravkammaren.
De döda bildade en cirkel
och deras benknotor lyste vita i mörkret där de satt.
Som vågor av imma, smekta av vinden
rörde sig de dödas vita andedräkt i ljuset från Esmeraldas röst.

De döda såg oss genom sina bottenlösa ögonhålor
och grinade mot oss med stumma munnar
och deras hår böljade som vitt sjögräs runt deras vita skallar
och deras andedräkt stank av förruttnelse.
Och när vi såg de dödas stillhet greps vi av en förlamande skräck,
och vi tryckte oss mot bergväggen.
Och stanken från vårt maginnehåll var hemsk när vi kräktes.
Det var lukten av skräckens förlamande gift.

De döda hånlog med läpplösa munnar
och gjorde fula tecken mot oss med sina långa vita fingrar
och högg i luften efter oss med sina klappande käftar
och deras bottenlösa ögonhål av svält hungrade efter våra genomskinliga
tunikor av spunnet ljus.
Och när vi luktade de dödas hunger greps vi av en förtärande skräck,
och vi tryckte oss mot bergväggen.
Och stanken från vårt maginnehåll var hemsk när vi kräktes.
Det var lukten av skräckens förtärande gift.

"Är vi fångar här hos de döda?" kved Bim.
"Ni är fångar i er känsla", sa Esmeralda. "De döda är era fångvaktare. Er
rädsla för sanningen ger dem makt över er. Förlamar er, förtär er, spottar
ut era ben."
"Hjälp oss!"
"Befria oss!"
"*Befria er själva! Befria er själva! Befria er själva!*" trummade Esmeraldas
trumma till svar.

Och skräcken fick illamåendet att växa i våra magar så vi kräktes en tredje
gång.
Och stanken från vårt maginnehåll var hemsk när vi kräktes.
Det var lukten av skräckens frätande gift.
Och våra uppkastningar luktade svavel.
Och vi brände oss på vår förlamande, förtärande, frätande feber
och på vår maktlöshet.
Bim bankade med knutna nävar på bergväggen och började gråta förtvivlat,
och sammanlänkade med hennes rörde sig Gias och mina händer i samma
rörelse, i samma gråt,
fast mildare, som i en smekning i vatten.

De döda satt i en vit cirkel av ben runt den röda blomman i Esmeraldas
hand.
Hon sa:

*"Berätta om tomheten.*
*Den tomhet som är verkligheten för de levande.*
*Den tomhet som äter livet ur de levande med sin död."*

De dödas svarta ögonhålor speglade evigheten i mina tårar.
Deras döda röster ekade i tystnaden som inte fanns i oss:
*"Människor som stiger ur människor som stiger ur människor.*
*Ur en cirkel av blod*
*Som skuggor av skuggor ur skuggor.*
*Som ringar på vatten.*
*På vita benknotor*
*Målade med tårar*
*och vattnade med blod*
*Spelande som flöjter*
*Sin sanning*
*Sin framtid."*

Och Esmeraldas trumma trummade snabbare.
Och den röda blomman drack våra tårar.
Och våra suckar ekade i berget.
Och Esmeraldas trumma trummade snabbare.
Och den röda blomman drack våra tårar.
Och våra suckar ekade i berget.

Ur skuggorna klev en Människa inkapslad i sten
och den androgyna *Ängeln* lösgjorde sig från bergets fängelse och stapplade
fram till oss med osäkra steg,
med sina stela lockar och hårda ögon,
och stenen vittrade sönder av våra suckar och salta tårar
och föll till marken som tunt svart damm,
föll från *Ängelns* kropp som en mörk och hård skugga,
som skuggan av en skugga av en skugga
och blicken som mötte mig från ur det svarta dammet var *Budbärarens*
blick; den varelse som hade kallat mig

och jag speglade min egen blick i mina egna tårar
i *Budbärarens* dunkla blick.
Ur skuggan av en skugga av en skugga;
ur skuggorna från en Människa inkapslad av sten,
steg ur skuggorna i berget en hel människa oreducerad till ett enda kön.

Och kroppen som hade förlorat sin skugga av sten lyste nu med en
flytande silvervulkanisk låga som bländade oss.
Och dammet från *Budbärarens* skugga föll svartare än svart
över min kropp.
Och en stickande lukt skar in i min näsa.

Och vi föll ner på marken under *Ängelns* skugga av sten
och somnade av utmattning
Förgiftade, förlamade, förtärda av vårt eget gift som trummade
skräck i våra öron.
Och ur trumman flög en fågel med drakvingar med vår livlina i sin näbb

*"Fågel Esmeralda.*
*Flyg över oss.*
*Skugga oss med dina vingars sköra blomblad.*
*Visa mig baklängesvägen*
*tillbaka genom de mörka gångarna*
*till nuet som är då."*

Och jag föll ner i den ravin av tomhet som var mitt mörker.
Mörkret sänkte sin skugga över mig
och jag drömde att jag drömde att jag drömde
att jag sjönk till början och slutet av den vita cirkeln
och gömde mig under barndomens skira täcke av tårar,
gömde mig för den man och den kvinna,
som lutade sig över mig på slaktbänken och sa:
*"Offra dig själv.*
*Väx upp.*

Glöm din sanning.
Sug din näring ur dynga.
Lögnen ska göra dig fri.
Lögnen ska göra dig stark
Välkommen till Lagomhelvetet.
Välkommen till Döden i Livet."

Jag var blöt av mörkret som omslöt mig.
Jag drunknade i mitt salta hav av fostervatten och kvinnotårar.
"Så vems tårar är det jag gråter?
Är det dina?
Eller är det du som gråter mina?
Till den väv som är
Vår tvångströja, vår bur, vår persona
Vår vackra dödsmask i Livet"

Bilder vävda av smärta från väggarna i min kvinnokropp kvävde mig
långsamt med sina födslovärkar
i den kvinnobädd av förstörda kvinnoliv som var mitt arv.

"Nej!" skrek jag.
Allting är förgiftat
Allting är strid
Allting är svartaste svart
Var är jag?
Vem är jag?
Är jag berget?
Är jag skeppet som har gått på grund och blivit ett med berget?
Är jag dess längtan?
Är jag gångarna i bergets inre?
Är jag mörkret?
Är jag mitt eget mörker?
Är jag de döda
I mitt inre?"

Och Esmeralda svarade:
*"El hamre del alma*
*Rio Abajo Rio,*
*Canto hondo*
*Öppna din mun*
*Andas*
*Skrik*
*Ditt födsloskrik*
*Vakna upp ur din fångenskap!*
*Borsta bort din svarta skugga."*

Och pulsen i hennes trumma var pulsen i mina hjärtslag
när hon drog mig ut ur mitt svarta mörker
och med ett enda hugg av sin dubbelhövdade yxa högg av
Navelsträngen
och framför mina ögon förvandlades den dubbelhövdade yxan till en fjäril
som flög bort med skuggorna från min barndom på sina regnbågsvingar
och gav dem fria.
Jag sa:
*"Ta mig bort.*
*Från Döden i Livet.*
*I vems liv är jag en förenande länk?"*

Och jag drömde att jag vaknade ur drömmen om en dröm och vaknade
med Bim och Gia vid min sida.
"Esmeralda, var är vi?" frågade vi.
*"I er själva.*
*I varandra"*, sa Esmeralda.
"Esmeralda, vilka är vi?"
*"Er själva.*
*I varandra."*
"Var?"
*"Här.*
*Alltid."*

"Var, var, var?"

*"Överallt.*

*I gnistrande gyllne partiklar.*

*I sanningen som är kärleken.*

*I ljuset som är Livet*

*I mörkret som är Döden."*

"Vart är vi på väg?"frågade vi.

Esmeralda sa:

*"Tillbaka till varandra.*

*Spegla er sanning i varandra.*

*Förvandla er till musik.*

*Tvinna en ny röd väv av gyllne harmonier."*

Och jag drömde om musiken som väckt oss ur drömmen om en dröm och *Budbäraren* var nu sin kvinnliga aspekt. På hennes vita benflöjt satt min fjäril som var den röda blomman och fläktade med sina daggvåta regnbågsvingar över oss.

Hon sa:

*"Lyssna på er musik! Dessa små melodier med olika teman är harmonier i den oändliga symfonin, i himmelska varianter av Universums stora monokord."*

Tonerna trängde in i mina öron som gift. Somliga var olidligt falska, andra smäktande ljuva, vissa grälla, andra monotona. Hon sa:

*"All dissonans är missförstådd harmoni.*

*Grip ditt ögonblick, din skärva av sanning.*

*Spegla dig i den.*

*Lyssna på dess klangfärg.*

*I blindo, i mörker ser vi med våra hjärtan."*

Vi förstod:

*"Sanningen finns inom oss som ett destillat av varandra.*

*Vi är bilder i varandras ögon.*

*Detta mörker; är det mitt mörker i ditt mörker?"*

"Varför jag?"
*Vi möttes i en blick.*
*Vi var trådarna i varandras trauma.*
*Vi var tonerna i varandras symfoni.*
Bim sa:
   *"Vi filtrerade vår lidelse genom ditt lidande."*
Gia sa:
   *"Vi blandade känslor som kroppsvätskor.*
*Det gjorde oss så levande."*
Jag sa:
   *"Ni behövde min smärta."*
De sa:
   *"Du behövde våra rörelser i tiden.*
*Du vill bli ett med vår tid.*
*Din egen tid leder bakåt, bakåt till smärtpunkten."*
Jag sa:
   *"Vi är varandras sanning.*
*Vi är giftet i varandras blodomlopp.*
*Vi är varandras räddning."*

De dödas röster viskade i den tystnad som inte fanns på riktigt:
   *"Fyll tomheten med sanning.*
*Fyll sanningen med kärlek.*
*Vattna med tårar*
*Våra torra strupar*
*Gråt för smärtan i våra kroppar.*
*Se på oss med mildhet*
*För vi är du*
*I dig*
*Ta oss bort från din fångenskap*
*Genom oss.*
*Vattna med salta tårar*
*Vår descanso, vår vila."*

Våra tankar svävade i blivandet.
och vi kunde ingenting göra för att dölja deras vilda dans.
Någon annan var deras ursprung.
Någon annan var deras sång i våra hjärtan.
Allting kom fram i ljuset av denna blomma,
denna mörka kraft mellan oss, inom oss,
detta trummande.

Och vi dansade oss trötta på genomskinliga fötter.
Och vi dansade oss levande på genomskinliga fötter
när *Budbäraren* spelade våra känslor på de dödas ben
så att de blev kött och blod igen.

Och ur hennes flöjt trillade vita pärlor som lyste upp himlen
med sina hamonier.
*"Gå tillbaka,*
*Vänd tillbaka från tomheten, ni ännu inte döda"*, sa *Budbäraren.*
*Här finns ingenting.*
*Lämna kvar era gåvor,*
*Era meningslösa konstruktioner med sina dissonanser och falska toner*
*Som ni kallar minnen*
*Gå tillbaka, gå in i tiden*
*Renade.*
*Lämna kvar era tårar och ert lidande hos oss*
*Som föda*
*Lämna kvar tomhetens föda*
*Hos de döda.*
*Som gåvor*
*Och se på oss med mildhet*
*För vi har gett er friheten*
*Att leva*
*Seende*
*Med era hjärtan*
*Utan fruktan."*

Så:
*"Fyll mörkret med ljus.*
*Fyll tomheten med kärlek.*
*När ondskan har speglat sin ondska*
*När smärtan har speglat sin smärta*
*Och allt är musik*
*Och allt är harmoni*
*Sluts cirkeln*
*Och nytt liv uppstår ur det gamla. "*

Vi svävade kroppslösa, aningslösa, föräldralösa,
Som små känselspröt mot tiden.
Vi väntade.
I varandet.
Vi var varandet.

*"Farväl mina barn",* sa Esmeraldas trumma. *"Tag väl hand om henne, för*
*hon är jag och hon är ni och allting är ett. "*

Blodets sång dansade oss
Bara närhet mellan oss
Och det milda Ljuset.
Våra kroppars vilda hjärtan trummade oss tillbaka till livet.

Och sömnen lägrade oss och skänkte oss frid och jag upptäckte att jag var
tillbaka i min kropp och att de två människor jag älskar mest på jorden
sov vid min sida.

Jag vet att livet är vackert och att jag snart ska vakna.

# Epilog

Det finns ögonblick
som är alltings början och alltings slut.
Ögonblick
då ekot av alla andra ögonblick vaknar och dör
för att återuppstå i ett enda ögonblick av insikt.

Jag såg dem
och i ett enda ögonblick av insikt
föddes sanningen
i min dom över mig själv.

Det var så allting slutade.
Det var så allting började.
Med min sanning.